KNAUR

MONIKA MAIFELD

Doch Liebe findet ihre Zeit

ROMAN

KNAUR

Besuchen Sie uns im Internet:
www.knaur.de

FSC
www.fsc.org
MIX
Papier aus verantwortungsvollen Quellen
FSC® C083411

Originalausgabe September 2018

Ein Imprint der Verlagsgruppe
Droemer Knaur GmbH & Co. KG, München

Redaktion: Silvia Kuttny-Walser
Covergestaltung: herzblut02, München
Coverabbildung: chuwy/iStock bei Getty Images
Satz: Adobe InDesign im Verlag
Druck und Bindung: CPI books GmbH, Leck
ISBN 978-3-426-22674-2

2 4 5 3 1

Prolog

Im Zimmer war es dunkel. Das graue Winterlicht sickerte nur spärlich durch die voluminösen Samtportieren, kämpfte vergebens gegen die schweren Möbel und verlor sich in dem hohen Raum.

Das Kind spielte. Es kniete auf dem verschlissenen Orientteppich, streifte den kleinen, rot gepunkteten Regenmantel über die Puppe und versuchte, die Stimmen aus der Küche zu ignorieren.

»So«, sagte das Mädchen und zupfte den rechten Ärmel gerade. »Jetzt brauchst du nur noch einen Hut. Sonst schneit es dir auf die Haare.«

Die Kleine hatte recht. Vor dem Fenster taumelten dicke Schneeflocken.

»Bald kommen Mama und Papa, dann gehen wir nach Hause.«

Die Stimmen aus der Küche klangen erregter. »... aber doch nicht in ein Heim!«

Im Zimmer wurde es immer dunkler. Das Mädchen warf einen Blick zum Lichtschalter. Der war neben der Tür, der Tür zum Flur, dem Flur, an dessen Ende die Küche lag, die Küche mit den Stimmen.

»Weißt du eine andere Lösung?«

Jemand schluchzte laut auf.

In der Küche saß ihr Onkel Walter. Es war sein Haus. Er und Paul lebten hier.

Antonia mochte dieses Haus, es war alt und groß und hatte viele Winkel, in denen man sich verstecken konnte. Obwohl ihr Vater immer sagte: »Warum Walter sich diesen alten Kasten antut …«

Gestern hatte Papas Sekretärin Frau Wegner sie vom Kindergarten abgeholt und hierher gebracht.

»Deine Eltern mussten überraschend verreisen.« Frau Wegner hielt ihre Hand so fest, dass es Antonia fast wehtat.

»Sie haben ganz rote Augen, Frau Wegner.«

»Ich bin erkältet. Deswegen tränen mir die Augen.«

Antonia traute sich nicht, ihre Hand aus Frau Wegners zu lösen.

»Wo ist Susie?« Susanne war die kleine Schwester von Antonia. Sie war erst sechs Monate alt.

»Die ist bei Freunden, die auf sie aufpassen.« Frau Wegner machte ein merkwürdiges Geräusch und drehte den Kopf weg.

»Was ist?«, fragte Antonia.

»Mein Schnupfen – ich musste niesen«, sagte Frau Wegner. Aber es hatte sich nicht nach Niesen angehört.

Antonia hatte vergangene Nacht hier geschlafen und heute nicht in den Kindergarten gemusst. Ihre beiden Onkel hatten mit ihr gespielt. Aber es war nicht so schön gewesen wie sonst.

Am Nachmittag hatten sie die Großmutter vom Bahnhof abgeholt; diejenige, vor der Antonia immer ein bisschen Angst hatte, diejenige, die immer so streng fragte: »Hast du dir auch gut die Hände gewaschen? Putzt du dir ordentlich die Zähne?« Die andere Oma war vor Kurzem gestorben.

Aber diesmal hatte die Großmutter nicht gefragt. Sie hatte es wohl vergessen. Obwohl sie Antonia lange angesehen und ihr zweimal über den Kopf gestreichelt hatte.

Jetzt saß sie in der Küche beim Onkel und bei Paul. Ein

Pfarrer war auch dabei. Antonia hatte ihn durchs Fenster kommen sehen.

Sie kannte ihn, er hatte Susie getauft. Etwas später war noch eine Frau mit einer großen Aktentasche gekommen. Die kannte Antonia nicht.

Die Stimmen in der Küche klangen jetzt noch aufgeregter.

»Wie sollen Paul und ich ein Baby versorgen?« Der Onkel sprach sonst nicht so laut.

»Man wird sie trennen müssen.« Das war wohl die fremde Frau.

Die Großmutter antwortete. Aber sie sprach zu leise, als dass Antonia es hätte verstehen können.

»Paul und ich …«

»Das ist wider Gottes Ordnung!« Die Stimme des Pfarrers schrillte scharf.

Antonia nahm ihre Puppe in den Arm und umklammerte sie.

»Ich will nach Hause«, flüsterte sie in das Vinylgesicht.

Antonia blickte auf ihre Puppe. Aber die toten Glasaugen schauten wie immer.

Die Stimmen in der Küche verstummten, und die Küchentür quietschte.

Dann knarrte der Holzboden im Flur unter den schweren Schritten eines Mannes. Die Wohnzimmertür öffnete sich. Die Gestalt des Onkels zeichnete sich gegen das helle Flurlicht dunkel ab. Antonia konnte sein Gesicht nicht erkennen.

»Toni«, sagte der Onkel, und seine Stimme klang fremd. »Toni, komm mal her. Mein liebes Kind, meine arme Antonia, komm mal her zu mir, ich muss dir etwas Schlimmes sagen …«

27 Jahre später

Als Antonia in die Osterwaldstraße einbog und die dunklen Fenster im Erdgeschoss des alten Jugendstilgebäudes sah, versetzte es ihr wieder einen kleinen Stich ins Herz. Sie hatte sich immer noch nicht daran gewöhnt, allein in dem großen Haus zu leben. Obwohl es schon über vier Monate her war, dass Onkel Walter und Onkel Paul in diese luxuriöse Seniorenresidenz gezogen waren.

Sie kam gerade aus Salzburg, hinter ihr lagen zwei Tage voller harter Verhandlungen. Doch sie hatte den Schokoladenproduzenten als neuen Kunden gewinnen können: Ihr Unternehmen würde in Zukunft die Verpackungen für dessen ausgesprochen exklusive Schokoladenfiguren produzieren; es war eine sehr erfolgreiche Fahrt gewesen.

Bei der Aussicht allerdings, gleich ganz allein am Küchentisch zu sitzen und appetitlos das von der Haushälterin vorbereitete und von ihr in der Mikrowelle erhitzte Gulasch zu löffeln, schüttelte sie innerlich den Kopf. Nein, heute wollte sie sich etwas gönnen: einen schönen Restaurantbesuch als Belohnung für die letzten harten Tage, das hatte sie sich verdient.

Ihr fiel die Restaurantkritik ein, die sie erst vor wenigen Tagen gelesen hatte. Im *Kaiserhof,* der ganz in der Nähe lag, gab es einen neuen Pächter, einen neuen Küchenchef und eine ganz neue Cuisine. Vegan, wenn sie sich recht erinnerte. In dem Artikel war die Küche jedenfalls überschwänglich gelobt worden, sodass sie schon beim Lesen Appetit bekommen hatte. Außerdem hatte sie noch nie ein veganes Restaurant besucht. Eine neue interessante Erfahrung, um diesen lukrativen Auftrag zu feiern, das wäre genau das Richtige!

Kurz entschlossen wendete sie das Auto.

Der Ober lehnte an der Theke und hob hoffnungsvoll den Kopf, als die Eingangstür aufschwang. Aber sofort konnte man die Enttäuschung auf seinen Gesichtszügen ablesen – nur eine einzelne Frau, ein einziger weiterer Gast. Damit waren es insgesamt sechs – ganze *sechs* Gäste! –, und es war schon kurz vor einundzwanzig Uhr. Mit mehr Gästen war an diesem normalen Donnerstagabend kaum zu rechnen. Das Restaurant hatte schließlich erst vor vier Wochen eröffnet. Und trotz der begeisterten Kritiken in mehreren Zeitungen zogen die Leute an diesen sommerwarmen Abenden die Biergärten vor, wenn sie nicht sowieso in Urlaub waren.

Der Ober, Pierre Louis stand auf dem Namensschild an seinem Revers (in Wirklichkeit hieß er Peter Ludwig Scherer, aber er hatte schon vor vielen Jahren beschlossen, dass ein französischer Name ihm besser zu Gesicht stünde), stöhnte innerlich. Sein Gehalt bestand zu einem nicht unerheblichen Anteil aus der Umsatzbeteiligung. Das war ja heute schon mal wieder ein Verlustgeschäft. Und Trinkgeld würde es natürlich auch viel zu wenig geben – von diesen sechs Figuren hier …

Er hätte sein Arbeitslosengeld aufs Spiel gesetzt, wenn er diese Stelle nicht angenommen hätte. Dabei hatte er gleich gewusst, dass dieses Restaurant weit unter seinem Niveau lag – schließlich hatte er zwanzig Jahre lang in einem Dreisternerestaurant serviert, fast sein ganzes Berufsleben. Bis der Koch, der gleichzeitig der Inhaber gewesen war, sich in den wohlverdienten Ruhestand zurückgezogen hatte.

Für ihn hatte das den Gang zum Arbeitsamt bedeutet, wo man einfach nicht verstehen wollte, dass so jemand wie er, der den Umgang mit den Spitzen der Gesellschaft gewohnt war, der Grafen, Fürstinnen, Politiker und prominente Schauspieler bedient hatte, der die Etikette beherrschte, der Manieren und stilvolles Auftreten kannte – dass so jemand wie er nicht einfach »irgendwo« arbeiten konnte. Diese kleinen Sachbearbeiter im Jobcenter, die noch nie in ihrem Leben ein erstklassigen Restaurant betreten hatten, hatten nicht verstanden, dass er hier in diesem Restaurant – in dieser Gemüsekiste! – völlig fehl am Platz war. Vegan, das war doch keine Cuisine! Ein veganes Restaurant, das *konnte* doch gar nicht laufen!

Und jetzt auch noch dieser neue Gast, diese Frau. Den Typ kannte er. So wie die aussah, trank die zum Essen Wasser ohne Kohlensäure und als Krönung nach dem Essen wahrscheinlich einen Eisenkrauttee. Aber Ansprüche würde sie noch und nöcher stellen, ihn zigmal rennen lassen für nichts und wieder nichts – und am Ende bekäme er fünfzig Cent Trinkgeld, und sie würde sich für Gott weiß wie großzügig halten. Kein Wunder, dass so eine keinen Mann abkriegte …

»Gnädige Frau, Sie wünschen?«

Antonia ließ den Blick durch das Lokal schweifen. Die gemütliche Einrichtung, die hellen Farben, die flackernden Kerzen und dazu noch der appetitanregende Duft nach ihr unbekannten Kräutern in der Luft – sie freute sich über ihre spontane Idee, sich für die vergangenen anstrengenden Tage mit einem außergewöhnlichen Essen zu belohnen. Nur schade, dass ihre Schwester, die sie von unterwegs noch angerufen hatte, keine Zeit hatte.

»Guten Abend«, sagte Antonia und lächelte den Kellner freundlich an. »Haben Sie einen Platz für mich?«

Was für eine furchtbare Brille!, dachte Pierre Louis. Und erst diese altmodischen Perlenohrringe!

»Haben Sie reserviert?«

»Wie bitte?« Überrascht musterte Antonia noch einmal die leeren Tische. »Nein, aber …«

»Dann muss ich erst nachsehen.«

»Tun Sie das bitte«, erwiderte Antonia verblüfft.

Pierre Louis vertiefte sich minutenlang in das aufgeschlagene Reservierungsbuch auf der Theke. Antonias Vorfreude schrumpfte.

Der Kellner hob den Kopf.

»Erwarten Sie noch jemanden?«

Eine demütigende Frage. Ihre Freude verflog. Am liebsten wäre sie jetzt nach Hause gegangen. Aber das wäre einer Kapitulation gleichgekommen, und das kam überhaupt nicht infrage.

»Vielleicht.«

Die knappe Reaktion hätte Pierre Louis warnen können. Aber er bemerkte auch nicht, wie Antonias Augen sich leicht verengten.

»Ich darf Sie zu Ihrem Tisch bringen«, sagte er und ging, ohne eine Erwiderung abzuwarten, quer durch das Restaurant, vorbei an den unbesetzten, für vier Personen eingedeckten Tischen, zu einem kleinen Zweiertisch, der unmittelbar vor dem durch einen roten Vorhang kaschierten Eingang zu den Waschräumen stand. Er griff nach der Stuhllehne und zog den Stuhl leicht zurück, damit Antonia sich setzen konnte.

Aber da war niemand, der sich setzte.

Verblüfft drehte er, die Frau neben sich vermutend, ein wenig den Kopf, dann noch ein Stück weiter, seinen Blickwinkel vergrößernd, bis er sie endlich entdeckte.

Sie war ihm überhaupt nicht gefolgt!

Antonia stand, den Kopf abwartend geneigt und ihn freundlich anlächelnd, neben einem der beiden Tische in der gemütlichen Halbnische, die ebenfalls für vier Personen vorgesehen und entsprechend gedeckt waren.

Pierre Louis erstarrte.

»Ich möchte gerne hier sitzen«, sagte Antonia. Ihre warme Altstimme klang durch das Lokal, Pierre Louis hatte kein Problem, sie zu verstehen. Die anderen Gäste allerdings auch nicht. Ein älteres Paar und eine Dreiergruppe saßen an zwei nebeneinanderstehenden Tischen unmittelbar vor dem bodentiefen Fenster. Fünf Köpfe hoben sich, sahen zu Antonia und wendeten sich dann – wie von einer Schnur gezogen – gleichzeitig Pierre Louis zu.

Pierre Louis hatte im Moment kein Ohr für Antonias melodische Stimme und ihre gepflegte Aussprache. Was fiel dieser bebrillten grauen Maus eigentlich ein? Er würde drei Gedecke abnehmen und später wieder auflegen müssen, und das alles für höchstens fünfzig Cent Trinkgeld.

»Das geht leider nicht«, erwiderte Pierre Louis, jetzt sichtlich verärgert. »Sollte Ihnen dieser Platz hier nicht zusagen, müssten Sie vielleicht ein anderes Mal wiederkommen.«

Die Aufmerksamkeit der fünf Gäste wandte sich wieder Antonia zu.

Antonia schüttelte leicht den Kopf. Im Kinderheim lernte man, sich zu behaupten.

»Gibt es einen Grund, warum ich nicht diesen Tisch wählen kann?«, fragte sie, immer noch mit einem freundlichen, harmlosen, Pierre Louis in die Irre führenden Lächeln.

Die Zuhörer drehten sich wieder zu Pierre Louis.

Das ist ja wie beim Tennis hier, dachte Antonia und hätte beinahe laut aufgelacht.

Pierre Louis ging einige Schritte auf Antonia zu.

»In der Nische ist für vier Personen eingedeckt!«, sagte er, seine Stimme vibrierte vor unterdrückter Wut.

Und fünf Gesichter ruckten wie auf ein geheimes Kommando wieder in Antonias Richtung.

Jetzt konnte Antonia nicht anders, sie lachte laut auf.

»Ach so!«, sagte sie dann und nickte verstehend. »Ja, natürlich! Jetzt sehe ich es auch.«

Sie wandte sich zum Tisch und drehte Pierre Louis den Rücken zu – und bevor der verblüffte Kellner ein Wort sagen konnte, hatte sie behände drei Teller genommen, aufeinandergestapelt und die dazugehörigen Bestecke obenauf gelegt.

Sie nahm den kleinen Tellerstapel in beide Hände und stellte ihn auf dem ebenfalls unbesetzten Nachbartisch ab.

»Jetzt nicht mehr«, sagte sie, lächelte Pierre Louis noch einmal an und setzte sich.

Die zwei Frauen aus der Dreiergruppe brachen in lautes Lachen aus.

Mit wenigen vor Wut weit ausgreifenden Schritten war Pierre Louis bei ihr. Aber sie ließ ihn nicht zu Wort kommen.

»Informieren Sie bitte den Geschäftsführer, dass ich ihn sprechen möchte.« Pierre Louis öffnete den Mund, um etwas zu sagen, aber sie stoppte ihn mit einer energischen Handbewegung und griff kurz in ihre Handtasche. »Und damit er weiß, mit wem er es zu tun hat, hier meine Visitenkarte.«

Pierre Louis warf einen kurzen Blick darauf.

Dr. Antonia Arnoux
Geschäftsführende Gesellschafterin
Arnoux GmbH

Er erschrak. Geschäftsführerin – Gesellschafterin – diese graue Brillenschlange war wer! Und die ganze Körperhaltung der Frau signalisierte, dass sie gewohnt war, sich durchzusetzen. Wieso hatte er das nicht gleich gesehen?

»Und dann möchte ich mit dem Geschäftsführer ein Gespräch darüber führen, wie alleinstehende Frauen in Ihrem Restaurant behandelt werden.«

Pierre Louis konnte nicht umhin, bei einem schnellen zweiten Blick auf sie das Ausmaß seiner Fehleinschätzung zu registrieren: Die altmodische Aufmachung hatte ihn in die Irre geführt. Aber der graue dreiviertellange Rock, mochte er auch noch so langweilig sein, war eindeutig maßgeschneidert; die kurze Jacke bestand, auch wenn zu weit geschnitten, um chic zu sein, aus edlem Kaschmir, und diese Perlenohrringe – billig waren die sicher auch nicht gewesen. Er war ärgerlich auf sich selbst. Wie hatte ihm das bloß passieren können! Es konnte nur an der Umgebung liegen, dass ihm dieser Fehler unterlaufen war: Wer würde hier schon einen solchen Gast erwarten? Wenn sie sich über ihn beschwerte und er diese Stelle verlor, in seinem Alter – nicht auszudenken.

Sein Gesicht verzog sich zu einem angestrengten Lächeln.

»Gnädige Frau, ich bitte Sie! Es handelt sich hier doch nur um ein kleines Missverständnis. Ich dachte, dass es Ihnen hier vielleicht zu dunkel wäre, aber wenn Sie diesen Tisch vorziehen, ist das selbstverständlich überhaupt kein Problem.« Er sprach leise, die anderen Gäste sollten ihn nicht hören, schlimm genug, dass er sich so hatte gehen lassen.

Antonia durchschaute das plumpe Manöver. Sie hatte auch gesehen, wie er die Ohrringe ihrer Mutter taxiert hatte.

Unwillkürlich fasste sie an ihr linkes Ohrläppchen und strich kurz zart mit den Fingern über das Schmuckstück.

Sie ließ Pierre Louis noch einen Moment zappeln, bevor sie sagte: »Ach so. Na dann. Nun bringen Sie mir doch bitte die Speisekarte – und zum Trinken hätte ich gerne …«

* * *

Marlene konnte es nicht fassen. *Sie* war die Auserkorene, *sie* hatte er ausgewählt, *sie* hatte er angesprochen und gefragt: »Ich fahre jetzt. Kann ich Sie irgendwohin mitnehmen?«

Sie spürte, wie die neidvollen Blicke der anderen Frauen (und auch mancher Männer) ihr folgten, als sie auf den viel zu hohen Absätzen hinter Julian Markward herstöckelte. Jetzt bloß nicht umknicken! Sie war sich bewusst, dass ihr Gang im Moment mehr als unelegant war, von erotisch gar nicht zu reden. Nur gut, dass Julian vor ihr ging und sich kein einziges Mal umdrehte. So konnte wenigstens er ihren unbeholfenen Gang nicht sehen. Und auf ihn kam es ja schließlich an! Sie warf einen Blick auf seinen Hinterkopf.

Bereits von hinten strahlte er eine unglaubliche Erotik aus: allein schon diese dunklen, wilden, etwas zu langen Haare, die in dichten Strähnen leicht verstrubbelt abstanden, man wollte mit den Fingern hineingreifen, man wollte sie …

Autsch! Um ein Haar wäre sie umgeknickt. Warum hatte sie sich auch von Eva überreden lassen, deren High Heels anzuziehen? Blöde Kuh! Aber sie durfte nicht ungerecht sein. Schließlich hatte sie es Eva zu verdanken, dass sie jetzt hinter dem im Moment wahrscheinlich begehrtesten Junggesellen der Stadt balancierte. Das hätte sie sich heute

Morgen nicht träumen lassen, als das Klingeln des Telefons sie aus tiefstem Schlaf geweckt hatte.

Und dabei war sie zuerst so verärgert gewesen …

12 Stunden zuvor

Ein Geräusch drängte sich in Marlenes Traum. Sie versuchte, es zu ignorieren. Aber das Klingeln wurde lauter.

»Ach neee …«, stöhnte sie und griff nach dem Handy auf dem Nachttisch.

»Was ist los?«, meldete sie sich verschlafen.

»Marlene, pennst du noch? Es ist elf Uhr durch!«

»Eva, bist du das?« Marlene tastete schlaftrunken nach den Zigaretten auf dem Nachttisch.

»Ich hab dich wirklich geweckt? Sorry, aber wer konnte denn ahnen, dass du noch in der Kiste liegst! Hattest du nicht heute Morgen schon Vorlesung?«

Marlene hatte endlich die Zigarettenschachtel ertastet und versuchte, eine Zigarette herauszuklopfen, indem sie die Packung an die andere Hand schlug, an die, die das Telefon hielt.

»Hab ich ausfallen lassen«, krächzte sie. »Es war spät gestern Abend – also besser gesagt: heute früh.«

»Ich hör's. Bist du denn halbwegs aufnahmefähig?«

»Scheiße!«, fluchte Marlene, als ein Schwung Zigaretten und unzählige Tabakkrümel plötzlich aus der Packung auf die Bettdecke rieselten.

»Wart mal, ich muss Licht machen«, stöhnte sie und legte den Hörer, ohne eine Antwort abzuwarten, auf den Nachttisch. Es klirrte leise, als das Telefon gegen das noch halb gefüllte Glas auf dem Nachttisch stieß. Als Marlene sich aufrichtete, stieg ihr der Geruch nach abgestandenem Alkohol entgegen. Sie schüttelte sich angewidert und drückte auf den Wandschalter über ihrem Bett. Der elektrische Rollladen am Fenster hob sich, und nach und nach breitete sich helles Sonnenlicht in dem kleinen Studentenapartment aus. Marlene sammelte die Zigaretten von ihrer Bettdecke, suchte auf dem Nachttisch einen freien, halbwegs sauberen Platz, wo sie diese ablegen konnte, steckte sich eine zwischen die Lippen, wischte unwirsch die Krümel von der Bettdecke auf den Boden und griff, nachdem sie sich ihre Zigarette angezündet und einen tiefen Zug genommen hatte, wieder nach dem Hörer auf ihrem Nachttisch.

»So, da bin ich«, sagte sie und kniff die Augen gegen das Tageslicht zusammen.

»Endlich …«, maulte die Freundin.

»Du hast mich halt geweckt …« Marlene zog an der Zigarette und hustete.

»Was war den gestern Abend los? Hab ich was verpasst?«, fragte Eva.

»Nee, die dämliche Iris wollte unbedingt ins P1, weil da so ein Typ kommen sollte, auf den sie scharf ist. Ich musste mit, damit sie nicht so alleine rumhängt. Der Typ ist natürlich nicht aufgetaucht. Aber ich bin vor Langeweile fast eingegangen, konnte mich nur mit Wodka-Red-Bull über die Zeit retten …«

»Ach so – Iris«, sagte ihre Freundin in einem Ton, der sowohl Mitleid als auch Verachtung ausdrückte. »So, wie die den Typen hinterherläuft, kriegt die nie einen ab. Aber jetzt pass mal auf, ich will dir was erzählen!«

Marlene hörte den bedeutungsschweren Unterton und setzte sich im Bett auf.

»Leg los!«

»Also, heute Abend spielen die Orange-Utahs im *Giesing-Keller!*«

»Aha«, sagte Marlene gedehnt. Die Orange-Utahs waren eine relativ neue Band in München, die schon etwas Furore gemacht hatten. Ihre Freundin wusste, dass sie kein großer Fan der Band war. Was allerdings darauf zurückzuführen war, dass sie sich mal sehr lächerlich gemacht hatte, als sie die Band als »die Orang-Utans« bezeichnet hatte, weil sie weder die Anspielung auf die Herkunft des Bassgitarristen aus dem amerikanischen Bundesstaat Utah noch auf die orangefarbenen Hosen bei den Bühnenauftritten verstanden hatte.

Eva kicherte. »Das haut dich jetzt nicht unbedingt vom Sockel, hab ich das Gefühl.«

Marlene brummte etwas Unverständliches ins Telefon.

»Aber es gibt eine After-Show-Party.«

»Ach …«, sagte Marlene, ihre Stimme verriet jetzt ihr Interesse.

»Und bevor ich es vergesse«, fügte Eva hinzu und sagte dann betont gelangweilt und mit einigen Kunstpausen: »… bevor ich es vergesse … Julian Markward … kommt auch.«

»Was?« Marlene schrie auf vor Überraschung.

Ihre Freundin kicherte.

»Na, bist du jetzt noch angefressen, dass ich dich geweckt hab?«

»Du blöde Kuh! Quatsch – erzähl! Ist das sicher?«

»Ja, so ziemlich. Die Orange-Utahs sind seine Lieblingsband, er ist gut befreundet mit dem Leadsänger, und soweit ich gehört habe, hat er fest zugesagt. Sie halten ihm sogar einen Parkplatz frei.«

»Woher weißt du das?«

»Von Norbert.«

»Ach so! Von dem hast du sicher auch die Karten, oder?« Norbert war der 16-jährige Sohn eines bekannten Münchner Konzertveranstalters und Klassenkamerad von Evas jüngerem Bruder. »Ist der immer noch so verknallt in dich?«

Eva lachte. »Ich passe auch auf, dass das möglichst lange so bleibt.«

So war sie bei dieser After-Show-Party gelandet. Und Evas Informationen hatten sich als richtig erwiesen: Julian Markward war tatsächlich erschienen. Sofort hatten sich die Frauen um ihn geschart, waren auf ihn geflogen wie die Motten auf das Licht, hatten alle Register der weiblichen Verführungskunst gezogen. Er war aber auch unglaublich attraktiv. Die Figur perfekt, nicht zu groß, nicht zu klein, breitschultrig, ohne dass es übertrieben gewirkt hätte; die Gesichtszüge wirkten energisch und zeigten trotzdem eine schwer zu beschreibende Feinheit; dazu die feurigen dunklen Augen, die halblangen, ungebändigten Haare – schon die Optik hätte genügt, um das Interesse der Frauen zu wecken. Und er war Künstler, ein Attribut, das seine Attraktivität weiter steigerte. Und als wäre das alles noch nicht genug, hatte die regionale Tageszeitung letzte Woche einen doppelseitigen Bericht über ihn und seine erste große Einzelausstellung gebracht und ihn als »*den* aufsteigenden Stern« am Münchner Künstlerhimmel bezeichnet. Eva hatte nicht übertrieben, er war sicher der im Moment begehrteste Junggeselle der Stadt.

Schon wie er dastand, so aufreizend lässig und selbstsicher, war er die Verführung schlechthin, eine einzige erotische Provokation. Und es umgab ihn eine Spannung, ja eine Wut, die immer wieder plötzlich in seinen Augen aufblitzte.

Marlene konnte sich nicht sattsehen.

Julian unterhielt sich mit seinem Freund, dem Sänger der Band, und schenkte den umstehenden Frauen kaum Beachtung. Marlene hielt sich etwas abseits, doch Eva hatte sich nach vorn gekämpft und versuchte, in dem Gedränge irgendeine Form von Körperkontakt mit Julian herzustellen.

Aber da war sie nicht die Einzige. Immer wieder ließen sich Frauen gegen Julian drücken, bevorzugt mit dem Busen, entschuldigten sich wortreich und hofften, auf diese Weise mit ihm ins Gespräch zu kommen.

Aber er hatte all diese Versuche ignoriert, gelegentlich auch mit zynischem Lächeln und spöttischen Bemerkungen quittiert: »Aber bitte sehr …« – »Hatten wir nicht schon mal das Vergnügen?« – »Die waren sicher teuer …« Kurz gesagt, er schien immun gegen diese Attacken geballter Weiblichkeit.

Gerade eben »fiel« wieder eine groß gewachsene falsche Blondine – der Haaransatz sprach eine eindeutige Sprache – gegen Julian, offensichtlich trat sie ihm auch noch auf den Fuß.

»Autsch«, kreischte sie. »Das tut mir aber leid!« Und zu allem Überfluss streifte ihre Hand scheinbar zufällig seinen Körper entlang bis tief an seine Hüfte.

Julian runzelte finster die Stirn. »Mir reicht es«, sagte er zu seinem Freund. »Ich gehe, solange ich noch die Chance habe, halbwegs unversehrt hier rauszukommen.« Er schaute kurz auf die Uhr. »Ich muss sowieso weg, Tete ist schon viel zu lange allein.«

Sein Freund nickte lachend. »Ich weiß – Tete, die Frau deines Lebens.«

»Absolut!«, sagte Julian. »Sie ist perfekt. Wobei …«, er grinste kurz, »wirklich *alle* Bedürfnisse erfüllt sie dann doch nicht, ich könnte vielleicht heute noch …«

Und dann war es geschehen: Er hatte den Blick gehoben, ihn schweifen lassen, bei Marlene verharrt, die spürte, wie sie errötete, und deswegen die Augen niederschlug. Julian war ein paar Schritte auf sie zugegangen.

»Ich fahre jetzt. Kann ich Sie irgendwohin mitnehmen?«

Marlene meinte, ihr müsste das Herz stehen bleiben. Sie hatte nur nicken können, ihrer Stimme hatte sie nicht getraut. Er hatte kurz gelächelt, mit dem Kopf Richtung Tür gedeutet und war losgelaufen. Und jetzt balancierte sie auf diesen viel zu hohen Absätzen hinterher ...

Direkt vor dem Eingang stand sein Auto, der uralte grün-weiße Bulli, auch den kannte seit dem Artikel von letzter Woche fast jeder in der Stadt.

Während er ihr die Beifahrertür aufhielt, beschloss sie, sich etwas zu zieren. Er sollte nicht denken, dass sie immer so leicht zu haben wäre.

Aber als er neben ihr im Auto saß, schaute er nur auf die Straße. Draußen gingen ein paar Jugendliche vorbei, die am Auto stehen blieben und es bewunderten.

Julian beachtete sie nicht, er saß, den Kopf nachdenklich zur Seite geneigt, auf dem Fahrersitz und schwieg.

Die Stille irritierte Marlene. Sie spürte plötzlich ihren Puls, er hämmerte fast schmerzhaft in ihren Ohren. Was wollte Julian Markward? Wartete er darauf, dass sie etwas unternahm? Sollte sie etwas sagen? Oder ihn vielleicht anfassen?

Sie rutschte unruhig auf dem Sitz hin und her.

Endlich wandte Julian sich ihr zu.

»Wie heißt du?«, fragte er. Seine dunklen Augen funkelten. Ein Schauder lief über ihre Haut.

»Marlene.« Mist, wieso krächzte sie plötzlich? Sie versuchte dafür ein verführerisches Lächeln.

»Ein schöner Name«, sagte er, und sie konnte unter dem

Licht der Straßenlaterne erkennen, wie seine Augen unter den halb geschlossenen Lidern sie musterten, über ihr Gesicht und ihren Körper glitten. Ihre Haut begann zu kribbeln, wo sein Blick sie streifte.

Er hob die Hand – sie hielt den Atem an –, dann ließ er sie wieder sinken.

»Marlene«, wiederholte er endlich. »Darf ich dich berühren, Marlene?«

Da sie nicht riskieren wollte, noch einmal so lächerlich heisere Töne von sich zu geben, nickte sie nur.

Seine linke Hand griff unter ihr Kinn und drehte ihr Gesicht in seine Richtung.

Ihr Atem beschleunigte sich.

Er begann mit seinem Daumen die Konturen ihrer Lippen nachzuzeichnen. Nicht fest, aber auch nicht zart.

Ihr Blut antwortete, es pulsierte hart an den Stellen, an denen er sie berührte.

Sein Daumen kreiste weiter um ihren Mund, ab und zu verharrend, die Lippen leicht zusammenpressend.

Marlene konnte nicht anders, sie hob ihm das Gesicht entgegen.

Die Jungs draußen bemerkten plötzlich, dass zwei Menschen im Auto saßen.

»Oh – viel Spaß noch!«, rief einer, und alle lachten.

Julian schob seinen Daumen nun zwischen Marlenes Lippen und drückte gegen ihre Zähne. Bereitwillig öffnete sie den Mund.

Da ließ er seine Hand sinken. Das Gefühl der Leere an der Haut, die er eben noch berührt hatte, war fast schmerzhaft.

Seine Hand landete, wie zufällig, in ihrem Schoß, zwischen ihren Beinen. Dort ruhte sie jetzt.

Marlene spürte, wie sich die Muskeln in ihren Oberschenkeln lustvoll anspannten. Sie hob ihren Schoß der Hand entgegen.

Aber Julian nahm die Hand wieder fort und griff nach dem Lenkrad.

»Wo kann ich dich absetzen?«

Die Frage traf Marlene wie eine kalte Dusche. Was hatte sie falsch gemacht? Warum wollte er jetzt doch nichts von ihr?

Beinahe hätte sie vor Enttäuschung laut aufgeschluchzt.

Sie schluckte hart.

»Ich wohne in der …«

»Oder möchtest du noch mit zu mir?«, unterbrach Julian sie.

Überrascht wandte sie den Kopf und versuchte, in seiner Miene zu lesen. Aber obwohl die Straßenlaterne ins Auto leuchtete, lag sein Gesicht im Schatten, sie konnte den Ausdruck darauf nicht erkennen.

»Ja«, sagte sie. »Gerne!«, fügte sie noch hinzu und wartete auf eine Reaktion. Aber er nickte nur, ganz beiläufig und damit demonstrierend, dass er an ihrer Bereitschaft keinerlei Zweifel gehabt hatte, und drehte den Zündschlüssel.

Während er das Auto durch die belebten Straßen lenkte, musterte sie ihn verstohlen von der Seite. Das schmale Gesicht, fast aristokratisch mit den feinen Zügen, ließ keine Emotionen erkennen. Sie war verunsichert. Was wollte er von ihr?

Aber diese Unsicherheit steigerte ihre Erregung. Ihr Körper hatte auf seine Berührungen reagiert, stärker, als sie erwartet hatte, stärker, als sie es gewohnt war.

Und er sah einfach umwerfend aus mit seinen dunklen Augen, mit dem schwarzen Haar, mit der Strähne, die immer wieder über sein rechtes Auge fiel. »Der junge Wilde«

hatte die Zeitung getitelt, obwohl er so jung gar nicht mehr war, dreiunddreißig war er vor Kurzem geworden, auch das wusste sie aus dem Artikel.

Seine Hände umfassten entspannt das Lenkrad, schmale Hände, die Kraft und Sensibilität gleichermaßen versprachen. Hände, die sie berührt hatten; sie meinte noch den Druck seiner Rechten in ihrem Schoß zu spüren. In ihrem Unterleib pochte es fordernd.

Marlene unterdrückte ein Aufstöhnen. Sie war erregt. Es ging ihr schon längst nicht mehr darum, eine Trophäe zu erobern. Er sollte sie noch einmal anfassen, sie wollte seine Hände noch einmal spüren … ihre Lippen prickelten noch immer, wo sein Daumen gekreist war.

Sie kramte in ihrer Handtasche nach der Zigarettenschachtel.

»Ich bin allergisch gegen Rauch«, sagte Julian, als sie die Packung in der Hand hielt.

»Oh, entschuldige.« Sie ließ die Zigaretten zurück in die Tasche gleiten.

Sie fuhren über die Isar. Die Lichter der Straßenlaternen auf der Brücke warfen huschende Schatten über sein Gesicht.

Hinter der Brücke bog Julian unvermittelt ab, in eine kleine, enge Straße in einem früheren Handwerkerviertel in München. Inzwischen *saniert,* Handwerker konnten sich diese Gegend hier längst nicht mehr leisten, ihre Häuschen waren abgerissen und durch mehr oder weniger gleichförmige Mehrfamilienhäuser ersetzt worden; weiße Klötze, eigentlich zu hoch für die schmale Straße, mit Satellitenschüsseln auf den Balkonen, hinter den Fenstern das flackernde blauschwarze Licht der Fernseher.

Der Schein der Straßenbeleuchtung reichte nicht aus, um die triste Atmosphäre aufzuhellen. Die Parkbuchten zwischen den wenigen jungen Bäumen waren voll besetzt. Julian ging vom Gas, Marlene fragte sich, wie er wohl hier einen Parkplatz finden wollte.

Aber da rangierte er auch schon gekonnt in eine Lücke vor einer Hofeinfahrt, und er kam genau unter dem Halteverbotsschild zu stehen, unter dem eine Tafel anzeigte, dass hier parkende Autos abgeschleppt würden.

»Du stellst die Einfahrt zu«, entfuhr es Marlene überrascht.

Julian lachte kurz auf.

»Hier wohnt niemand mehr; der Einzige, der blockiert wird, bin ich.«

Er zog den Schlüssel ab, stieg aus, kam um das Auto herum und öffnete die Beifahrertür.

Marlene schwang die Beine aus dem Auto, dann zögerte sie. Erst jetzt nahm sie das Haus, vor dem sie parkten, richtig wahr: Es war nur zweigeschossig und wirkte fast verloren, so eingequetscht zwischen den fünfgeschossigen rechts und links. Die Fenster zugemauert, die Hauseingangstür mit einem Holzkreuz unpassierbar gemacht.

»Hier wohnst du?«, fragte sie ungläubig und musterte das große Schild mit der Aufschrift »Eintritt verboten«, das unmittelbar vor ihr neben der Haustür hing.

Julian folgte ihrem Blick auf das unbewohnte Haus, auf die großen Löcher im Putz, die abgesplitterten, schief hängenden Holzrollläden und die aufgeklebten Plakate, deren herunterhängende Fetzen sich leicht im Wind bewegten.

»Ich wohne im Hinterhaus. Das wird alles abgerissen, das Vorderhaus ist schon geräumt.«

Erst jetzt realisierte Marlene das große Bauschild hoch oben an der Fassade.

Eine in der Region bekannte Immobilienfirma annoncierte, dass hier demnächst achtzehn Eigentumswohnungen errichtet würden. Eine bunte Zeichnung zeigte das geplante Haus: Ein weißer Klotz im Sonnenschein, mit spielenden Kindern auf der Straße davor und Menschen, die unter Sonnenschirmen auf kleinen Balkonen saßen. Selbst auf dem schönenden Plakat wirkte es zu klobig für die enge Straße.

»Kommst du?«, fragte Julian ungeduldig. Er hielt noch immer den Griff der Beifahrertür in der Hand.

Marlene hatte sich den Wohnort des so umschwärmten und erfolgversprechenden Künstlers anders vorgestellt – mindestens Bogenhausen. Aber egal, da stand er – und wartete auf sie, auf Marlene Grommer!

Erneut spürte sie die Erregung durch ihren Körper ziehen. Sie stieg aus und folgte ihm auf sein aufforderndes Nicken in die Hofeinfahrt, machte kleine, unsichere Schritte und achtete sorgsam darauf, auf dem alten Kopfsteinpflaster nicht umzuknicken.

Vor der Tür zu dem einstöckigen Häuschen, das früher wohl eine Werkstatt gewesen war und sie an die Geschichte von *Pumuckl* und seinem Meister Eder erinnerte, verharrte Julian.

»Meine Katze haut gerne mal ab. Wir müssen aufpassen, dass sie nicht rausflitzt. Wenn ich jetzt die Tür einen Spalt aufmache, gehst du bitte so schnell wie möglich rein, verstanden?«

Marlene nickte.

Im Inneren des Häuschens fragte sich Marlene, ob es wirklich eine gute Idee gewesen war, mit diesem Mann mitzufahren. Sie hatte sich in einer schicken Wohnung gesehen, in einem luxuriösen Ambiente mit teuren italienischen Designermöbeln. Aber das breite Bett in der rechten hinteren Raumecke, der lange hölzerne Esstisch in der Mitte mit den vielen unterschiedlichen Stühlen, die zusammengewürfelten Küchenmöbel auf der linken Raumseite, der riesige, altmodischen Kühlschrank, das alles wirkte wie vom Sperrmüll. Obwohl es nicht ungemütlich war, im Gegenteil. Dazu trugen wahrscheinlich auch die vielen Pflanzen bei, die sich direkt an der Eingangstür vor dem bodentiefen Sprossenfenster auf zwei langen Bänken drängten: unzählige unterschiedlich große, mit üppigem Grün gefüllte Blumentöpfe auf braunen Terrakotta-Untersetzern. Links vorne war ein kleiner Raum durch eine Mauer abgeteilt. Die offen stehende Tür gab den Blick frei auf eine Toilette, eine winzige Duschtasse und eine mit Streu gefüllte Plastikwanne in der Ecke.

Unsicher verharrte Marlene neben dem großen Esstisch. Eigentlich hätte sie jetzt eine Zigarette gebraucht.

»So.« Julian stand plötzlich neben ihr. »Möchtest du ein Glas Rotwein?« Er ging zu dem Wandbord über dem Herd und griff nach einer Flasche.

»Ja«, sagte sie zögernd. »Warum hast du so viele Pflanzen?«, fragte sie.

Julian hielt mitten in der Bewegung inne.

»Das sind Kräuter, Küchenkräuter, kennst du die nicht?«

Marlene schüttelte den Kopf.

»Kochst du nicht gerne?«, fragte Julian, während er zwei Gläser mit Wein füllte.

Marlene schüttelte wieder den Kopf.

»Warte, ich zeig sie dir«, sagte er. Er kam zu ihr, nahm ihre Hand und zog sie vor die Kräuterbank.

»Schau, das ist Thymian, hier ist Estragon. Basilikum kennst du, riech mal.«

Er riss ein Blättchen ab und zerrieb es unter ihrer Nase.

»Ja, natürlich«, sagte Marlene.

»Hier kommt jetzt …«, fuhr Julian mit sichtlichem Stolz fort, »… Rosmarin, Pfefferminz, Schnittlauch, Kresse, Zitronenmelisse, Salbei …«

Plötzlich stupste etwas an Marlenes Bein. Erschrocken schrie sie auf.

»Das ist nur Tete, die begrüßt dich«, beruhigte Julian sie und ließ ihre Hand los.

»Entschuldige, aber ich muss jetzt zuerst die Katze versorgen, sonst ist sie entsetzlich beleidigt«, erklärte er und öffnete die Tür des alten Kühlschranks, die schon große schwarze Stellen aufwies, wo die Emaillierung abgeplatzt war.

Marlene ging in die Knie, um die kleine graue Katze zu streicheln. Sie ärgerte sich über sich selbst. Wieso hatte sie so aufgeschrien? Das war die Nervosität, sonst nichts. Sie streichelte die Katze und war dankbar für diese Ablenkung.

»Sie hat ja nur drei Beine«, sagte sie plötzlich überrascht.

»Deshalb heißt sie ja auch Tete«, erklärte Julian, während er Katzenfutter in einen Fressnapf löffelte.

»Weswegen?«, fragte Marlene, immer noch in der Hocke und die Katze streichelnd. Die schnurrte und rieb ihren Kopf an Marlenes Hand

»Weil ihr ein Bein fehlt«, sagte Julian.

»Das verstehe ich nicht«, erwiderte Marlene irritiert.

Julian stellte den Fressnapf auf den Boden, und die Katze entwand sich Marlenes Hand und sprang mit stolz aufgerichtetem Schwanz zu ihrem Futter.

Julian nahm die beiden Weingläser.

»Wenn sie vollständig wäre, hätte ich Nofre- nicht abschneiden müssen.«

Er stand jetzt vor Marlene, die immer noch auf dem Boden hockte, und verzog das Gesicht zu einem amüsierten Lächeln.

»Du darfst dich erheben«, sagte er und hielt ihr eine Hand hin.

Marlene griff danach und spürte, wie ihr Puls beschleunigte, als er sie hochzog.

Ihr fehlte die Zigarette; sie wusste nicht, wohin mit ihren Händen, wusste nicht, wohin sie schauen sollte – Julian beobachte ihr Mienenspiel interessiert. Er drückte ihr ein Glas in die Hand.

»Das mit dem Namen verstehe ich immer noch nicht«, sagte Marlene, hauptsächlich um *irgendetwas* zu sagen.

Julian weidete sich kurz an Marlenes offensichtlicher Begriffsstutzigkeit, dann wurde es ihm langweilig.

»Ich erkläre es dir später«, sagte er und griff erneut nach ihrer Hand, um sie Richtung Bett zu ziehen. »Komm …«

Marlene sträubte sich.

»Was ist los?«, fragte Julian. »Hast du deine Meinung geändert?«

Marlene zögerte. Es war alles so anders, als sie es sich vorgestellt hatte.

Kein Luxus, kein Champagner, stattdessen Sperrmüll und schlechter Rotwein aus billigen Pressglaskelchen (hier irrte Marlene allerdings, der Wein war alles andere als schlecht). Unentschlossen trat sie von einem Fuß auf den anderen.

Julian ließ ihre Hand erneut los.

»Wenn du es dir anders überlegt hast, dann sag's«, meinte er achselzuckend. »Ich habe damit kein Problem. Ich fahre dich selbstverständlich nach Hause, du musst keine Angst haben, dass ich dich einfach vor die Tür setze. Aber entscheide dich: Willst du bleiben oder fahren?«

Sie sah seine schwarzen Augen, sie roch seinen Duft, ein herbes Rasierwasser, und noch etwas anderes, Männliches – eine erregende Mischung. Sie spürte wieder das Kribbeln unter der Haut und wie ihr die Knie weich wurden.

»Bleiben«, hauchte sie so leise, dass Julian es eher erriet als hörte.

Er lächelte, mit leichtem Spott in den Augen. Sie schloss die Lider, sie wollte den Spott nicht sehen.

Er strich ihr sanft mit der Hand über die Wange – und da war sie wieder, diese Hitze, die in den Unterleib zog …

»Das freut mich«, sagte er und küsste sie auf den Hals. Wohlige Schauer überliefen sie.

»Komm«, sagte er und schob sie zum Bett.

Das war der Beginn einer Liebesnacht, wie Marlene noch keine erlebt hatte. Julian legte sich entspannt an ihre Seite. Er stützte den Kopf auf seine rechte Hand, mit der linken begann er sie zu streicheln. Langsam zeichneten seine Finger die Konturen nach, die Wangen, die Augenbrauen, die Lippen, die zarte Haut hinter den Ohren … Seine Finger umrundeten ihren Mund, strichen erneut zärtlich über ihre Wange.

»Entspann dich«, sagte er. »Wir haben viel Zeit.«

Er ließ seinen Daumen um ihre Lippen kreisen, dann wanderten die Finger aufreizend langsam ihren Hals entlang, brachten ihre Haut dazu, sich zu sehnen – sich ihm entgegenzustrecken …

Irgendwann knöpfte er den ersten Knopf ihrer Bluse auf. Seine Hand schmiegte sich in den Ausschnitt, Marlene wölbte sich ihm entgegen – da zog er die Hand zurück und begann wieder an der Wange.

Marlene stöhnte leise auf. Auf ihrer Haut spürte sie die prickelnde Spur, die sein Finger gezogen hatte. Jetzt zeichnete er eine Linie daneben. Wieder der langsame Finger, der sich dem Ausschnitt näherte, die Hand, die sich warm anschmiegte, ein weiterer Knopf, der geöffnet wurde, der sanfte Druck, als die Hand sich in den Ausschnitt drängte – und wieder hob sie sich ihm entgegen, höher als vorhin.

Und wieder zog er seine Hand zurück, und sein Daumen legte sich auf ihre Lippen.

Marlene verlor jedes Zeitgefühl. Alle ihre Sinne konzentrierten sich auf diese Hand, auf diese Finger, die in quälender Langsamkeit über ihre Haut wanderten, eine Zelle nach der anderen berührend, öffnend und in Flammen versetzend.

Ein tiefes Aufstöhnen kam aus ihrer Kehle, als seine Hand endlich ihre Brust umschloss.

Irgendwann half er ihr aus der Bluse und der Hose, streifte ihre Kleidung ab. Dann nahm seine Hand das Streicheln, Reizen, Pressen wieder auf.

Marlene meinte zu spüren, wie ihre Nervenenden sich teilten, sich spreizten, ja austrieben wie ein Baum, wie sie Zweige mit Verästelungen bildeten, nur um keine Berührung zu verpassen. Alle Fasern suchten – suchten ihn, suchten seine Hand, suchten diese Verbindung.

Sie schrie laut auf, als er sie das erste Mal zum Höhepunkt brachte.

Sie verlor die Kontrolle über ihren Körper. Sie war sich nicht bewusst, dass sie die Beine weit spreizte, als später seine Hand um ihren Nabel kreiste und dann mit sanftem Druck auf ihrer Bauchdecke tiefer wanderte. Sie wollte seine Hände an ihrer empfindlichsten Stelle spüren, sie wollte *ihn* spüren.

Und wieder ließ er sie warten, ließ ihr Zeit, das Gefühl in sich aufzunehmen, zog mit seinen Fingern und seiner Hand feurige, lustvolle Linien über ihre Haut, die er mit seinen Lippen anschließend kühlte.

Ihr hämmerte das Blut in den Ohren.

Irgendwann schrie sie erneut laut auf.

Julian blickte taxierend auf Marlene hinab. Er sah, wie sie ihre Zehen in das Laken krallte, als sie ihren ganzen

Körper wie eine Feder spannte. Schweiß verklebte die Haare auf ihrer Stirn, und die Augen lagen tief in den Höhlen. Das Lächeln, mit dem sie seinen Blick erwiderte, verunglückte vor Erschöpfung.

Erst jetzt ließ Julian es zu, dass die Spannung aus seinem Unterleib in sein Gehirn aufstieg und Besitz von ihm ergriff.

Aber er konnte sich nicht gehen lassen. Er war unfähig, einen Orgasmus zu erleben, solange jemand sein Gesicht dabei beobachten konnte.

Sein Mund glitt noch ein letztes Mal zart über ihre Brust, seine Zunge kühlte noch einmal die in Flammen stehenden Spitzen.

»Dreh dich um«, flüsterte er heiser.

Später dann beugte Julian sich über Marlene, streifte mit seinen Lippen kurz ihren Bauch und sagte:

»Möchtest du lieber Espresso oder Tee, bevor ich dich nach Hause bringe?«

Überrascht hob Marlene den Kopf.

»Du musst mich doch jetzt nicht nach Hause fahren, ich bleibe gerne noch ein bisschen.« Sie legte einen Arm um Julians Schulter und wollte ihn zu sich herunterziehen.

Julian löste sich aus der Umarmung.

»Hör zu, Marilyn …«

»Ich heiße Marlene!« Die junge Frau drehte sich von Julian weg.

»Das weiß ich doch«, versicherte er und küsste sie flüchtig auf die Stirn. »Aber du bist mindestens so sexy wie die Monroe, ich nenne dich ab jetzt Marilyn.«

Geschmeichelt streckte sich Marlene und brachte ihre körperlichen Vorzüge in Position.

»Ja? Findest du mich sexy?«

»Absolut!«, antwortete Julian, ohne auf die Brüste zu achten, die sich ihm entgegenwölbten. »Aber ich habe morgen schon in aller Frühe zu arbeiten, da kann ich dich hier nicht brauchen.«

Marlene verzog die Lippen zu einem übertriebenen Schmollmund. »Ich dachte …«

Julian unterbrach sie.

»So sexy Frauen wie du sollten überhaupt nicht denken, das macht nur Falten.«

Während Marlene noch überlegte, ob das ein Kompliment oder eine Beleidigung gewesen war, setzte Julian Wasser in einem alten Kessel auf. Als er den Schalter für die Kochplatte drehte, langte er mit der anderen Hand gleichzeitig hoch zu dem darüber befindlichen Sicherungskasten; meist flog die Sicherung raus, wenn man die Elektroplatte anschaltete.

»In fünf Tagen ist meine erste große Einzelausstellung, ich brauche meinen Schlaf. Ich mache dir einen Espresso und mir einen Tee, und dann fahre ich dich heim.«

Er wandte Marlene weiterhin den Rücken zu. Sie sollte sein Gesicht nicht sehen.

Denn die Ausstellung war nur ein Vorwand. Er hatte noch nie mit einer Frau im selben Raum übernachtet. Niemals.

Selbst damals, als er geliebt hatte, damals mit Veronika, hatte er auf getrennten Schlafzimmern bestanden.

Denn in seinem Schlafzimmer musste die ganze Nacht das Licht hell leuchten.

Denn Julian hatte Angst vor der Dunkelheit.

Aber niemand durfte das jemals erfahren.

Julian griff nach der Büchse mit den Teeblättern.

»Also, sei jetzt eine ganz Liebe und sieh zu, dass du in deine Klamotten kommst«, fuhr Julian fort und goss den Tee auf. »Für heute reicht's.«

Diese große Ausstellung, die der Anlass gewesen war für die ausführliche Berichterstattung der letzten Woche: Marlene wusste, wovon er sprach. Klar, dass er noch viel zu tun hatte. *Für heute reicht's* bedeutete doch, dass es ein anderes Mal geben würde. Sie durfte ihn nur nicht verärgern. Außerdem brauchte sie jetzt unbedingt eine Zigarette. Und sie musste Eva anrufen – die würde eh schon platzen vor Neugier.

Sie schwang die Beine aus dem Bett. »Klar, kein Problem, ich bin sofort fertig.«

Und das war sie dann auch, keine zehn Minuten später saßen die beiden im Auto.

Julian musste nicht weit fahren, Marlene wohnte in Haidhausen. Da er schwieg, traute sie sich nicht, etwas zu sagen. Vor ihrer Haustür umarmte er sie flüchtig, hauchte ihr einen Kuss auf die Wange und sagte: »Ich rufe dich in den nächsten Tagen an, okay?« Erfreut nickte sie und stieg aus.

Als ihr auffiel, dass er gar nicht nach ihrer Telefonnummer gefragt hatte, konnte man das Motorengeräusch des einsamen Autos in der nächtlich leeren Straße nur noch ahnen.

Am Samstag beschloss Antonia, einen Überraschungsbesuch bei ihren beiden Onkeln in deren Seniorenwohnanlage zu machen. Das Foyer des Gebäudes erinnerte in seiner Gestaltung an einen luxuriösen Wolkenkratzer in New York und verfügte, genau wie diese, über einen »Doorman« an einem Empfangstisch, wo sich die Besucher anmelden mussten. Das helle Südlicht, das durch die bodentiefen Fenster hereinfiel, die den Blick auf den im japanischen Stil angelegten Garten freigaben, schuf zusammen mit dem hellen Holz eine warme und freundliche Atmosphäre, die Antonia immer noch beeindruckte.

Nur die überdurchschnittlich hohe Zahl von Menschen in Rollstühlen zeigte an, dass es sich hier um eine Art Altersheim handelte. Obwohl die Betreiber dieser exklusiven Seniorenresidenz sich den Ausdruck Altersheim sicher vehement verbeten hätten.

»Können Sie mich bitte bei Herrn Paul Kugler und Herrn Walter Dorant anmelden?« Während der sympathische junge Mann an der Rezeption telefonierte, wanderten Antonias Gedanken zurück zu dem Tag, an dem Walter und Paul ihr gesagt hatten, was sie planten. Paul, der Lebensgefährte von Walter seit über drei Jahrzehnten, war schon länger an Parkinson erkrankt. Geraume Zeit hatten die Ärzte die Symptome im Griff behalten können. Aber vor einem Jahr hatte ein neuer, starker Erkrankungsschub Paul im wahrsten Sinn des Wortes »von den Beinen« geholt.

Zuerst hatte Walter ihn hingebungsvoll zu Hause gepflegt, Paul und den Rollstuhl täglich die wenigen, aber trotzdem anstrengenden Stufen am Hauseingang hinunter- und wieder hinaufgetragen, ihm beim Duschen geholfen, ihn auch zur Toilette begleitet.

Aber nach einigen Wochen hatte Walter einsehen müssen, dass die Pflege Pauls seine Kräfte überforderte. Zumal sich Pauls Zustand langsam, aber kontinuierlich verschlechterte.

Den Sonntagvormittag, an dem Walter und Paul mit ihr gesprochen hatten, würde Antonia nie in ihrem Leben vergessen: Es war fast so schlimm gewesen wie damals …

Sie hatten nach einem ausgiebigen gemeinsamen Brunch die Vorfrühlingssonne genossen, die nach zwei langen grauen, kalten und schneereichen Wochen den als Frühstücksraum genutzten Wintergarten mit Licht und Wärme füllte.

Und fast wie damals, hatte sich Walter geräuspert und dann gesagt: »Toni, Antonia, ich muss dir etwas sagen.«

Auch wenn die beiden Antonia scheinbar in die Diskussion einbanden und versuchten, ihr das Gefühl zu geben, sie habe mitentschieden, so war der Beschluss doch längst gefällt, und Antonias Widerstand und ihre Gegenargumente blieben wirkungslos. Genau genommen hatten die beiden Antonia darüber informiert, dass Paul und Walter aus dem Haus, in dem sie alle wohnten, ausziehen würden, dass sie eine Dreizimmerwohnung in einer luxuriösen Seniorenresidenz mieten wollten, in einer Anlage, die die ganze Palette der Bedürfnisse von selbstständigem Wohnen bis hin zur 24-Stunden-Vollpflege abdeckte – und dass sie nie mehr zurückkämen ins Haus, dass Antonia dann also allein in der großen Jugendstilvilla wohnen würde und doch aus ihrer kleinen Wohnung unterm Dach ins Erdgeschoss ziehen könnte.

»Aber ich kann doch nicht in eure Wohnung ziehen – das ist doch euer Zuhause!«

»Dann nicht mehr …«, hatte Walter gesagt.

»Aber ihr könnt doch nicht in ein Altenheim ziehen!«, hatte Antonia protestiert.

»Es ist kein normales Altenheim«, hatte Walter widersprochen. »Es ist eine Seniorenresidenz, die uns unglaublich viele Möglichkeiten bietet. Wir können abends zusammen zu Veranstaltungen gehen, es gibt Brigdeturniere, Vorträge, Theaterabende, Lesungen, alles Mögliche! Und wir können beide daran teilnehmen, Paul kann im Rollstuhl hinfahren. Und wenn Paul mal nicht will, kann ich auch allein gehen und weiß Paul in der Zwischenzeit gut aufgehoben. Wir haben uns für eine traumhafte Wohnung auf die Warteliste setzen lassen: drei Zimmer, große Terrasse, sensationeller Alpenblick, Paul hat schon die tollsten Möbel für die Einrichtung ausgesucht; wir freuen uns sehr darauf, dort zu wohnen. Und das ist im Übrigen eine ganz normale Wohnung, nur dass sie eben Teil einer Wohnanlage ist, die zusätzlich noch die Möglichkeit bietet, sich pflegen zu lassen, wenn man das will …«

»… oder wenn man das braucht. So wie ich!«, hatte Paul ergänzt.

Antonia hatte aufgestöhnt. Natürlich hatte sie bemerkt, dass Paul immer kränker wurde. Aber – und nun schalt sie sich selbst – sie hatte vor lauter Egoismus die Augen verschlossen, hatte das Offensichtliche nicht sehen wollen. Walter konnte Paul nicht auf Dauer pflegen, ihr Onkel war dieser Belastung weder psychisch noch physisch gewachsen, schließlich war er auch nicht mehr jung. Aber …

»Wir könnten umbauen, es ist doch Platz genug hier, wir könnten Pfleger ins Haus nehmen. Und was wird überhaupt aus euren Sachen … eure Möbel …«, stotterte sie in dem vergeblichen Versuch, einen Grund, ein Argument zu finden, dass die beiden hierblieben. Hier bei ihr. Und nicht auch fortgingen!

Sie merkte erst, dass sie weinte, als Paul tröstend seine Hand über ihre legte.

»Arme Toni«, sagte er. »Aber schau, Walter ist am Ende seiner Kräfte. Natürlich können wir das alles machen, was du vorschlägst – aber irgendwann kommt wahrscheinlich doch der Punkt, wo ich stationäre Pflege brauche. Und niemand weiß, wann das ist oder wie schnell das geht.«

Antonia empfand plötzlich das fröhliche Strahlen der Sonne als hinterhältig.

»Schau, Antonia, du musst der Realität ins Auge sehen«, sagte Paul. Antonia verstand ihn gut, obwohl er an diesem Tag wieder Schwierigkeiten hatte, verständlich zu artikulieren.

»Ich werde nicht mehr gesund. Und ich werde bald sterben.«

Er warf Walter einen Blick zu, den sie nicht verstand. Sie sah auch das kaum wahrnehmbare Nicken von Walter. Aber bevor sie darüber nachdenken konnte, was sich die beiden in diesem stummen Dialog mitgeteilt hatten, fuhr Paul fort.

»Ich werde mich viel wohler fühlen, wenn ich irgendwo bin, wo man auf Menschen wie mich eingerichtet ist und sich professionell um mich kümmern kann, und ich nicht hilflos mit ansehen muss, wie Walter sich quält und auf dem Zahnfleisch geht.«

Er wischte ihr zart eine Träne von der Wange.

»Glaube mir, ich habe alles versucht, ihn zum Hierbleiben zu bewegen. Er sollte …«

Walter unterbrach ihn.

»Ich gehe mit dir.« Er wandte sich zu Antonia.

»Toni, du musst das verstehen. Du bist das Kind meiner geliebten und viel zu früh gestorbenen Schwester, und ich liebe dich, als wärst du meine eigene Tochter, du weißt das, nicht wahr?«

Antonia nickte.

»Aber ich liebe auch Paul. Und das ist eine andere Form der Liebe: Paul ist mein Mann, mein Partner, mein Leben! Ich will jede Sekunde, die wir noch gemeinsam haben, mit ihm verbringen. Ich will, so lange es geht, des Nachts neben ihm liegen, seinen Atem hören, morgens mit ihm aufwachen. Ich will …« Ihm brach die Stimme.

Auf dem Dach des Wintergartens schmolz der Schnee, das Wasser tropfte auf die kleine Terrasse davor.

»Ihr redet über das Sterben und den Tod, als wäre es das Normalste von der Welt«, schluchzte Antonia.

Paul lachte leise. »Mein Schatz, meine Liebe, es *ist* das Normalste von der Welt.«

Er umfing ihre Schultern und hielt die weinende Antonia fest in seinen Armen.

Walter kam um den Tisch herum, kniete sich neben Pauls Rollstuhl und griff nach Antonias Händen.

»Ja, weine nur. Ich habe auch geweint. Aber Paul hat recht …«

Draußen flötete, von der Sonne verleitet, ein Amselmännchen seinen Reviergesang.

Antonia hatte Zeit gebraucht, bis sie die Entscheidung akzeptiert hatte. Das Haus, das die beiden sich ausgesucht hatten, war wirklich erstklassig, sie hatten Glück mit ihrem Wartelistenplatz, und knapp sechs Wochen nach diesem Gespräch war es schon so weit: Onkel Walter und Paul zogen aus und gingen ins Heim.

Sie räumten ihre Zimmer: Sie warfen weg, verschenkten, entsorgten, verkauften … Auf einmal waren die Bücherregale leer, leuchteten helle Flecken auf den Tapeten, wo Bilder gehangen hatten. Als aber Walter dem Entrümpler, der das Doppelbett und die beiden großen Kleiderschränke aus dem Schlafzimmer im ersten Stock abholte, auch die schweren Polstermöbel und die dunklen Schränke aus dem Wohnzimmer anbot, widersprach Antonia. Also blieb das Wohnzimmer, wie es war.

Antonia hatte sich monatelang gewehrt, in die Wohnung im Erdgeschoss einzuziehen. Walter und Paul hatten nicht aufgehört, sie sanft zu drängen: »… es tut der Wohnung nicht gut, wenn sie leer steht … wir wären beruhigter, wenn du unten wohntest … du machst uns das Herz schwer, wenn wir sehen, wie hart es dich ankommt, das alles zu akzeptieren …« Und irgendwann hatte der Onkel gesagt: »Verstehst du mich denn nicht? Verstehst du nicht, dass ich möchte, dass du der Wohnung deinen Stempel aufdrückst? Dass es mir leichter wird, ein neues Leben – auch irgendwann ein Leben ohne Paul – anzufangen, wenn in dieser Wohnung ebenfalls neues Leben einzieht?«

Mit diesem Argument, mit dem »Es wird mir leichter«, hatte er Antonia manipuliert, sie zum Nachgeben gebracht. Diesem letzten Argument hatte sie nichts entgegenzusetzen gewusst. Vor zwei Wochen hatte sie ihre Schlafzimmermöbel in den leeren Raum im ersten Stock bringen lassen, in den Raum, der Paul und Walter fast vierzig Jahre lang als Schlafzimmer gedient hatte. Ihre Bücher und ihre persönlichen Dinge hatte sie in die alten Schränke im Wohnzimmer geräumt und war somit »umgezogen«.

Walter und Paul lebten nun im Heim, in dieser Luxusresidenz. Antonia hatte längst verstanden, dass es die richtige Entscheidung gewesen war. Und wollte sich dennoch nicht damit abfinden.

»Schön, dass du uns besuchst«, freute sich Walter und umarmte seine Nichte. Paul versuchte, sich aus seinem Rollstuhl zu erheben, aber Antonia eilte zu ihm und ging vor ihm auf die Knie. »Wie geht es dir, Onkel Paul?«

Paul beugte sich vor und küsste sie auf beide Wangen.

»Ich bin zufrieden, mein Kind. Und dir?«

»Wenn ich euch nicht so vermissen würde, ginge es mir wunderbar.«

Sie erhob sich und schob den Rollstuhl an den Esstisch, wo Walter bereits Kaffee eingoss und Käsekuchen verteilte.

»Hm, der ist aber lecker«, sagte Antonia nach dem ersten Bissen.

»Ja, nicht wahr? Ist der nicht sensationell? Den hat Paul heute Morgen gebacken.«

»Wirklich?« Antonia hob überrascht den Kopf.

»Walter macht Witze«, sagte Paul. »Ich stand mit meinem Rollstuhl im Weg und habe zweimal den Schalter an der Rührmaschine nach unten gedrückt ...« Antonia hörte einen bitteren Unterton in Pauls Auflachen.

»Du hast mir gesagt, was ich tun muss, und du hast immer wieder probiert und mir erklärt, wie ich den Teig noch verbessern kann. Ohne dich hätte ich nicht …«

»Lass es gut sein«, sagte Paul, und sein Blick zu Walter sagte: *Hör doch auf, mich und dich zu belügen.* »Antonia, wie war es denn in Salzburg? Bist du zufrieden?« Er wechselte geschickt das Thema.

Antonia berichtete von dem neuen großen Auftrag und erhielt begeistertes Lob und Glückwünsche von den beiden.

»Ich war auch vollkommen euphorisch«, fuhr sie fort. »Danach wollte ich mich dann noch selbst belohnen, aber das war eine kleine Enttäuschung …« Sie begann mit der Schilderung ihres Restaurantbesuchs.

»Wie unverschämt!« Walter war empört. Auch Paul verzog verärgert das Gesicht.

»Und dann hat er gesagt: Dieser Tisch ist aber für vier eingedeckt, und da habe ich …«

Das vergnügte Auflachen von Paul machte Antonia glücklich. Fast war sie diesem Ober dankbar, dass er ihr eine solch schöne Gelegenheit geschenkt hatte, um Paul zum Lachen zu bringen.

»Eine Frau allein im Restaurant ist immer noch nicht gerne gesehen …«, sagte Walter kopfschüttelnd etwas später.

»Ja, das stimmt«, pflichtete Antonia bei. »Aber ich kann mir ja schlecht einen Mann mieten …«

Antonia wusste, dass insbesondere Paul nun genau wissen wollte, was sie gegessen hatte, und sie bemühte sich, ihm die einzelnen Gerichte, die vermutlich verwendeten Zutaten und die von ihr angenommene Zubereitungsart genau zu beschreiben. »Also zum Beispiel das Ratatouille, da habe ich überhaupt keine Vorstellung, wie die das hingekriegt haben. Das war so intensiv im Geschmack, die einzelnen Aromen so … so präsent! Ach, ich kann es euch nicht erklären.«

»War es vielleicht *sous-vide* gegart?«, wollte Paul wissen. Antonia hob fragend die Augenbrauen.

»Im Wasserbad. Im Beutel. Zusammen mit Kräutern vakuumiert. Dann zieht das Kräuteraroma tief in das Gargut«, erläuterte Paul.

»Kann gut sein«, meinte Antonia leicht ratlos. »Du weißt doch, dass ich vom Kochen keine Ahnung habe.«

Paul lachte vergnügt auf. »Das stimmt«, sagte er.

»Wie fühlst du dich inzwischen im Haus?«, fragte Walter. »Hast du dich daran gewöhnt, unten zu wohnen?«

Antonia wusste, was die beiden hören wollten.

»Natürlich«, log sie. »Es ist schon schön. Und ich habe jetzt viel mehr Platz. Das mit dem Arbeitszimmer ist natürlich auch praktisch.«

Ihr Blick haftete konzentriert an dem Rest Käsekuchen auf ihrem Teller, den sie jetzt mit der Gabel in lauter kleine Stückchen zerteilte. Plötzlich lag Pauls Hand tröstend auf ihrer.

»Ich bin schon ziemlich allein jetzt im Haus …«, gab sie zu und hob den Kopf.

»Ich weiß«, sagte Walter. »Du müsstest vermieten. Wenn noch jemand anders da ist, ist das Haus nicht mehr so leer. Und dann ist da gleich eine ganz neue Stimmung! Ein anderer Mensch pflanzt dem Haus auch eine andere Atmosphäre ein. Es ginge dir dann vielleicht besser.«

»Jaja«, sagte Antonia. Aber die beiden Männer wussten, was sie dachte. In dem Moment, in dem sie vermietete, machte sie alles endgültig, von dem Zeitpunkt an gäbe es kein Zurück mehr.

Antonia trank den Rest aus ihrer Kaffeetasse und erhob sich.

»Ich verlasse euch jetzt«, sagte sie. Ich will noch kurz ins Büro. Und morgen fahre ich übrigens nach Stuttgart.«

Während sie die Kuchenteller aufeinanderstellte und zu der Spülmaschine in der kleinen Küchenzeile trug, fragte Walter: »Was machst du denn in Stuttgart?«

»Mir hat ein Sammler eine Arbeit von Paul Wallach angeboten, die ich gern hätte.«

»Ah, von dem hast du ja schon was«, meinte Walter, der ihr mit den Tassen folgte.

»Nein«, lachte Antonia. »Das verwechselst du mit Paul Renner, von dem habe ich schon eine Arbeit.«

»Und wie kommst du jetzt auf diesen Wallach?«

»Vor einigen Monaten war ein großer Bericht über ihn in der *Frankfurter Allgemeinen Zeitung,* da bin ich schon neugierig geworden, und vor Kurzem hat sogar das Centre Pompidou in Paris eine Arbeit von ihm gekauft – und jetzt habe ich etwas von ihm angeboten bekommen, das mir unheimlich gut gefällt.«

»Ist es nicht ein bisschen aufwendig, dafür extra nach Stuttgart zu fahren? Da geht doch der ganze Sonntag drauf.«

»Ich habe mich wirklich in diese Arbeit verliebt! Aber ich will sie natürlich in natura sehen, obwohl ich mir eigentlich sicher bin. Vielleicht kann ich aber noch etwas handeln.«

»Dann wünsche ich dir eine gute Fahrt.«

»Ja, danke, und wenn ich morgen Abend zurück bin, rufe ich euch an.«

»Das ist lieb von dir, mein Kind«, sagte Walter und küsste sie. Paul tätschelte ihr liebevoll die Wangen zum Abschied.

Als Antonia gegangen war, schauten sich Walter und Paul an.

»Sie hängt sich zu sehr an Dinge!«, sagte Walter.

»Die kann sie festhalten; die sind nicht plötzlich weg …«, sagte Paul.

»Ja, ich weiß. Ob sie jemals den Mut aufbringt, sich zu verlieben …« Walters Stirn war in tiefe Sorgenfalten gefurcht.

Einige Tage später

Julian sah auf die Uhr. »Immer noch zwei Stunden bis zur Eröffnung, die Zeit vergeht einfach nicht!«

»Wenn man alle zwei Minuten auf die Uhr guckt … ja, dann kommt es einem so vor«, sagte Hubert von Rotendall.

»Bist du überhaupt nicht nervös?«

»Machst du Witze?«

Julian und Hubert von Rotendall hatten sich während des Studiums kennengelernt, beide trugen die Sehnsucht nach der Kunst in sich, und beide hatten das ungeliebte Jurastudium abgebrochen. Im Gegensatz zu Julian hatte Hubert aber Unterstützung bei der Familie gefunden, und wenn auch die Familie eher dem »verarmten« Adel zuzurechnen war, so hatten seine Eltern ihm trotzdem mit einer Bürgschaft beigestanden. Er wusste, wie schwer ihnen das gefallen war. Das Vermögen der Familie bestand in erster Linie aus einem kleinen, schlossartigen Anwesen am Starnberger See, in dem sie alle wohnten. Es stellte mit seinem großen Seegrundstück zwar einen erheblichen Wert dar, doch davon konnte man schließlich nichts »abbeißen«, ganz im Gegenteil: Das Haus verschlang enorme Unterhaltungs- und Instandhaltungskosten.

Sein Vater verdiente als Niederlassungsleiter einer großen Automobilfirma nicht schlecht, trotzdem reichte das Geld immer nur gerade so, denn auch die vier Geschwister, die alle noch studierten, mussten versorgt werden.

Umso dankbarer war Hubert seinen Eltern für die Unterstützung. Er wollte und konnte sich ein finanzielles Scheitern nicht leisten. Diese Galerie musste ein Erfolg werden, das war er schon allein seinen Eltern schuldig.

»Nervös ist gar kein Ausdruck!«, sagte Hubert deshalb jetzt zu Julian. »Für mich hängt *alles* davon ab! Aber die Eintrittskarten waren immerhin ruck, zuck weg …«

Julian ließ noch einmal seinen Blick durch den Ausstellungsraum schweifen. »Aber bei der Hitze! Da gehen die Leute vielleicht doch lieber in den Biergarten …«

»Du machst mich fertig! Deshalb habe ich ja die Zahl der Einladungen limitiert; die, die eine gekriegt haben, sind so happy, die kommen!«

»Und du meinst, das ist die richtige Strategie?«

»Mit der PR, die wir hatten?«, sagte Hubert im Brustton der Überzeugung. »Gleich geht hier der Run los – du wirst schon sehen!«

Julian schaute auf die Uhr. »Es sind ja immer noch zwei Stunden!«, stöhnte er.

Hubert schüttelte den Kopf, ging in sein Arbeitszimmer und kam mit zwei gefüllten Gläsern zurück.

»Was ist das?«, fragte Julian.

»Wodka.«

Julian nickte.

Hubert hob das Glas. »Auf deine erste große Einzelausstellung! Auf dass sie ein Erfolg wird!«

»Auf deine erste Vernissage in der eigenen Galerie!«, erwiderte Julian. »Auf dass sie ein Erfolg wird!«

Hubert ließ noch einmal den Blick durch den Raum schweifen.

»Das wird sie.« Er dachte an seine Eltern, an die Bürgschaft, an seine Verpflichtungen. Plötzlich überfielen ihn Zweifel. Er hatte so viel auf eine Karte gesetzt.

»Das *muss* sie! Und wenn ich dazu aus Scheiße kleine Zwerge bauen muss!«, stieß er unvermittelt hervor.

Verblüfft hielt Julian, der gerade das Glas zum Mund heben wollte, inne. Dann lachte er laut auf.

»Ist es nicht das, was wir unser ganzes Leben lang tun? Wir bauen adrette kleine Zwerge – und hoffen, niemand merkt, dass sie aus Scheiße sind!?«

Hubert stutzte, grinste, und dann leerten beide ihre Gläser in einem Zug.

Etwa zur selben Zeit lehnte Antonia in ihrem gemütlichen Ohrensessel, die Beine auf dem davorstehenden Hocker ausgestreckt, und überlegte gerade, ob sie jetzt lesen oder vielleicht lieber ein ausgiebiges Wannenbad nehmen sollte, als das Handy auf dem Beistelltisch vibrierte.

Ein Blick auf das Display sagte ihr, dass ihre Schwester anrief.

»Hallo, meine Kleine«, sagte Antonia. »Das ist aber schön, dass du anrufst.«

Seit Susanne in die Studenten-WG im Gärtnerplatzviertel gezogen war, hörte Antonia nicht so oft von ihr.

»Hör mal, große Schwester, sollen wir beide heute Abend ausgehen? Es findet nämlich eine super Ausstellungseröffnung statt, dahin wollte ich dich mitschleppen.«

»Ach Susanne, das ist lieb von dir, dass du an mich denkst, aber ich bin zu müde. Es war ein anstrengender Tag.«

Antonia legte den Kopf an das Polsterohr des Sessels.

»Antonia, bitte geh doch mit! Ich muss unbedingt hin, der Galerist ist ein Freund von mir, und ich habe ihm versprochen, dass ich komme. Und wir zwei hätten auch mal wieder einen schönen Abend zusammen, wo ich doch schon letzte Woche nicht konnte.«

Antonia gab einen Laut des Bedauerns von sich. »Das

war vielleicht auch gut so, was für eine ärgerliche Geschichte!«

»Wieso? Was ist passiert?«

Kurz schilderte Antonia ihrer Schwester die Szene aus dem Restaurant.

»Geh mit mir heute Abend aus, dann lernst du ja vielleicht jemanden kennen, der in Zukunft mit dir essen geht.«

Antonia lachte. »Pass auf, nachher komme ich dir noch in die Quere.«

»Für meine große Schwester würde ich sofort zurückstehen!«

Gut, dass Susanne nicht sah, wie Antonia zweifelnd die Augenbrauen hob.

»In so eine Situation möchte ich lieber nicht kommen.«

»Was soll das denn heißen?«

»Dass ich darauf angewiesen wäre, dass du verzichtest …«

Jetzt war ihre Schwester beleidigt.

»Willst du damit sagen, ich könnte das nicht? Oder ich würde das nicht für dich tun?«

Antonia beschwichtigte sie.

»Ach komm, ich hab's ja nicht böse gemeint.«

»Natürlich würde ich verzichten!«, beharrte ihre Schwester. »Ich habe dir doch noch nie was weggenommen, oder?«

Hatte sie »ich« und »dir« anzüglich betont? Da war es wieder, Antonias schlechtes Gewissen. Nein, die Schwester hatte ihr nichts weggenommen, ganz im Gegenteil. Denn das Erbe der Eltern war nicht gerecht verteilt worden. Der Notartermin war schon vereinbart gewesen, aber das Blitzeis damals, das diesen alles zerstörenden Autounfall verursacht hatte, hatte verhindert, dass die Eltern ihr Testament noch ändern und es der neuen Situation anpassen konnten – schließlich hatten sie inzwischen noch eine zweite Tochter. Da für Antonia allerdings schon umfassende Regelungen getroffen worden und komplizierte gesellschaftsrechtliche Konstruktionen angelegt worden waren, die sicherstellen sollten, dass das Unternehmen auf jeden Fall weiterbestehen konnte, hatte Susanne nur den Pflichtteil bekommen. Viele Einzelheiten hatten dazu geführt, dass die jüngere Schwester benachteiligt worden war.

Antonia hatte, als sie mit Erreichen der Volljährigkeit die Verfügungsgewalt über das Vermögen erlangt hatte, versucht, die Ungerechtigkeiten des elterlichen Testaments auszugleichen. Deshalb gehörte das Mietshaus in der kleinen Stadt nahe München jetzt Susanne. Sie würde immer sorgenfrei leben können – zwar nicht luxuriös, aber auskömmlich. Das Familienunternehmen aber gehörte Antonia allein. Und als sie eine Hälfte davon auf Susanne übertragen wollte, hatte Onkel Walter, der ein Mitspracherecht hatte, dagegen votiert.

»Susanne fehlt es an der notwenigen Reife«, hatte er gesagt. »Es ehrt dich, und ich verstehe ja, dass du deine Schwester beteiligen willst. Aber sie ist noch nicht so weit. Du musst zuallererst an die Firma denken; die Verantwortung für das Unternehmen muss die erste Priorität haben! Allein schon wegen der Arbeitsplätze.«

Auch in anderer Hinsicht hatte die Schwester Pech gehabt und war – aus heutiger Sicht – benachteiligt gewesen. Das beim Tod der Eltern sechs Monate alte Baby hatte man in einer Pflegefamilie am besten aufgehoben gesehen. Doch die noch lebende Großmutter, die ihren einzigen Sohn verloren hatte, hatte sich vehement dagegen gewehrt, dass Susanne zur Adoption freigegeben wurde. Wer hätte denn ahnen können, dass die liebevolle Pflegemutter an Brustkrebs sterben sollte, als Susanne kaum vierzehn Jahre alt war, dass der Pflegevater sich alsbald neu verheiraten sollte und dass die neue Frau das unwillkommene Pflegekind als Ballast empfinden würde?

Während Antonia wenigstens zeitweise bei Onkel Walter und Onkel Paul hatte leben dürfen. Der Familienrichter hatte sich diesem Wunsch im Testament der Eltern nicht verschlossen. Allerdings hatte sie, wenn Walter wegen seines Berufs als Kriegsberichterstatter längere Zeit im Ausland unterwegs war, ins Kinderheim gemusst. Denn bei Paul allein hatte sie nicht bleiben dürfen. Die Großmutter und auch das Jugendamt hatten dies verhindert.

»Nein, natürlich nicht!«, sagte Antonia jetzt und fuhr fort: »Warum muss ich eigentlich unbedingt mit? Wenn du versprochen hast zu kommen, dann geh doch hin.«

Ihre Schwester schmollte noch einen Moment, aber dann fiel ihr auf, dass schließlich sie es war, die etwas von Antonia wollte.

»Ja, weißt du …«

Antonia schaute versonnen auf ihre Zehen, die sie auf dem Hocker wohlig streckte und entspannte.

»… ich habe ein bisschen mit dir angegeben«, kam es dann etwas kleinlaut aus dem Hörer.

Antonia stellte die Füße auf den Boden und setzte sich aufrecht hin.

»Was meinst du damit?«

Die Antwort ließ auf sich warten. »Na ja …«

»Susanne! Was hast du gesagt?«

»Nichts! Mein Gott, jetzt reg dich doch nicht gleich so auf.«

»Ich rege mich überhaupt nicht auf! Ich möchte nur wissen, was du über mich erzählt hast.«

»Nichts, was nicht wahr wäre – ehrlich! Nur eben, dass du eine Unternehmerin bist und die Firma leitest und eine große Kunstkennerin bist und viel Geld für Kunst ausgibst …«

»Das stimmt doch gar nicht!«

»Wieso denn nicht? Du kaufst doch viel Kunst.«

»Ich sammle ein bisschen, ja, aber ich gebe nicht viel Geld aus, schließlich versuche ich, aufstrebende Künstler zu finden, die …«

»Okay, ich habe vielleicht etwas übertrieben. Ich hätte aber sonst keine Karten gekriegt«, räumte ihre Schwester ein. »Dieser Julian, das ist doch *der* neue Stern am Künstlerhimmel. Es gibt nur geladene Gäste bei dieser Vernissage. Und die haben sich um die Einladungen gestritten wie die Kesselflicker.«

Antonia schüttelte den Kopf.

»Ich verstehe. Aber warum willst du unbedingt hin? Du interessierst dich doch sonst nicht so für Kunst.«

»Wie kommst du denn darauf? Natürlich interessiere ich mich für Kunst – schon immer. Kunst und Medien haben schließlich viel gemeinsam. Also muss ich schon allein wegen dem Studium auf dem Laufenden sein.«

»Des Studiums«, korrigierte Antonia automatisch.

»Ach, du immer! Das ist so uncool, das sagt heute kein Mensch mehr. Also, was ist: Gehst du bitte mit mir dahin?«

»Susanne, ich bin wirklich müde. Morgen muss ich wieder um sechs Uhr aufstehen. Geh doch allein.«

»Allein komme ich nicht rein.«

»Wieso denn das nicht?«

»Das habe ich doch eben erklärt! Ich hätte nie eine Einladung bekommen. Die Einladung ist an dich gerichtet – und ich bin deine Begleitung.«

Antonia stand auf.

»Die Einladung ist für mich?«

»Ja«, antwortet ihre Schwester. »Die habe ich dir besorgt, ist das nicht toll?«

»Aber wenn die Einladung auf mich ausgestellt ist, wieso habe ich sie dann nie gesehen?«

Schweigen am anderen Ende.

»Susanne!«

»Ich habe eben vergessen, dir den Brief zu geben …«, kam es mit dünner Stimme.

»Susanne, du machst mich gerade ziemlich sauer. Du hast einen Brief an mich und unterschlägst den?«

Susanne handelte jetzt nach dem Motto: Angriff ist die beste Verteidigung.

»Also, was du immer für Elefanten aus jeder Mücke machst! Das ist wieder typisch. Ich besorge dir eine Einladung zum heißesten Event der Stadt, und du regst dich auf! Ich wollte sie dir die ganze Zeit geben, aber du warst ja nicht da.«

»Ich bin seit fast einer Woche zurück!«, stellte Antonia richtig.

Ihre Schwester lenkte ein.

»Antonia, ich weiß, ich hätte schon früher mit dir darüber reden sollen oder dir die Einladung geben oder was auch immer. Aber zuerst habe ich es vergessen, und dann warst du nicht da, und auf einmal war es schon jetzt …«

Antonia musste gegen ihren Willen über diese so offen artikulierte Unfähigkeit lachen.

»Bei dir ist häufiger überraschend schon jetzt. Ist dir das schon mal aufgefallen?«, neckte sie ihre Schwester.

»Bitte, Toni, jetzt lass uns nicht lange diskutieren. Wir müssen doch los. Geh mit mir dahin. Bitte, bitte, bitte.«

Antonia, die eigentlich schon kapituliert hatte, stellte noch eine Bedingung: »Nur wenn du mir sagst, warum du wirklich dahin willst.«

Ihre Schwester zögerte kaum.

»Du, dieser Markward, der ist so süß …«

Eine gute Stunde später – Susanne hatte Antonia mit dem Taxi abgeholt – standen die beiden Schwestern in einer hoffnungslos überfüllten Galerie. Die Menschenmenge schob Antonia durch den Raum, was sie hasste, und sie verrenkte sich schier den Hals auf der Suche nach dem Künstler. Sie erkannte einige Geschäftspartner und wurde von mehreren Anwesenden mit einem Nicken oder einem Blick gegrüßt, was sie kurz erwiderte. Jetzt ärgerte sie sich, dass sie dem Drängen ihrer Schwester nachgegeben hatte. Aber so war es immer: Wenn »die Kleine« etwas wollte, schaffte sie es einfach nicht, hart zu bleiben.

Nun, jetzt waren sie schon einmal da, und sie würde versuchen, wenigstens einen Blick auf die Arbeiten dieses »Sterns« zu werfen, damit der Abend kein kompletter Reinfall war.

Anschließend würde sie nach einem Taxi Ausschau halten und schnellstmöglich zu ihrem Bett eilen. So hatte sie es mit ihrer Schwester ausgemacht. Die würde jetzt ohnehin allein zurechtkommen.

Die Menge schob sie weiter vorwärts. Es waren sicher über hundert Leute in dem kleinen Raum. Die Luft war stickig und mit Alkoholdunst gesättigt. Irgendwo weiter vorn wurden Getränke ausgeschenkt.

Wie komme ich hier bloß wieder raus?, fragte sich Antonia und spürte einen Anflug von Panik.

Susanne steckte in einem Pulk, der nach rechts driftete, und der Abstand zu ihr wuchs stetig. Die Gruppe von Leuten, in der sie sich befand, schob sie nach links, mit Gewalt drückte sich Antonia weiter an die Seite, in der Hoffnung, endlich eine Skulptur dieses Künstlers sehen zu können.

Unerwartet stand sie fast unbedrängt an der Wand, direkt neben einer Tür. Werke des Künstlers waren von hier aus nicht zu sehen.

Kurzerhand öffnete Antonia die Tür und trat hinaus. Egal, wo sie landete, alles war besser als dieses stickige Gewühl.

Sie fand sich in einem dunklen Gang wieder, der nur von dem schwachen Licht zweier Deckenlampen erhellt wurde. Offensichtlich handelte es sich bei der Galerie um eine ehemalige Wohnung, und sie stand wohl im ehemaligen Wohnungsflur. Vier weitere Türen gingen davon ab; eine musste ja ins Treppenhaus führen und damit nach draußen. Diese Gelegenheit würde sie nutzen. Welche mochte es wohl sein? Antonia klopfte vorsichtig an der ersten. Sie legte ihr Ohr an die Tür, um eine eventuelle Antwort trotz des Lärms, der aus dem Galerieraum drang, hören zu können. Nichts. Langsam öffnete sie die Tür und lugte vorsichtig um die Ecke. Es war nicht der Ausgang ins Treppenhaus, sondern der Zugang zu einer Art Besprechungsraum. Zwischen dem großen Holztisch mit den acht lederbezogenen Stühlen und dem von Prospekten und Broschüren überquellenden Regal stapelten sich mehrere Kisten mit vollen Wasserflaschen, einige Kartons mit Weinetiketten darauf und zwei Kisten Orangensaft – offenbar die Getränkeversorgung für die heutige Vernissage. Antonia schloss die Tür genauso vorsichtig, wie sie sie geöffnet hatte, und versuchte es bei der nächsten, aber dahinter verbarg sich eine Teeküche. Die Tür danach führte zur Toilette, und die vierte Tür war abgeschlossen. Das war höchstwahrscheinlich der Ausgang ins Treppenhaus: verschlossen, dass niemand hereinkäme – vielleicht auch um zu verhindern, dass Galeriebesucher unbefugt und unkontrolliert das Treppenhaus zu den Privatwohnungen betreten konnten.

Was nun? Sollte sie zurück in den Ausstellungsraum? Wieder in dieses Chaos?

Von der trockenen, stickigen Luft klebte ihr die Zunge am Gaumen. Die Wasserflaschen in diesem Besprechungsraum fielen ihr ein. Sie würde dort warten; in zwanzig, dreißig Minuten hätte sich sicher der Auftrieb in der Galerie etwas gelegt. Dann konnte sie vielleicht doch noch ein paar Arbeiten dieses Künstlers sehen – damit hätte sich der Aufwand wenigstens gelohnt.

Im Besprechungsraum holte sie sich eine Flasche Wasser und ein Glas aus dem Regal, dann ließ sie sich in einem Stuhl an dem überdimensionierten Holztisch nieder, auf dem in dicken Packen bunte Flyer, Broschüren und Ausstellungskataloge lagen. Sie nahm sich ein Exemplar vom höchsten Stapel. »Arbeiten von Julian Markward«.

Die Arbeiten waren gefällig. Kleine Skulpturen, bestehend aus schwarzem Holz und Silber, die beiden Werkstoffe miteinander zu einer fließenden Form verbunden. Bei manchen wetteiferten die so unterschiedlichen Materialien im Glanz um die Wette, bei anderen Arbeiten waren sowohl das Silber als auch das Holz matt, sodass beide ineinander überzugehen schienen.

Die Faszination ergab sich aus den gegensätzlichen Eigenschaften der beiden verwendeten Werkstoffe und wie es dem Künstler gelungen war, eine Symbiose daraus zu erschaffen. Und die Skulpturen erzeugten den Wunsch, sie anzufassen, die Hand darübergleiten zu lassen – die Skulpturen forderten Berührung. Eine fast erotische Provokation.

Nicht schlecht, dachte Antonia. Der ist noch auf dem Weg, der ist noch nicht fertig, aber der kann wirklich mal ein ganz Großer werden.

Auf der Tischecke sah sie Kopien eines Zeitungsartikels

über Julian Markward. Sie nahm sich das oberste Blatt und betrachtete das Foto des Künstlers. Kein Wunder, dass der ihrer Schwester gefiel. Die klassischen Züge, das schmale Gesicht, der Gegensatz zwischen dem weichen, sensiblen Mund mit den vollen Lippen einerseits und dem harten, wilden Blick der dunklen Augen – die Farbe war auf dem schwarz-weißen Zeitungsfoto nicht zu erkennen – erzeugte Faszination. »Junger Wilder« war das Attribut, das auch ihr unwillkürlich in den Sinn kam. Die Länge der glatten, dunklen Haare konnte man nur vermuten, sie waren zurückgestrichen, nur eine lange Strähne fiel über die Stirn und verdeckte ein Auge. Es wirkte wie Absicht. Ein Gesicht, das neugierig machte.

Antonia las den Artikel.

Julian Markward war nur ein halbes Jahr jünger als sie, Anfang April geboren. Ein Widder, das passt, dachte sie. Das kann man sich gut vorstellen, wie der jemanden mit seinen Hörnern rammt.

Sie überflog den Lebenslauf. Der Vater, ein Rechtsanwalt, stammte ursprünglich aus Österreich und war vor sechs Jahren verstorben, die Mutter lebte noch, ein Beruf wurde bei ihr nicht erwähnt. Julian war ein Einzelkind, hatte vor sechs Jahren das Jurastudium unmittelbar vor dem Examen abgebrochen, den Mädchennamen seiner Großmutter angenommen und sich der Kunst zugewendet.

Antonia vertiefte sich wieder in das Foto. Ein störrisches Gesicht, ein Gesicht, das den Betrachter anzog – und sich ihm gleichzeitig verschloss.

Antonia legte den Zeitungsartikel zur Seite. Sie war neugierig geworden. Sie wollte Arbeiten dieses Mannes in natura sehen. Vielleicht hatte sich der Trubel in der Galerie inzwischen etwas gelegt.

Sie erhob sich, und in dem Moment fiel ihr Blick auf die Skulptur, die im Regal stand, leicht hinter einen Bücherstapel geschoben. Von diesem weitgehend verdeckt, war sie vorher aus ihrem Blickwinkel nicht zu sehen gewesen.

»Wow«, sagte sie. Und noch einmal: »Wow!«

Sie ging zum Regal und nahm den Gegenstand in die Hand. Zwei – wie sollte man es nennen ... zwei Formen? Zwei Gestalten? Eine hochglänzend schwarz, spiegelnd, die andere leuchtendes Silber, sich umschlingend, sich umarmend, mit verlaufenden Rändern, im wahrsten Sinn des Wortes ineinander verschmelzend ...

Die Plastik war nicht groß, vielleicht dreißig Zentimeter, aber unvermutet schwer. Antonia schätzte ihr Gewicht auf mindestens ein Kilo. Wahrscheinlich war der Silberanteil hoch.

Die Arbeit wäre der Inbegriff der Harmonie gewesen, ein Sinnbild dafür, wie grundverschiedene, ja sogar gegensätzliche Dinge miteinander eine Symbiose eingehen und etwas Neues erzeugen können, wenn nicht ... ja, wenn nicht diese Beschädigung gewesen wäre, diese brutale, gewaltsame Zerstörung. Es sah aus, als hätte jemand eine Axt mit voller Wucht in die Skulptur gedonnert. Der Hieb ging quer hindurch, er teilte das Holz bis fast zur Mitte, und auch das Silber hatte eine tiefe Scharte davongetragen.

War das Absicht?, fragte sich Antonia. Wer machte denn so etwas? Nein, das konnte nur ein Unfall gewesen sein, vielleicht ein Missgeschick beim Transport. Wahrscheinlich hatte man das Stück wegen der Beschädigung nicht ausgestellt.

Aber ihr gefiel diese Arbeit. Gerade die Zerstörung der Harmonie bewirkte etwas beim Betrachter, bewirkte etwas bei *ihr*.

Dieses Stück wollte sie haben! Das wollte sie besitzen, anfassen, festhalten können. Das sollte ihr gehören!

Adrenalin überschwemmte sie, jetzt war sie hellwach.

Sie ging zurück in die Galerie.

Tatsächlich schien es nicht mehr ganz so voll wie zu Anfang; einzelne Grüppchen standen vor den Podesten mit den verschiedenen Werkstücken, die Antonia zwar jetzt sehen konnte, über die sie ihren Blick aber nur kurz schweifen ließ. Wo war der Galerist? Sie bemerkte an zwei Podesten rote Punkte, offenbar war bereits etwas verkauft worden. Sie musste sich beeilen. Wo war ihre Schwester? Die könnte sie dem Galeristen vorstellen. Ihre Augen suchten die Gruppen ab, es dauerte eine gefühlte Ewigkeit, bis sie Susanne endlich entdeckte. Die lehnte gegenüber an der Wand und unterhielt sich angeregt mit zwei Männern. Ihre Schwester nicht aus den Augen lassend, drängte sich Antonia durch die Menge.

»Entschuldigen Sie, wenn ich Sie kurz unterbreche«, sagte sie zu den beiden Gesprächspartnern ihrer Schwester, ohne diese eines Blickes zu würdigen. »Susanne, wo ist der Galerist? Ich möchte eine Arbeit kaufen.«

»Habe ich es dir nicht gesagt?«, meinte Susanne zu dem Mann zu ihrer Rechten. »Darf ich euch miteinander bekannt machen: Susanne, das ist Herr von Rotendall, der Inhaber dieser tollen Galerie. Lieber Hubert, das ist meine Schwester Dr. Antonia Arnoux.«

Der Mann streckte Antonia die Hand entgegen.

»Susanne hat uns schon viel von Ihnen erzählt. Es freut mich, dass Sie gekommen sind. Wie gefällt es Ihnen bei mir?«

»Ich möchte eine Arbeit kaufen«, wiederholte Antonia ungeduldig, während sie die Hand kurz schüttelte.

»Sie verlieren aber wirklich keine Zeit!«, erwiderte von Rotendall.

Antonia nickte und öffnete den Mund, aber sie kam nicht dazu, etwas zu sagen.

»Welche Arbeit gefällt Ihnen denn so gut, dass Sie noch nicht einmal die Zeit für ein höfliches Guten Abend aufbringen können?«, meldete sich der zweite Mann zu Wort, der mit vor der Brust verschränkten Armen an Susannes linker Seite stand. Sein spöttisches Lächeln nahm den Worten die Spitze, aber der Tadel war unüberhörbar.

Mehr überrascht als verärgert wandte Antonia ihm ihren Blick zu.

Im selben Moment erkannte sie ihn.

Es war der Künstler. In der Realität sah er noch besser aus als auf dem Foto. Aber die Aufnahme hatte die unterdrückte Wut, die Aggression, die Wildheit, diese zornige Schwingung, die von ihm ausging, nur unvollständig wiedergeben können.

Die braune dichte Haarsträhne hing auch jetzt über seinem rechten Auge, Antonia musste den Impuls unterdrücken, die Strähne zurückzustreichen.

Julian war genervt. Dieses Publikum heute Abend hatte keine Ahnung von Kunst, sie interessierten sich nicht für seine Arbeiten, sie waren nur hier, weil ihre Anwesenheit bei dieser Vernissage der Beweis dafür war, dass sie »in« waren, dass sie »dazugehörten«. Er hatte es vorher gewusst, aber es war ihm nicht klar gewesen, wie sehr ihn dieser Small Talk emotional überfordern würde.

Und jetzt auch noch diese Frau! Diese Frau in ihrer Ich-bin-eine-erfolgreiche-Geschäftsfrau-Uniform. Dieses Grau-in-Grau mit dem unerotischen dreiviertellangen Rock (wahrscheinlich waren die Beine so hässlich, dass man dafür noch dankbar sein musste), das unvermeidliche, entsetzlich spießige Seidentuch um den Hals, die teuren

Perlenohrringe, bestimmt extra für den heutigen Abend aus dem Tresor geholt. Und diese Brille! Selten hatte er eine Brille gesehen, die so störend in einem Gesicht wirkte. Und so unschön wie die Brille, so ungehörig war auch das Benehmen.

Typisch! Drängelt sich zwischen uns, ignoriert unser Gespräch, sagt nicht Guten Abend, begrüßt keinen, fällt mir ins Wort! Bei so einer stehen dann meine Arbeiten – zusammen mit der anderen Kunst, die vom Finanzberater als gutes Investment empfohlen wurde – neben den Corbusier-Sesseln und den unvermeidlichen Eileen-Gray-Beistelltischen …

»Wie bitte?«, fragte Antonia. Ihre Augen funkelten. Das war trotz dieses Brillenmonstrums zu erkennen. Er stellte fest, dass die Farbe der Augen nicht so ohne Weiteres zu bestimmen war. Olivgrün? Oder doch eher olivbraun?

»Julian!«, sagte Hubert von Rotendall, starrte ihn an und schüttelte fast unmerklich den Kopf.

Julian biss sich auf die Unterlippe. Er brauchte dringend Geld. Das Silber war teuer, er konnte nicht weiterarbeiten, wenn er nicht bald ordentlich verkaufte. Warum hatte er sich eigentlich nicht einen billigeren Werkstoff ausgesucht?, fragte er sich zum wiederholten Male. Julian sah den bösen Blick seines Freundes und beschloss, einen Rückzieher zu machen.

»Entschuldigen Sie, ich habe es keinesfalls böse gemeint. Es war die Frustration, dass eine derart elegante, vornehme Lady mich – natürlich völlig zu Recht – übersieht.« Er hielt ihr seine Hand entgegen.

»Darf ich mich vorstellen? Mein Name ist Julian Markward, und ich entschuldige mich in aller Form, wenn *ich* mich unhöflich verhalten haben sollte.« Das *ich* betonte er, kaum merkbar – und trotzdem nicht zu überhören.

Antonia sah das spöttische Lächeln, sie spürte die Ironie,

sie wusste aber auch, dass sie tatsächlich unhöflich gewesen war. Normalerweise hatte sie ihre impulsive Art auch gut unter Kontrolle, aber manches Mal …

»Es tut mir ebenfalls leid. Die Ungeduld ist einer meiner zahlreichen Fehler«, sagte sie und bemühte sich, seinen spöttischen Blick zu ignorieren.

Aber ihre Augen verengten sich und verrieten ihren Ärger. Wie kam dieser Mensch dazu, sie zu maßregeln? Sein Verhalten war auch nicht einwandfrei. Schon wie er sie musterte! So ungeniert. Das war mehr als unhöflich. Und starrte er ihr nicht gerade auf die Brust? Ungehobelter Flegel!

Andererseits, sie wollte etwas von ihm, nicht umgekehrt. Also schluckte sie ihren Ärger hinunter. Das hier war eine geschäftliche Verhandlung, und die führte sie jeden Tag. Da hatten Emotionen nichts verloren, das wusste sie, das beherrschte sie.

»Aber nehmen Sie es als Indiz dafür, wie sehr mich Ihre Arbeit fasziniert und beeindruckt hat.«

Sie lächelte ihn an.

So alt ist die ja gar nicht, dachte er überrascht, und schöne Lippen hat sie, voll und weich und mit einem interessanten Zug! Schade, dass sie ansonsten so hässlich ist. Arme Frau.

Er nickte, und sein Blick wurde etwas freundlicher.

»Ich danke Ihnen für dieses Kompliment«, sagte er. »Aber verraten Sie mir doch, welches der Exponate Sie so begeistert.«

Hubert von Rotendall atmete erleichtert aus.

»Ja, zeigen Sie es uns, lassen Sie uns hingehen.«

Beide drehten ihre Köpfe zu Antonia und schauten sie erwartungsvoll an.

»Es ist nicht hier«, sagte sie. »Es steht im Besprechungsraum.

Hubert von Rotendall seufzte.

»Im Besprechungsraum?« Julian runzelte fragend die Stirn. »Sind denn da noch Arbeiten?«

Der Galerist schüttelte den Kopf. »Ich vermute, sie spricht von der *Vereinigung*.«

Julian zog wütend die Augenbrauen zusammen und wandte seinen Blick wieder zu Antonia. »Wieso spionieren Sie im Besprechungsraum herum?«

Antonia zuckte zusammen vor dieser plötzlichen Aggression. Aber das hatte sie im Kinderheim gelernt, wo der scharfe Schmerz eines unerwarteten Schlages zum Leben gehörte wie Essen und Trinken. Wer da zurückzuckte, erschrak, nachgab, der hatte verloren.

Sie richtete sich noch weiter auf, sofern das bei ihrer ohnehin kerzengeraden Haltung überhaupt möglich war. Sie war fast so groß wie Julian, und ihre Augen funkelten jetzt genauso wütend wie seine.

»Was unterstellen Sie mir! Ich habe die Toilette gesucht, sonst nichts!«

Die ersten Besucher bemerkten, dass hier etwas Außergewöhnliches stattfand, und drängten sich mit gespitzten Ohren um die vier.

»Kannst du denn nicht ein anderes Stück kaufen?«, meldete Susanne sich zu Wort. »Die sind doch alle ziemlich ähnlich.« Diese Bemerkung brachte ihr einen empörten Seitenblick von Julian ein.

Hubert von Rotendall bemerkte die unerwünschten Zuhörer.

»Frau Arnoux, Julian, ich bitte Sie, ich bitte dich, lasst uns das in Ruhe im Büro besprechen.«

»Es gibt nichts zu besprechen«, sagte Julian. »Deshalb können wir ruhig hierbleiben.«

Antonia gab nicht so schnell auf. »Ich würde Ihnen auch einen guten Preis bieten!«, sagte sie.

Julian ballte die Hände zu Fäusten.

»Hören Sie nicht, was ich sage? Die Skulptur wird nicht verkauft. Ende der Diskussion.«

Und zu Hubert gewandt: »Warum steht die überhaupt noch hier?«

Der Galerist wandte sich an Antonia. »Diese Arbeit haben wir für ein Foto benötigt. Aber sie ist leider nicht verkäuflich. Herr Markward behält diese Arbeit in seinem Privatbesitz, denn sie hat für ihn einen hohen persönlichen …«

»Wie kommst du dazu, private Angelegenheiten von mir preiszugeben?«, unterbrach ihn der Künstler rüde.

»Ich habe doch nicht …«, begann sich der Galerist zu verteidigen.

Antonia wollte so schnell nicht aufgeben.

»Vielleicht überlegen Sie es sich noch einmal? Ich würde Ihnen wirklich einen sehr, sehr guten Preis zahlen.«

Jetzt wurde Julian weiß vor Wut.

»Habe ich mich nicht klar ausgedrückt? Die Arbeit ist unverkäuflich! Geht das in Ihren Kopf?« Sein Atem wurde heftiger. »Oder gehören Sie zu den Frauen, die ein Nein nicht akzeptieren können?«

Nun spürte auch Antonia, wie ihr der Kamm schwoll.

»Nach meiner Erfahrung ist das eher ein Problem der männlichen Bevölkerung«, giftete sie zurück.

»Aha!«

Jetzt grinste Julian, böse und unverschämt.

»Und Sie können das beurteilen?«

Ein kleiner Lacher war aus der neugierig lauschenden Besuchergruppe zu hören.

Julian betonte anzüglich das *Sie*.

Erst jetzt verstand Antonia die Unverschämtheit. Sie schnappte nach Luft.

»Also … also das ist doch …«

Innerlich stöhnte Hubert von Rotendall auf.

Offenbar war Julian dabei, eine potenzielle Kundin, eine engagierte Kunstsammlerin, eine vermögende, eine zahlungskräftige Interessentin zu verprellen.

»Kommen Sie«, sagte Hubert, fasste die überraschte Antonia am Ellenbogen und schob sie durch die Menge. Antonia wurde erst jetzt der Menschentraube gewahr, die sich um ihre kleine Gruppe gebildet hatte. Mit den vor Neugier leicht geöffneten Mündern und den vor gespannter Erwartung aufgerissenen Augen. Auch sie hatte kein Interesse daran, sich hier – vor Bekannten und Geschäftspartnern – zu streiten. Am Ende fand sich das morgen noch in der Zeitung wieder. Sie ließ sich widerstandslos von Hubert führen. Aber sie kochte vor Wut.

Hubert von Rotendall dirigierte Antonia zu jener Tür, durch die sie vorhin geflüchtet war. Eine Minute später stand sie erneut in dem Besprechungsraum.

»Setzen Sie sich. Was darf ich Ihnen zu trinken anbieten?«

»Gar nichts. Ich will nichts trinken, ich will mich hier nicht länger aufhalten als nötig. Aber ich verlange eine Entschuldigung von diesem Menschen.«

Der Galerist nicke. »Natürlich! Aber jetzt nehmen Sie doch erst einmal Platz. Ich kann Ihnen gar nicht sagen, wie leid mir das tut. Auf keinen Fall möchte ich Sie so verärgert gehen lassen, bitte geben Sie mir die Gelegenheit, es ein bisschen wiedergutzumachen.«

Wie zufällig spielten die Finger des Galeristen mit der Skulptur im Regal. Sein höflicher Ton, aber noch mehr sein charmantes Lächeln nahmen Antonia etwas von ihrer Erregung. Und sie konnte nicht verhindern, dass ihr Blick an der Skulptur hängen blieb.

Hubert stellte die Arbeit auf den Tisch, daneben drapierte er die beiden Weingläser.

»Möchten Sie lieber Roten oder Weißen?«

»Sie sind raffiniert«, sagte sie. »Sie bestechen mich.«

Hubert zuckte mit den Schultern. »So würde ich es nicht formulieren.« Er hob den Kopf und sah ihr in die Augen. »Aber Sie haben natürlich recht – man sollte nie das Ziel aus den Augen verlieren.«

Sein jungenhaftes Lachen nahm dem Gesagten die Härte.

»Und ich denke, wir haben beide das gleiche Ziel«, sagte er, während seine Finger die Skulptur hin- und herschob. »Also, lieber einen Rotwein oder lieber einen Weißwein?«

Der Geräuschpegel von nebenan nahm auffällig ab, offenbar verließen jetzt immer mehr Leute die Vernissage.

»Müssen Sie nicht in die Galerie und sich um Ihre Kunden kümmern?«, fragte Antonia.

»Ich kümmere mich jetzt um Sie. Sie sind mir wichtiger!«, sagte Hubert.

Vier harmlose Worte – aber sie trafen Antonia ins Herz. *Sie sind mir wichtiger!* Müde und erschöpft, wie sie war, taten diese Worte unendlich gut.

Antonia vergaß für einen Moment ihren Ärger. Dieser gut aussehende Mann, der sie so charmant anlächelte, dieses Gefühl von »Wir beide gegen den Rest der Welt« – warum eigentlich nicht? Schließlich war sie mit dem Taxi da.

»Rotwein«, sagte sie und war selbst überrascht.

»So ist es richtig«, lobte Hubert und belohnte sie wieder mit diesem Lächeln, bei dem man gar nicht anders konnte, als es zu erwidern.

»Ich fürchte, der Rotwein ist nicht ganz so toll, den wir heute Abend ausschenken, aber er sollte trinkbar sein.«

Er öffnete eine Flasche, goss ihnen beiden ein und prostete ihr zu.

Unwillkürlich entspannte sie sich ein bisschen, gab ihrer Müdigkeit Raum, nahm die Brille ab und rieb sich über die Augen.

Hubert hielt die Luft an. Bisher hatte er sich ihr Gesicht nur flüchtig angeschaut. Dabei war es doch sein Beruf, ja seine Berufung, Schönheit, Harmonie, Ästhetik wahrzunehmen, auch und vor allem da, wo andere dies noch nicht sahen.

Ihre großen, leicht schräg stehenden Augen, die in diesem Licht dunkelgrün schimmerten, die gerade Nase, der volle, geschwungene Mund mit diesem etwas energischen Zug: Diese Frau war eine Schönheit. Der komische Dutt hoch am Hinterkopf war zwar lächerlich, aber dafür störte nichts den Anblick des zarten Halses, die weiche Linie der Wangen, die Zartheit des Gesichts. Ihre Aufmachung, die Brille und die Frisur machten sie älter, aber nun erkannte er, dass sie viel jünger war, als er zunächst vermutet hatte, vielleicht gerade mal Anfang oder höchstens Mitte dreißig, älter auf gar keinen Fall.

Jetzt setzte sie die Brille wieder auf.

»Nein!«, sagte Hubert spontan.

»Wie bitte?«

»Sie dürfen diese Brille nicht aufsetzen.« Hubert schüttelte den Kopf. »Die passt überhaupt nicht zu Ihrem Gesicht!«

»Finden Sie?«, fragte Antonia schnippisch. »Ich mag mich so. Nun ja, die Geschmäcker sind eben verschieden.«

Puh, dachte Hubert. So was nennt man eine Abfuhr.

Aber bitte, ihm sollte es egal sein. Er verstand nicht, warum sie sich derart hässlich zurechtmachte – die Kleidung war ebenfalls entsetzlich, so waren vor dreißig Jahren die Siebzigjährigen herumgelaufen, selbst die aber kleideten sich heute mit mehr Chic. Doch es ging ihn nichts an. Sie sollte Skulpturen kaufen, mehr wollte er nicht von ihr.

Merkwürdige Frau. Was wusste er von ihr? Inhaberin eines Unternehmens, sicher vermögend, zumindest den Aussagen ihrer Schwester nach zu urteilen (auch die Ohrringe sprachen dafür), kunstinteressiert und Gelegenheitssammlerin (ebenfalls nach Auskunft der Schwester) – und Opfer von Julians fürchterlicher Ungezogenheit. Das musste er als Erstes wieder hinbiegen.

»Zuerst einmal möchte ich mich stellvertretend in aller Form für diesen unangenehmen Zwischenfall entschuldigen.«

»Sie können ja nichts dafür«, sagte Antonia.

»Doch. Es ist meine Galerie, es ist meine Ausstellung, es ist mein Künstler, ich trage die Verantwortung.«

»Es ehrt Sie, dass Sie das so sehen.« Wie selbstverständlich er die Verantwortung übernahm! Dieser Hubert von Rotendall beeindruckte sie. »Aber ich erwarte trotzdem eine Entschuldigung von Herrn Markward.«

»Selbstverständlich muss er sich entschuldigen, und das wird er auch«, versicherte Hubert und goss ihr Wein nach. »Sie sind zu Recht verärgert. Julian hat sich unmöglich benommen, absolut unmöglich – aber vielleicht gelingt es uns gemeinsam, etwas Positives daraus zu machen?« Seine Hand spielte wieder mit der Skulptur.

Antonia lauschte kurz den Worten nach. *Uns gemeinsam* – das hatte einen ganz eigenen Klang.

»Was meinen Sie damit?«

»Können wir offen reden?«, fragte Hubert und schaute sie aus seinen tiefblauen Augen fast flehend an.

Antonia hatte Schwierigkeiten, sich aus diesem Blick zu lösen.

»Natürlich«, sagte Antonia.

»Dann bitte ich Sie um eine ehrliche Antwort – sind Sie noch interessiert an dieser Arbeit?«

Antonia schaute auf die Skulptur. Die Figur berührte sie, brachte etwas in Schwingung, löste eine Vielzahl von Emotionen aus, die sie gar nicht im Einzelnen benennen konnte.

»Ja, ich möchte dieses Stück gern kaufen.«

»Obwohl der Künstler, der es gemacht hat, Sie so verärgert hat?«

Antonia zuckte die Schultern. »Das eine hat mit dem anderen nichts zu tun.« Sie lachte kurz auf. »Wenn der Charakter des Künstlers ein Kriterium wäre …«

Hubert nickte zufrieden.

»Dann sollten wir uns zusammentun. Ich möchte die Skulptur nämlich unbedingt verkaufen. Und zwar aus zwei Gründen …« Er beugte sich vorn. »Aber das bleibt unter uns, ja? Ich kann mich darauf verlassen?«

Antonia verspürte ein aufgeregtes Kribbeln im Magen. Sie würde die Arbeit bekommen! Sie rutschte auf dem Stuhl nach vorn.

»Wenn Sie das wünschen. Ich bin verschwiegen!«

Das glaube ich, dachte Hubert.

Huberts Daumen strich über die scharfe Scharte in dem Holz.

»Ich will und kann selbstverständlich keine persönlichen Informationen über Herrn Markward preisgeben. Aber … erstens möchte ich natürlich Geld verdienen. Schon von daher habe ich ein großes Interesse daran, dass dieser Kauf zustande kommt. Zweitens aber glaube ich, dass es für Herrn Markward besser wäre, wenn er diese Arbeit nicht mehr um sich hat. Denn ich verrate sicher nicht zu viel, wenn ich …«

Antonia richtete sich gespannt auf.

In diesem Moment öffnete sich die Tür, und eine junge Frau schaute herein.

»Mensch, Hubert, ich suche dich schon die ganze Zeit! Der Bürgermeister will sich verabschieden, und die Böhringers sind ernsthaft an einer Skulptur interessiert, aber die wollen um den Preis feilschen, und darum brauche ich dich …«

Unwillig stand Hubert auf. »Ich komme sofort. Sag den Böhringers, dass ich in einer Minute da bin.«

Antonia wollte sich ebenfalls erheben, aber Hubert legte ihr die Hand auf die Schulter: »Bitte bleiben Sie noch! Ich komme gleich wieder.«

Sie ließ sich auf den Stuhl zurückfallen und nickte.

Und er hielt Wort: Sie goss sich ein Glas Wasser ein, und er war zurück, als sie gerade den ersten Schluck trank.

Aber er setzte sich nicht.

»Frau Arnoux, hören Sie, es ist tatsächlich schlecht im Moment. Aber ich möchte mir Zeit nehmen für Sie, ich möchte mich mit Ihnen gern in Ruhe unterhalten. Darf ich Sie morgen anrufen, und wir machen einen Termin für ein Treffen aus?«

Er zeigte wieder dieses umwerfende Lächeln, während er mit beiden Händen ihre Rechte umfasste.

»Sie würden mir auch persönlich eine große Freude machen.«

Irritiert nickte Antonia. Sein Griff hatte etwas Beruhigendes, etwas Vertrauenerweckendes – und sie spürte ein Gefühl des Verlustes, als er ihre Hand losließ.

»Schreiben Sie mir bitte Ihre Telefonnummer hier auf den Block«, er griff nach einem Blatt Papier auf dem Besprechungstisch, »und ich darf mich dann morgen melden?«

Wieder lächelte er sie strahlend an, und in seinen Augen

meinte sie nicht nur eine Bitte um Entschuldigung zu lesen, sondern auch den Wunsch, sie wiederzusehen.

Sie konnte nicht verhindern, dass sie sein Lächeln erwiderte. Sie öffnete ihre Handtasche.

»Hier haben Sie meine Visitenkarte, ich freue mich auf Ihren Anruf.«

Hubert steckte die Karte in seine Westentasche.

»Sind Sie mit dem Auto hier?«, fragte er.

»Ich bin mit dem Taxi gekommen«, antwortete sie.

»Dann lasse ich Sie nach Hause fahren«, sagte Hubert und zog aus seiner Jackentasche ein Handy.

Antonias Widerspruch erstickte er mit einer Handbewegung im Keim.

»Berthold?«, fragte er in das Telefon. »Ich habe hier einen Fahrgast.« Dann schob er das Smartphone wieder zurück in die Tasche. »Kommen Sie, ich bringe Sie zu unserem Fahrer. Wieder nahm er sie beim Ellenbogen.

Während er sie durch die Galerie dirigierte, sah sie aus den Augenwinkeln Julian Markward. Ihre Schwester stand mit keck schief gelegtem Kopf vor ihm und redete auf ihn ein; er lehnte lässig an einem Tisch, die Hände in den Hosentaschen. Demonstrative Langweile als Provokation.

Und ihre Schwester überschlug sich förmlich, mit geröteten Wangen, ausholenden Handbewegungen, übertriebener Mimik. Das Spiel zwischen den beiden war eröffnet, und er bestimmte die Regeln.

Antonia wollte hingehen und Susie von ihm wegziehen, aber Huberts Griff wurde fester.

»Nicht mehr heute«, sagte er leise und wies mit einer kaum sichtbaren Kopfbewegung auf die wenigen verbliebenen Gäste, von denen einige neugierig nach Antonia schauten. Man sah ihnen die Hoffnung auf einen kleinen Skandal an. Sie verstand.

Julian Markward stand mit dem Rücken zu ihr, er konnte sie nicht sehen. Doch bevor sie durch die Tür nach draußen ging, hörte sie noch, wie Julian zu ihrer Schwester sagte: »... ein schöner Name, aber ich werde dich ab jetzt Marilyn nennen.«

Am nächsten Morgen erwachte Antonia – wie fast immer – wenige Minuten, bevor der Wecker klingelte. Aber im Gegensatz zu sonst fühlte sie sich unausgeschlafen und zerschlagen, der Nachtschlaf war nicht nur zu kurz, sondern auch unruhig gewesen. Immer wieder war sie hochgeschreckt, hatte ihr Handy vom Nachttisch genommen und hoffnungsvoll auf das Display geschaut.

Sie hatte gestern Abend, noch aus dem Auto des netten jungen Mannes, der sie nach Hause gefahren hatte, eine SMS an ihre Schwester geschrieben. *»Bin auf dem Heimweg. Melde dich bitte, wenn du auch zu Hause bist.«* Aber es war keine Nachricht gekommen.

Auch jetzt nahm Antonia als Erstes das Telefon vom Nachttisch – kein verpasster Anruf, keine ungelesene Mail, keine noch nicht aufgerufene SMS. Sie verzog das Gesicht. Hoffentlich lag Susanne nicht mit diesem widerlichen Menschen im Bett.

Wieder sah sie in ihrer Erinnerung diesen Markward vor sich, mit seinem unmöglichen Blick und diesem spöttischen Grinsen. Antonia presste die Lippen zusammen und schüttelte den Kopf. So dumm würde ihre Schwester hoffentlich nicht sein. Dass dieser Typ als Partner nicht infrage kam, war doch offensichtlich.

Der Wecker klingelte. Es war Viertel nach sechs.

Mit finsterer Miene warf Antonia die Bettdecke zur Seite. Unten klappte die Haustür: Die Haushälterin kam.

Antonia sah auf die Uhr. Inzwischen war es achtzehn

Minuten nach sechs. Schon wieder drei Minuten zu spät. Das dritte Mal in dieser Woche.

Wie immer saß Antonia um genau fünfunddreißig Minuten nach sechs am gedeckten Frühstückstisch im Wintergarten, und Frau Straub kam mit der Kaffeekanne aus der angrenzenden Küche. Frau Straub war schon die dritte Haushälterin, seit vor drei Jahren Frau Marbert in die wohlverdiente Rente gegangen war. Da war sie schon über siebzig gewesen, und Walter hatte darauf bestanden, trotz des Widerstands von Frau Marbert, die nicht zu arbeiten aufhören wollte. Aber eine Arthrose machte ihr jede Bewegung zur Qual, und auch wenn sie bittere Tränen weinte beim Abschied von »meinen Jungs« und »meinen Mädels«, nämlich Susanne und Antonia, war sie insgeheim doch froh. Sie lebte jetzt bei einer Nichte und deren Familie in der Nähe von Frankfurt, Antonia schrieb ihr regelmäßig.

Die knapp vierzigjährige Nachfolgerin von Frau Marbert hatte sich plötzlich verliebt, sofort geheiratet und war mit ihrem Ehemann nach Hamburg gezogen.

So war also vor knapp drei Monaten, mehr oder weniger gleichzeitig mit Pauls und Walters Auszug, Frau Straub ins Haus gekommen. Und Antonia war zufrieden, sie hatte Glück gehabt mit Frau Straub; Frau Straub erledigte die ihr aufgetragenen Arbeiten gewissenhaft, verstand Antonias Intentionen, arbeitete weitgehend selbstständig und hielt den Haushalt in Ordnung. Aber jetzt war da diese unangenehme Unpünktlichkeit beim Arbeitsbeginn. Das konnte Antonia nicht auf sich beruhen lassen.

»Frau Straub, was würden Sie sagen, wenn ich Ihnen plötzlich einen Euro und dreiundzwanzig Cent weniger überweisen würde als vertraglich abgemacht?« Mit dieser Frage überraschte Antonia Frau Straub.

»Keine Ahnung«, antwortete die Angesprochene verblüfft.

»Sie wären wohl unzufrieden«, fuhr Antonia fort. »Knapp eineinhalb Euro sind zwar nicht so sehr viel Geld, aber Sie fänden das sicher nicht korrekt, oder? Sie würden sich wahrscheinlich fragen, ob Sie mich darauf ansprechen sollen. Oder wäre der Betrag zu gering, als dass Sie etwas sagen würden? Ja, vermutlich würden Sie nichts sagen, aber Sie würden sich ärgern. Und wenn es nächsten Monat wieder passierte, würden Sie sich noch mehr ärgern.«

Frau Straub, die immer noch keine Ahnung hatte, worauf Antonia hinauswollte, runzelte nachdenklich die Stirn.

»Ich würde schon was sagen«, meinte sie dann.

»Sehen Sie«, sagte Antonia. »So geht es mir auch. Ich möchte auch etwas sagen. Ihr Arbeitsbeginn ist vereinbart für sechs Uhr fünfzehn. Sie sind heute Morgen das dritte Mal in dieser Woche drei Minuten zu spät gekommen. Bitte achten Sie doch darauf, dass das nicht mehr vorkommt.«

Frau Straub öffnete den Mund, um etwas zu sagen, aber sie war zu verblüfft, es fiel ihr nichts ein.

Antonia griff nach der Zeitung und begann, den Leitartikel zu lesen, während Frau Straub mit offenem Mund neben ihr stand.

Antonia hob kurz den Blick. »Sie dürfen mir den Kaffee eingießen!«, sagte sie, als Frau Straub immer noch wie vom Donner gerührt reglos neben ihr stand. »Danke.«

»Entschuldigung«, stotterte Frau Straub. »Es ist nur so, dass der Bus …«

»Frau Straub, müssen wir wirklich noch weitere Arbeitszeit verschwenden, indem wir über Selbstverständlichkeiten wie einen pünktlichen Arbeitsbeginn diskutieren?« Antonia raschelte mit der Zeitung.

»Nein, natürlich nicht«, sagte die Haushälterin betroffen.

Antonia wusste, dass sie hart gewesen war. Es war ihr auch schwergefallen. Aber das musste man sein. Nicht nur den, der zu spät kam, nein, vor allem den, der zu weich war, den bestrafte das Leben.

In der Nacht hatte es ein Gewitter gegeben. Auf einmal war es, obwohl erst Ende August, schon ein Frühherbstmorgen: das Licht nicht mehr so gleißend wie im Sommer, auf den Bürgersteigen mehrten sich die abgeworfenen Blätter der Kastanienbäume, die wenigen Passanten fröstelten leicht in der noch kühlen und feuchten Luft, und trotzdem konnte man ahnen, dass es heute wieder sommerlich heiß werden würde.

Die Männer der Müllabfuhr schepperten mit den Tonnen über das Kopfsteinpflaster des Hofes. Sie nahmen keine Rücksicht auf die frühe Uhrzeit, im Gegenteil, Julian hatte manchmal das Gefühl, dass die Arbeiter es darauf anlegten, möglichst alle Anwohner zu wecken.

Julian war es egal, er war Frühaufsteher. Heute Morgen allerdings lag er noch im Bett und schmuste mit der Katze.

Da klingelte das Telefon.

»Habe ich dich geweckt?«, fragte Hubert.

»Du bist aber früh dran«, sagte Julian.

»Ich wollte dich noch vor dem Joggen erwischen.«

»Ich laufe heute nicht, bin gestern zu spät ins Bett gekommen.«

Hubert lachte. »War die Kleine so anstrengend?«

Tete streckte sich wohlig unter Julians Hand.

»Ich habe sie nicht mit nach Hause mitgenommen«, sagte Julian.

»Ach«, meinte Hubert, hörbar überrascht. »Sie war aber doch so willig.«

»Dann ist sie nächste Woche noch williger«, erwiderte

Julian und zupfte die zufrieden schnurrende Katze zärtlich am Ohr.

»Kann ja sein, aber was ist denn mit deinen Bedürfnissen? Konservierst du die auch bis nächste Woche?«, feixte Hubert.

Julian rekelte sich.

»Sagen wir mal so: Sex ist doch wie Naseputzen – irgendwann ist die Nase verstopft, und dann braucht man ein Taschentuch. Aber noch bekomme ich ausreichend Luft …«

Huberts Kopfschütteln war durchs Telefon fast hörbar. »Lass das mal nicht die Frauen hören!«

Julian lachte auf.

»Es hat sich noch keine beschwert, ganz im Gegenteil. Ich behandle meine Taschentücher mit ausgesprochener Sorgfalt.«

Hubert gab einen missbilligenden Ton von sich. »Tu nicht so zynisch, ich kenne dich doch.«

Julian verzog das Gesicht. »Wenn du auf früher anspielst: Da war ich jung und naiv. Aber ich habe ja dazugelernt.«

Die Katze drehte sich mit einem wohligen Schnurren auf den Rücken und reckte den Kopf nach hinten, damit Julian sie unter dem Kinn kraulen konnte.

»Aber du rufst sicher nicht so früh an, um dich nach meinem Sexleben zu erkundigen. Also leg los, was gibt's?«, fragte Julian.

»Willst du zuerst das Lob oder zuerst den Tadel?«

»Auf jeden Fall zuerst das Lob!«

»Ich wollte dir zu deinem Erfolg gratulieren. Du hast sicher noch keine Zeitungen gelesen. Die Kritiker überschlagen sich. Der Verkauf war gestern bereits mehr als erfreulich: Vier Arbeiten sind weg, drei weitere reserviert. Und obwohl es noch nicht mal halb sieben ist, habe ich schon vier E-Mails von Kunden, die gestern verhindert waren und die jetzt nach diesen Zeitungsartikeln Angst haben, sie bekämen nichts mehr.«

Julian nickte. Drei Arbeiten verkauft, im Schnitt für fünfzehntausend Euro. Nicht schlecht! Ein Drittel musste man zwar für den Galeristen abziehen, und in jeder Arbeit steckten für einige Tausend Euro Material – das Silber war teuer, das Ebenholz auch. Trotzdem blieb noch genug für ihn übrig, er würde die nächsten Monate gut leben und vor allem weiterarbeiten können.

»Aber wie du dich dieser Frau Arnoux gegenüber verhalten hast! Julian, darüber müssen wir reden, so geht das nicht.«

Die Katze drückte ihr Köpfchen fest in Julians Hand.

»Wer ist denn Frau Arnoux?«

»Die Frau, die du so beleidigt hast.«

Julian wälzte sich auf den Rücken und zog sich die Katze auf den Bauch.

»Ich weiß gar nicht, wovon du sprichst.«

»Tu nicht so, du weißt genau, was ich meine.«

Julian gähnte demonstrativ laut.

»Julian, ich rede mit dir! Und es ist mir ernst. Du kannst nicht eine potenzielle Kundin derart beleidigen. Ganz abgesehen davon, dass das sowieso ein unmögliches Verhalten war, Kundin oder nicht Kundin. Ich weiß gar nicht, was mit dir los war. Du bist doch sonst nicht so unausstehlich.«

Julian schaute in die gelben Augen seiner Katze.

»Das ist Hubert am Telefon«, sagte er zu ihr. »Er macht mir Vorwürfe wegen so einer unmöglichen alten Schachtel. Was sagst du denn dazu?«

»Julian!« Die Stimme am anderen Ende der Leitung hatte nun einen gereizten Unterton. »Du musst dich jetzt nicht als kleiner Junge gerieren. Du hast dich absolut flegelhaft benommen. Und die Frau ist wer, ich habe mich gestern Abend schon erkundigt und Informationen eingeholt – die leitet ein Unternehmen.«

Julian verzog unwillig das Gesicht, antwortete aber nach wie vor nicht.

»Du wirst dich bei ihr entschuldigen«, forderte Hubert.

»Dann muss die alte Schachtel sich aber zuerst entschuldigen, schließlich hat sie mich provoziert!«, platzte es aus Julian heraus.

Aber Hubert wusste Julian zu nehmen.

»Julian, ich verstehe ja, dass dich diese Leute nerven. Und dass du keine Lust hast, dich mit denen zu beschäftigten. Das ist dein gutes Recht, das brauchst du auch nicht, dafür hast du ja mich. *Ich* bin der Verantwortliche für die Kommunikation: *Ich* mache die Bücklinge, und *ich* blase denen kiloweise Puderzucker in … du weißt schon, wohin! Das ist mein Job, und nicht zuletzt dafür bezahlst du mich. Aber du darfst meine Arbeit nicht konterkarieren, du darfst nicht dagegensteuern, denn dann kann ich meinen Teil unserer Zusammenarbeit nicht mehr leisten. Und diese Frau, die übrigens nicht alt ist, du würdest dich wundern, wenn du sie dir mal genauer ansiehst, aber egal – diese Frau war unhöflich und stur und nicht besonders sympathisch, aber deine Reaktion war nicht nur total überzogen, sondern dein Benehmen war unter aller Sau, um es mal deutlich auszudrücken.«

Julian verdrehte die Augen. Natürlich wusste er, dass Hubert recht hatte. Er konnte selbst nicht genau sagen, warum ihn diese Frau derart in Weißglut versetzt hatte.

»Na gut«, lenkte er ein. »Ich werde mich entschuldigen. Erzähl mir was über sie. Was hat sie denn für ein Unternehmen?«

»Verpackungen.«

»Was willst du mit Verpackungen?«

»Du hast mich gefragt, was sie für ein Unternehmen hat. Es handelt sich um einen Produktionsbetrieb mit über fünfzig Angestellten, und die produzieren Verpackungen.«

»Was denn für Verpackungen? Ich verstehe nicht …«

»Was gibt es denn da nicht zu verstehen? Verpackungen eben. Hauptsächlich für Lebensmittel, so wie ich das verstanden habe, Spanschachteln für Käse zum Beispiel.«

Julian fing an zu lachen. »Was sagst du da? Was macht die? Die alte Schachtel …«, er lachte heftiger, »… die alte Schachtel …«, jetzt konnte er vor lauter Lachen kaum noch sprechen, »… die alte Schachtel …«, er rang nach Luft, »… die alte Schachtel, die faltet Schachteln!«

Julian krümmte sich vor Lachen, sodass die Katze empört vom Bett sprang.

»Du bist wirklich kindisch«, sagte Hubert, dessen Stimme allerdings auch verräterisch vibrierte.

»Aber das ist doch …« Julian konnte sich gar nicht mehr beruhigen. »Grüß Gott, Frau Unternehmerin. Wie war Ihr Tag? Wie viele Schachteln haben Sie denn heute gefaltet? Ja, es faltet sich nicht jeden Tag gleich – ich weiß schon, auch das Falten will gelernt sein …«

Hubert war nicht gewillt, sich darauf einzulassen. »Ich werde sie anrufen und schon mal in deinem Namen um Verzeihung bitten. Ich werde aber deine persönliche Entschuldigung ankündigen, irgendetwas von geheimnisvollen Problemen erzählen, die du gestern hattest, und sie für Montagabend einladen. Du weißt, was du zu tun hast.«

»Ach nein, so eilig ist es doch nicht.« Julian atmete stoßweise, immer wieder musste er kichern.

Für Montag war ein kleiner Umtrunk mit den Aushilfskräften geplant, den jungen Leuten vom Studentendienst, die bei der Vorbereitung der Vernissage und beim Aufbau geholfen hatten.

»Gib mir doch ihre Nummer, ich ruf sie einfach an.«

»Darauf lass ich mich nicht ein, ich will dabei sein. Wer weiß, was du ihr sonst noch alles an den Kopf schmeißt.«

Julian sah plötzlich diese olivgrünen Augen vor sich. Oder waren sie doch eher braun gewesen?

Er stöhnte noch einmal theatralisch auf.

»Okay, ich mach's«, sagte er. »Ich werde mich entschuldigen. Reicht es, wenn ich mich ihr zu Füßen werfe und um Gnade flehe? Oder ist es wirkungsvoller, wenn ich auf Knien zu ihr rutsche? Vielleicht sollte ich vorher noch Erbsen streuen? In China nahm man eine seidene Schnur – ach nein, die bekam man, da habe ich jetzt tatsächlich was verwechselt …«

»Du bist mir heute wirklich zu albern. Mir langt's! Wir sehen uns später in der Galerie.«

Hubert wartete die Antwort nicht ab, sondern legte auf.

Julian lachte noch einmal laut. »Tete? Wo bist du? Habe ich dich vertrieben, du Arme?«

Aber die Katze war beleidigt und ließ sich nicht mehr herbeilocken.

Julian schwang die Beine aus dem Bett, wobei er darauf achtete, dass seine Füße in den bereitstehenden Flip-Flops landeten. Er hatte sich erst vor Kurzem beim gedankenlosen Barfußlaufen an einer der zahlreichen zerbrochenen Bodenfliesen den Fuß aufgeschnitten. Er ging zu dem Campingtisch an der Wand und stellte Teewasser auf. Während er mit der rechten Hand den Schalter der Elektroplatte drehte, griff er mit seiner linken Hand wieder automatisch zu dem darüberhängenden Sicherungskasten und öffnete dessen Türchen.

Boing! Es knallte jedes Mal lauter, fand Julian.

Er drückte den Schalter für die herausgesprungene Sicherung hoch, schloss das Türchen und griff nach der

Gießkanne, die an einem Haken in der Decke hing. Nachdem er diese mit Wasser gefüllt hatte, goss er seine Kräuter.

Sorgfältig kontrollierte er mit dem Finger bei jeder einzelnen Pflanze, dass die Erde nicht zu nass wurde, und zupfte immer wieder einzelne trockene Blätter ab.

Als das Wasser kochte, hängte er die Kanne wieder an den Haken, goss den Tee auf und öffnete den Kühlschrank, um sich die Butter und etwas Schinken fürs Frühstück herauszunehmen.

Sofort stand Tete neben ihm und rieb ihren Kopf an seinem Bein.

»Da bist du ja wieder! Wo hast du dich denn versteckt?«, fragte Julian und bückte sich, um die Katze zu streicheln. Sie schnurrte.

»Ich weiß schon, dass du mich liebst«, sagte Julian. »Schließlich kann ich den Kühlschrank öffnen.« Er nahm die angebrochene Büchse Katzenfutter aus dem Kühlschrank und füllte den Fressnapf. Die Katze ließ von ihm ab und stürzte sich auf ihr Fressen.

»So seid ihr Frauen, ihr liebt immer den, der euch ernährt.«

Die Katze schaute nur kurz auf, als Julian sie noch einmal zärtlich am Ohr zupfte.

»Na, dann lass es dir schmecken.« Julian nahm seine Teetasse, setzte sich an den alten Tisch und öffnete seinen Laptop.

Da war die Katastrophe noch genau vierunddreißig Schritte entfernt.

»Sehen wir doch mal nach, was die Zeitungen heute über mich schreiben.«

Aber als der Computer endlich einen Artikel geladen hatte und Julian begierig die ersten Sätze las, klopfte es an der Tür.

Es war der Briefträger. Er brachte ein Einschreiben.

Es dauerte noch drei Stunden, bis Susanne sich endlich meldete. Antonia sah den Namen auf dem Display des brummenden Handys, schob die Papiere auf ihrem Schreibtisch an die Seite und nahm den Anruf sofort an.

»Susanne?«

»Schrei doch nicht so! Ist was mit Paul?«

»Wieso denn das?«, fragte Antonia überrascht. »Nein, mit ihm ist alles okay. Ich wollte nur …«

»Ich dachte, es wäre wer weiß was passiert! Ich habe sechs verpasste Anrufe von dir und zwei Kurznachrichten.«

»Ach so.« Antonia lachte verlegen. »Ich habe mir lediglich Sorgen gemacht, ob du gut nach Hause gekommen bist. Wo warst du denn die ganze Zeit?«

»In der Vorlesung. Ich studiere ja schließlich, da bin ich vormittags meistens in der Vorlesung«, erklärte Susanne leicht beleidigt.

»Ja, und gestern Abend? Bist du gut heimgekommen?«

»Natürlich. Hubert hat mir deine Grüße ausgerichtet und gesagt, dass du schon gegangen bist, dann hat er mich ebenfalls von seinem Fahrer heimbringen lassen. Ich bin dann auch nicht mehr so lange geblieben.«

Antonia, die die ganze Zeit angespannt vorne auf der Sitzfläche gesessen hatte, lehnte sich zurück. Ihre Stimme wurde weich.

»Aber warum hast du dich denn nicht noch mal gemeldet? Ich hatte doch geschrieben …«, fragte Antonia.

»Ich habe es eben erst gesehen! Der Akku vom Handy war leer, gestern Abend schon, und ich hatte vergessen, es aufzuladen. Hab es erst jetzt in der Uni bemerkt.«

»Ach so«, sagte Antonia. Dieser Markward und ihre Schwester hatten nicht … Was für eine Erleichterung! »Ist ja auch egal, Hauptsache, es ist alles in Ordnung bei dir. Was machst du denn morgen und am Sonntag? Sollen wir zusammen ins Kino gehen? Es laufen schöne Filme.«

»Ach schade, das wäre eine super Idee. Aber wir fahren an den Gardasee übers Wochenende, das ist schon lange abgemacht. Wir wollen noch mal surfen, bevor die Saison zu Ende ist«, sagte Susanne bedauernd.

Antonia rutschte auf dem Sitz wieder nach vorne. »Wer ist denn *wir?*«

»Na, Mark und Petra natürlich«, antwortete ihre Schwester.

Die WG-Mitbewohner also. Ja, die waren begeisterte Surfer, und die Eltern von Petra hatten ein kleines Ferienapartment in der Nähe des Gardasees.

Antonia ließ sich wieder an ihre Stuhllehne zurücksinken.

»Warum fragst du?« Es dauerte ein paar Sekunden, bis Susanne ein zögerliches »Möchtest du vielleicht mitfahren?« anfügte.

»Nein, meine Kleine. Ich mache mir ein schönes, gemütliches Wochenende und erhole mich ein bisschen.«

»Aber nicht, dass du dann das ganze Wochenende allein herumsitzt und Trübsal bläst.«

»Nein, nein, ich habe genug zu tun.«

»Muss ich jetzt ein schlechtes Gewissen haben?«, fragte Susanne. »Arbeitest du am Wochenende, weil du nichts Besseres vorhast?«

»Nein, natürlich nicht. Ich brauche einfach Ruhe nach der Arbeitswoche, das hat nichts mit dir zu tun.«

»Ich sage dir ja die ganze Zeit, du musst zusehen, dass du mal wieder einen netten Freund findest!«, meinte Susanne.

Antonia lachte kurz auf. »Und wann, liebe Susie? Wann soll ich mir den suchen?«

»Ach, das kann doch so schwer nicht sein. Was ist denn zum Beispiel in deinem Fitnessclub? Gibt es da denn niemanden, der irgendwie … Oder wenn du …«

»Susie, meine Liebe, es ist ja wunderbar, dass du dich so um mich sorgst, aber wenn ich meine, dass ich einen Freund brauche, dann kümmere ich mich schon selbst darum. Mach dir mal keine Gedanken. Im Moment habe ich für einen Mann sowieso keine Zeit. Deshalb wird mir die Ruhe am Wochenende auch guttun. Vielleicht besuche ich noch Walter und Paul.«

»Ach so, ja«, meinte Susanne. »Grüß sie lieb von mir. Sag ihnen, ich komme auch bald mal wieder vorbei.«

Antonia überlegte, ob sie darauf hinweisen sollte, dass Susannes letzter Besuch schon fast einen Monat her war. Aber das Verhältnis zwischen Walter und ihrer Schwester war angespannt, immer wieder gerieten die beiden aneinander; das war sicher mit ein Grund gewesen, dass Susanne, die, kaum volljährig, den Pflegevater verlassen hatte und bei Walter und Paul eingezogen war, bereits ein gutes Jahr später wieder ausgezogen, nein, eher geflüchtet war.

»Ja, sag ich ihnen. Ich wünsche dir viel Spaß. Meldest du dich mal, wenn du wieder zurück bist?«

»Aber klar«, antwortete ihre Schwester vergnügt. »Ich muss jetzt wieder los – also, schönes Wochenende wünsche ich dir!«

»Ich dir auch. Fahrt vorsichtig und passt gut auf euch auf«, sagte Antonia noch, aber da hatte ihre Schwester schon aufgelegt.

Sie würde das Wochenende also allein verbringen. Wieder einmal. Antonia setzte die Brille ab, rieb sich die Augen und schaute zum Fenster hinaus. Genau davor stand ein riesiger Kastanienbaum, über und über mit dicken grünen Bällen behangen, gerade fiel einer herunter und landete mit einem satten Plopp auf ihrer Fensterbank. Versonnen schaute Antonia auf die grüne Kastanie mit den weichen Stacheln, die da einsam auf der Fensterbank lag.

So fand sie ihre Sekretärin Frau Wegner, die kurz angeklopft hatte und dann, ohne eine Antwort abzuwarten, wie es bei ihnen üblich war, eingetreten war.

»Antonia, was ist los?«, fragte sie.

Nur noch in Ausnahmefällen duzte Frau Wegner ihre Chefin. Als Antonia vor vier Jahren von der Uni gekommen war und direkt die Position des Geschäftsführers hatte übernehmen müssen, hatte Frau Wegner darauf bestanden.

»Aber Frau Wegner, Sie kennen mich, seit ich ein Baby war, Sie können mich doch nicht einfach siezen!«

»Doch, Frau Arnoux! Das gehört sich so. Sie sind jetzt hier die Chefin, und das muss sich auch in der Anrede bemerkbar machen. Allein schon wegen der Kollegen. Wie sieht das denn sonst aus!«

Antonia hatte lediglich verhindern können, dass Frau Wegner sie mit »Frau Doktor« ansprach, aber von dem Siezen war Frau Wegner nicht abzubringen.

»Frau Wegner, ich kann doch nicht …«

»Sie *müssen* sogar, glauben Sie mir.« Damit war das Thema für Frau Wegner erledigt gewesen.

Dann hatte Frau Wegner sich noch geräuspert und gesagt: »Ich bin ja so froh, dass Sie da sind. Jetzt wird alles wieder gut.«

Frau Wegner hatte feuchte Augen bekommen, und Antonia hatte sie umarmt, beide hatten an die Vergangenheit gedacht und daran, dass Frau Wegner nun Chefsekretärin der dritten Generation der Familie Arnoux war. Bei Antonias Großvater hatte sie im Alter von zwanzig Jahren als einfache Bürogehilfin angefangen, fünf Jahre später war sie Chefsekretärin geworden, zehn Jahre später, als der Großvater sich zurückzog und das Unternehmen seinem Sohn übertrug, wurde sie von Antonias Vater »übernommen«. Nach dessen plötzlichem Tod hatte sie gemeinsam mit

Onkel Walter versucht, das Unternehmen – unter wechselnden angestellten Geschäftsführern – zu erhalten. Nun war sie also die voraussichtlich letzten fünf Jahre ihres Berufslebens für Antonia tätig.

»Geht es dir nicht gut, Antonia?«, fragte Frau Wegner noch einmal.

Antonia setzte die Brille wieder auf.

»Doch, doch, es ist alles in Ordnung, vielen Dank«, sagte sie, lächelte kurz Frau Wegner zu und griff nach der Mappe, die ihr Frau Wegner entgegenhielt.

»Das sind die Vertragsentwürfe für die Austria-Schokoladen GmbH. Dr. Mickel bittet darum, dass Sie nachprüfen, ob …«

»Danke ja, ich weiß Bescheid.«

Als zehn Minuten später das Telefon klingelte und Frau Wegner einen Anrufer namens Rotendall avisierte, war Antonia in das Studium der Papiere vertieft.

»Sagen Sie ihm, ich rufe am Montag zurück«, bat sie Frau Wegner, als sie plötzlich diese intensiv blauen Augen vor sich sah. *Sie sind mir wichtiger!*

»Nein, Moment, stellen Sie durch«, sagte Antonia.

»Ich wollte mich erkundigen, ob Sie gut nach Hause gekommen sind«, begann Hubert von Rotendall.

»Ja, dank Ihrer Fürsorge war ich ja bestens betreut.«

»Und ich hoffe, der Ärger über unser Enfant terrible hat Sie nicht um eine erholsame Nachtruhe gebracht.«

»Ich habe sehr gut geschlafen, danke der Nachfrage.«

»Dann bin ich ja erleichtert«, sagte Hubert von Rotendall. »Ich hatte befürchtet, dass Herr Markward …«

»Wenn mich jeder Flegel vom Schlafen abhalten würde, könnte ich meinen Job nicht lange machen«, fuhr Antonia ihm dazwischen.

Abfuhren kann sie ganz gut austeilen, dachte Hubert. Er lachte höflich. »Da haben Sie natürlich recht.«

Antonia ärgerte sich. Warum hatte sie derart aggressiv reagiert?

»Gibt es denn Neuigkeiten in Bezug auf einen Verkauf der von mir gewünschten Skulptur?«, fragte sie.

»Deswegen rufe ich an«, antwortete Hubert. »Herr Markward möchte sich bei Ihnen entschuldigen und ist auch bereit, über einen Verkauf zu diskutieren.« Bis Montag habe ich ihn weich gekocht, dachte Hubert.

»Aha«, meinte Antonia nur.

»Deshalb möchte ich Sie gern für Montagabend zu einem kleinen Zusammensein einladen«, fuhr Hubert fort.

Antonia wollte schon absagen, denn an einem Werktag ging sie normalerweise nicht aus, dafür war die Nacht zu kurz. Plötzlich hörte sie aber die Stimme ihrer Schwester: *Du musst auch mal zusehen, dass du unter Leute kommst.*

»Ein kleinerer Kreis, wir feiern die erfolgreiche Eröffnung.«

»Jaaa …«, machte Antonia nachdenklich, da sie aus dem Gedächtnis ihre Termine der kommenden Woche rekapitulierte.

»Ich würde mich auch persönlich ganz besonders freuen, wenn Sie zusagen«, fuhr Hubert fort.

»Ich komme gern«, beschloss Antonia. »Wann und wohin?«

Frau Wegner, die gerade einen Ordner hereinbrachte, sah ein vergnügtes Lächeln auf Antonias Gesicht.

* * *

Es war Samstag. Antonia hatte vor zwanzig Minuten angerufen: »Ich komme gleich. Es ist ein so traumhafter Herbsttag. Soll ich euch abholen, und wir gehen ein bisschen an der Isar spazieren?«

Onkel Walter und Paul warteten schon in den edlen Sesseln im abgetrennten Bereich der Eingangshalle, der als Lobby diente. Genau genommen saß nur Onkel Walter im Sessel, Paul saß im Rollstuhl daneben.

»Das ist aber eine schöne Überraschung«, sagte Paul, als Antonia sich zu ihm herunterbeugte und ihn zärtlich auf beide Wangen küsste.

»Ich dachte, das schöne Wetter muss man einfach noch mal ausnutzen!«, erwiderte Antonia und schob den Rollstuhl.

Dann machten die drei sich auf in Richtung Isar.

Es war wirklich ein wunderschöner Altweibersommertag, und die Skateboarder, Spaziergänger, Fahrradfahrer sowie die vielen Hundebesitzer bevölkerten die Isarauen.

»Was macht die Vermietung?«, fragte Walter und wich geschickt einem kleinen Kind aus, das unsicher auf Rollschuhen angewackelt kam. »Hast du diesbezüglich schon etwas unternommen?«

»Ich kam noch nicht dazu«, erwiderte Antonia. »Aber ich kümmere mich darum, spätestens nächste oder übernächste Woche.«

Die beiden Männer wussten jedoch, was sie dachte. In dem Moment, in dem sie vermietete, machte sie alles endgültig, dann gab es kein Zurück mehr.

»Ich weiß, ich habe es schon einmal gesagt, aber du wirst dich wirklich wohler fühlen, wenn noch jemand im Haus wohnt«, sagte Walter.

»Und sicher lernst du bald einen netten jungen Mann kennen, und dann bist du richtig froh, wenn ihr beide eine schöne Wohnung mit ausreichend Platz habt«, sagte Walter. »Ist denn noch niemand in Sicht?«

Auch Paul gab einen fragenden Laut von sich.

Antonia schüttelte den Kopf. »Es tut mir wirklich leid, ich weiß, wie sehr ihr auf Enkelkinder hofft«, sagte sie. »Aber sosehr ich euch liebe, ich bin trotzdem nicht bereit, meine Unabhängigkeit aufzugeben.«

»Ich hoffe, du suchst nicht immer noch einen Schwulen als Ehemann«, sagte Onkel Walter grinsend.

Antonia lachte. Sie erinnerte sich gut.

Die Homosexualität ihres Onkels war für sie immer selbstverständlich gewesen. Sie kannte es überhaupt nicht anders: Walter und Paul, schon immer ein Paar, schon als sie geboren wurde. Auch ihre Eltern hatten damit, soweit sie das beurteilen konnte, kein Problem gehabt. Aber in den Siebzigerjahren war eine gleichgeschlechtliche Lebensgemeinschaft alles andere als selbstverständlich. Obwohl der berühmte Paragraf 175 Anfang der Siebzigerjahre dahingehend reformiert worden war, dass homosexuelle Erwachsene nicht mehr mit Strafe und Gefängnis bedroht wurden. Aber insbesondere im streng katholischen Bayern konnte damals von gesellschaftlicher Akzeptanz noch keine Rede sein. Das Wort schwul war als Beleidigung gemeint.

Das Kind Antonia schnappte natürlich Verschiedenes auf, von Nachbarn oder Bekannten, und das führte dazu, dass Antonia als Fünfjährige bei einem gemeinsamen Abendessen mit ihren Eltern und Paul und Walter stolz verkündete: »Wenn ich mal groß bin, heirate ich auf jeden Fall einen Schwulen!«

Sie erinnerte sich bis heute an das verblüffte Schweigen, an den fragenden und gleichzeitig fast ängstlichen Blick, den ihr Onkel ihrem Vater zuwarf, auch an das betroffene Gesicht von Paul und den plötzlich unsicheren Blick ihrer Mutter. Ihr Vater hatte – nach einer kleinen Ewigkeit – aufgelacht und zu Paul gesagt: »Das kannst du als großes

Kompliment nehmen.« Die Erleichterung am Tisch war so offensichtlich gewesen, dass auch sie, die Fünfjährige, sie gespürt hatte.

»Ihr hattet Angst, wie Papa reagiert«, sagte sie jetzt.

»Ja«, gab ihr Onkel zu. »Wir haben ja oft mit deinen Eltern diskutiert, ob es gut für dich ist, wenn du so viel mit uns zusammen bist.«

»Das wusste ich nicht«, sagte Antonia überrascht. »Das hätte ich von meinen Eltern auch nicht gedacht.«

»Du verstehst mich falsch. Meine Schwester und dein Vater hatten nichts gegen Paul, im Gegenteil. Aber Paul und ich hatten Angst, dass der Hass, der uns häufig entgegenschlug, auch dich treffen könnte.«

Antonia schüttelte den Kopf.

»Nö«, sagte sie. Es hat mich stark gemacht, dachte sie. Sie konnte nicht zählen, wie oft sie sich im Kinderheim geprügelt hatte, wenn jemand einen ihrer Onkel als Schwuchtel oder Tunte oder Ähnliches verunglimpft hatte. Und auch die Nonnen in dem katholischen Heim, in das sie immer wieder für die Dauer von Walters mehrmonatigen Auslandsreisen gemusst hatte, hatten spürbar Schwierigkeiten mit dieser Situation gehabt.

»Dass das mit einem Schwulen als Partner nicht so optimal ist, habe ich inzwischen eingesehen«, lachte Antonia. »Aber ihr beide habt die Messlatte schon sehr hoch gehängt. Zwei so tolle Männer wie ihr, wer soll denn da mithalten können?«

»So viele Komplimente von einer so faszinierenden jungen Frau!«, sagte Walter vergnügt.

Paul drückte fest ihre Hand und sagte: »Gibt es denn wirklich niemanden, der dich interessiert?«

Plötzlich sah Antonia die blauen Augen von Hubert von Rotendall vor sich. *Sie sind mir wichtiger,* hatte er gesagt.

Und die Verantwortung übernommen für das, was passiert war. Für diesen unmöglichen Künstler. Diesen Flegel!

Paul, dessen Hand nach wie vor auf ihrer lag, stutzte.

»Walter«, sagte er und lachte leise, »ich habe das Gefühl, wir müssen die Hoffnung doch noch nicht aufgeben.«

Walter blickte zu Antonia und sah eine leichte Röte über ihr Gesicht huschen.

»Holla!«, sagte er. »Paul, du hast recht!«

Er blickte auf die Uhr. »Wir sollten langsam zurückgehen, aber können wir bei uns noch einen Kaffee trinken, Antonia?«

»Du willst mich nur aushorchen«, erwiderte Antonia mit einem belustigten Funkeln in den Augen. »Ich muss dich allerdings enttäuschen, es gibt nichts zu erzählen.«

Aber ihr Onkel kannte sie. Und er wusste um die feine Wahrnehmung von Paul.

Antonia wendete den Rollstuhl, und die drei machten sich gemächlich auf den Rückweg. Paul und Walter gelang es dann doch noch, Antonia einige Details über den Galeriebesuch vom Donnerstagabend zu entlocken.

»Dieser Julian ist ja wirklich ein Flegel«, empörte sich Walter, als Antonia von dem Streitgespräch erzählte.

»Also Herr von Rotendall hat mir versichert, dass dieser Markward sich am Montag bei mir entschuldigen wird«, sagte Antonia. »Und er wird mir helfen, die Skulptur zu bekommen.«

»Aha«, sagte Walter mit einem wissenden Grinsen.

»Gar nicht *aha«,* wehrte Antonia ab. »Ihr interpretiert meine Begeisterung falsch. Ich habe mich in die Skulptur verliebt, nicht in den Galeristen.«

Sie schwärmte den beiden von dem Werk vor, bis die drei wieder am Heim angelangt waren.

Als sie sich verabschiedeten und Walter Antonia umarmte, fragte er: »Brauchst du die Brille eigentlich immer noch?«

Er und Paul wussten, dass die Gläser der Brille aus Fensterglas waren und dass Antonia scharf sah wie ein Adler.

Antonia zog sich kurz die Brille von der Nase und blickte nachdenklich auf das schwarze Gestell: »Ich weiß nicht, nein, wahrscheinlich nicht. Aber es ist irgendwie …« Sie setzte sie wieder auf.

Hubert saß im Besprechungszimmer der Galerie, Julian ihm gegenüber, und beide studierten leicht ratlos das Blatt Papier vor ihnen auf dem Schreibtisch.

»Das ist richtiger Mist«, meinte Hubert.

»Ja«, stöhnte Julian. »So kann man es nennen. Und vier Wochen Kündigungsfrist, das ist …« Er schüttelte den Kopf.

»Dürfen die das denn? So kurzfristig?«, fragte Hubert.

»Ja sicher, es ist doch Gewerberaum. Ich darf da eigentlich gar nicht wohnen. Sie haben es geduldet, weil ich auch ein bisschen nach dem Rechten gesehen habe und die Bauträgergesellschaft ganz froh war, dass das Gebäude nicht völlig unbewohnt da steht. Aber gemietet habe ich es ursprünglich als Atelier.«

»Und was machst du jetzt?«

Julian fuhr sich mit der Hand durch die Haare.

»Wenn ich das bloß wüsste! Ich muss vier bis fünf Monate überbrücken.«

»Wieso das denn?«

»Ich hab ja schon was Neues, der Mietvertrag ist unterschrieben.« Hubert wollte erleichtert unterbrechen, aber Julian schüttelte den Kopf. »Ein Neubau, aber der wird erst im Januar – voraussichtlich – fertig.«

»Ach so. Na ja, vier bis fünf Monate … wenn alle Stricke reißen, könntest du auch noch mal bei uns unterschlüpfen.«

»Danke, aber das würde ich nur im absoluten Notfall annehmen. Ihr wohnt einfach zu weit draußen. Wie lange fährst du jeden Morgen? Und jeden Abend?«

Hubert nickte. »Ich rechne eineinhalb Stunden pro Strecke, ich nutze die Zeit allerdings ganz gut, ich mache mir vorher immer Checklisten mit Telefonaten, und sobald ich im Stau stehe, beginne ich die abzuarbeiten.«

»Ja, in deinem Job kannst du die Zeit nutzen. Aber was soll ich machen? Das wären jeden Tag drei verlorene Stunden für mich.«

Hubert zögerte. Es war gefährliches Terrain, auf das er sich jetzt begab, und er wusste das.

»Nun«, sagte er gedehnt. »Für so eine kurze Zeitspanne? Da könntest du ja vielleicht sogar in das Haus deiner Eltern …«

»Niemals!« Julian fuhr so heftig von seinem Stuhl hoch, dass dieser nach hinten wegkippte und mit einem lauten Knall auf dem Boden aufschlug. »Sorry«, brachte er zwischen wütend zusammengepressten Lippen hervor und bückte sich, um den Stuhl wieder aufzustellen.

Hubert lehnte sich in seinem Schreibtischsessel zurück, verschränkte die Arme vor der Brust und schwieg.

»Sag mal«, begann er dann vorsichtig, als Julian ihm wieder gegenübersaß. Er zögerte. Das Thema war wirklich heikel.

Ein Blick auf Julians Gesicht zeigte ihm, dass der kalkweiß geworden war. Julians Hände krampften sich um die stoffbezogenen Armlehnen, und als er jetzt eine Hand hob, um sich wieder einmal diese Haarsträhne aus dem Gesicht zu streichen, sah Hubert den feuchten Fleck auf dem schwarzen Gewebe.

»Was ist?«

Julians Stimme klang hart und bedrohlich, aber Hubert kannte diesen Unterton inzwischen gut.

»Es geht mich ja nichts an, aber meinst du nicht, du solltest vielleicht mal …«

Julians Oberkörper schnellte aggressiv nach vorn, auf Hubert zu, bedrohlich, als wolle er ihn gleich anspringen.

»Worauf willst du hinaus?«

»Du könntest eine Therapie ins Auge fassen.«

Julian stützte sich auf dem Schreibtisch ab und brachte sein Gesicht ganz nah an Huberts.

»Kümmere dich nicht um Dinge, die dich nichts angehen!«

Hubert wich keinen Millimeter zurück.

»Nun mal langsam«, sagte er. »Kannst du dich bitte wieder zivilisiert hinsetzen?«

Julian zögerte noch einen Moment, dann ließ er sich auf seinen Stuhl zurücksinken.

»Ich will darüber nicht reden, und du weißt das«, sagte er, eine Mischung aus Vorwurf und Reue in der Stimme.

»Ja, es tut mir leid«, lenkte Hubert ein. »Aber ich glaube einfach, es würde dir helfen.«

Julians Bemühen um einen neutralen Tonfall war ihm deutlich anzuhören.

»Ich danke dir. Ich weiß, du meinst es gut. Aber es ist … nun, jeder hat sein Päckchen zu tragen, und ich habe eben meines. Und damit möchte ich dieses Thema jetzt beenden.«

Hubert nickte kurz.

»Schon gut, ich sage nichts mehr dazu. Und was dein Wohnungsproblem angeht: Ich höre mich um, und du suchst ebenfalls. Und wenn du nichts findest, dann musst du wohl oder übel für die paar Monate zu uns – es hat ja damals auch funktioniert.«

Julian nickte, dankbar für den Themenwechsel. »Ja, und jetzt lass uns weiterarbeiten. Mir ist in der Ausstellung eine Spiegelung aufgefallen, die mir nicht gefällt. Da sollten wir mal zusehen, ob wir das Licht nicht anders einrichten können.«

Während die beiden im Ausstellungsraum verschiedene Positionen des Strahlers ausprobierten, sagte Hubert:

»Ich habe übrigens Frau Arnoux für Montagabend eingeladen.«

»Ach bitte, jetzt verschon mich doch endlich mit der Alten!«

»Dafür, dass du vielleicht bald mehr Geld brauchst, um dir eine akzeptable Wohnung mieten zu können, gehst du ganz schön fahrlässig mit potenziellen Käufern um«, bemerkte Hubert.

Julian, der auf der Leiter stand und den Strahler hin und her drehte, warf einen kurzen Blick nach unten: »Die *Vereinigung* wird nicht verkauft!«

»Das habe ich verstanden. Und das ist ja auch okay. Aber wir müssen die Frau doch nicht verprellen. Mit ein bisschen Geduld kriegen wir die sicher dazu, dass sie sich für eine andere Arbeit von dir interessiert. Da musst du einfach mal etwas diplomatisch sein, auch wenn dir das noch so schwerfällt.«

Julian stieg von der Leiter, warf noch einen letzten Kontrollblick auf die kleine Skulptur auf dem Sockel vor ihm und nickte zufrieden.

»So ist es besser«, sagte er und dann, den Kopf Hubert zuwendend und breit grinsend: »Was hast du nur immer mit dieser Alten? Bist du da irgendwie interessiert?«

»Blödsinn!«, sagte Hubert. »Ich will verkaufen, und die kann bezahlen – das ist alles.«

* * *

»Fahren Sie doch etwas langsamer!«, schimpfte Antonia, als das Auto mit quietschenden Reifen von der Leopoldstraße abbog. Sie klammerte sich mit beiden Händen an der Rückenlehne des Vordersitzes fest. Da hatte sie ja wieder einen unmöglichen Taxifahrer erwischt! »Wir sind doch hier nicht beim Formel-1-Rennen.«

»'tschuldigung«, murmelte der Mann und ging etwas vom Gas. Aber an seinem kurzen Blick in den Rückspiegel konnte man deutlich erkennen, was er von seinem Fahrgast hielt: *Spaßbremse.*

Ich hätte doch selbst fahren sollen, ärgerte sich Antonia. Sie hatte sich fürs Taxi entschieden, denn sie war davon ausgegangen, dass sie vor einem Lokal mitten in Schwabing sowieso keinen Parkplatz finden würde. Aber sie hatte sich schon geärgert, als der verdreckte Wagen vorgefahren war. Der ungepflegte Fahrer mit dem schütteren, fettigen, zu langen Haar, der verdreckte Fußboden und die abgestandene, muffige Luft in dem Fahrzeug hatten ihre Laune nicht gebessert. Und jetzt noch diese Raserei!

Bis vor wenigen Monaten hatten Walter oder früher auch Paul sie meistens gefahren, wenn sie abends in die Stadt musste.

Vielleicht hätte sie doch das Angebot von Herrn von Rotendall annehmen sollen, er würde sie sehr gern abholen, hatte er erklärt. Aber das war ihr vorgekommen, als ginge sie eine Verpflichtung ein, und etwas in ihr hatte sich gesträubt, dieses Angebot anzunehmen.

»Hier ist es«, sagte der Taxifahrer und stoppte abrupt vor der Eingangstür zu dem Lokal in dem alten Jugendstilhaus. Direkt davor: ein freier Parkplatz.

Typisch, ärgerte sich Antonia. Einen freien Parkplatz gibt es aber auch nur, wenn man mit dem Taxi vorfährt.

»Macht vierzehn achtzig«, knurrte der Fahrer mürrisch.

Er ahnte, dass er kein vernünftiges Trinkgeld zu erwarten brauchte.

Und genauso war es. Antonia reichte ihm fünfzehn Euro und verabschiedete sich mit einem knappen »Gute Fahrt noch«.

Als der Fahrer endlich mit quietschenden Reifen und aufheulendem Motor weggefahren war, sah sie sich um. Schön war es hier. Sie hatte das Lokal bisher nicht gekannt. Die vielen Autos rechts und links taten dem Charme der hellen, lichten Straße mit den alten Bürgerhäusern keinen Abbruch. Die Tische vor dem Lokal unter den hohen Kastanienbäumen waren dicht besetzt, überwiegend junge Leute unterhielten sich lebhaft, an zwei Tischen stand jeweils seitlich ein Kinderwagen, größere Kinder malten mit Straßenkreide wilde Muster auf das Pflaster, und die Fahrradständer waren überfüllt.

Noch einmal musterte sie die Gäste an den Tischen. Herr von Rotendall war nicht dabei. Wahrscheinlich war die Gesellschaft im Lokal.

Sie holte noch einmal tief Luft. In ihr war eine Unruhe, die sie so von sich nicht kannte. Wieso nur?

War es die Hoffnung, die Skulptur zu bekommen? Die Aussicht auf die Entschuldigung? Oder machte sie vielleicht sogar das bevorstehende Wiedersehen mit dem Galeristen nervös?

Antonia zog die schwere Eingangstür auf und betrat den Gastraum. Hier drinnen war es leer, die Tische unbesetzt, nur an der Bar unterhielten sich zwei Männer. Das Wetter war ja auch zu schön, die Gäste saßen lieber draußen. Obwohl das Lokal einladend wirkte: ein bayerisches Wirtshaus im besten Sinn, urig, an der Längs- und an der hinteren Querwand gab es eine offenbar noch originale Holzvertäfelung mit üppigen Jugendstilschnitzereien, davor schwere

Holztische, denen man ansah, dass schon so manche Maß Bier darübergewandert war, und natürlich der typische Wirtshausgeruch, diese spezielle Mischung, deren Bestandteile undefinierbar waren: Bier in all seinen Flüchtigkeiten und Rauch(immer noch trotz des schon seit Jahren existierenden Rauchverbots) und *Mensch*.

Ein Geruch, der an lange Abende denken ließ, an lachende, gesellige Runden und hitzige Diskussionen. Hier würde ich auch gern mal einen Abend verbringen, dachte sie.

Aber mit wem?

Unwillig schüttelte sie den Kopf. Was war nur mit ihr los? Sie hatte wohl wirklich zu viel gearbeitet in den letzten Wochen. Und wo war jetzt der Galerist? Wo war die Gruppe, die hier die gelungene Ausstellungseröffnung feiern wollte? Hatte sie etwas falsch verstanden? Unschlüssig stand sie zwischen den Tischen herum.

»Suchen S' was?«, fragte die Kellnerin.

»Ich bin hier verabredet mit Herrn von Rotendall, das sollte eine größere Gruppe sein …«, antwortete Antonia.

»In der Stub'n«, nickte die Kellnerin und deutete mit dem Kinn nach hinten. Erst jetzt sah Antonia die geschnitzte Tür mit der dunklen Bleiverglasung in der Holzverkleidung und die schemenhaften Gestalten dahinter.

In dem Moment öffnete sich die Tür, und Hubert von Rotendall trat in den Gastraum.

»Da sind Sie ja!«, rief er erfreut und kam mit großen Schritten und ausgestreckten Armen auf sie zu. »Schön, dass Sie es möglich machen konnten.«

Er schüttelte ihre Hand. »Lassen Sie uns noch schnell die taktische Marschroute besprechen«, fuhr er mit einem Augenzwinkern fort und strahlte sie derart herzlich an, dass sie nicht anders konnte, als mit einem Lächeln zu antworten.

»Ja?«

»Warten Sie, bis ich das Gespräch auf den Verkauf der Skulptur bringe. Glauben Sie mir, ich kenne Herrn Markward gut, ich weiß, wann der optimale Moment gekommen ist.«

Antonia nickte. Plötzlich kribbelte es in allen Poren.

»Wir haben unsere kleine Feier im Nebenraum, kommen Sie mit, ich stelle Sie vor.«

Die jungen Leute starrten etwas erstaunt auf Antonia in ihrem grauen Kostüm, mit den hohen und trotzdem plump wirkenden Schuhen, dem Seidentuch um den Hals.

Hubert stellte sie vor, sie schüttelte jedem Anwesenden die Hand – dann kam die Reihe an Julian.

»Und hier ist Julian, unser Enfant terrible …«

Julian erhob sich und streckte Antonia die Hand entgegen.

»Ja, was soll ich sagen? Eine einfache Bitte um Entschuldigung reicht wohl nicht aus – aber mehr fällt mir im Moment nicht ein.«

Sein Lächeln erreichte nicht seine Augen.

Das war bescheiden. Viel zu bescheiden. Das würde er bei Gelegenheit …

Aber auch ohne dass sie an Huberts Worte gedacht hätte, *das Ziel nicht aus den Augen verlieren,* hatte sie nicht vergessen, dass sie ein Ziel erreichen wollte. »Ist schon in Ordnung«, log sie. »Ich bin nicht nachtragend.«

Hubert hatte den Stuhl an seiner Seite für sie frei gehalten. Antonia nahm dankend Platz. Obwohl die Studenten kaum jünger waren als sie, fühlte sie sich alt, als sie der scherzhaften Unterhaltung zuhörte. Gerade erzählte der junge Mann namens Berthold unter lautem Gelächter der anderen, wie er erfolgreich auf dem Fahrrad einer Polizeistreife entkommen war, die ihn zur Rede stellen wollte, weil er auf dem Bürgersteig gefahren war.

»Ich hab gedacht, mich trifft der Schlag, als die plötzlich aus der Einfahrt rollten.«

»Das wäre teuer geworden«, sagte die junge Frau neben ihm, dieselbe, die letzten Donnerstag den Kopf hereingestreckt und Hubert in die Galerie gerufen hatte. Hubert hatte sie ihr als seine Assistentin vorgestellt. Sie hieß Maria, das wusste Antonia nun.

Antonia wurde oft wegen ihres guten Erinnerungsvermögens bewundert, dabei hatte sie sich nur einige Tricks der Gedächtniskünstler angeeignet. Eine Technik bestand darin, Assoziationsketten zu bauen. Der ausgefallene Schmuck, den die junge Frau trug und der ein bisschen an Indianerschmuck erinnerte, hatte Antonia geholfen, sich folgende Eselsbrücke für den Vornamen zu bauen. Indianerschmuck – MARterpfahl – MARia.

Vielleicht nicht besonders schön, aber effektiv.

Bei dem Bärtigen mit den langen Haaren war es einfach gewesen, er hieß Berthold: lange Haare – holde Schönheit – und der Bart.

Der Student namens Markus hatte Antonia an den Evangelisten erinnert, und die Namen der zwei Blondinen waren ebenfalls ganz einfach zu merken: Ruth hatte eine auffällig rote Gesichtshaut, und Elisabeth mit ihrem kurzen Rock ließ Antonia an das Lied denken: *Wenn die Elisabeth nicht so schöne Beine hätt'* (wobei das in diesem Zusammenhang eher ironisch zu sehen war: Hier hätte man vielleicht umformulieren müssen in *Wenn die Elisabeth wenigstens schöne Beine hätt'*).

Mit solchen Assoziationsketten hatte es Antonia geschafft, sich alle elf Vornamen der Personen zu merken, die ihr in weniger als drei Minuten vorgestellt worden waren.

Die jungen Leute erzählten inzwischen unter viel Gelächter von ihren jeweiligen Erlebnissen mit der Polizei und den Ordnungsbeamten der Stadt München: wie sie entweder wegen Falschparkens, Fahrradfahrens auf dem Bürgersteig oder ähnlicher, meist harmloser Vergehen Verwarnungsgelder hatten bezahlen müssen, oder wie es ihnen gelungen war, der Strafe zu entgehen.

Als Antonia so zuhörte, verspürte sie plötzlich einen Anflug von Neid: sorglose Studenten, die noch keine Ahnung vom Leben hatten, die, geborgen in einer Familie, unbeschwert, jung und fröhlich waren. Eine solche Jugend war ihr nicht vergönnt gewesen – sie hatte immer kämpfen müssen und schon früh um ihre Verantwortung gewusst.

Julian hatte ähnliche Gedanken. Was waren das noch für junge, unbelastete Menschen, noch nicht vom Leben gezeichnet, noch voller Optimismus und Zuversicht.

Er hatte es schwerer gehabt, sehr viel schwerer wohl als die meisten. Aber er wollte nicht hadern, er hatte seinen Weg gefunden. Auch wenn es manche Umwege gebraucht hatte. Und er Handicaps davongetragen hatte. Egal.

Die jungen Leute hatten hervorragende Arbeit geleistet, ihre Aufgabe ernst genommen, eine Nacht sogar durchgearbeitet, als die bestellten Strahler mit Verspätung eingetroffen waren. Sie hatten – neben der Entlohnung natürlich – eine zusätzliche Anerkennung in Form dieses Umtrunks verdient.

Julian klopfte mit dem Messerrücken an sein Glas. Beim dritten Mal endlich hatten es alle mitbekommen und schwiegen abwartend.

Julian stand auf, formulierte seinen Dank und seine Anerkennung, hob sein Glas und prostete allen zu.

Ihm gegenüber saß diese Frau mit dem lächerlichen Dutt, sie hob ebenfalls ihr Weinglas und prostete zurück.

Warum musste die eigentlich hier sein? Er hatte sich entschuldigt, sie konnte jetzt gehen.

Unwillig zogen sich seine Brauen zusammen. Er ahnte, was Hubert vorhatte, die beiden wollten ihn weich kochen, er sollte irgendwann die *Vereinigung* verkaufen.

Aber das konnte er nicht. Und die Gründe dafür kannte noch nicht einmal Hubert.

Überhaupt musste er zuallererst dieses Wohnungsproblem lösen. Ob vielleicht jemand von den Studenten etwas wusste? Einen Versuch war es wert.

»Hört mal, Leute. Wisst ihr zufällig von einer günstigen kleinen Wohnung irgendwo in der Stadt? Ich suche gerade.«

»Wieso denn das?«, fragte Berthold überrascht. Er hatte vor vierzehn Tagen bei Julian einige Arbeiten für die Vernissage abgeholt. »Gefällt es dir nicht mehr in deinem Häuschen da?«

»Doch, das schon, aber …« Julian erklärte die Situation. »… und deshalb brauche ich nun eine Wohnung für diese Übergangszeit von ungefähr vier oder fünf Monaten.«

»In vier Wochen müssen Sie schon raus? Das geht aber schnell!«, sagte die junge Kunststudentin aus Augsburg. Wie hieß sie noch mal? Julian hatte es vergessen, aber wie jedes Mal, wenn sie ihn siezte, versetzte es ihm einen kleinen Stich. Wirkte er auf sie wirklich schon so alt?

»Du hattest doch heute eine Besichtigung, wo der Vermieter am Telefon so angetan war von dir. Ist da nichts daraus geworden?«, fragte Hubert.

Julian lachte höhnisch auf. »Oh ja, das muss ich noch erzählen.« Er schüttelte den Kopf. »Da konnte man mal wieder sehen, was eine Frau so alles hinkriegen kann.«

»Wieso, was war denn?«

»Der Vermieter ist ein älterer Mann«, erklärte Julian, »er wohnt selbst im Haus und vermietet die Wohnung unten. Mit kleinem Garten.«

»Ja und?«

»Na ja, dann lief es, wie es mit Frauen gern mal läuft. Da kommt also ein nicht mehr ganz so junges Mädel – mit einem Ausschnitt bis zum Bauchnabel –, streckt dem Vermieter den Busen entgegen, leckt sich dreimal über die Lippen, und schon steht dem Mann der Schweiß auf der Stirn. Und dann säuselt sie, wie schön doch der Garten sei, und er erzählt, dass der der ganze Stolz seiner Frau gewesen sei, und wie einsam er jetzt sei und wie beschwerlich alles für ihn und bla, bla, bla. So schnell konnte ich gar nicht reagieren, da hatte sie ihm schon erklärt, wie gern sie ihm behilflich wäre, für ihn einkaufen gehen und ihn durch die Gegend fahren würde. Als er dann noch erwähnt hat, wie einsam er sich immer beim Frühstück fühlt, hat sie ihn tröstend beim Arm genommen und gemeint, dass ginge ihr genauso – aber die Miete sei ein bisschen zu hoch, das könne sie sich als Studentin nicht leisten, dann hat sie ihm die Brust noch mal ins Blickfeld geschoben … Ich konnte das nicht mehr mit ansehen, also bin ich gegangen.«

»Schade«, sagte Hubert. »Die Wohnung hatte eine super Lage.«

»Tja, aber bei solchen Versprechungen … Die Weiber können einfach *Argumente* ins Feld führen, da kommt unsereiner nicht dagegen an.«

Antonia nippte an ihrem Weinglas – es war bereits ihr zweites. Aber wenn sie schon mal mit dem Taxi gekommen war …

Sie hörte aufmerksam zu.

»Kann es sein, dass Sie von Frauen nicht viel halten?«, fragte sie unvermittelt.

Julian starrte sie an.

Was wollte sie von ihm? Wollte sie ihn provozieren? Das würde ihr nicht gelingen.

»Ganz im Gegenteil«, antwortete er nach einem Moment der Verblüffung. »Ich bewundere uneingeschränkt, wie geschickt und wirkungsvoll Ihre Geschlechtsgenossinnen ihre körperlichen Attribute einsetzen und sich die Schwächen der Männer zunutze machen.«

»Holla!«, mischte sich Maria ein. »Das ist aber schon sehr zynisch. Und die Männer? Das sind die Armen, die Bedauernswerten, oder wie?«

Markus, Ruth und Maria redeten aufgeregt durcheinander.

»Die Männer sind doch selbst schuld, wenn sie darauf reinfallen.«

»Also, meistens sind doch die Frauen Opfer von sexueller Gewalt, oder nicht?«

»Was willst du damit sagen? Frauen nutzen die Männer aus, oder was?«

Julian hob die Hand. »Jetzt regt euch nicht so auf! Ich habe doch überhaupt nichts Negatives gesagt. Ich habe lediglich festgestellt, dass Frauen – schon aufgrund der Biologie – Vorteile haben, die sie auch hervorragend einzusetzen verstehen. Außerdem sehe ich immer wieder, dass Frauen genau wissen, was sie zu tun haben, um etwas zu erreichen. Und genau genommen ist da auch nichts dagegen einzuwenden, wenn eine junge Frau sich so einen *Sugardaddy* sucht. Sie …«

»Sie spinnen ja!«, unterbrach die Studentin aus Augsburg. »Das klingt doch wie Prostitution!«

»Ja und?«, entgegnete Julian. »Prostitution ist doch genau genommen auch ein sauberes Geschäft. Klare Absprachen, ehrlicher Austausch. Nicht so verlogen wie dieses ganze Liebes- und Ehegesülze. Aber davon abgesehen, so eine Sugardaddy-Beziehung muss ja gar nicht immer was mit Sex zu tun haben! Es geht dem Mann manchmal vielleicht nur darum, dass er Gesellschaft hat, eine Begleitung hat, die mit ihm mal ins Kino oder zum Essen geht, ihm bei manchen Erledigungen hilft und vielleicht noch mit ihm frühstückt – und dafür gibt er ihr die Wohnung: Da ist doch nichts gegen einzuwenden!«

Jetzt wurde es laut in dem kleinen Nebenraum. Alle redeten durcheinander, und es waren nur Bruchstücke zu verstehen.

»Also das ist doch …« – »Was ist denn mit Kindern?« – »… Liebe nicht auf Sexualität reduzieren …«

Julian wusste selbst nicht, warum ihn plötzlich so eine Lust an der Provokation überkam. Aber diese Alte, die ihm hier gegenübersaß, die ihn fixierte, als würde sie ihn bis auf die Knochen sezieren, ging ihm auf die Nerven.

Julian lehnte sich zurück und grinste Antonia an.

Hoffentlich war sie entsprechend schockiert.

Allerdings wirkte sie ganz und gar nicht so. Im Gegenteil. Sie wiegte nachdenklich und fast zustimmend den Kopf. Und jetzt sprach sie ihn sogar schon wieder direkt an.

»Eine Frage, Herr Markward.«

»Ja, bitte?« Er dehnte das *bitte,* und der Unterton besagte: *Was willst du von mir? Ich habe keine Lust, mich mit dir zu unterhalten.*

»Können Sie sich vorstellen, dass sich die Frauen, die sich dazu hergeben, entwürdigt vorkommen? Dass so ein Mädchen in einer Sugardaddy-Beziehung sich vielleicht gedemütigt fühlt?«

»Warum sollte sie?«

»Weil sie sich verkauft?«

Die Frau ihm gegenüber lächelte ihn an. Er saß da, die Ellenbogen weit vom Körper, die Hände locker und entspannt auf den Stuhllehnen, ein Bein lang unter dem Tisch ausgestreckt, betont lässig, betont selbstbewusst.

»Sie verkauft nicht sich, sie verkauft eine Leistung«, sagte er. »Eine Leistung, für die es Nachfrage gibt. Wo ist das Problem?«

Die Frau lächelte immer noch. Wobei ihr Lächeln ihn an das Grinsen eines Haifischs erinnerte.

»Ich habe damit überhaupt kein Problem«, sagte sie. »Ich frage mich nur, da Sie meine Geschlechtsgenossinnen dafür so bewundern …« Sie zögerte, aber ihr Lächeln wurde breiter. »Dann frage ich mich, was Sie daran hindert, ebenfalls eine solche Leistung anzubieten?«

Hubert von Rotendall stellte das Bierglas ab, aus dem er gerade trinken wollte. Berthold hielt die Gabel mit dem abgeschnittenen Stück Entenbrust auf dem Weg zum Mund wie erstarrt. Maria gluckste überrascht.

»Was?«, fragte Julian. Es gelang ihm nur unvollkommen, seine Verblüffung zu verbergen. »Ich …?« Um ein Haar hätte er zu stottern angefangen. »Welche Leistung soll ich denn …«

Verflixt, wo hatte sie ihn da gerade hineingeritten? Julians Gesichtszüge verfinsterten sich, als er sagte: »Vielleicht abstrahieren wir mal von mir als Person. Ich denke, dass es grundsätzlich wohl klar ist, dass Männer größere Schwierigkeiten damit haben, eine sexuelle Dienstleistung anzubieten, als Frauen. Immerhin brauchen Sie als Mann …«

Aber während bereits wieder das spöttisches Grinsen auf seinem Gesicht erschien und er nach dem möglichst passenden Begriff suchte, noch überlegte, ob ihm nicht ein provozierenderes Wort als »Ständer« einfiel, unterbrach sie ihn bereits.

»Ich bin mit den Einzelheiten des Geschlechtsverkehrs durchaus vertraut, Herr Markward. Das meinte ich nicht.«

»Nicht?«, fragte er, schon wieder aus dem Konzept gebracht.

»Nein, ich dachte eher an diese von Ihnen als Sugardaddy bezeichnete Art der Beziehung. Wie haben Sie es formuliert? Mal mit ins Kino oder zum Essen gehen, bei Erledigungen helfen, gelegentlich irgendwohin fahren und vielleicht noch beim Frühstück Gesellschaft leisten …«

Sie schaute auf einen kleinen Zettel. Sie hatte mitgeschrieben – sie las ihm vor, was er vorhin gesagt hatte! So ein heimtückisches Weib!

Aber ihn würde sie nicht drankriegen, ihn nicht. Da musste sie früher aufstehen.

»An mir hatte er leider kein Interesse«, lachte Julian spöttisch. »Ich wäre sicher auch zu der einen oder anderen Erledigung und Hilfestellung bereit gewesen. Aber ich konnte ja nicht so schön mit den Titten wackeln.«

Markus prustete los.

Die Kellnerin kam herein und balancierte ein vollbepacktes Tablett durch die Tür.

»Aber ich hätte Interesse«, sagte Antonia. »Und bei mir bräuchten Sie auch mit nichts zu wackeln.«

Irgendjemandem am Tisch fiel ein Besteck laut klappernd zu Boden.

»Mist«, fluchte Berthold und bückte sich nach der Gabel.

»Die Ant'n!«, rief die Kellnerin.

Julian schaffte es nicht, seine Verblüffung zu verbergen. Mit leicht offenem Mund starrte er Antonia an, sekundenlang sprachlos.

»Wer kriegt die Ant'n?« Die Kellnerin war es gewohnt, sich Gehör verschaffen zu müssen.

Ruth zeigte auf und tippte Markus an. »Hast du nicht auch Ente bestellt?«

»Was, wie? Ach so, ja …« Auch Markus hatte seine ganze Aufmerksamkeit auf Julian und Antonia gerichtet und nahm jetzt mit schuldbewusstem Lächeln den Teller von der Bedienung entgegen.

Die Abnehmerin für die dritte Ente fand sich ebenfalls, und dann herrschte abwartendes Schweigen, bis die Kellnerin den Raum wieder verlassen hatte.

Erst jetzt antwortete Julian. »Sie werden es mir nachsehen, wenn ich Sie nicht ganz verstehe. Vielleicht könnten Sie mir etwas genauer erläutern, wovon Sie reden?«

»Das ist doch ganz einfach«, sagte Antonia. »Ich habe eine Wohnung zu vermieten. Und ich brauche Hilfe und fühle mich einsam.« Ihr breites Lächeln strafte ihre Worte Lügen. Die fühlte sich nicht einsam, die nicht! »Ich hätte auch gern jemanden, der mit mir …«, sie schaute wieder auf ihren Zettel, »… mal ins Kino oder ins Restaurant geht, bei den Erledigungen hilft, mich gelegentlich irgendwohin fährt und mir beim Frühstück Gesellschaft leistet.«

»Sie vermieten eine Wohnung?«, fragte Julian überrascht. Das war natürlich … »Wo?«

»In der Osterwaldstraße in Schwabing, direkt am Englischen Garten, zwei Zimmer, Küche, Bad, Balkon, Blick ins Grüne. Leichte Schrägen zwar, weil die Wohnung unter dem Dach liegt, aber das ist nicht störend.«

»Ohhh«, machte Vera. »Wie toll!«

»Ich suche auch!« Das war einer der jungen Männer, aber Antonia sah nicht hin. Sie beobachtete Julian unverwandt.

Julian sah das Blitzen ihrer Augen hinter den Brillengläsern. Und ihr Lächeln.

»Das hört sich schön an. Ich werde mir aber eine Wohnung in dieser Lage kaum leisten können, in dieser Gegend sind …«

»Das dachte ich mir. Deswegen biete ich Ihnen ja den Job als mein Gesellschafter an. Oder mit anderen Worten: Ich werde Ihr Sugardaddy.«

Atemlose Stille im Raum. Ein kurzes, fast verschämtes Kichern, das aber sofort verstummte, als habe diejenige es zurück in die Kehle gezogen.

Antonia lehnte sich zufrieden in ihrem Stuhl zurück. Dem hatte sie es gezeigt. Sie sah, wie er vor Wut erbleichte. Sie hatte ihn in die Ecke manövriert. Natürlich konnte er das nicht annehmen. Er *musste* ablehnen. Sein Geschwätz würde als das entlarvt werden, was es war: dummes Dahergerede.

Die jungen Leute schwiegen und hingen förmlich an Julians Lippen.

Julians Puls pochte an seinem Hals. Diese Schreckschraube! Wie sie schon dasaß, mit ihrer Pfarrhelferinnenbrille, dem albernen Dutt, dem selbstzufriedenen Lächeln. Seine Kiefer mahlten, er hatte Mordfantasien.

Aber dann …

Er hob fragend die rechte Augenbraue.

»Sie wissen schon, was Sie da gerade gesagt haben? Sie bieten mir eine Wohnung an – für vier oder fünf Monate allerdings nur, länger brauche ich sie ja nicht –, und dafür arbeite ich als Ihr Gesellschafter, der …«, er beugte sich vor, »Sie erlauben doch?« Er griff nach dem Zettel, auf dem sich Antonia vorhin hastig seine Aufzählung notiert hatte. »… der Sie gelegentlich ins Kino begleitet, mit Ihnen ins Restaurant geht, Ihnen bei verschiedenen Erledigungen zur Hand geht, Sie gelegentlich irgendwohin fährt und der mit Ihnen frühstückt. Habe ich das richtig verstanden?«

Mit einem genüsslichen Lächeln legte er Antonias Notizen auf den Tisch zurück.

Antonia befiel ein merkwürdiges Gefühl. Irgendetwas stimmte nicht. Sein Blick irritierte sie. Der war eindeutig triumphierend.

»Ja«, wiederholte sie, etwas zögernd.

»Und ohne Sex!«

»Ja, genau«, bekräftigte sie.

»Wunderbar«, sagte Julian, erhob sich und hielt ihr die Hand hin. »Dann ist das hiermit abgemacht.«

Sie sah es an seinem Blick: Er wusste, dass sie dieses Angebot nicht ernst gemeint hatte, dass sie sich fest darauf verlassen hatte, dass er es niemals annehmen würde.

Und jetzt blieb ihr nichts anderes übrig, als einzuschlagen?

»Das meinen Sie nicht ernst«, sagte sie.

Julian ließ sich auf seinen Stuhl sinken.

»Wie kommen Sie darauf?«

Er sah sie unter halb geschlossenen Augenlidern an. Triumphierend. *Das hättest du nicht gedacht,* sagte sein Blick. *Was sagst du jetzt?*

»Mir scheint, *Sie* haben es nicht ernst gemeint!«, sagte er mit selbstzufriedenem Gesichtsausdruck.

Aber Antonia war schwierige Verhandlungen mit überraschenden Wendungen gewohnt. Sie erholte sich rasch von ihrer Verblüffung und zog innerlich ein kleines Fazit: Worum ging es? Was wollte sie vom Gegenüber? Was konnte sie in die Waagschale werfen?

Gesetzt den Fall, sie schlüge ein: was dann? Sie würde für einige Monate die Wohnung vermieten. Walter und Paul wären erst mal zufrieden. Sie erhielt als Gegenwert ein paar Stunden Dienstleistung: Er würde ihr vier Monate zur Verfügung stehen – stehen *müssen!* Sie hätte einen Chauffeur, sie könnte mit ihm mal ins Restaurant gehen. Frühstück war in seiner Aufzählung enthalten gewesen. Sie frühstückte um sechs Uhr fünfunddreißig. Ob er das schaffte? Und wenn er sich weigerte? Was, wenn er in der Wohnung lebte und seinen Verpflichtungen nicht nachkam?

Als Julian sah, wie ihr bestürzter Gesichtsausdruck einem zufriedenen Lächeln wich, kamen ihm Zweifel, ob er wirklich klug gehandelt hatte.

»Moment«, sagte Antonia. »Ich habe es ernst gemeint!«

Im Raum sprach niemand mehr. Alle Anwesenden lauschten atemlos, was die beiden sagten.

»Mir ist nur gerade aufgefallen, dass Sie mich natürlich … wie soll ich sagen … na ja, ich will es nicht betrügen nennen, aber …«

»Was meinen Sie?« Julian runzelte die Stirn.

»Nun«, sagte Antonia. »Irgendwie müsste ich sicherstellen, dass Sie Ihre Gesellschafterverpflichtungen auch einhalten. Sie könnten doch jetzt hier, in geselliger Runde, launig ein paar Absichtserklärungen abgeben, von denen Sie dann, wenn Sie in der Wohnung sind, nichts mehr wissen wollen.«

Julian schüttelte den Kopf. »Dann werfen Sie mich halt wieder aus der Wohnung.«

Antonia lachte. »Sie machen Witze. Ich denke, Sie wissen genau, wie schwer es ist, einen Mieter aus einer Wohnung zu klagen. Das dauert Monate. Bis dahin ist Ihre neue Wohnung längst fertig. Wer sagt mir, dass Sie nicht jetzt das Blaue vom Himmel versprechen, um die Wohnung zu bekommen – wohl wissend, dass ich Sie die paar Monate lang nicht mehr herauskriege und Sie so Ihre vorübergehende Wohnungsnot wunderbar überbrücken können …«

Sie neigte den Kopf leicht zur Seite und lächelte ihn an. »Dagegen muss ich mich doch irgendwie absichern, das müssen Sie verstehen.«

Julian sah, wie Hubert nickte. Auch Berthold gab ein zustimmendes Brummen von sich.

So weit hatte er noch gar nicht gedacht, aber da hatte sie recht.

»Was stellen Sie sich denn vor?«, fragte er. »Ich könnte

natürlich die Miete nachzahlen, aber ich kann und will keine großen finanziellen Verpflichtungen eingehen, ich …«

»Das brauchen Sie auch nicht.« Antonias Lächeln war verständnisvoll, ja geradezu gütig, und Julian war völlig arglos, als sie sagte: »Als Schadenersatz vereinbaren wir, dass Sie mir die *Vereinigung* für zehntausend Euro verkaufen.«

»Niemals!«, fuhr er auf.

»Aha«, sagte Antonia gedehnt. Und noch einmal, diesmal bekräftigend, mit einem Unterton, der besagte: *Ich habe es doch gewusst.* »Aha!«

Und als Julian sie nur finster ansah, fuhr sie fort: »Offenbar haben Sie tatsächlich gedacht, Sie könnten sich auf diese Weise geschickt eine Wohnung verschaffen.«

»Kein *Aha!*«, sagte Julian laut. »Niemals habe ich geplant …« Er verhaspelte sich beinahe. »Natürlich habe ich die Absicht, meine Verpflichtungen zu erfüllen.«

»Dann verstehe ich Ihr Problem nicht. Der Schadenersatz ist ja nur für den Fall gedacht, dass …«

Julian reagierte nicht.

»Also dann: Sie bieten an, mir für die Dauer Ihres Mietverhältnisses …«, Antonia erhob sich halb, griff über den Tisch und schnappte, bevor Julian es verhindern konnte, sich den Zettel mit ihren Notizen zurück. »… mich ins Kino zu begleiten, mit mir zusammen in Restaurants zu gehen, mich gelegentlich irgendwohin zu fahren und mit mir jeden Morgen zu frühstücken?«

Julian zog finster die Augenbrauen zusammen.

»Ja«, antwortete er und reckte angriffslustig das Kinn.

Antonia streckte ihm die Hand entgegen.

»Ich nehme Ihr Angebot an, schlagen Sie ein.«

Jetzt konnte er nicht mehr anders, wenn er nicht das Gesicht verlieren wollte.

Julian schlug ein.

Die anderen, die atemlos zugehört hatten, begannen zu johlen, die drei am oberen Tischende klatschten, irgendeiner trampelte mit den Füßen.

Hubert stand auf, ging um den Tisch und klopfte Julian auf die Schulter. »Glückwunsch, mein Freund«, sagte er. »Dass du dein Wohnungsproblem so schnell gelöst bekommst, hätte ich mir wirklich nicht vorstellen können!«

Julian nickte kurz. Er war sich nicht sicher, ob er sich freuen oder ärgern sollte. Auf was hatte er sich da bloß eingelassen?

»Ich brauche aber einen Mietvertrag«, sagte er.

»Natürlich«, bekräftigte Antonia, »und einen Angestelltenvertrag, der den Umfang Ihrer Tätigkeit regelt …«

»Genau!«, sagte Julian. Wenn das alles sauber vertraglich geregelt wurde, dann sollte es eigentlich kein Problem darstellen. In den Verträgen musste auf jeden Fall auch drinstehen, dass …

»Wissen Sie was?« Antonia kramte in ihrer Handtasche. »Ich schlage vor, dass wir alles Weitere in Ruhe in der Firma besprechen. Es sind doch viele Einzelheiten, die bedacht werden müssen. Das scheint mir hier nicht der richtige Rahmen zu sein.«

Sie drückte Julian eine Visitenkarte in die Hand. »Kommen Sie morgen vorbei, und wir werden mit unserem Firmenanwalt. Dr. Mickel die Details besprechen. Sobald die Verträge unterschrieben sind, können Sie einziehen, die Wohnung steht ja leer. Am besten ist es morgen zwischen eins und zwei. Die Adresse sehen Sie ja.«

»Ich kann leider erst gegen drei«, sagte Julian.

Antonia hob die linke Augenbraue. »Gut, dann sehen wir uns morgen bei mir im Unternehmen gegen drei.«

Sie griff nach dem Blatt mit ihren handgeschriebenen Notizen, das immer noch auf dem Tisch lag.

»Den Zettel stecke ich ein. Da sind ja die wesentlichen Bestandteile unserer Vereinbarung bereits formuliert.«

Julian öffnete den Mund, um etwas zu sagen, nickte dann aber nur.

Die Bedienung kam herein, und Julian verspürte das Bedürfnis, etwas zu trinken.

»Ich gebe einen aus!«, rief er. »Eine Runde Obstler bitte!«

Zehn Minuten später verabschiedete sich Antonia von den Anwesenden mit Handschlag und überraschte alle, weil sie jeden mit Namen ansprach.

Hubert bot Antonia an, sie nach Hause zu fahren. Sie sah in seine blauen Augen, erwiderte das charmante Lächeln, strahlte vielleicht noch ein bisschen mehr und nahm das Angebot dankend an.

»Ich habe Sie unterschätzt«, sagte Hubert, während er auf die Leopoldstraße einbog.

»Danke schön.«

»Und Ihr Namensgedächtnis ist ja sensationell.«

Antonia erzählte von ihren Assoziationsketten, und Hubert lachte herzhaft.

»Ich würde Sie gern noch einmal in die Galerie einladen«, sagte er. »Dann könnte ich Ihnen die anderen Arbeiten von Herrn Markward zeigen. Am Donnerstag war es ja so überfüllt …«

»Aber gern!«

»Am kommenden Montag vielleicht? Wenn die Galerie geschlossen hat? Dann haben wir Ruhe.«

Antonia ging im Gedächtnis ihren Terminkalender durch. Montagnachmittag stand, wenn sie sich nicht täuschte, kein Termin an.

»Ja«, sagte sie. »Am Nachmittag hätte ich Zeit.«

»Soll ich Sie abholen? Sie finden ja bei uns keinen Parkplatz. Gegen sechzehn Uhr?«

Antonia wollte schon zusagen, als ihr Julian einfiel.

»Wissen Sie was?«, sagte sie. »Wir warten damit, bis Herr Markward bei mir eingezogen ist. Er wird mich dann fahren …«

»Das wäre natürlich schön, wenn er mitkäme, so kann er Ihnen seine Werke selbst erklären, dann hole ich Sie beide ab … Denn er wird ja ebenso Schwierigkeiten haben, einen Parkplatz zu bekommen.«

»Nein«, sagte Antonia. »Sie verstehen mich nicht. Ich lasse mir die Ausstellung gern von Ihnen zeigen.« Sie machte eine effektvolle Pause. »Aber wenn Herr Markward dann bereits für mich tätig ist, kann er mich fahren, mich an der Galerie absetzten und mich später wieder abholen.«

Hubert stutzte.

»Sie wollen *ihn* im Auto draußen sitzen lassen, und *ich* erkläre in der Zwischenzeit seine Arbeiten? Also, ich fürchte, dann wird er lieber kündigen und ausziehen.«

»Das würde ich aber bedauern«, sagte Antonia, und es war viel zu dunkel, als dass Hubert von Rotendall ihr zufriedenes Lächeln hätte sehen können.

Die Katze weckte Julian am nächsten Morgen, indem sie sich auf seine Brust setzte und miaute.

»Oh nein«, stöhnte Julian. In seinem Kopf hämmerten Zwerge gegen die Schädeldecke, und als er versuchte, die Augen zu öffnen, explodierten kleine Raketen in seinem Sehnerv.

Das waren zu viele Obstler gewesen gestern Abend.

Die Katze stupste ihn mit der Nase ins Gesicht.

Er wusste, sie würde ihn nicht weiterschlafen lassen. Sie hatte Hunger und wollte ihr Fressen.

Stöhnend setzte er sich auf, wartete einen Moment, bis

das Schwindelgefühl etwas nachließ, und hob die Katze vorsichtig auf den Boden.

Tete maunzte noch einmal empört, lief zu ihrem Fressnapf und hob mit vorwurfsvollem Blick den Kopf.

»Jaja, ich mach ja schon«, stöhnte Julian und nahm das Katzenfutter aus dem Schrank.

Sein Blick fiel auf den Küchentisch, dort lag wieder das Einschreiben vom Freitag: die Kündigung der Wohnung.

Schlagartig erinnerte er sich an den gestrigen Abend: diese Brillenschlange, diese blödsinnige Diskussion – und die Obstlerrunden, die er ausgegeben hatte, nachdem die Alte gegangen war.

Jetzt war er wach.

»Das kommt überhaupt nicht infrage«, sagte er zu Tete, die immer noch ein bisschen schmollte.

Er musste das mit Hubert diskutieren.

Eine Stunde später saß Julian, geduscht und halbwegs wiederhergestellt, in der Galerie Hubert gegenüber, der ihn mitleidlos musterte.

»Warum hast du dich auch so zugerichtet?«

»Keine Ahnung. Das muss der Stressabbau gewesen sein, als die Alte endlich weg war.«

»Die ist nicht alt, ich glaube nicht, dass die viel über dreißig ist.«

»Ja, ich weiß, aber wirken tut sie wie hundert – mindestens! Ist mir aber völlig egal. Erzähl mir lieber, wie das mit dieser Vereinbarung war. Ich krieg's nicht mehr zusammen.«

»Ich mache dir erst mal einen Tee. Brauchst du auch eine Kopfschmerztablette?«

Julian hob abwehrend die Hand.

»Tee ja, Tablette nein.«

Zehn Minuten später hatte Hubert Julian umfassend über den Verlauf des gestrigen Abends informiert, und Julians Erinnerung kehrte auch allmählich wieder.

»Was hast du dir bloß dabei gedacht?«, fragte Hubert. Er schüttelte noch einmal fassungslos den Kopf.

»Ich verstehe es ja selbst nicht mehr«, stöhnte Julian »Aber diese raffinierte Alte, die hat mich irgendwie …«

Er griff nach seiner Teetasse und nahm einen Schluck.

»Keine Ahnung, wie ich auf diese bescheuerte Idee gekommen bin.«

Hubert goss ihm Tee nach. »Und was machst du jetzt?«

Julian zuckte mit den Schultern.

»Ehrlich gesagt, weiß ich es noch nicht. Einerseits könnte ich platzen vor Wut, ich denke nicht daran, für dieses Weib den Laufburschen zu machen oder sogar …«, er grinste anzüglich, »… sogar Schlimmeres!«

»Sex habt ihr ausdrücklich ausgeklammert«, erinnerte ihn Hubert.

»Gott sei Dank! Mit der – das wäre ja …«

Julian strich sich durch die Haare.

»Wie hat sie mich nur drangekriegt?«

Er suchte Huberts Blick. »So blöd habe ich mich selten angestellt – oder?«

Hubert hob beide Hände, mit den Handflächen nach außen – eine Geste, die besagte: *Was soll ich dazu sagen?*

»Sie hatte recht, du hast den Mund sehr voll genommen. Die Frauen waren gestern ziemlich sauer auf dich, als du ihnen erklärt hast, dass sie, um eine Wohnung zu kriegen, doch nur mit dem Vermieter ins Bett gehen müssten.«

»Das habe ich nicht gesagt!«

»Im Prinzip schon. Und noch viel anderen Unsinn dazu.«

»Okay, ich sagte es ja bereits: Ich bin ein Idiot. Aber dann lass uns mal überlegen, was ich jetzt machen soll. Also wenn ich auf die Vereinbarung eingehe, dann hätte ich eine Wohnung …«

»… eine super Wohnung übrigens!«, unterbrach Hubert. »Das Haus ist top, ich habe sie gestern extra nach Hause gefahren, weil ich mir deinen zukünftigen Wohnsitz mal ansehen wollte.«

»Du warst da?«

»Ja, klar! Muss doch nachschauen, in was du dich da reingeritten hast. Traumvilla mit altem Baumbestand und dem ganzen Drumherum, beste Lage in der Osterwaldstraße, besser kann man in München eigentlich nicht wohnen.«

Hubert nahm sich eine Tasse aus dem Regal und goss sich auch einen Tee ein.

»Hm«, sagte Julian. »Und was muss ich dafür machen?«

»Das, was auf dem Zettel steht. Den hat sie extra mitgenommen.«

»Diese …« Julians Wut auf Antonia wuchs ins schier Unermessliche. »Weißt du denn noch, was draufstand?«

»Gemeinsam frühstücken, das weiß ich noch. Und Restaurant und Kino.«

»Und ihr die *Vereinigung* verkaufen!«

»Aber doch nur, wenn du deine Zusagen nicht einhältst. Ich verstehe sie. Wenn dir kein anständiger Schadenersatz droht, was hindert dich dann, die Wohnung zu nutzen und ihr nach den wenigen Monaten eine lange Nase zu drehen.«

»Ich kann die *Vereinigung* nicht verkaufen!«

»Das weiß ich ja. Aber du musst doch mal über Veronika hinwegkommen! Die Arbeit erinnert dich ständig an sie. Vielleicht würde es dir sogar guttun, wenn du die Arbeit nicht dauernd siehst.«

Julian überlegte, ob er Hubert den wahren Grund erzählen sollte, doch die Scham war zu groß.

»Ich kann die Arbeit nicht verkaufen«, sagte er nur.

»Dann eben nicht. Wie auch immer, du hast es selbst in der Hand. Der Verkaufsfall tritt doch nur ein, wenn du deinen vertraglichen Verpflichtungen nicht nachkommst.«

Durch das offene Fenster drangen die Geräusche des Schwabinger Hinterhofs: Irgendwo hörte jemand laut eine Fußballübertragung, und gerade schallte der Torjubel durch den Hof.

»Ich weiß einfach nicht, was ich machen soll«, sagte Julian nach einer Weile. »Wohnungsproblem gelöst: Diese Vorstellung ist natürlich sehr verführerisch. Aber Laufbursche für die Alte: Das ist auch teuer bezahlt – wer weiß, auf was für Ideen die kommt.«

»Dann schließ eben einen sauberen Vertrag, in dem genau drinsteht, was du tun musst und was nicht.«

»Hm«, sagte Julian und fuhr sich nachdenklich mit dem Finger über die Unterlippe.

»Das ist natürlich eine gute Idee.«

»Obwohl natürlich ein solcher Vertrag …«, gab Hubert zu bedenken. »Ich bin mir da nicht sicher, aber ich habe starke Bedenken, ob so eine Vereinbarung nicht sittenwidrig ist, oder was meinst du?«

Julian nickte. »Ja. Wahrscheinlich schon. Das ist sie sicher.« Er rührte immer heftiger in seinem Tee. »Wenn ich jetzt so darüber nachdenke: Ich glaube, so ein Vertrag ist noch nicht mal das Papier wert, auf dem er steht. Der hat doch vor keinem Gericht der Welt Bestand!«

Plötzlich grinste er über das ganze Gesicht. »Aber das weiß *sie* ja nicht!«

»Das ist sittenwidrig, Frau Arnoux. So ein Vertrag hat vor keinem Gericht der Welt Bestand.«

»Aber das weiß *er* doch nicht!« Antonia wischte die Einwände von Dr. Mickel mit einer Handbewegung vom Tisch.

»Machen Sie die Verträge bitte so, wie ich es Ihnen gesagt habe, ich habe nicht vor, damit jemals vor Gericht zu ziehen.«

Es war bereits zehn nach drei, als Julian – unliebsame Aufmerksamkeit mit einer krachenden Fehlzündung erzeugend – auf dem großen Parkplatz vor dem vierstöckigen Bürogebäude vorfuhr.

Während der ganzen Fahrt hierhin hatte er überlegt, ob er sich auf diese Vereinbarung nun einlassen sollte oder nicht. Und immer noch war er unschlüssig.

In einem Moment dachte er: Was ist denn schon dabei? Ich muss einfach den Vertrag entsprechend gestalten. Und selbst wenn es eine unangenehme Alte ist – andere Leute ärgern sich auch über ihre Chefs.

Aber im nächsten Moment kam schon wieder die Wut hoch, wie sie ihn ausgetrickst hatte, übertölpelt hatte – vor versammelter Mannschaft. Regelrecht in die Falle gelockt hatte sie ihn.

Diverse Schilder ordneten die einzelnen Parkplätze den verschiedenen Firmen zu, die offenbar alle in dem schmucklosen Zweckbau residierten. Julian parkte, umständlich und mehrfach hin und her rangierend, das Auto vor dem Schild »Reserviert für Besucher der Arnoux GmbH«. Aber endlich stand das Auto in der Parkbucht, und es gab nichts mehr, womit er das Aussteigen hinauszögern konnte.

Die Firmenschilder neben dem Eingang blinkten in der

Sonne, und Julian fand schnell, was er suchte: »Arnoux GmbH. Kartonagen, Verpackungen, Spezialfolien. 3. Stock«.

Die Eingangstür war unverschlossen, direkt neben dem Aufzug lag das Treppenhaus, und er beschloss, zu Fuß zu gehen.

Als er im dritten Stock ankam, konnte er durch die Glastür schon den Empfangstresen mit einer jungen Dunkelhaarigen dahinter erkennen, die den elektrischen Türöffner betätigte, als sie ihn sah.

Er atmete noch einmal tief durch, dann drückte er gegen die Tür, und schon stand er auf dem dunkelblauen Teppichboden, direkt vor dem Empfangstresen. Sofort umgaben ihn eine Atmosphäre von Geschäftigkeit und die typischen Bürogeräusche: Irgendwo telefonierte jemand lautstark, man hörte Tastaturgeklapper. Und der typische Bürogeruch: eingekochter Kaffee auf der Warmhalteplatte. Er schüttelte sich.

»Guten Tag«, sagte Julian zu der jungen Frau. »Mein Name ist …«

»Ich weiß, ich weiß!«, rief die sofort, und ihre Stimme überschlug sich fast vor unterdrückter Begeisterung. »Sie sind der Herr Markward! Ich hab schon gehört, dass Sie kommen. Bitte, bitte! Darf ich ein Selfie machen?«

»Von mir aus.«

Eine Bürotür wurde geöffnet, und eine ältere Frau schaute heraus.

»Was lärmst du denn so herum, Ayla? Ach, Sie sind sicher Herr Markward. Kommen Sie doch gleich zu mir herein, bitte.«

Julian runzelte die Stirn.

»Das Selfie machen wir nachher noch«, sagte er zu dem enttäuscht dreinblickenden Mädchen, bevor er der Aufforderung folgte. Die Frau streckte ihm die Hand entgegen.

»Ich bin Frau Wegner, die Sekretärin von Frau Arnoux. Setzen Sie sich doch bitte.«

Julian blieb stehen.

»Ich wollte eigentlich mit Frau Arnoux persönlich sprechen.«

»Frau Arnoux hat ziemlich lange auf Sie gewartet«, sagte Frau Wegner in leicht strafendem Ton. »Aber jetzt musste sie weg. Sie werden mit mir vorliebnehmen müssen.«

»Ich weiß nicht, inwieweit Sie informiert sind …«, sagte Julian und versenkte die Hände in den Hosentaschen.

Frau Wegner setzte sich hinter ihren Schreibtisch und musterte ihn. Sie hatte die Geschichte nicht glauben können, die Antonia ihr heute Vormittag erzählt hatte. Auch ihr war der Name Markward ein Begriff, auch sie hatte in den Regionalnachrichten im Fernsehen einen kurzen Beitrag über die aktuelle Ausstellung gesehen. Aber sie hatte nicht gewusst, wie attraktiv er war. Und vollkommen überrascht war sie von der aggressiven, wütenden Stimmung, die von ihm ausging. Aber es war eher eine Form der Wut, die das Bedürfnis weckte, zu beruhigen, zu trösten, in den Arm zu nehmen.

Es war ein Zorn, der sie rührte, hinter dem sie Verletztheit und Hilflosigkeit spürte.

»Setzen Sie sich doch bitte, seien Sie so freundlich. Ich bekomme einen steifen Hals, wenn ich zu Ihnen hochschauen muss.«

»Das wollte ich nicht, entschuldigen Sie«, sagte Julian schuldbewusst und nahm auf dem Stuhl vor dem Schreibtisch Platz. Aber er saß vorne auf der Stuhlkante, die Beine gerade aufgestellt, zum Aufspringen bereit, dachte Frau Wegner.

»Ich glaube, dass ich umfassend informiert bin«, sagte sie. »Ich lasse uns am besten erst mal eine Tasse Kaffee bringen.«

»Ich trinke nie Kaffee«, sagte Julian.

»Dann lieber einen Tee?«

»Danke nein, auch nicht«, sagte Julian unwillig.

Aber Frau Wegner hatte schon den Telefonhörer abgehoben und beides bestellt.

»Ich weiß wirklich nicht, ob Sie … Ich wollte mit Frau Arnoux über einen Vertrag sprechen beziehungsweise genau genommen zwei …«, versuchte Julian es erneut.

»Das weiß ich doch«, sagte Frau Wegner. »Ich rufe gleich unseren Juristen, Herrn Dr. Mickel. Der ist ebenfalls schon informiert.«

Julian hatte das Gefühl, als ob ihm jemand den Hals zudrückte. Er schluckte hart. Nein, er würde diese Verträge nicht unterschreiben, egal, was die anderen sagten.

»Wir brauchen keinen Juristen«, sagte Julian schroff. »Ich bin hier, um dieses Missverständnis von gestern Abend aufzuklären.«

Es klopfte, und die junge Empfangsdame brachte eine Tasse Kaffee und eine Tasse Tee herein.

»Hier habe ich jedenfalls schon die Wohnungsschlüssel für Sie.«

»Ich will die Schlüssel nicht!«

»Oh? Ich dachte, Sie wären sich einig«, sagte Frau Wegner, während die junge Frau umständlich die Tassen, Zuckerdose und Milchkännchen zwischen den beiden auf dem Schreibtisch aufbaute.

»Ich habe es mir anders überlegt«, sagte Julian.

»Nehmen Sie Zucker im Tee?«, fragte Frau Wegner und wollte ihm die Dose reichen.

»Nein! Ich will hier überhaupt nichts – ich will nur weg!«

Er sprang auf und stieß in der Tür mit einem kleinen, älteren, etwas rundlichen Mann zusammen.

»Hier sind Sie ja«, sagte der Mann und blinzelte Julian durch seine randlosen runden Brillengläser an. »Ich bin Dr. Mickel und freue mich, Sie kennenzulernen. Ich bin ein großer Bewunderer Ihrer Arbeit.«

Er hielt Julian die Hand entgegen.

Julian blieb nichts anderes übrig, als sie zu ergreifen.

»Danke. Aber ich … ich muss weg!«

»Oh«, machte Dr. Mickel, und Julian konnte nicht sehen, wie Frau Wegner in seinem Rücken wilde Handbewegungen zu Dr. Mickel machte.

»Aber wenn Sie sich noch drei Minuten nehmen könnten? Nur damit alles abschließend geklärt ist«, fragte Dr. Mickel.

Alles abschließend geklärt, das hörte sich gut an. Julian trat einen Schritt zurück ins Zimmer, und Dr. Mickel kam nun ebenfalls herein.

»Vielleicht setzen wir uns kurz.«

Julian nahm wieder Platz, und Dr. Mickel setzte sich auf den zweiten Besucherstuhl.

»Ich bin von Frau Arnoux in groben Zügen über Ihre Vereinbarung von gestern Abend informiert worden und habe schon zwei Vertragsentwürfe vorbereitet. Möchten Sie sich diese einmal ansehen?«

Der Jurist öffnete die Aktenhülle, die er bei sich trug, und entnahm ihr zwei Bogen Papier.

Julian war schon wieder kurz davor, aufzuspringen.

»Bitte teilen Sie Frau Arnoux mit, dass ich es mir anders überlegt habe. Ich will keine Verträge, und ich werde auch nichts unterschreiben.«

»Heißt das, dass Sie die Vereinbarung von gestern schon kündigen wollen?«

»Nein! Das heißt, dass es keine Vereinbarung gibt.«

Dr. Mickel nickte bedächtig, und Julian spürte Erleichterung aufkeimen. Aber dann sagte der Anwalt: »Ich darf Ihnen kurz unsere Sicht darlegen. Ob eine Vereinbarung vorliegt oder nicht, müsste man prüfen.«

Frau Wegner sah, wie Julian die Fäuste ballte.

»Zu welchem abschließenden Urteil ein Gericht kommen wird, kann ich nicht beurteilen«, fuhr Dr. Mickel fort. »Allerdings bin ich – nach dem, was mir erzählt wurde – schon der Meinung, man könnte durchaus die Auffassung vertreten, dass die Schriftform hier nicht zwingend erforderlich ist. Sie haben sich verpflichtet, vier Monate als Gesellschafter für Frau Arnoux tätig zu sein, Gegenleistung ist Wohnraum. Die Vertragsbestandteile sind nach meinen Informationen ausreichend erörtert worden, Zeugen gibt es genug.«

Julians Miene verfinsterte sich weiter.

Der Anwalt verschränkte die Hände hinter dem Kopf und schaute nachdenklich hoch an die Decke. Hoffentlich hatte er das halbwegs überzeugend dargestellt. »Er wird kneifen wollen«, hatte Frau Arnoux heute Vormittag gesagt. »Schüchtern Sie ihn ein! Machen Sie ihm Angst! Drohen Sie ihm an, dass wir ihn verklagen!«

»Frau Arnoux, mit dieser Geschichte haben wir vor Gericht keinerlei Chance«, hatte er entgegnet. »Schon die Sittenwidrigkeit …«

»Wir klagen doch auch nicht«, hatte Frau Arnoux gesagt. »Sie kriegen das schon hin.«

Dr. Mickel stöhnte innerlich. Da hatte die Chefin ihm etwas eingebrockt. Ob das funktionierte? Er hatte seine Zweifel. Aber er wollte es versuchen. Das Gesicht seines Gegenübers war auch schon ganz bleich.

»Vor allem wegen der vielen Zeugen. Ich denke, dass wir bei einem Prozess ganz gute Chancen hätten«, führte er aus.

Dr. Mickel wartete, ob Julian etwas sagen wollte. Aber der schwieg. Also fuhr Dr. Mickel fort.

»Etwas Bauchweh macht mir die steuerliche Betrachtung. Es handelt sich ja genau genommen um einen Arbeitsvertrag. Die Mietersparnis ist demnach als geldwerter Vorteil anzusehen …«

»Stopp!«, sagte Julian. »Was heißt: *bei einem Prozess?*«

Der Jurist räusperte sich kurz.

»Für den Fall, dass Sie sich nicht an die Abmachung von gestern Abend gebunden fühlen.«

»Deswegen kann sie mich doch nicht verklagen!«

»Ich denke, doch.«

»Unsinn! Weshalb denn? Wegen ein bisschen besoffenem Partygeschwätz?«

»Wie gesagt: Sie haben per Handschlag einen Vertrag geschlossen, vor Zeugen, der Vertragsgegenstand ist klar definiert, lediglich steuerlich …«

»Und worauf will sie mich verklagen?«

»Ja, das mit der Vertragsstrafe, das war noch offen, wenn ich das richtig …«

»Sie meinen den Schadenersatz?«

»Nein, der käme hier wahrscheinlich noch dazu. Entstandener Schaden wäre die entgangene Miete. Plus Maklerkosten et cetera. Zeitaufwand für Besichtigungen, all diese Dinge. Dieser Anspruch ist hier meiner Ansicht nach sowieso schon gegeben, denn der Mietvertrag ist ja bereits geschlossen.«

»Machen Sie sich nicht lächerlich!«

Julian vollführte eine abwehrende Handbewegung und streifte aus Versehen die Teetasse. Diese fiel um, und der restliche Inhalt ergoss sich über seine Hose und auf den Teppichboden.

»Oh!«, stöhnte er, und sein Erschrecken und sein Schuldbewusstsein verdrängten einen Moment die Wut.

»Entschuldigen Sie, das wollte ich nicht.«

Er fummelte suchend in seiner Hosentasche nach einem Papiertaschentuch.

»Moment«, sagte Frau Wegner, zog ihre Schreibtischschublade auf und reichte Julian ein paar Papiertücher.

»Hier, damit können Sie die Hose sauber machen. Dr. Mickel, holen Sie mir bitte noch ein paar Zellstofftücher?«

Dr. Mickel betrachtete missmutig das Malheur und machte keine Anstalten, sich zu erheben. Als der verantwortliche Jurist des Hauses fühlte er sich nicht so recht zuständig für Reinigungsarbeiten.

»Woher denn?«, fragte er in dem vergeblichen Versuch, diese Arbeit, die unter seiner Würde lag, zu umgehen.

»Aus der Kaffeeküche natürlich«, sagte Frau Wegner, bedachte ihn mit einem Blick, der an ihrer Meinung über Männer in Bezug auf praktisches Verhalten keinen Zweifel ließ, kniete nieder und drückte einen dicken Packen Papiertaschentücher auf einen großen Fleck.

Dr. Mickel stützte sich an den Armlehnen ab, als er aufstand.

»Es tut mir wirklich leid«, sagte Julian zerknirscht und ging ebenfalls auf die Knie, um mit seinem Taschentuch ein paar weitere kleinere Flecken aus dem Teppichboden aufzusaugen.

»Macht ja nichts. Die Reinigungskraft bekommt das schon wieder hin«, sagte Frau Wegner.

Dr. Mickel brachte eine dicke weiße Küchenrolle. Als er die beiden nebeneinander auf dem Boden knien sah, sagte er: »Ich muss leider gehen, ich habe noch einen Termin. Wir können aber gern später noch einmal den Sachverhalt diskutieren, ich stehe Ihnen jederzeit zu Verfügung.«

Das fehlte ihm noch, dass er hier auf dem Boden herumrutschte. Er schloss so schnell die Tür von außen, dass Julian keine Gelegenheit hatte, sich zu verabschieden.

»Jetzt hören Sie mir mal zu«, sagte Frau Wegner, während die beiden einen Fleck nach dem anderen vom Teppich aufsaugten.

»Betrachten Sie es doch einmal von der anderen Seite. Wo liegt das Problem? Sie sind fünf Monate als Gesellschafter tätig. Und kriegen dafür eine sensationelle Wohnung. Ich kenne Frau Arnoux schon lange, ich bin mir ganz sicher, dass sie nichts Ungebührliches von Ihnen verlangen wird. Sie ist doch auch meistens unterwegs; wenn Sie sie pro Tag im Schnitt zwei oder drei Stunden sehen, wäre das schon viel. Warum wollen Sie diese Chance aufgeben und einen Prozess riskieren?«

Die beruhigenden Worte von Frau Wegner verfehlten nicht ihre Wirkung.

Julian warf das durchnässte Papier in den Papierkorb und riss ein weiteres Stück von der Rolle, während er nachdachte. Er war sich ziemlich sicher, dass der Anwalt bluffte. Andererseits – wenn die ihn wirklich verklagten, würde es ihn auf jeden Fall viel Zeit kosten. Und Geld. Denn er müsste sich natürlich einen Anwalt nehmen. Zeit und Geld, beides war knapp bei ihm. Vielleicht käme es sogar tatsächlich zum Prozess? Das war ein Risiko: Er war sich nur zu genau bewusst, dass Gerichte schon die merkwürdigsten Entscheidungen gefällt hatten.

Frau Wegner erhob sich. »Ich denke, der Schaden ist behoben. Was halten Sie davon, wenn ich Ihnen mal die Wohnung zeige? Sie können ja immer noch Nein sagen. Schauen Sie sich Ihr zukünftiges Domizil doch wenigstens mal an. Ich kann Sie schnell hinfahren.«

Zehn Minuten später stand Julian vor dem alten Haus in der Osterwaldstraße. Er wusste, dass es sich um eine der besten und teuersten Wohnlagen Münchens handelte. In der Straße waren schon einige Häuser abgerissen worden und hatten dreistöckigen weißen Bauten Platz machen müssen, die Wohnraum für sechs oder acht Familien boten. Manche der ursprünglich riesigen Grundstücke hatte man aufgeteilt. Das hatte zu einer deutlichen Verdichtung der Bausubstanz beigetragen. Aber das Haus von Antonia, das Haus, zu dem Frau Wegner ihn jetzt führte, war noch unangetastet. Der riesige Garten mit den alten großen Bäumen war mehr ein Park als ein Garten.

»Das ist ja Wahnsinn«, entfuhr es Julian, als Frau Wegner auf die gekieste Fläche neben dem Haus fuhr. »Wie viele Quadratmeter hat denn dieser Kasten?«

»Knapp vierhundert auf drei Ebenen«, erklärte Frau Wegner, während sie in ihrer Handtasche nach den Schlüsseln suchte.

»Und wie viele Leute wohnen hier?«

»Im Moment nur Frau Arnoux.«

»Was?« Julian schüttelte fassungslos den Kopf, während Frau Wegner die Tür aufschloss. Dann konnte er in den riesigen Altbauflur sehen.

»Woher hat sie denn so ein riesiges Haus?«

»Es gehört ihr nicht, es gehört ihrem Onkel.«

»Aha, und wo ist der?«

Während sie die breite Holztreppe hochstiegen, erklärte Frau Wegner, dass Antonias Onkel, der Bruder von Frau Arnoux' Mutter, hier mit seinem Lebensgefährten gewohnt hatte und jetzt mit dem kranken Partner, nachdem er die Pflege allein nicht mehr hatte bewältigen können, ins Heim gezogen war.

»Und die Eltern von Frau Arnoux? Wo wohnen die?«, wunderte sich Julian und ließ seine Hand über das geschnitzte Treppengeländer gleiten. Sie waren jetzt im ersten Stock, und Julian zählte vier Zimmertüren.

»Die Eltern sind tödlich verunglückt, da war Frau Arnoux sechs Jahre alt. Ihre Schwester war noch ein Baby.«

»Wie furchtbar«, sagte Julian ehrlich betroffen.

Sie stiegen weiter die Stufen hoch und kamen dann im zweiten Stock an eine Tür.

»Hier hat Herr Dorant schon vor Jahren abmauern und diese Tür einsetzen lassen, damit das hier oben eine abgeschlossene Wohnung wird«, erklärte Frau Wegner.

Sie zog aus der Tasche ihres Blazers einen Schlüssel und schloss die Tür auf. Die aufschwingende Tür gab den Blick frei auf eine kleine Diele, von der weitere fünf Türen abgingen; die zur Linken stand offen, und Julian schnappte nach Luft.

Der Raum lag zwar nach Osten, aber durch ein liegendes Dachfenster rechts, das nach Süden zeigte, flutete die Sonne den Raum mit Licht. Und durch die bodentiefen Türen, die sich zu einem kleinen Balkon öffneten, sah man die Baumwipfel des Englischen Gartens. Das Parkett glänzte in der Sonne, und zwei ältere Sessel in der Raummitte luden förmlich ein, Platz zu nehmen und den Ausblick zu genießen. Ansonsten war das Zimmer leer.

Auch der nächste Raum, die Küche, wurde durch ein liegendes Fenster in der Schräge, diesmal allerdings auf der Nordseite, reichlich mit Licht versorgt. Julian sah sofort einen geeigneten Platz für seine Pflanzen. Die Küchenzeile wirkte teuer – und unbenutzt. Frau Wegner wollte schon zum nächsten Raum gehen, aber Julian sagte: »Darf ich?«, und betrat die Küche, ohne eine Antwort abzuwarten. Er öffnete und schloss den Kühlschrank, schaute in die darunterliegende Gefriereinheit, inspizierte den Herd. »Gas«, sagte er. »Gut!«

Er öffnete die Backofentür.

»Da liegt ja noch die Betriebsanleitung drin«, meinte er verblüfft und zog einen dicken Prospekt heraus.

»Ja, Frau Arnoux kam wohl noch nicht dazu, ihn zu benutzen«, sagte Frau Wegner schulterzuckend.

»Wie lange hat sie denn hier oben gewohnt?«, fragte Julian.

Frau Wegner rechnete kurz nach. Das waren ja schon über vier Jahre! Wie die Zeit verflog.

»Ich weiß nicht genau …«, sagte sie.

Julian drehte an den Schaltern und studierte die verschiedenen Programme.

»Gut!«, sagte er wieder. Seine Miene hellte sich sichtlich auf.

»Gut!«, sagte er ein drittes Mal, und Frau Wegner sah ihn das erste Mal herzlich lächeln.

Ach du lieber Himmel, dachte sie. Was für ein Mann! Toni, pass bloß auf, bei diesem Lächeln bekomme ja sogar ich alte Kuh noch weiche Knie.

Das Schlafzimmer lag nach Westen.

Frau Wegner zeigte noch das ebenfalls helle und ansprechende Badezimmer und öffnete dann die fünfte Tür.

»Hier ist noch ein Raum ohne Funktion sozusagen.« Sie trat zur Seite und gab den Blick in einen kleinen gefliesten, ebenfalls mit einem liegenden Fenster versehenen Raum frei.

»Diese Kammer mit den Bodenfliesen und dem Abfluss in der Mitte ist für das Aufstellen einer Waschmaschine vorgesehen«, erklärte sie.

Julian dachte an Tete. Das war der perfekte Platz für eine Katzentoilette. Und die Wohnung hatte einen Balkon, auf dem sie liegen, die Vögel beobachten und sich die Sonne auf den Pelz scheinen lassen konnte … Tete würde sich hier wohlfühlen. Und er musste nicht mehr solche Angst haben, dass sie ausbüxte. Hier käme sie nicht raus.

»Kann ich noch mal mit Dr. Mickel sprechen?«, fragte er.

Justitiar Dr. Mickel bemühte sich, sich seine Erleichterung nicht anmerken zu lassen, als Frau Wegner mit Julian im Schlepptau zwanzig Minuten später sein Büro betrat. Seit Dr. Mickel die beiden verlassen hatte, suchte er nach Formulierungen, mit denen er Frau Arnoux mitteilen konnte, dass der junge Mann den Vertrag nicht eingegangen war.

»Wir müssen über die Vertragsdetails sprechen«, sagte Julian und ließ sich auf den Besucherstuhl fallen.

»Natürlich.« Dr. Mickel griff nach den vorbereiteten Entwürfen und schob sie zu Julian.

»Moment«, sagte Julian. »Ich habe noch eine Menge Fragen.«

»Bitte«, erwiderte der Anwalt.

»Ich kann mich dann verabschieden?«, fragte Frau Wegner, nicht ohne einen letzten Blick auf Julian zu werfen, wie er jetzt, vollkommen entspannt, da auf dem Stuhl saß, leicht zurückgelehnt, die Beine weit von sich gestreckt, mit halb geschlossenen Augenlidern. Gefährlich, dachte sie.

»Was passiert, wenn Frau Arnoux es sich während der Vertragslaufzeit anders überlegt?«, begann Julian.

»Was meinen Sie damit?«, fragte der Anwalt verblüfft.

»Es kann doch sein, dass Frau Arnoux zwischendurch das Interesse verliert. Vielleicht will sie die Skulptur morgen gar nicht mehr – oder sie verliebt sich übermorgen heftig, und ihr neuer Freund zieht ins Haus, und sie will mich nicht mehr dort haben, damit ich das junge Glück nicht störe. Oder sie stellt fest, dass sie meinen Geruch nicht erträgt … was weiß ich. Jedenfalls möchte ich eine Regelung für den Fall, dass Frau Arnoux den Vertrag nicht einhalten will.«

»Aha«, sagte der Anwalt überrascht. »Ja, da müssen wir … darüber haben wir explizit noch nicht gesprochen, aber das ist natürlich kein Problem: Wir nehmen in den Vertrag auf, dass …«

»Was ist«, unterbrach ihn Julian, »wenn ich krank werde oder mir etwas passiert: Wenn ich also unverschuldet daran gehindert werde, meine Laufburschenaufgaben zu erfüllen?«

»Da müssen wir nachdenken, das kann natürlich …«

»Was ist, wenn Frau Arnoux mich auf eine Leiter schickt, und die Sprosse kracht durch, und ich falle herunter und breche mir ein Bein, also wenn mir sozusagen ein Arbeitsunfall passiert.«

»Darüber ist noch nicht diskutiert worden«, sagte Dr. Mickel. »Aber das können wir natürlich …«

»Was ist, wenn die Statue in der Zwischenzeit zerstört wird? Vielleicht brennt die Galerie ab und … «

»›Was haben Sie vorgesehen für den Fall, dass das Haus in der Osterwaldstraße unbewohnbar wird durch Feuer, Erdbeben oder sonstige unvorhersehbare Ereignisse?‹ Er hatte Fragen über Fragen, die müssen wir alle durchdiskutieren«, berichtete der Anwalt Antonia, die gegen siebzehn Uhr zurück in die Firma gekommen war und deren erster Weg ins Büro von Dr. Mickel geführt hatte.

Antonia zog die Stirn nachdenklich in Falten.

»Hm – na ja, er versucht sich gegen Eventualitäten abzusichern. Das ist ja verständlich.«

Dr. Mickel gab ein Geräusch von sich, es war wohl ein Ausdruck der Verlegenheit.

»Das kann man wohl sagen. Seine letzte Frage war, ob der Mietvertrag auch bestehen bleibt, wenn Sie während der Vertragslaufzeit ableben, und was dann mit dem zweiten Vertrag passiert.«

»Wenn ich *was?*«

Antonia war zu verblüfft, um sich zu ärgern.

»Der denkt aber auch wirklich an alles!«

Dr. Mickel schaute sie verlegen an.

»Diese Frage ist allerdings leicht zu beantworten«, meinte Antonia mit einem bösen Lächeln.

»Der Mietvertrag bleibt wirksam, und die anderen Rechte und Pflichten gehen auf meine Erben über.«

Sie erhob sich.

»Ich bin in meinem Büro. Arbeiten Sie die Dinge in den Vertrag ein, und rufen Sie mich an, wenn Sie Fragen haben. Ich hätte gern, dass der Vertrag heute noch fertig wird.«

Dr. Mickel nickte. »Vertragsbeginn und Urlaubsanspruch brauche ich noch.«

Antonia hielt mitten in der Bewegung inne.

»Wie bitte?«

»Ja, er meinte, bei einer Vertragslaufzeit von vier Monaten ständen ihm Urlaubstage zu, außerdem habe er ja auch Verpflichtungen, zum Beispiel eine Mutter, um die er sich kümmern müsse, vielleicht müsse er ja auch mal zum Arzt. Er schlägt drei Tage pro Monat vor.«

»Einen«, sagte Antonia. »Es gibt nur einen!«

Es ging nicht so schnell mit der Vertragsunterzeichnung, wie Antonia vielleicht gehofft hatte, unzählige Telefonate wurden geführt, Vertragsentwürfe hin und her geschickt, geändert, erneut verschickt, aber Julian war nicht zufriedenzustellen.

»Was ist, wenn sie etwas von mir verlangt, wozu ich nicht verpflichtet bin? Oder sie behauptet einfach, ich habe sie nicht gut genug unterhalten? Wer beurteilt, ob ihre Unterhaltung durch mich unterhaltend genug war?«

Irgendwann erkannten alle Beteiligten, dass nicht jede Eventualität in den Vertrag eingearbeitet werden konnte. Dr. Mickel war es, der die Einrichtung eines »Obmanns«

vorschlug. Natürlich konnten sich Antonia und Julian nicht problemlos auf eine Person einigen; so kam die Idee auf, dass jeder eine Person seines Vertrauens bestimmten sollte, und diese beiden würden dann eine Art Schiedsgericht bilden. Julian wählte Hubert von Rotendall, und Antonia beschloss, Onkel Walter zu fragen, ob er sich für eine solche Aufgabe zur Verfügung stellen würde.

* * *

»Wie kamst du bloß auf so eine Vereinbarung?« Walter schüttelte den Kopf. »Das ist das Verrückteste, was ich jemals gehört habe.«

Antonia zupfte die Verpackung des mitgebrachten Kuchens auseinander.

»Ich weiß auch nicht, es ergab sich irgendwie.«

Endlich hatte sie das Papier vom Kuchen entfernt, ohne dass zu viel von der Sahne daran hängen geblieben wäre.

Sie legte Paul ein Stück Zwetschgendatschi auf den Teller, und Paul nickte dankend.

»Und dann zieht dieser Mann bei dir ein?«, fragte Walter.

»Für fünf Monate, ja.«

Walter griff nach der Kanne und verteilte den Kaffee.

Sie saßen auf der Terrasse des Apartments. Die Sonne schien, es war wieder ein schöner Spätsommernachmittag, vom Spielplatz in dem kleinen Park, auf den sie schauten, drang fröhliches Kindergeschrei zu ihnen hoch.

»Und du kommandierst ihn.« Paul kicherte leise in sich hinein.

Es ging ihm gut heute, die Ärzte hatten die Medikamentierung geändert, das neue Mittel schlug gut an.

Walter machte sich an dem blau-weißen Sonnenschirm

zu schaffen. »Die pralle Sonne ist nicht gut für dich«, sagte er zu Paul.

»Ach lass mal, ich genieße es gerade. Stell ihn nur so, dass die Sahne im Schatten ist.«

Auch Pauls Aussprache war wieder deutlicher, er konnte wesentlich besser artikulieren, und man hörte heute kaum etwas von seiner Krankheit.

Walter zog sich Pauls Teller heran und zerteilte den Kuchen in kleine handliche Bissen. Dann schob er den Teller wieder zu Paul zurück. Es versetzte Antonia einen Stich ins Herz, als ihr bewusst wurde, wie selbstverständlich diese Handlung für die beiden geworden war.

»Also ich weiß ja nicht«, sagte Walter jetzt zögernd. »Wenn du gern möchtest, dass ich den Schiedsrichter mache, dann tue ich das selbstverständlich. Aber ich …«

Antonia nahm ihm die Mühe ab. »Ich weiß, welche Bedenken du hast. Aber ich erwarte keine Gefälligkeitsentscheidung von dir. Du entscheidest nur nach deinem Gewissen! Also wenn es überhaupt zu einer solchen Situation kommen sollte.«

Walter ließ zwei Stück Zucker in seinen Kaffee fallen und rührte nachdenklich.

»Onkel Walter, du hast jetzt Angst, in die Situation zu kommen, dass du anderer Auffassung bist als ich und gegen mich votieren müsstest. Aber ihr seid ja zu zweit! Und Hubert von Rotendall ist ein sehr feiner Mensch, ich habe zu ihm, obwohl er mit Julian Markward befreundet ist und von ihm vorgeschlagen wurde, das größte Vertrauen. Er wird nach bestem Wissen und Gewissen urteilen – und das sollst du auch. Nichts anderes!«

Walter rührte immer noch in seiner Kaffeetasse.

»Wie gesagt«, meinte er dann, »wenn du mich darum bittest, mache ich das natürlich. Aber kann ich diesen Mann und auch den anderen Schiedsrichter schon mal treffen? Bevor eine strittige Situation eingetreten ist? Dass wir uns unbefangen kennenlernen? Das wäre im Streitfall sicher hilfreich.«

»Natürlich kannst du das, ich kümmere mich darum.«

Sie erhob sich und umarmte ihren Onkel.

»Ich danke dir!«

Er tätschelte ihre Hand. »Ich freue mich doch, wenn ich dir helfen kann.«

Ein leichter Wind kam auf, während die drei sich den Kuchen schmecken ließen.

»Was ist das denn eigentlich für ein Typ, der zu dir zieht?«, fragte Walter plötzlich.

»Ach, wie soll ich ihn beschreiben? Er sieht gut aus, ist ein halbes Jahr jünger als ich, hat mal Jura studiert …« Antonia wiederholte die Informationen, die sie dem Zeitungsartikel entnommen hatte.

»Ich hätte ja niemals gedacht, dass er einschlägt! Aber ich bin natürlich froh darüber, der wird es nicht aushalten, fünf Monate nach meiner Pfeife tanzen zu müssen, glaub mir. Und wenn er dann rauswill aus dem Vertrag, dann sage ich: Gern! Aber jetzt verkaufen Sie mir …«

Paul hob den Kopf.

»Auf dieses Kunstwerk bin ich ja auch neugierig«, sagte Walter. »Wo ist denn die Galerie? Vielleicht fahre ich mal vorbei.«

»Die Skulptur ist nicht ausgestellt, aber ich sage Bescheid, dass du kommst.«

»Und dieses Kunstwerk ist so einmalig gut?«, fragte Paul.

»Ich muss es einfach haben, es ist … es hat … ach, ich kann es nicht erklären.«

»Ja, manchmal verliebt man sich regelrecht in so etwas. Ich bin aber echt gespannt«, sagte Walter.

»Ich kümmere mich darum, dass Herr von Rotendall es dir zeigt.«

Die drei saßen noch eine Weile beisammen, unterhielten sich über dies und das, bewunderten eine Spaziergängerin, die in einem traumhaften Dirndl durch den Park lief – in wenigen Wochen begann auch schon wieder die Wiesn –, und eine halbe Stunde später räumte Antonia gegen den Widerstand von Walter – »Das kann ich doch nachher machen!« – das Geschirr vom Balkon in die Kochnische, stellte es in die Spülmaschine, verabschiedete sich von den beiden mit einer innigen Umarmung und fuhr los.

Walter und Paul genossen noch eine Weile die Sonne auf dem Balkon.

»Dass sie sich aber auch so sehr an Dinge hängen muss«, sagte Walter wieder einmal nachdenklich zu Paul. Paul nickte.

»Weil sie die festhalten kann«, sagte er. »Das ist der Grund. Sie hat eben die Erfahrung machen müssen, dass geliebte Menschen plötzlich für immer verschwinden.«

Walter nickte. »Ob sie wohl je darüber hinwegkommt?«

Paul zögerte so lange mit der Antwort, dass Walter seinen Blick von dem Eichhörnchen, das gerade im Park den Baum hochkletterte, abwandte und zu Paul schaute.

»Was ist los?«, fragte er.

Paul nickte bedächtig.

»Ich bin mir gar nicht so sicher, ob es wirklich das Kunstwerk ist, in das sie sich verliebt hat«, fügte er zu Walters Verblüffung mit einem leichten Grinsen hinzu.

Antonia war auf dem Weg nach Hause und entschied kurzerhand, noch schnell in der Galerie vorbeizufahren. So konnte sie Herrn von Rotendall den Besuch ihres Onkels avisieren. Und ein persönliches Gespräch war doch viel schöner als ein distanziertes Telefonat.

Sie lächelte, als sie an den Blick aus den strahlend blauen Augen dachte, mit dem Hubert von Rotendall sie so oft ansah.

Aber in der Galerie war nur Maria. »Er ist gerade unterwegs, aber Sie können gern warten. Er sollte eigentlich in zehn Minuten wieder da sein.«

Antonia zögerte.

»Setzen Sie sich doch in den Besprechungsraum. Ich muss auch noch mal kurz weg, aber Hubert kommt sicher gleich.«

Dann konnte sie die Skulptur noch einmal bewundern! Antonia nickte erfreut und ließ sich von Maria in den Besprechungsraum führen.

Die Arbeit rührte sie noch genauso wie beim ersten Anblick. Lange saß sie vor dem Regal und ließ das Kunstwerk auf sich wirken.

Plötzlich hörte sie Stimmen – der Galerist schien gekommen zu sein. Aber er war nicht allein.

Sie erhob sich, verließ den Besprechungsraum und wollte gerade die Tür des kleinen Flurs zur Galerie öffnen, als sie die zweite Stimme erkannte. Julian Markward.

Sie hatte die Türklinke schon in der Hand, doch sie zögerte.

»… und du bist dir sicher, dass du das durchhältst?«, hörte sie Hubert von Rotendall fragen.

»Das wäre doch gelacht! Ich lass mich von der alten Schachtel ganz sicher nicht vorführen.«

Alte Schachtel, was für eine hässliche Formulierung. Der würde sich noch wundern.

Gespannt spitzte Antonia die Ohren, um ja nicht zu verpassen, wie Hubert den Künstler zurechtweisen würde.

Sie hörte, wie Hubert lachte.

»Ich habe dir schon einmal gesagt …«, Antonia legte das Ohr an die Tür, »… die ist noch gar nicht so alt.«

Antonia hielt die Luft an, um nicht durch das eigene Atemgeräusch gestört zu werden und womöglich etwas zu verpassen.

»Aber egal: Sie hat Geld *und* ist interessiert. Diese Kombination ist ziemlich selten. Also vergiss das nicht.«

Das war es? So wehrte sich dieser schmierige Galerist dagegen, dass sie als alte Schachtel bezeichnet wurde?

Kurz dachte sie noch einmal an das *Sie sind mir wichtiger*. Ja, jetzt hatte sie verstanden.

Leise ging Antonia zurück ins Besprechungszimmer, vorsichtig die Füße aufsetzend, um ja kein Geräusch zu machen, und schloss behutsam die Tür hinter sich.

Sie hörte die Tür klappen, die sich nähernden Schritte, das kleine Glockenspiel an der Eingangstür zur Galerie, das anzeigte, dass auch diese Tür bewegt wurde – und schon betrat Hubert von Rotendall den Besprechungsraum.

Es gelang ihm nur unvollkommen, seine Überraschung zu verbergen.

»Frau Arnoux, welch unerwartetes Vergnügen!«

Antonia stellte fest, dass das Strahlen der blauen Augen seine Wirkung auf sie verloren hatte.

»Maria bot mir an, hier auf Sie zu warten. Ich wollte mit Ihnen kurz etwas wegen meines Onkels besprechen …«

* * *

Als Antonia dachte, alle Fragen seien geklärt, alle Probleme gelöst und die beiden Verträge könnten endlich unterschrieben werden, tauchte plötzlich eine neue wunderliche Forderung von Julian auf.

Sie fuhr im Stop-and-go-Verkehr, als Dr. Mickel sie anrief.

Sie drückte auf den Empfangsknopf am Lenkrad.

»Arnoux.«

»Mickel«, schallte es durch das Fahrzeug.

»Ja, Dr. Mickel?«

»Wegen der Verträge mit Herrn Markward: Er möchte noch einen zusätzlichen Passus aufgenommen haben.«

»Was denn jetzt noch?« Jetzt sah sie den Grund für den Stau. Vor ihr verengte sich die Straße. Und von rechts versuchte gerade ein BMW, sich vor ihr noch in die Lücke zu quetschen.

»Es scheint mir etwas merkwürdig, aber ich glaube nicht, dass es ein Problem darstellt«, sagte Dr. Mickel.

Antonia fuhr so dicht wie möglich an ihren Vordermann heran. Das fehlte noch, dass dieser BMW sich vor sie drängte.

»Was will er denn? Was hat er denn jetzt noch?«

»Er möchte aufgenommen haben, dass er nicht verpflichtet ist, in Kellerräume zu gehen.«

»Waaas?«, fragte Antonia. Vor lauter Erstaunen nahm sie den Fuß vom Gas. Der BMW-Fahrer nutzte die Chance sofort.

»So ein Flegel!«, fluchte sie.

»Wieso?«, fragte Dr. Mickel. »Hatten Sie diesbezüglich irgendwelche Pläne? Das wusste ich nicht. Ich habe gesagt, ich ginge davon aus, dass das …«

»Ach, doch nicht Sie. Doch nicht er! Entschuldigung, aber hier sind wieder Verkehrsrüpel unterwegs.«

»Ach so«, sagte Dr. Mickel erleichtert. »Also kann ich diesen Passus noch aufnehmen?«

»Was denkt er sich dabei? Da steckt doch was dahinter?«, überlegte Antonia.

»Ich habe auch schon gegrübelt, aber mir fällt wirklich nichts ein.«

»Was sagt denn er?«, fragte Antonia und musste wütend

zusehen, wie der BMW-Fahrer vor ihr noch zwei andere Autos, natürlich auch BMWs, vorließ.

»Er würde es einfach hassen, in Kellerräume zu gehen. Und er wolle nicht zum Kohlenschippen oder sonstigen Holdiensten aus dem Keller herangezogen werden.«

»Sagen Sie ihm, wir hätten schon etwas von modernen Heizungsanlagen gehört und würden den Kohleofen noch vor seinem Arbeitsantritt abschaffen«, sagte Antonia mit ätzendem Spott. »Ach Blödsinn, vergessen Sie, was ich gerade gesagt habe, ja, nehmen Sie es von mir aus mit auf. Bin mal gespannt, was für Absurditäten ihm sonst noch einfallen.«

Aber Julian war es jetzt offenbar zufrieden. Der Termin für die Vertragsunterzeichnung wurde festgelegt. Die Beteiligten wollten sich am Freitag um fünfzehn Uhr im Besprechungsraum der Firma treffen. So hatten Walter, Julian und Hubert auch genug Zeit, um sich etwas kennenzulernen. Um halb vier sollte dann Dr. Mickel mit den beiden Verträgen dazustoßen. Man hatte einen Mietvertrag aufgesetzt und einen zweiten Vertrag, den man der Einfachheit halber mit »Arbeitsvertrag« überschrieben hatte. In diesem war als Vertragsstrafe bei Nichterfüllung vorgesehen, dass Julian Markward sich verpflichtete, Antonia die Skulptur *Vereinigung* zu einem Preis von zehntausend Euro zu überlassen.

»Das alles ist totaler Nonsens«, hatte Dr. Mickel mehrfach protestiert. Aber er hatte auf verlorenem Posten gekämpft.

Walter traf pünktlich ein, Hubert von Rotendall ebenfalls, die beiden unterhielten sich angeregt. Walter hatte der Galerie vorher bereits einen Besuch abgestattet, Hubert von Rotendall kennengelernt und sich auch das so umkämpfte Kunstobjekt angesehen, sich in der Zwischenzeit im Internet über die von Hubert von Rotendall betreuten Künstler informiert und überraschte Hubert mit detaillierten Fragen und Anmerkungen dazu.

Antonia hatte damit gerechnet, dass Julian weitere Schwierigkeiten machen würde, aber er kam pünktlich, grüßte sie und die anderen Anwesenden höflich, unterschrieb die Verträge, die Dr. Mickel zuvor laut verlesen hatte, und verabschiedete sich unmittelbar danach sofort wieder.

Als Vertragsbeginn wurde der kommende Montag vereinbart. Einen Tag vorher, am Sonntag, würde Julian die Wohnung in der Osterwaldstraße beziehen.

»Und? Was ist das für einer, der jetzt zu unserer Toni ins Haus zieht?« Paul hatte die Rückkehr von Walter kaum erwarten können.

»Nach dieser Geschichte in der Galerie hatte ich einen ziemlich widerlichen Typen erwartet. Aber er ist eigentlich ganz sympathisch. Offener Blick, fester Händedruck und so weiter. Sehr gut aussehend! Aber leider total hetero, ich hatte keine Chance …«

Walter grinste Paul kurz zu, und der lachte zurück.

»Ich hatte das Gefühl, dass er nicht so richtig glücklich ist mit dieser Abmachung«, fügte Walter nach kurzem Nachdenken hinzu.

Paul und Walter genossen die Altweibersommerstimmung auf der Terrasse, Walter topfte gerade einen Chrysanthemenbusch ein, Paul lehnte den Kopf zurück, schloss die Augen und erfreute sich an der Wärme der Spätnachmittagssonne auf seinem Gesicht.

»Denkst du, Antonia und er werden glücklich miteinander?«, fragte Paul unvermittelt.

Walter, der gerade Erde aus der Tüte in den braunen

Terrakottatopf rieseln ließ, hielt verblüfft mitten in der Bewegung inne.

»Du sprichst von mehr als den kommenden paar Monaten?«

Walter stellte die rot-weiße Plastiktüte auf den Boden und ließ sich neben Paul an dem kleinen runden Balkontisch nieder.

Nachdenklich musterte er ihn.

»Ich weiß ja, wie sensitiv du in deiner Wahrnehmung bist. Trotzdem glaube ich, dass du dich dieses Mal irrst. Wie kommst du darauf?«

Paul zuckte mit den Schultern. »Ich kann es dir nicht erklären. Es ist …«

»Jetzt sind wir fast vierzig Jahre zusammen, und du überraschst mich immer noch aufs Neue. Du hast ihn doch noch nicht einmal gesehen! Wieso meinst du, dass er und Toni …«

Paul verschränkte die zitternden Hände fest ineinander.

»Ich meine es ja eigentlich gar nicht. Dafür müsste ich ihn kennenlernen. Ich habe nur gemerkt, dass Antonia ihn …«, er schüttelte den Kopf.

»Ach du.« Walter beugte sich zu Paul und küsste ihn zart auf den Mund. »Habe ich dir schon einmal gesagt, dass ich dich liebe?

»Ich habe so etwas schon vermutet«, antwortete Paul und lächelte.

Walter sagte: »Weißt du eigentlich, dass ich mich in den vergangenen Jahren jeden Abend beim Einschlafen darauf gefreut habe, dass ich am nächsten Morgen neben dir wach werden darf? Weißt du, dass ich mich jeden Morgen, wenn ich dein Gesicht neben mir gesehen habe, darüber gefreut habe, dass ich am Abend wieder neben dir einschlafen darf? Weißt du, dass das Leuchten in deinen Augen für mich …« Seine Stimme brach.

»Wenn ich dir doch nur besser helfen könnte!«

»Das tust du doch. Du hast es ja versprochen!«, sagte Paul.

Walter verzog schmerzlich das Gesicht.

»Willst du, dass ich dich von deinem Versprechen entbinde?«, fragte Paul.

Walter zögerte, sah die Angst in Pauls Augen und strich ihm dann zärtlich mit der Hand über die Wange.

»Ich werde mein Versprechen halten, du kannst dich auf mich verlassen.«

Mit einem zufriedenen Lächeln ließ Paul seinen Kopf an Walters Schulter sinken.

»Wir haben aber doch noch Zeit«, meinte Walter.

Paul öffnete die Augen. »Schau, die Sonne geht unter.« Er lächelte. »Das war heute ein richtig schöner Tag. Aber ich glaube, es war einer der letzten.«

Und Walter wusste, dass Paul nicht vom Ende des Sommers sprach.

* * *

Als Antonia ihrer Schwester erzählte, dass Julian Markward in das Haus in der Osterwaldstraße einziehen würde, verschlug es Susanne die Sprache. Sie saß ihr in der kleinen Eisdiele gegenüber, in der sich die beiden am Samstagnachmittag verabredet hatten. Ihr blieb der Mund offen vor Überraschung, und die Hand, die den Löffel mit dem Eis in der Luft balancierte, vergaß, dass sie eigentlich auf dem Weg zum Mund war.

»In unser Haus?«, fragte sie endlich, und es hörte sich an wie: »Den Weihnachtsmann gibt es wirklich?«

Antonia nickte lachend und schabte mit dem Löffel an ihrem Zitronensorbet.

Und noch verblüffter war ihre Schwester, als Antonia ihr die näheren Umstände erklärte.

»Das ist ja irre!«, sagte Susanne und legte den Löffel ganz langsam wieder zurück in die Schale. »Du bist verrückt!« Der Blick, den Susanne ihrer Schwester zuwarf, sprach allerdings von höchster Bewunderung. »Wenn ich das meinen Freunden erzähle …«

»Behalte das mit dieser Gesellschaftertätigkeit mal lieber für dich. Ich könnte mir vorstellen, dass ihm das gar nicht recht wäre, wenn das in der Stadt herumgeht.«

Susanne nickte eifrig. »Klar. Ja, ist vielleicht besser. Hört sich auch viel schöner an, wenn ich so ganz nebenbei erwähne, dass Julian Markward bei uns zur Miete wohnt.«

»Es ist ja nur für ein paar Monate«, schränkte ihre Schwester ein. »Und wenn alles in meinem Sinn verläuft, hält er es sowieso nicht durch und schmeißt den Gesellschafterjob in Kürze. Und dann will er vielleicht auch schon vorher aus der Wohnung raus.« Sie rührte nachdenklich ihren Espresso um.

»Ich muss mir vor allem Gedanken machen, wie ich ihn nerven kann. Was kann ich tun, damit er schnell die Lust daran verliert, mein Gesellschafter zu sein?«

»Du hast recht, das ist gar nicht so einfach.« Susanne krauste die Stirn, als sie angestrengt nachdachte.

»Geh mit ihm ins Kino!«, rief sie plötzlich begeistert. »In so einen richtigen Frauenfilm mit Liebe und Romantik und Herz und Schmerz. Es gibt für Männer nichts Langweiligeres!«

Antonia nickte überrascht.

»Das ist eine wirklich gute Idee! Das kann ich ein paar Mal machen – da habe ich schon einige Abende gut verplant.«

»Mehr fällt mir jetzt aber auch nicht ein«, sagte ihre Schwester nach einer Weile.

»Macht nichts, das war schon ein hervorragender Tipp für den Anfang! Ein paar Ideen habe ich auch bereits – und es muss uns ja nicht alles heute einfallen.«

Beide konzentrierten sich wieder auf ihr Eis.

»Sag mal«, fragte Susanne plötzlich, »mein Zimmer und mein Bad sind ja frei, oder? Die sind ja davon nicht betroffen.«

»Nein, natürlich nicht«, sagte Antonia.

»Ich könnte also zum Beispiel am Wochenende oder auch zwischendurch immer mal wieder für ein paar Tage bei uns zu Hause wohnen?«

Antonia griff nach der Hand ihrer Schwester.

»Das wäre natürlich ein wunderbarer Nebeneffekt, wenn du auch öfter im Haus wärst. Darüber wäre ich sehr glücklich.«

* * *

Normalerweise nutzte Antonia es aus, dass sie sonntags länger schlafen konnte. Aber heute wachte sie nach einer ohnehin schon unruhigen Nacht bereits um kurz nach fünf auf. Nach einem wütenden Blick auf den knallroten Klappzahlenwecker aus den Siebzigerjahren – noch ein Überbleibsel von Walter und Paul – drehte sie sich auf die andere Seite, zog sich die Decke über die Schulter und versuchte, wieder einzuschlafen. Heute würde Julian Markward einziehen.

Sie drehte sich wieder auf den Rücken. Der Wecker zeigte fünf Uhr zwölf. Noch ein paar Mal wälzte sie sich hin und her, um fünf Uhr einunddreißig Uhr gab sie auf. Sie verließ das Bett und ging ins Badezimmer.

Antonia duschte ausgiebig. Ganz gegen ihre übliche sonntägliche Routine schminkte sie sich sorgfältig.

Als sie später im Wintergarten ihr Müsli löffelte, zeigte die Uhr kurz vor sieben.

Wann er wohl kam?

Sie brauchte nicht auf ihn zu warten, die Schlüssel hatte sie ihm bereits am Freitag gegeben.

Was sollte sie heute tun? Womit beschäftigte sie sich eigentlich sonst sonntags?

Antonia beschloss, zunächst einmal joggen zu gehen. Jetzt war es noch angenehm kühl.

Sie lief hoch in ihr Badezimmer, schminkte sich wieder ab und zog sich ihren Jogginganzug über.

Knapp zwei Stunden später saß sie – nach einer großen Joggingrunde und erneutem ausgiebigen Duschen – wieder in ihrem Wintergarten.

Sie hatte lange gebraucht, um etwas zum Anziehen herauszusuchen. Ihre normalen legeren »Sonntagsklamotten« mochte sie heute irgendwie nicht. Am Schluss hatte sie sich für ein Büro-Outfit entschieden und auch wieder sorgfältig Make-up aufgetragen.

Sie schaute auf die Uhr. Die Zeit ging und ging nicht vorbei.

Sie stieg die Treppen hoch bis ins Dachgeschoss und kontrollierte, ob in ihren ehemaligen Zimmern alles in Ordnung war. Im Bad tropfte kein Hahn, die Zimmer waren ordentlich geputzt, schon direkt nach ihrem Auszug hatte sie die Räume neu streichen lassen, und auch alle Glühbirnen in den Lampen im Badezimmer und in der Küche funktionierten.

Die nächsten Stunden wollten nicht vergehen. Antonia lief im Haus hin und her, setzte sich mit einem Krimi ins Wohnzimmer, beschloss nach fünf Minuten, in den Garten umzuziehen, suchte sich einen Platz in der Sonne, dort wurde es ihr jedoch nach zehn Minuten zu warm, und sie trug ihren Klappstuhl unter einen Baum in den Schatten, zehn Minuten später wurde es ihr zu kühl, und sie wanderte zurück ins Haus.

Wieder im Wohnzimmer, ließ sie sich in dem blauen Ohrensessel nieder, las weiter und stellte fest, dass sie die Namen der handelnden Personen durcheinanderbrachte. Sie konnte sich einfach nicht konzentrieren.

Als sie gegen dreizehn Uhr in der Küche einen Salatkopf wusch, knirschte draußen der Kies.

Antonia beobachtete – versteckt hinter der Küchengardine –, wie der grün-weiße Bulli auf die Parkfläche neben dem Haus rollte, gefolgt von einem wahrscheinlich geliehenen Sprinter, wie Julian aus seinem VW und zwei weitere Männer aus dem Transporter ausstiegen, sie sah das Schulterklopfen und hörte das gut gelaunte Scherzen und Lachen, als die Männer wechselseitig ihre Kraft anzweifelten. Als Julian die Heckklappe des Bullis aufmachte, gab die offene Tür zu Antonias Überraschung den Blick auf unzählige Pflanzen frei. Er ging zur Haustür, zog einen Schlüsselbund aus der Gesäßtasche der Jeans und schloss auf.

Antonia spürte, wie ihre Muskeln sich versteiften.

»Hallo«, rief Julian in den Hausflur. »Jemand da?«

Antonia gab sich einen Ruck und ging in den Flur.

»Grüß Gott«, sagte sie. Und fügte nach einer kleinen Pause noch ein »Willkommen hier im Haus« hinzu.

»Da bin ich also«, sagte Julian überflüssigerweise.

»Ich seh's«, erwiderte Antonia. So schnippisch hatte sie eigentlich gar nicht klingen wollen, aber … nun, es schadete auch nicht. Da wusste er gleich, worauf er sich einzustellen hatte.

Das angedeutete Lächeln in Julians Gesicht verschwand. Er hob das Kinn, und seine Augen funkelten streitlustig.

Hinter ihm kamen die beiden jungen Männer ins Haus und stoppten abrupt, als sie Antonia sahen.

»Hallo«, sagte der eine, »Grüß Gott« der andere.

»Schön haben Sie es hier«, meinte der dann noch.

Antonia nickte wortlos.

»Wir sind die Umzugsbrigade«, erklärte der Größere und fixierte bereits mit abschätzend zusammengekniffenen Augen die breite Holztreppe, über die die Kartons hochgetragen werden mussten.

»Ich bin übrigens Thomas, und das ist Dominik«, sagte der Größere, als er merkte, dass Julian keine Anstalten machte, sie beide vorzustellen.

Antonia nickte erneut. »Ich heiße Antonia Arnoux.«

»Ich hole erst mal Tete raus«, sagte Julian.

»Wer ist Tete?«, fragte Antonia überrascht. Aber Julian war schon wieder am Auto und öffnete die Beifahrertür seines Bullis.

Antonia folgte ihm neugierig vor die Haustür. Julian fuhrwerkte im Inneren seines Autos herum, dann hob er eine Tiertransportkiste heraus.

»Sie haben mir nicht gesagt, dass Sie ein Tier mitbringen!«, sagte Antonia mit missbilligend gerunzelter Stirn.

»Ist das ein Problem?«

»Was ist es denn?«, fragte Antonia und versuchte unauffällig, etwas durch die Schlitze an der Seite der Box zu erkennen.

»Eine kleine Katze, sonst nichts.«

Antonia kniff die Lippen zusammen. »Die wird mir schön das Treppenhaus vollpinkeln.«

Sie drehte sich auf dem Absatz herum und ging zurück ins Haus.

»Boah!«, sagte Dominik. »Das ist aber eine …«

Julian hob die Schultern und verzog das Gesicht zu einer

übertriebenen dramatischen Leidensmiene: »Das habe ich jetzt fünf Monate lang!«

Tete miaute laut.

»Ja, ich weiß«, sagte er. »Wo habe ich denn jetzt deine Näpfe hingepackt?« Er wühlte in der großen Plastiktüte, die vor dem Beifahrersitz im Bulli stand.

Die Katze miaute lauter.

»Ich habe die Futternäpfe doch extra ganz obenauf gestellt, wo sind sie denn bloß?«

In diesem Moment trat Antonia wieder aus der Tür ins Freie, eine kleine weiße Porzellanschüssel in der Hand.

»Hier ist Wasser für die Katze – es ist ja so heiß.«

»Danke!«, sagte Julian überrascht.

Antonia stellte den Napf auf den Boden neben die Eingangstür, Julian platzierte die Kiste auf den Steinplatten daneben und öffnete die Tür. Zögernd streckte die Katze den Kopf heraus, und Julian griff sofort nach der Leine, die die Katze trug.

»Sie haut gern mal ab«, erkläre er auf Antonias verwunderten Blick hin. »Ich werde sie deswegen sowieso die ersten Wochen bei mir oben in einem Zimmer einschließen, Sie brauchen also keine Angst um Ihr Treppenhaus zu haben!«

Tete miaute kurz und begann zu schlabbern.

»Dem Tier fehlt ja ein Bein!«, entfuhr es Antonia plötzlich.

»Und?«, fragte Julian provozierend.

Antonia nickte knapp und ging kommentarlos zurück ins Haus.

Aber die Neugier nahm überhand, und sie beobachtete, erneut hinter der Küchengardine versteckt, das weitere Geschehen. Und da das Fenster gekippt war, konnte sie sogar das meiste verstehen, was gesprochen wurde.

»Ich bringe zuerst Tete hoch und sperre sie in einem Zimmer ein, und dann können wir loslegen«, sagte Julian zu seinen Freunden.

»Sollen wir schon mal diese Kisten hier hochtragen?«, fragte Dominik und öffnete weit die Türen des Sprinters.

»Nein!« Julian drehte sich abrupt um. »Erst die Pflanzen!«

»Die Wohnung ist ja echt super«, sagte Julians Freund Dominik, als er die schwere Wanne mit den Kräutertöpfen auf der Küchentheke abstellte. Julian griff nach dem ersten Blumentopf.

»Aber mit einem Drachen …«, erwiderte er und stellte den Topf auf das Bord unter dem liegenden Fenster, nicht ohne zuerst mit zusammengekniffenen Augen das Licht zu prüfen.

Sein Freund lachte. »Ja, dann musst du hier halt den Drachentöter geben.«

»Das kannst du annehmen! Von der lass ich mir den Schneid ganz sicher nicht abkaufen.« Julian schob den Topf hin und her. »Hmm, da ist zu viel Sonne.«

Er drückte auf den Schalter an der Seite und beäugte kritisch die sich schließende Jalousie.

»Na, sonst kaufst du eben 'nen neuen Topf«, sagte sein Freund. »Verstehe ich sowieso nicht, warum du so 'nen Aufwand für dieses Gemüse betreibst. Wenn ich Kräuter brauche, gehe ich in den Supermarkt, da gibt es solche Tütchen …«

»So schmeckt es bei dir auch«, meinte Julian.

Sein Freund lachte gutmütig. »Beim Kochen bin ich für dich keine Konkurrenz, das weiß ich.«

»Das sagst du nur, weil du Angst hast, ich könnte meine Einladung für heute Abend widerrufen.«

»Dann lass ich sofort alles fallen«, rief Thomas, der gerade mit der nächsten Wanne voller Kräutertöpfe die Treppe hochjapste.

»Nicht! Bitte nicht, ich koche ja!«, versprach Julian in gespieltem Entsetzen.

Thomas stellte die Wanne auf der Arbeitsplatte ab. »Was für ein Haus!«, sagte er. »Dass es so was noch gibt! Und die wohnt hier ganz allein?«

Julian nickte und griff nach dem nächsten Topf.

»Habt ihr die Kunst gesehen im Treppenhaus?«

»Kunst? Welche Kunst?«, entgegnete Julian. Einen Moment lang schwiegen die beiden anderen verblüfft, dann lachten sie laut.

Die nächsten Stunden bedeuteten harte Arbeit für die drei.

Antonia saß derweil im Arbeitszimmer im Erdgeschoss und versuchte wieder, ihren Kriminalroman zu lesen. Aber die Umzugsgeräusche füllten das Haus, Schritte klapperten treppauf und treppab, oben wurde geräumt, gehämmert, man hörte die Männer fluchen, lachen und rufen.

Irgendwann gab sie das Lesen auf. Sie ging in die Küche und brühte eine große Kanne Kaffee. Dann nahm sie das große Holztablett von der Wand, füllte noch das blau-weiße Porzellankännchen mit Milch, stellte die fast volle Zuckerdose dazu und trug alles hoch in den zweiten Stock.

Die Männer knieten gerade über den Seitenteilen des Bettes. Sie schauten erstaunt auf, als Antonia plötzlich in der Tür stand.

»Ich dachte, Sie könnten vielleicht eine Tasse Kaffee gebrauchen«, sagte Antonia.

»O ja, danke!« Thomas erhob sich. Auch Dominik nickte erfreut. Julian sagte verwundert: »Das ist wirklich nett. Danke schön. Ich trinke allerdings nie Kaffee. Aber meine Freunde freuen sich sehr, denke ich.«

Antonias Blick fiel durch die offene Tür auf die vielen Pflanzen in der Küche.

»Was machen Sie denn mit den ganzen Kräutern?«, fragte sie.

»Kochen?«, antwortete Julian in übertrieben fragendem Ton.

Antonia gab einen missbilligenden Laut von sich.

»Sie kochen nicht gern, stimmt's?«, fragte Julian.

Sie machte eine abwehrende Handbewegung. »Dafür habe ich keine Zeit.« Sie blickte noch mal auf die Kräuter. »Hoffentlich locken die nicht so viel Ungeziefer ins Haus!«

Julian verzog das Gesicht, gab aber keine Antwort.

Er ging in die Küche, nahm zwei bereits gespülte und im Schrank eingeräumte Tassen heraus und goss seinen Freunden Kaffee ein.

Antonia wartete. Er machte keine Anstalten, auch sie auf eine Tasse einzuladen. Na, dann eben nicht.

»Wenn Sie fünf Minuten erübrigen können, zeige ich Ihnen noch schnell das Haus«, sagte Antonia.

Julian warf einen Blick auf seine Freunde. »Wir bauen gerade …«

»Geh ruhig«, sagte Markus. »Wir machen jetzt ohnehin Kaffeepause.«

Antonia wandte sich zur Treppe, Julian folgte ihr.

»Hier sind mein Schlafzimmer und mein Badezimmer«, sagte sie im ersten Stock und zeigte auf zwei Türen. »Die beiden anderen Türen führen in das Schlafzimmer und das Badezimmer meiner Schwester, die aber während des Semesters in ihrer Studenten-WG wohnt.«

Julian nickte nur.

Sie stiegen die alte Holztreppe hinunter in das Erdgeschoss, vorbei an den vier großformatigen Bildern an der Wand des Treppenhauses.

Julian spürte, wie Antonia ihren Schritt ein wenig verlangsamte. Aber wenn sie gehofft hatte, dass Julian einen Kommentar zu ihrer Sammlung abgab, wurde sie enttäuscht.

Im Erdgeschoss führte Antonia Julian zuerst in die große Küche und dann durch das Wohnzimmer in den verglasten Wintergarten.

»Hier frühstücke ich, und ich möchte, dass Sie mir ab morgen Gesellschaft leisten.«

Julians Wangenmuskeln traten scharf hervor, als er erneut nickte.

»Diese helle Tür hier«, Antonia deutete mit der Hand in die Richtung, »führt in mein Arbeitszimmer. Das Betreten dieses Raumes ist Ihnen untersagt.«

Antonia sah, wie Julian seine Hände zu Fäusten ballte, bevor er sie in die Hosentaschen schob.

Der würde mir ja am liebsten jetzt schon an die Gurgel gehen!, dachte sie zufrieden.

»Und hier geht es in den Keller, den zeige ich Ihnen auch noch schnell.«

Julian trat einen Schritt zurück.

»Was soll das? Wollen Sie mich provozieren?«

Antonia tat überrascht. »Ach ja, Sie wollen nicht in Keller, stimmt, das hatte ich vergessen. Ja, wenn Sie sich da fürchten …«

»Ich fürchte mich nicht. Die Gründe für meine Entscheidung gehen Sie nichts an. Und jetzt möchte ich wieder hoch, die Jungs sollen nicht so lang allein arbeiten müssen.«

Antonia nickte.

»Gut, dann sehen wir uns morgen«, sagte sie. »Um sechs Uhr fünfunddreißig im Frühstücksraum. Und ich lege übrigens großen Wert auf Pünktlichkeit.«

Sie würdigte Julian keines Blickes mehr, als sie zu ihrem Arbeitszimmer ging und dort die Tür mit Nachdruck hinter sich schloss.

Julians Freunde brauchten zwei Stunden, bis sie seine Laune wieder verbessert hatten.

»Du darfst dich nicht so ärgern, das ist es doch genau, was sie will.«

»Ihr sagt das so einfach«, erwiderte Julian, während er die Teller aus der Spülmaschine in den Schrank räumte. »Aber das ist leichter gesagt als … Ach, scheiß drauf! Ich fange jetzt mit dem Kochen an. Reich mir doch mal bitte die Zwiebeln rüber. Und wo ist eigentlich das Bier abgeblieben?«

Eine halbe Stunde später zog ein appetitanregender Duft durch das Treppenhaus, es roch nach gedünsteten Schalotten, nach Butter, nach Kräutern; Antonia wurde an ihre Urlaube mit Walter und Paul in Südfrankreich erinnert.

Sie saß in ihrem Arbeitszimmer und kämpfte schon wieder mit ihrem Kriminalroman. Aber sie konnte sich einfach nicht konzentrieren. Ständig hörte sie Geräusche von oben. Schritte, Lachen, Hämmern, auch zweimal die Toilettenspülung.

Jetzt musste sie tatsächlich schon wieder zurückblättern. Wer war noch mal dieser Jacques Rondrier? Das Mordopfer? Nein, das hieß doch … Entnervt klappte sie das Buch zu. Es hatte keinen Sinn. In diesem Moment hörte sie den Kies draußen knirschen, ein Auto fuhr vor. Kam jemand sie besuchen? Das konnte eigentlich nur ihre Schwester sein. Wie schön!

Als Antonia die Haustür aufriss, stand Hubert von Rotendall vor ihr und suchte die Wand neben der Haustür nach einer Klingel ab.

»Das ist aber eine Überraschung!«, sagte Antonia verblüfft.

»Ja«, nickte Hubert von Rotendall, und im selben Moment wurde Antonia klar, dass Herr von Rotendall nicht sie besuchen kam.

»Ich freue mich, Sie zu sehen«, sagte der Galerist, griff nach ihrer Hand und deutete einen Handkuss an. »Mit Julians Einzug hat ja wohl alles erfreulich gut geklappt, wenn er schon wieder kocht und Gäste zum Essen einlädt.«

Sein Lächeln weckte die Erinnerung an das ungewollt mitangehörte Gespräch in der Galerie.

»Ich denke schon …«, antwortete Antonia zögernd.

Schritte klapperten auf der Holztreppe.

»Habe ich doch richtig gehört. Da bist du ja«, sagte Julian, als er um den Treppenabsatz kam. »Na, dann mal hoch mit dir …«

»Wie das schon riecht«, schwärmte Hubert von Rotendall und schaute Zustimmung heischend zu Antonia.

»Ja, dann wünsche ich Ihnen einen guten Appetit«, sagte sie.

»Ach, Sie kommen nicht …?«

Hubert suchte Julians Blick und versuchte, ihm zu signalisieren, dass er doch bitte Frau Arnoux auch zu dem Essen einladen möge.

Eine peinliche Stille entstand.

»Wir sehen uns morgen«, sagte Julian zu Antonia, winkte Hubert, ihm zu folgen, und stieg die Treppe wieder hinauf.

»Ich wünsche Ihnen einen wunderbaren Abend«, sagte Hubert zu Antonia, »und ich freue mich schon darauf, Ihnen demnächst in Ruhe die Ausstellung zu zeigen.«

Später in ihrer Küche kaute Antonia lustlos auf den Salatblättern herum, während die Geräusche und vor allem der leckere Duft anzeigten, dass die kleine Gesellschaft da oben einen genussvollen Abend verbrachte.

Auch später im Bett konnte sie sich nicht auf ihren Roman konzentrieren. Die Stimmen aus dem Dachgeschoss und das Lachen wurden immer lauter. Oder kam es ihr nur so vor, weil sie jetzt direkt unter seinem Wohnzimmer war?

Wann würde diese Party eigentlich enden? Sie brauchte ihren Schlaf! Um zehn nach zehn würde sie hochgehen und Ruhe fordern. Antonia legte sich im Kopf schon die Worte für ihre Ansprache zurecht.

Aber kurz vor zehn hörte sie Schritte auf der Treppe, noch ein paar Lacher und Abschiedsrufe, die Haustür klappte, zwei Motoren sprangen kurz hintereinander an; oben ging Julian offenbar hin und her, die typischen Geräusche des Aufräumens waren zu hören, noch einmal rauschte die Toilettenspülung, dann war Ruhe im Haus.

Trotzdem fand Antonia in dieser Nacht einfach keinen erholsamen Schlaf. Immer wieder schreckte sie hoch, meinte, Geräusche von oben zu hören, und bildete sich ein, von Schritten geweckt worden zu sein. Sie warf sich von einer Seite auf die andere. Ihr dämmerte, dass die kommenden Monate auch für sie nicht einfach werden würden.

Der nächste Morgen brachte für Frau Straub eine nicht enden wollende Reihe von Überraschungen. Es begann damit, dass Antonia fünf Minuten früher als gewöhnlich das Frühstückszimmer betrat.

So wurde der kleine, wintergartenähnliche Glasanbau genannt, der sich an die Küche anschloss. Die tief gezogenen Sprossenfenster gaben den Blick in den Garten frei, die

Ausrichtung nach Osten ließ die Morgensonne ungehindert in den Raum scheinen.

Das kleine Feuer im Franklin-Kaminofen in der Ecke flackerte und hatte die frühherbstliche Kühle bereits vertrieben. Denn die zentrale Heizung im Haus, und damit auch die Fußbodenheizung des Wintergartens, war noch nicht eingeschaltet, dafür war es tagsüber einfach noch zu warm. Aber durch die großen verglasten Flächen kühlte der Raum während der Nacht doch stark aus. Und weil schon Walter und Paul es geliebt hatten, in dem durch die helle Holzkonstruktion licht und leicht wirkenden Raum zu frühstücken, durch die Fenster in das Grün des Englischen Gartens zu blicken und – je nach Jahreszeit – sogar den Sonnenaufgang vom Frühstückstisch aus erleben zu können, war schon vor Jahren der kleine Franklin-Ofen eingebaut worden.

Frau Straub gelang es nur mit Mühe, ihre Überraschung zu verbergen, denn Antonia war normalerweise pünktlich wie ein Uhrwerk. Dass sie jetzt fünf Minuten vor der üblichen Zeit auftauchte, brachte Frau Straubs gesamte Organisation durcheinander.

»Entschuldigen Sie, ich bin noch nicht ganz fertig. Ich habe noch nicht mit Ihnen gerechnet.«

Antonia winkte ab. »Ich weiß, ich bin früher dran als sonst.«

Sie setzte sich, griff nach der bereitgelegten Zeitung und hob nochmals kurz den Kopf.

»Wir werden übrigens die nächsten fünf Monate hier zu zweit frühstücken, Frau Straub«, sagte sie, ohne eine weitere Erklärung abzugeben.

Frau Straub erstarrte vor Verblüffung.

»Wenn Sie also bitte noch ein zweites Gedeck auflegen?«

»Oh – ja – Entschuldigung!« Frau Straub hatte sichtlich Mühe, diese neue Information zu verarbeiten.

Nachdem Antonia zwei Artikel in der Zeitung gelesen hatte, warf sie einen Blick auf die kleine Wanduhr über dem Ofen.

Er war zu spät! Am ersten Morgen schon! Es war sechs Uhr neununddreißig! Er erfüllte nicht seine vertraglichen Verpflichtungen! Ein triumphierendes Lächeln spielte um ihre Lippen, während Frau Straub die Bleikristallkaraffe mit dem frisch gepressten Orangensaft auf den Tisch stellte.

Dieses Lächeln hielt allerdings nur noch wenige Sekunden an, denn als Antonia den Kopf hob, sah sie durch die große Fensterfront, wie Julian zum Gartentörchen hereinkam. Er hob den Kopf, erspähte sie am Tisch, winkte und beschleunigte seine Schritte. Antonia kontrollierte noch einmal die Uhrzeit. Sechs Uhr zweiundvierzig – das war zu wenig, daraus konnte sie nichts konstruieren.

Missmutig schaute sie Julian entgegen, als er durch die Wintergartentür hereinkam.

Julian beäugte verblüfft den gedeckten Frühstückstisch. Es sah aus wie im Luxushotel: weißes Porzellan mit Goldrand, weiße Leinenservietten, eine weiße Rose in einer schmalen silbernen Vase, auch die Müsliflocken in einer silbernen Schale, Bleikristallgläser für den Orangensaft.

»Guten Morgen«, sagte er.

Demonstrativ hob Antonia ihren linken Arm und warf einen Blick auf die Armbanduhr. »Sie sind zu spät!«

»Ich bitte vielmals um Entschuldigung. Ich habe mich leider etwas verlaufen.«

Antonia musterte ihn. Er trug eine Trainingshose und ein Shirt. Kleine Schweißtropfen standen auf seiner Stirn, und die sonst so locker fallende Haarsträhne klebte verschwitzt an der Haut.

»Waren Sie schon joggen? Um diese Zeit?«, fragte sie überrascht.

Julian nickte. »Ich laufe jeden Morgen eine halbe Stunde. Aber leider habe ich eine falsche Abzweigung für den Rückweg genommen. Ich kenne mich hier in diesem Teil des Englischen Gartens nicht so gut aus.«

»Na ja«, sagte Antonia, wider Willen beeindruckt. »Es waren ja nur sieben Minuten.«

Julians Lippen kräuselten sich leicht spöttisch. »Und wie viele Sekunden?«

Bevor Antonia antworten konnte, winkte er ab. »Vergessen Sie's. Es sollte ein Witz sein. Nein, ich habe mehr Zeit verloren. Ich wollte ja auch noch duschen. Es war nicht meine Absicht, so zum Frühstück zu erscheinen.«

Antonia musterte ihn. Das war in der Tat keine Aufmachung für den Frühstückstisch.

Ganz im Gegenteil: Das war … ja, das war ganz einfach eine erotische Provokation! Das feuchte Shirt zeichnete jede Linie des Oberkörpers und des flachen Bauchs nach. Und tiefer wollte sie gar nicht schauen, denn hier ließ der verschwitzte Baumwollstoff, der am Körper klebte, mehr Details erahnen, als sie sehen wollte. Sie spürte, wie ihr Puls sich beschleunigte. Irgendwie hatte sie ihn die ganze Zeit nur als »den Künstler« gesehen. Und als Feind. Aber er war ein Mann – und was für einer! Das war mit dem feuchten Stoff am Körper nicht zu übersehen. Wie alt war er eigentlich? Es hatte doch in dem Artikel gestanden.

Ein halbes Jahr jünger als ich. Ob er mich alt findet? Zu *alt? Hör auf mit diesen Gedanken! Gerade machst du dich zur Närrin!*

»Um wie viel Uhr sind Sie denn aufgestanden?«, fragte Antonia, die Spitze mit den Sekunden ignorierend, in dem Versuch, ein neutrales, beruhigendes Thema zu finden.

»Um halb sechs«, sagte Julian. »Ich bin Frühaufsteher.«

Frau Straub stand, wie vom Donner gerührt, bewegungslos neben dem Tisch, in der Hand die Kaffeekanne, den Mund vor Verblüffung weit offen.

»Wir kennen uns noch nicht«, sagte Julian. »Darf ich mich vorstellen? Mein Name ist Julian Markward.«

Er streckte Frau Straub die Hand entgegen und lächelte sie zu Antonias Verärgerung freundlich an.

Habe ich ihn überhaupt schon mal lächeln sehen?, fragte sich Antonia. So auf jeden Fall nicht. Und Frau Straub erlag ganz offensichtlich der Wirkung dieses Lächelns, denn sie lächelte zurück, ein breites Lächeln mit offenem Mund – wie eine Idiotin, dachte Antonia.

»Ich bin Frau Straub. Darf ich Ihnen auch Kaffee eingießen?«, fragte die Haushälterin und griff schon nach Julians Tasse.

Julian hob abwehrend die Hand. »Ich trinke nie Kaffee! Danke. Aber wenn Sie vielleicht einen Tee für mich hätten?«

»Natürlich haben wir Tee. Frau Arnoux trinkt ja auch oft Tee. Welchen hätten Sie denn gern? Wir haben Pfefferminz, Hagebutten, Kamille, Eisenkraut …«

Bevor Julian antworten konnte, sagte Antonia: »Machen Sie bitte einfach einen schwarzen Tee, Frau Straub.«

Sie erntete einen kurzen finsteren Blick von Julian.

»Wenn es Ihnen recht ist, ziehe ich mir schnell noch etwas Trockenes an«, sagte Julian.

Ja bitte, dachte Antonia. Das will ich wirklich nicht die ganze Zeit sehen.

»Wenn es nicht so lange dauert. Ich frühstücke nur zwanzig Minuten. Sie haben sowieso nur noch zwölf Minuten, um mir Gesellschaft zu leisten.«

Julian nickte knapp. »Ich bin in weniger als fünf Minuten zurück.«

Er brauchte knapp vier.

Als Julian sich endlich am Esstisch niederließ, griff Antonia demonstrativ nach der Zeitung und vertiefte sich in die Lektüre.

Aber irgendetwas stimmte nicht, sie ließ die Zeitung wieder sinken.

Julian saß ihr bewegungslos gegenüber.

»Was ist los?«, fragte Antonia.

»Ich warte aufs Frühstück«, sagte Julian verwundert.

»Wieso? Es ist doch alles da …« Antonia verstand nicht. Sie deutete mit der Hand auf den Tisch. »Drei verschiedene Müsli, Honig, Haferflocken, Leinsamen, Kleie, Trauben, Äpfel, Bananen. Was fehlt denn?«

Julian schüttelte den Kopf. »Wo ist die Wurst? Schinken? Käse?«

»Ich esse morgens vegetarisch. Ich hoffe, das ist für Sie in Ordnung.«

Julian richtete sich auf.

»Das ist für mich überhaupt nicht in Ordnung! Was soll ich mit diesem Körnerfutter? Können Sie nicht etwas weniger Brimborium veranstalten und dafür was Anständiges zu essen auf den Tisch stellen?«

Antonia spürte, wie Wut in ihr aufstieg. Das fing ja schon überhaupt nicht so an, wie sie es sich vorgestellt hatte. Erst kam er zu spät, dann stellte er seinen Körper in einer Art und Weise zur Schau, dass man gar nicht wusste, wo man hinsehen sollte, und jetzt meckerte er auch noch an ihrem Frühstück herum, an dem Frühstück, das Paul und Walter und sie immer so genießerisch zelebriert hatten. Der luxuriös gedeckte Frühstückstisch war Pauls ganzer Stolz gewesen.

»Was heißt denn: was Anständiges? Was ist denn hier unanständig?«, fragte sie aufgebracht und ahnte im selben Moment schon nichts Gutes.

Julian musterte noch einmal den Frühstückstisch, sein Blick verharrte bei den Bananen, und er begann zu grinsen.

»Tja«, sagte er gedehnt. »Jetzt weiß ich nicht, wie weit Sie die Assoziationskette laufen lassen wollen …«

Antonia sah seinen Blick auf den Bananen liegen, und sie konnte nicht verhindern, dass sie rot anlief. Ihre Gesichtszüge verhärteten sich.

»Dieses Herumgealbere können Sie sich sparen.«

Julian zuckte mit den Schultern. »Ich dachte, kleine erotische Anspielungen wären unterhaltsam. Aber wenn es Ihnen nicht gefällt, dann lasse ich es.«

»Das sind keine erotischen Anspielungen, das ist einfach nur ordinär!« Sie rührte die Milch in ihrem Kaffee so heftig um, dass er überschwappte.

»Ich habe nachgesehen«, das war Frau Straub, die aus der Küche kam. »Ich kann Ihnen ein Rührei machen.«

»Oh ja, mit viel kross gebratenem Speck?«

»Speck haben wir leider nicht im Haus.«

Julian zuckte mit den Schultern. »Dann ohne. Ich habe nicht das Gefühl, dass ich eine großartige Wahl habe.« Und zu Antonia gewandt: »Wenn unsere Vereinbarung es zulässt, werde ich mir für morgen selbst etwas besorgen. Wenn Sie allerdings verlangen, dass ich dieses Hasenfutter morgens frühstücke, dann sagen Sie das bitte.«

»Sie können natürlich frühstücken, was Sie wollen.«

»Das ist wirklich großzügig.«

»Seien Sie bitte nicht so albern! Ich muss jetzt los. Sagen Sie Frau Straub, was sie einkaufen soll.« Antonia erhob sich. Sie gestand es sich nur ungern ein, aber sie war froh, ins Büro *fliehen* zu können. Das hier war anstrengender als vorhergesehen. Aber heute Abend würde sie schon besser gewappnet sein …

»Heute Abend gehen wir zusammen essen.« Antonias

Tonfall war freundlich und glatt, aber sie formulierte im Imperativ, und Julian verstand es auch so.

Kurz huschte ein zorniger Ausdruck über sein Gesicht.

»Wann und wo?«

»Wir verlassen das Haus um neunzehn Uhr dreißig. Am Restaurant sind Parkplätze. Trauen Sie sich zu, mit meinem Auto zu fahren?«

Julians zorniger Gesichtsausdruck brauchte dieses Mal länger, bis er wieder verschwand.

»Dem Mercedes? Ja.« Natürlich konnte er einen Mercedes fahren, für wie blöd hielt sie ihn? Okay, wahrscheinlich fuhr sie Automatik, das war er nicht gewohnt, aber das würde auch kein Problem darstellen. Vor ein paar Jahren hatte er schon einmal einen Automatikwagen gefahren, und in der Fahrschule damals war auch eine Stunde mit Automatikgetriebe obligatorisch gewesen.

»Gut. Wir treffen uns dann hier um halb acht im Treppenhaus.«

Am Abend lehnte Julian um achtundzwanzig Minuten nach sieben aufbruchsbereit an der Kommode unten im Hausflur. Genau eineinhalb Minuten später kam Antonia die Treppe herunter.

Sie drückte ihm die Autoschlüssel in die Hand. »Wurlitzerstraße 326, wissen Sie, wo das ist?«

Julian nickte.

Während der Fahrt beobachtete er aus den Augenwinkeln, wie sie mit der rechten Hand starr den Haltegriff über der Tür umklammerte.

Er grinste in sich hinein. Wahrscheinlich rechnete sie damit, dass er jeden Moment gewohnheitsmäßig kuppeln wollte und damit eine Vollbremsung hinlegen würde, wie es fast allen passierte, wenn sie das erste Mal ein Automatikauto fuhren und irrtümlich das Bremspedal voll durchdrückten.

Auch ihm war es passiert, heute Nachmittag, als er sich Huberts Mercedes, der ebenfalls mit einem Automatikgetriebe ausgestattet war, ausgeliehen hatte und damit eineinhalb Stunden durch die Stadt gefahren war. So konnte er jetzt problemlos und sicher ihr Auto durch den Verkehr steuern und es auf dem Parkplatz des Restaurants lässig in eine breite Lücke rangieren.

Als sie das Restaurant betraten, sah Antonia mit Genugtuung, wie der unhöfliche Ober von neulich sie erkannte und wie sich seine Augen beim Anblick von Julian weiteten. Ob nun, weil er ihr einen so gut aussehenden Begleiter nicht zugetraut hatte, oder weil er ihn vielleicht sogar erkannte, konnte sie nicht beurteilen. Es war ihr auch egal: Hauptsache, er sah, wie falsch er in seinem Urteil über sie gelegen hatte.

»Arnoux, ich habe reserviert«, sagte sie und gab mit keiner Geste zu erkennen, dass sie sich an ihn erinnerte. Ein kurzer Rundblick zeigte ihr, dass es heute Abend sinnvoll gewesen war, zu reservieren; das Restaurant war ausgesprochen gut besucht. So langsam sprach sich die Qualität der Speisen herum. Soweit sie es überblickte, gab es überhaupt nur noch drei unbesetzte Tische. Einer davon war derjenige, auf dem sie vor drei Wochen bestanden hatte, und zu diesem führte Pierre Louis sie jetzt.

»Es tut mir leid, aber als ich den Tisch reserviert habe, wusste ich noch nicht, wie sehr Sie die vegetarische Küche ablehnen«, sagte sie zu Julian, während sie Platz nahm.

»Das ist ein Missverständnis«, entgegnete Julian und nahm mit einem dankenden Nicken die Karte entgegen, die der Ober ihm reichte. »Ich lehne überhaupt keine Küche ab. Sofern sie gut ist. Nur zum Frühstück, da habe ich lieber etwas Kräftiges. Und ich habe Kritiken über dieses

Restaurant gelesen, die mich sehr neugierig gemacht haben. Ich freue mich, hier zu sein.«

»Aha«, sagte Antonia. »Dann ist es ja gut.«

Schade, dachte sie.

Sie bestellten die Getränke. »Trinken Sie einen Weißwein mit mir?«, hatte Antonia gefragt, aber Julian hatte abgewinkt. Er wollte klar bleiben, er wollte nicht riskieren, dass er ihr Auto irgendwie beschädigte. Er entschied sich für einen Pink-Grapefruit-Saft.

Nachdem sie ausgiebig die Karte studiert hatten, wählten beide das Degustationsmenü, und dann saßen sie sich gegenüber und schwiegen sich an.

Irgendwann wurde es Antonia zu dumm. »Wollen Sie mich nicht irgendwie unterhalten? So wie das ein höflicher Begleiter tut?«

»Ah«, sagte Julian. »Womit soll ich Sie denn unterhalten?«

»Das weiß ich doch nicht«, sagte Antonia. »Das ist Ihr Part. Lassen Sie sich halt etwas einfallen. Was Interessantes aus Ihrem Leben vielleicht? Also, wenn es da etwas Unterhaltsames gibt …«

»Hm«, sagte Julian und reagierte nicht auf die kleine Provokation. Er hatte absolut keine Lust, mit diesem Drachen über irgendwelche persönlichen Dinge zu reden.

Seine Finger spielten mit der Meersalzmühle auf dem Tisch.

»Haben Sie sich schon einmal gefragt, wie sich der Pfeffer neben dem Salz vorkommen mag?«, fragte er plötzlich.

»Wie bitte?« Antonia sah ihn irritiert an.

»Na ja, überlegen Sie doch mal: Salz und Pfeffer gelten immer als Paar. Dabei gibt es nichts Unterschiedlicheres als diese beiden. Schon bei der Farbe ist ein größerer Gegensatz nicht vorstellbar. Aber damit ist es ja nicht getan: Salz ist eine anorganische Verbindung, ein Mineral, tot! Pfeffer ist ein lebender Organismus, Teil einer Pflanze, abgetötet, um auf dem Tisch zu landen. Die Pfefferkörner sind Samen, aus denen neue Pflanzen hätten werden können, das war Leben. Salz war das nie.«

Der Ober goss Antonia einen Schluck Wein ins Glas, den sie probieren sollte, aber sie bemerkte es gar nicht, so verblüfft lauschte sie Julian.

»Salz hat genau zwei Bestandteile, zwei Atome: Natrium und Chlorid. Wie viele verschiedene Verbindungen im Pfeffer vorhanden sind, weiß so genau bis heute kein Mensch. Und die Konzentrationen der einzelnen Bestandteile, der verschiedenen ätherischen Öle zum Beispiel, hängen davon ab, wo der Pfeffer gewachsen ist, in welchem Land, auf welchem Boden, zu welcher Jahreszeit. Pfeffer: das ist eine hochkomplexe Verbindung, raffiniert, fast luxuriös – und der arme Pfeffer muss immer neben dem Salz stehen, neben diesem toten Stück von einem toten Stein: Natrium und Chlorid, wie primitiv!«

Antonia starrte ihn verblüfft an. Ihre Augen waren wirklich verwirrend, dachte Julian. Heute Morgen hatte er noch gedacht, dass sie braun wären, aber jetzt, in diesem Licht, waren sie doch eher grün, dunkelgrün.

»Und dennoch kann das Salz erhobenen Hauptes neben dem Pfeffer stehen, denn es hat dem Pfeffer etwas ganz Wesentliches voraus: Es ist lebensnotwenig, lebenswichtig, überlebenswichtig! Wenn wir ohne Pfeffer wären, was wäre dann? Etwas weniger Raffinesse vielleicht, okay. Aber ohne Salz? Ohne Salz sterben wir.«

Antonia schüttelte den Kopf und lachte etwas verlegen.

»Also … also das … das sind wirklich interessante Gesichtspunkte.«

Endlich nahm sie den Ober zur Kenntnis und testete den Wein.

»Gut«, sagte sie und nickte.

»Wie gesagt, ungleicher können zwei nicht sein. Nur die anderen machen sie zu einem Paar«, fuhr Julian fort. Er machte noch eine Kunstpause, bevor er den nächsten Satz anschloss. »So wie uns im Moment.«

Julian konnte erkennen, wie Antonias Augen hinter der Brille sich vor Überraschung weiteten.

»Oder nicht?«, fragte er.

Der Ober servierte den ersten Gang und enthob damit Antonia einer Antwort.

Julian lehnte sich zufrieden zurück. »Und nach dem Essen erzähle ich Ihnen etwas über Essig und Öl.«

Antonia lachte laut auf.

Das war das erste Mal, dass Julian sie lachen hörte. Ein schönes Lachen hat sie ja, dachte er.

Anschließend waren die beiden allerdings so von den einzelnen Gängen fasziniert, dass Julian nicht mehr auf das Essig-und-Öl-Thema zurückkommen musste.

Sie unterhielten sich über die verschiedenen Gerichte, Julian spekulierte über die Zubereitungsarten, und Antonia hörte verblüfft zu, wie viel er über das Kochen wusste. Sie verglichen die Gerichte mit anderen, nicht veganen Speisen und schafften eine fast zwanglose Unterhaltung.

Eine Missstimmung gab es erst, als die Rechnung gebracht wurde. Julian wollte sich unbedingt beteiligen.

»Ich kann mich doch nicht von Ihnen einladen lassen.«

»Das müssen Sie aber.«

»Wie sieht das denn aus? Was soll denn der Kellner von mir denken?«

»Genau das!«

»Das heißt, die ganze Zeit muss ich mich jetzt von Ihnen aushalten lassen?«

»Natürlich!«

Seine Miene verfinsterte sich wieder.

Julian brachte sie sicher nach Hause; die Verabschiedung im Hausflur war zwar kurz, aber nicht unfreundlich – und dann war dieser erste Tag vorüber.

Als Julian sein Schlafzimmer betrat, grinste er, als er sah, dass Tete es sich in seinem Bett gemütlich gemacht hatte. Sie wusste genau, dass sie das nicht durfte. Ihre Augen waren fest geschlossen, aber als er seine Hände unter den kleinen Körper schob, um ihn aus dem Bett zu heben, spürte er, wie das Tier sich schwer machte und Widerstand leistete. Er lachte leise, schob die weiche kleine Kugel behutsam etwas an die Seite, um Platz für sich selbst zu schaffen, und wurde mit einem sanften Schnurren belohnt.

Vor dem Einschlafen dachte er: So schlimm war der Abend eigentlich gar nicht. So kann ich die fünf Monate schon irgendwie durchhalten.

Antonia lag im Bett und dachte: Eigentlich war es ein richtig schöner Abend. Für morgen muss ich mir was einfallen lassen.

Am nächsten Morgen war Julian pünktlich. Als Antonia die Tür ihres Schlafzimmers zuzog und ins Treppenhaus trat, klappte oben ebenfalls eine Tür, und Julian kam die Treppenstufen heruntergesprungen. Frisch geduscht, die Haare noch ganz leicht feucht.

»Sie waren aber nicht schon laufen, oder doch?«, fragte Antonia.

Julian nickte. »Natürlich.«

Frau Straub hatte die gestern eingekaufte Salami und den rohen Schinken auf zwei silbernen Platten angerichtet und platzierte diese soeben auf dem Tisch, als Antonia und Julian das Frühstückszimmer betraten. Außerdem stand neben Julians Platz bereits ein Stövchen, und aus der Tülle der kleinen Teekanne dampften aromatische kleine Wölkchen.

Das Frühstück verlief mehr oder weniger schweigend: Antonia las in ihrer Zeitung, Julian genoss seine Wurstbrote.

»Wir gehen heute Abend ins Kino«, sagte Antonia.

Für ihren Kommandoton erntete sie einen wütenden Blick.

»Okay«, sagte er. »Welcher Film?«

»Ich weiß es noch nicht, ich schaue nachher mal, was im Moment so läuft.«

Frau Straub wieselte um Julian herum.

»Darf ich Ihnen noch etwas Tee nachgießen, Herr Markward?«

Julian hielt ihr die Tasse entgegen. Diese Aufmerksamkeit verscheuchte seinen Ärger. Kino war gut.

»Es laufen eine Menge klasse Filme im Moment. Der neue von Scorcese, und den von Tarantino habe ich auch noch nicht …«, sagte er voller Vorfreude.

»Nein, so etwas nicht.« Antonia winkte ab. Obwohl gerade diese beiden Filme ganz oben auf ihrer Wunschliste standen.

»Ich möchte gern etwas Romantisches sehen«, sagte sie, während sie noch ein paar Apfelstückchen über ihr Müsli streute.

»Ach so.« Julians Begeisterung schwand. Sollte er sich irgendeinen Kitschfilm ansehen? Hätte er sich ja denken können. Wie war er nur auf die Idee gekommen, dass diese Frau ein Gespür für gute Filme haben könnte?

Es hätte ihn getröstet, wenn er gewusst hätte, wie sehr Antonia am Abend im Kino ihre Wahl bereute. Am Anfang sah ja noch alles ganz gut aus in Antonias Augen. Der Film war kitschig, eine Romanze, und sie sah aus den Augenwinkeln, wie Julian ein Gähnen nach dem anderen unterdrückte.

Nur dumm, dass auch sie sich entsetzlich langweilte. Die Story war unerträglich vorhersehbar. Und schlecht gespielt. Und die Dialoge waren einfallslos. Und während sie sich still vor sich hin ärgerte und fragte, warum sie eigentlich nicht die Chance genutzt hatte, mit einem gut aussehenden Mann in einen Film zu gehen, der ihnen beiden Spaß gemacht hätte – und wo sie den Abend vielleicht noch bei einem Glas Wein irgendwo hätten ausklingen lassen können –, da wurde der Film in unvorhergesehener Weise noch fürchterlicher: Die beiden Liebenden auf der Leinwand hatten sich gefunden, und es kam zu einer heißen Erotikszene.

Sie merkte, wie Julian ihr einen verwunderten Blick zuwarf und sich dann interessiert aufrichtete, jetzt war er nicht mehr gelangweilt. Aufmerksam betrachtete er das Geschehen auf der Leinwand, die nackten Brüste der Hauptdarstellerin und wie die Hand des männlichen Darstellers den Rock der Frau erst immer weiter nach oben schob, um endlich ganz darunter zu verschwinden.

Die Frau auf der Leinwand keuchte laut auf.

Julian fragte sich plötzlich, ob Antonia diesen Film mit Hintergedanken ausgesucht hatte. Wollte sie ihn etwa animieren? Er dachte gar nicht daran!

Antonia hätte platzen können vor Wut über sich selbst.

Sie stupste Julian an.

»Ich möchte gehen, kommen Sie!«

Wortlos stapfte Antonia zum Auto, Julian kam kaum hinterher.

Die ersten paar Hundert Meter schwiegen beide; Julian, weil er im Geiste schon eine möglichst verletzende Abfuhr formulierte, und Antonia, weil sie sich über diesen Anschein ihrer Filmauswahl völlig im Klaren war. Aber Antonia wäre nicht Antonia, wenn sie nicht nach kurzem Nachdenken den Stier bei den Hörnern gepackt hätte.

»Hören Sie«, sagte sie, und Julian bemerkte eine bisher nicht gekannte Unsicherheit in ihrer Stimme. »Ich habe mir den Film anders vorgestellt. Es mag jetzt so aussehen, als ob es meine Absicht gewesen wäre …«, sie zögerte nur kurz, »… Sie in erotische Stimmung zu versetzen, aber ich versichere Ihnen, dass mir nichts ferner lag und liegt. Es war einfach nur der falsche Film.«

»Aha«, sagte Julian. Na, dann war es ja gut. Ein bisschen schade war es allerdings auch, es hätte ihm so viel Genugtuung bereitet, ihr einen Korb zu geben.

Aber was sollte das eigentlich heißen: »… dass mir nichts ferner lag und liegt«? Was wollte sie damit sagen? War er für sie derart unattraktiv? Unverschämtheit! Alle Frauen begehrten ihn …

Die Verabschiedung im Treppenhaus war wesentlich knapper als gestern und hatte etwas Fluchtartiges an sich; dass beide anschließend im Bett vor Wut lange nicht einschlafen konnten, verstand sich fast von selbst.

Das Frühstück am nächsten Morgen fand in einem unguten Schweigen statt.

Kurz bevor sie sich erhob, ergriff Antonia das Wort.

»Ich habe hier eine Liste mit ein paar Dingen, die Sie bitte für mich erledigen. Ich bin jetzt dann fast zehn Tage geschäftlich unterwegs, wir sehen uns also voraussichtlich erst kommenden Freitag im Lauf des Nachmittags wieder.«

Sie legte ein eng beschriebenes Blatt Papier auf den Tisch.

Julian schluckte, Antonia sah, wie er die Zähne zusammenbiss.

Es war Zeit, dass sie Ernst machte, er sollte sich als Laufbursche fühlen – nur schade, dass sie wegmusste. Aber er würde ausgelastet sein die nächsten Tage. Und lauter *schöne* Dinge hatte sie ihm aufgeschrieben, die er erledigen durfte: zwei Plumeaus sollten in die Bettfedernreinigung gebracht und ein paar Kisten zum Wertstoffhof transportiert werden – die standen schon seit dem Auszug von Walter und Paul in der Garage –, ein paar Schuhe mussten neu besohlt und eine Hose mit einem kaputten Reißverschluss in die Änderungsschneiderei gebracht werden. Es war eine lange Liste lästiger Verrichtungen. Und fast alles musste an Orten erledigt werden, wo es kaum Parkmöglichkeiten gab. Und natürlich mussten die Sachen, wenn sie repariert, gereinigt, geflickt worden waren, auch wieder abgeholt werden.

Julian nickte. Er hätte jetzt kein Wort herausgebracht.

»Und bitte nehmen Sie sich doch schon mal einen Ihrer freien Tage während meiner Abwesenheit.«

Julian wollte widersprechen, aber in diesem Moment klingelte Antonias Handy. Sie schaute kurz auf das Display.

»Ich muss los«, sagte sie und eilte aus der Tür.

Aber entgegen Antonias Plänen verliefen die nächsten Tage für Julian ausgesprochen angenehm. Nachdem er in einem langen Telefongespräch mit Hubert seiner Wut Luft verschafft hatte – »… es fehlt nur noch, dass sie mich Tampons besorgen lässt …« –, gelang es ihm, durch geschickte Planung und auch dank des fantastischen Wetters alle Erledigungen so in seine Pläne zu integrieren, dass er kaum zusätzliche Zeit aufwenden musste.

Am Wertstoffhof war wegen der frühen Stunde noch wenig los. Julian hatte nicht nur die zwei Kisten von Antonia eingeladen, sondern die Gelegenheit genutzt und auch drei eigene Kartons mit zu Müll degradierten Gegenständen, die seit dem Umzug in seinem Schlafzimmer standen und auf ihre Entsorgung warteten, dazugepackt, sodass er auf dem Rückweg schon dieses befriedigende Hochgefühl verspürte, das sich einstellt, wenn man Dinge, die einen nerven und im Weg rumstehen, endlich losgeworden ist.

Die anderen Besorgungen integrierte er in seinen geplanten Tagesablauf; das war schon deshalb nicht schwer, weil er ohnehin bei diesem traumhaften Altweibersommerwetter mit dem Fahrrad in sein Atelier in Thalkirchen fahren wollte. So quetschte er die beiden Plumeaus in eine mittelgroße Reisetasche, die er auf dem Gepäckträger des Fahrrads befestigte, verstaute die zu reparierende Hose und die durchgelaufenen Schuhe in seinem Rucksack, der umzutauschende Haarföhn passte auch noch hinein, und nachdem er alles problemlos eingepackt hatte, machte er ohne irgendwelche Parkplatzsorgen an den jeweiligen Bestimmungsorten Station, um anschließend gut gelaunt und voller Tatendrang in sein Atelier zu radeln.

In den folgenden Tagen geriet er in einen regelrechten Arbeitsrausch.

Er stand gewohnt früh auf, kam so in den Genuss des von Frau Straub während seiner Joggingrunde vorbereiteten Frühstücks und genoss ihre gluckenhafte Fürsorge. An den Abenden kehrte er spät, zwar müde und ausgelaugt, aber zufrieden zurück in die Osterwaldstraße.

Eine Unterbrechung dieser Routine gab es am siebten Abend von Antonias Abwesenheit.

Als er gegen zweiundzwanzig Uhr auf das Haus zuradelte, sah er schon von Weitem das Licht im Wohnzimmer.

Offenbar war sie früher zurückgekommen.

Sofort stieg die Wut in ihm auf. Wenn sie jetzt etwas von ihm wollte – er würde sie eiskalt abblitzen lassen, er hatte heute seinen freien Tag!

Ohne auch nur einen Blick in Richtung Wohnzimmer zu werfen, wandte er sich im Haus sofort Richtung Treppe.

Ein Sessel schabte leicht über das Parkett, und er war schon auf der vierten Stufe, als er die Stimme hörte.

»Guten Abend, Julian!«

Überrascht wandte er den Kopf. Es war nicht Antonia, die da in der Wohnzimmertür stand und ihn anstrahlte, sondern Susanne.

»Hallo«, sagte er. »Deine Schwester ist nicht da.«

»Ja, leider«, sagte Susanne und fuhr sich mit der Hand durch die Haare. »Ich wollte sie eigentlich besuchen.«

Julians Hand lag auf dem Treppengeländer, sein Fuß schwebte unschlüssig über der nächsten Stufe.

»Du hast dich nicht mehr bei mir gemeldet seit dem Abend in der Galerie«, sagte Susanne und verzog schmollend den Mund.

»Ich bin nicht dazu gekommen«, erwiderte Julian und stellte den Fuß ab.

Susanne trat in den Flur.

»Da meine Schwester jetzt nicht da ist, kann ich sie ja vertreten«, sagte sie.

Julian stieg zögernd eine Stufe höher, während er, den Kopf nach hinten gewandt, fragte: »Wie meinst du das?«

»Dann kann stattdessen ich dir sagen, was du machen sollst. Ich wüsste da auch schon was. Es würde dir gefallen.«

Julian drehte sich nun ganz zu Susanne um.

Süß war sie ja, die Kleine.

Susanne streckte ihren Busen heraus und lächelte ihn herausfordernd an.

Julian lächelte zurück.

»Das glaube ich. Das würde mir sogar ganz sicher gefallen. Aber heute nicht. Ich stecke mitten in der Arbeit.«

Als Susanne wieder ihren Schmollmund zog und ihn gleichzeitig bittend ansah, stieg er langsam die fünf Stufen wieder herunter.

»Komm mal her«, sagte er.

Ihre Lippen bebten, als sie auf ihn zukam.

Als sie vor ihm stand, griff er in ihre Haare, bog ihre Kopf sanft zur Seite und küsste sie auf den Hals. Er ließ seine Lippen über ihre Haut gleiten und registrierte zufrieden ihr leichtes Aufstöhnen. Dann ließ er sie los.

»Ich werde es mir merken«, sagte er. »Aber diese Woche muss ich arbeiten. Und wenn die Erwachsenen arbeiten, dann müssen die kleinen Mädchen brav allein spielen.«

Seine Lippen streiften noch einmal kurz ihre Wange, und er wandte sich zum Gehen.

»Willst du dabei vielleicht zusehen?«, fragte Susanne.

»Wobei?«, fragte Julian und hielt wieder in seinem Schritt inne.

»Wie ich mit mir selbst spiele.«

Julian drehte sich erneut zu Susanne um.

Sie hatte die rechte Hand in die Hüfte gestützt und den Kopf neckisch zur Seite gelegt.

Er holte tief Luft. »Ich könnte fast meine Meinung ändern.«

Susanne bemerkte sein Zögern und warf sich noch mehr in Positur. Julian überlegte. Aber er war »im Arbeitsmodus«, er hatte gerade während des Radfahrens einige Ideen gehabt, die er schnell skizzieren wollte, er wollte sich nicht aus dieser Arbeitsstimmung herausreißen lassen.

»Leider habe ich heute keine Zeit, aber ich komme ganz sicher bald darauf zurück«, sagte er, warf Susanne noch einen Handkuss zu und sprang die Treppe hoch, immer zwei Stufen auf einmal nehmend. Die ihm enttäuscht nachschauende Susanne ließ er im Hausflur stehen.

Die kommenden Tage verliefen ohne Störungen oder Zwischenfälle. Am Donnerstag, dem letzten Tag von Antonias Abwesenheit, verließ Julian seine Werkstatt bereits am frühen Nachmittag. Er fühlte sich ausgelaugt, er brauchte eine Pause.

Aber er genoss die Befriedigung und die Müdigkeit, während er an der Isar entlangradelte. Das waren gute zehn Tage gewesen. Nur dass sie ihm gleich einen Urlaubstag abziehen wollte, darüber ärgerte er sich nach wie vor. Nicht über die Tatsache an sich, genau genommen waren es ja zehn freie Tage gewesen, aber über die Art und Weise. Sie hatte es *beschlossen* und ihm *mitgeteilt*.

Als er in der Osterwaldstraße die Haustür aufschloss, hörte er bereits Frau Straub telefonieren. Sie stand im Flur, das Handy am Ohr.

»Ich stelle Ihnen etwas bereit, Frau Arnoux«, sagte sie, nickte noch einmal bestätigend, beendete das Gespräch und ließ das Handy in die Schürzentasche gleiten.

»Frau Arnoux kommt doch schon heute, sie ist gegen achtzehn Uhr hier. Ich mache Ihnen beiden etwas zu essen.«

Julian erstarrte.

»Sie wird also zu Hause sein?«, fragte er nach.

»Ja, sie hat gerade angerufen und gesagt …«

»Heute Abend?«

»Ja, sie kommt schon heute, sie wollte …«

Ein ausgesprochen diabolisches Grinsen huschte über Julians Gesicht.

»Es ist nämlich so …«, sagte er, und seine Augen funkelten. »Ich habe heute meinen freien Tag genommen. Genau wie es Frau Arnoux wollte.«

»Aber da dachte sie doch, sie wäre nicht hier«, wandte die Haushälterin ein.

»Und für heute Abend habe ich meine Einweihungsparty geplant. Das tut mir jetzt wirklich leid«, fuhr Julian fort. Sein genüssliches Lächeln strafte seine Worte Lügen. »Ich bin davon ausgegangen, dass Frau Arnoux heute nicht im Hause ist. Schließlich will ich sie nicht stören. Aber jetzt kann ich meine Gäste natürlich nicht einfach wieder ausladen.«

»Ach so … ja … nein …« Frau Straub wusste mit diesen Informationen nicht wirklich etwas anzufangen.

»Und weil ich heute Abend eine große Gesellschaft hier habe«, sagte Julian und grinste immer vergnügter, »muss ich jetzt noch einkaufen fahren.«

Sie sind doch aber gerade erst gekommen, wollte Frau Straub erwidern, aber schon klappte die Haustür hinter Julian zu. Die Haushälterin hörte sein vergnügtes Pfeifen, als er in seinen Bulli einstieg.

Antonia gähnte, als sie den schweren Wagen in die Osterwaldstraße lenkte. Es hatte geregnet, der Himmel war noch bewölkt, und es dunkelte schon, obwohl es noch nicht mal acht Uhr war. Das erste richtige Herbstwetter, feucht und kalt.

Zehn lange Arbeitstage lagen hinter ihr, erfolgreiche Tage. Aber jetzt war sie müde und erschöpft. Sie freute sich auf ein heißes Bad, vielleicht sogar ein Glas Rotwein am Badewannenrand. Später im kuscheligen Bett würde sie noch etwas lesen, sie hatte sich zwei neue Krimis mitgebracht, sie würde es sich so richtig gemütlich machen.

Schon war sie an ihrer Einfahrt, lenkte nach rechts, um auf das Grundstück einzubiegen, auf den Platz neben dem Haus, wo sie das Auto normalerweise parkte – und trat abrupt auf die Bremse. Ihr Parkplatz war besetzt!

Nicht nur der grün-weiße Bulli stand da, noch vier andere Fahrzeuge quetschten sich nebeneinander auf die Kiesfläche; nicht einmal ein Kleinwagen hätte hier noch Platz gefunden.

Wütend starrte Antonia auf den Fuhrpark. Dann rangierte sie ihr Auto mit Schwung in die Einfahrt, blockierte damit sämtliche Fahrzeuge und schwang sich aus dem Auto.

Das nasse Laub war wie Schmierseife, sie rutschte aus und stieß sich schmerzhaft die Kniescheibe an der Stoßstange.

»Au!«

Ihre Wut wuchs.

Als sie die Haustür aufschloss, hörte sie schon Musik und Gelächter von oben. Julian hatte offensichtlich Besuch.

Sie stampfte die Holztreppe hinauf, ihre Schritte donnerten durch das Treppenhaus.

Oben angekommen, klingelte sie Sturm. Trotzdem dauerte es eine Weile, bis ihr eine ihr unbekannte junge Frau öffnete. Sie blickte in die offen stehende Küche. Mindestens zwölf oder dreizehn Personen drängten sich da, gefüllte Gläser in den Händen, Julian hantierte mit dem Rücken zu ihr am Herd, im Wohnzimmer dröhnten irgendwelche Rocksongs.

»Was ist hier los?« Mit zwei Schritten war sie in der Küche. Sie musste schreien, um gehört zu werden.

Verwundert wandten ihr die Anwesenden nacheinander den Kopf zu, die Gespräche erstarben, und auch Julian am Herd drehte sich um.

Als er Antonia sah, hob er fragend eine Augenbraue.

»Was ist hier los?«, fragte Antonia erneut.

Julian sagte etwas, aber gerade jetzt trommelte ein Schlagzeuger mit voller Kraft – Antonia verstand kein Wort.

Einer von Julians Gästen stand auf, ging ins Wohnzimmer und drehte die Musik leiser.

»Was ist hier los?«, fragte Antonia zum dritten Mal, und ihre Stimme hatte nun einen schrillen Unterton.

Julian wischte sich die Hände an seiner großen, blau karierten Schürze ab, und seine Augen funkelten bösartig, als er mit einem Lächeln sagte:

»Sie sind schon da? Das ist jetzt aber blöd. Sie wollten doch erst morgen kommen! Ich habe extra meine Einweihungsparty auf heute Abend gelegt, um Sie nicht zu stören.«

Antonia fühlte die Blicke von Julians Gästen auf sich gerichtet und suchte nach Worten. Auf dem Herd standen mehrere Töpfe, aus denen es verlockend duftete.

»Ich … ich habe keinen Parkplatz«, brachte sie mit vor Wut bebender Stimme heraus.

»Oh«, sagte Julian. Er griff unter seine Schürze und nestelte herum, dann zog er seine Hand mit dem Autoschlüssel heraus.

»Dirk, bist du so nett und fährst mein Auto auf die Straße? Such halt irgendwo einen freien Platz.«

Und zu Antonia gewandt: »Dann können Sie sich auf meinen Platz stellen. Ist das okay?«

Bei dem herrlichen Duft spürte Antonia ihren Hunger besonders schmerzhaft. Einen Moment lang hatte sie die Idee, dass Julian sie eigentlich auch einladen könnte. Gehörte sich das nicht so? Wenigstens der Höflichkeit halber?

Julian sah sie spöttisch an, sie hatte das Gefühl, er hätte ihre Gedanken gelesen.

Was für ein Blödsinn, sie hatte überhaupt keine Lust, den Abend mit diesen Studenten zu verbringen. Aber vorstellen müsste er sie doch wenigstens. Sie hob abwartend den Kopf.

Aber Julian dachte nicht daran.

»Ich glaube, nun ist das mit dem Parkplatz geklärt«, sagte

er, und Antonia fühlte einen so starken Hass wie niemals zuvor in sich aufsteigen, als sie das zufriedene, hämische Lächeln in seinem Gesicht sah.

»Ich muss mich entschuldigen, der Herd verlangt meine Aufmerksamkeit. Wenn das alles ist …?«

Antonia kämpfte mit ihren Emotionen. Aber es würde ihm nicht gelingen, dass sie sich hier lächerlich machte.

»Dann sehen wir uns morgen um sechs Uhr fünfunddreißig beim Frühstück«, sagte sie, machte auf dem Absatz kehrt und ging mit betont langsamem Schritt die Treppe hinunter, gefolgt von diesem Dirk, den sie keines Blickes würdigte.

Eine halbe Stunde später lag sie endlich in ihrer Badewanne, hatte sich auch einen Rotwein eingegossen, das Glas stand am Badewannenrand, und sie hatte sich sogar drei Kerzen angezündet, um eine wirklich entspannende und wohlige Atmosphäre zu erzeugen. Eigentlich wollte sie auch noch Musik hören, aber von oben kam so viel Lärm, dass sie darauf verzichtete. Immer wieder wummerten die Bässe durch das Haus, auf der Holztreppe hörte sie das Getrampel, wenn die Raucher nach draußen gingen, die Haustür klappte deswegen in einer Tour, Lärm und Unruhe füllten das ganze Haus. Und die geplante Entspannung wollte sich nicht einstellen.

Nach zehn Minuten gab sie es auf und stieg aus der Badewanne.

Das werde ich ihm heimzahlen, dachte sie wütend, während sie sich abtrocknete. Hätte er mich nicht wenigstens fragen können, ob ich bleiben will?

Natürlich konnte sie sich im Bett auch wieder nicht auf ihr Buch konzentrieren. Die Wut und der Lärm von draußen störten ihre Aufmerksamkeit.

Es war weit nach zwei, als sie endlich einschlief.

Am Morgen fühlte sie sich müde und unausgeschlafen, trotzdem saß sie pünktlich am Frühstückstisch. Aber ihre Hoffnung, dass Julian vielleicht verschlafen würde, erfüllte sich nicht. Eine Minute vor der verabredeten Zeit trat er – frisch geduscht, wie man an den noch feuchten Haaren erkennen konnte – durch die Tür.

Aber er sah übermüdet aus, er hatte tiefe Ringe unter den Augen, er wirkte verkatert.

»Guten Morgen, Frau Arnoux, guten Morgen, Frau Straub«, grüßte er. Antonia bedachte er dabei nur mit einem kurzen Nicken, für Frau Straub, die schon bereitstand, um ihm den Tee einzugießen, hatte er das freundlichste Lächeln der Welt.

Mit der muss ich auch mal ein ernstes Wort reden, dachte Antonia im Stillen, als sie sah, wie dienstbeflissen ihre Angestellte um den Gast herumtänzelte.

»Es ist gut, wir haben jetzt alles, Frau Straub«, sagte sie in scharfem Ton. Frau Straub hob erstaunt den Kopf, sah Antonias Blick und verschwand ohne ein weiteres Wort in der Küche.

»Es tut mir leid, wenn meine Einweihungsparty Sie gestört hat«, sagte Julian. Seine Stimme war heiser. Das Reden kostete ihn offensichtlich Mühe. Aber er beobachtete sie abschätzend. »Ich hätte das gestern nicht veranstaltet, wenn ich gewusst hätte, dass Sie da sind. Sie hatten ja gesagt …«

»Schon gut, schon gut«, murmelte Antonia und vermied den Blickkontakt. Zu triumphierend leuchteten seine Augen.

»Morgen gebe ich hier übrigens ein kleines Essen für etwa dreißig Gäste. Ich möchte, dass Sie als mein Begleiter daran teilnehmen.«

Julian nickte wortlos und legte sich mit seiner Gabel drei Schinkenscheiben auf den Teller.

»Stellen Sie bitte auch sicher, dass Sie etwas Passendes zum Anziehen haben.«

Julian nickte. Die Provokation ging ins Leere. Er war wohl zu verkatert, um sich zu ärgern.

»Seien Sie um achtzehn Uhr unten, meine Gäste werden ab halb sieben eintreffen.«

Julian bugsierte mithilfe der Gabel den Schinken auf sein Brot und nickte ein drittes Mal.

»Haben Sie ein Problem mit Ihrer Stimme?«, informierte sich Antonia.

Julian hob fragend die Augenbrauen.

Als er ihr so gegenübersaß, verkatert, mit müden Augen, und sie so verständnislos und überfordert anschaute, ging es mit Antonia durch. Aus einem plötzlichen Impuls heraus parodierte sie seinen Gesichtsausdruck, den fragend halb geöffneten Mund, der leicht stumpfsinnig wirkte, die hochgezogenen Augenbrauen.

Julian fiel das Brot aus der Hand und landete, mit der Schinkenseite nach unten, auf dem Teppich.

»Scheiße«, fluchte er und beugte sich hinunter.

»Sie können ja doch sprechen! Ich hatte schon Angst, Sie hätten sich gestern irgendeinen ernsthafen Schaden zugezogen«, sagte Antonia und konnte ihre Schadenfreude nur unvollkommen verbergen. »Jetzt bin ich aber beruhigt.«

Julian wischte mit der Serviette die Teppichflusen von den Scheiben.

»Was war das denn?«, fragte er dann.

»Was meinen Sie?«, fragte Antonia mit unschuldigem Lächeln zurück.

Julians Augen verengten sich. »Sie haben mich … nachgeäfft!«

Antonia wiegte nachdenklich den Kopf.

»Nachgeäfft – ach nein.« Sie lächelte etwas verlegen.

»Ich habe Sie ein bisschen parodiert, Ihr Gesichtsausdruck war einfach zu drollig.«

Das wütende Funkeln in Julians Augen nahm zu.

»Drollig?«

Sein Gesicht rötete sich, und Antonia sah, wie die Ader an seiner Stirn zu klopfen begann.

»Drollig!«, stieß er noch einmal empört hervor. Er biss in sein Brot und kaute heftig, dabei ließ er Antonia nicht aus den Augen.

Plötzlich spuckte er den Brotbissen auf den Teller.

»Fussel!« Er wischte sich mit der Serviette heftig über die Lippen. In seinem Mund arbeitete es, er bewegte heftig die Zunge hin und her, dann beförderte er einen weiteren Teppichfussel auf den Teller.

Antonia spürte, wie ihre Mundwinkel zuckten.

»Bin gleich wieder da«, murmelte sie, erhob sich blitzartig und verschwand in der Küche. Frau Straub spülte gerade den Entsafter und hob verblüfft den Kopf, als Antonia sich gegen die Küchenwand lehnte und aus vollem Hals lachte.

Wie er geschaut hatte! Und die Fussel auf dem Schinken! Sie schnappte nach Luft.

»Ist etwas passiert?«

Frau Straub war irritiert.

»Nein, nein, schon gut, ich …«, japste Antonia mühsam und wischte sich die Lachtränen aus den Augen, bevor ein neuer Anfall sie am Weitersprechen hinderte.

»Brauchen Sie Wasser?«

»Nein, nein …« Antonia winkte ab.

Sie bemühte sich um ruhiges und tiefes Atmen. Sie war sich bewusst, dass ihr Lachen im Frühstückszimmer deutlich zu hören gewesen war; die Schwingtür zwischen Küche und Wintergarten besaß keine Schallisolierung.

Wie angewidert er auf das Brot mit den Teppichfasern auf dem Schinken gestarrt hat! Ah, bloß nicht mehr daran denken, sonst komme ich aus dem Lachen ja gar nicht mehr heraus.

»Doch, geben Sie mir ein bisschen Wasser«, sagte sie und griff nach dem Glas, das ihr Frau Straub hinhielt.

Julian konnte von seinem Platz am Esstisch das herzhafte Lachen hören. Als Antonia ein paar Minuten später wieder an den Frühstückstisch zurückkehrte, schlug Julian gerade die Brotscheibe in eine Papierserviette ein.

»Die ist voller Dreck!«, murmelte er vorwurfsvoll.

Antonia zuckte mit den Schultern.

»Aber es freut mich, wenn ich zu Ihrer Erheiterung beitragen konnte. Schließlich ist das ja auch meine Aufgabe«, sagte er.

Antonia nickte. Sie traute ihrer Stimme nicht. Wenn sie jetzt sprechen müsste, käme nur ein weiterer Lachanfall dabei heraus.

Julian sah das Zucken in ihren Mundwinkeln, und sein Groll entbrannte aufs Neue.

»Wie gesagt, morgen um achtzehn Uhr hier unten«, brachte Antonia noch mühsam heraus, bevor sie sich erhob, um in die Firma zu fahren.

Am nächsten Abend war er wieder auf die Minute pünktlich. Antonia musterte kritisch seine Kleidung, als er die Treppe herunterkam, aber es gab nichts daran auszusetzen: eine schwarze Hose, ein Gürtel mit einer auffallenden, dekorativen Silberschnalle, ein weißes Hemd, bei dem die zwei obersten Knöpfe offen standen.

»Mit oder ohne?« Fragend hielt er ihr eine Krawatte entgegen.

Dieser Kerl sah einfach unverschämt gut aus.

Eigentlich hätte sie für die Krawatte plädiert. Aber zum Stil des Hemdes passte keine Krawatte: ganz leicht pludrig war es und erinnerte ein wenig an ungarische Puszta, Pferde, einen wilden Reiter … Reiß dich zusammen!, dachte Antonia.

»Meinetwegen müssen Sie keine Krawatte tragen«, sagte sie und bemühte sich, sich ihren Stolz und ihre Freude nicht anmerken zu lassen. Dieser attraktive Mann würde ihr Begleiter sein heute Abend, ihr Partner. Auch wenn es nur auf Zeit war. Trotzdem: schön!

Er stand an ihrer Seite, als sie die Gäste begrüßte. Sie stellte ihn vor: »Ein Freund, Herr Markward.«

Antonia hatte heute Abend einige langjährige Geschäftspartner eingeladen. Es amüsierte sie zu sehen, wie ihre Besucher, je nach Temperament mehr oder weniger offensichtlich, darüber rätselten, welcher Art die Beziehung zwischen ihr und Julian Markward wohl war.

Aber schnell verpuffte ihre Freude, denn Julian benahm sich denkbar schlecht. Er schüttelte zwar artig die ihm dargebotenen Hände, aber mehr als ein muffiges »Guten Abend« brachte er nicht heraus. Die bereits eingetroffenen Gäste standen in kleinen Gruppen, Antonia ging von einer zur anderen und machte Small Talk, Julian folgte ihr, wie sie es ihm aufgetragen hatte, zog aber ein Gesicht zum Fürchten. Antonia versuchte mehrmals, ihn ins Gespräch einzubinden, aber er antwortete einsilbig, kurz angebunden, und ließ auch Antonias Gäste seine Genervtheit deutlich spüren.

Antonia warf ihm giftige Blicke zu. Die Julian geflissentlich ignorierte. Als er eine Frage von ihr, mit der sie versuchte, ihn in eine Diskussion einzubeziehen, mit einem Achselzucken beantwortete, war sie es leid.

»Entschuldigen Sie mich bitte«, sagte sie zu den beiden Herren, mit denen sie sich gerade über den geplanten Ausbau weiterer Fahrradwege in München unterhalten hatte, »ich muss kurz etwas mit Herrn Markward besprechen.«

Sie zog, von neugierigen Blicken verfolgt, Julian am Arm in die Küche.

»Was soll das?«, fauchte sie ihn an.

»Ich weiß nicht, was Sie meinen.«

»Hören Sie auf, mich für dumm zu verkaufen. Sie sind unhöflich zu meinen Gästen und unhöflich zu mir!«

Julian konzentrierte sich auf ein unsichtbares Staubkorn am Ärmel.

»Hören Sie«, sagte Antonia. »Ich kann Sie nicht zwingen, freundlich zu sein und sich mir gegenüber höflich zu verhalten. Aber unser Vertrag läuft gerade mal drei Wochen – und Zeugen habe ich heute Abend genug: Ihr Verhalten entspricht absolut nicht dem, wozu Sie sich vertraglich verpflichtet haben. Sie …«

»Ihre Gäste denken, wir hätten was miteinander!«, sagte Julian.

»Na und?«, fragte Antonia. »So ist das doch bei den jungen Frauen, von denen Sie meinten, die hätten es so einfach, und Sie hätten keine Schwierigkeiten, eine solche Rolle zu spielen!«

In Julians Gesicht arbeitete es. Plötzlich lächelte er.

»Sie haben vollkommen recht«, sagte er. »Entschuldigen Sie, und nun kommen Sie bitte, wir wollen Ihre Gäste nicht warten lassen.«

Er drehte sich Richtung Salon und hielt Antonia mit übertriebener Geste die Tür auf.

Antonia begrüßte ein Ehepaar, das wegen eines unpünktlichen Taxis etwas zu spät gekommen war. Sie unterhielten sich über den Verkehr und das beginnende Oktoberfest, die aktuelle, fast hochsommerliche Hitzewelle, wann wohl der erste Schnee kommen würde, ob es eine weiße Weihnacht geben würde und ähnlich belanglose Dinge.

Zufrieden registrierte Antonia, wie Julian sich am Gespräch beteiligte. Jetzt legte er ihr sogar die Hand in den Rücken. Na also.

Was machte er denn jetzt?

Antonia versteifte sich. Julian hatte – wie in einer vertraulichen Geste bei einem Liebespaar – seine Hand tiefer gleiten lassen: Die lag jetzt eindeutig auf ihrem Hintern.

Was fiel ihm ein?

Sie warf ihm einen bösen Blick zu, er lächelte sie an.

»Und dann können wir auch endlich wieder Ski fahren, nicht wahr, Antonia? Wo werden Sie die Weihnachtsferien verbringen, haben Sie schon Pläne?«, fragte Julian das Paar.

Seine Hand ruhte nach wie vor auf ihrem Po, Antonia spürte die Wärme seiner Hand durch den Stoff. Ihr Atem beschleunigte sich. Und während sie noch überlegte, was sie sagen könnte, um ihn von diesem wirklich unverschämten Benehmen abzuhalten, ohne dass ihre Gesprächspartner etwas davon mitbekämen, begann er, seine Hand in einer streichelnden, liebkosenden Bewegung kreisen zu lassen.

Mit einer ruckartigen Bewegung, die ihre Gesprächspartner mit einem konsternierten Gesichtsausdruck quittierten, drehte sie sich zur Seite weg. Sie warf Julian noch einen bitterbösen Blick zu, dann bat sie mit fester Stimme die Anwesenden zu Tisch.

Glücklicherweise hatte sie Julian ihr gegenüber platziert, er saß weit genug von ihr entfernt, sodass er sich keine weiteren Frechheiten erlauben konnte.

Der Abend verlief ohne weitere Zwischenfälle, das Essen

war ausgezeichnet – der Cateringservice wurde seinem Ruf gerecht –, und Julian benahm sich einwandfrei.

Nachdem sie die letzten Gäste im Treppenhaus verabschiedet hatten, stellte sie ihn wutentbrannt zur Rede.

»Was sollte das eben?«

»Was meinen Sie?«, fragte er mit dem unschuldigsten Lächeln der Welt.

Sie suchte einen Moment nach einer Formulierung.

»Dieses Antatschen! Ich möchte nicht, dass Sie mich anfassen!«

Julian tat betroffen. Aber sie sah in seinen Augen das Kalkül.

»Das wollten Sie nicht? Oh, dann habe ich Sie missverstanden. Ich dachte, Sie wollen, dass Ihre Gäste denken …«

»Aber ohne Anfassen! Nehmen Sie sich solche Vertraulichkeiten nie wieder heraus! Verstehen Sie?«

Julian zuckte mit den Schultern. »Es tut mir leid, dass ich Ihre Äußerungen falsch interpretiert habe. Es wird nicht wieder vorkommen.«

Als er – mit großen Schritten und zwei Stufen auf einmal nehmend – die Treppe hinaufeilte, stoppte er plötzlich und beugte sich über das Geländer zu Antonia, die noch mitten im Flur stand.

»Aber Sie haben keinen Grund, so zickig zu sein. Ich habe schon Schwabbeligeres in der Hand gehabt.«

Sie konnte sich nicht beherrschen, sondern erwiderte empört und viel zu impulsiv: »Mein Hintern ist nicht schwabbelig!«

Wieso schaffte sie es schon wieder nicht, zuerst du denken und dann zu reden? Erst als Julian breit grinste, merkte sie, dass sie ihm in die Falle gegangen war.

Er beobachtete genüsslich ihr Mienenspiel, wie die Empörung ihrem Ärger über sich selbst wich, bevor er freundlich antwortete. »Nein, ist er nicht.« Und sein Grinsen wurde noch breiter, als er sagte: »Ganz im Gegenteil: Er fasst sich überraschenderweise ausgesprochen gut an. Also mit anderen Worten: Sie haben einen Prachtarsch!«

Während sie noch wie versteinert dastand, war er um die Ecke nach oben verschwunden, und sie hörte nur noch die Tür klappen.

Antonia hätte mit dem Abend zufrieden sein können, ihre Gäste hatten sich gut unterhalten, es war ihr gelungen, ein paar Menschen miteinander bekannt zu machen, die sie gern vernetzen wollte. Trotzdem lag sie nun im Bett und konnte vor Wut nicht einschlafen. Was war das für eine dumme Aktion gewesen! Wie stand sie jetzt da? Als eitle Kuh, die sich Gedanken um ihren Hintern machte.

Ja, sie ging dreimal die Woche ins Fitnessstudio, ja, sie arbeitete an ihrem Aussehen. Ja, sie war auch stolz auf ihre Figur. Und ja, die Unterstellung, sie habe einen schlaffen Hintern, hatte sie getroffen. Das Schlimme aber war: Sie hatte es mit ihrer unüberlegten Reaktion eindeutig zugegeben.

Antonia knipste das Licht an und öffnete die Nachttischschublade. Heute brauchte sie eine Schlaftablette.

Als sie dann wieder im Dunkeln lag, mit offenen Augen an die Decke starrend, prickelte die Haut immer noch da, wo seine Hand sie berührt hatte.

Vielleicht hätte es sie getröstet, wenn sie gewusst hätte, dass auch Julian nicht einschlafen konnte.

Er lag im Bett und wollte eigentlich die Idee zu der neuen Skulptur weiterentwickeln.

Aber sein Körper machte ihm einen Strich durch die Rechnung, er spürte plötzlich die vertraute Spannung zwischen den Beinen.

»Oh nein«, stöhnte er halblaut. »Du wirst doch nicht steif

werden wegen dieser blöden Kuh? Nur weil sie einen geilen Hintern hat?«

Aber sein Körper ließ sich nicht davon abbringen, mit dieser Erektion würde er nicht einschlafen können. Resigniert schob er seine Hand unter die Bettdecke – und er wusste selbst nicht, warum, aber während der nächsten Minuten sah er immer wieder diese irritierenden Augen vor sich.

In den folgenden Tagen ging Antonia ihrem Mitbewohner etwas aus dem Weg. Sie verspürte das Bedürfnis nach Abstand und einer Art *Erholung*.

So verließ sie das Haus schon in aller Frühe, ein von Frau Straub vorbereitetes Müsli in einer Frischhaltebox in der Tasche, an zwei Abenden war sie geschäftlich eingeladen, und an dem dritten Abend fuhr sie in ihr Fitnessstudio, dessen Besuch sie sowieso in den letzten Tagen vernachlässigt hatte.

Als sie gegen elf, nach zwei Stunden hartem Workout, einem kleinem Imbiss an der Salatbar und ein paar belanglosen Gesprächen mit anderen Mitgliedern des Studios, nach Hause fuhr, fühlte sie sich der Herausforderung, Julian Markward so zu quälen, dass er aufgab, wieder gewachsen. Am Samstag würde sie ihn in den Supermarkt schleppen!

Als sie zufrieden die Autotür zuwarf, kam die Nachbarin von gegenüber, Frau Kreck, den Bürgersteig entlanggeschlendert. Sie führte wie jeden Abend ihren Rauhaardackel namens Titan aus.

»Guten Abend, Frau Arnoux«, grüßte Frau Kreck und blieb an dem niedrigen steinernen Pfosten des Gartentors stehen.

»Guten Abend, Frau Kreck«, grüßte Antonia zurück und

verlangsamte ihren Schritt gerade so weit, dass es nicht allzu unhöflich wirkte.

Aber Frau Kreck verspürte ein Informationsdefizit.

»Sie haben einen Mieter im Haus!«, sagte sie und deutete mit dem Kinn auf den grün-weißen Bulli, der neben Antonias Mercedes auf der Kiesfläche parkte.

»Ja«, sagte Antonia.

»Hab ihn auch gleich erkannt«, sagte Frau Kreck stolz. »Aber diese Künstler sind ja nicht wie unsereiner. Da sieht man es mal wieder.«

»Wieso?«, fragte Antonia und drehte sich, neugierig geworden, zu Frau Kreck um.

»Ja, der arbeitet doch die ganze Nacht. Ich hab mich schon gefragt, wie Sie dabei schlafen können.«

Antonia ging die vier Schritte zum Eingangspförtchen.

»Wie kommen Sie darauf, dass er arbeitet? Im Haus ist es ruhig. Ich denke, Sie täuschen sich.«

»Ja, lässt der einfach so die ganze Nacht das Licht brennen? Schaun S' doch! Jetzt auch wieder!«

Frau Kreck deutete mit der Hand nach oben, und Antonia sah, dass das Schlafzimmer von Julian hell erleuchtet war.

»Na, es ist doch noch nicht spät, Frau Kreck.« Antonia schaute auf die Uhr. »Es ist ja gerade erst elf Uhr vorbei.«

»Ja, aber es brennt doch die ganze Nacht! Wenn ich morgens – ich muss jetzt immer zweimal raus jede Nacht, ach, das ist ja so lästig, kann ich Ihnen sagen, na ja, wenn man älter wird … meine Mutter hatte schon recht: Alt werden ist Mist, hat sie immer gesagt, aber nicht alt werden ist noch größerer Mist …« Frau Kreck hielt inne und strahlte Antonia an. Antonia, die den Eindruck hatte, dass ein kleiner Lacher von ihr erwartet wurde, tat Frau Kreck den Gefallen.

»Ja, so isses halt«, fuhr Frau Kreck fort. »Aber was ich

sagen wollte, ich muss ja jetzt immer zweimal raus jede Nacht – obwohl der Arzt gesagt hat, Blase und Niere sind in Ordnung. Also daran liegt es nicht. Es ist einfach das Bindegewebe, das ist so schwach, verstehen Sie …«

Der Dackel von Frau Kreck kam angelaufen und kläffte kurz. Antonia mochte den Hund nicht, Walter und Paul hatten ihn auch nicht gemocht. (»Der leckt dir die Hand und wedelt mit dem Schwanz, und dann drehst du dich um, und schwups hängt er dir am Hosenbein. Ein ganz hinterhältiges Mistvieh ist das«, hatte Walter oft gesagt.)

»Na du, hast du schön dein Häufchen gemacht? Wo ist es denn? Ach, jetzt hab ich nicht aufgepasst, jetzt kann ich's nicht mehr wegmachen«, klagte Frau Kreck.

Antonia hatte den Eindruck, dass sich Frau Krecks Kummer darüber, dass sie den Haufen nicht entsorgen konnte, in Grenzen hielt.

»Was ist denn nun nachts, wenn Ihr schwaches Bindegewebe Sie zur Toilette zwingt?«, fragte Antonia.

Frau Kreck überlegte kurz, ob das eine gewollte Unhöflichkeit von Antonia war, aber sie entschied sich dagegen.

»Ei, es brennt Licht. Die ganze Nacht! Jede Nacht! Um vier, um fünf, um sechs! Erst wenn es hell ist, geht irgendwann das Licht aus. Was das kostet! Aber da macht sich wahrscheinlich so ein Künstler auch keine Gedanken darum. So einer denkt ja nicht wie unsereins. So ein Künstler: Dat iss ne annere Sort' Mensche, hat meine Mutter immer gesagt, die … Titan, was willst du denn?«

Der kleine Dackel mit dem großen Namen kläffte Frau Kreck wie wild an.

Antonia nutzte die Gelegenheit. »Oh, ich halte Sie auf. Entschuldigen Sie. Und vielen Dank, dass Sie mich darauf aufmerksam gemacht haben. Einen schönen Abend wünsche ich Ihnen noch.«

Antonia nickte der Nachbarin noch einmal freundlich zu, aber sie gab der ihr bedauernd hinterherschauenden Frau Kreck keine Chance mehr, sie zurückzuhalten, so schnell war sie im Haus verschwunden.

Als sie ins Bett ging, stellte sie den Wecker auf vier Uhr.

Am nächsten Morgen fühlte sich Antonia wieder stark genug, um mit Julian gemeinsam zu frühstücken. Er war pünktlich wie immer und grüßte untadelig, sie fand nichts, worüber sie sich hätte beschweren können.

Ihr Morgengruß fiel knapp aus, sie studierte ausgiebig die Zeitung, das Frühstück verlief schweigend. Erst als sie sich erhob, richtete sie das Wort an ihn.

»Ich möchte, dass Sie mich am Samstag zum Einkaufen begleiten.«

Julian runzelte die Stirn.

»Ja«, sagte er.

Sie zögerte kurz. Es fiel ihr einfach keine Überleitung ein, wie sie unverbindlich die Sprache auf dieses allnächtlich brennende Licht im Schlafzimmer bringen konnte. Sie hatte Frau Kreck nicht getraut, daher war sie um vier Uhr aufgestanden, hatte sich schnell einen dicken Wollblazer übergeworfen und sich leise aus dem Haus geschlichen, um sich dieses angeblich hell erleuchtete Fenster selbst anzusehen. Und es hatte gestimmt. Sie hätte gar nicht den Kopf zum Fenster heben müssen, denn sie hatte schon beim Öffnen der Haustür den hellen Widerschein auf dem Straßenpflaster gesehen.

Aber wie brachte sie die Rede darauf?

Ach, wenn ihr nichts Elegantes einfiel, dann eben unelegant, dachte sie.

»Was mir noch aufgefallen ist: Sie scheinen einen etwas nachlässigen Umgang mit Energie zu pflegen. Ich will jetzt gar nicht von den Kosten reden, obwohl das natürlich auch ein Aspekt ist. Aber vor allem unter ökologischen Gesichtspunkten scheint mir Ihr Verhalten ziemlich verantwortungslos.«

»Was meinen Sie?« Julian hob irritiert die Augenbrauen.

»Dass in Ihrem Schlafzimmer die ganze Nacht das Licht brennt, das meine ich.«

Gespannt wartete Antonia auf die Erklärung. Schlief er immer vorm Fernseher ein und hatte vorher irgendwann im Schlafzimmer das Licht angeknipst und es vergessen? Oder arbeitete er die ganze Nacht? Oder las? Aber wann schlief er? Tagsüber vielleicht?

Julian starrte sie an.

»Was haben Sie in meinem Schlafzimmer zu spionieren?«, fragte er unvermittelt.

Antonia schnappte nach Luft. »Was fällt Ihnen ein?«

»Auch wenn ich Ihr …«, er suchte nach einem Wort, »… Ihr *Angestellter* bin, so gilt doch wohl auch für mich das Grundrecht auf die Unverletzlichkeit der Wohnung.«

»Ich habe nicht spioniert! Das ist eine Unverschämtheit!«

Beide starrten sich an, mit vor Wut funkelnden Augen.

»Ich kann das Licht in meiner Wohnung so lange brennen lassen, wie ich will!« Julian umklammerte mit beiden Händen die Tischkante.

»Ich habe nicht spioniert! Die Nachbarin hat mich angesprochen!«

»Die Nachbarin soll sich um ihren eigenen Dreck kümmern!«

Frau Straub drückte die Schwingtür auf und steckte den Kopf herein, und ihr neugieriger Blick zeigte, dass sie in der Küche die erregten Stimmen gehört hatte.

»Brauchen Sie noch etwas?«, fragte sie.

Aber nach einem bitterbösen Blick von Julian und einer verneinende Kopfbewegung von Antonia verschwand sie umgehend wieder.

»Sie haben recht«, sagte Antonia unvermutet. »Es geht mich nichts an. Es ist natürlich Energieverschwendung, und umweltpolitisch … na ja. Aber da kann ich Ihnen, wie Sie bereits richtig festgestellt haben, keine Vorschriften machen.«

Antonia erhob sich.

»Heute Abend bin ich nicht da, morgen fahren wir in den Supermarkt zum Einkaufen. Bis morgen dann also.«

Julian brachte nur mit Mühe ein »Bis morgen« heraus.

Als Antonia am späten Abend aus dem Fitnessstudio nach Hause kam, ertappte sie sich dabei, wie sie schon beim Aussteigen einen Blick hoch zu Julians Schlafzimmerfenster warf. Es war dunkel.

Na also, wahrscheinlich hatte er einfach mal nicht schlafen können. Eine unruhige Nacht gehabt. Wer weiß, wie Frau Kreck da übertrieb. Oder Frau Kreck hatte sich in der Uhrzeit vertan. Was auch immer.

Sie hatte den Kopf in den Nacken gelegt und schaute nachdenklich zu diesem Fenster hoch. Ein leichter Wind ließ die Blätter rauschen und wehte auch durch den gekippten Fensterflügel in Julians Schlafzimmer. Und bewegte das schwarze Rollo, das Julian heute im Laufe des Tages innen am Fenster angebracht hatte, sodass es kurz schwankte und für eine Sekunde den Blick auf das helle Licht im Zimmer freigab.

Merkwürdig, dachte Antonia. Sehr merkwürdig. Aber er hatte natürlich recht: Es ging sie nichts an. Trotzdem, irgendwie merkwürdig.

Am nächsten Tag war Samstag. Heute würden Julian Markward und sie einige Stunden im überfüllten Supermarkt verbringen. Wenn ihn das nicht entnervte ...

Der samstägliche Auftrieb in dem großen Einkaufszentrum übertraf Antonias Erwartungen. Julian musste fast zwanzig Minuten auf dem Parkplatz kreisen, bis sie endlich eine unbesetzte Parkbucht gefunden hatten. Seine Miene hatte sich schon beim Frühstück verfinstert, als sie ihn an den Supermarktbesuch erinnerte; wortlos und mit unwillig gerunzelten Augenbrauen hatte er ihr Auto zum Supermarkt gefahren. Und jetzt wurde seine Miene immer düsterer.

Es gab keine freien Einkaufswagen mehr, also mussten sie einige Minuten warten, bis jemand kam, der seinen Einkauf beendet hatte und seinen Wagen zurückbrachte. Julian hatte natürlich kein Kleingeld, und Antonia behauptete, sie habe ebenfalls keines; Julian musste daher an den von Menschen umringten Informationsstand laufen, um dort eine Plastikmarke für den Einkaufswagen zu erhalten. Irgendwann hatten sie endlich einen Wagen, und Antonia schlenderte bestens gelaunt durch die Eingangsschranke, während Julian mit wütender Miene den Wagen schob und ihr folgte.

Das Einkaufszentrum war hoffnungslos überfüllt; die sommerliche Wärme draußen sorgte hier drinnen für stickige, verbrauchte Luft, gegen die auch der kalte Luftstrahl der Klimaanlage nicht ankam. Durch die Gänge war kaum ein Weiterkommen. Antonia blieb direkt in der unmittelbar hinter der Eingangsschranke liegenden Gemüseabteilung stehen und studierte die Auslagen. Mindestens zehn Minuten lang las sie die Preisschilder, ging hin und her, nahm die in Klarsichtfolie verpackten Äpfel in die Hand, um sie dann kopfschüttelnd wieder zurückzulegen, hob prüfend eine Styroporbox mit Bohnen hoch, legte auch diese zurück und machte den Eindruck, jede Zwiebel einzeln begutachten zu wollen. Julian hielt sich mit dem großen Einkaufswagen ziemlich in der Mitte dieser Abteilung, aber egal, wo er stand, er war im Weg. Ständig wurden er oder sein Wagen angerempelt. Jetzt griff Antonia nach ihrem Handy und begann, eine Mail zu lesen.

»Oh, Moment«, sagte sie, »da muss ich schnell antworten.« Sie begann, in aller Seelenruhe zu tippen, gönnte sich aber einen Seitenblick zu Julian und erfreute sich an seinem wütenden Gesichtsausdruck und den verkrampften Händen am Einkaufswagen. Sie unterdrückte ein befriedigtes Lächeln und tippte weiter scheinbar voller Konzentration auf der Tastatur ihres Handys herum.

Irgendwann wurde es jedoch auch ihr zu ungemütlich, und sie sagte zu Julian: »Ich glaube, dieses Supermarktgemüse hat keine gute Qualität. Wir nehmen nichts davon. «

Julian öffnete den Mund, um etwas zu sagen, schloss ihn aber sofort wieder. Der Blick allerdings, den er Antonia zuwarf, sprach Bände.

Wenn Blicke töten könnten, dachte sie und unterdrückte ein zutiefst befriedigtes Grinsen.

»Aber die haben hier, soweit ich weiß, eine große Auswahl an Müslisorten. Lassen Sie uns da mal hingehen.«

Am Regal mit den Frühstücksflocken und Müslis nahm sie nacheinander mehr als fünfzehn Packungen in die Hand, studierte aufmerksam auf der Rückseite der Kartons die Liste der Inhaltsstoffe, um dann mit nachdenklichem Gesichtsausdruck reglos auf das Regal zu blicken. Wann würde Julian ausrasten? Ein kurzer Seitenblick zeigte ihr, dass er inzwischen weiß vor Wut war.

Aber er schwieg, hielt den immer noch leeren Einkaufswagen mit beiden Händen am Griff und schob ihn hinter ihr her. So verging mehr als eine Stunde. Antonia überlegte, dass sie, wo sie nun schon mal hier waren, tatsächlich etwas kaufen könnte, und lud einige Waren in den Wagen: zwei Gläser Senf, Küchenrollen, Kaffeebohnen. Wenn sie nur wüsste, was im Haushalt gebraucht würde! Sie hätte es mit Frau Straub vorher besprechen sollen. Kurz dachte sie daran, Julian zu fragen, was er benötigte. Aber damit riskierte sie, seine Wut zu mildern. Es durfte auf keinen Fall etwas Angenehmes für ihn bei dieser Aktion herausspringen.

Es wurde immer voller in der Lebensmittelabteilung des Einkaufszentrums, die Luft wurde immer stickiger, auch Antonia verlor langsam die Lust und wollte nur noch nach Hause. Es war einfach zu fürchterlich hier.

An den Kassen drängten sich natürlich lange Menschenschlangen, und Antonia überlegte gerade, dass sie Julian eigentlich allein warten lassen könnte und in der Zwischenzeit im Café im ersten Stock eine erholsame Tasse Tee trinken könnte, als in der Schlange, in der sie warteten, weiter vorn ein drei- oder vierjähriger Junge einen Tobsuchtsanfall bekam. Er schrie wie am Spieß und wollte offensichtlich wegrennen, wie es aussah, in Richtung Süßigkeitenregal, und seine Mutter, eine zarte, kleine Frau, wollte ihn mit einer Hand festhalten, während sie mit der anderen Hand die einzelnen Artikel nacheinander aus dem Einkaufswagen fischte und auf das Band legte. Sie war gehandicapt, denn auf dem Bauch trug sie in einem Tragegurt noch ein Baby. Verzweifelt versuchte sie, den tobenden kleinen Jungen zu beruhigen. Sie ging in die Knie, sagte etwas zu ihm und zeigte auf das Band und auf die Wartenden hinter ihnen. Aber es war vergebens, der Kleine schrie und zog und zerrte, die Mutter brauchte jetzt beide Hände, um ihn zu halten. So ging es nicht voran an der Kasse. In der Schlange begann ein Murren, ein älterer Mann schimpfte schon lauthals. »Dem fehlt nur eine anständige Tracht Prügel, dann pariert er auch!«

Antonia und Julian reagierten gleichzeitig. Antonia sagte: »Also hören Sie mal …!«, während Julian scharf die Luft einzog.

»Halten Sie den Wagen«, sagte er zu Antonia, fummelte etwas aus seiner Hosentasche und drängelte sich an den Wartenden vorbei bis nach vorn zu der Mutter mit dem schreienden Kind.

Er ging vor dem Kleinen in die Hocke, fasste ihn fest an einer Schulter und griff mit der anderen Hand hinter das rechte Ohr des Kindes. Dann zog er die Hand schnell wieder hervor. »Was hast du denn da?«, fragte er und zeigte dem Kleinen die Münze, die er gerade hinter dem Ohr des Kindes *hervorgezaubert* hatte. Der Junge, der schon vor Verblüffung aufgehört hatte zu schreien, als Julian ihn an der Schulter nahm, aber gerade Anstalten gemacht hatte, wieder loszubrüllen, starrte mit offenem Mund auf die Münze.

»Ich glaube, du hast da noch mehr«, sagte Julian. »Lass mich mal nachsehen.« Julian drehte kurz seinen Kopf zu der Mutter und sagte: »Machen Sie mal in Ruhe Ihre Sachen fertig, ich kümmere mich solange um den Kleinen.«

Die Mutter nickte, zwar überrascht, aber nichtsdestotrotz geistesgegenwärtig, und während sie ihre Einkäufe auf das Förderband packte, diese von der Kassiererin gescannt wurden, die Frau bezahlte und alles verstaute, unterhielt Julian den kleinen Schreihals. Er zauberte noch drei Mal Münzen hinter dessen Ohren hervor und schenkte sie dem Kind: »Die waren doch hinter deinen Ohren, dann gehören sie natürlich auch dir.« Er fragte den Kleinen nach seinem Namen, nach seinem Alter und ob er später vielleicht auch einmal das Zaubern lernen wolle, erklärte ihm, dass er, wenn er bald in die Schule ging, fleißig lesen lernen müsse, dann könne er später die Bücher, in denen die Zauberer ihre Tricks verrieten, studieren. Und so könne der kleine Markus, der schon bald vier wurde, in kurzer Zeit ein ganz großer Zauberer werden.

Der kleine Markus hatte bereits nach wenigen Sekunden seinen Schreianfall vergessen, lauschte Julian aufmerksam, erklärte bereitwillig, dass er doch schon im Kindergarten sei und schon zwei Buchstaben kenne, nämlich das M, damit fange auch sein Name an, ob Julian das gemerkt habe? Und Mama fange auch mit M an, und er kenne noch das O, und das sei auch wichtig, weil sein bester Freund und seine Katze beide Oliver hießen – und Markus war sehr traurig, als seine Mutter alle Einkäufe in ihren mitgebrachten Taschen verstaut hatte und gehen wollte. Bevor der Kleine aber widersprechen konnte, erklärte Julian, dass er jetzt auch ganz dringend wegmüsse, er habe noch ein wichtiges Treffen mit anderen Zauberern, und da dürfe er auf keinen Fall zu spät kommen. So gab Markus bereitwillig seiner Mutter die Hand und ging mit ihr, nicht ohne sich noch drei Mal umzudrehen und Julian begeistert zu winken.

Ungläubig verfolgte Antonia die Szene. Sie hätte sich nie vorstellen können, dass dieser wilde Julian so geduldig und einfühlsam mit kleinen Kindern umgehen könnte. Sein Gesichtsausdruck war weich, fast zärtlich; nichts mehr war zu erkennen von der Aggression und der Wut, die ihn ansonsten wie eine Aura umgaben.

Als Julian zu ihr zurückkam, hörte man aus der Warteschlange Lob und Zustimmung. »Das haben Sie super gemacht.« – »Danke schön!« – »Sehr nett!« Die Wartenden lächelten Julian zu. Als Julian an dem Mann vorbeikam, der vorhin so lauthals Prügel für das Kind gefordert hatte, rempelte er ihn – wie aus Versehen – an und trat ihm kräftig auf den Fuß.

»Sind Sie verrückt geworden?«, schrie der Mann.

»Oh, Entschuldigung«, sagte Julian. Und während der Mann noch darüber nachdachte, wie er reagieren sollte, und die anderen Wartenden zum Teil grinsten, zum Teil aber auch empört die Gesichter verzogen, fasste Julian bereits nach Antonias Arm. Und dann sagte noch eine Frau:

»Sind Sie nicht der Markward?«

»Ich weiß, ich habe Ähnlichkeit mit ihm …«, antwortete Julian mit einer verneinenden Kopfbewegung, und als der Mann, dem er auf den Fuß getreten hatte, plötzlich mit erregter Stimme sagte: »Das war doch Absicht!«, zog Julian bereits Antonia samt Einkaufswagen an die Seite.

Er bugsierte sie geschickt und schnell um die Ecke in einen Gang, außerhalb der Sichtweite der Wartenden, wo sich jetzt zunehmende Unruhe breitmachte. Antonia hörte noch Bruchstücke der aufgebrachten Unterhaltung: »… der tritt mir voll auf den Fuß!« – »… kann doch mal passieren …« – »Jetzt gehen Sie doch endlich weiter!«

»Nix wie weg hier«, sagte Julian, sein Griff um ihren Arm wurde fester, den Einkaufswagen ließ er einfach stehen, und so eilte er, sie am Arm mit sich ziehend, zum Ausgang, sich geschickt an den entgegenkommenden Kunden mit ihren Einkaufswagen vorbeischlängelnd.

Weniger als fünf Minuten später drehte er den Zündschlüssel im Auto und rangierte aus der Parklücke; aus den Augenwinkeln sah Antonia noch, wie hinter ihnen zwei Fahrer gleichzeitig versuchten, in den frei gewordenen Parkplatz einzubiegen.

Einige Minuten lang sprach keiner ein Wort.

Dann fragte Julian: »Wollen Sie gar nicht protestieren?«

Antonia schüttelte den Kopf. »Nein, will ich nicht.«

»Ich hätte mich ja noch weiter von Ihnen im Einkaufszentrum quälen lassen, aber ich dachte, Sie haben sicher auch keine Lust auf Veranstaltungen unter dem Motto:

Julian Markward gibt Autogramme oder *Ein Selfie mit Julian Markward.*«

»Nein, hatte ich nicht.«

»Und ich dachte, Sie wollen bestimmt auch nicht Zeuge einer Schlägerei werden.«

»Nein, will ich nicht.«

Das Licht der Ampel vor ihnen sprang auf Gelb. Julian bremste.

»Sind Sie jetzt wütend?«

»Nein, bin ich nicht.«

Julian schaute kurz zur Seite auf ihr Gesicht. »Das wundert mich aber.«

Antonia wusste nicht, was sie sagen sollte. Das Bild, wie Julian vor dem kleinen Jungen kniete, sein liebevoller Gesichtsausdruck, als er mit dem Kleinen redete, stand ihr vor Augen. Und beschäftigte sie. Und verunsicherte sie. Das war nicht der zornige, wilde Julian gewesen, den sie kannte. Das war ein ganz empathischer, liebevoller, zärtlicher Mann. Und er war ihr nicht egal. Das war das Schlimmste. Er war ihr ganz und gar nicht egal.

Die Ampel sprang auf Grün, und Julian fuhr langsam los. Es war viel Verkehr, sie kamen nur im Schritttempo vorwärts.

»Sie haben den Mann mit Absicht getreten, oder?«

»Welchen Mann?«

»Den, der meinte, mit einer Tracht Prügel könnte man den Kleinen wunderbar beruhigen.«

Julian warf einen kurzen Blick zu Antonia.

»Ich hasse das! Ich verachte Menschen, die Kinder schlagen. Das ist für mich das Letzte. Man muss doch als Erwachsener in der Lage sein, sich bei einem Kind anders zu behaupten als mit körperlicher Gewalt!«

»Der Junge war aber auch bockig!«

»Na und? Haben Sie sich mal Gedanken darüber gemacht, wie viele diplomierte und promovierte Psychologen, Marketingexperten und sonstige Umsatzsteigerungsspezialisten sich den Kopf zerbrochen haben, wie sie die Süßigkeiten in den Regalen so anordnen, dass die kleinen Kinder genau diese unstillbare Lust darauf bekommen? Wie soll ein kleines Kind sich gegen die geballte Macht dieser ganzen Verkaufsstrategen wehren? Wollen Sie ernsthaft einem Vierjährigen einen Vorwurf machen, wenn er der Manipulation durch diese Übermacht von Marketing-Fuzzies nicht widerstehen kann?«

»Nein, natürlich nicht«, sagte Antonia, aber Julian hatte sich in Rage geredet.

»Und dann kommt da so ein selbstgefälliger, fetter Typ daher und empfiehlt eine Tracht Prügel.« Julian zögerte und lachte dann spöttisch auf.

»Ich glaube, Sie haben gar keine Ahnung, wie nah an einer Schlägerei Sie heute waren.«

»Sie hätten sich doch nicht wirklich geprügelt!?«

»Ich war kurz davor.«

»Prügeln Sie sich oft? Oder woher nehmen Sie die Sicherheit, dass Sie gewonnen hätten?«

Julian grinste kurz. »Wieso meinen Sie, ich hätte gewonnen? Das ist schmeichelhaft, aber ich hätte ganz sicher verloren. Ich prügle mich eigentlich nie – ich lehne das grundsätzlich ab. Wahrscheinlich hätte ich fürchterliche Prügel bezogen, aber das wäre es mir wert gewesen …« Sein Gesicht verzog sich, als die Wut in ihm wieder aufflammte.

Ein postgelber Lieferwagen scherte plötzlich vor ihnen ein. Julian musste heftig auf die Bremse treten, und Antonia flog in ihren Gurt.

»Entschuldigung«, sagte er.

»Schon gut«, sagte Antonia. »So ein Idiot!«

»Und jetzt? Ins Schuhgeschäft?«, fragte Julian unvermittelt.

»Warum ins Schuhgeschäft?«, wunderte sich Antonia.

»Das ist doch auch so ein Ort, wo man Männer wunderbar in den Wahnsinn treiben kann.«

»Ich mache mir nicht so viel aus Schuhgeschäften«, sagte Antonia.

»Tatsächlich? Aber was dann? Aufs Oktoberfest vielleicht? Am Eröffnungswochenende? Samstags in einem überfüllten, stickigen Bierzelt mit lauter Besoffenen? Damit könnten Sie mich auch entsetzlich nerven.«

»Das hasse ich«, sagte Antonia. »Die Wiesn ist am Wochenende furchtbar.«

»Ach, aber überfüllte Supermärkte am Samstagmorgen, die lieben Sie?«

»Ich *hasse* Supermärkte!«, sagte Antonia aus tiefster Seele und unvermutet lachte sie auf. Es war ein Lachen, das Julian erreichte, ein Lachen, das ihn traf.

Es war nicht das schadenfrohe Lachen von neulich beim Frühstück, es war ein Lachen über sich selbst, über die Situation, ein freies Lachen, ein vergnügtes Lachen, ein schöner Klang.

Ein einziges Mal hatte er es bisher gehört, am ersten gemeinsamen Abend, als Antwort auf seinen Satz: »Und nachher erzähle ich Ihnen etwas über Essig und Öl.« Auch da hatte es ihn berührt.

»Mein Gott, war das furchtbar!«, sagte sie.

»Ja«, sagte Julian. »Das war es. Das haben Sie gut ausgewählt.«

Geschickt wich er einem Radfahrer aus, der, ohne zu schauen, plötzlich aus einer Querstraße rechts herausgeschossen kam.

»Wissen Sie«, sagte Julian, »ich verstehe ja, dass Sie mich

dazu bringen wollen, aufzugeben. Aber Sie sollten keine Beschäftigungen wählen, die Sie selbst genauso nerven wie mich.«

Antonia lachte noch einmal hell auf.

Wieder genoss Julian dieses Lachen. Es wärmte ihm das Herz, es machte ihn froh, es war ein Laut, den er gern noch einmal hören wollte.

Julian grinste plötzlich.

»Nun, dann sind wir wohl alle beide erleichtert, dass wir das überstanden haben.«

»Ja«, sagte Antonia.

Der Blick, den beide kurz tauschten, war plötzlich mehr der Blick zweier Verschwörer, die gemeinsam etwas Erfolgreiches ausgeheckt hatten, als der Blick zweier Gegner, die sich abschätzten und versuchten, den Schwachpunkt des anderen auszumachen.

Die nächsten Minuten schwiegen sie, jeder hing seinen Gedanken nach.

»Und Sie mögen wirklich keine Schuhgeschäfte?«, fragte Julian dann.

»So kann man das nun auch nicht sagen«, antwortete Antonia.

Jetzt war es an Julian, schallend aufzulachen.

»Da wären Sie auch die erste Frau gewesen, die …«

Wieder einige Minuten Schweigen. Julian fuhr ruhig und flüssig, er hatte sich längst an das Auto gewöhnt; Antonia lehnte entspannt in ihrem Sitz; auf beiden Gesichtern lag ein leichtes Lächeln.

»Es ist so schönes Wetter. Darf ich Sie zu einem Eis einladen?«, fragte Julian plötzlich.

Überrascht hob Antonia den Kopf.

»Wie bitte?«

»Ach, ich dachte, wir könnten vielleicht mal für ein oder

zwei Stunden das Kriegsbeil begraben und einfach diesen traumhaften Nachmittag genießen.«

Julian ärgerte sich bereits über seinen Vorschlag. Es war ihr Lachen gewesen, das in ihm diesen Wunsch geweckt hatte, in ihm das Verlangen erzeugt hatte, diesen Laut noch einmal zu hören. Aber sie würde sicher ablehnen, er hatte sich gerade zum Trottel gemacht.

Antonia zögerte. »Aber wohin denn? Die Eisdielen sind wahrscheinlich schon alle überfüllt, und einen Parkplatz kriegen wir auch nicht …«

Julian dachte nach. »Haben Sie Zeit? Oder haben Sie noch einen Termin?«

»Nein«, sagte Antonia verwundert. »Nein, ich habe keinen Termin.«

»Dann weiß ich was«, sagte Julian erfreut. »Also: Waffenruhe heute Nachmittag?«

Antonia nickte. Sie musste schlucken.

»Dann fahren wir jetzt spazieren und genießen unser wunderschönes Oberbayern. Und ich zeige Ihnen einen traumhaften, verwunschenen Biergarten nah am Ammersee, den kennt kein Tourist. Die gebratene Ente dort ist die beste weit und breit, und wenn Sie einmal das hausgemachte Eis probiert haben, wollen Sie kein anderes mehr!«

Antonia nickte. Und so umfuhren sie weitläufig das Oktoberfestgelände, anschließend ging es ein kurzes Stück über die Lindauer Autobahn, die Julian aber alsbald wieder verließ, um weiter über Landstraßen in Richtung Fünf-Seen-Land zu bummeln. Irgendwann lenkte Julian das Auto auf einen Wanderparkplatz am Waldrand und fragte Antonia, ob sie auch Lust auf einen Spaziergang hätte. Sie liefen über eine Stunde nebeneinander her, beide mit ruhigen, langen Schritten, sie sprachen nicht viel, aber sie fühlten sich wohl – obwohl es sich keiner von beiden anmerken lassen wollte. Zu Antonias Überraschung führte der Spazierweg, den Julian ausgewählt hatte, zu dem angekündigten Biergarten. Und die Ente mit Knödeln war wirklich fantastisch, das Eis schmeckte ebenfalls sensationell gut, und sie gönnte sich sogar noch ein zweites Radler.

Irgendwann zogen ein paar dunkle Wolken am Himmel auf. »Da kommt ein Gewitter«, sagte Julian. »Ich glaube, wir sollten uns auf den Heimweg machen.«

Sie waren noch auf der Autobahn, als der Regen einsetzte. Ein typischer Gewitterregen, es platschte nur so vom Himmel, zwischendurch konnten sie nur im Schritttempo fahren.

In der Osterwaldstraße angekommen, holte Julian den Schirm aus dem Kofferraum, er war im Nu klatschnass, und das helle Hemd klebte an seinem Körper. Antonia konnte nicht umhin, seine gute Figur zu bewundern.

Er hielt ihr den Schirm, und sie lächelte ihm dankbar zu, er fluchte innerlich: Verdammt, er mochte dieses Lächeln. Der Schirm war nicht sehr groß; ihre Schultern berührten sich, als sie zusammen darunter Schutz vor dem Regen suchten, er roch ihr Parfüm, es war leicht und duftete nach Sommer, nach Meer; er konnte nicht verhindern, dass er sich näher an sie drängte. Aber da waren die acht Stufen bis zur Eingangstür schon bewältigt, und Antonia schloss die Haustür auf.

»Puh!« Im Hausflur schüttelten sie sich zuerst einmal und lachten sich an.

»Da haben wir ja richtig Glück gehabt«, sagte Julian.

»Ja«, meinte Antonia. »Danke für diesen schönen Nachmittag.«

Irgendwie verfingen sich ihre Blicke ineinander, und Julian fragte sich zum wiederholten Mal, wie nun eigentlich

Antonias Augenfarbe war … beide zögerten … die Zeit blieb kurz stehen … in ihren Blicken standen plötzlich Fragen … und eine Ahnung der Antworten darauf …

»Da bist du ja endlich! Wo warst du denn nur? Ich habe mindestens zehn Mal versucht, dich anzurufen!« Susannes Stimme brachte die Zeit wieder zum Laufen, wie ertappt zuckten beide kurz zusammen und blickten gleichzeitig zur Treppe, auf der Susanne heruntergesprungen kam.

»Ich bin schon seit ein Uhr hier!«, beschwerte sie sich und umarmte Antonia.

»Grüß dich, Julian«, schob sie hinterher und umarmte Julian ebenfalls. »Huch, bist du nass!«

»Susanne!«, sagte Antonia überrascht. »Ich wusste ja gar nicht, dass du kommst. Warum hast du denn nicht angerufen?«

»Das ist doch mein Zuhause hier. Muss ich mich anmelden, wenn ich heimkomme?«, fragte Susanne leicht eingeschnappt.

»Red nicht so einen Unsinn«, entgegnete Antonia, »aber dann wäre ich da gewesen und …«

»Ich gehe mich mal umziehen«, unterbrach Julian. »Sehen wir uns gleich wieder? Oder was haben Sie für heute Abend geplant?«

Und jetzt begannen die drei Minuten der fürchterlichen Missverständnisse.

Antonia hatte den Nachmittag genossen, sie wollte Julian gern etwas zurückgeben, ihre Dankbarkeit zeigen – und außerdem freute sie sich auf einen Abend mit ihrer Schwester.

»Was haben Sie denn noch vor? Wollen Sie frei haben heute Abend?«, fragte sie ihn und ärgerte sich sofort. Warum hatte sie nicht erst nachgedacht, warum hatte sie schon wieder so spontan geantwortet?

Es war eine kalte Dusche für Julian. Sie gab ihm *frei*. Deutlicher hätte sie ihm seinen Status nicht klarmachen können.

Und er hätte – aber das gestand er sich nicht ein - gern noch mehr Zeit mit Antonia verbracht, er hatte sich auf den gemeinsamen Abend gefreut. Aber jetzt war ja die Schwester da, jetzt war er abgemeldet, sie brauchte seine Unterhaltung nicht mehr.

Er nickte. »Wenn Sie mich nicht wollen …?«

»Gut«, sagte Antonia. »Dann haben Sie heute frei. Und ich rechne Ihnen diesen Abend nicht als Urlaubstag an. Das ist sozusagen ein Geschenk.«

Wie demütigend! Er brauchte keine Geschenke von dieser, dieser …

Aber bevor er antworten konnte, rief Susanne begeistert: »Das ist ja wunderbar. Sollen wir in die Muffathalle gehen? Da treten die Orange-Utahs heute wieder auf!«

Julian suchte kurz Antonias Blick und sah, wie sich ihre Gesichtszüge verhärteten; er hatte große Lust, seinen Freund wiederzusehen, die ganzen Wochen, seit er hier war, hatte er keinen Kontakt zu den Jungs gehabt. Also antwortete er: »Das ist eine super Idee! Die würde ich mir sehr gern anhören.«

»Spitze, Julian, dann lass uns gegen halb zehn losfahren!«, jubelte Susanne und hakte sich bei ihrer Schwester unter.

»Das ist so lieb von dir, dass du ihm heute Abend freigibst, ich freu mich so! Lass uns noch gemütlich eine Tasse Kaffee zusammen trinken, bisschen quatschen – wie geht es dir denn überhaupt? Ach, ist das schön, dich zu sehen, Schwesterchen!«, sagte sie und umarmte Antonia erneut.

Julian stieg in der Zwischenzeit ohne ein Wort des Abschieds die Treppe hoch.

Antonia öffnete den Mund, um zu widersprechen, aber jetzt, ausgerechnet jetzt fiel ihr nichts ein. Und der ihr auf der Zunge liegende Protest *Nein, so habe ich das doch nicht gemeint!* wollte irgendwie nicht heraus.

»An mir liegt es nicht«, sagte sie stattdessen zu Susanne. »Ich bin jeden Abend hier.«

»Na, so ganz stimmt das ja nicht«, sagte ihre Schwester. »Du warst mit deinem neuen Mieter doch ziemlich oft aus in den letzten drei Wochen.«

»Woher weißt du das?«, fragte Antonia überrascht.

»Man hat so seine Quellen«, lachte Susanne. Antonia brauchte nicht zu wissen, dass sie bereits Frau Straub ausführlich darüber interviewt hatte, wie das Leben im Haus so ablief.

Dann saßen die beiden an dem alten Holztisch im Wohnzimmer, Susanne hatte, trotz des Protests von Antonia, aus der Küche für sie beide ein Glas Rotwein geholt, an dem Antonia nur ab und zu nippte, und Susanne redete ohne Punkt und Komma.

»… und dann habe ich mir überlegt, dass es nicht darauf ankommt, ob ich noch ein Semester dranhänge; es ist ja besser, wenn ich diesen Kurs in Ruhe mache und mich voll darauf konzentrieren kann, dann bin ich auch freier mit dem Praktikum, sonst wäre ich doch zeitlich viel zu eingeschränkt, und ich glaube …«

Antonia hörte kaum zu. Die beiden würden heute Abend ausgehen. Und sie hatte es auch noch herausgefordert! Susanne war Julian Markward nicht ansatzweise gewachsen. Er würde ihre Schwester verführen, sie dann sitzen lassen und ihr das Herz brechen. Und sie, Antonia, war daran schuld!

»Aber jetzt erzähl du doch mal«, unterbrach Susanne ihre Gedanken. »Wie ist es denn so, mit Julian zusammenzuwohnen?«

»Du meinst, mit Herrn Markward.«

»Seid ihr immer noch per Sie?«

»Ich sehe keinen Grund, warum wir das ändern sollten. Hör mal, Susanne, ich weiß, dass du ihn toll findest, aber …«

»Ich finde das so super von dir, dass du ihn mir heute Abend überlässt. Was meinst du, wie die anderen schauen werden, wenn ich mit Julian Markward ankomme …«

Antonia hörte die kindliche Begeisterung in Susannes Stimme und wusste nicht, wie sie ihre Bedenken formulieren sollte.

Susanne schrak plötzlich auf. »Ich muss mich ja noch stylen! Schwesterchen, macht es dir was aus, wenn ich dich jetzt allein lasse?«

»Natürlich nicht, geh ruhig. Wir haben ja schön geplaudert.«

Als die Schwester in ihrem Badezimmer verschwunden war, saß Antonia noch einige Minuten wie gelähmt am Tisch. Was sollte sie nur tun? Wie konnte sie das Unausweichliche verhindern?

Ob sie mit Julian sprechen sollte? Julian war vernünftig. Er war zwar ihr Feind, aber doch nur, was den Verkauf der Skulptur anbetraf. Er besaß Empathie, er war … er würde nicht … er konnte doch nicht! Oder doch?

Sie würde mit ihm reden.

Antonia stieg leise die Treppe hoch. Im ersten Stock verharrte sie und lauschte; das Wasser der Dusche lief, ihre Schwester würde nicht hören, dass sie hochging. Oben stand seine Wohnungstür weit offen. Aus dem Wohnzimmer drang durch die geschlossene Tür Musik, also schien er in diesem Zimmer zu sein. Sie zögerte, dann klopfte sie kurz, nicht allzu laut, ihre Schwester würde ja nicht ewig duschen.

»Ja bitte?«, rief es von innen.

Antonia öffnete die Tür.

»Oh, Entschuldigung!«, sagte sie und wollte die Tür wieder schließen.

»Kommen Sie ruhig herein, es ist doch alles okay.«

Julian hatte offensichtlich ebenfalls geduscht, er saß, nur in ein Handtuch gewickelt, in seinem Sessel und stellte mit der Fernbedienung die Musik leiser.

»Ich will nicht stören«, sagte Antonia.

»Sie stören nicht, jetzt kommen Sie schon, es zieht.«

In der Tat wehte ein kräftiger Luftzug, Julian hatte sein Fenster geöffnet, und unten im Haus stand wohl auch eines offen.

Antonia betrat das Wohnzimmer, das bis vor Kurzem ihres gewesen war. Das schien plötzlich schon sehr lange her zu sein.

»Setzen Sie sich doch«, bot Julian an und machte eine einladende Handbewegung.

Zögernd nahm Antonia auf dem Sofa Platz.

Aus Julians noch feuchten Haaren lief ein kleiner Tropfen auf seine Schulter. Einen Moment lang verspürte Antonia den Drang, diesen Tropfen fortzuwischen, mit der Hand über diese Schulter zu fahren, zu streicheln, diese leicht gebräunte, glatte Haut zu berühren – und in ihr war auf einmal eine Sehnsucht, eine Leere. Der Julian dieses Samstagnachmittags war so anders gewesen als der störrische, widerborstige, wütende Julian, den sie bisher erlebt hatte. Ihr wurde der Hals eng.

Unwillig schüttelte sie den Kopf. Sie wollte mit ihm über ihre Schwester sprechen. Er würde sie verstehen. Er würde auch ihre Sorge um ihre Schwester verstehen.

»Ich möchte mit Ihnen reden«, sagte sie.

»Dann tun Sie das«, forderte er sie auf. Wieso war er jetzt schon wieder der zornige Julian, den sie so gut kannte?

Antonia wusste nicht, wie sie beginnen sollte. Aber wie immer, wenn etwas schwierig wurde, ging sie in die Offensive.

»Ich möchte mich mit Ihnen über meine Schwester unterhalten.«

Überrascht zog Julian die Augenbrauen hoch.

»Ich verstehe nicht?«

Antonia blickte auf seinen nackten Oberkörper, und sie hörte selbst, dass ihre Stimme rau klang, als sie sagte:

»Ich möchte nicht, dass Sie mit meiner Schwester irgendwie …«

Es war schwerer als gedacht.

Julian hatte nicht die Absicht, ihr zu helfen.

»Was wollen Sie mir sagen? Was verstehen Sie unter *irgendwie?*«

»Sie wissen schon!«, sagte Antonia.

»Ich weiß gar nichts.«

Antonia zwang sich, den Stier bei den Hörnern zu packen.

»Ich möchte nicht, dass Sie meine Schwester ins Bett zerren.«

Julian, der vor Zorn kochte, seit er weggeschickt worden war, holte tief Luft.

»Erstens habe ich in meinem ganzen Leben noch keine Frau ins Bett *gezerrt,* wie Sie das formulieren. Umgekehrt kenne ich es allerdings, ja. Ich konnte mich gelegentlich nur mit größter Mühe davor retten, ins Bett *gezerrt* zu werden. Diejenigen Frauen allerdings, mit denen ich im Bett war, sind ausgesprochen gern und freiwillig und voller Enthusiasmus mit mir ins Bett gegangen. Zerren habe ich also erstens nicht nötig, und zweitens widerspricht zerren hundertprozentig meiner Einstellung zu Menschen im Allgemeinen und zu Frauen im Besonderen. Wenn Sie mich allerdings darauf hinweisen wollen, dass es Ihnen nicht recht ist, wenn ich mit Ihrer Schwester schlafe, dann sage ich Ihnen klipp und klar, dass Sie das nichts angeht! Ihre Schwester ist, soweit ich weiß, volljährig und sollte von daher auch selbst entscheiden dürfen.«

Sein Gesicht war blass vor Wut. »Weiß Ihre Schwester eigentlich, was Sie mir hier gerade vorschreiben wollen?«

Mit Befriedigung sah Julian, wie Antonia die Farbe wechselte und nach einer Antwort suchte.

»Aha, das habe ich mir gedacht.«

Er ließ sie noch einen Moment um Worte ringen, bevor er fortfuhr:

»Ich kann mir denken, Sie möchten sicher nicht, dass ich Ihrer Schwester von dieser Unterhaltung erzähle. Dann will ich auch nicht so sein und werde es für mich behalten.«

Jetzt grinste er, und Antonia spürte wieder einmal den inzwischen schon vertrauten Groll in sich aufsteigen. Sie hatte sich erpressbar gemacht, und er wusste es, sie sah es in seinen Augen.

Sie ballte die Fäuste und presste die Fingernägel tief in die Ballen.

»Wenn Sie …«, sie stockte. »Sie sollten mir nicht drohen!«, sagte sie dann.

»Habe ich das? Und warum sollte ich nicht?« Sein Grinsen wurde breiter.

Er erhob sich. »Ich würde mich jetzt gern anziehen. Können wir uns darauf verständigen, dass weder der Mietvertrag noch mein Angestelltenvertrag irgendeine Vorschrift oder Bedingung in Bezug auf mein Sexualleben enthält?«

Antonia holte tief Luft, bevor sie ebenfalls aufstand.

»Ich wünsche Ihnen viel Spaß heute Abend!«, sagte sie giftig.

Julian ließ sie bis zur Tür gehen, bevor er fragte: »Sie haben mir noch nicht geantwortet: Es gibt keine Regelungen für mein Sexualleben in unseren Verträgen, nicht wahr?«

Antonia wandte sich ab. »Nein, gibt es nicht.«

»Ich kann also schlafen, mit wem ich will?«, insistierte er noch, aber darauf gab sie keine Antwort mehr.

Und so kam es, dass Antonia später allein im Wohnzimmer vor einer fade schmeckenden Pizza vom Lieferdienst saß und mit den Tränen kämpfte.

Der Abend schleppte sich dahin, Antonias Stimmung wechselte zwischen Ärger über Julian, Ärger über sich selbst und Sorge um Susanne.

Später im Bett schaffte sie es wieder einmal nicht, sich auf ein Buch zu konzentrieren. Sie lag mit offenen Augen im Dunkeln und lauschte nach draußen. Irgendwann schaltete sie den Fernseher im Schlafzimmer ein, doch den Ton stellte sie stumm, damit sie ja nicht verpasste, wenn die beiden nach Hause kämen. Sie starrte auf die flackernden Bilder, ohne irgendetwas wahrzunehmen – und setzte sich ruckartig im Bett auf, als gegen halb fünf Uhr morgens der Kies unter den Reifen des Bullis knirschte.

Sie hörte Susannes Lachen, Julians leise Stimme, das Geräusch der Haustür, die geschlossen wurde, die Schritte auf der Treppe, Getuschel und Kichern auf dem Treppenabsatz hier im ersten Stock, dann das Geräusch von Susannes Tür ihr gegenüber und darauf folgend – wie erleichternd! Antonia stieß die angehaltene Luft aus – Julians Schritte auf den Stufen in den zweiten Stock. Und anschließend das Geräusch seiner sich schließenden Schlafzimmertür.

Ob sie in Susannes WG miteinander geschlafen hatten?

Aber da waren die Mitbewohner, und Susanne wäre dann wahrscheinlich gar nicht mit nach Hause gekommen. Oder Julian hätte gleich dort übernachtet. Die Tatsache, dass beide jetzt hier ankamen, sprach eigentlich dagegen.

Antonia schaltete den Fernseher aus und wickelte sich in ihre Bettdecke. Wenige Sekunden später war sie eingeschlafen.

Sie erwachte gegen halb neun vom Motorengeräusch des Bullis. Wo fuhr er hin? Er hatte sich nicht abgemeldet! War Susanne mit ihm gefahren?

Sie schlüpfte in ihren Trainingsanzug und eilte nach unten. Den Tisch im Frühstückszimmer hatte er noch gedeckt – diese Aufgabe hatte sie für die Sonntage Julian zugeteilt.

Von ihrem Teller leuchtete ihr ein Blatt Papier entgegen, mit einer eilig hingeworfenen handschriftlichen Nachricht.

»Meine Mutter ist vergangene Nacht gestürzt, ich muss nach ihr sehen. Ich melde mich, wenn ich mehr weiß.«

Oben klappte eine Tür, Susanne stand offenbar auch gerade auf. Das war früh, normalerweise schlief sie sonntags länger.

Antonia ging in die Küche und füllte Wasser in die Kaffeemaschine.

»Wo ist Julian?«, fragte Susanne, als sie, zwar im Bademantel, aber gekämmt und geschminkt, die Küche betrat und Antonia flüchtig umarmte.

Zu viel Parfüm, dachte Antonia. Sie drückte ihrer Schwester das mit den Müslischüsseln, dem Milchkännchen und dem Obstteller bepackte Silbertablett in die Hand.

»Er musste zu seiner Mutter, die scheint gestürzt zu sein …«

»Oh nein!« Susanne stellte das Tablett mit einem dumpfen Klang auf dem Granit der Küchentheke ab. »Das ist jetzt nicht wahr, oder?«

»Die Nachricht liegt auf dem Esstisch. Lies selbst.«

Susanne verzog schmollend das Gesicht. »Ich hatte mich so auf unser Frühstück gefreut!«

Sie blickte aus dem Fenster in den bewölkten Himmel. »Das Wetter ist auch schlecht heute. Was mache ich denn jetzt? Weißt du, wann er zurückkommt?«

»Keine Ahnung. Er meldet sich, wenn er mehr weiß, hat er geschrieben. Sollen wir zwei es uns bis dahin so richtig gemütlich machen, und du erzählst mir ein bisschen von gestern Abend? Was hältst du davon?«, sagte Antonia und nahm das Tablett.

Ein Anflug von Scham. Wollte sie ihre Schwester aushorchen? Aber es war doch nur zu deren Bestem – sie musste Susie schließlich vor Julian beschützen. »Bringst du bitte die Kaffeekanne mit?«

Später am Frühstückstisch, als der Regen schon gegen die Fenster trommelte und das Wasser in breiten Bächen am Glas herunterlief, schwärmte Susanne vom gestrigen Abend. »... und Xavier, das ist der Sänger von den Orange-Utahs, den kenne ich jetzt auch, der ist unheimlich süß, und der hat mir seine Handynummer gegeben, und wenn sie irgendwo auftreten und ich will rein, brauche ich ihn nur anzurufen, und Leo, das ist der Bassgitarrist, der hat ...«

Während Susanne plapperte, liefen Antonia die Gedanken davon. Drei unterschiedliche Julians hatte sie gestern erlebt: den im Umgang mit dem kleinen Jungen geduldigen, fast liebevollen Julian, den angenehmen Begleiter beim Spaziergang und im Biergarten, den Wütenden, der sich über ihre Schwester hermachen würde, der ... Sie schreckte aus ihren Gedanken auf. »Was hast du gesagt?«

Susanne wiederholte verwundert.

»Am Samstagabend, habe ich gesagt. Um vier Uhr! Was ist denn das für ein Club, der am Samstagabend um vier Uhr dichtmacht? Wir waren genau zwanzig Minuten da! Die haben uns die Drinks hingestellt und uns quasi im selben Moment vor die Tür gesetzt. Wir haben es gerade noch geschafft, auszutrinken. Um fünf nach vier waren wir schon draußen. Verstehst du das?«

Susanne schüttelte den Kopf, die Fassungslosigkeit über eine solche Geschäftspolitik stand ihr ins Gesicht geschrieben.

Antonias Erleichterung war so groß, dass sie ein Aufstöhnen unterdrücken musste.

Gegen halb vier war die Gruppe erst in diesen Club gegangen, um vier hatte der zugemacht, ziemlich genau um halb fünf waren Susanne und Julian Markward nach Hause gekommen – sie hatten definitiv nicht miteinander geschlafen.

»Und wo seid ihr dann hingegangen?«, fragte sie und schämte sich schon wieder. Aber die Frage lag auf der Hand, die Schwester konnte ja nicht wissen, dass sie die Ankunft der beiden gehört hatte.

»Julian war müde, und wir sind heim.«

Oder ob die beiden vorher …? Nein, das war doch unwahrscheinlich.

Das mobile Festnetztelefon in der Küche klingelte. Susanne sprang auf und war schon am Apparat, als Antonia erst durch die Tür trat.

»Ach, Herr Falter«, sagte Susanne mit vor Enttäuschung triefender Stimme. »Ich gebe Ihnen meine Schwester.«

Herr Falter war der neue Hausmeister des Gebäudes, in dem das Unternehmen seinen Firmensitz hatte. Empört informierte er Antonia, dass die firmeneigenen Parkplätze von Wohnmobilen mit italienischen Nummernschildern belegt waren: »… alles total zugestellt! Der ganze Parkplatz! Und ich muss doch meinen Rundgang durchs Gebäude machen. Ich bin fast eine halbe Stunde umhergefahren, bis ich was gefunden hatte! Ich habe bereits bei der Hausverwaltung angerufen und aufs Band gesprochen, aber die rufen einfach nicht zurück, da dachte ich, ich frage Sie mal, ob ich die Polizei informieren soll. Schließlich ist das doch Privatgelände. Wenn Sie heute kommen, finden Sie keinen Parkplatz, Frau Arnoux! Wie Kraut und Rüben parken die da, wie …«

Antonia unterbrach den aufgebrachten Mann.

»Ich glaube, das mit der Polizei lohnt sich nicht mehr. Das sind bestimmt italienische Oktoberfestbesucher, die fahren ohnehin heute alle wieder heim. Aber ich danke Ihnen, dass Sie mich informiert haben, Herr Falter.«

»Deswegen ruft der dich an?«, fragte Susanne, als Antonia sich wieder ihrem Frühstück zuwandte.

»Er ist neu, er ist einfach noch unsicher«, erwiderte Antonia. Beide verbargen angestrengt ihre Enttäuschung, dass nicht Julian der Anrufer gewesen war.

»Ich koche mir noch ein Ei, möchtest du auch eines?«, fragte Susanne.

»Danke nein.«

Susanne köpfte gerade ihr Frühstücksei, als der Apparat in der Küche erneut klingelte. Dieses Mal war Antonia schneller. Und dieses Mal war es Julian.

»Arnoux«, meldete sie sich, und ihr Herz klopfte plötzlich hart gegen ihren Brustkorb, als sie Julians Stimme hörte.

»Markward hier. Es tut mir leid, dass ich heute nicht …«

»Aber das ist doch kein Problem«, unterbrach ihn Antonia.

»Ich habe Ihre Nachricht gefunden. Wie geht es Ihrer Mutter denn?«

»Gut, danke. Es ist nichts gebrochen, sie hat Glück gehabt. Nur eine Beule am Kopf und natürlich der Schock. Sie ist in der Dusche ausgerutscht und …«

»Oh, dann hat sie vielleicht eine Gehirnerschütterung! Sie müssen …«

»Deswegen bin ich ja nach Hause gefahren. Meine Mutter wollte gar nicht, dass ich … Aber wir kommen gerade aus dem Krankenhaus, es ist alles abgeklärt. Sie ist nur ziemlich desorientiert, und ich möchte gern bei ihr bleiben. Ich brauche also einen Tag Urlaub.«

Wieder eine neue Seite an Julian, dachte Antonia. So hatte sie seine Stimme auch noch nicht gehört. Besorgt, weich und mit viel … ja, was war es? Zärtlichkeit. Das war Zärtlichkeit, die da in seiner Stimme mitschwang.

»Selbstverständlich können Sie heute bei Ihrer Mutter bleiben. Ich rechne Ihnen diesen Tag natürlich nicht als Urlaubstag an.«

»Danke.«

Jetzt klang seine Stimme wieder völlig anders. Sie vibrierte, es hörte sich fast aufgebracht an.

»Ist Susanne da? Ich möchte bitte mit ihr sprechen.«

Antonia dämmerte die Erkenntnis, dass dem gestrigen Abend andere Abende folgten – andere Tage mit anderen Abenden. Selbst wenn die beiden gestern nicht miteinander geschlafen hatten – und es auch heute nicht tun würden –, dann gäbe es den morgigen Abend, den Abend danach, einen weiteren Abend und immer so weiter. Dass gestern nichts passiert war, hatte nichts zu bedeuten. Sie hatte nichts gewonnen. Sie fröstelte.

»Ich gebe das Telefon weiter. Alles Gute für Ihre Mutter.«

Antonia drückte den Hörer ihrer Schwester in die Hand, die schon begierig neben ihr stand.

Lauschte sie, während sie sich eine frische Tasse Kaffee

eingoss? Eigentlich nicht, denn Susanne sprach so laut, dass sie gar nicht umhinkonnte, jedes Wort zu verstehen.

»… das verstehe ich doch … klar … ja … nein … nächstes Wochenende hier … freue mich … und gute Besserung für deine Mutter! Bis dann!«

»Wie ist eigentlich deine Beziehung zu Herrn Markward?«, fragte Antonia, als Susanne wieder am Tisch saß und genüsslich die Schale von ihrem Frühstücksei zupfte.

»Wie sich das anhört!« Susanne schüttelte den Kopf. »Aus welchem Jahrhundert kommst du gerade, mein großes Schwesterchen?«

Antonia winkte ab. »Du weißt genau, was ich meine.«

Susanne grinste. »Ich kann mir schon denken, was dich interessiert, aber es gibt noch nichts zu erzählen. Ich sage dir aber sofort Bescheid, wenn …«

»Susie, hör zu: Dieser Markward nutzt dich nur aus! Der meint es nicht ernst.«

Susanne erhob sich, kam um den Tisch und umarmte ihre Schwester.

»Ich weiß ja, dass du besorgt um mich bist. Aber glaub mir, du siehst Julian völlig falsch. Er ist …«

Antonia lachte höhnisch auf.

»Nein, ehrlich! Das kommt nur daher, dass ihr diese doofe Vereinbarung habt und er dich sozusagen bedienen soll – das nervt ihn natürlich, da kann er ja nicht nett sein …«

Doch, das konnte er. Antonia dachte an den gestrigen Nachmittag, an ihren gemeinsamen Spaziergang, an den weichen, entspannten Julian. Und wie er das gekonnt hatte!

»… und ganz ehrlich, liebe Schwester, an mir liegt es nicht, dass wir noch nicht im Bett waren. Wenn es nach mir gegangen wäre, hätten wir längst miteinander geschlafen. Daran siehst du doch, wie falsch du liegst! Denn wenn er mich ausnutzen wollte, hätte er das locker tun können …«

Antonia wusste nichts zu erwidern. Susanne küsste sie auf die Wange.

»Glaub mir, Toni, ich kenne ihn jetzt schon ein bisschen. Er mag mich ganz einfach, und deswegen hat er sich zurückgehalten. Er will mir zeigen, dass ich eben genau nicht so eine Bettgeschichte für ihn bin. Ach Toni, er ist ja so toll! Ich liebe ihn! Ich liebe ihn! Ich liebe ihn!« Susanne ließ ihre Schwester los und tanzte durch das Zimmer.

Antonia wurde das Herz immer schwerer. Was konnte sie sagen? Sie suchte nach Worten, nach Argumenten, nach Gründen …

Susanne blieb in der Tür stehen. »Ich gehe jetzt duschen. Und danach düse ich nach Hause. Ich will noch lernen, wir schreiben kommende Woche eine Klausur. Das ist doch okay für dich, oder, Toni? Aber ich komme nächstes Wochenende noch mal, dann sehen wir uns schon wieder, ja?«

Klar kommst du. Ihr habt euch ja für das nächste Wochenende verabredet.

Antonia nickte, erhob sich und griff müde nach den beiden Frühstückstellern.

Ich muss fieser werden. Ihn rausekeln. Am besten noch diese Woche. Es wäre am allerbesten, wenn er nächstes Wochenende schon ausgezogen wäre.

»Ich helfe dir aber noch schnell beim Aufräumen«, sagte Susanne.

Am Montagmorgen saß Julian bereits am Frühstückstisch, als Antonia den Wintergarten betrat.

»Guten Morgen, wie geht es Ihrer Mutter?«

»Danke, gut, sie hat den Schreck überstanden und sich wieder beruhigt.«

Er sah blass und übernächtigt aus. Antonia spürte den Wunsch, etwas Tröstendes zu sagen. Aber er musste weg! Sie musste hart sein, brutal.

»Das freut mich für Ihre Mutter.«

Julians Augen zeigten ihr, dass er die knappe Antwort als unfreundlich auffasste. Gut so.

Sie griff nach der Zeitung. »Heute Abend benötige ich Ihre Dienste als Fahrer«, sagte sie noch, als sie die Blätter auseinanderfaltete.

»Ja?«

»Sie fahren mich bitte zu einem Treffen und warten dann im Auto irgendwo in der Nähe. Ich werde schätzungsweise eine gute Stunde brauchen. Wenn ich fertig bin, rufe ich Sie an, und Sie holen mich da, wo Sie mich abgesetzt haben, wieder ab und fahren mich nach Hause. Ist das in Ordnung?«

»Ja, natürlich«, sagte er, und sein Gesichtsausdruck bewies, dass er diese Frage als rein rhetorische verstand.

Mit schmalen Lippen fügte sie noch hinzu: »Dann treffen wir uns um neunzehn Uhr im Hausflur.«

»Wie konntest du dich nur dazu hergeben!« Julian schäumte immer noch vor Wut, als er am nächsten Vormittag in die Galerie gestürmt kam.

»Was sollte ich denn machen?« Hubert unterdrückte nur mit Mühe ein Grinsen. »Ich hatte ihr angeboten, ihr die Ausstellung zu zeigen. Das ist mein Job als Galerist. Wenn sie dich nicht dabeihaben will …

Julian hatte am Abend zuvor fassungslos auf den Zettel mit der Adresse gestarrt, den ihm Antonia in die Hand gedrückt hatte.

»Dort ist ja die Galerie!«

»Ja, ich bin mit Herrn von Rotendall verabredet«, bestätigte Antonia. Da hatte er immer noch nicht geschaltet, nur gedacht: Ach, sieh mal an, will Hubert doch was von der, hatte sie hingefahren, vor der Tür abgesetzt, schräg gegenüber einen Parkplatz gefunden. Und dann, durch die erleuchteten Fenster, hatte er die beiden herumlaufen sehen, von Exponat zu Exponat – seinen Exponaten! Die Frau betrachtete seine Arbeiten! Erst hatte er sich sogar noch gefreut, dass sie sich für seine Kunst interessierte. Aber die konnte er doch selbst viel besser erklären! Er war ausgestiegen, hatte das Auto abgeschlossen, war über die Straße geeilt, hatte die Tür zur Galerie geöffnet – und dann hatten sie ihn angestarrt: Hubert irgendwie verlegen, die Frau mit gerunzelter Stirn und stahlhartem Blick – und dann dieser Satz: »Herr Markward, Sie stören meine Verabredung mit Herrn von Rotendall. Gibt es dafür einen triftigen Grund?«

Er hatte das triumphierende Funkeln in ihren Augen gesehen – sie wusste, was sie ihm antat.

Hubert hatte hinter ihrem Rücken eine Handbewegung gemacht. Verschwinde!, bedeutete die, weg hier!

Anschließend war Antonia mit Hubert von Rotendall noch in das kleine Lokal gegenüber gegangen, die beiden hatten mehr als eine Stunde lang dort an einem kleinen Tisch gesessen, er hatte es durch das Fenster sehen können; sie hatten sich angeregt unterhalten, gelacht, die Köpfe zusammengesteckt. Und er war fast geplatzt vor Wut.

Als Antonia zum Auto kam, hatte sie nur gesagt: »Nach Hause, bitte«, und er hatte ihr zufriedenes Lächeln gesehen. Das würde er ihr heimzahlen, ihm würde sicher etwas einfallen!

Die ganze Nacht hatte er im Bett vor sich hin gezürnt.

Jetzt stand er, immer noch zornbebend, in Huberts Galerie und beschimpfte seinen Freund.

»Was hätte ich denn machen sollen?«, fragte Hubert schulterzuckend. »Was sollte ich deiner Meinung nach tun? Ich führe eine Galerie, und sie war daran interessiert, meine aktuelle Ausstellung zu sehen.«

Julian schnaubte.

»Jetzt setz dich doch erst mal. Dein Herumgerenne macht mich ganz nervös.«

Julian ließ sich endlich auf dem weißen Lederstuhl gegenüber von Huberts Schreibtisch nieder.

»Ich finde wirklich, dass du übertreibst. Ihr liegt eben an meiner Gesellschaft mehr als an deiner. Es müssen dir ja nicht alle Frauen nachlaufen, du kannst ruhig auch mal was für andere übrig lassen.«

Hubert genoss die Situation. Es geschah seinem Freund ganz recht. Endlich mal eine Frau, die Julian nicht bedingungslos ergeben war und ihm wie ein Schaf hinterhertrottete.

»Hast du etwa Interesse? An der … an der alten Schachtel?«, stieß Julian hervor.

»Du weißt genau, dass sie nicht alt ist. Sie ist so alt wie du.«

»Ja, ich weiß, aber …« Julian sah diese irritierenden Augen vor sich, dieses Braungrün, Augen wie ein dunkler Waldsee, geheimnisvoll und unergründlich. Und in der Tiefe lauerte die Gemeinheit!

»Und sie ist eine wirkliche Schönheit! Feine, harmonische Züge, sehr symmetrisch. Das ist nur die Brille, die so stört. Das sollte dir eigentlich inzwischen auch aufgefallen sein.«

»Du hast sie dir aber ganz genau angesehen! War das, als ihr da im traulichen *tête-à-tête* beim Weinchen gesessen habt? Was hast du dir die Frau eigentlich anzugucken?«

Julian geriet immer noch mehr in Rage. »Was geht dich eigentlich an, wie sie aussieht?«

Er sprang auf und stampfte aus der Galerie. Die Scheiben klirrten, als er die Eingangstür hinter sich zuknallte.

»Was war das denn?«, wunderte sich Hubert.

Julian trat so fest in die Pedale des Fahrrads, dass diese sich bei jeder Umdrehung leicht nach unten bogen. Wie hatte sie ihm das antun können? Sie hatte ihn gekränkt, beleidigt, zurückgewiesen – als Künstler und genau genommen auch als Mann.

Es war ihm vorher gar nicht klar gewesen, wie gern er mit ihr über seine Arbeiten diskutiert hätte. Und natürlich hatte er längst gesehen, dass sie weder alt noch hässlich war, ganz im Gegenteil.

Wie hatte sie so gemein sein können? Sie hatte ihn mit Absicht und ganz gezielt zutiefst verletzt.

Und er Idiot hatte nicht mit der Schwester geschlafen. Warum eigentlich? Weil sie ihn darum gebeten hatte? Weil er gewusst hatte, dass es ihr wehtun würde? Wie idiotisch. Die Kleine war so willig gewesen.

In seiner Wohnung schrieb er eine SMS.

»Persönliche Einladung für die reizende Susie zum Wiedergutmachungsdinner für den verpatzten Sonntag – zu Hause bei Julian Markward, morgen Abend neun Uhr. Dresscode: sexy, sexy, sexy! U.A.w.g. so schnell wie möglich.«

Die begeisterte Zusage kam nach einer Minute.

Julian würde Antonia morgen beim Frühstück informieren, dass er abends eine Verabredung hätte.

Aber Antonia war fort. Als er später im Treppenhaus Frau Straub begegnete, informierte sie ihn, dass Antonia bis Donnerstag verreist sei.

Das war schade. Sie würde Susannes Anwesenheit bei

ihm also nicht bemerken. Na ja, es musste ja nicht bei dem einen Mal bleiben. Und so konnte er sich morgen voll auf seinen Genuss konzentrieren.

Am nächsten Abend um halb neun öffnete er weit die Eingangstür zu seiner Wohnung.

Aber Susanne klopfte erst um kurz vor zehn an seiner Wohnzimmertür.

»Herein!«, rief Julian.

Susanne trug einen silberglänzenden Fummel, minikurz, hauteng und tief ausgeschnitten. Sie brachte eine Parfümwolke mit.

Zu schwer, dachte er.

Er saß im lederbezogenen Ohrensessel, die Beine entspannt ausgestreckt, in der rechten Hand einen Zigarillo, in der linken das noch halb gefüllte Rotweinglas, das er jetzt auf dem kleinen Beistelltisch abstellte.

Susanne wartete darauf, dass er sich erhob und sie vielleicht mit einem Kuss oder einer Umarmung begrüßte, aber er machte keine Anstalten, aufzustehen.

Sie schloss die Tür und trat zwei Schritte ins Zimmer.

»Du scheinst nicht besonders erfreut, mich zu sehen«, sagte sie schmollend.

»Du kommst zu spät, ich hatte für uns gekocht.«

Erst jetzt registrierte Susanne den kleinen, elegant für zwei gedeckten Tisch mit der bodenlangen weißen Tischdecke. Den hatte er offenbar aus der Küche herübergetragen.

Sie hatte ihn ein bisschen warten lassen wollen, er sollte etwas schmoren; sie hatte gehofft, dadurch sein Verlangen nach ihr zu steigern.

Julian zog an seinem Zigarillo.

Susanne hörte die leise, romantische Musik, sah die

flackernden Kerzen auf dem Tisch und in den Fensternischen und begriff, dass sie einen Fehler gemacht hatte.

Das war kein Mann, den man warten lassen durfte. Wie konnte sie das nur wieder hinbiegen?

»Können wir nicht jetzt noch essen?«

Julian lachte spöttisch.

»Was glaubst du eigentlich, wie lange man so ein Stück auf den Punkt gegartes Fleisch im Backofen stehen lassen kann? Ich habe es vor einer Viertelstunde weggeworfen.«

»Es tut mir so leid, ich wollte das nicht«, sagte sie, inzwischen ernsthaft zerknirscht. »Ich bekam noch einen Anruf, und dann war es auf einmal schon so spät …«

Sie sah süß aus, wie sie da so schuldbewusst stand.

Julian griff nach der Rotweinflasche auf dem Beistelltisch und goss sich nach.

Er trank einen Schluck, während sein Blick über Susannes Körper wanderte.

»Hm«, sagte er. »Genau genommen bist du ja auch nicht zum Essen gekommen, oder?«

Susanne schöpfte Hoffnung und versuchte ein anzügliches Lächeln. »Nein, eigentlich nicht …«

Julian zog genüsslich an seinem Zigarillo, dann erwiderte er das Lächeln.

»Na ja«, sagte er gedehnt, »dann komm mal her.«

Als sie zwischen seinen Beinen stand, griff er nach ihrer Hand und zog sie zu sich herunter.

Jetzt kauerte sie zwischen seinen Knien und schaute zu ihm auf. Ihr Kopf lag auf seinem linken, ihre Hand auf seinem rechten Oberschenkel.

Julian nahm noch einen Schluck, stellte das Weinglas auf den Tisch, zog noch einmal voller Genuss an seinem Zigarillo und legte den Kopf zurück.

Susannes Zeigefinger zeichnete jetzt Achten auf seinem

Oberschenkel, und mit jeder Acht glitt die Hand ein wenig höher, näher zum Reißverschluss, näher zur Mitte der Jeans. Julian ruhte zurückgelehnt im Sessel und sah versonnen einem Rauchkringel nach.

Mit der freien Hand griff er in Susannes Nacken. Sein Daumen nahm die Muster, die sie auf seiner Hose zeichnete, auf und zog sie auf ihrem Hals nach.

Als Susannes Hand endlich am Reißverschluss angekommen war, ritzte sie die Achten mit dem Fingernagel um die Wölbung, bevor sie sich mit festem Druck um die Härte schloss.

Julian stöhnte lustvoll auf.

Susanne beugte sich vor und knabberte mit den Zähnen am Reißverschluss.

Seine Hand verkrallte sich in ihren Haaren.

Als sie den Reißverschluss öffnete, legte er den Zigarillo in den Aschenbecher.

»Komm«, sagte er. »Lass uns ins Bett gehen, da haben wir es bequemer.«

Er zog sie im Aufstehen mit hoch. Seine Lippen glitten über ihre Haut, über den zarten Hals, hinter ihr Ohr.

Eng umschlungen drängten sie sich aus dem Wohnzimmer und dann über den Flur ins Schlafzimmer.

Susanne ließ sich rücklings aufs Bett sinken, im Fallen streifte sie den Stoff ihres Kleides herunter, sodass die nackten runden Brüste sich Julian entgegenwölbten.

Julian zog sich den Pullover über den Kopf.

»Du wolltest mir beim Spielen zusehen«, sagte Susanne.

»Darauf freue ich mich schon seit Wochen«, erwiderte Julian und streifte die Schuhe ab.

Susanne legte die Hände auf die Brüste und ließ sie kreisen. Julian griff nach seiner Gürtelschnalle und löste den Verschluss.

Susanne kicherte plötzlich.

»Was ist?« Er schaute amüsiert auf sie hinunter.

»Wenn Antonia uns jetzt sehen könnte!«

Antonia … mit ihren grünbraunen Augen. Antonia …

Susannes Lachen erinnerte ein wenig an das von Antonia, fiel ihm auf. Aber Antonias war voller, tiefer, schöner. Was für eine wunderbare Wärme hatte ihn durchströmt, als sie am Samstag im Auto zweimal so entspannt gelacht hatte.

Dieses Lachen würde sie ihm nicht mehr gönnen. Diesen Laut würde er nicht mehr von ihr zu hören bekommen.

»Wieso denkst du jetzt an Antonia?«, fragte er.

»Sie wäre sicher sauer, wenn sie uns hier so sähe …«

»Gehst du mit mir ins Bett, um Antonia zu ärgern?«, fragte Julian.

»Nein, natürlich nicht.« Susanne rieb sich auffordernd über die Brüste.

Julian fasste suchend an seine Gesäßtasche und fühlte sein Handy.

Er beugte sich zu Susanne hinunter und drückte ihr einen Kuss auf die Wange. »Das machst du wirklich sehr schön. Ich bin gleich wieder bei dir, ich gehe nur mal schnell …«

In der Toilette verriegelte er die Tür und zog sein Handy aus der Tasche. Er drückte zwei Tasten und hielt sich das Telefon ans Ohr. Heb ab, bitte sei da, hör das Klingeln und heb ab!, dachte er. Es klingelte einmal, zweimal, dreimal. Julian stöhnte verzweifelt. »Rotendall«, meldete sich sein Freund, als er es schon beinahe aufgegeben hatte.

»Was für ein Glück, du bist da!« Die Erleichterung war so groß, dass Hubert von Rotendall sie fast greifen konnte.

»Was ist passiert?«, fragte er erschrocken.

»Du musst mich befreien«, flüsterte Julian ins Telefon.

»Ich kann dich nicht verstehen, was ist los?«

»Ich brauche deine Hilfe!« Julian sprach etwas lauter.

»Das habe ich mir fast gedacht, sonst würdest du ja nicht um diese Zeit anrufen und mich aus dem Bett werfen.«

»Tut mir leid! Hör zu, bitte ruf mich in einer Minute an. Bitte, bitte!«

»Was soll ich? Ich verstehe dich so schlecht!«

Julian flüsterte jetzt Wort für Wort überdeutlich: »Bitte-ruf–mich–an–in–einer–Minute! Ganz–wichtig!«

Es dauerte einen quälend langen Moment, bis Hubert verstanden hatte. »Ich soll dich irgendwo loseisen – ist es das?«

Obwohl sein Gesprächspartner es nicht sehen konnte, nickte Julian heftig. »Ja! Bitte! Bitte!«

»Und deswegen weckst du mich? Da hab ich aber was gut bei dir! Das kostet dich was! Darauf kannst du dich verlassen.«

»Ja, ja! Bitte, gleich! In einer Minute.« Julian legte auf, betätigte die Spülung und ging zurück ins Schlafzimmer. Susanne hatte sich in der Zwischenzeit vollständig ausgezogen, lag nackt auf dem Bett und blickte ihm erwartungsvoll entgegen.

Schon süß, dachte er. Ein Jammer.

Er legte sich neben sie und küsste sie zärtlich auf die Stirn. Sie rekelte sich genüsslich. Er ließ seinen Mund tiefer wandern und dachte: Hoffentlich ruft Hubert jetzt nicht an.

Da vibrierte das Handy in seiner Gesäßtasche.

Er setzte sich auf.

»Wer stört uns denn jetzt noch?« Er lächelte Susanne an und zog das Handy aus der Jeans. Ein Blick aufs Display. »Das ist Hubert! Was will der denn um diese Uhrzeit?«, sagte er in verwundertem Ton. Er tippte auf die Annahmetaste.

»Hubert, was ist los?«

»Ja, hier ist Hubert. Du musst sofort kommen. Es ist etwas Furchtbares passiert!«

Julian bemühte sich um ein betroffenes Gesicht, erhob sich vom Bett und legte ein paar Schritte Distanz zwischen sich und Susanne.

»Was ist denn so Schlimmes passiert?«

Hubert sprach jetzt leiser. »Was weiß ich? Vielleicht hat mein Goldhamster Durchfall? Oder die Küchenschaben formieren sich zu einer Protestdemo auf dem Marienplatz? Keine Ahnung! Da denkst du dir jetzt bitte selbst was aus – ich will nämlich endlich weiterschlafen.«

Julian musste sich anstrengen, einen erschrockenen Gesichtsausdruck zu produzieren.

»Ich komme sofort!«, rief er ins Telefon und hörte noch »Untersteh dich!«, bevor er das Gespräch beendete.

Susanne sah ihm verständnislos entgegen, als er wieder ans Bett trat und sich setzte.

»Es tut mir wahnsinnig leid«, sagte er und strich ihr über den Oberschenkel. Fast ärgerte er sich, dass Hubert angerufen hatte. Konnte er es nicht einfach ignorieren? Warum hatte er diesen Anruf eigentlich bestellt?

Er dachte an Antonia und sah die Nixenaugen vor sich – grünbraun.

Abrupt richtete er sich auf. »Ich kann es nicht ändern, ich muss leider gehen. Hubert hat ein Problem und benötigt meine Hilfe.«

Susanne verzog verärgert das Gesicht. »Du willst doch wohl jetzt nicht weg!«, sagte sie ungläubig.

»Doch, ich muss, er braucht mich. Dringend.«

Susanne stützte sich auf ihren Ellenbogen. »Was hat er denn für ein Problem, dass du mitten in der Nacht zu ihm musst?«

Julian zögerte keine Sekunde mit der Antwort.

»Da darf ich leider nicht darüber sprechen, es ist eine private Geschichte von Hubert.« Er küsste sie und strich mit der Hand über ihren Körper. »Ich habe mir den Abend mit dir wirklich anders vorgestellt, das kannst du mir glauben. Aber es geht nicht anders. Also sei lieb und zieh dich an.«

Julian erhob sich und griff seinen Pullover vom Stuhl. Wenn sie jetzt nicht aufsteht, bleibe ich hier. Was ziehe ich hier eigentlich für eine Nummer ab?

Aber während er in Kleidung und Schuhe schlüpfte, hörte er das Rascheln ihres Kleides.

Ihm fiel erst jetzt auf, dass sie es natürlich bemerken würde, wenn er nicht wegfuhr. Was war er für ein Idiot! Statt sich mit einer willigen, gut gebauten Frau im Bett zu wälzen, musste er hinaus in die kalte, ungemütliche Nacht. So blöd konnte auch nur er sein!

Julian griff unter die Schräge, die als Garderobe ausgebaut war, zog eine Jacke vom Bügel und schlüpfte hinein.

Susanne war fertig.

Innerlich fluchend ging er mit Susanne hinunter bis zum ersten Stock. Er küsste sie leicht auf die Wange, wartete, bis sie in ihrem Schlafzimmer verschwunden war, und überlegte kurz, auf Zehenspitzen wieder hochzuschleichen. Aber sie würde es merken; vor allem würde sie das Geräusch des wegfahrenden Autos vermissen.

Das ist doch alles Blödsinn, dachte er. Jetzt klopfe ich an die Tür, sage, dass ich es mir anders überlegt habe, und dann …

Während er sich die Nacht mit Susanne in allen Details ausmalte, stieg er die Treppe hinunter, ging zu seinem Auto, stieg ein, ließ den Motor an und fuhr in sein Atelier. Dort verbrachte er den Rest der Nacht, sich hin und her wälzend auf dem zu kurzen, durchgesessenen Sofa mit den ausgeleierten Federn, das irgendwann einmal vom Sperrmüll ins Atelier gewandert war, und kehrte erst um halb sieben am frühen Morgen mit Rückenschmerzen und entsetzlich schlechter Laune in die Osterwaldstraße zurück.

Susanne schlief noch, er saß allein am Frühstückstisch. Frau Straub hatte Roastbeef und Remouladensauce gekauft – »Ich habe mir gedacht, dass Sie das mögen!« –, und obwohl Julian übernächtigt und appetitlos war, aß er pflichtschuldig zwei Scheiben davon.

»Danke, Frau Straub. Vielleicht mag Susanne auch etwas. Sonst esse ich den Rest heute Abend.«

»Susanne ist da? Ich habe gar kein Auto gesehen.«

Frau Straub schob den Kopf etwas nach vorn und musterte Julian neugierig.

»Jedenfalls war sie gestern Abend hier, als ich fuhr«, beeilte sich Julian, hinzuzufügen. »Ob sie jetzt noch da ist, weiß ich nicht.«

Und da er Frau Straub das neugierige Kombinieren geradezu ansehen konnte, fügte er noch schnell hinzu: »Ich habe im Atelier übernachtet, ich weiß nicht, ob sie wieder gefahren ist.«

Frau Straub guckte enttäuscht.

»Ja, dann lass ich mal den Frühstückstisch noch gedeckt.«

Julian erhob sich. »Ich gehe jetzt laufen, und dann arbeite ich wieder im Atelier. Heute Abend bin ich bei Freunden, Sie brauchen nichts für mich vorzubereiten. Frau Arnoux kommt ja erst übermorgen Abend wieder zurück, nicht wahr? – Okay, dann weiß ich Bescheid.«

Er sah zu, dass er wegkam, bevor Susanne auftauchte. Im Atelier stürzte er sich in die Arbeit.

Antonia steuerte auf den Parkplatz. Es war schon etwas dämmrig; leichter Nebel hing in der Luft. Sie war müde, denn sie kam aus Dresden, der typische Freitagabendverkehr hatte die Fahrt in die Länge gezogen, es hatte sie erschöpft.

Der Wagen rollte auf die Kiesfläche; der Bulli war nicht da. Ein ganz sachtes Gefühl des Bedauerns.

Antonia zog den Zündschlüssel ab und öffnete die Fahrertür. Sie stieg aus, streckte sich und atmete tief ein.

Als sie zum Kofferraum gehen wollte, sah sie aus dem Augenwinkel etwas vor den Treppenstufen zur Haustür liegen. Es sah aus wie ein zusammengeknüllter grauer Lappen.

Wer hat denn da einen Putzlappen vergessen?, dachte Antonia. In diesem Moment bewegte sich das Knäuel.

Verwundert und neugierig machte sie ein paar Schritte in Richtung Haustür.

»O nein!« Es war Julians Katze Tete, die merkwürdig verdreht auf dem Fußabstreifer vor der Haustür lag.

Mit drei Schritten war Antonia bei ihr.

»Tete?«

Antonia ließ sich neben der Katze auf die Knie fallen. Der Kopf war voller angekrusteter Blutplacken, und auch über den Rücken zog sich eine breite bräunliche Spur. Das Tier hatte die Vorderbeine weit von sich gestreckt, die Krallen in die Fußmatte verhakt, jetzt zog sie sich ein winziges Stück nach vorn …

»Der Winkel gefällt mir nicht. Die Arbeit kriegt so merkwürdige Proportionen.« Julian stand neben Hubert und dem Fotografen am Tisch und studierte die Papierabzüge. Hubert hatte die Idee gehabt, als Weihnachtsgruß der Galerie einen Kalender zu verschicken, in dem von jedem Künstler, der im vergangenen Jahr ausgestellt hatte oder im neuen Jahr ausstellen würde, ein oder zwei Arbeiten gezeigt wurden.

Der Fotograf nickte und schob die Probeabzüge hin und her.

»Schade, dass der Lichteinfall hier so eine Spiegelung macht, sonst wäre es perfekt.«

In Julians Hose vibrierte das Handy. Er versuchte, es zu ignorieren. Als es nicht aufhörte, fluchte er. »Verdammte Scheißdinger!«

Er zog das Handy aus der Gesäßtasche. Frau Arnoux! Er hatte jetzt keine Zeit, sich schikanieren und durch die Gegend hetzen zu lassen. Er schob das Handy zurück.

Es summte. Der SMS-Signalton. Die Information über den verpassten Anruf. Er würde später nachsehen, ob sie eine Nachricht hinterlassen hatte. Er wandte sich wieder dem Fotografen und Hubert zu.

Die drei diskutieren noch eine halbe Stunde über die verschiedenen Aufnahmen, auf welcher das beste Licht, die schönste Helligkeit, die akzentuiertesten Grautöne waren. Aber schließlich hatten sie zwei Fotos ausgewählt, an denen keiner etwas auszusetzen hatte. Endlich waren alle zufrieden.

»Das wird fantastisch«, sagte Julian zu Hubert, während sie zu dritt das Deckblatt betrachteten.

Als Julian sich draußen auf sein Fahrrad schwingen wollte, brummte erneut sein Handy. Unwirsch zog er es aus der Hosentasche. Sieben verpasste Anrufe! Zwei Nachrichten auf der Mailbox! Zwei SMS! Was war denn mit der los?

Während er noch fluchte, rief er die erste SMS auf. Und dann sprangen ihn die Worte regelrecht an:

»Tete offenbar angefahren, schwer verletzt, sind in der Tierklinik in der Veterinärstraße.«

Julian wählte Antonias Handynummer. Besetzt. Er fluchte. Was war mit der Nachricht auf der Mailbox?

»Hier ist Arnoux. Ihre Katze wurde wahrscheinlich angefahren. Sie scheint schlimm verletzt zu sein. Ich bringe sie in die Veterinärstraße.« Und die nächste Nachricht: »Wir sind jetzt in der Tierklinik. Melden Sie sich bitte so schnell wie möglich.«

Mit zitternden Fingern wählte Julian erneut Antonias Handynummer. Es klingelte. Julian hielt die Luft an. Einmal, zweimal, dreimal – dann hob Antonia ab.

»Was ist mit Tete?«, fragte Julian und konnte nicht verhindern, dass seine Stimme zitterte.

Antonia ließ sich im Warteraum der Klinik erleichtert auf einen der Holzstühle sinken. Endlich meldete er sich. Sie hatte schon befürchtet, ihn nicht mehr zu erreichen, bevor …

»Da sind Sie ja! Gut, dass Sie zurückrufen. Ich kann Ihnen noch nichts sagen. Sie wird gerade operiert. Die Ärztin will aber später mit mir beziehungsweise mit dem Halter sprechen.«

»Was ist denn nur passiert?«, fragte Julian.

»Sie lag vor der Haustür, als ich kam, sie hat das hintere Bein nicht bewegt. Am Kopf ist auch eine Verletzung. Aber da war so viel Blut, dass ich nichts erkennen konnte.«

Antonia hörte einen Laut – war das ein Schluchzen?

»Sie müssen herkommen; es sind vielleicht Entscheidungen zu treffen.«

»Ich bin schon auf dem Weg. Was für Entscheidungen?«

Antonia zögerte. Sie hört die Panik in seiner Stimme. Wie sollte sie es ihm sagen?

»Es kann sein, dass sie eingeschläfert werden muss.«

Der merkwürdige Laut wiederholte sich.

»Können Sie warten, bis ich komme?«

»Natürlich. Ich bleibe hier, bis Sie da sind.«

»Ich brauche fünfzehn Minuten«, sagte Julian.

Er schaffte es in zehn.

Antonia schreckte hoch, als Julian zur Tür hereingestürmt kam.

»Wo ist sie?«, fragte er und schaute wild um sich. »Ist sie schon …?«

Antonia erhob sich von dem harten Stuhl mit dem schwarzen Brandloch auf der Armlehne und ging auf Julian zu.

»Gut, dass Sie da sind! Wir müssen warten, das kann noch dauern.«

Julian schaute sich suchend um. »Wo ist denn hier jemand, mit dem man reden kann?« Seine Stimme klang unnatürlich hoch, fast kindlich.

Antonia nahm ihn beim Ellenbogen.

»Sie wird gerade operiert.«

»Wieso operiert? Was hat sie?«

Antonia registrierte Julians Blässe. Sie drückte ihn sanft auf einen Stuhl und setzte sich neben ihn.

»Ich erkläre Ihnen jetzt alles, zumindest soweit ich es verstanden habe. Aber Sie müssen mir auch zuhören.«

Julian schaute noch einmal verzweifelt nach rechts und links, war da wirklich kein Arzt, kein Pfleger, niemand?

Dann holte er tief Luft. »Erzählen Sie.«

Antonia berichtete, wie sie nach Hause gekommen war, die Katze auf der Fußmatte vor der Haustür vorgefunden hatte, den Rücken und den Kopf voller Blut – und nur die Vorderpfoten bewegend.

»Ich habe vorsichtig einen Karton unter Tete geschoben, ich wollte sie nicht hochheben, denn ich hatte Angst, dass etwas gebrochen sein könnte. Als sie auf dem Karton lag, konnte ich sie tragen. Da hat sie sich schon nicht mehr bewegt, und ich dachte, sie sei tot. Aber im Auto hat sie einmal leise gemaunzt. Ich bin mit ihr hierhergefahren, die Dame am Empfang hat sie mir abgenommen, dann kam die Ärztin und hat nach dem Besitzer gefragt. Ich habe zigmal versucht, Sie zu erreichen.«

»Ich dachte, Sie wollten …« Julian brach ab.

Antonia ahnte, was er hatte sagen wollen. Egal.

»Jedenfalls sieht es folgendermaßen aus, wenn ich es richtig verstanden habe: Man hat alle möglichen Untersuchungen gemacht, Laborwerte, Thorax-Abdomen-Röntgenaufnahmen, Ultraschall und was weiß ich nicht alles. Dabei hat sich gezeigt, dass zwei Lendenwirbel angebrochen sind …«

»O mein Gott!« Julian sprang auf.

»Das wird jetzt operiert«, fuhr Antonia fort.

»Ah, gut«, sagte Julian, und der Ansatz eines hoffnungsvollen Lächelns erschien in seinen Augen, verschwand aber sofort wieder, als er Antonias Miene sah.

»Es gibt dabei verschiedene Probleme«, erklärte Antonia. »Die Ärzte wissen nicht, ob das Rückenmark bleibend geschädigt ist. Sie gehen im Moment von einer … ach, jetzt habe ich vergessen, wie das heißt … Moment, ich habe es mir aufgeschrieben …« Antonia tastete in ihrer Jackentasche herum und zog einen kleinen Zettel heraus.

»Die Ärztin geht im Moment davon aus, dass Tete eine *Contusio spinalis* hat, das ist eine Rückenmarksquetschung. Dann …«

»Wie furchtbar«, sagte Julian und wurde noch blasser.

»Klappen Sie mir bloß nicht hier zusammen!«, mahnte Antonia. Ihr scharfer Ton (und der wütende Impuls, den dieser Tonfall in Julian auslöste) führte dazu, dass er wieder ein wenig Farbe ins Gesicht bekam.

»Schon gut«, sagte er. »Weiter: was wäre dann?«

»Das würde wieder heilen. Dazu muss man, weil natürlich durch so etwas auch kleine Blutungen entstehen … jedenfalls schwillt das Rückenmark dadurch an und braucht mehr Platz und deswegen macht man eine …« Antonia schaute wieder auf ihren Zettel. »Eine Laminektomie. Das wird im Moment gemacht: eine Laminektomie.«

Julian setzte sich langsam.

»Und was ist das?«

»Man entfernt ein paar Wirbelbögen, dann hat das Rückenmark Platz und kann in Ruhe heilen. Und man stabilisiert die Wirbelsäule anschließend mit einer Metallplatte.«

Julian schaute Antonia jetzt mit vor Entsetzen weit aufgerissenen Augen an.

»Wirbel wegschneiden? Eine Eisenplatte einsetzen? Sind die verrückt geworden? Niemals!«

Antonia sagte: »Ich weiß nicht, ob es Eisen ist. Ich habe Titan aufgeschrieben. Aber das ist ja auch egal. Wenn Sie das nicht wünschen, sollten wir zusehen, dass wir die Ärztin finden, und ihr sagen, dass sie die Katze einschläfern kann. Sie hat sich sowieso dafür …«

»Sind Sie wahnsinnig? Tete wird auf keinen Fall eingeschläfert!«

Julian fuhr schon wieder aus seinem Sitz hoch.

»Dass hier niemand ist!« Er blickte suchend umher. »Was ist denn, wenn jetzt jemand mit einem kranken Tier kommt? Hier muss doch jemand sein!«

Antonia hielt ihn beruhigend am Arm.

Sie sah die hilflose Verzweiflung in seinen Augen.

»Wenn jemand kommt, klingelt er – da ist die Klingel«, sagte sie, und als Julian die Klingel entdeckt hatte und gleich wieder aufspringen wollte, drückte sie ihn sanft, aber nachdrücklich auf den Stuhl zurück.

»Sie müssen sich zusammenreißen; hier wird alles getan,

was möglich ist. Aber Sie helfen Tete nicht, wenn Sie die Leute, die gerade um das Leben Ihrer Katze kämpfen, von der Arbeit abhalten.«

Julian schnaubte.

Antonia lächelte ihn mitfühlend an. »Ich bin schon seit mehr als zwei Stunden hier. Ich muss auch geduldig sein. Soll ich Ihnen ein paar Atemübungen zeigen, damit Sie sich etwas beruhigen können?«

»Was?«, fragte Julian verblüfft und starrte Antonia mit ihrem langen Rock, ihrer grauen Jacke und dem graugrün gemusterten Seidentuch an.

Was soll ich mit Atemübungen, während Tete da drin leidet?, wollte er aufbrausen, da sah er die rostbraunen Flecken auf ihrer grauen Jacke. In seinem Magen krampfte sich etwas zusammen.

»Was ist das?«

Antonia folgte seinem Blick. »Ach, das ist wahrscheinlich vom Kopf«, sagte sie nachdenklich.

»O nein!«, stöhnte Julian und wurde noch blasser. »Es tut mir leid, ich bezahle natürlich …«

»Was denken Sie von mir? Machen Sie sich bloß um diesen blöden Fleck keine Gedanken! Der ist doch so was von unwichtig.«

Am Ende des langen Flurs, in den sie durch eine offen stehende Tür schauen konnten, klappte eine Tür, und eine Frau trat heraus. Julian und Antonia hoben hoffnungsvoll den Kopf. Aber die Frau in dem weißen Kittel verschwand hinter einer anderen Tür.

»Die haben uns vergessen«, jammerte Julian.

»Seien Sie doch nicht albern! Wir müssen einfach Geduld haben. Das ist das, was wir für Tete jetzt tun können.«

Antonia ging zurück zu ihrem Stuhl und setzte sich. Julians Blick wanderte wütend von ihr zu dem leeren Gang und den geschlossenen Türen darin, dann stöhnte er gequält auf.

Weitere zwanzig Minuten vergingen. Antonia saß auf ihrem Stuhl, kerzengerade, die Hände locker im Schoß verschränkt; Julian trommelte mit den Fingern auf der Lehne, stand auf, setzte sich wieder, blickte ungefähr alle zwanzig Sekunden zu der großen digitalen Uhr hinter dem leeren Empfangstresen, schaute zu Antonia.

»Wie machen Sie das?«

»Was?«, fragte Antonia.

»So still zu sitzen!«

Antonia lachte leise.

Trotz der Sorge um seine Katze registrierte Julian, wie dieses kleine Lachen ihn beruhigte und wärmte.

»Ich konzentriere mich auf meine Atmung und hänge meinen Gedanken nach«, sagte Antonia. Plötzlich unterdrückte sie ein Gähnen.

»Sie sind ja müde!«, sagte Julian.

»Ja, ein bisschen. Die Fahrt war anstrengend heute. Freitags ist eben immer viel Verkehr.«

»Von wo kamen Sie denn?«

»Aus Dresden.«

»Was haben Sie in Dresden gemacht?«, fragte Julian überrascht.

»Ich hatte Gespräche mit mehreren potenziellen Kunden«, erklärte Antonia.

»Aha«, sagte Julian. Er dachte nach. »Wie lange haben Sie für die Fahrt gebraucht?«

»Ich bin um elf weggefahren und war gegen halb sechs in der Osterwaldstraße. Und ich hatte nur zwei kleine Pausen. Also ziemlich lange.«

Julian schaute auf die Uhr. »Und dann haben Sie Tete gefunden?«

»Ja.«

»Sie sitzen hier schon über zwei Stunden?« Julians Stimme klang fast vorwurfsvoll.

»Ich habe Sie ja nicht erreicht! Und ich wollte die Katze auf keinen Fall allein lassen.«

Julians Gesichtsausdruck wechselte von Ungläubigkeit zu Bewunderung. »Aber eigentlich müssen Sie doch nicht mehr warten. Fahren Sie nach Hause. Ich bin ja jetzt hier.«

Antonia richtete sich empört auf. »Natürlich bleibe ich! Ich will doch auch wissen, was mit Tete los ist.«

Außerdem hatte sie sich vorhin überlegt, dass Julian besser nicht mehr fuhr, auch wenn es nur mit dem Fahrrad war. Er machte einen ziemlich erschütterten Eindruck, und es könnten ja noch schlechtere Nachrichten kommen. Sie würde ihn im Auto mit nach Hause nehmen. Aber das sagte sie ihm besser nicht. So weit kannte sie ihn nun schon: Dass sie aus Sorge um ihn bliebe, dass sie an seinen Fähigkeiten zweifelte, ohne Unfallgefahr heimradeln zu können, das würde ihn nur wütend machen.

Beide schwiegen wieder; Antonia starrte ins Leere, Julian wippte mit dem linken Fuß. Die Bewegung am Rand ihres Blickfelds machte Antonia nervös. Sie drehte den Kopf zum Fenster, um das rastlose Gewippe nicht mehr sehen zu müssen.

»Es ist meine Schuld!«, stöhnte Julian plötzlich auf.

»Wieso das denn?«, fragte Antonia überrascht.

»Ich hab die Balkontür gekippt – und ich hätte wissen müssen, dass sie sich da durchquetscht.«

Auf Antonias verständnislosen Blick fuhr er fort: »Sie springt vom Balkon auf das Dach des Wintergartens, von da auf das Mülltonnenhäuschen und von da aus runter. Das ist alles nicht besonders hoch, das schafft sie ohne Probleme. Ich habe sie schon zweimal dabei erwischt.«

»Und wie kam sie wieder rein?«, fragte Antonia erstaunt.

»Sie miaut, wenn sie zurück ist«, sagte Julian. Er stöhnte auf. »Ich war so stolz, dass sie das schafft!«

Plötzlich klappte wieder eine Tür. Julian sprang auf, und auch Antonia erhob sich. Eine Frau im weißen Kittel kam auf sie zu. Antonia kannte sie bereits: Diese Ärztin hatte vorhin schon mit ihr gesprochen.

»Sie sind der Eigentümer der Katze, Herr …?«

Julian nickte. »Markward. Ich bin Julian Markward, und es ist meine Katze. Wie geht es ihr?«

»Nun, sie liegt noch in Narkose. Wie ich Ihrer Verlobten bereits erklärte …«

Julian wollte etwas sagen, aber Antonia knuffte ihn, von der Ärztin unbemerkt, fest in den Rücken.

»… gehen wir nach den Thorax-Abdomen-Aufnahmen davon aus, dass keine inneren Blutungen vorliegen. Wir konnten auch eine Blasenruptur ausschließen. Aber wie bereits erklärt, zeigt die Röntgenaufnahme, dass zwei Lendenwirbel angebrochen sind. Wir haben jetzt auf den Wunsch Ihrer Verlobten hin, die das Tier unbedingt am Leben erhalten wollte …«, die Ärztin wartete, ob Julian dazu etwas sagen würde, aber er nickte nur, also fuhr sie fort, »… die Wirbel gerichtet und mithilfe der Laminektomie den Druck von der Wirbelsäule genommen. Aber wie gesagt: Ob das Rückenmark geschädigt ist oder nicht, werden wir erst in ein paar Tagen sehen können. Ihre Verlobte hat sich ja vehement gegen das Einschläfern ausgesprochen. Obwohl ich ihr erklärt habe, was alles auf Sie zukommen kann …«

»Was kann auf mich zukommen?«, unterbrach Julian.

»Nun, wenn das Rückenmark bleibend geschädigt ist, kann das Tier nicht nur nicht mehr laufen, es könnte dann auch nicht mehr ohne Hilfe Urin absetzen zum Beispiel …«

»Das heißt?«

Die Ärztin war an aufgeregte Tierbesitzer gewöhnt. Sie ließ sich nicht aus der Ruhe bringen.

»Sie müssten dann täglich die Blase ausdrücken. Aber das ist nicht so schwer, wir zeigen Ihnen, wie das geht.«

Julian war sich dessen nicht bewusst, aber er griff nach Antonias Hand und umklammerte sie fest.

Die Ärztin bekam wohl Mitleid, als sie sah, wie sein Gesicht immer blasser wurde.

»Aber andererseits: Ihre Katze lebt jetzt schon so lange mit nur einem Hinterbein. Ihre Katze ist eine Kämpfernatur. Wenn es also eine Chance gibt, wird sie sie nutzen.«

»Kann ich sie sehen?«

»Die Katze ist noch anästhesiert, und wir wollen sie auch noch ein oder zwei Tage im künstlichen Koma halten.«

»Ich würde sie trotzdem sehr gern sehen«, drängte Julian.

Die Ärztin nickte. »Ihre Katze liegt auf der Intensivstation. Die können Sie nur in Begleitung einer unserer Pfleger betreten. Ich lasse Sie gleich hinbringen.«

»Was ist mit der Kopfverletzung?«, fragte Antonia.

»Das sah schlimmer aus, als es war, nur eine Platzwunde, die haben wir genäht. Die ist unproblematisch. Und alles andere … Also wie gesagt, unsere Möglichkeiten haben wir ausgeschöpft. Vertrauen Sie jetzt in Ihre Katze!«

Julian schwieg und sah sie nur verzweifelt an.

»Ich muss mich verabschieden, ich habe noch eine weitere Operation. Aber ich rufe Ihnen jemanden, der Sie zu Ihrer Katze bringt.«

In der Intensivstation standen etwa fünfzehn mittelgroße Käfige. Fast alle waren belegt. Sowohl Antonia als auch Julian mieden den Blick auf die anderen Tiere.

Als Julian endlich seine Katze in ihrem Käfig sah, stöhnte er auf. Aus ihrem weit offen stehenden Maul ragte ein dicker weißer Schlauch, der sie mit einem Gerät an ihrer rechten Seite verband. An der leicht heraushängenden Zunge war ein Clip befestigt, ein weiterer Clip hing seitlich an der Haut; neben ihr stand ein Infusionsständer, aus dem klare Flüssigkeit durch einen dünnen Schlauch tropfte, die Infusionsnadel steckte in der rechten Vorderpfote; und sogar aus ihrem Anus ragte irgendein Messgerät.

Am kahl rasierten Hinterkopf und auf dem rasierten Rücken klebte jeweils ein breites grünes Pflaster.

Der Tierpfleger öffnete die Tür zu dem Käfig, sodass Julian seine Katze streicheln konnte. Tete rührte sich nicht, sie lag da wie tot. Julians Gesichtsausdruck war sanft und zärtlich, fast wie an dem Morgen im Supermarkt, als er sich mit dem kleinen Jungen beschäftigt hatte. Er streichelte ganz leicht die kleinen Ohren. Auch Antonia strich zart über das weiche Fell an der Schnauze. Die kleine Katze sah zu mitleiderregend aus inmitten dieser ganzen medizinischen Geräte.

Julians Hand zitterte. Antonia fühlte Mitleid, sie sah, wie er litt, und hätte ihm gern geholfen.

Plötzlich knurrte ihr Magen. »Entschuldigung«, sagte sie verlegen.

»Sie haben Hunger«, stellte Julian überrascht fest.

»Ja, ich hatte noch kein Abendbrot.«

»Wann haben Sie denn das letzte Mal gegessen?«

»Als ich Pause gemacht habe, in einer Raststätte irgendwo bei Nürnberg.«

»Sind Sie verrückt geworden? Das ist ja schon ewig her!«

»Ich danke Ihnen«, sagte Julian zu dem Pfleger, der die ganze Zeit neben ihnen gestanden hatte und jetzt die Käfigtür wieder schloss.

»Lassen Sie uns nach Hause fahren. Hier können wir im Moment nicht helfen. Was haben Sie denn zum Essen vorgesehen?«

»Frau Straub wird irgendwas vorbereitet haben. Ich denke, eine Platte mit Gemüse oder Tomaten, etwas Käse wahrscheinlich, irgend so etwas.«

Julian schüttelte den Kopf.

»Sie brauchen was Warmes! Ich koche Ihnen was.«

»Es ist wahrscheinlich nichts im Haus.«

»Ich habe genug. Ich mache uns etwas zurecht.«

Julian warf noch einen letzten Blick auf Tete, dann wandte er sich zum Ausgang.

»Ich brauche mit dem Fahrrad vielleicht etwas länger als Sie, aber höchstens fünf Minuten.«

Antonia schüttelte den Kopf. »Ich nehme Sie im Auto mit«, sagte sie. »Das Fahrrad können Sie morgen holen. Ich bringe Sie dann wieder her.«

Julian wollte widersprechen, aber Antonia legte ihm die Hand auf den Arm.

»Sie sind aufgeregt, Sie sollten nicht fahren.«

Antonias Hand auf seinem Arm tat Julian gut, unwillkürlich legte er seine Hand darüber und hielt ihre fest. Dann wurde ihm plötzlich bewusst, was er da tat, und erschrocken, fast als hätte er sich verbrannt, zog er seine Hand zurück.

»Entschuldigung, ich wollte nicht …«

»Ich weiß nicht, wofür Sie sich entschuldigen. Es ist nichts passiert.«

Aber sie bedauerte, dass er die Hand so schnell wieder weggenommen hatte.

Als Julian ins Auto einsteigen wollte, stutzte er.

»Der Sitz ist ja voller Blut!«, sagte er erschrocken.

»Ich weiß, Sie setzen sich vielleicht besser nach hinten …«

»Meine Katze hat Ihr Auto versaut.«

Antonia winkte ab, öffnete die hintere Tür und drückte ihn mit sanfter Gewalt ins Auto.

»Das lässt sich wieder säubern.«

»Ich zahle Ihnen das natürlich.«

»Das ist jetzt wirklich eine Beleidigung. Machen Sie sich doch darüber keine Gedanken!«

Antonia fuhr los, und Julian betrachtete immer noch schockiert die Blutflecken auf dem Sitz vor ihm. Erst jetzt wurde ihm in vollem Umfang bewusst, was Antonia getan hatte.

»Danke«, sagte Julian.

»Wofür denn?« Antonia fädelte gerade auf die Leopoldstraße ein und war auf den Verkehr konzentriert.

»Dass Sie Tete in die Klinik gebracht haben«, sagte er.

»Das ist doch selbstverständlich.«

»Ich dachte, Sie mögen Tete nicht.«

»Wie kommen Sie denn darauf?«

Julian erinnerte sich an ihren Gesichtsausdruck, als er Tete bei seinem Einzug aus dem Auto geholt hatte.

»Na ja, Sie waren nicht sehr erfreut, als Sie Tete damals gesehen haben.«

»Ach, das«, Antonia errötete leicht, »das ging doch nicht gegen Tete ...«

»Sondern gegen mich?«, fragte Julian.

»Ja, natürlich.«

Julian nickte kurz. »Ach so. Klar.«

Julian verstummte, und Antonia konzentrierte sich wieder auf den Verkehr.

»Was war das eigentlich vorhin im Krankenhaus – von wegen verlobt?«, fragte Julian.

»Ich hatte, als Tete aufgenommen wurde, Sie als Besitzer angegeben. Als die Ärztin dann kam und mir erklärte, dass Tete eingeschläfert werden müsse, habe ich gesagt, dass ich das nicht zulasse. Sie hat gefragt, inwieweit ich überhaupt eine Entscheidungsbefugnis für diese Katze habe. Und da habe ich, um weiteren Diskussionen vorzubeugen, behauptet, ich sei Ihre Verlobte.«

Sie sagte das so ungerührt, als sei es das Selbstverständlichste der Welt.

Julian brauchte mehrere Minuten, bis er diese Information verarbeitet hatte.

»Sie haben Tete das Leben gerettet – gleich zwei Mal!«, stieß er plötzlich hervor.

»Ob das richtig war, wird man noch sehen.«

Der Kies knirschte unter den Rädern, als Antonia auf den Parkplatz einbog.

Im Treppenhaus standen sich beide einen Moment befangen gegenüber.

»Kommen Sie zu mir hoch? Ich mache uns Spaghetti mit Tomatensugo, mögen Sie das?«

»Ja, gern sogar. Ich mache mich nur etwas frisch. Ich habe lange im Auto gesessen.«

»Das Essen wäre in zwanzig Minuten fertig. Schaffen Sie das? Oder soll ich …«

Antonia nickte. »Nein, das ist gut. Ich will mir nur die Hände waschen und ein kleines bisschen …« Sie wollte sich duschen und umziehen, sie wollte den Geruch nach Krankenhaus und nach Blut loswerden, aber auch das musste sie ihm ja nicht so direkt sagen.

»Sie sind mal wieder auf die Minute pünktlich! Die Spaghetti brauchen noch etwas.« Julian wandte den Kopf nur kurz in ihre Richtung, als Antonia genau zwanzig Minuten später an den Rahmen der offen stehenden Küchentür klopfte.

Er stand mit dem Rücken zu ihr am Herd und rührte in einer kleinen Edelstahlkasserolle, daneben blubberte das Wasser in einem Spaghettitopf. Seine Haare waren leicht feucht, er schien ebenfalls noch schnell geduscht zu haben.

Antonia ließ ihren Blick durch die Küche – *ihre* Küche – schweifen. Die üppigen Kräuter auf der Marmorbank unter dem Fenster, die ineinandergestapelten gusseisernen Töpfe in dem kleinen eingebauten, offenen Regal, die heiteren Farben der Gewürzgläser in der hängenden Etagere und nicht zuletzt der sorgfältig gedeckte kleine Zweiertisch mit den hellgrauen Leinensets, auf dem die blanken Gläser und das weiße Porzellan im flackernden Licht der Kerzen blinkten – so einladend hatte es bei ihr niemals ausgesehen. Und erst dieser Duft!

Antonia nickte. »Ja, das mit der Pünktlichkeit ist so eine Macke von mir.« Sie schnupperte demonstrativ. »Das riecht ja fantastisch! Sie müssen mir unbedingt den Hersteller dieser Sauce sagen.«

Julian drehte die Gasflamme kleiner. »Das ist kein Geheimnis, der bin ich.«

»Beeindruckend«, sagte Antonia überrascht.

Julian zog mit einer großen Holzgabel eine Spaghetti aus dem Topf, pustete kurz dagegen und biss hinein.

»Noch etwa zwei Minuten«, schätzte er.

Antonia zog eine Flasche aus der Tüte, die sie in der Hand hielt.

»Ich habe uns einen Whisky mitgebracht. Ich dachte, heute können wir einen als Aperitif gebrauchen.«

Verblüfft drehte Julian sich zu ihr um.

»Sie trinken Whisky?«

»Nicht oft, aber manchmal. Warum erstaunt Sie das so?«

»Ich nehme gern einen.« Julian nahm zwei Gläser aus dem Hängeschrank. »Ein Drink am Abend, das hat so etwas Lebensbejahendes, etwas Genießerisches, mit einem Hauch von Über-die-Stränge-Schlagen«, sagte Julian, während er ihr die Gläser zum Einschenken entgegenhielt.

»Ja und?«, sagte Antonia.

Julian zögerte. »Sie wirken auf mich nicht so …«

»Nicht so lebensbejahend? Nicht so genießerisch? Das trifft mich aber.«

»Ich wollte Sie nicht verletzen, es tut mir leid.«

Sie stießen mit den gefüllten Gläsern an.

»Auf Tetes Genesung«, sagte Antonia.

»Auf Tetes Genesung«, wiederholte Julian.

Beide nahmen einen kräftigen Schluck.

»Aber setzen Sie sich doch«, sagte Julian. »Ich habe der Einfachheit halber für uns in der Küche gedeckt, ich hoffe, das ist Ihnen recht.«

»Natürlich«, sagte Antonia und ließ sich am Tisch nieder.

»Die Kerzenleuchter sind sehr schön«, sagte sie und strich über das geschwungene Ebenholz, das eine kleine Silberschale trug.

»Ach ja, danke«, sagte Julian, der gerade die Sauce in eine Sauciere umfüllte. »Das waren meine allerersten Arbeiten. Aber das ist eher Kunsthandwerk als Kunst, ich habe da Methoden ausprobiert.«

Er trank sein Glas leer, stellte es auf der Spüle ab und griff nach dem großen Topf.

»Sie haben Tete das Leben gerettet, Sie haben etwas gut bei mir«, sagte er, während er das Nudelwasser abgoss.

Antonia war verblüfft. »Sie brauchen doch nicht …«

»Nein, ich brauche nicht, das weiß ich. Aber ich möchte gern. Vielleicht gibt es irgendwann einen Gefallen, den ich Ihnen tun kann, dann lassen Sie es mich wissen. Abgesehen natürlich vom Verkauf der *Vereinigung,* das ist ja klar.«

Antonia beobachtete Julian, wie er nach einem Handtuch griff und eine vorgewärmte Schüssel aus dem Backofen holte. Er wandte ihr den Rücken zu, sie konnte sein Gesicht nicht sehen.

Aber sie wusste, was sie von ihm wollte. »Wenn Sie mir wirklich einen Gefallen tun wollen, dann lassen Sie meine Schwester in Ruhe.«

Julian stellte die angewärmte Schüssel mit den Spaghetti und die Sauciere mit der Tomatensauce auf den Tisch und setzte sich.

»Warum ist Ihnen das so wichtig? Ihre Schwester ist ein erwachsener Mensch.«

Jetzt zögerte Antonia. »Sie verstehen das nicht. Susanne hat viel Pech gehabt. Sie sucht Geborgenheit. Es ist nicht …«

Julian lud Antonia Spaghetti auf den Teller.

»Stopp!«, rief sie entsetzt. »So viel schaffe ich ja gar nicht!«

»Der Appetit kommt beim Essen. Sauce nehmen Sie sich bitte selbst, da hat jeder seine eigene Vorstellung von der optimalen Menge«, sagte Julian, schob die Sauciere vor Antonia und goss Rotwein in die Kristallgläser.

»Erklären Sie mir bitte weiter, wo das Problem mit Ihrer Schwester liegt. Was ist es, das ich da nicht verstehe?«

Antonia griff nach der Sauciere.

»Was Susanne braucht, ist Geborgenheit. Und Familie. Sie braucht einen Halt. Ich will nicht, dass man das ausnutzt.«

»Mal testen«, Julian führte die Gabel mit den Spaghetti zum Mund. »Ja, gut! So soll es schmecken.« Er goss beiden noch Wasser in die ebenfalls bereitstehenden Gläser. »Sie kommen mir vor wie das Elternpaar, das nicht sehen will, dass das Kind bereits erwachsen geworden ist«, sagte er.

Antonia zuckte mit den Schultern und drehte die Spaghetti auf die Gabel. Sie sah anders aus als sonst, nicht so überlegen, nicht so beherrscht und kontrolliert. Julian brauchte einen Moment, bis er erkannte, was es war. Ihr Gesicht zeigte Sorge oder sogar Angst.

Sie drehte immer noch die Gabel mit den Spaghetti.

»Jetzt essen Sie schon!«, sagte Julian in einem strengeren Ton, als er eigentlich wollte. »Hilft es Ihrem Appetit auf die Sprünge, wenn ich Ihnen sage, dass ich nicht mit Ihrer Schwester geschlafen habe? Und es auch nicht tun werde?«

Antonias Hand stoppte die Drehbewegung.

»Wirklich nicht?«

»Nein«, sagte er. »Aber wenn Sie jetzt nicht endlich aufhören, die armen Spaghetti schwindlig zu drehen, überlege ich es mir vielleicht noch mal anders.«

Antonia lachte kurz auf. Es war das helle, warme Lachen, das er inzwischen ja schon mehrere Male gehört hatte, und wie jedes Mal, wenn sie so lachte, passierte etwas in seiner Brust. Ein Gefühl brach sich Bahn, ein merkwürdiges Gefühl, so ein freudiges kleines Hüpfen des Herzens … Was dachte er sich nur gerade für einen Blödsinn zusammen!

»Ich danke Ihnen«, sagte Antonia.

»Wofür? Es gibt nichts, wofür Sie mir danken müssten. Ich wollte einfach nicht – das hat überhaupt nichts mit Ihnen zu tun.« Julian sagte es ruppig, fast aggressiv. Trotzdem gelang es ihm nicht, sich selbst zu belügen.

Antonia führte endlich die Gabel zum Mund.

»Das schmeckt ja unglaublich gut!«, staunte sie. »Und diese Sauce vor allem! Dass Sie die noch so schnell zaubern konnten!«

Julian grinste kurz. »Jetzt überschätzen Sie mich. Nein, die habe ich immer im Kühlschrank. Davon koche ich alle sechs oder acht Wochen ein paar Gläser voll. Dann habe ich etwas, wenn es mal schnell gehen muss. Oder wenn überraschend Freunde zu Besuch kommen.«

»Ach so«, sagte Antonia. »Sie haben ja oft Freunde zu Besuch, das habe ich schon mitbekommen.«

»Ja«, nickte Julian. »Sie aber nie.«

Er wusste nicht, warum er das sagte. Es ging ihn nichts an.

»Ich habe leider wenig Zeit für Freundschaften.«

»Auch zu wenig Zeit für einen Freund?« Warum wollte er das wissen? Julian ärgerte sich über sich selbst.

Antonia lachte etwas verlegen. »Ja, auch das. Besonders dem letzten war ich zu beschäftigt und hatte zu wenig Zeit, um mit ihm seinen studentischen Vergnügungen nachzugehen.«

»Die da wären?«

Antonia zögerte. »Was man als Student so macht: bis zum Morgengrauen in der Kneipe sitzen, zu viel trinken und … solche Sachen eben«, antwortete sie ausweichend.

»Hm«, nickte Julian.

Beide aßen dann schweigend und genießend, bis Antonia fünf Minuten später fragte: »Darf ich mir noch etwas nehmen?«

Julian grinste. »Habe ich es Ihnen nicht gesagt?«

Antonia lächelte erwischt.

»Wenn es doch so gut schmeckt …«

»Na ja, wenn man Tomatensauce aus der Packung gewohnt ist …«, meinte Julian.

Antonia lachte – und wieder schickte sein Herz einen kleinen freudigen Stromstoß durch seinen Körper.

»Jetzt tun Sie nicht so, ich bin durchaus in der Lage, hochwertiges Essen zu erkennen. Schließlich gehe ich ja auch oft in gute Restaurants«, sagte sie.

Julian nickte. »Okay, akzeptiert. Dann nehme ich das Kompliment dankend an.«

Während Julian sich selbst auch noch einmal Spaghetti auf den Teller häufte, sagte sie: »Ich entschuldige mich für den Abend in der Galerie.«

Bei der Erinnerung blitzte es in Julians Augen kurz auf.

»Das war nicht fair von mir, es ging unter die Gürtellinie. Aber ich wollte Sie wütend machen«, erklärte Antonia.

»Das ist Ihnen gelungen.«

Antonia dachte an Julians Gesichtsausdruck, als er in der Eingangstür der Galerie aufgetaucht war, und musste ein Grinsen unterdrücken. »Ich habe es gesehen.«

Julian warf ihr einen Blick zu und sah das verräterische Zucken in ihren Mundwinkeln. »Und was war daran so lustig?«

Antonia konnte ein Kichern nicht unterdrücken.

»Ihr Gesichtsausdruck, als Sie in der Tür standen …«

Julian wollte wütend werden, aber ihr Lachen war entwaffnend.

»Wie schön, dass Ihnen Schadenfreude so fremd ist«, sagte er trocken.

Antonia lachte jetzt ganz ungehemmt.

»Es tut mir wirklich leid«, sagte sie und wischte sich die Lachtränen aus den Augen.

»Man sieht es …«, sagte Julian, aber auch er konnte jetzt das Lachen nicht mehr unterdrücken. Ihre Blicke trafen sich kurz, aber schnell konzentrierten sich beide wieder auf ihre Teller.

»Jetzt bin ich aber satt, ich glaube, so viel habe ich die ganze Woche noch nicht gegessen«, stöhnte Antonia ein paar Minuten später. Julian war schon vorher mit dem Essen fertig gewesen, er hatte die letzten Augenblicke damit verbracht, Antonia zu beobachten. Sie hatte ein so schönes Gesicht! Diese irritierenden Augen, die ihre Farbe so rasch wechseln konnten wie ein See unter den schnell dahinziehenden Wolken eines Frühlingshimmels – was hatte er nur plötzlich für lyrische Gedanken? –, die vollen, sanft geschwungenen Lippen, die harmonischen Gesichtszüge – wie hatte er sie nur jemals für hässlich halten können?

Antonia griff nach den beiden Tellern und wollte sich erheben.

»Was haben Sie vor?«

»Ich will das Geschirr in die Spülmaschine stellen.«

»Setzen Sie sich mal ganz schnell wieder hin. Sie sind mein Gast! Das wäre ja noch schöner …«

Julian nahm Antonia die Teller wieder aus der Hand und drückte sie gleichzeitig mit der anderen Hand auf ihrer Schulter auf den Stuhl zurück.

Seine Hand auf ihrer Schulter: Antonia hatte Assoziationen von Zärtlichkeit, von Sicherheit, von Geborgenheit. Als die Hand ihre Schulter verließ, verspürte sie Sehnsucht nach dieser Berührung.

»Ich räume jetzt den Tisch ab, und dann gibt es noch ein Dessert.«

»Oh, ich weiß nicht, ob ich noch was essen kann«, sagte Antonia

»Wir werden sehen«, meinte Julian, dann fragte er: »Was haben Sie denn in den letzten Tagen in Dresden gemacht?«

»Was werde ich wohl gemacht haben: Schachteln gefaltet?«, versetzte Antonia.

»Was? Wieso …« Julian lief rot an. »Sie haben mich gehört?«

»Ja«, sagte Antonia.

Julian suchte ihren Blick.

»Dafür verzeihen Sie mir den Vorfall in der Galerie?«, fragte Antonia und lächelte fragend und bittend zugleich.

»Das habe ich doch schon längst.« Julian fiel ein, dass er sie als alte Schachtel bezeichnet hatte. »Und ich entschuldige mich auch für …«

»Schon gut.«

»Erzählen Sie mir doch mal von Ihrer Firma. Ich weiß so gar nichts darüber. Sie machen also – Faltkartons? Oder was?«, fragte Julian und nahm wieder ihr gegenüber Platz. Antonia konnte erkennen, dass er aufmerksam zuhören wollte.

»Faltkartons?«, sagte sie nachdenklich. »Ja, so denken viele.«

Unwillkürlich richtete sie sich auf und schob die Brille auf der Nase hoch.

»Sie haben sich sicher noch nie Gedanken gemacht, was für unterschiedliche Arten von Verpackungen es gibt«, sagte sie, ohne aber Julian Zeit für eine Reaktion zu lassen.

»Sie denken an Schachteln, gut, aber welche? Es gibt Faltschachteln, Kissenverpackungen, Klappkartonagen, Schubertkartons, Buchdeckelkartonagen, Twisted-Boxen, Kartonagen mit Inlay und so weiter und so weiter. Die können Sie natürlich in den verschiedensten Materialien haben: Papier, Wellpappe, Hohlpappe, Pappkarton, Kunststoff, Holz natürlich und, und, und. Die Verpackung kann durchgefärbt sein oder bedruckt oder bezogen. Mit welchem Material? Zellophan vielleicht? Oder lieber Stoff? Wollen Sie ein Muster, oder soll es uni sein? Für den Fall, Sie hätten gern ein Muster, wie soll es ausgeführt werden: Wollen Sie Heißfolienprägung, Tiefenprägung, eine erhabene Prägung? Sie haben die Wahl und müssen sich entscheiden …«

Julian wollte etwas sagen, aber Antonia ließ ihn immer noch nicht zu Wort kommen.

»Vielleicht meinen Sie jetzt, das sei nicht so wichtig. Aber eine gute Verpackung, die richtige Verpackung, ist ganz entscheidend für den Erfolg eines Produkts. Eine gute Verpackung spricht alle Sinne an, sie betont das Produkt, sie ordnet es ein, sie …«

Julian nickte. »Ich sehe schon, dass ich …«

»Aber wir müssen natürlich zuerst einmal die Hauptaufgabe der Verpackung betrachten. Was soll sie leisten? Meistens natürlich in erster Linie Schutz. Aber wovor? Brauchen Sie eine Verpackung, die mehr vor mechanischer Beschädigung schützt, beim Herumtragen in der Stadt? Vor Nässe vielleicht, wenn es regnet? Oder beim Versand? Oder brauchen Sie eine Verpackung, die thermisch isoliert? Benötigen Sie Lebensmittelechtheit? Vielleicht soll die Verpackung aber auch das Produkt besser händelbar machen, zum Beispiel stapelbar.«

Julian lehnte sich zurück und betrachtete Antonia, während sie dozierte. Ihre Wangen hatten sich gerötet, ihr Gesicht hatte den sonst so beherrschten Ausdruck verloren, sie war in ihrem Element.

»Sie müssen natürlich auch die Produktionskosten im Auge behalten. Und die Lagerfähigkeit: Raum kostet Geld! Und natürlich das Gewicht: für Produkte, die verschickt werden sollen, zum Beispiel. Jedes überflüssige Gramm kostet!

Und nicht zuletzt sind die ökologischen Belange zu berücksichtigen: Ist die Verpackung biologisch abbaubar, nachhaltig, umweltverträglich? Wie sieht es aus mit der Klimaneutralität bei der Produktion?

Das alles gilt es zu beachten, und dann muss man einen Kunden gewinnen, die Verpackung für ihn entwickeln, das Ganze zu einem konkurrenzfähigen Preis produzieren und verkaufen – und es soll auch noch etwas übrig bleiben, und zwar nach Möglichkeit so viel, dass die zweiundfünfzig Mitarbeiter, die wir haben, jeden Monat bezahlt werden können und ihre Familien versorgt sind. Das ist es, womit ich mich tagsüber beschäftige.«

»Ich sehe erst jetzt, wie blöd meine Pappschachtelsprüche waren.«

»Eigentlich lagen Sie gar nicht so falsch. So hat mein Großvater seinerzeit angefangen. Er hatte eine Kartonagenfabrik und hat in der Tat Pappschachteln hergestellt.« Antonia nahm einen Schluck Rotwein. »Ich will Sie aber nicht mit unserer Firmengeschichte langweilen.«

»Das tun Sie nicht, ganz im Gegenteil!«

Und es stimmte. Julian war fasziniert. Weniger von dem, was Antonia erzählte – das beeindruckte ihn auch, sogar sehr. Aber wie sie erzählte, wie sie ihre sonst so kühle Zurückhaltung verlor, wie ihr Gesicht plötzlich Leidenschaft zeigte und Interesse und Begeisterung, das faszinierte ihn.

»Na ja, es hat sich eben viel geändert in den letzten Jahrzehnten. Die Massenproduktion von Pappkartons lohnt sich für uns nicht mehr, die Konkurrenz, insbesondere aus China, ist zu groß, und mit deren Preisen können wir einfach nicht mithalten. Unser Unternehmen kam auch in Schwierigkeiten vor sechs Jahren, mein Onkel hat es nicht beizeiten bemerkt, weil sein Freund gerade erkrankt und er dadurch abgelenkt war. Wir hatten einen Geschäftsführer, der … Wie auch immer, er war einfach unfähig. Und als es schwierig wurde, hat er Knall auf Fall gekündigt. Ich war gerade fertig mit der Uni. Eigentlich war geplant, dass ich in Ruhe alle Abteilungen durchlaufe und das Unternehmen von der Pike auf kennenlerne. Aber plötzlich schmiss der Geschäftsführer alles hin, und ich musste von heute auf morgen die Leitung der Firma übernehmen. Ich war noch nicht einmal achtundzwanzig und trug plötzlich Verantwortung für ein Unternehmen mit über fünfzig Mitarbeitern. Da verzichtet man schon mal auf die eine oder andere Ablenkung, wenn man befürchtet, dass die Qualität der Arbeit, die man leistet, leiden könnte. Auch wenn andere vielleicht meinen, man sei genussfeindlich.«

Antonia lächelte dabei. Es war nicht als Angriff gemeint. Julian verstand es auch nicht als Angriff, er nickte nur.

»Ich muss mich bei Ihnen entschuldigen. Sie haben einen wirklich schwierigen, komplexen Job.«

»Ach, es macht mir ja Spaß«, sagte Antonia. »Am Anfang hatte ich natürlich höllische Angst …«

»Ich kann mir nicht vorstellen, dass Sie Angst vor etwas haben«, unterbrach Julian.

»Sie haben ein merkwürdiges Bild von mir. Genussfeindlich und angstfrei. Das ist kein Kompliment, vor allem wenn man bedenkt, dass Angstfreiheit oft gleichgesetzt werden kann mit Dummheit. Natürlich habe ich Angst.«

Wenn Antonia nicht so müde gewesen wäre, hätte sie sicher nicht so viel erzählt. Aber es war entspannend, hier zu sitzen, sie war angenehm gesättigt, die Kerze flackerte anheimelnd, auch der ungewohnte Whisky und der Rotwein trugen dazu bei. Und Julian hörte ihr so konzentriert zu.

»Damals steckte die Karre wirklich im Dreck, wenn ich das mal so sagen darf. Und ich musste Entscheidungen fällen, was zu tun war – da liegt man oft nachts wach und fragt sich, ob man jetzt richtig entschieden oder dem Unternehmen den Todesstoß versetzt hat.«

Sie nahm noch einen Schluck Wein, und Julian sah, wie sie in der Erinnerung sorgenvoll die Stirn runzelte.

»Was haben Sie gemacht?«

»Wir haben uns spezialisiert. Mein Vater war Chemiker und hatte seinerzeit eine Spezialfolie entwickelt, die thermisch isoliert, aber nur ein Drittel der vergleichbaren Produkte wiegt. Das ist ein erheblicher Kostenfaktor für Unternehmen, die versenden. Ich habe, als ich damals von der Uni kam und gesehen habe, dass sich unsere Produktpalette nicht mehr rechnete, diese Folie endlich patentieren lassen. Das ist jetzt unser Massenprodukt.«

»Aha«, sagte Julian, aber Antonia sah, dass er nicht verstand, worum es ging.

»Sehen Sie«, sagte sie, »das Verpacken von Lebensmitteln stellt doch noch mal eine ganz besondere Herausforderung dar. Zuerst einmal muss die Verpackung gesundheitlich unbedenklich sein. Also sie darf unter keinen Umständen, auch nicht bei mechanischer oder chemischer Beschädigung, irgendwelche Substanzen freisetzen und an das Lebensmittel abgeben, die vielleicht für die Gesundheit bedenklich sind. Stellen Sie sich eine Pralinenpackung vor, in der eine mit Grappa gefüllte Praline beim Transport bricht. Der auslaufende Grappa darf natürlich nicht die Verpackung angreifen. Und außerdem müssen viele Lebensmittel vor Temperaturschwankungen geschützt werden. Wenn Sie Pralinen im Hochsommer versenden, dürfen die beim Empfänger nicht als Schokoladenmus ankommen.«

Julian nickte. »Klar.«

»Ja, und da kommt unsere Folie ins Spiel. Die Formel war da, mein Vater ist nur nicht mehr dazu gekommen, seine Entwicklung patentieren zu lassen. Ich habe alles auf diese Folie gesetzt. Wir haben das Patent angemeldet, ich habe investiert und die Produktion umgestellt, sodass wir überwiegend unsere Folie produzieren, und wir haben Kunden gesucht. Unsere Spezialfolie hält vierundzwanzig Stunden lang die Temperatur des Verpackungsguts, wiegt aber gleichzeitig weniger als die vergleichbare Menge Styropor und hat vor allem nur eine Dicke von fünf Millimetern. Damit sind wir wesentlich dünner als die auf dem Markt befindlichen Styroporplatten, die ansonsten zur Isolierung verwendet werden. Das spart Platz, das spart Geld! Und das ist der Grund, weswegen wir uns auf die Verpackung von Lebensmitteln spezialisiert haben.«

Antonia lehnte sich entspannt im Stuhl zurück und lächelte Julian an.

»Das hat sehr viel Geld gekostet; die ganzen Maschinen,

die komplette Fertigung musste umgestellt werden, es war ein hohes Risiko. Wir mussten beträchtliche Darlehen aufnehmen und wussten nicht, ob unser Produkt angenommen wird. Aber inzwischen, nach einem mehrjährigen harten Kampf, haben wir genug Kunden, dass es sich rechnet. Und wir haben noch ein zweites Standbein: Wir bieten die aufwendigen, arbeits- und personalintensiven Individuallösungen für Luxusprodukte an. Konfektionierung nennt man das. Das war die Lösung für mein Problem, wie ich die Arbeitsplätze erhalte. Denn für die Foliengeschichte brauchen wir weniger als ein Dutzend Mitarbeiter.«

»Unter dieser Konfektionierung kann ich mir jetzt gar nichts vorstellen«, sagte Julian.

»Na ja«, Antonia lächelte mit genießerischem Stolz, »mit uns können Sie zum Beispiel eine vierstöckige Hochzeitstorte so verpacken, dass sie nach dem Versand unbeschadet beim Empfänger ankommt.«

»Nein!« Julian schüttelte ungläubig den Kopf.

»Doch! Wir hatten diese Aufgabe vor drei Wochen, ich war ziemlich nervös, aber es hat geklappt.«

»Das ist allerdings Wahnsinn.« Julian war mehr als beeindruckt. »Und was haben Sie jetzt in Dresden gemacht?«

»Ach, da hatte ich Termine bei mehreren Großbäckereien, die Dresdner Stollen produzieren. Denen würde ich auch gern unsere Folie verkaufen. Ich weiß aber nicht, ob das klappt. Der Stollen hält sich sowieso schon ziemlich lang, mit unserer Folie bleibt er zwar noch länger frisch, aber ich glaube, bei diesem Produkt ist unser Know-how nicht so gefragt.«

Julian goss ihnen beiden Wein nach.

»Und vor Kurzem in Österreich?«

»Das war gut. Da habe ich mit einer bedeutenden Schokoladenmanufaktur einen sensationellen Vertrag machen können. Die produzieren große Schokoladenreliefs und brauchen für jedes Teil eine höchst aufwendige Einzelverpackung, ausgeschlagen mit Seidentaft, der per Hand eingeheftet werden muss, weil dieses dreidimensionale Relief so kompliziert ist, und so weiter. Viel Handarbeit. Sehr lukrativ.«

Julian ließ sich das Gehörte durch den Kopf gehen.

»Wenn ich es recht verstehe, haben Sie das Unternehmen vor dem Ruin gerettet.«

»Ach, andere hätten es sicher noch viel besser gekonnt. Aber es ging der Firma wirklich schlecht, bevor ich kam. Das ist richtig. Und jetzt geht es ihr wieder gut.«

Antonia nahm die Brille ab und rieb sich die Augen.

»Werfen Sie diese Brille weg!«, platzte Julian heraus.

»Wie bitte?«

»Sorry, ich will mich da nicht einmischen, aber diese Brille steht Ihnen überhaupt nicht. Sie haben so ein schönes Gesicht, warum verstecken Sie es?«

»Sie finden mein Gesicht schön?« Antonia ärgerte sich bereits, als sie die Worte aussprach. Es musste sie doch nicht interessieren, wie er ihr Gesicht fand. Er sollte sie auf keinen Fall für eitel halten.

»Und wie!«, antwortete Julian und merkte erst dann, was er da gesagt hatte. Das konnte so nicht stehen bleiben.

»Ihr Gesicht ist schön symmetrisch.«

Er hörte selbst, wie klobig das klang.

Antonia überlegte. Sollte sie ihm sagen, dass die Gläser der Brille aus Fensterglas bestanden? Dass sie diese Brille als eine Art Krücke trug? Dass diese Brille ihr am Anfang Sicherheit verliehen hatte, ein Schutzschild gewesen war, hinter dem sie sich hatte verstecken können? Es ging ihn nichts an.

»Ich fasse dann mal zusammen: Ich bin angstfrei und genussfeindlich, habe dafür aber ein symmetrisches Gesicht und einen Prachtarsch«, sagte Antonia trocken.

Das hatte er völlig vergessen.

»Ach ja, der Pracht –« Julian räusperte sich. »Also ich …«

Er suchte ihren Blick, einen Moment lang sahen sie sich in die Augen – und es wurde auf einmal schwer, für beide, sich aus diesem Blick zu lösen, es erforderte aktive Anstrengung.

Julian schluckte.

Antonia stellte ihr Glas mit einem entschlossenen Laut auf den Tisch.

»Ich denke, ich gehe zu Bett. Das Dessert schaffe ich wirklich nicht mehr. Ich bedanke mich für dieses schöne Essen und drücke die Daumen für Ihre Katze.« Ihr Ton war distanziert und unverbindlich freundlich.

»Danke«, sagte Julian.

»Übers Wochenende verreise ich, wir sehen uns also erst wieder am Montag beim Frühstück«, ergänzte Antonia.

Sie war zur Hochzeit einer ehemaligen Studienkollegin aus Frankfurter Tagen nach Passau eingeladen; eigentlich hatte sie Julian als Begleiter eingeplant und es ihm erst morgen früh mitteilen wollen, aber gerade jetzt beschloss sie, lieber allein zu fahren.

»Ja, dann bis Montag«, erwiderte Julian und erhob sich erleichtert. Erleichtert, dass dieser Moment vorbei war. Erleichtert, dass sie erst mal weg sein würde. Aber dann – dann wollte er noch etwas sagen, dann wollte er plötzlich diesen intimen Moment von eben noch einmal erleben, er wollte … Verdammt, er wusste selbst nicht mehr, was er wollte.

Später im Bett warf sich Antonia von einer Seite auf die andere. Was war das nur gewesen? Körperliches Begehren sowieso – das konnte er bei ihr auslösen, das hatte sie schon am ersten Morgen im Frühstücksraum bemerkt. Aber das stellte kein Problem für sie dar. Das konnte sie ignorieren. Aber diese Gefühle der letzten Tage … War sie dabei, sich zu verlieben? Aber doch nicht in so einen!

Am Montag kam Julian wie immer pünktlich zum Frühstück herunter. Antonia saß schon am gedeckten Tisch.

»Guten Morgen, wie war Ihr Wochenende?«, fragte Julian.

»Danke, sehr schön«, log Antonia.

Sie hatte sich entsetzlich gelangweilt. Es war ein großes Fest gewesen, in einer Scheune auf dem Land, mit über hundert Gästen.

Sie hatte mit ehemaligen Studienkollegen – plus deren Partner – an einem Tisch gesessen. Alle fünf waren inzwischen verheiratet, zwei der Frauen waren schwanger, die drei anderen hatten ihre Kinder schon, ein vier Monate altes Baby lag im Kinderwagen neben dem Tisch und schien genau zu merken, wenn ein Gespräch am Tisch aus Antonias Sicht unterhaltsam zu werden begann. Denn genau dann brüllte es los, war nicht mehr zu beruhigen und beschäftigte nicht nur seine Mutter, sondern gab damit auch den Startschuss für den Wettkampf der Tischgesellschaft: Wer kann am besten ein schreiendes Baby beruhigen?

Ansonsten kreisten die Gespräche um Themen wie Schwangerschaft, Entbindung, die Vor- und Nachteile eines Kaiserschnitts, Stillschwierigkeiten, die sichere Einrichtung eines Kinderzimmers und wie man die optimale Schule findet.

Später am Abend waren drei der jungen Väter entsetzlich betrunken gewesen, ein Ehepaar hatte sich – bei Tisch – lautstark wegen irgendeiner Äußerung irgendeines Schwiegervaters gestritten, und ein weiterer werdender Vater klebte förmlich an einer Brautjungfer, was zu einem Tränenausbruch bei seiner schwangeren Ehefrau geführt hatte. Antonia war am Anfang mit mitleidigen Blicken bedacht worden – und hatte sich den gesamten Abend über geärgert, dass sie nicht Julian mitgenommen hatte.

»Wie geht es Ihrer Katze?«, fragte Antonia.

»Danke, gut. Die Blase arbeitet zwar noch nicht, aber die Ärztin meint, sie gäbe schon Widerstand mit dem Hinterbein.«

»Das hört sich ja sehr gut an.«

»Ich habe eben versucht, anzurufen, aber es war besetzt.«

»Von mir aus brauchen Sie nicht auf das Ende unseres Frühstücks zu warten. Gehen Sie ruhig telefonieren.«

»Ich warte noch bis sieben«, sagte Julian.

Er war blass, unter den Augen lagen tiefe Schatten. In ihr krampfte sich etwas zusammen, es schmerzte sie, ihn so müde zu sehen.

»Wie kamen Sie eigentlich an Tete?«, fragte sie.

»Die Katze des Nachbarn warf Junge; Tete kam schon dreibeinig zur Welt. Als mein Vater beerdigt wurde, erzählte dieser Nachbar beim Beerdigungskaffee, dass er eigentlich an dem Tag einen Termin beim Tierarzt gehabt hätte, um ein verkrüppeltes Katzenjunges einschläfern zu lassen, ihn aber wegen dieser Beerdigung absagen musste. Der Tierarzt war dann eine Woche in Urlaub, und das Kätzchen durfte dadurch eine Woche länger leben.«

Julians Erinnerungen wanderten zurück zu dem Gespräch beim Beerdigungskaffee.

»Dafür braucht man doch keinen Doktor!«, hatte ein ehemaliger Arbeitskollege seines Vaters gesagt. »Das ist rausgeworfenes Geld. Geben Sie es mir, ich ersäuf das Vieh.«

Antonia schüttelte sich, als Julian ihr davon erzählte.

»Wenn dieser Arbeitskollege das nicht so brutal formuliert hätte, dann hätte ich wahrscheinlich gar nicht reagiert. Aber so … Ich fand das gemein: nur weil ihr ein Bein fehlt! Als unser Nachbar sich verabschiedete, um nach Hause zu gehen, habe ich gefragt, ob ich mitkommen und mir das Kätzchen mal ansehen kann. Dann hatte ich dieses kleine, noch blinde und hilflose Tierchen in der Hand – und sie hat sich so eingeschmiegt …«

Julians Gesicht verriet so viel Zärtlichkeit, dass Antonia schlucken musste.

»Der Nachbar war ein netter Mensch. Er meinte zwar, ich täte dem Kätzchen keinen Gefallen, aber er hat es am Leben gelassen – und ich habe Tete sechs Wochen später geholt. Sie war eigentlich noch zu jung, um sie der Mutter wegzunehmen, aber ich hatte Angst, der Nachbar überlegt es sich womöglich noch mal anders.«

Julian dachte zurück, wie er sich den Wecker gestellt hatte und zwei Wochen lang jede Nacht alle zwei Stunden aufgestanden war, um Tete mit der eigens beim Tierarzt gekauften Spezialmilch zu füttern, die ersten zwei Wochen hatte er ihr die sogar noch mit einer Pipette einflößen müssen.

Antonia konnte es kaum glauben. Dieser Wilde, dieser wütende Irre, dieser abgebrühte Zyniker, entwaffnet von einem dreibeinigen Kätzchen.

Dein ganzes Getobe ist doch nur Attitüde, dachte Antonia. Mich kannst du nicht mehr täuschen. Du bist nicht so hart und abgebrüht, nicht so zynisch, wie du tust. Auch du baust nur deine Schutzwälle um dich auf. Und erneut spürte sie dieses bisher nicht gekannte Gefühl – wie bekam sie das wieder weg?

»Eine wunderbare Geschichte«, sagte Antonia. »Und so haben Sie auch immer eine Erinnerung an Ihren Vater. Das ist ja auch schön!«

»Ja. Vor allem erinnert es mich daran, dass er unter der Erde liegt. Das ist das Schönste daran.«

Was für eine Verwandlung! Das eben noch so zärtliche, liebevolle Gesicht verzerrte sich, und Antonia sah puren Hass.

Überrascht suchte sie nach einer Erwiderung.

»Kann ich bitte noch etwas Tee haben, Frau Straub?«

Julian hielt auffordernd seine Tasse hoch. Das verschlossene Gesicht zeigte Antonia an, dass er das Thema wechseln wollte.

»Danke, Frau Straub.«

Antonia griff nach der Zeitung.

Sie ließ sie erst wieder sinken, als Julian sagte: »Ich glaube, ich versuche es jetzt noch mal in der Klinik.«

Gespannt schaute sie ihm zu, als er die Tasten des Handys drückte, lauschte mit angehaltenem Atem, als er sich zu der Station durchfragte, und tat einen lauten Atemzug, als sie sah, wie sich ein erleichtertes Lächeln auf Julians Gesicht ausbreitete.

»Ich danke Ihnen, ich danke Ihnen ganz herzlich!«, sagte Julian, legte das Handy zur Seite und suchte Antonias Blick.

»Wissen Sie was?«, fragte er, und Antonia sah, wie er geradezu selig grinste. »Sie hat gepinkelt!«

Frau Straub hielt die Luft an. Gleich gäbe es Ärger. Gespräche über Fäkalien am Frühstückstisch, das würde ihre Chefin aber gar nicht mögen. Doch zu ihrer größten Verwunderung lachte Antonia nur und sagte: »Das ist ja wunderbar!«

Antonia strahlte übers ganze Gesicht – und sie strahlte Julian an. Das war doch jetzt eine Situation, da durfte man sich gegenseitig anstrahlen, das hatte doch nichts zu bedeuten. Schließlich freute sie sich für seine Katze. Sie brauchten beide wieder viel zu lange, um die ineinander versunkenen Blicke zu lösen.

Antonia versteckte sich hinter ihrer Zeitung.

Julian räusperte sich.

»Was soll ich heute für Sie tun?«, fragte er.

Antonia ließ widerstrebend die Zeitung sinken. Sie wollte ihn nicht sehen, sie wollte ihn nicht ansehen müssen.

»Was haben Sie denn vor?«, erwiderte sie.

»Ich würde ganz gern in die Galerie zu Herrn von Rotendall fahren, er hat ja für mich eine große Ausstellung für nächstes Jahr im Sommer in Köln organisiert; da könnten wir mit der Planung beginnen.«

»Machen Sie das ruhig, ich brauche Sie heute nicht. Und heute Abend auch nicht, da bin ich mit einem Bekannten verabredet«, sagte sie. Es war gelogen, aber sie wollte ihn heute nicht mehr sehen, zu verwirrend war seine Anwesenheit auf einmal, sie musste sich erst wieder fangen.

Und er fragte sich, wer wohl der Bekannte sein mochte. Doch ein Freund? Wohl eher nicht. Aber einer, der es werden konnte? Seine Miene verfinsterte sich.

Später in der Galerie geriet er erneut mit Hubert in Streit. Sie standen im Besprechungszimmer, auf dem großen Tisch waren diverse Zeichnungen ausgebreitet, Entwürfe von Julian für geplante Arbeiten.

Hubert griff nach einem Blatt mit der Skizze einer Skulptur, die an eine stilisierte Darstellung eines Baums erinnerte.

»Das ist stark«, sagte er. »Was wird Holz? Was wird Silber?«

»Ich stelle es mir geschichtet vor.« Julian nahm einen Bleistift zur Hand. Während er seine Idee auf ein Blatt schraffierte, fragte Hubert: »Und? Wie läuft es mit der Alten?«

»Sag doch nicht Alte, das hört sich ja furchtbar an!«

»Was hast du denn auf einmal? Du sagst das doch auch immer.«

»Aber du hast selbst erklärt, dass sie nicht alt ist.«

Hubert schüttelte den Kopf. »Ich wusste nicht, dass das so bei dir angekommen ist. Du bist ja noch richtig lernfähig! Das ist aber mal was Positives. Na ja, wir sind uns aber doch einig, dass das eine ist, die zum Lachen in den Keller geht.«

Julians Gesichtsausdruck verfinsterte sich weiter.

»Du sollst mir gegenüber nicht von Kellern sprechen.«

»Ach nee.« Hubert verlor allmählich seine gute Laune. »Du bist aber heute super drauf! Okay, du bist entschuldigt. Du machst dir schließlich Sorgen um deine Katze.«

Hubert grinste plötzlich wieder. »Ist es dir lieber, wenn ich sie unsere Weihnachtsgans nenne? Die Gans, die goldene Eier legt?«

Julian warf wütend den Bleistift auf den Tisch.

»Du bist ekelhaft!« Der Bleistift rollte über die Tischkante und landete auf dem Boden. »Denkst du eigentlich immer nur ans Verkaufen? Oder ab und zu auch mal an die Menschen?«

»Was ist denn mit dir los?« Hubert bückte sich nach dem Bleistift und hob ihn auf. »Die Mine ist gebrochen, das kann ich fühlen.« Vorwurfsvoll blickte er Julian an. »Schade, die sind teuer!« Er legte den Bleistift vorsichtig wieder auf den Tisch. »Vom Verkaufen lebe ich schließlich«, fuhr er fort. »Und du auch übrigens! Natürlich ist das mein Ziel, und das verliere ich nicht aus den Augen. Die Galerie hier ist kein Wohltätigkeitsverein!«

Julian sprang auf. »Du bist widerlich!«

In der Tür drehte er sich noch einmal zu dem verdutzt dreinblickenden Hubert um.

»Bist du eigentlich derjenige, mit dem sie heute Abend verabredet ist?«

Hubert schüttelte nur überrascht den Kopf.

Julian knallte die Tür so heftig hinter sich zu, dass die Skizzen vom Luftzug aufgewirbelt wurden.

Es dauerte mehrere Minuten, bis Hubert seiner Verwunderung Herr wurde.

Das wird ja immer toller, grinste er vor sich hin, als er die einzelnen Blätter wieder sorgfältig aufeinanderlegte. Das letzte Mal habe ich es ja noch für gekränkte Eitelkeit gehalten – aber jetzt? Wie sieht sie das eigentlich? Kann man da nichts daraus machen?

Während er die Papierbogen in ein leichtes Tuch einschlug, überlegte er, dass es vielleicht eine gute Idee sein könnte, Frau Arnoux wieder einmal anzurufen.

Julian stand neben seinem Fahrrad und sah auf die Uhr. In der Tierklinik hatte man ihn gebeten, erst nach vierzehn Uhr zu kommen, bis dahin waren es noch mehr als drei Stunden. Er beschloss, bei seiner Mutter vorbeizufahren. Er hatte neulich auch vergessen, nach der Post zu sehen. Seit seiner letzten Kontrolle waren fast vier Wochen vergangen.

Der Rasen müsste mal wieder gemäht werden, dachte er, als er sein Fahrrad in der Garageneinfahrt des Einfamilienhauses abstellte. Die Mutter hatte wohl vergessen, den Gartenservice anzurufen, der diese Arbeiten seit dem Tod des Vaters vor vier Jahren erledigte. Er würde sich gleich nachher darum kümmern.

Als Julian den Schlüssel im Schloss drehte, klapperten im Flur schon die eiligen kleinen Schritte seiner Mutter. Sie hatte ihn offenbar durch das Fenster kommen sehen.

»Julian, wie nett!« Sie stellte sich auf die Zehenspitzen und gab ihm einen Kuss auf die Wange. »Warum hast du nicht angerufen?« Helle Verzweiflung klang aus ihrer Stimme. »Jetzt habe ich gar nichts da. Bleibst du zum Mittagessen?«

Julian fasste seine Mutter um die zarte Taille und drückte ihr einen Kuss auf die Wange.

»Nein, Mamachen, ich wollte nur mal kurz nach dir schauen.«

Er hielt sie von sich weg. »Der blaue Fleck ist schon fast verschwunden.«

»Welcher blaue Fleck?«, fragte seine Mutter.

»Vom letzten Sonntag, als du im Badezimmer gefallen bist.«

Wie seine Mutter so vor ihm stand, mit den kleinen, sorgfältig ondulierten blonden Löckchen und den großen blauen Augen, erinnerte sie ihn – nicht zum ersten Mal – an eine Porzellanpuppe aus dem Biedermeier: schön und zerbrechlich.

Jetzt runzelte sie nachdenklich die Stirn.

»Ach, das war doch kein blauer Fleck, das war doch nur …« Ihr fiel nicht ein, was es gewesen sein könnte. So winkte sie ab und trippelte ins Wohnzimmer.

Dort lagen – wild verstreut – mindestens zwanzig Bücher, überwiegend großformatige Bildbände. Die waren am vergangenen Sonntag noch nicht da gewesen. Julian nahm den obersten von dem Stapel, der auf dem Ohrensessel lag, und las: *Kakteenzucht – leicht gemacht.* Vom Einband des Buches leuchtete ihm die lila Blüte eines extrem stacheligen Exemplars entgegen. Er nahm den gesamten Stapel und packte ihn auf den Couchtisch, direkt neben den dicken Wälzer mit dem Titel: *Die Kakteenbibel – das A bis Z der Kakteenzucht.*

»Was soll das?«, fragte er verwundert.

»Setz dich, mein Junge, magst du einen Kaffee?«

»Ich trinke doch nie Kaffee, Mama.«

»Ach so, ja, das vergesse ich immer. Möchtest du einen Tee? Ich hoffe, ich habe noch welchen da …« Seine Mutter sprang auf und wieselte in die Küche. Julian ging hinterher.

»Nein danke, Mama, ich brauche auch keinen Tee.«

Seine Mutter klappte eine Schranktür nach der anderen auf und wieder zu.

»Hier ist etwas!«, rief sie triumphierend. »Ich wusste es doch.« Sie las das Etikett. »Erkältungstee – das ist doch gut, oder?«

Julian nahm der zarten Frau die Teebeutel aus der Hand.

»Mama, komm, wir setzen uns jetzt hin. Ich will keinen Tee. Wir erzählen ein bisschen, ich kümmere mich um die Post, und dann fahre ich wieder.«

»Ist gut, mein Junge, ist gut. Das machen wir so. Das ist schön.«

Julian führte seine Mutter ins Wohnzimmer und zwang sie mit sanfter Gewalt aufs Sofa. Dann setzte er sich auf den Sessel gegenüber.

»Erzähl mir, wie es dir geht, Mama.«

»Prima, mein Junge, willst du vielleicht ein Wasser? Ach, das ist eine gute Idee, ich hole uns ein Wasser.«

Julian hielt seine Mutter, die bereits wieder aufspringen wollte, am Arm fest.

»Nein, Mama, ich will auch kein Wasser. Setz dich bitte wieder hin.«

»Ja, wenn du keines willst …«

»Nimmst du deine Tabletten, Mama?«

»Ja, ja, nehme ich, nehme ich.« Seine Mutter runzelte die Stirn. »Ich glaube es wenigstens.«

»Bemühe dich bitte, das nicht zu vergessen, Mama. Soll ich dich morgens daran erinnern? Soll ich dich morgens anrufen?«

»Ja, mach das, mein Junge. Ruf mich nur an.«

Seine Mutter kicherte leise. »Ich muss dann nur daran denken, dass ich das Telefon wieder einstöpsele. Ich mache den Stecker immer raus, weißt du?«

Julian nickte ergeben. »Ich weiß es, Mamachen, glaube mir, ich weiß es.«

Die erste Zeit nach dem Tod des Vaters war er ungezählte Male ins elterliche Haus gerast, weil seine Mutter stundenlang telefonisch nicht erreichbar gewesen war. Nur um dann festzustellen, dass sie den Stecker des Telefons aus der Wand gezogen hatte.

»Das macht mich so nervös«, hatte sie ihm erklärt. »Ich weiß ja nie, ob es vielleicht gleich klingelt, ich kann einfach keine Arbeit anfangen, solange das Telefon jederzeit klingeln kann. Das macht mich ganz schuggelig.«

Julian beugte sich vorn und drückte seiner Mutter einen zärtlichen Kuss auf die Wange.

»Mama, ich habe am Sonntag vergessen, mir die Post anzusehen. Wo ist sie denn? Dann kümmere ich mich schnell darum.«

»Ach, die Post, ja. Wo habe ich sie denn hingetan? Oh, ich weiß, ich habe sie in den Keller gelegt.«

»Ach Mama«, sagte Julian resigniert. »Warum hast du die Post denn in den Keller getragen?«

»Na ja, die Briefe lagen hier so herum, und ich dachte immer, ich müsste sie eigentlich aufmachen, aber dann habe ich beschlossen, ich packe sie einfach weg, dann sehe ich sie nicht mehr … Und dann muss ich nicht immer daran denken, dass ich die eigentlich aufmachen müsste.«

Julian nickte resigniert. »Ich verstehe, Mama. Bist du so lieb und holst sie hoch? Ich muss mir schnell noch ein paar wichtige Sachen aufschreiben.«

»Aber natürlich, mein Junge, natürlich.«

Fünf Minuten später saß Julian kopfschüttelnd über den Schreiben. »Mama, das sind zwei Mahnungen von einem Hereklin-Versand. Wieso war denn bei der Post das letzte Mal keine Rechnung dabei? Und was hast du da gekauft?«

»Ich habe nichts gekauft. Ich kaufe nie etwas!«

»Schön wär's«, murmelte Julian vor sich hin. »Hier steht aber, du hättest einen elektrischen Fensterputzer gekauft.«

»Ach, der! Ja, stimmt. Den hatte ich ganz vergessen.«

»Warum kaufst du denn einen Fensterputzer? Du putzt doch nie selbst die Fenster.«

Seine Mutter schüttelte den Kopf über so viel Unverständnis.

»Dann hätte ich doch das Geld für Frau Gerling sparen können!«

Frau Gerling war die Putzfrau.

Julian nickte müde. »Ich verstehe. Und warum bezahlst du ihn dann nicht?«

Seine Mutter sprang vom Sofa auf und gestikulierte wild mit den Händen in der Luft.

»Weil er nicht funktioniert! Das habe ich denen doch gesagt!«

»Was hast du wem gesagt?«

»Der Firma! Dass er nicht funktioniert! Und dass ich ihn deshalb nicht bezahle! Also wirf die Mahnung einfach weg, ich habe die in der Firma ganz genau informiert.«

Julian ging zu seiner Mutter, zog sie auf das Sofa herunter, setzte sich neben sie und nahm ihre Hand.

»Mamachen, lass mich das noch einmal wiederholen. Nur damit ich es richtig verstehe. Du hast einen elektrischen Fensterputzer bestellt, der hat nicht funktioniert, und dann hast du ihn zurückgeschickt, und deswegen hast du ihn auch nicht bezahlt. Hast du dir bei der Post einen

Beleg geben lassen? Kannst du nachweisen, dass du ihn zurückgeschickt hast?«

Seine Mutter schwieg, schaute ihn an und verzog das Gesicht. Ihre Augen füllten sich mit Tränen.

»Vielleicht habe ich das nicht richtig gemacht«, sagte sie leise.

Julian tätschelte ihre Hand.

»Du musst nicht weinen, Mama. Es ist überhaupt nichts passiert. Ganz egal, was du gemacht hast. Ich muss es nur wissen, damit ich ihnen das Richtige zurückschreibe. Du hast vergessen, dir einen Beleg geben zu lassen bei der Post?«

Seine Mutter schluchzte auf.

Julian nahm sie in die Arme. »Ach Mama, mein geliebtes Mamachen, jetzt wein doch nicht. Es ist wirklich nicht schlimm. Sag mir nur, was du gemacht hast.«

Sein Blick fiel auf die herumliegenden Bücher.

»Lass uns das gleich erledigen, damit du mir erzählen kannst, warum es hier plötzlich so viele Bücher über Kakteen gibt.«

Er spürte, wie das Schluchzen und Zucken innehielt.

»Ach ja«, sagte sie und lächelte ihn an, als sie sich die Tränen von den Wangen wischte. »Das weißt du noch gar nicht! Ich …«

»Hast du nun einen Beleg von der Post?«, fragte Julian energisch.

»Was für einen Beleg denn?«, fragte seine Mutter irritiert zurück, löste sich aus Julians Armen und griff nach der *Kakteenbibel*.

»Julian, sieh mal …«

»Der Fensterputzer, Mama!« Julian wurde laut. Seine Mutter blickte ihn an und verzog kurz das Gesicht, als ob sie erneut in Tränen ausbrechen wollte, aber dann schob sie das Kinn trotzig nach vorn.

»Der hat ja nicht funktioniert!«

Julian zählte stumm und konzentrierte sich auf die Zahlen. *Vier – fünf – sechs – sieben* …

Er war bei vierzehn angelangt, als seine Mutter etwas schuldbewusst sagte: »Den habe ich weggeworfen.«

Er wollte aufbrausen, aber im letzten Moment schaffte er es noch, sich zusammenzureißen.

»Mama, warum hast du ihn denn weggeworfen?«

»Er ging doch nicht! Ich habe es ihnen auch gesagt. Ich habe angerufen, da war eine Frau am Apparat, der habe ich erklärt, dass der Fensterputzer, den sie mir geschickt haben, nicht funktioniert und dass ich ihn wegwerfe und dass ich ihn deswegen nicht bezahle. Du brauchst dich nicht darum zu kümmern!«

Seine Mutter klopfte mit der flachen Hand auf das Buch, das sie auf dem Schoß liegen hatte.

»Jetzt sieh doch mal her! Ich habe beschlossen, dass ich Kakteen züchten werde. Das ist ganz leicht und macht unheimlich viel Spaß. Das ist doch eine tolle Beschäftigung für mich, was meinst du?«

Julian wollte noch fragen, was die Angestellte des Unternehmens geantwortet hatte, aber dann gab er auf. Er verzichtete auch darauf, zu fragen, was aus dem Plan, Seidenweberei zu betreiben, geworden war. Der Webstuhl stand höchstwahrscheinlich in der Garage, neben den beiden unbenutzten Töpferscheiben.

Julian griff nach dem Buch und ließ sich eine halbe Stunde von seiner begeisterten Mutter die einzelnen Abbildungen kommentieren: »… der hier ist ganz selten. Wenn ich den züchte, kriege ich unheimlich viel Geld dafür. Findest du das nicht eine tolle Idee?«

Irgendwann schaute er auf die Uhr, es war halb zwei; gleich durfte er Tete besuchen.

»Mama, das ist toll. Aber ich muss jetzt wieder gehen.«

»Ach mein Junge, ja natürlich. Findest du diese Kakteen nicht auch wunderschön?«

»Ja, Mama, die sind wunderschön. Die Rechnungen nehme ich einfach alle mit und kümmere mich später darum. Versuch du nur, nichts mehr zu bestellen, Mama, versprichst du mir das?«

»Ja, natürlich, mein Junge.«

»Und, Mama ...« Julian überlegte. Eigentlich war es zwecklos, aber er startete trotzdem noch einen Versuch.

»Mama, du musst die Briefe aufmachen! Wenigstens die Rechnungen. Ich kümmere mich ja darum, du brauchst sonst nichts zu tun. Nur aufmachen und mir Bescheid sagen!«

Seine Mutter zog einen kleinen Schmollmund. »Das fällt mir alles so schwer. Weißt du, das hat ja immer Papa gemacht und ...«

»Ich weiß, was Papa gemacht hat!«, unterbrach Julian sie scharf.

Er ging zum Schreibtisch, faltete die sieben Rechnungen zusammen und steckte sie in die Jackentasche.

Seine Mutter erhob sich gemeinsam mit Julian und brachte ihn zur Tür. Als er sich auf sein Fahrrad schwang, hörte er noch durch das offene Wohnzimmerfenster die Stimmen aus dem Tele-Shopping-Kanal.

Eine halbe Stunde später in der Tierklinik konnte man einen glücklichen Julian sehen. »Wir werden Ihre Katze morgen auf die Normalstation verlegen.«

Einen kleinen Dämpfer erhielt Julians Begeisterung jedoch, als die Ärztin ihm mitteilte, dass die Katze mindestens noch zwei oder drei Wochen in der Klinik bleiben müsse.

»Aber Sie können sie jeden Tag besuchen. Und wenn die

Katze eine Lieblingsdecke hat oder ein Spielzeug oder sonst etwas, das sie besonders mag, dürfen Sie das gern hierher mitbringen.«

Später, als der Pfleger Julian wieder auf die Intensivstation begleitet hatte und Julian neben dem Käfig saß und seine Katze streichelte, die auf dem Wärmekissen vor sich hin döste, gab es einen besonderen Glücksmoment für ihn: Tete schnurrte plötzlich leise.

Antonia versuchte, die Kalkulation für die Lieferung an die Schokoline GmbH, die vor ihr auf dem Schreibtisch lag, nachzurechnen, aber immer wieder schweiften ihre Gedanken ab. Julians Gesicht, als er seine Katze streichelte: wie zärtlich er schauen konnte.

Sie schüttelte den Kopf und sah wieder auf das bedruckte Papier vor sich. Kosten für Dekostoff, Kunstseide rot – 2,25 Euro/m …«

Rot – rot wie die Liebe … liebesrot – liebestoll …

Jetzt wird es aber absurd! Reiß dich mal zusammen!, dachte sie.

Sie griff nach dem Blatt Papier und hob es leicht an. Sie musste sich jetzt endlich auf den Text konzentrieren! Wie aufmerksam er zuhören kann …

Und dann war da die Erinnerung an diesen Moment, die Erinnerung, die sie seit Freitagabend verfolgte, die Erinnerung an diesen Augenblick, der dazu geführt hatte, dass sie die letzten Nächte stundenlang wach gelegen hatte: seine Augen, als ihre Blicke sich trafen, sich ineinander verfingen und sich nicht mehr voneinander lösen wollten. Und natürlich das Gefühl, als seine Hand auf ihrer Schulter geruht hatte …

Das Telefon klingelte, und die Taste für das Sekretariat leuchtete auf.

»Ja, Frau Wegner?«

»Herr Schröder von der Entwicklungsabteilung hat gerade angerufen. Sie wollten heute um halb zwölf vorbeikommen, sagt er.«

Das hatte sie total vergessen! Antonia sah auf die Uhr. Schon halb eins. Jetzt gingen die sicher in die Mittagspause.

»Sagen Sie ihm, mir wäre etwas dazwischengekommen und dass ich heute Nachmittag gegen zwei reinschaue.«

Frau Wegner schüttelte den Kopf. Was war bloß mit Antonia los? Sie vergaß doch sonst nie etwas! Sie war heute Morgen auch schon so blass gewesen. Sie wurde sicher krank.

Antonia warf genervt den Bleistift auf den Tisch.

Sie war auf dem besten Weg, sich zu verlieben. Das war offensichtlich. Aber das kam natürlich überhaupt nicht infrage. Erstens war dieser Mann als Partner für sie überhaupt nicht geeignet – schon wegen seines Charakters. Schließlich war er ein stadtbekannter Frauenheld und …

Eigentlich fiel ihr sonst gar nicht so viel ein, was gegen ihn sprach. Er arbeitete hart, er war zuverlässig, er sah gut aus – schon allein diese sensiblen schönen Hände –, und er war sexy, ja, auch das. Ihr Körper reagierte auf ihn, so sehr sie sich auch bemühte, es zu ignorieren. Und er konnte charmant sein … und sein Lächeln … und wie er sich um den kleinen Jungen gekümmert hatte …

Aber wie dem auch sei: Er war als Partner für sie einfach nicht geeignet! Er war nicht geeignet, weil … weil …

Er würde sie ja gar nicht wollen. Für ihn war sie eine alte Schachtel, eine genussfeindliche alte Schachtel mit einem symmetrischen Gesicht. Nur der Hintern war okay.

Einen Prachtarsch hast du zu bieten. Na gut. Besser als nichts. Aber etwas wenig als Basis für eine große Liebe, meinst du nicht? – Welche große Liebe denn bitte? Was grübelst du dir nur für einen Mist zusammen!

Knack. Die Spitze des Bleistifts, mit dem sie seit einigen Minuten wilde Zickzacklinien auf die Kalkulation gekritzelt hatte, war abgebrochen.

Frau Wegner klopfte kurz und trat, so wie es vereinbart war, ohne weiteres Abwarten ein.

»Huch!« Antonia fuhr erschrocken zusammen. »Entschuldigen Sie, Frau Wegner, ich war in Gedanken. Was gibt es denn?«

»Herr Ehlers von der Kalkulation fragt, ob Sie noch Fragen haben oder ob er die Daten so an die Vertragsabteilung geben kann.«

»Sagen Sie ihm, ich sei noch nicht ganz durch. Ich melde mich.«

Schuldbewusst blickte Antonia auf die Unterlagen, die vor ihr lagen. Frau Wegner konnte ihr Erstaunen kaum verbergen. Sie nickte kurz und verließ das Büro wieder.

Antonia gelang es anschließend tatsächlich, sich vier Minuten auf die vor ihr liegende Kalkulation zu konzentrieren. Da klingelte das Telefon. Ein Blick auf die Anlage zeigte Antonia, dass Frau Wegner einen externen Anrufer anmelden wollte. Ob es Julian war?

»Ja?«

»Herr von Rotendall möchte Sie sprechen«, sagte Frau Wegner.

Antonia überlegte. Seit dem Abend in der Galerie hatte sie nichts mehr von ihm gehört.

»Stellen Sie bitte durch. – Arnoux.«

»Hier ist Hubert von Rotendall. Guten Tag, liebe Frau Arnoux. Wie geht es Ihnen?«

»Danke, gut, und Ihnen?«

»Wunderbar, danke! Ich möchte endlich meine schon

vor Längerem ausgesprochene Einladung realisieren. Es wäre schön, wenn ich Sie zu einem Abendessen einladen dürfte.«

Antonia nickte vor sich hin. Das würde sie auf andere Gedanken bringen – weg von diesem Julian Markward!

Und außerdem waren die beiden doch befreundet. Er würde ihr viel über Julian erzählen können …

»Ja, natürlich dürfen Sie das. Ich würde mich freuen.«

»Dann müssen wir nur noch einen Termin finden. Heute Abend haben Sie schon etwas vor, glaube ich, wie sieht es …

»Nein, ich habe nichts vor heute Abend. Wie kommen Sie darauf?«

Hubert hielt verblüfft inne. Hatte er Julians Frage falsch interpretiert? Offensichtlich ja. Oder vielleicht hatte auch Julian etwas falsch verstanden. Wie auch immer …

»Na prima! Können wir uns dann gleich heute Abend sehen? Ich hole Sie ab, ist Ihnen zwanzig Uhr recht? Und mögen Sie Sushi? Ich kenne einen fantastischen Japaner …«

Sie strahlte, als sie sagte: »Das passt perfekt!«

»Julian hängt sehr an seiner Mutter. Durch sie ist er zur Kunst gekommen, sie hat ihn schon als ganz kleinen Buben durch die Museen geschleift.«

Hubert und Antonia saßen in dem von Hubert ausgesuchten japanischen Restaurant, und Antonia hing förmlich an Huberts Lippen.

»Seine Mutter ist sehr unselbstständig. Der Vater war ein Despot, und er hat sich um alles selbst gekümmert. Die Frau hatte nie ein eigenes Konto. Die hat in ihrem Leben noch keine Überweisung ausgefüllt. Und irgendwie … genau genommen wäre sie wohl in einem Heim besser aufgehoben. Meiner Ansicht nach ist sie längst nicht mehr geschäftsfähig. Sie sitzt den ganzen Tag vor dem Fernseher, zappt durch die Tele-Shopping-Kanäle und bestellt ununterbrochen irgendwelche Sachen. Aber Julian weigert sich, sie entmündigen zu lassen. Obwohl ich ihm schon mehrfach dazu geraten habe, denn so, wie sie das Geld zum Fenster hinauswirft …«

Der Kellner trat mit der Sakeflasche an den Tisch.

»Eine hervorragende Wahl«, begann er. »Der Kubota Hekuyu aus Niigata liefert eine Nase, die …«

Oh nein, dachte Antonia. Nicht schon wieder!

Hubert von Rotendall hatte vorgeschlagen, zusammen mit dem Degustationsmenü eine Sakeverkostung zu machen.

»Sake?«, hatte Antonia verwundert gefragt. »Eine Verkostung? Von dieser warmen Brühe?«

Hubert hatte den Kopf geschüttelt.

»Ganz im Gegenteil! Guter Sake wird immer kühl serviert, mit um die sieben Grad. Und die Qualitätsunterschiede und Variationsbreiten sind sicher mit denen von Wein vergleichbar. Zum Beispiel ist die Qualität des Wassers von entscheidender Bedeutung. Härtegrad, Mineralstoffanteil und so weiter. Und natürlich die Qualität vom Reis. Wussten Sie, dass der Reis poliert wird und beim hochwertigen Sake mindestens, ich wiederhole: mindestens fünfzig Prozent des Korns wegpoliert werden? Das ist dann der Junmai Daiginjō-shu, der …«

Antonia hatte höflich gelauscht. Offenbar ein Lieblingsthema von Herrn von Rotendall. Es war auch durchaus interessant, was er erzählte, und normalerweise hätte sie sich über diese Informationen gefreut. Aber heute – er sollte von Julian erzählen, davon, wie die Freundschaft zu Julian entstanden war, von ehemaligen Freundinnen, von …

Inzwischen hatte der Kellner seine Erläuterungen beendet.

»Dann wollen wir mal sehen, ob auch wir diese Nase von Dörrobst, Mineralien, Muskatnuss, Pflaume und Bananensahnekuchen finden«, sagte Hubert und prostete ihr zu.

Antonia hob ebenfalls ihr Glas und nahm einen Schluck.

»Der schmeckt aber wirklich sehr gut«, sagte sie überrascht.

»Ich hab's Ihnen doch gesagt!«, strahlte der Galerist. »Allein schon die Aromabeschreibung: *Bananensahnekuchen* finde ich schon ausgesprochen faszinierend.«

»Ja, das ist es zweifellos. Aber Sie wurden unterbrochen: Sie sprachen von Herrn Markwards Mutter, die so viel im Shopping-TV kauft. Wie bezahlt sie das denn?«

Hubert testete noch einmal einen kleinen Schluck. »Dörrobst – ja … und Bananensahnekuchen – hm – ich verstehe, was er meint.«

Antonia blickte ihn auffordernd an.

»Ach, Julians Mutter, ja …«, fand er in das unterbrochene Gespräch zurück. »Lassen Sie sich nicht täuschen von Julians notorischer Geldknappheit. Die Mutter hat ordentlich was an den Füßen, es ist Geld da ohne Ende. Julian wird auch mal üppig erben. Der Vater hat zwar einen Großteil dessen, was der Großvater hinterlassen hatte, an der Börse verspekuliert – diese Neue-Markt-Geschichten vor ein paar Jahren, Sie erinnern sich vielleicht.«

Antonia nickte.

»Aber es ist immer noch ein beträchtlicher Immobilienbestand da, der ordentlich Mieteinnahmen bringt. Die Mietshäuser stammen vom Großvater, und der hat sie direkt an Julian vererbt; die Mutter kann sie nicht veräußern. Sie hat nur den Nießbrauch, also gehen die Mieteinnahmen an sie. Aber wenn sie mal stirbt, dann braucht Julian sich auch keine Gedanken mehr über die Kosten für sein Silber zu machen.«

»Aber Julian …«, Antonia räusperte sich, »ich meine, Herr Markward machte mir den Eindruck, finanziell nicht so gut gestellt zu sein. Wenn aber seine Mutter doch solche Einnahmen hat …«

»Er nimmt nichts von ihr – dazu ist er zu stolz. Und das, was der Großvater ihm direkt vererbt hat, war nicht so viel. Der Alte war der Ansicht, dass zu viel Geld in jungen Jahren den Charakter verdirbt. Aber wenn seine Mutter mal nicht mehr lebt, dann …«

»Ach, so ist das«, sagte Antonia, und es verflüchtigte sich die absurde leise Hoffnung, dass Julian sich wenigstens wegen ihrer finanziellen Möglichkeiten für sie hätte interessieren können. Aber so einen Mann hätte sie sowieso nicht gewollt. Und natürlich wollte sie ihn nicht *kaufen*. Aber geholfen hätte es vielleicht doch, ein bisschen, irgendwie …

»Aber Sie wollten mir noch etwas über die Skulptur erzählen. Warum Herr Markward sie nicht verkaufen will.«

»Ich gehe davon aus, dass Sie sich das Wesentliche schon denken können. Es hat natürlich mit einer gescheiterten Liebesbeziehung zu tun. Am Anfang des Studiums hat sich Julian verliebt, in eine Mitstudentin, zwei Semester über ihm. Die beiden sind zusammengezogen. Die Frau sah sehr gut aus, und Julian war fürchterlich verknallt. Ich glaube wirklich, dass sie seine erste große Liebe war. Er hat abends gejobbt, in einem Lokal in Schwabing als Spüler gearbeitet, und kam immer erst nachts gegen ein oder zwei Uhr nach Hause.«

Hubert lächelte Antonia an, und sie erinnerte sich, wie stark seine blauen Augen anfangs auf sie gewirkt hatten.

»Und dann gab es eines Nachmittags nebenan auf einer Baustelle diesen Bombenfund aus dem Zweiten Weltkrieg«, fuhr Hubert fort. »Das Lokal durfte nicht öffnen, und das Personal wurde gleich bei Eintreffen am frühen Abend wieder nach Hause geschickt. Und als Julian nach Hause kam, erwischte er seine Veronika zu Hause im Bett, wie sie unter dem Dozenten turnte …«

Antonia störte sich auf einmal an Hubert von Rotendalls Wortwahl, sie runzelte missmutig die Stirn.

»… und er hat mit voller Wut das Küchenbeil in die Skulptur gedonnert, die er für sie angefertigt hatte.«

Antonia nickte. »Dass es mit einer früheren Beziehung zusammenhängt, habe ich mir natürlich schon gedacht.«

Ihr Herz krampfte sich zusammen, als sie sich vorstellte, wie Julian sich gefühlt haben musste.

»Aber jetzt erzählen Sie doch mal, wie läuft es denn mit Julian als *Gesellschafterin?*«

Hubert kicherte ein wenig schadenfroh, und Antonia konnte nicht mehr nachvollziehen, was sie an diesem Mann noch kürzlich attraktiv gefunden hatte.

»Ganz gut«, sagte sie. »Ich muss sagen, dass ich es sehr angenehm finde, Herrn Markward als Gesellschafter zu haben. Und ich …«

Aber plötzlich widerstrebte es ihr, mit Hubert von Rotendall über Julian zu sprechen.

»Welche Ausstellungen haben Sie eigentlich in nächster Zeit geplant?«, fragte sie, um das Thema zu wechseln.

Den – nicht mehr allzu langen – Rest des Abends verbrachten sie damit, zum Teil etwas verkrampft über verschiedene neue Künstler zu sprechen; Antonia hatte Artikel über einige gelesen, die bei von Rotendall demnächst ausstellen würden. Aber Hubert spürte, dass sie nicht bei der Sache war.

Und Antonia ärgerte sich, dass sie nicht daheim in der Osterwaldstraße war. Vielleicht war Julian ja da.

Julian *war* da. Er ging oben ans Fenster, als er eine Autotür schlagen hörte. Und erkannte Huberts Auto. Also doch! Hatte er es doch gewusst …

Am nächsten Morgen stürzte Antonia Frau Straub erneut in panische Hektik, weil sie wieder fünf Minuten vor der Zeit im Frühstückszimmer erschien. Ungeduldig wartete sie auf Julian. Aber der kam nicht.

Immer wieder schaute Antonia auf die Uhr. Er *musste* doch kommen. Wo blieb er denn? Noch ein Blick auf die Uhr. Die Zeiger hatten sich ja überhaupt nicht bewegt!

Antonia kaute auf ihrem Müsli herum, es war heute so trocken wie Stroh.

»Was haben Sie mit dem Kaffee gemacht, Frau Straub? Der schmeckt ja wie Spülwasser!«

Frau Straub zuckte zusammen bei dem harschen Ton.

»Das ist die Kaffeemaschine, ich habe wie immer …«

»Schon gut, Entschuldigung, es liegt wohl an mir.«

Antonia griff nach ihrer Zeitung

Sie, die sonst exakt wie ein Uhrwerk jeden Morgen zur selben Zeit den Frühstückstisch verließ, trödelte heute – zur großen Verwunderung Frau Straubs – bis kurz vor acht beim Frühstück herum. Aber Julian erschien nicht. Schließlich blieb ihr nichts anderes übrig, sie musste los. Und heute Abend hatte sie tatsächlich einen Geschäftstermin, sie würde Julian also frühestens morgen beim Frühstück sehen. Die Klapptür zwischen Küche und Wintergarten vibrierte, als Antonia die Haustür hinter sich zudonnerte.

Julian saß oben auf seinem Bett und wartete noch, bis der knirschende Kies anzeigte, dass Antonias Auto wegfuhr. Er war zwar zur üblichen Zeit aufgestanden und hatte auch schon seine morgendliche Joggingrunde hinter sich gebracht, aber erst als er ganz sicher war, Antonia nicht zu begegnen, erhob er sich, um frühstücken zu gehen.

Frau Straub kam aus dem Wundern gar nicht mehr heraus, denn der sonst immer so freundliche und charmante Herr Markward war heute wortkarg und schlecht gelaunt. Er aß nichts von dem Bündner Fleisch, das sie eigens für ihn besorgt hatte, trank lediglich zwei Tassen Tee, kaute eine viertel Scheibe Brot mit etwas Frischkäse und sprang nach fünf Minuten auf, um zu verschwinden – ohne sich zu verabschieden.

Julian fuhr direkt in die Georgenstraße.

Hubert war schon da, er war meistens ab acht in seiner Galerie. Erstaunt schaute er auf, als Julian zur Tür hereinstürmte.

»Du hast gesagt, du triffst dich nicht mit ihr!«

Hubert brauchte mehrere Minuten, um das Bild des wutschnaubenden Julian, den herausgeschmetterten Satz und den gestrigen Abend in einen logischen Zusammenhang zu bringen.

Dann fing er schallend an zu lachen.

»Du denkst …« Er konnte vor Lachen nicht weitersprechen. »Du glaubst wirklich …« Er schnappte nach Luft.

»Was soll das?«, fragte Julian. Huberts Reaktion verunsicherte ihn und nahm ihm etwas von seinem Schwung.

»Das sollte ich dich fragen! Hast du noch alle Tassen im Schrank? Kommst hier hereingeplatzt und schreist mich an, weil ich – ja, warum eigentlich? Weil ich mit Frau Arnoux essen war? Oder warum sonst? Vielleicht erklärst du mir erst mal, was du eigentlich von mir willst.«

Julian ließ sich auf den Stuhl vor Huberts Schreibtisch fallen.

»Du hast gestern Morgen gesagt, du wärst nicht mit ihr verabredet.«

»Da war ich es auch noch nicht.«

»Ich glaube dir kein Wort!«

»Dann lässt du es eben bleiben. Ich habe Frau Arnoux nach deinem Besuch hier angerufen, weil ich ihr noch eine Einladung schuldete. Und ich habe mich sehr gewundert, als ich zu ihr gesagt habe: Heute Abend können Sie ja nicht, und sie geantwortet hat, doch, natürlich, wieso? Ich weiß nicht, woher deine Information von gestern Morgen stammte, dass sie abends etwas vorhätte. Jedenfalls hatte sich das erledigt, als ich sie gegen dreizehn Uhr angerufen habe.«

Hubert verschränkte die Arme vor der Brust und lehnte sich in seinem Bürostuhl zurück.

»Wenn ich mich nicht mehr mit potenziellen Kunden in Verbindung setzen darf, dann wird es echt schwer für mich.«

Julian, der bisher wie auf dem Sprung in seinem Stuhl gesessen hatte, streckte nun die Beine aus.

»Hm«, sagte er. Er zögerte noch. »Okay. Ich dachte, ihr verschaukelt mich.«

Hubert schüttelte den Kopf. »Haben wir nicht. Also ich wenigstens nicht. Was sie vorhat, kann ich natürlich nicht sagen.«

Sein Handy auf dem Tisch vibrierte. Eine SMS war gekommen. Er warf einen kurzen Blick darauf.

»Aha! Wenn man vom Teufel spricht …«, grinste er. »Ich lese mal vor: *Herr Markward ist heute Morgen entgegen seiner Verpflichtung nicht am Frühstückstisch erschienen. Ich ersuche schnellstmöglich um ein Treffen der Schlichter.* Was hast du denn schon wieder angestellt?«

Zu seiner großen Verblüffung lächelte Julian. »Das habe

ich mir gedacht, dass sie da sofort bockig wird. Na gut, dann muss ich mir was einfallen lassen.«

Er zog ebenfalls sein Handy aus der Hosentasche und tippte wild drauflos.

»So«, sagte er dann. »Mal sehen, was passiert.«

Er stand auf und ging in die Ecke zu dem Heißwasserkocher. »Ich mache mir mal einen Tee. Schreib du doch bitte zurück, du stündest für ein Treffen jederzeit zur Verfügung.«

Das Wasser kochte gerade, als sowohl bei Julian als auch wenige Sekunden später bei Hubert eine SMS einging.

Während Julian auf sein Handy sah, las Hubert laut vor: »*Treffen vorläufig nicht nötig.* Was hast du ihr denn bloß geschrieben?«

»Ich hätte verschlafen, es tue mir wahnsinnig leid, und ich bäte vielmals um Entschuldigung.«

Julian goss sich seinen Tee auf. »Und zwischen dir und ihr läuft wirklich nichts?«

Hubert schüttelte den Kopf.

»Okay, na gut.« Misstrauisch musterte Julian seinen Freund.

»Ich weiß gar nicht, was du dich so anstellst. Hast du denn tatsächlich Interesse an ihr?«, fragte Hubert.

»Selbstverständlich nicht!«, antwortete Julian.

»Und was sollte dann dieser Auftritt?«

»Ich dachte, ihr wollt mich schon wieder verarschen, wie bei der Besichtigung, wo ihr ....«

»Ach so«, sagte Hubert gedehnt. »Na dann ...«

Julian zog seinen Fahrradschlüssel aus der Hosentasche.

»Ich fahre ins Atelier, ich muss langsam loslegen, denn heute Nachmittag will ich wieder zu Tete in die Klinik.«

Am nächsten Morgen saß Antonia wieder – fast – pünktlich am Frühstückstisch, nur eine Minute zu früh, obwohl sie vergangene Nacht zwei Stunden wach gelegen hatte. Ihr war gestern Abend noch eine Idee gekommen, eine wunderbare Idee, und sie hatte einen Plan geschmiedet. Hoffentlich ging er auf.

Als oben die Tür klappte und sie anschließend die schon vertrauten Schritte auf der Treppe hörte, schlug ihr Herz sofort ein paar Takte schneller.

Julian entschuldigte sich ausgiebig für sein angebliches Verschlafen am gestrigen Tag. Antonia winkte ab.

»Das kann mal passieren. Sie haben viel Stress gehabt die letzten Tage. Wie geht es Tete?«

»Viel besser. Sie ist seit gestern auf der Normalstation.«

»Das freut mich aber!«, sagte Antonia. Und erlaubte sich, ihn kurz anzustrahlen. Es war ja wegen Tete.

»Ich muss etwas mit Ihnen besprechen«, sagte sie, nachdem sie mit Mühe ihren Blick in eine andere Richtung gelenkt hatte.

Julian legte das Messer, mit dem er gerade ein Brötchen in zwei Hälften teilte, zur Seite.

»Ja?«

»Ich will nach Monaco zu einer Messe«, sagte Antonia.

»Gibt es denn in Monaco eine Messe, die für Sie wichtig ist?«, fragte Julian erstaunt.

»Ja, sogar sehr. Das ist die LPF, die Luxury Packaging Fair, eine Fachmesse speziell für Verpackungen von Luxusgütern.«

»Aha«, sagte er. »Das hört sich allerdings interessant an.«

»Letztes Jahr bin ich geflogen, aber das war sehr unpraktisch. Es war unglaublich schwierig, morgens ein Taxi vom Hotel zur Messe zu bekommen; manchmal musste ich fast eine Stunde warten. Deswegen würde ich gern dieses Jahr mit dem Auto hinfahren, damit ich beweglicher und unabhängiger bin.«

Julian nickte und griff nach der Platte mit dem Parmaschinken.

»Aber allein ist mir die Fahrt zu weit«, meinte Antonia.

»Ach so«, sagte Julian. Er balancierte den Schinken auf seinen Teller. »Ich soll also mitfahren?«

»So hatte ich mir das gedacht. Dann könnten Sie mich auch vom Hotel morgens zur Messe bringen und abends wieder abholen. Denn man findet in Monaco generell kaum Parkplätze.«

»Ja, das kann ich mir vorstellen«, nickte Julian.

»Ich möchte allerdings sowohl die Hinfahrt als auch die Rückfahrt in zwei Etappen machen; also mit jeweils einer Übernachtung. Ich hasse es, tausend Kilometer an einem Tag im Auto zu sitzen.«

Julian nickte erneut.

»Verstehe«, sagte er. Mit ihr allein im Auto. Zweitausend Kilometer. Sein Herzschlag beschleunigte sich.

»Wir wären sieben Tage insgesamt unterwegs«, sagte Antonia.

»Ah ja.«

Mein Gott, kann er jetzt nicht einfach sagen: Ich fahre gern mit Ihnen ans Mittelmeer und freue mich darauf, ein paar Tage mit Ihnen zusammen zu sein!?

»Also, fahren Sie mit?«

»Sie fragen mich? Sie können das doch einfach bestimmen«, erinnerte Julian sie.

»Ich weiß«, sagte Antonia. »Aber da es für länger ist … Sie haben schließlich auch Verpflichtungen. Lieber wäre mir, Sie sagen einfach, dass Sie gern mitfahren.«

Ihre Miene war neutral, ihre Stimme emotionslos.

»Wann wäre das denn?«, fragte Julian. Kann die nicht wenigstens so tun, als ob sie sich darauf freut, mit mir ein paar Tage unterwegs zu sein?

»Nächste Woche. Wir würden Dienstag losfahren, die Messe beginnt am Freitag, aber ich will ab Donnerstag da sein; Sonntag ist der letzte Messetag, da starten wir gegen Mittag in Richtung Heimat, übernachten noch einmal und sind dann Montag Abend wieder da.«

»Ja, gut«, sagte Julian.

Antonia musste sich zusammenreißen, um nicht ein begeistertes »Wirklich?!« hervorzustoßen. Sie presste die Lippen fest zusammen.

»Gut«, sagte sie. »Dann ist das abgemacht.«

Sich bloß nicht anmerken lassen, wie sehr sie sich freute!

»An dem Donnerstag findet übrigens abends ein größerer Empfang in Monaco im Hôtel de Paris statt«, fuhr Antonia einige Momente später fort. »Haben Sie etwas Vernünftiges zum Anziehen für diese Gelegenheit? Abendkleidung ist nicht erforderlich, aber … na ja, ein wenig eleganter …«

»Ich werde etwas finden«, meinte Julian.

»Sicher? Sonst kann ich Ihnen anbieten, dass Sie einmal zu meinem Stilberater zu gehen. Der …«

Julian fiel das Messer aus der Hand und landete mit einem leisen Klirren auf dem Teller.

»Zu *wem* bitte?«

»Haben Sie etwa noch nie das Wort Stilberater gehört?«, fragte Antonia spitz.

Es dauerte einen Moment, bis Julian realisierte, was sie da gerade gesagt hatte.

»Sie haben einen Stilberater?«, fragte er ungläubig.

»Ja, was ist daran so erstaunlich?«

»Und was macht der, wenn ich fragen darf?«

»Was denken Sie denn, was ein Stilberater macht? Er berät mich …«

»Wollen Sie damit sagen, dass Ihnen jemand empfohlen hat, so herumzulaufen, wie Sie es tun?«

Antonias Miene verfinsterte sich. »Ja, warum?«

»Und der kriegt Geld dafür?« Julian lachte schallend.

»Was meinen Sie mit: *so herumzulaufen*? Das ist perfekt, wie ich angezogen bin.«

Antonia goss sich so heftig Kaffee ein, dass es überschwappte. »Herr Pascal hat schon meine Eltern beraten, und er berät auch mich, seit ich …«

»Genauso sieht es auch aus!«, fiel ihr Julian ins Wort. »Es sieht aus, als hätten Sie im Kleiderschrank noch ungetragene Sachen von vor dreißig Jahren gefunden.«

»Sie verstehen das nicht.« Antonias Ton wurde schärfer. »Ich kann mich nicht als Modepuppe herausstaffieren! Was ich trage, das ist eine Uniform. Das ist die Kleidung, die meinen Geschäftspartnern demonstriert, dass ich eine seriöse Geschäftsfrau bin.«

Julian dachte nach.

»Nein«, sagte er. »Das ist die Aufmachung, die Ihren Geschäftspartnern demonstriert, dass Sie Ihren Job nicht verstehen.«

Antonia zog scharf die Luft ein.

»Aha«, sie wirkte ruhig. »Können Sie mir das genauer erklären, bitte?«

Ihre kontrollierte Reaktion auf seine Provokation nötigte Julian Bewunderung ab, wieder einmal.

Er legte das Brötchen auf den Teller, hob den Kopf und sah sie an.

»Haben nicht *Sie* mir erzählt, wie wichtig die Verpackung für ein Produkt ist? Dass erst die richtige Verpackung das Produkt vervollständigt? Wie wollen Sie zeigen, dass Sie Waren gut präsentieren können, wenn Sie sich selbst so unattraktiv verpacken?«

»Darum geht es doch nicht«, entgegnete Antonia überrascht. »Es …«

»Doch! Genau darum geht es. Eine Verpackung soll alle Sinne ansprechen, nicht nur der Funktion genügen, haben Sie gesagt. Ich will jetzt gar nicht von sexy reden, aber welche Sinne spricht bitte Ihre Aufmachung an?«

»Das ist doch Blödsinn!«, wehrte Antonia ab. »Ich muss auch und besonders mit meiner Kleidung darstellen, dass ich ein Unternehmen führen kann, dass ich seriös bin, ernsthaft, in gutem Sinne konservativ, im Sinne von …«

»Nein! Sie müssen zeigen, dass Ihr Unternehmen sein Geschäft versteht. Sie müssen zeigen, dass Sie verpacken können. Aber im Moment zeigen Sie das genaue Gegenteil: Sie können *nicht* attraktiv verpacken!«

Frau Straub kam mit der Kanne und wollte Julian Tee eingießen, aber er winkte unwillig ab.

Antonia schnappte nach Luft und wollte wütend widersprechen. Doch sie zögerte.

So richtig zufrieden war sie mit ihrem Kleidungsstil tatsächlich seit Längerem nicht mehr. Genau genommen noch nie gewesen. Sie hatte es als Notwendigkeit gesehen. Aber auch Paul und selbst Walter hatten schon öfter angedeutet, dass ihre Aufmachung zu konservativ sei. Als sie damals gleich nach der Uni die Firma übernommen hatte, hatte sie überwiegend »Studentenkleidung« besessen. Sie hatte auch nicht viel Zeit für irgendwelche Einkaufstouren gehabt. In ihrer Zeitnot und auch Unsicherheit hatte sie den Schneider, der schon für ihre Eltern tätig gewesen war und den sie gut kannte, weil er gelegentlich etwas für Paul schneiderte, Herrn Pascal, um Rat gefragt und ihn gebeten, ihr entsprechende Outfits anzufertigen. Das hatte sie kaum Zeit gekostet. Und in der Kleidung, die er ihr empfohlen hatte, hatte sie sich sicher gefühlt – damals. Aber sie hatte schon öfter gedacht, dass

Herr Pascal, der sich hochtrabend auch als Stilberater bezeichnete, nur weil er mit Farbtafeln hantierte und von Sommer- und Herbsttypen sprach, mit seinen über siebzig Jahren vielleicht nicht mehr ganz auf dem neuesten Stand war.

Und letztes Jahr war sie sich auf der Messe in Monaco wie ein Trampel vorgekommen, insbesondere beim Anblick der schicken Italienerinnen und Französinnen. Die im Übrigen ebenfalls in Führungsfunktionen tätig waren oder Unternehmen leiteten. Schon damals hatte sie sich vorgenommen, ihren Kleidungsstil zu ändern. Aber sie war einfach noch nicht dazu gekommen, hatte es später vergessen; es funktionierte ja auch so.

Julian griff wieder nach seinem Messer und strich sich weiter Butter auf die Brötchenhälfte. War er zu hart gewesen? Hatte er sie beleidigt? Aber ihre Aufmachung war doch wirklich entsetzlich. Selbst wenn sie mehrere dieser sogenannten Problemzonen hätte, müsste sie doch nicht so herumlaufen.

Antonia sah ihm zu.

Irgendwann lachte sie auf.

»Was machen Sie da eigentlich?«

Überrascht stoppte Julian mitten in der Bewegung.

»Wieso?«

»Das sind höchstens fünf Buttermoleküle auf ihrem Brötchen. Und die streichen Sie jetzt schon zum hundertsten Mal von links nach rechts und von rechts nach links.«

Julian grinste etwas verlegen und legte das Messer ab.

»Ja, okay. Ich bin nicht bei der Sache. Denn ich überlege, wie ich Ihnen klarmachen kann, dass ich recht habe.«

Antonia suchte seinen Blick.

»Dann hören Sie auf mit dem Überlegen und sagen mir lieber, was ich Ihrer Meinung nach machen soll.«

Julian stand vor Überraschung der Mund offen.

»Was soll das denn heißen? Wollen Sie damit etwa sagen, dass Sie mir tatsächlich recht geben?«

»Vielleicht. Ja, ich denke schon.«

»Einfach so?«

»Ja.«

»Ganz ohne weitere Diskussion?«

»Ja, mein Gott!«

»So eine Frau gibt es nicht«, sagte Julian im Brustton der Überzeugung.

Antonia lachte. Ja, da war es wieder, dieses helle, frohe Lachen, das Julian so berührte.

Was war das nur für eine Frau! Er hatte ihr gerade die schlimmsten Beleidigungen um die Ohren gehauen, und sie sagte nach einer Minute Nachdenken: Stimmt – und fand daran noch etwas zum Lachen.

In Julians Blick stand tiefe Bewunderung, als er Antonia ansah.

Und sie erwiderte den Blick und sah in seinen dunklen Augen auch noch etwas anderes … Rasch zwang Antonia ihren Blick wieder zurück auf den Frühstückstisch.

»Wo sind eigentlich die Apfelstückchen, Frau Straub?«, rief sie laut in die Küche.

»Hier stehen sie doch«, sagte Julian. »Direkt vor Ihnen.«

»Was ist denn?« Frau Straub erschien in der Tür.

»Es hat sich erledigt, danke«, sagte Antonia und konzentrierte sich auf das Müsli, das sie sich soeben in die Schüssel schüttete.

»Essen Sie heute zweimal?«, wunderte sich Frau Straub, und in Antonias Augen schienen kleine Blitze zu zucken, als sie fragte: »Haben Sie etwas dagegen, Frau Straub?«

»Nein, natürlich nicht«, stotterte die Haushälterin, und als Antonia konzentriert ihre Müsliflocken musterte, verzog sie sich konsterniert wieder in die Küche.

»Also«, fragte Antonia, »was schlagen Sie vor?«

Nicht ansehen – nicht den Blick einfangen lassen!

»Haben Sie Mut? Würden Sie ein Experiment wagen?«, fragte Julian. Er verschränkte die Arme und lehnte sich abwartend zurück.

»Was meinen Sie damit?«

»Ich habe eine Idee.«

»Und die wäre?«

»Ich möchte Sie gern zu einer Freundin bringen, die eine Boutique betreibt und eine gute Auswahl hat. Nach meinem Dafürhalten gehört der Laden zu den besten Münchens.«

Antonia dachte: Eine Freundin von ihm? Irgend so eine herausgeputzte, falsche Blondine mit langen Fingernägeln und einem Kilo Farbe im Gesicht? Bei der es ein paar billige Fähnchen gibt?

»Eine Freundin von Ihnen? Ich weiß nicht, ob das meinem Stil …«

»Eine *mütterliche* Freundin!« Auf Julians Gesicht erschien eine leichte Röte. »Eine Freundin meiner Mutter!«

»Ach so, hm …«

Antonia kaute nachdenklich auf ihrem Müslilöffel. »Und Sie wollen mir da etwas aussuchen?«

»Gemeinsam mit der Besitzerin, ja.«

»Sind Sie denn … können Sie denn …« Antonia wusste nicht, wie sie es formulieren sollte.

Julian zog irritiert die Augenbrauen hoch.

»Nun«, sagte Antonia. »Wir haben ja offensichtlich unsere Probleme miteinander. Und da frage ich mich, ob Sie mich unter den gegebenen Umständen überhaupt objektiv beraten können.«

Julian zog scharf die Luft ein.

»Verstehe ich Sie richtig? Sie haben Angst, dass ich Sie sozusagen als Vogelscheuche ausstaffiere?«

Schlimmer geht's doch eigentlich nicht mehr, hätte Julian beinahe gesagt. »*Das* trauen Sie mir zu? Also, das ist wirklich nicht meine Art.«

»Es tut mir leid, ich weiß«, sagte Antonia. »Ich habe es auch nicht so gemeint.«

Julians Blick wurde vorwurfsvoll, dieses Mal bestand keine Gefahr, dass sie sich darin verfangen würde.

»Ich bin Künstler! Ich bin Ästhet! Ich sehe Harmonie, und ich …«

»Schon gut, schon gut, ich nehme meine Bedenken zurück!«

Antonia hob kapitulierend die Hände.

»Ich mache es. Ich gehe mit Ihnen zu Ihrer Freundin in diese Boutique.«

»Gut«, sagte Julian. »Dann schlage ich vor …«

»Ich sage aber noch nicht zu, dass ich irgendetwas kaufe! Ich sehe es mir unverbindlich an, mehr nicht«, warnte Antonia.

Julian nickte. »Klar. Sie verpflichten sich zu nichts.«

War das irgendwie anzüglich gemeint? Während Antonia noch darüber nachdachte, hielt Julian ihr über den Tisch seine Hand entgegen.

»Also gehen wir am Samstag in die Stadt. Abgemacht?«

»Abgemacht«, sagte Antonia und schlug ein. Sie warf einen Blick zur Wanduhr und erhob sich eilig. »Ich habe heute schon sehr früh einen Termin, ich muss los.«

Es wirkte wie eine Flucht, als sie aus dem Esszimmer rannte.

Das Wetter spielte mit. Julian hatte darauf bestanden, die U-Bahn zu nehmen. Als die beiden am frühen Samstagvormittag die Treppe aus der Station hochstiegen, strahlte über ihnen ein Münchner Bilderbuchhimmel: Nur ein paar pludrige weiße Wölkchen segelten vor dem hell leuchtenden blauen Hintergrund. Es war angenehm warm, und von den voll besetzten Plätzen der Straßencafés auf den Bürgersteigen erfüllte ein fröhlicher Lärm die engen Straßen.

Antonia sah sich unwillkürlich um, ob sie Susanne irgendwo entdeckte. Eigentlich kein Wunder, dass die lieber in diesem quirligen Viertel rund um den Gärtnerplatz wohnte als in den etwas betulichen Straßen am Englischen Garten, hinter dem Mittleren Ring, etwas abgeschottet von der Stadt – was die meisten dort allerdings als Vorteil ansahen.

Oft verengten die Tische und Stühle vor den Lokalen den Bürgersteig derart, dass Antonia und Julian nicht nebeneinander laufen konnten.

»Ich gehe am besten vor«, sagte Julian und eilte mit großen Schritten voraus.

Er war mit seiner Idee nicht mehr so glücklich. Was, wenn die Aufgabe, Antonias Figur halbwegs attraktiv zu präsentieren, zu groß war? Wer konnte schon wissen, welche »Problemzonen« unter diesen sackartigen Kostümen verborgen waren. Besonders üppig schien sie allerdings nicht zu sein. Aber wahrscheinlich hatte sie plumpe Beine und einen Speckring um die Taille. Vielleicht war Antonias Stil für ihre Figur tatsächlich am besten geeignet, vielleicht musste so viel kaschiert werden, dass es keine andere Möglichkeit gab. Hoffentlich hatte er nicht zu viel versprochen. Und hoffentlich war Helen nicht sauer auf ihn. Andererseits: Helen war ein so liebevoller und hilfsbereiter Mensch, sie würde sich sicher auch für Antonia etwas einfallen lassen.

Eigentlich hätte Antonia gern hier und da in ein Schaufenster geschaut, aber Julian ging derart zügig voran, dass Antonia Schwierigkeiten hatte, ihm zu folgen. Es war gar nicht so einfach, sich durch die Menge der Entgegenkommenden zu schlängeln und ihn nicht aus den Augen zu verlieren.

Nach ungefähr fünf Minuten blieb er an einer schmalen Einfahrt stehen und sah sich suchend nach ihr um.

Sie war hinter ihm.

»Hier hinein«, sagte er.

Überrascht schnappte Antonia nach Luft, als sie die Einfahrt durchquert hatte. Der Hinterhof des Hauses war mit den beiden Nachbarhöfen zusammengelegt worden, und auf dem so entstandenen großen Areal drängten sich drei einstöckige Flachbauten mit Geschäften: ein Keramikstudio, ein Schmuckgeschäft und eine Boutique. Die Boutique teilte sich das Haus mit dem *Köndl-Café,* das ebenfalls einige Schaufenster hatte, und auch hier gab es ein paar kleine Tische, die zu dem Café gehörten. Die meisten Tische allerdings standen auf dem Flachdach, und hier waren sämtliche Plätze unter den großen bunten Sonnenschirmen besetzt. Gerade eilte eine junge Frau, an der kleinen schwarzen Schürze als Bedienung zu erkennen, mit einem mit Kaffeebechern und Kännchen vollgestellten Tablett laut klappernd die Metalltreppe hoch, die seitlich an das Gebäude montiert war. Direkt neben der Treppe blinkten große Glasfenster in der Sonne.

Antonia hätte sich gern erst einmal die von großen Schaufensterpuppen präsentierten Kleidungsstücke angesehen, aber Julian betrat bereits die Boutique, und es blieb ihr nichts anderes übrig, als ihm zu folgen.

Sie war positiv überrascht von der freundlichen Atmosphäre in dem hellen Raum, obwohl die dicht behängten

Metallkleiderständer vor den cremefarbenen Wänden sie etwas überwältigten. Auch die einzelnen Fächer in dem offenen Regal an der Längswand des Raumes wirkten gut gefüllt, sich hier durchzuwühlen würde Arbeit bedeuten.

Die Vorhänge der beiden Umkleidekabinen an der Schmalseite zu ihrer Linken waren zurückgezogen, die Kabinen leer; zu dieser relativ frühen Uhrzeit waren sie die einzigen Kunden.

Aus dem mittleren der drei gemütlichen Korbsessel in der linken Raumecke erhob sich eine Frau, mittelgroß, leicht füllig, vielleicht Mitte fünfzig. Sie fuhr sich rasch durch ihre kurz geschnittenen schwarzen Haare, während sie auf die beiden zukam.

»Julian!«, sagte sie. »Das ist aber eine schöne Überraschung!«

Sie strich ihm leicht über die Wange. Antonia verspürte einen kleinen Stich.

»Hallo, Helen!«, sagte Julian und umarmte die Frau.

Antonia wunderte sich über seinen Gesichtsausdruck. In dem spiegelte sich Zuneigung, ja fast so etwas wie Liebe. Sie ertappte sich bei dem Gedanken, dass sie auch von ihm so angesehen werden wollte. Ihr Mund wurde plötzlich trocken.

»Darf ich euch miteinander bekannt machen?« Julian wandte sich zu Antonia.

»Frau Arnoux, das ist Frau Schöller, eine sehr liebe Freundin von mir. Helen, darf ich dir Frau Arnoux vorstellen, meine …«, er suchte nach einem Wort, und Antonia schaffte es gerade noch rechtzeitig, das schon auf der Zunge liegende *»seine Chefin«* zu unterdrücken und es durch »Ich bin eine Bekannte« zu ersetzen. Sie gratulierte sich im Stillen. Endlich einmal erst gedacht und dann geredet!

»Ja, genau«, sagte Julian. »Eine gute Bekannte«, und für einen kleinen Moment lag Verlegenheit in der Luft.

»Julians Freunde sind auch meine Freunde«, sagte Helen und streckte Antonia mit einem herzlichen Lächeln die Hand hin, und schon war die etwas merkwürdige Stimmung wieder verschwunden.

Antonia fragte sich, in welcher Beziehung die beiden zueinander standen. Ihre Begrüßung und Umarmung wirkte sehr vertraut. Julians Gesichtsausdruck war weich, das aggressive Funkeln in seinen Augen war verschwunden.

»Frau Arnoux, kann ich Ihnen etwas zu trinken anbieten?«, fragte Helen. »Julian, du möchtest sicher gern einen Tee.«

»Danke, später vielleicht«, sagte Antonia. Auch Julian winkte ab.

»Sagen Sie bitte einfach Bescheid, ich habe alles vorrätig, was das Café nebenan auf der Karte hat«, lachte Helen. »Das ist sehr angenehm hier für mich mit der Gastronomie im Haus.«

Antonia nickte. »Ja, das ist wirklich praktisch.«

Helen schaute nun fragend von Julian zu Antonia und zurück. Antonia warf einen Blick auf die vollen Kleiderständer und fragte sich, wie sie da etwas finden sollte. Julian räusperte sich.

»Helen, wir brauchen deine Hilfe.«

Helen nickte. »Aber gern! Was sucht ihr denn?«

Julian zögerte noch etwas, aber Antonia machte keine Anstalten, ihm zu helfen.

»Also, Frau Arnoux …« Wie sollte er es nur halbwegs höflich formulieren? »Ich habe ihr vorgeschlagen, ihren Stil zu ändern. Und bei dir gäbe es das Richtige, und du könntest ihr dabei helfen!«, sprudelte es jetzt aus ihm heraus.

»Nichts lieber als das!«, meinte Helen. Glücklicherweise guckte Antonia gerade zu den Schaufenstern, weil draußen zwei Hunde laut bellend miteinander in Streit gerieten, und bekam so den Ausdruck von Erleichterung, der über Julians Gesicht huschte, nicht mit.

Helen aber sah es. »Das ist überhaupt kein Problem!«, bekräftigte sie. »Aber das dauert sicher ein bisschen. Am besten, mein lieber Julian, setzt du dich jetzt erst einmal hin, und ich bestelle dir doch eine Tasse Tee.«

Julian wollte ablehnen, aber Helen fügte lachend hinzu: »Ich überlege sowieso, ob es nicht sogar besser wäre, wenn ich dich gleich ganz wegschickte.«

»Auf gar keinen Fall«, protestierte Julian.

»Also, dann setz dich – und steh zwei hart arbeitenden Frauen nicht im Weg!« Sie zwinkerte Antonia vergnügt zu.

Antonia wunderte sich über den legeren Umgangston, aber Julian folgte, mit leicht verlegenem Grinsen, der Aufforderung und ließ sich in einen Korbsessel fallen.

»Frau Arnoux, möchten Sie einmal die Kleiderständer durchsehen, oder soll ich Ihnen etwas vorschlagen?«, fragte Helen Antonia.

»Hm, ich weiß nicht …«

»Darf ich Sie kurz etwas genauer betrachten?«, fragte Helen.

»Ja, natürlich«, antwortete Antonia verwundert.

Helen trat vor sie und musterte sie von oben bis unten. Sie sah natürlich sofort, dass das feine beige Kostüm, das Antonia heute trug, maßgeschneidert war. Schade um das edle Leinen, bedauerte sie insgeheim. Denn der Schnitt war … war der eigentlich jemals in Mode gewesen?

»Darf ich mal fühlen?«, fragte sie und fasste, nach Antonias zustimmendem Nicken, unter ihre Jacke und legte die Hände um ihre Taille. Sie blickte prüfend in Antonias Augen, offensichtlich um die Augenfarbe zu bestimmen, und ließ ihren Blick mehrmals an Antonia auf und ab wandern. Irgendwann nickte sie zufrieden.

»Ich denke, ich habe ein paar Ideen. Mögen Sie schon mal in die Umkleidekabine gehen? Ich würde Ihnen ein paar erste Stücke bringen. Wir müssen uns langsam herantasten, ich kenne Ihren Geschmack ja noch nicht …«

Antonia nickte, sie war neugierig geworden.

Helen ging zu den Ständern, zog ohne Zögern vier oder fünf Bügel heraus, so schnell, dass Julian die darauf hängenden Teile nicht identifizieren konnte, und brachte diese in die Kabine.

»Am liebsten würde ich Sie zuerst einmal in diesem Kleid sehen«, hörte Julian sie sagen. »Das würde mir für die weitere Suche helfen.«

Julian hörte, wie Antonia zustimmte.

Helen kam aus der Kabine und sagte: »Das dauert jetzt ein bisschen. Du bekommst inzwischen den versprochenen Tee.«

Sie zog ein Handy aus einer verborgenen Seitentasche in ihrer weich fallenden, silberblauen Bluse und tippte kurz auf eine Taste.

»Robert, bist du so lieb und bringst uns einen Earl-Grey-Tee und eine große Flasche Wasser mit drei Gläsern? Danke dir!«

Es dauerte höchstens eine Minute, bis ein junger Mann samt einem großen Tablett mit den bestellten Getränken darauf erschien.

»Ich danke dir, Robert. Stell es bitte auf den Tisch«, sagte Helen.

Sie setzte sich zu Julian und goss sich ein Glas Wasser ein.

»Ich hoffe, es ist für dich in Ordnung, dass ich mit ihr hergekommen bin«, sagte Julian.

»Ja, natürlich! Ich wäre böse gewesen, wenn du irgendwo anders hingegangen wärst.«

»Ich hoffe, es ist nicht zu kompliziert für dich«, fügte Julian leise hinzu.

»Aber Julian, was denkst du! Ich freue mich doch.«

Antonia in der Umkleidekabine gab einen Laut von sich.

»Kann ich helfen?«, fragte Helen und eilte in die Kabine. Julian hörte Wispern und leises Kichern, dann kam Helen heraus und eilte zu einem anderen Ständer, zog einen weiteren Bügel – dieses Mal mit etwas Grünem darauf – heraus und verschwand erneut in der Kabine.

Julian hörte das Geraschel von Stoff, das Geräusch eines Reißverschlusses, einen überraschten Laut von Helen.

Jetzt hat sie ihre dicken Waden im Spiegel gesehen, dachte Julian.

Wieder Gewisper, »... unbedingt Schuhe dazu, Moment ...«, hörte er Helens Stimme.

Helen kam aus der Kabine, schnappte drei Kartons aus ihrem Regal an der Wand und verschwand erneut hinter dem dunkelblauen Vorhangstoff.

Beim Herauskommen lächelte sie zufrieden.

»Bist du bereit?«, fragte sie Julian.

Julian packte gerade ein Zuckerstück aus und nickte.

»Dann zeigen Sie sich mal!«, rief Helen in die Kabine hinein.

Antonia kam heraus, zögernd, unsicher auch wegen der zu großen Schuhe (»... die muss ich Ihnen passend bestellen, die sind in drei Tagen da, tut mir leid, Ihre Größe ist gerade ausverkauft«), und hielt zwei Schritte vor der Kabine an.

Julian rührte in seinem Tee. Es dauerte etwas, bis er den Kopf hob und zu Antonia hinsah.

Er öffnete den Mund.

Er schloss den Mund wieder.

Er erhob sich und blieb, wie zur Salzsäule erstarrt, stehen.

»Wow«, sagte er. Und schnappte nach Luft.

»Wow!«

Was für eine Figur! Das dunkelgrüne Etuikleid schmiegte sich wie eine zweite Haut an Antonias Körper. Ein dünner Gürtel zog den Blick auf die schmale Taille. Der Saum endete eine Handbreit über den Knien und betonte die langen schlanken, leicht gebräunten Beine mit den zierlichen Fesseln.

Das schulterfreie, aber nicht allzu tiefe Dekolleté zeigte zarte Haut und den Ansatz von Rundungen.

Und nicht zuletzt: »Prachtarsch«, hatte er einmal gesagt. Wie recht er damit gehabt hatte, sah er erst jetzt.

Julian schluckte. Dann ging er auf Antonia zu.

Unmittelbar vor ihr blieb er stehen.

»Darf ich?«, fragte er.

Antonia nickte. Dass sie gut aussah in dem Kleid, hatte sie selbst schon erkannt. Aber dieses Erstaunen, diese Bewunderung, damit hätte sie nicht gerechnet. Und es erfüllte sie mit einem freudigen Stolz, so überwältigend, dass sie in dem Moment kein Wort hervorbrachte.

Julian nahm mit beiden Händen ihre Brille bei den Bügeln und zog sie ihr vorsichtig vom Gesicht.

»Drehen Sie sich bitte um«, sagte er. Es war trotzdem ein Befehl. Seine Stimme war heiser.

Antonia gehorchte.

Langsam, fast widerwillig, wie gezwungen, zog Julian eine Haarnadel nach der anderen aus dem großen Dutt, den sie wie jeden Tag hoch oben auf dem Hinterkopf trug.

Als die rotbraunen Haare in weichen Wellen bis auf die nackten Schultern fielen, griff er mit beiden Händen an ihre Taille und drehte sie wieder zu sich herum.

Was für eine Schönheit! Dass sie ein hinreißendes Gesicht hatte, war ihm ja schon länger klar, aber jetzt, in dieser Aufmachung …

Er stand so dicht vor ihr, dass Antonia seinen Atem auf ihrer Wange spüren konnte.

Endlich trat er einen Schritt zurück und räusperte sich.

»Wenn Sie so herumlaufen, brauchen Sie einen Bodyguard!«

Er setzte sich wieder in seinen Sessel und rührte in seinem Tee.

»Gefällt es Ihnen?«, fragte Helen. »Ich persönlich finde den etwas schlichteren, eher sportlich-eleganten Stil für Sie sehr passend. Sie haben eine perfekte Figur. Ich würde davon nicht ablenken. Aber vielleicht mögen Sie es ein wenig verspielter? Ich habe auch …«

Antonia hatte sich wieder etwas gefangen. Julians Reaktion hatte sie aus dem Gleichgewicht gebracht.

»Nein, der Stil ist schon in Ordnung. Aber so kann ich doch nicht ins Büro …?«

Julian lachte laut auf. »Meinen Sie, einer Ihrer Geschäftspartner wirft auch nur einen Blick auf den Vertrag, wenn Sie so vor ihm stehen?«

»Nein, natürlich ist das nichts für jeden Tag«, sagte Helen. »Mir ging es auch zuerst einmal darum, die Richtung zu finden. Soll ich einige Vorschläge für den Alltag heraussuchen?«

Antonia nickte.

Dann begann eine Stunde, in der sich Julian häufiger fragte, ob er nicht doch vielleicht irgendetwas Wichtiges anderswo zu tun hätte.

Helen schleppte gefühlt Tonnen von Kleidungsstücken in die Umkleidekabine. Die ersten vier Outfits (zwei klassisch geschnittene Kostüme mit Bleistiftrock und kurzer

Jacke und zwei Hosenanzüge mit dreiviertellangem Blazer) bewunderte er noch uneingeschränkt. Aber als dann die Diskussion begann, ob der hellgraue oder der dunkelgraue Blazer besser zu dieser hellen Sommerhose passte oder ob man vielleicht doch wieder zu dem blauen von vorhin zurückkehren sollte, begann er, nervös mit dem Fuß zu wippen.

»Da musst du jetzt durch«, beschied ihm Helen lachend, als sie das Wippen wahrnahm.

Es dauerte aber auch nicht mehr allzu lange, bis der Einkauf als vorläufig abgeschlossen angesehen wurde.

Antonia kaufte zwei Kostüme, drei Hosenanzüge, zwei einzelne Hosen, zwei einzelne Röcke und zwei Blazer sowie drei zu allem passende unifarbene Blusen.

»Das Kleid ist mir zu teuer«, sagte sie zu Helen, als die ihr das Stück fragend entgegenhielt. »Ich habe jetzt so viel gekauft, irgendwo muss ich ja mal ein Limit setzen.«

Helen wollte etwas entgegnen, aber ihr Blick fiel auf Julian und auf die Zeichen, die er hinter Antonias Rücken machte. Also nickte sie nur.

Sie verabredeten, dass Julian am späteren Nachmittag mit dem Auto käme und die Tüten einladen würde.

Als sie sich voneinander verabschiedeten, umarmte Antonia Helen. »Ich bedanke mich ganz herzlich!«

»Das hat mir eine riesengroße Freude gemacht«, sagte Helen. »Sie sind mir jederzeit willkommen, auch einfach nur auf eine Tasse Kaffee, wenn Sie möchten. Und wenn Sie Fragen haben …«

Als Julian und Helen sich ebenfalls mit einer innigen Umarmung voneinander verabschiedeten, fiel Antonia wieder die außergewöhnliche Herzlichkeit und Vertrautheit zwischen den beiden auf.

»Sollen wir noch ein Eis essen?«, fragte Julian, als sie

später an einem Eissalon vorbeikamen, wo gerade ein schöner Zweiertisch in der Sonne frei wurde.

»Ich habe leider keine Zeit mehr, ich möchte noch ein paar Dinge erledigen«, sagte Antonia.

»Heute, am Samstag?«

»Ich weiß schon, ja. Aber wenn ich nächste Woche ab Dienstag schon weg bin …«

Antonia hätte durchaus noch Zeit gehabt, aber sie wollte allein sein. Nicht nur wegen der Freude über die schönen Kleidungsstücke, auch wegen des Moments, als er ihr die Brille von der Nase genommen hatte, wegen des Gefühls, als er ihr die Haarnadeln herausgezogen hatte: Sie war von den Ereignissen des Vormittags überwältigt. Sie brauchte Ruhe. Sie musste nachdenken. Sich wieder finden.

»Diese Helen Schöller ist wirklich sehr nett«, sagte sie, als sie in der U-Bahn saßen.

»Ja«, meinte Julian.

»Woher kennen Sie diese Frau?«

»Sie hat früher neben uns gewohnt. Sie und meine Mutter hatten Kontakt, ihr Sohn ging irgendwann in meine Klasse, und da waren wir dann ziemlich eng befreundet.«

Julian studierte intensiv den Fahrschein, den er in der Hand hielt.

»Sie wirken so vertraut miteinander.«

»Ich kenne sie, seit ich ein Kind war.«

Die U-Bahn hielt, Antonia sah aus dem Fenster. »An welcher Station sind wir hier eigentlich?« Sie bemerkte nicht das leichte Lächeln, das auf Julians Gesicht lag, als seine Gedanken zurück in die Vergangenheit wanderten. Das war auch sicher besser so.

Auch Helen Schöller dachte gerade an Julian. Auch sie lächelte versonnen, während sie einige Kleidungsstücke sorgsam zurück auf die Bügel hängte. Auch ihre Gedanken wanderten zurück zu dem Abend, als es bei ihr plötzlich Sturm geklingelt hatte und ihr in der Haustür der sichtlich erschütterte Achtzehnjährige gegenübergestanden hatte.

»Guten Abend, Frau Schöller, es tut mir leid, dass ich so spät noch störe. Ich wollte zu Olaf ....«

»Der ist nicht da – er ist heute Mittag zu meinen Eltern gefahren. Mein Vater braucht Hilfe bei einer Arbeit im Garten. Olaf kommt erst morgen wieder.«

Julian hatte sie verzweifelt angesehen, und seine Stimme hatte gezittert, als er sagte: »Mein Großvater ist vor einer Stunde gestorben.«

Sie kannte Julians Großvater natürlich, eine beeindruckende Erscheinung, sowohl körperlich als auch geistig fit; trotz seines sicher schon hohen Alters ein überraschender Todesfall.

Sie sah Julians Unterlippe zittern.

»Das tut mir wirklich leid. Komm doch erst einmal herein.«

Später hatte sie sich oft gefragt, aus welchem Impuls heraus sie ihn hereingebeten hatte, und sie hatte es sich auch später nie ganz erklären können. Aber ganz sicher hatte sie nicht beabsichtigt, was später passierte. Er hatte ihr einfach leidgetan, weil er so verzweifelt dreingeschaut hatte. Und sie langweilte sich, ihr fiel die Decke auf den Kopf. Ihr Sohn war nicht da, und ihr Mann hatte sie schon vor über einem Jahr verlassen. Julian hatte sich zu ihrer Überraschung keinen Moment gesträubt.

Dann hatten sie nebeneinander auf dem Sofa gesessen, Wein getrunken, der erschütterte Julian hatte sich etwas beruhigt, und irgendwann hatte er angefangen zu reden. Er machte nur Andeutungen, sprach vieles nicht aus. Trotzdem konnte sie sich das Wesentliche zusammenreimen. Vieles hatte sie auch schon geahnt. Vor ihr entstand das Bild eines despotischen Vaters, der die Familie tyrannisierte und seine Ehefrau schlug.

»Und er will, dass ich Jura studiere. Opa hat gesagt, lass den Jungen machen, was er will. Aber jetzt ist Opa weg, jetzt hilft mir keiner mehr.«

Julian hatte geschluchzt.

»Was möchtest du denn stattdessen machen?«, hatte sie gefragt.

Er hatte etwas herumgedruckst, aber dann war er mit der Sprache herausgerückt.

»Aber Sie dürfen mich nicht auslachen!«

»Ich denke nicht daran!«

»Ich möchte Künstler werden …« Julian hatte gewartet, auf ein ungläubiges Auflachen, auf eine abwertende Äußerung.

»Künstler!«, hatte sie gesagt. »Das finde ich großartig! Was denn für ein Künstler?«

Der achtzehnjährige Junge hatte sich eine Träne von der Wange gewischt.

»Sie finden es nicht albern?«

»Nein, wieso?«

Julian hatte einen Schluck Wein getrunken. Er trinkt sich Mut an, hatte sie noch gedacht.

»Ich möchte …« Ein Leuchten war über sein Gesicht gegangen. »Ich möchte Skulpturen schaffen oder Bildhauer werden, eines von beidem.«

Sie hatte auch zu ihrem Weinglas gegriffen.

»Das finde ich unglaublich spannend. Wie kommst du denn darauf?«

Julian hatte sie ganz schüchtern angelächelt.

»Kennen Sie die Fondation Maeght in Saint-Paul-de-Vence, in Südfrankreich?«

»Ja«, sagte sie überrascht. »Die habe ich schon mal besucht.«

»Mama war mit mir da, als ich sechs war. Erinnern Sie sich an die Miró-Figuren im Garten? Ich hatte natürlich damals keine Ahnung, wer Miró war, aber ich fand die so toll! Damals habe ich gedacht, so etwas Schönes möchte ich auch mal machen! Und da habe ich beschlossen, Künstler zu werden«, sagte Julian und trank noch einmal einen kräftigen Schluck.

Sie erinnerte sich gut an das Museum. Das traumhafte weiße Haus in dem großen grünen Garten, der blaue Himmel der Côte d'Azur darüber, auch sie war seinerzeit beeindruckt gewesen (es war ihre Hochzeitsreise gewesen, aber so detailliert wollte sie jetzt nicht daran denken), die bunten Miró-Plastiken und -Brunnen im Garten; dass dieses Museum auch einen Sechsjährigen faszinierte, konnte sie gut nachvollziehen.

»Weiß Olaf davon?«

»Nein.«

»Und deine Freundin auch nicht?«

»Ich habe keine Freundin.«

»Keine Freundin? So ein hübscher junger Mann wie du?«

Rot war er geworden, sie erinnerte sich. Es hatte sie so sehr gerührt.

»Du hast Angst vor den Mädchen, oder?«

Er hatte genickt.

»Noch sechs Wochen bis zum Abitur«, hatte er dann zu schluchzen begonnen. »Wenn Opa doch noch drei Monate länger gelebt hätte! Er wollte mir helfen, gegen Papa, und jetzt ist er tot. Papa wird nie erlauben, dass ich Kunst studiere. Niemals!«

Helen war ihm tröstend durchs Haar gefahren.

»Nun wein doch nicht so. Es findet sich sicher eine Lösung. Und du bist doch über achtzehn, du kannst doch selbst bestimmen, was du machen willst.«

Er hatte die Hände vom Gesicht genommen und sie angesehen. »Haben Sie eine Vorstellung, was Mama ausbaden muss, wenn ich nicht funktioniere, wie er sich das vorstellt? Jetzt, wo Opa nicht mehr …«

Ja, sie hatte eine Vorstellung. Sie hatte die langärmligen T-Shirts an heißen Sonnentagen gesehen und die große Sonnenbrille, die auch im Supermarkt nicht abgenommen wurde.

Sein Schluchzen war so verzweifelt gewesen, dass sie ihn in die Arme genommen hatte. Hatte ihn beruhigend festgehalten, ihm über die Haare gestrichen, ihm tröstende Worte ins Ohr geflüstert …

Wie es dann so weit gekommen war, konnte hinterher keiner von beiden erklären: Plötzlich suchten seine Hände sie; und sie war ja auch nicht mehr ganz nüchtern, lebte schon so lange allein, hatte auch keinen Freund in der Zwischenzeit gehabt, sie war noch keine vierzig, im besten Alter, wie man so euphemistisch sagte. Als er ihr das erste Mal die Brust streichelte, merkte sie es noch nicht einmal.

Aber sie hielt ihn in ihren Armen, einen jungen Mann, dessen straffe Muskeln sie auf einmal spürte. Unvermittelt wurde ihr bewusst, dass dies kein Kind mehr war, plötzlich war er nicht mehr der Freund ihres Sohnes, nicht mehr der Sohn der Nachbarin, sondern ein kräftiger junger Mann, ein Mann …

Keiner von beiden hatte es geplant, im Gegenteil, sie hätten es vorher aufrichtig entrüstet von sich gewiesen – wie auch immer es dazu kam: Auf einmal war die Umarmung nicht mehr freundschaftlich, nicht mehr tröstend, sie wurde ungestüm, wild und leidenschaftlich – und die Biologie forderte ihr Recht, und Helen hatte plötzlich im wahrsten Sinn des Wortes alle Hände voll zu tun, um bei dem ungestümen Julian noch steuernd und helfend einzugreifen – und so verlor er seine Jungfräulichkeit.

Hinterher hielt Helen ihn lange in ihren Armen.

»Es tut mir leid«, stammelte Julian plötzlich. »Ich weiß nicht, wie …«

»Psst«, sagte Helen und legte ihm einen Finger auf die Lippen.

»Das war sehr, sehr schön für mich!«, sagte sie, wohl wissend, dass Julian sich diese Frage so ziemlich als Erstes stellen würde. »Aber es muss unser Geheimnis bleiben! Olaf sollte nichts davon erfahren.«

Wenn sie an Olaf dachte, verspürte sie ein schlechtes Gewissen.

»Nein, das dürfen Sie ihm auf gar keinen Fall erzählen!«, bat Julian eifrig, und Helen nickte: »Julian, ich glaube, du kannst mich jetzt ruhig duzen …«

Dann lächelten sie sich zu. Merkwürdigerweise empfanden beide das, was geschehen war, nicht als peinlich.

»Haben wir noch etwas Zeit?«, fragte Julian auf einmal.

Helen lachte leise und nickte. Und Julian begann, zum ersten Mal in seinem Leben, einen Frauenkörper zu erforschen.

Die Beziehung ging über einige Wochen, und es gelang ihnen, ihr Verhältnis geheim zu halten. Selbst Olaf bemerkte nichts. Und Julian lernte, wie man eine Frau glücklich machen konnte. Er war jung und neugierig, und Helen war geduldig und liebevoll. Gerade als Helen begann, darüber nachzudenken, wie sie dem liebestollen Julian schonend beibringen könnte, dass sie ihr Verhältnis beenden müssten, verliebte sich Julian in eine Klassenkameradin, kam abends zu ihr und wollte ganz förmlich *Schluss machen.* Er hatte ein schlechtes Gewissen und wusste nicht, wie er es ihr sagen sollte; sie lachte nur und umarmte ihn – »Ich freue mich für dich, Julian, wirklich. Ich wünsche euch beiden alles Gute!« – und gab sich alle Mühe, sich die Erleichterung nicht anmerken zu lassen.

Die Beziehung von Julian zu der Klassenkameradin hielt nicht lange, aber ihr Verhältnis nahmen Helen und Julian nicht wieder auf.

Die Freundschaft jedoch blieb bestehen, es war ein enges Band. Oft kam Julian vorbei, auch als sein Freund Olaf schon längst zum Studium in eine andere Stadt gezogen war. Fast immer brachte er ein kleines Geschenk, mindestens einen schönen Blumenstrauß mit, saß bei ihr, trank ein Glas Wein oder auch nur ein oder zwei Tassen Tee und erzählte ihr von seinen Problemen.

Sie hörte ihm zu und war für ihn da. Mutterrolle wäre zu viel gesagt – aber Julian fand bei ihr manches, was er bei seiner sprunghaften, labilen Mutter vermisste.

So war er auch direkt zu ihr gekommen, als er sich damals in Veronika verliebt hatte. Niemals würde sie seine Euphorie und seine Schwärmerei vergessen. Und ihren negativen Eindruck, den sie von der kühlen blonden Frau gewonnen hatte, als er mit ihr vorbeigekommen war, um sie Helen vorzustellen.

Und natürlich seine Fassungslosigkeit und sein Entsetzen, als er entdeckte, dass Veronika ihn betrog. Helen hatte aus nächster Nähe miterleben müssen, wie sich der einst etwas unsichere, schüchterne, auch leicht ängstliche und vorsichtige junge Mann in einen abgebrühten Zyniker verwandelte.

Sie lächelte vor sich hin, während sie eine dünne Seidenbluse behutsam über den Bügel zog. Sie hatte das Gefühl, sich um Julian in Zukunft keine Sorgen mehr machen zu müssen.

* * *

Als Antonia am Nachmittag hörte, wie Julian aus der Stadt zurückkam und die abgeholten Einkäufe aus dem Auto lud und ins Haus trug, schob sie ihre Papiere im Arbeitszimmer zusammen und ging in den Flur. Julian stellte gerade zwei sperrige Papiertüten auf dem Treppenabsatz ab.

»Lassen Sie nur! Ich trage Ihnen gleich alles hoch«, sagte er, als Antonia nach einer davon griff. »Ich hole rasch noch die beiden anderen aus dem Auto.«

»Warum habe ich bloß so viel gekauft?« Kopfschüttelnd registrierte Antonia die Ausbeute ihres Boutiquenbesuchs.

»Weil Sie es gebraucht haben!«, sagte Julian. »Sie haben ja schon wieder diese Brille auf«, fügte er dann hinzu. »Wollen Sie nicht mal Kontaktlinsen probieren?«

»Ich vertrage keine Kontaktlinsen«, log Antonia.

»Nächste Woche gehen wir zum Optiker und suchen ein anderes Gestell für Sie aus«, sagte Julian. »Sind Sie eigentlich kurz- oder weitsichtig?«

»Äh …« Antonia nahm sich eine Tüte und stapfte eilig die Treppe hoch.

»Wie bitte?«, rief Julian ihr hinterher.

Antonia rannte jetzt, die unförmige Tüte über die Stufen schleifend und hinter sich herziehend – »Mein Handy klingelt gerade!« – in ihr Schlafzimmer, und wenige Sekunden später schlug sie die Tür hinter sich zu und ließ sich erschöpft aufs Bett fallen.

Kurz drauf klopfte Julian an ihre Tür. »Ich habe alle Tüten hier!«

»Stellen Sie sie draußen ab bitte, ich kann gerade nicht.«

Später teilte Antonia Julian kurz per SMS mit, dass sie heute noch eine Verabredung habe und morgen den ganzen Tag im Büro verbringen würde, dass man sich also erst am Montagmorgen beim Frühstück wiedersehen würde.

Sie mochte ihm heute nicht mehr begegnen, sie musste erst Ordnung in ihre Gefühle bringen. Und sich unbedingt etwas wegen dieses geplanten Optikerbesuchs einfallen lassen!

Julian war enttäuscht, er fragte sich natürlich, mit wem sie verabredet war; er rief bei Hubert an und erkundigte sich bei ihm, was er heute Abend vorhabe und ob man nicht zusammen einen trinken gehen solle. Hubert erklärte, er sitze gemütlich im Garten zu Hause am Starnberger See, seine Mutter habe den für dieses Jahr wahrscheinlich allerletzten Zwetschgendatschi gebacken, und er habe zu nichts weniger Lust, als wieder in die Stadt zu fahren, lud allerdings Julian so herzlich und nachdrücklich ein, zu kommen und beim Verzehr des Kuchens zu helfen, dass der, was sein Misstrauen Hubert gegenüber anging, beruhigt war.

Am Abend saß er in seinem Wohnzimmer, neben sich eine Flasche Rotwein, und versuchte, Antonias Bild vor seinen Augen zu vertreiben. Aber selbst mithilfe einer zweiten Flasche wollte es ihm nicht gelingen.

* * *

In der Nacht von Samstag auf Sonntag schlief Antonia unruhig und erwachte am Morgen von Julians Schritten in der Wohnung über ihr. Zwanzig Minuten später hörte sie, wie er die Treppe herunterging, wie er in der Küche hantierte und wie er den Ofen im Wintergarten schürte. Als es ruhig wurde, wusste sie, dass er nun am Frühstückstisch saß und auf sie wartete. Sie verkroch sich tief unter ihre Bettdecke und schloss die Augen.

Es dauerte eine ganze Stunde, bis die Geräusche anzeigten, dass Julian sein benutztes Frühstücksgeschirr in die Spülmaschine räumte. Kurz darauf klappte die Haustür zu, und der Bulli fuhr davon.

Wie lange er wohl fortbleiben würde? Antonia sprang aus dem Bett und ging ins Bad. Noch im Bademantel eilte sie dann an den Frühstückstisch. Vielleicht kam er ja bald wieder.

Ärgerlich über sich selbst schüttelte sie den Kopf. So albern hatte sie sich noch nie verhalten. Sie würde gleich Walter und Paul besuchen, das würde sie auf andere Gedanken bringen.

Später vor dem Kleiderschrank hatte sie schon eines ihrer üblichen Kostüme in der Hand. Aber dann wählte sie stattdessen einen der neuen Hosenanzüge.

»Du siehst ja fantastisch aus!«, begrüßte Walter sie und küsste sie auf beide Wangen.

»Danke schön«, sagte Antonia, während sie neben Pauls Rollstuhl in die Hocke ging.

»Fieriaug«, sagte Paul, als sie ihn umarmte und küsste.

»Findet er auch«, übersetzte Walter automatisch, und Paul lächelte sie entschuldigend an.

Aber so gern sie sonst mit den beiden zusammen war, heute empfand sie es als quälend. Ihr fiel nichts ein, worüber sie hätte reden können – außer natürlich über Julian, und über ihn wollte sie nicht sprechen.

Die beiden sahen sie mit einem solch wissenden Gesichtsausdruck an, dass ihr immer unwohler in ihrer Haut wurde.

Ob Julian inzwischen zurück in der Osterwaldstraße war?

»Hast du noch einen wichtigen Termin heute?«, fragte Walter.

»Warum?«

»Du schaust jetzt das dritte Mal innerhalb von vier Minuten auf deine Armbanduhr …«

Antonia hatte den Eindruck, dass ihn irgendetwas amüsierte. Auch in Pauls Augen funkelte es, als würde er über etwas sehr Vergnügliches nachdenken.

Resigniert stellte Antonia fest, dass sie die erhoffte Ablenkung hier nicht fand.

»Ja, du hast recht. Ich will noch etwas erledigen heute«, sagte sie. »Es tut mir leid, dass ich nur so kurz bleiben kann, aber ich …«

Walter sagte: »Das macht doch nichts. Du besuchst uns ja so oft.«

»Ich wollte eben noch mal nach euch sehen, denn nächstes Wochenende bin ich ja auf der Messe.«

»Wir haben auch schon daran gedacht. Grüß alle ganz lieb von uns. Und jetzt geh, ich sehe doch, dass du heute rastlos bist.«

Von Paul kam ein Geräusch, es hörte sich fast an, als würde er leise in sich hineinkichern. Aber auf Antonias verwunderten Blick hin winkte er ab.

Im Auto roch es nach Julians Rasierwasser. Konnte sie denn wirklich an gar nichts anderes mehr denken?

Antonia beschloss, in ihr Fitnessstudio zu fahren. Ein oder zwei Stunden auf dem Laufband und an den Geräten würden sie auf andere Gedanken bringen.

Sie schaffte es genau vierundvierzig Minuten.

Resigniert gab sie auf.

Als sie danach zu Hause ankam, stand der Bulli auf der Kiesfläche, und aus Julians Zimmer schallte laute Musik, irgendein aggressiver Heavy-Metal-Sound.

Eine Musik, die sie hasste. Aber die es ihr ermöglichte, unbemerkt ins Haus zu kommen und in ihr Arbeitszimmer zu schleichen. Dort ließ sie sich ermattet in ihren Schreibtischstuhl sinken.

Was konnte sie nur tun, um nicht ständig seine dunklen Augen vor sich zu sehen, mit denen er sie so bewundernd angestarrt hatte, um nicht ständig seine Hand in ihren Haaren zu fühlen, als er die Nadeln aus der Frisur gezogen hatte, um nicht ständig den Duft seines Rasierwassers in der Nase zu haben – um nicht ständig an ihn zu denken!

Am Dienstag würden sie beide ans Mittelmeer fahren, stundenlang zu zweit im Auto sitzen.

Wie sollte sie das nur aushalten?

Sie schaltete den Computer ein. Sie würde arbeiten. Das sollte sie auf andere Gedanken bringen.

Das tat es dann auch, mehr, als sie sich hatte vorstellen können, und stärker, als sie es sich gewünscht hätte, denn genau in diesem Moment traf die E-Mail ein, die die absolute Katastrophe ankündigte.

Seine Musik ging ihm auf die Nerven. Julian schaltete die Stereoanlage aus und den Fernsehapparat an.

Er zappte sich durch die vierundsechzig Kanäle, kurz blieb er an einem Bericht über eine Ausgrabung in Ägypten hängen, aber länger als zwei Minuten vermochte er auch hier nicht, konzentriert zuzuhören.

Wo war Antonia? Warum ging sie ihm aus dem Weg?

Der Augenblick gestern in der Boutique, als sie so nah gewesen war – nicht nur ihr Körper, auch der, aber da war noch mehr gewesen …

Er durfte nicht daran denken, es zerriss ihn schier.

Zum gefühlt einhundertsten Mal heute ging er zum

Fenster und schaute suchend nach unten. Aber jetzt stand ihr Auto neben seinem Bulli. Sie war da!

Julian öffnete seine Zimmertür und lauschte ins Treppenhaus. Nichts zu hören.

Was machte sie? Wo steckte sie? Warum rührte sie sich nicht?

Plötzlich hörte er das Zuklappen einer Tür. Es hörte sich nach Arbeitszimmer an. Die Bodendielen unten knarzten kurz. Julian beugte sich über das Treppengeländer. Plötzlich ein schwacher Lichtschein unten im Flur. Sie hatte im Wohnzimmer die Stehlampe angeknipst.

Julian zögerte noch einen Moment. Aber so durfte sie mit ihm nicht umgehen! Wenn ihr der Ausflug in die Boutique nicht gefallen hatte oder sie sonst etwas verärgert hatte, dann sollte sie das gefälligst sagen. Er würde sie jetzt zur Rede stellen.

Seine Tritte hallten laut auf dem Holz der Treppenstufen.

Antonia saß in ihrem Schreibtischsessel und rekapitulierte die vergangenen zwanzig Minuten.

»Die Seidentaft-Lieferung für die Schokoladenmanufaktur in Salzburg hat die falsche Farbe!« Das war die verheerende Nachricht in der Mail. Sie hatte den Auftrag im Kopf, natürlich hatte sie das; sie hatte den Kunden ja selbst vor ein paar Wochen in Salzburg akquiriert: fünftausend Kartons, vierzig mal dreißig, Höhe achtzehn Zentimeter, ausgeschlagen mit teurem Rohseidentaft in Hellblau. Produziert zum Verpacken von Schokoladenreliefs, die einen Formel-1-Rennwagen auf dem Spielberg-Ring zeigten.

Absender der SMS war der für Österreich zuständige Handelsvertreter, ein junger Mann, Richard Kasten; sie hatte ihn erst vor drei Wochen eingestellt, als sie gesehen hatte, dass es für ihr Unternehmen in Österreich viele Kunden zu gewinnen gab.

Da er offensichtlich am Arbeiten war, hatte sie keine Hemmungen, ihn sofort auf seinem Handy anzurufen.

»Was ist denn los?«

»Der Stoff, mit dem die Kartons ausgeschlagen sind, ist grün.«

»Wie konnte das passieren?«

»Handschriftlich ausgefülltes Bestellformular, gefaxt, schlecht leserlich, falsche Ziffer übertragen; es war eine Acht, gelesen wurde es als eine Fünf …«

»Wer an wen? Und wieso denn Fax? Wer faxt denn heute noch?«

»Die Schoko-GmbH an uns. Die hatten ein Computerproblem – deswegen wurde gefaxt.«

»Ist der Fehler bei uns passiert oder beim Kunden?«

»Bei uns.«

»Was sagt der Kunde?«

»Er will seine bestellten Kartons. Wir müssen die falschen zurücknehmen.«

»Können wir ihn überreden, die gelieferten zu behalten? Indem wir ihm im Preis entgegenkommen?«

»Das kann ich mir nicht vorstellen. Der blaue Taft steht für den Himmel über dem Spielberg-Ring. Mit einem grünen Hintergrund können die nichts anfangen. Ich habe schon mit Herrn Moser geredet.«

Herr Moser war der Inhaber der Schokoladenmanufaktur, Antonia hatte mit ihm seinerzeit auch den Vertrag verhandelt.

Wenn sie die Kartons zurücknehmen mussten, wäre das ein Riesenverlust – von keiner Versicherung gedeckt. Und ob sie die Produktion der neuen Kartons noch zeitlich hinbekamen, war mehr als fraglich.

Der Taft wurde per Hand in die Kartons geheftet. Antonia wusste, dass die Schokoladenreliefs von einem österreichischen Rennstallbesitzer bestellt worden waren, als Weihnachtsgeschenk für besondere Geschäftspartner. Wenn Weihnachten vorüber war, brauchte der die Kartons nicht mehr. Deswegen hatte Herr Moser auch darauf bestanden, dass eine hohe Konventionalstrafe mit in den Vertrag aufgenommen wurde.

Vor zehn Minuten hatte sie Herrn Moser telefonisch erreicht.

»Gnädige Frau, was soll ich machen? Ich muss die Geschenkpackungen so liefern, wie sie bei uns bestellt worden sind. Was nutzt mir das, wenn ich andere von Ihnen billiger bekomme? Was soll ich damit? Ich kriege sie nicht los …«

Sie würden es nicht schaffen, rechtzeitig neue Geschenkverpackungen zu liefern. Ein Schaden von etwa vierzigtausend Euro, so viel hatte die Produktion der falschen Packungen gekostet, ein verlorener Auftrag, ein verlorener Topkunde und eine Konventionalstrafe in Höhe von hunderttausend Euro. Es war eine Katastrophe.

Julian traute kaum seinen Augen, als er gegen das Türblatt der offen stehenden Wohnzimmertür klopfte. Nur die kleine Leselampe war eingeschaltet, Antonia kauerte in dem dicken Polstersessel, und im dämmrigen Licht leuchtete ihm ihr Gesicht kalkweiß entgegen.

»Was ist denn hier los?«, fragte er in das Halbdunkel hinein.

»Hallo«, sagte Antonia.

Julian näherte sich dem Sessel, in dem sie saß.

»Sind Sie sauer auf mich?«, fragte er und ließ sich ungefragt in dem Sessel gegenüber nieder.

Antonia hob erstaunt den Kopf? »Was?«

»Ob Sie wütend auf mich sind, will ich wissen. Bedauern Sie Ihren Einkauf vom Samstag? Oder …«, kurz dachte er daran, wie er ihr die Brille und die Haarnadeln entfernt hatte, »oder sind Sie aus sonst irgendeinem Grund sauer?«

»Überhaupt nicht. Wie kommen Sie denn darauf?«

»Sie gehen mir seit gestern aus dem Weg.«

Antonia nahm die Brille ab und rieb sich über die Augen.

»Es hat nichts mit Ihnen zu tun.« Zumindest heute nicht, dachte sie. »Ich habe Schwierigkeiten in der Firma.«

»Warum? Was ist denn los?«

»Ach …« Antonia ächzte leise.

Julian erhob sich und ging in die Küche. Wenige Augenblicke später kam er mit zwei gefüllten Whiskygläsern zurück. Eines drückte er ihr in die Hand.

»Hier.«

»Was soll ich damit?«

»Trinken Sie. Und dann erzählen Sie mir, worum es geht.«

Antonia wollte widersprechen, aber dann nahm sie einen Schluck. Der Whisky brannte in der Kehle. Sie stöhnte erneut leise auf.

»Jetzt erzählen Sie schon. Was ist passiert?«

Drei Minuten später wusste Julian über alles Bescheid.

»Lassen Sie uns mal nachdenken«, sagte er. »Es gibt immer eine Lösung.«

»Das ist auch meine Meinung gewesen, aber hier fällt mir wirklich nichts ein.«

»Zuerst einmal müssen Sie zusehen, dass Sie die richtigen Kartons produziert bekommen. Wie sieht das zeitlich aus? Sonderschichten? Gibt es Hilfskräfte, die einspringen können? Ehemalige Mitarbeiter, die vorübergehend aushelfen?«

»Wie Sie sich das vorstellen! Nein, das geht nicht. Außerdem kriegen wir den Taft nicht mehr rechtzeitig.«

»Und andere Lieferanten? Konkurrenten? Alternative Stoffe?«

Antonia legte die Füße auf den vor dem Sessel stehenden Hocker und lehnte sich zurück.

»Ich habe schon versucht, zu telefonieren, aber am Sonntag ist natürlich kaum jemand erreichbar, ich muss es morgen versuchen. Online ist jedenfalls nichts zu bekommen, da habe ich schon zig Firmen abgesucht. Ich sehe aber keine Chance – diese Artikel werden im Frühjahr bestellt, und die Unternehmen fertigen gemäß den Bestellungen, keiner hält heutzutage so etwas mehr vorrätig …«

Julian nippte an seinem Glas und sah Antonia grübelnd an.

Sie trug den hellbeigen Hosenanzug, den sie am Samstag gekauft hatten. Er betonte ihre leicht gebräunte, zarte Haut und bildete einen schönen Kontrast zu den rotbrauen Haaren.

»Dann muss man noch mal mit Herrn Moser reden.«

»Ich habe es ja schon versucht. Das ist aussichtslos. Er sagt, dass er seinem Kunden das liefern muss, was der bestellt hat.«

Antonia trank noch einen Schluck. »Dieses Mal schaffen wir es nicht. Das ist das Ende. Ich werde Konkurs anmelden müssen.«

»Wegen eines einzigen Auftrags?«, fragte Julian zweifelnd.

»Der war groß, fünftausend Stück, mir fehlt der Deckungsbeitrag aus dieser Einnahme, außerdem hatten wir Kosten, und dazu noch die hohe Konventionalstrafe … So viel Luft habe ich finanziell noch nicht …«

Julian drehte das Glas nachdenklich in den Händen.

»Herr Moser hat recht, er kann das nicht entscheiden«, sagte er. »Aber sein Kunde, der könnte es … Ja, genau!«

Antonia richtete sich im Sessel auf.

»Was meinen Sie damit?«

»Ist doch klar: Der Rennstallbesitzer, der muss die grünen Kisten akzeptieren!«

Antonia nahm die Beine vom Hocker und stellte sie auf den Boden.

»Sie müssen mit dem Besteller, dem Endabnehmer, diesem Automobilrennstall-Besitzer, reden«, sagte Julian. »Sie müssen ihn davon überzeugen, dass er die grünen Kisten akzeptiert!«

»Hm«, sagte Antonia. »Das ist Herr Swoboda. Hm – einen Versuch ist es wert …«

»Anders geht es nicht! Aber so haben Sie eine echte Chance. Rufen Sie ihn an, sehen Sie zu, dass Sie einen Termin bei ihm kriegen, so schnell wie möglich, und machen Sie ihm klar, dass das Grün viel schöner ist als das Blau.«

Antonia saß jetzt kerzengerade im Sessel. Das Glas hatte sie auf dem Beistelltisch abgestellt.

»Wie mache ich das? Was für Argumente gibt es gegen Blau? Was spricht für Grün? Lassen Sie uns mal nachdenken, da muss einem doch was einfallen!«

Als Julian sie so sitzen sah, mit blitzenden Augen, leicht geröteten Wangen, voller Konzentration und Energie, spürte er eine unbändige Freude.

»Argumente gegen Blau?«, überlegte er. »Ich mag die Farbe sowieso nicht, die hat so was von Taufgeschenken für kleine Jungs. Männliche Babys. Eigentlich sexistisch. Politisch nicht korrekt. Kann man damit was anfangen? Verstoß gegen die *political correctness?*«

»Hm …« Antonia wiegte den Kopf. »Ich weiß nicht«, sagte sie. »Vielleicht ein bisschen weit hergeholt. Aber besser als nichts.«

»Was ist es denn für ein Blau?«

»Das zweithellste, das wir haben, ich mag's auch nicht.«

»Warum überhaupt ein Blau?«

»Soweit ich weiß, soll es den Himmel über dem Spielberg-Ring symbolisieren. Die Schokoladentafel, die den Ring zeigt, in der Kiste, mit dem Himmel darüber …«

»Ach so … okay. Wenn das den Himmel darstellen soll – dann ist Grün schwierig.« Julian lehnte sich zurück.

»Hm – den Himmel?«, meinte er unvermittelt. »Assoziationen mit dem Himmel über einer Rennstrecke, das ist aber schon etwas makaber, oder nicht?«

Antonias Augen weiteten sich vor Überraschung. Sie nickte, zuerst leicht, dann immer nachdrücklicher.

»Sie haben recht!«, sagte sie. »Das ist ja fürchterlich!«

Julian grübelte. »Gut. Wir haben Argumente *dagegen*. Also gegen dieses Blau. Aber es wäre natürlich noch besser, wenn wir ein Argument *dafür* hätten, für dieses Grün. Warum ist dieses Grün ganz besonders gut geeignet?«

Plötzlich fuhr er hoch.

»Kann ich das mal sehen?«, fragte er.

»Was?«

»Das Grün!«

»Ja, ich habe im Arbeitszimmer ein Muster. Ich hole es.«

Als Julian die Stoffprobe in den Händen hielt, grinste er Antonia an.

»Das habe ich gehofft!«, sagte er.

»Was meinen Sie?«

»Dass es so aussieht. Dass es dieser Farbton ist.«

Antonia runzelte angestrengt die Stirn.

»Ich habe keine Ahnung, worauf Sie hinauswollen.«

Ein breites Lächeln ging über Julians Gesicht.

»Haben Sie schon mal etwas von *Racing Green* gehört?«

Antonia schüttelte den Kopf.

»*Racing Green*, das ist ein feststehender Begriff. Das ist die traditionellste Rennsportfarbe überhaupt. Das ist die Farbe, in der früher die englischen Rennwagen lackiert waren. *Racing Green* – das ist *die* Farbbezeichnung schlechthin, die für den Rennsport steht. Etwas Besseres kann man überhaupt nicht aussuchen für solch eine Kiste!«

Antonias Augen wurden immer größer. Hoffnung und Ungläubigkeit spiegelten sich in ihrer Miene.

»Ist das wirklich so?«, fragte sie, eher rhetorisch, aus dem Drang heraus, diese zufällige Übereinstimmung noch einmal bestätigt zu bekommen, dieses Wunder noch einmal zu erleben.

Julian nickte. »*Racing Green* – das ist … das ist so traditionell wie das Ferrari-Rot. Aber bei Ferrari-Rot denken Sie auch ganz generell an schnelle Autos, so einen Ferrari fahren Sie auf der Straße. Das Grün aber hat den direkten Bezug zum Rennsport! Die Autos wurden so lackiert, damit man sie beim Rennen besser sehen konnte, besser unterscheiden konnte. Jede Nation hatte ihre eigene Farbe, und die Engländer eben ihr Grün!«

»Das wäre … das ist …« Antonia schüttelte den Kopf.

»Das ist ja verrückt!« Sie suchte Argumente dagegen. Um sich abzusichern.

»Vielleicht mag er die Assoziation zu den Engländern nicht. Schließlich liegt der Ring in Österreich.«

»Aber diese Farbbezeichnung hat sich doch längst verselbstständigt. Es gibt Fahrzeughersteller, die auf ihrer Farbpalette für manche Modelle diese Farbe anbieten. Unter diesem Begriff. *Racing Green* steht für Rennsport, basta!« Julian schnippte plötzlich mit den Fingern. »Aber wenn ihm diese Assoziation nicht gefällt und er lieber einen Bezug zur Landschaft will, dann steht das Grün eben für den Wald. Liegt der Spielberg-Ring im Wald?«

»Ehrlich gesagt, weiß ich es nicht«, gestand Antonia.

»Na ja, mitten in der Stadt wird er wohl nicht liegen«, sagte Julian. »Ich google das gleich mal. Aber die Österreicher haben so viele Berge mit Wald, bei denen ist doch alles von Wald umgeben!«

Antonia lachte. Sie lachte wieder. Das Glücksgefühl, das Julian durchströmte, war unvergleichlich.

Jetzt nickte sie noch einmal wie zur Bekräftigung.

»Sie haben völlig recht. Die Assoziation mit dem Himmel ist hier völlig fehl am Platz. Selbst wenn er unsere grünen Boxen nicht nimmt, kann ich von blau gefütterten Kartons nur entschieden abraten. Grün ist die Farbe, bei der man an den Rennsport denkt, *Racing Green* ist das Stichwort. Das Grün unserer Kisten verbindet das *Racing Green* des Rennsports mit der schönen grünen österreichischen Landschaft!«

Sie sprach im Geist schon mit Herrn Swoboda, das war Julian klar.

Sie saß kerzengerade in ihrem Sessel, kein Vergleich mehr mit dem zusammengesunkenen Häufchen Elend, das er vor einer halben Stunde hier vorgefunden hatte.

»Also wenn das klappen würde …«, sagte sie. »Aber Blau geht wirklich auf gar keinen Fall! Überhaupt, Babyblau – einfach unschön, unästhetisch. Ich werde das morgen Herrn Moser und Herrn Swoboda darlegen; ich muss nur noch in Erfahrung bringen, von wem der Wunsch nach dem blauen Taft kam.«

Sie stellte ihr Glas auf dem Beistelltisch ab.

»Dann gehe ich jetzt ins Bett. Das wird ein harter Tag. Erst einmal vielen Dank, Herr Markward, und bis morgen«. Sie erhob sich.

Auch Julian stand – unbeabsichtigt – gleichzeitig auf. So fanden sich die beiden unvermittelt direkt einander gegenüber, nur wenige Zentimeter voneinander entfernt stehend. Julian konnte ihren Duft riechen, frisch, mit einer herben Süße, ein Geruch, von dem man mehr haben wollte. Unwillkürlich beugte er sich weiter vor.

Und jetzt war es eindeutig, jetzt war es die Körperhaltung, die Stellung, die – zumindest in Filmen – sozusagen zwangsläufig zum ersten Kuss führte. Und diese Assoziation hatten beide gleichzeitig, weswegen Antonia ausweichend einen Schritt zurücktrat und fast über den Sessel stolperte, der unmittelbar hinter ihr stand, und Julian griff nach ihrem Arm, um sie zu halten.

Mit einem Aufstöhnen befreite sich Antonia aus dem Griff, sie drehte sich zur Seite, und Julians Hand griff ins Leere, als er hinfasste und sie an sich ziehen wollte und …

Wie gern hätte sie sich in seine Arme fallen lassen. Wie viel Kraft erforderte es, sich dagegen zu wehren!

»Ich gehe jetzt schlafen!« Julian hatte völlig vergessen gehabt, wie schneidend Antonias Stimme sein konnte.

»Dann wünsche ich eine gute Nacht«, sagte er heiser.

In der Tür drehte sich Antonia noch einmal zu ihm um.

»Ich danke Ihnen für Ihre Hilfe. Sie werden es nicht verstehen, und ich muss dieses Problem ein anderes Mal mit Ihnen besprechen. Aber es wäre mir lieb, wenn ich Sie morgen beim Frühstück nicht sehen müsste. Sie stören nämlich meine Konzentration.«

Julian konnte nur nicken.

Als er am nächsten Morgen vom Joggen kam, sah er nur noch die Rücklichter von Antonias Auto, wie sie sich auf der Straße entfernten und im Herbstnebel verschwanden.

Nach dem Frühstück wusste er nicht, was er tun sollte. Er konnte heute unmöglich arbeiten. Seine Gedanken kreisten um Antonia. Was hatte sie gemeint? Was wollte sie mit ihm *ein anderes Mal* besprechen?

Er ging spazieren. Zu Fuß in die Galerie. Unterhielt sich kurz mit Hubert, der aber keine Zeit für ihn hatte, weil er zu einem Termin mit dem Bildhauer musste, der demnächst in der Galerie ausstellen würde. Ging zu Fuß zurück. Da war es gerade Mittag. Kochte Tomatensauce auf Vorrat. Sie geriet zu salzig.

Wann war es endlich Abend? Wann würde er Neuigkeiten erfahren?

Es war halb vier, als sein Handy summte.

Antonias Nummer auf dem Display.

Beinahe hätte er vor Anspannung das Handy fallen lassen.

»Markward«, sagte er atemlos.

»Herr Markward, folgende Situation …«, ihre Stimme klang gehetzt, »ich fliege gleich nach Wien …«

»Nach Wien? So schnell? Und dann?«

»Herr Markward, bitte, ich habe wirklich ganz wenig Zeit. Hören Sie mir zu und unterbrechen Sie mich nicht …«, es dauerte einen Moment, dann kam tatsächlich noch: »… bitte.«

»Entschuldigung, ja, ich höre zu«, sagte Julian.

»Ich fliege gleich nach Wien. Ich treffe dort morgen Vormittag Herrn Moser, der zufällig auch in Wien sein wird. Mittwoch Vormittag sehe ich Herrn Swoboda. Anschließend fliege ich von Wien aus direkt nach Nizza.«

Julian verkniff sich ein bestätigendes Ja. Sie sprach sowieso ohne Pause weiter.

»Sie machen bitte Folgendes: In meinem Schlafzimmer steht neben der Wäschekommode mein Koffer. Er ist fertig gepackt. Laden Sie ihn ein. Dann gehen Sie …«, jetzt zögerte Antonia, aber nur kurz, »Sie gehen in mein Badezimmer und packen einfach alles ein, was links im Regal neben dem Waschtisch steht. Zahnbürste, Zahnpasta, Cremes und so weiter. Ich kann Ihnen jetzt nicht erklären, was ich brauche und was nicht. Nehmen Sie einfach alles. Eine Reisetasche gibt Ihnen Frau Straub. Morgen fahren Sie wie geplant los, Richtung Côte d'Azur. Übernachten Sie irgendwo, die Hotelrechnung bitte mitbringen und auch alle andere Belege: Benzin, Autobahngebühren, Restaurantquittungen. Können Sie diese ganzen Kosten auslegen?«

»Natürlich«, sagte Julian

»Gut. Planen Sie so, dass Sie übermorgen gegen Mittag im *Grand-Hotel Beaulieu* ankommen. Die Adresse schicke ich Ihnen noch per SMS. Zimmer sind reserviert auf meinen Namen. Ich bin da bekannt. Und übermorgen um fünfzehn Uhr fünfundvierzig holen Sie mich in Nizza am Flughafen ab. Schaffen Sie das?

»Ja«, bestätigte Julian.

»Gut. Moment. – Ja?« Julian hörte eine Stimme im Hintergrund, es schien Frau Wegner zu sein.

»Ah, meine Reisetasche, danke, Frau Wegner. Haben Sie alles verstanden, Herr Markward?«

»Ja.«

»Fein, dann sehen wir uns übermorgen in Nizza am Flughafen. Ich wünsche Ihnen eine gute Fahrt. Ich muss los. Bis dann.«

»Moment!«, rief Julian.

»Was ist noch?«

»Was werden Sie anziehen?«, fragte Julian.

Sie lachte leise. Er kannte sie schon so gut, dass er die Anspannung dahinter hörte. Sie war fokussiert auf die vor ihr liegende Aufgabe.

»Frau Wegner hat gerade ein paar Sachen für mich von zu Hause geholt. Ich habe auch den grünen Hosenanzug einpacken lassen.«

»Perfekt«, sagte er. »Ich wünsche Ihnen einen guten Flug und viel Glück!«

»Ja, danke …« Keiner von beiden beendete die Verbindung, und plötzlich fragte sie: »Sind Sie noch da?« Sein Herz machte einen kleinen Sprung.

»Ja?«

»Es gibt Hoffnung. Ich gebe Bescheid, sobald es Neuigkeiten gibt. Danke, Julian!«

Und weg war sie.

Julian lächelte, während er noch einige Minuten auf das Telefon in seiner Hand blickte.

Eine halbe Stunde später betrat Julian, in der Hand eine kleine schwarze Reisetasche, Antonias Schlafzimmer.

Er schnupperte. Es roch nach ihr, frisch und süß und – ja, erregend. Sehr erregend sogar.

Die Einrichtung war bescheiden und wirkte spartanisch: eine braune, ältere, hölzerne Wäschekommode, ein kleiner runder Holztisch, daneben ein Sesselchen mit einem schon verblichenen geblümten Bezug, unter dem ordentlich ein Paar Flip-Flops standen, und an der Wand hing ein relativ kleiner Flachbildschirm.

Umso mehr fiel das große Bett auf, das nicht nur wegen seiner Überbreite, sondern vor allem mit den zahlreichen dicken Kissen, den opulenten Polstern am Kopfende und der cremefarbenen, hell glänzenden Bettwäsche wirkte wie aus einer anderen Welt.

Dieses luxuriöse Bett war definitiv alles andere als genussfeindlich!

Julian konnte nicht wissen, dass Antonia sich bereits als kleines Mädchen während der unzähligen schlaflosen Stunden in dem stickigen Gemeinschaftsschlafraum des Kinderheims, auf den schmalen, eher einer Pritsche ähnelnden Betten, unter der dünnen, kaum wärmenden Bettdecke geschworen hatte, später, wenn sie einmal groß wäre, sich als Allererstes ein gemütliches, kuscheliges, breites warmes Bett zu kaufen.

Julian trat näher und strich über das weiße, glänzende Tuch. Glatt und zart, das war feinster Batist.

Auf der Wäschekommode lagen zwei zusammengelegte seidene Nachthemden. Frau Straub hatte sie heute Vormittag nach dem Bügeln dort abgelegt, denn Antonia bestand darauf, ihre Wäsche selbst in die Kommode zu räumen.

Julian stellte sich Antonia vor: in diesen zarten, fast transparenten Stoffen, auf diesem opulenten, luxuriösen Bett, wie ihre langen Beine sich unter dieses glänzende Gewebe schmiegten, das leichte Knistern, wenn man die Seide auf dem Oberschenkel zurückschob … Die Lust überfiel Julian mit aller Macht – er schloss die Augen …

Noch nie hatte er so sehr begehrt. Helen nicht und auch Veronika nicht; es wurde ihm jetzt und hier klar. Bei Antonia war er sogar eifersüchtig auf alles, was ihre Haut berühren durfte. Es schmerzte.

Neben der Kommode stand der von Antonia beschriebene leichte Rollkoffer.

Julian atmete tief aus, und seine rechte Hand umklammerte die Reisetasche.

Im Badezimmer war ihr Duft noch intensiver, noch betörender. Julian stöhnte lauf.

Er schüttelte den Kopf und versuchte, wieder einen klaren Gedanken zu fassen. Links vom Waschtisch reihten sich einige Cremetiegel und Tuben. Er hob die Reisetasche und öffnete den Reißverschluss.

Frau Straub saugte gerade die Treppe, als er Antonias Zimmer verließ. Auf sie wirkte es fast, als sei er in Panik.

Am Abend ertappte sich Julian dabei, dass er immer wieder auf sein Handy sah: Kam vielleicht doch noch eine Nachricht von ihr? Die Adresse des Hotels in einem Ort namens Beaulieu-sur-Mer hatte sie schon heute Nachmittag gesendet. Aber das Display blieb schwarz.

Am Dienstagmorgen drängte ihm Frau Straub noch eine Kühlbox auf, die sie mit Getränken und vorbereiteten Schnittchen gefüllt hatte. Auch mit seinem Einwand, dass er doch durch Italien fahre, wo es genügend leckere Delikatessen gebe, hatte er sie nicht daran hindern können.

Das Wetter war wunderbar: trocken und fast spätsommerlich warm.

Julian stellte die Klimaanlage auf angenehme einundzwanzig Grad und fuhr los.

Seine Gedanken waren bei Antonia.

Die Fahrt verlief unspektakulär. Kurz hinter dem Brenner legte er eine Pause ein, weil seine Blase dies energisch forderte; er verzehrte die von Frau Straub mit zugegebenermaßen hervorragender italienischer Salami belegten Brote, nahm allerdings die spektakuläre Landschaft mit den schon schneebedeckten Gipfeln des Rosengartens kaum zur Kenntnis, sondern überprüfte in diesen zehn Minuten viermal das Handy, ob nicht vielleicht doch eine SMS von Antonia eingegangen war.

Als er wieder ins Auto stieg, legte er das Handy neben sich auf den Beifahrersitz, um ja keine Nachricht zu verpassen.

Auch die weitere Fahrt verlief problemlos, wenn man von dem üblichen zähen Verkehr rings um Mailand einmal absah. Das Handy blieb stumm.

In der Poebene wurde es heiß; es war inzwischen fast Mittag, und als er sich später Cremona näherte, beschloss er, hier den von Antonia gewünschten Zwischenstopp einzulegen. Er fand direkt im Zentrum ein gepflegt wirkendes kleines Hotel, der Portier sprach ein erstaunlich gutes Englisch, und so war es kein Problem, ein Zimmer samt Parkplatz im abgeschlossenen Innenhof zu buchen.

Nachdem Julian seinen kleinen Koffer die drei Stockwerke über die enge alte Holztreppe bis zu seinem Zimmer unter dem Dach getragen und geduscht hatte, beschloss er, die Gelegenheit zu nutzen und sich Cremona ein wenig anzusehen.

Aus dem Dom kam gerade eine Gruppe deutscher Touristen. Sie reihten sich am romanischen Turm um ihren Fremdenführer auf, und Julian stellte sich einfach dazu.

»… Wahrzeichen der Stadt. Er war mit seinen hundertzwölf Metern Höhe bis vor Kurzem der höchste italienische Kirchturm. Erst seit …«

Das Handy in seiner Hosentasche vibrierte. Er zog es heraus: eine SMS. Aber die Sonne schien zu hell, er konnte die Buchstaben auf dem Display nicht erkennen. Er musste einige Schritte laufen, bis er unter einer großen Markise die Nachricht lesen konnte:

»Alles okay. Swoboda akzeptiert grünen Taft. Bis morgen. Danke!«

Julian konnte sich nicht erinnern, sich schon einmal so gefreut zu haben.

Er besichtigte noch die Kathedrale, tätschelte auch dem Löwen am Eingang die Nase, bummelte noch etwas durch die engen Straßen und gönnte sich einen kurzen Besuch im Geigenmuseum der Stradivari-Stadt.

Am frühen Abend fand er eine kleine Trattoria, in der er bei angenehmen achtzehn Grad noch im Freien sitzen, ein schmackhaftes Risotto Milanese essen und einen Krug offenen Rotwein trinken konnte, der ihm hervorragend schmeckte.

Das Handy lag neben ihm auf dem Tisch, aber es blieb stumm.

Nach einem erholsamen Schlaf machte er sich am nächsten Morgen bereits gegen acht Uhr auf den Weg nach Beaulieu-sur-Mer. Das Navi leitete ihn tadellos, sodass er nach einer wiederum problemlosen Fahrt bei bestem Wetter gegen halb eins eintraf.

»Grand-Hotel Beaulieu« – beinahe hätte er das diskrete Schild übersehen. Er bog in die breite Auffahrt und stoppte vor dem imposanten Eingang.

Dann sog er unwillkürlich die Luft ein. Es hätte nicht der Tafel mit den fünf kleinen Sternen neben dem Eingang bedurft, um zu erkennen, dass es sich um ein Luxushotel handelte. Das Gebäude lag direkt am Meer, leicht oberhalb auf einem Felsvorsprung an der steinigen Küste; die hellockerfarbene Fassade mit den weißen Fenster- und Balkonsimsen leuchtete um die Wette mit dem heute strahlend blauen Mittelmeer dahinter. Dazu die hohen Palmen, die üppig blühenden Oleanderbüsche in Rot und Weiß, die dunkellila Bougainvillea … Der Eindruck war überwältigend.

Der Motor war noch nicht ganz aus, da eilte schon aus dem marmornen Eingang ein livrierter Portier und stand im nächsten Moment an der Fahrertür, um ihm diese zu öffnen.

Hier war er falsch, entschied Julian. Dass Antonia dieses Luxushotel gebucht hatte, erschien ihm mehr als unwahrscheinlich. Er griff nach seinem Handy und rief die SMS auf, in der Antonia ihm den Namen und die Adresse des Hotels, zu dem er fahren sollte, mitgeteilt hatte.

Als der Portier ihm die Fahrertür zum Aussteigen öffnete, hielt Julian dem Mann das Telefon entgegen und zeigte auf die Angaben im Display.

»I'm looking for the *Grand-Hotel Beaulieu.*«

»You found it, Sir. Welcome at the *Grand-Hotel Beaulieu.*«

Als Julian ausstieg und wie gewohnt den Zündschlüssel abzog, streckte der Portier ihm die Hand entgegen, um den Autoschlüssel in Empfang zu nehmen.

»We will take care for the car. Do you have any luggage, Sir?«

Julian nickte, der livrierte Portier machte eine kurze auffordernde Kopfbewegung Richtung Hoteleingang, und schon kam ein junger Mann mit einem fahrbaren Hotelgepäckständer herbei.

Zögernd blickte Julian auf den Portier.

»This direction please.«

Julian war sich immer noch sicher, dass es sich um ein Missverständnis handeln musste. Aber das würde sich ja gleich herausstellen. Wenn hier keine Zimmer auf den Namen Arnoux gebucht waren. Er folgte der Richtung, in die der Portier mit dem Arm deutete.

Julian war als Kind einige Male mit seiner Mutter in hochklassigen Hotels gewesen, aber ein Haus mit diesem Standard hatte er noch nicht erlebt.

Die dicken Teppiche auf dem Granitboden mit den aufwendigen Einlegearbeiten schluckten das Geräusch seiner Schritte. Die lange Halle öffnete sich am hinteren Ende mit zwei großen Flügeltüren zum Meer und gab den Blick frei bis zum Horizont.

Julian konnte über die Terrasse bis zu dem dahinterliegenden Pool sehen, der mit dem Meer zu verschmelzen schien. Durch die offenen Fenster wehte eine leichte Brise und ließ die weißen dünnen Stoffbahnen am Fenster anmutig wehen.

»Bonjour, Monsieur.« Das Lächeln der jungen Frau hinter dem Empfangstresen schien nur für ihn bestimmt zu sein, es wirkte, als sei sie aufrichtig erfreut, ihn zu sehen.

»Bonjour, guten Tag.« Julians Französischkenntnisse

stammten noch aus der Schulzeit. »Hello, may I speak English please?«

»Of course! Aber vielleicht ziehen Sie Deutsch vor?«, fragte die junge Frau und verriet mit ihrem leicht schwäbischen Akzent, dass sie ebenfalls aus Deutschland stammte.

»Oh, wunderbar«, sagte Julian erleichtert. Auf Deutsch würde sich das Missverständnis am einfachsten klären lassen.

»Herzlich willkommen in unserem Haus«, sagte die Empfangsdame.

»Danke«, sagte Julian. »Ich glaube allerdings, dass ich einen Fehler gemacht habe und hier falsch bin. Sind in diesem Haus zwei Einzelzimmer auf den Namen Arnoux gebucht?«

»Einen Moment bitte, ich sehe sofort nach.« Die junge Frau scrollte auf ihrem Computerbildschirm auf und ab und schüttelte irgendwann, immer noch auf den Bildschirm blickend, stumm den Kopf.

Hatte er es doch gewusst, es handelte sich um einen Irrtum! Julian griff wieder nach seinem Handy. Er würde Antonia eine SMS schicken und nach dem richtigen Hotel fragen. Ein älterer Angestellter am Empfang, der die letzten Minuten telefoniert hatte, legte jetzt den Hörer auf und fragte seine Kollegin auf Französisch, ob es ein Problem gebe. Sie antwortete, sie sprach so schnell, dass Julian lediglich den Namen Arnoux verstand. Und sah und hörte, wie der ältere Angestellte reagierte.

»Mais naturellement! Madame Arnoux!«

Der ältere Mann wandte sich zu Julian.

»Herzlich willkommen, Monsieur Markward! Wir freuen uns, Sie in unserem Haus begrüßen zu dürfen. Ihr Zimmer steht schon bereit.« Sein Deutsch war fast perfekt, abgesehen von dem charmanten französischen Akzent.

Julian konnte seine Überraschung kaum verhehlen.

»Madame Arnoux ist auch schon eingetroffen?«, erkundigte sich der ältere Rezeptionist.

»Ich hole sie nachher am Flughafen ab. Wie lange brauche ich eigentlich bis zum Flughafen nach Nizza?«

»Zur Zeit ist nicht so viel Verkehr. Rechnen Sie mit einer guten halben bis dreiviertel Stunde.«

Der Mann hielt Julian einen Zimmerschlüssel entgegen. »Darf ich Ihnen bitte Ihr Zimmer zeigen?«

Es stand dem Rest des Hotels in nichts nach. Solche Zimmer kannte er bisher nur aus Filmen, aus alten Filmen mit Grace Kelly oder Cary Grant, in denen Frauen mit weißen Seidenstolen und Männer im Smoking an Roulettetischen standen …

Die cremefarbenen Wände, die helle Bettdecke, die gelb-weißen Gardinen verstärkten das fast klare Blau des Meeres, das durch die beiden bodentiefen französischen Fenster des Balkons leuchtete.

Auf dem runden Beistelltischchen lockte ein Willkommensgruß: eine Champagnerflasche in einem silbernen Kühler, an dem kleine Perlen von kondensiertem Wasser auf das ebenfalls silberne Tablett herabrollten; daneben ein üppig mit Äpfeln, Trauben und Kiwis gefüllter Obstkorb.

Julian öffnete einen Flügel der Balkontür und zog sich einen kleinen, mit gelbem Seidenstoff bezogenen Stuhl heran. Er nahm Platz und genoss fasziniert den Ausblick: die leuchtenden Farben, das helle Licht – so klar, dass es fast in den Augen schmerzte.

Julian schaute auf die Uhr. Kurz nach eins. Antonias Flugzeug landete erst gegen Viertel vor vier. Er hatte noch genug Zeit genug zum Duschen.

Allein das in weißem und schwarzem Marmor gehaltene Badezimmer war geräumiger als das Studentenapartment, das er während seines Jurastudiums bewohnt hatte.

An der Rezeption ließ er sich den Weg zum Flughafen erklären.

Er kam viel zu früh dort an.

In den Reihen mit den blauen Plastiksitzen gab es zwar reichlich freie Plätze, aber Julian tigerte in der Ankunftshalle auf und ab. Jedes Mal, wenn die automatische Tür aufging und neue Ankömmlinge aus dem für Besucher unzugänglichen Bereich entließ, hob er den Kopf, um ihn gleich wieder sinken zu lassen. Antonia konnte noch nicht dabei sein; auf der Anzeigetafel war ihr Flug als »Im Anflug« ausgewiesen.

Obwohl der Sommer und damit die Hauptsaison schon lange vorbei war, kamen immer noch viele Touristen an, und es herrschte reges Treiben, wobei die Ankömmlinge ganz leicht von den Abholenden zu unterscheiden waren.

Die Abholer trugen leichte, luftige Kleidungsstücke; die Frauen bunte weite Hosen mit hellen Baumwollshirts oder fließende Kleider, die Männern meist bunt bedruckte Bermudashorts. Und alle zeigten – die einen mehr, die anderen weniger – gebräunte Haut. Fast alle liefen mit Sandalen oder Flip-Flops durch die Gegend.

Die Ankommenden dagegen trugen geschlossene Schuhe und brachten mit ihrer dicken Kleidung und ihrer blassen Gesichtsfarbe die Erinnerung an Arbeit, an Ordnung, an Disziplin mit sich – und an kaltes, feuchtes Oktoberwetter.

Ein Blick auf die Anzeigetafel zeigte Julian, dass Antonias Flugzeug in der Zwischenzeit gelandet war. Seine Geduld wurde jedoch auf eine harte Probe gestellt, denn es dauerte noch mehr als zwanzig Minuten, bis sie endlich in der automatischen Tür erschien.

Julian spürte eine überwältigende Freude, als er sie sah: groß, schlank, in dem grünen Hosenanzug, der ihre langen

Beine betonte und in so apartem Kontrast zu ihrer leicht getönten Gesichtshaut stand. Die Haare hatte sie wieder zu dem lockeren kleinen Dutt im Nacken zusammengefasst, es brachte den schmalen Hals wunderbar zur Geltung. Und die dicke schwarze Brille … nun, Julian stellte fest, dass er sich schon fast daran gewöhnt hatte.

Sie zog einen kleinen Rollkoffer hinter sich her und blickte sich suchend nach ihm um. Julian musste den Impuls unterdrücken, laut zu rufen, zu winken und auf sie zuzustürzen. Stattdessen ging er langsam auf sie zu. Jetzt erst sah sie ihn. Ein Strahlen ging über ihr Gesicht, ihre Blicke fanden sich – und dann dauerte es wieder einmal eine ziemlich lange Zeit, bis es jedem von ihnen gelang, sich aus dieser Verknüpfung zu lösen.

»Hatten Sie einen guten Flug, Frau Arnoux?«, fragte Julian und griff nach ihrem Koffer.

»Danke ja, und wie war Ihre Fahrt?«

»Vollkommen problemlos, danke.«

Schweigend gingen sie nebeneinander her; jeder überlegte verzweifelt, was er noch sagen könnte, beide suchten fieberhaft nach einem unverbindlichen Gesprächsbeitrag, einer Floskel, irgendetwas, das ihnen erlaubte, im Gespräch zu bleiben, ohne die Freude über das Wiedersehen zu sehr zu verraten.

Erleichtert und mit einem Stöhnen ließ Antonia sich auf in den Beifahrersitz fallen.

»Jetzt erzählen Sie doch endlich: Wie ist es mit Herrn Swoboda gelaufen?«, fragte Julian, als er das Auto vom Flughafenparkplatz steuerte. Zum Glück hatte er das Navi schon bei der Ankunft für den Rückweg programmiert.

Antonia streckte sich. »Ich erzähle Ihnen später alles ganz genau, aber lassen Sie mich erst mal ankommen. Jedenfalls ist alles gut. Er nimmt die Grünen.«

Julian nickte.

Das Navi – er hatte »Autobahn meiden« eingegeben – leitete sie die Küstenstraße entlang, erst durch Nizza, am alten Hafen vorbei, in dem die großen Fährschiffe aus Korsika lagen, anschließend steil den Berg empor, sodass sie einen traumhaften Blick auf das Mittelmeer hatten, später an Cap Ferrat vorbei, und dann passierten sie auch schon das Ortsschild von Beaulieu-sur-Mer.

»Wie gefällt es Ihnen hier?«, fragte Antonia.

»Es ist traumhaft«, schwärmte Julian. »Und wo ich jetzt das Hotel gesehen habe, in dem Sie offenbar Urlaub zu machen pflegen, nehme ich das Wort *genussfeindlich* selbstverständlich zurück.«

Antonia lachte.

Julian ging das Herz auf. Da war er wieder, dieser Laut, der ihm das Herz wärmte, den er immer öfter hören, auf den er nicht mehr verzichten wollte.

»Ich war früher häufiger da«, beantwortete sie die unausgesprochene Frage. »Onkel Walter und Onkel Paul haben sich jedes Jahr im Frühling zehn Tage dort gegönnt. Das war der einzige Urlaub, den sie gemacht haben, es war eine Tradition bei ihnen. Und ich durfte natürlich immer mit.«

Insgeheim beglückwünschte sie sich zu ihrem Entschluss. Selbstverständlich hatte sie ihn beeindrucken wollen. Und im *Grand-Hotel Beaulieu* hatte sie sozusagen »Heimvorteil«.

»Onkel Walter und Paul fahren natürlich nicht mehr. Und ich war dann, als ich die Firma übernommen hatte, auch drei Jahre hintereinander nicht mehr da. Aber letztes Jahr, als ich das erste Mal als Aussteller bei dieser Messe in Monte Carlo war, habe ich in der Zeit dort gewohnt. Man ist schnell in Monaco, und vor allem hat man mit dem

Stau, der jeden Morgen oben über die Corniche von der Autobahn hereinkommt, keine Probleme.«

Es war wirklich eine sehr praktische Lösung. Und dass Antonia als langjährigem Gast des Hauses Sonderkonditionen eingeräumt wurden und sie deshalb kaum mehr bezahlte als in jedem anderen gehobenen Hotel, wo die Preise für die Dauer der Messe leicht um das Doppelte erhöht wurden, verschwieg sie ihm.

Julian konnte sich bei der Ankunft im *Grand-Hotel Beaulieu* davon überzeugen, mit wie viel ehrlicher Freude Antonia von mehreren Mitarbeitern des Hotels empfangen wurde.

Auch der Kellner beim Abendessen auf der Hotelterrasse begrüßte Antonia besonders herzlich, bevor er beiden die Speisekarten reichte.

Nach einem kurzen Blick darauf klappte Julian die Speisekarte energisch zu.

»Das geht nicht!«, sagte er.

»Was meinen Sie?«, fragte Antonia.

»Haben Sie die Preise gesehen? Ich kann mich nicht so von Ihnen aushalten lassen«, sagte Julian. »Schon dieses teure Hotel! Das ist zu viel, das kann ich nicht annehmen. Es tut mir leid.«

Antonia zögerte. »Ich könnte jetzt argumentieren, dass Sie es müssen, weil Sie sich dazu verpflichtet haben.«

Julian zuckte die Schultern. »Vielleicht.«

Antonia klappte ebenfalls die Karte zusammen und legte sie an die Seite.

»Sie finden das unangenehm.«

»Ich finde es … es ist …«

»Wir hatten diese Diskussion schon einmal. Und wir waren uns einig, dass dieses Gefühl, das Sie jetzt als demütigend bezeichnen, mit zu dem Gefühlspaket gehört, das die jungen Frauen tragen müssen und von dem Sie gemeint haben, es wäre für Sie kein Problem.«

Julian suchte eine Antwort. Er wusste, was sie hören wollte, aber er war nicht bereit, es zu sagen. Noch nicht.

Antonia war in Hochstimmung. Nicht nur, dass in Wien bei Herrn Swoboda alles so gut gelaufen war, auch dieser Abend hier, auf dieser paradiesischen Hotelterrasse bei angenehmen zweiundzwanzig Grad mit Blick auf das Meer, im Hintergrund mit den Bergen der Seealpen, rechts konnte man die Halbinsel mit dem Cap Ferrat sehen und Julian ihr gegenüber, war einfach ein Traum.

»Können wir uns folgendermaßen einigen? Ich lade Sie ein als Dankeschön für Ihre Hilfe bei der Verhandlung mit Herrn Swoboda. Ich habe ehrlich das Gefühl, dass Ihre Argumente ausschlaggebend dafür waren, dass er den grünen Taft akzeptiert hat.«

Julian überlegte noch.

»Sie haben mir beziehungsweise dem Unternehmen mehr als hunderttausend Euro gerettet. Dafür können Sie sich ruhig von mir mal einladen lassen!«

Julian nickte zögernd.

»Und wenn Sie Bauchschmerzen haben wegen der Zimmerpreise, dann sage ich Ihnen jetzt ganz im Vertrauen, dass ich hier Sonderkonditionen bekomme – ob Sie es nun glauben oder nicht: Ich wohne hier fast günstiger als in jedem anderen guten Hotel in der Nähe der Messe.«

Julian runzelte zweifelnd die Stirn.

»Glauben Sie, dass ich Sie anlüge? Soll ich Ihnen die Reservierungsbestätigung zeigen?«

»Nein, natürlich nicht«, wehrte Julian ab.

»Jetzt verderben Sie mir nicht den schönen Abend, ich bitte Sie. Wenn ich als Genussfeindin schon mal etwas genießen möchte, sollten Sie mich doch dabei unterstützen.«

Julian lachte.

»Sie haben recht«, gab er zu.

Sie studierten nun endlich die Speisekarte und bestellten dann einen Hummersalat, Fischsuppe und gegrillten Steinbutt.

»Jetzt erzählen Sie doch mal von Wien!« Julian hielt es bald nicht mehr aus.

Antonia grinste. »Nun ja, zuerst hat Herr Swoboda den brutalen Geschäftsmann gegeben, so nach dem Motto: Das haben wir bestellt, das wollen wir geliefert bekommen und basta, er wollte meine mitgebrachte Box mit dem grünen Taft gar nicht erst ansehen. Ich habe dann mehrfach in der Diskussion die von ihm ausgewählte Farbe als Babyblau bezeichnet, da ist er schon immer ein bisschen zusammengezuckt. Auf das Stichwort *Political Correctness* ist er nicht weiter eingegangen. Da hat er nur geantwortet, dass der Automobilrennsport ja nun überwiegend ein Männersport sei. Doch da hat er sich schon nicht mehr ganz wohlgefühlt, das habe ich ihm angesehen. Die Farbbezeichnung Babyblau, die hat an ihm genagt! Ich habe bemerkt, dass er sich insgeheim gefragt hat, wieso man so eine hässliche Farbe überhaupt ausgesucht hatte. Dann habe ich das mit dem *Racing Green* gebracht, aber da hat er den Kopf geschüttelt und unwillig gesagt, das repräsentiere nur England. Aber ich habe registriert, dass ihm diese Idee durchaus gefallen hat, dass er die Formulierung *Racing Green* als Bezeichnung für die Farbe seiner Kartons natürlich viel schöner fand als Babyblau. Man konnte genau sehen, dass er darüber nachdachte. Und da habe ich beschlossen: jetzt oder nie! Ich habe ihm gesagt: Okay, dieser Fehler bedeutet zwar für unser Unternehmen durchaus einen massiven Kostenfaktor, aber ich verstehe seinen Standpunkt … da war er schon ganz schön erstaunt.« Antonia lachte. Sie hatte geblufft; sie hatte – als

Herr Swoboda sich stur stellte – genickt, nach ihrer Tasche gegriffen und ihren Notizblock, das iPad und alle Unterlagen in ihre Tasche gepackt. Als Herr Swoboda überrascht gefragt hatte, was sie da mache, hatte sie erstaunt getan. »Ich denke, ich muss Ihnen nicht länger Ihre Zeit stehlen.«

Erst an der Tür, als sie sich schon voneinander verabschiedet hatten, hatte sie sich noch einmal umgedreht und beiläufig gesagt: »Schade eigentlich, ich habe immer gefunden, dass dieses Grün ideal den Rennsport mit dem grünen Österreich verbindet, zumal …«, und da hatte sie schon die Tür geöffnet und war halb auf den Flur hinausgetreten, »… ich die Assoziation vom Blau mit dem Himmel beim Motorsport sowieso als ziemlich morbid empfinde.«

Und schon hatte sie die Tür hinter sich geschlossen.

Herr Swoboda hatte sie noch vor dem Aufzug persönlich abgefangen.

»Wir können ja noch mal reden«, hatte er gesagt.

»Er hat einen ordentlichen Abschlag herausgehandelt«, berichtete sie weiter. »Wir verdienen nicht so viel wie ursprünglich kalkuliert. Aber ein bisschen bleibt trotzdem hängen. Der Auftrag liefert alles in allem ein Plus! Und das ist mehr, als ich noch vor ein paar Tagen erwartet habe.«

Sie strahlte, und Julian strahlte mit ihr.

»Aber jetzt erzählen Sie mal! Wie geht es Tete?«

»Sie tut sich noch schwer mit dem Laufen, aber sie bewegt das Bein und zeigt Reflexe, und auch wenn sie es noch nicht ins Katzenklo schafft, so macht sie doch alles, was sie machen muss, und zwar ganz allein und ohne irgendeine manuelle oder medizinische Hilfe.«

Schon unglaublich, wie glücklich man sein konnte, dass eine Katze pinkelte.

Also noch mal ein Grund, zu strahlen. Ohne dass es eine andere, tiefere Bedeutung haben musste.

Aber irgendwann musste man seinen Blick dann wieder abwenden – von dem Blick des anderen.

Beide schwiegen.

Es war ein verlegenes Schweigen, beide suchten nach einem Thema, einem unverfänglichen Gesprächsstoff, nach etwas, worüber man harmlos plaudern konnte.

Antonia dachte an ihren ersten gemeinsamen Abend.

»Sie müssen mich unterhalten«, forderte sie unvermittelt.

Julian hob überrascht den Kopf.

»Pfeffer und Salz hatten wir schon«, fügte Antonia lächelnd hinzu.

»Ach so, ja«, nickte er. »Dann werde ich mir etwas Neues einfallen lassen müssen.«

Aber ihm wollte einfach nichts einfallen, zu verwirrend war ihre Gegenwart.

»Haben Sie einen Themenwunsch?«, fragte er.

»Nein«, sagte Antonia. »Ich überlasse die Wahl des Themas Ihnen.«

Julian betrachtete sie: Die Jacke hatte sie ausgezogen. Die helle, ärmellose cremefarbene Seidenbluse, eigentlich geschnitten wie ein Männerhemd und gerade deswegen unglaublich feminin, schmiegte sich weich um ihre Brust, die alten Perlenohrringe, die in dieser Umgebung perfekt zur Wirkung kamen, betonten ihre vollen roten Lippen, die Augen waren unergründlich wie immer. Nixenaugen, dachte er.

Ihm fiel partout kein Thema ein. Außer einem.

»Wir könnten über Sex reden«, sagte Julian.

»Was?«, fragte Antonia verblüfft. »Also, ich meine natürlich: wie bitte?«

»Sex. Das ist doch ein interessantes Thema, oder?«

Der Kellner kam und brachte die bestellte Flasche Roséwein.

»Das finde ich überhaupt nicht«, entgegnete Antonia und zog verärgert die Augenbrauen zusammen.

»Was finden Sie nicht?«, fragte Julian nach, während der Ober einen kleinen Schluck zum Probieren in Julians Glas füllte.

»Dass das ein schönes Thema ist!«

Der Ober wartete, dass Julian den Wein kostete.

»Ah, Moment.« Julian griff nach seinem Glas. »Wunderbar, sehr gut!«

Der Ober wandte sich zu Antonia.

»Was meinen Sie damit?«, insistierte Julian dann. Er wusste selbst nicht, welcher Teufel ihn gerade ritt, aber er konnte sich nicht bremsen.

»Ach, hören Sie doch auf!« Sie runzelte unwillig die Stirn und fixierte starr ihr Weinglas, das der Ober gerade füllte. Nur nicht den Blick auf Julian richten! Sie wollte natürlich nicht über Sex reden, sie wollte auch nicht daran denken, auf gar keinen Fall wollte sie daran denken. Sie dachte sowieso schon viel zu viel daran, vor allem in seiner Gegenwart. Und sie wollte Julian nicht ansehen, nicht in seine funkelnden, provozierenden, verlockenden Augen sehen.

»Mögen Sie das Thema nicht, oder mögen Sie Sex nicht?«, fragte Julian.

Antonia schwieg und betrachtete ihr Glas.

»Oder haben Sie Angst vor der Antwort?«, provozierte Julian.

Wieso sollte sie Angst haben?

»Natürlich mag ich Sex!«, brauste Antonia auf, um sich im selben Moment über ihre spontane Antwort zu ärgern.

Endlich hatte der Kellner beiden Wein eingeschenkt und war wieder außer Hörweite.

»Ich habe nur keine Lust, mich im Beisein eines Kellners über Sex zu unterhalten«, versuchte sie sich herauszuwinden.

»Aber jetzt ist er ja weg; jetzt möchten Sie also schon über Sex reden?«, provozierte Julian weiter.

»Nein! Will ich nicht!«

»Okay, dann reden wir eben nicht darüber.« Julian hob sein Glas und prostete Antonia zu. Sie griff nach ihrem, erwiderte die Geste und spülte ihre Verwirrung mit einem kräftigen Schluck hinunter.

»Nur noch eine letzte Frage: Wenn Sie Sex mögen, so wie Sie eben sagten, warum haben Sie dann keinen?«

»Woher wollen Sie das wissen?«

»Das sehe ich Ihnen an.«

»So ein Unsinn!«

»Glauben Sie mir, ich erkenne, ob eine Frau ein ausgeglichenes Sexleben hat oder nicht. Ich kann Ihnen hier zu jeder Frau im Restaurant sagen, ob sie befriedigt ist oder nicht! Zum Beispiel die in dem weißen Sommerkleid da hinten, die ja. Und die nebendran mit dem gemusterten Seidentuch, die nicht …«

Antonia konnte es sich nicht verkneifen, die beiden betreffenden Frauen unauffällig zu mustern, ob irgendetwas an ihnen auf das Zutreffen von Julians Theorie hindeutete.

»Sie können jetzt viel behaupten. Ich kann es ja nicht kontrollieren.«

»Soll ich hingehen und fragen? Das mache ich!«

»Das Schlimme ist, dass ich Ihnen das tatsächlich zutraue«, erwiderte Antonia, und dann konnte sie einfach nicht anders: Sie musste bei der Vorstellung laut auflachen. Der Klang, der Julian glücklich machte.

Das Hauptgericht wurde serviert, und beide nutzten dankbar die Unterbrechung und konzentrierten sich auf das Essen. Sie versicherten sich gegenseitig mehrmals, wie köstlich der Fisch sei und wie einzigartig dieses Erlebnis.

Aber als die Teller abgeräumt waren, mussten sie auf das bestellte Dessert warten, und wieder gab es Minuten, die gefüllt werden mussten.

»Mal ganz im Ernst«, sagte Julian. »Ich will ja nicht indiskret sein …«

Antonia hatte sich wieder gefangen. »Wenn Sie die Frage nach meinem Sexleben als nicht indiskret empfinden, dann möchte ich nicht wissen, was Sie alles fragen, wenn Sie indiskret sein wollen«, erwiderte sie trocken.

Julian nickte. »Gut, nach dem Sex frage ich jetzt nicht mehr. Aber warum haben Sie keinen Freund?«

»Die Frage nach dem Freund habe ich Ihnen schon das letzte Mal beantwortet.«

Julian wusste selbst nicht, warum er die nächste Frage stellte.

»Haben Sie ihn eigentlich sehr geliebt?«

»Wen?«, fragte Antonia verständnislos.

»Ihren Freund.«

»Welchen Freund?«

»Von dem Sie das letzte Mal erzählt haben!«

Antonia schaute immer noch verständnislos drein.

»Der nicht damit zurechtkam, dass Sie durch den Job weniger Zeit haben, der immer nur seinen studentischen Vergnügungen nachgehen wollte.«

»Ach, der.« Antonias Tonfall war derart wegwerfend, dass Julians Eifersuchtsgefühle sich in Sekundenschnelle in nichts auflösten.

»Ich glaube nicht, dass ich ihn … nein, geliebt habe ich ihn nicht. Ich habe das allerdings geglaubt, denn es war …«, sagte Antonia nachdenklich, und die Erinnerung an irgendetwas ließ ein kleines genießerisches Lächeln über ihre Züge huschen, ganz kurz nur, aber Julian sah es.

Er bekam eine Ahnung davon, wie ihr Gesicht die Lust

widerspiegeln würde, und er verspürte wieder dieses Begehren, dieses Verlangen, so schmerzhaft, so drängend, so ausfüllend, wie er es noch niemals vorher verspürt hatte.

Er musste schlucken.

»Und die Beziehung ist daran gescheitert, dass Sie zu wenig Zeit hatten?«, fragte Julian. Er konnte nicht aufhören, zu fragen; er wollte wissen, was das für ein Mensch war. Wer hatte Antonia geliebt, wen hatte *sie* geliebt und warum – oder warum nicht?

»Er hatte keine Zeit, auf mich zu warten. Darauf zu warten, dass ich am Samstag komme. Nach Frankfurt.«

»Ach so? Und wie hat sich das geäußert?«

»Er musste am Freitag unbedingt mit einer anderen ins Bett, so hat sich das geäußert.«

»Oh«, sagte Julian. »Aha.«

Antonia griff nach ihrem Glas und leerte es in einem Zug.

Sie hatte noch nicht oft darüber gesprochen. Mit Onkel Walter damals, sie hatte ihn kurz darüber informiert, dass es zu Ende war – und dass sie nicht mehr darüber sprechen wollte.

»Das ist unanständig«, sagte Julian. »Das gehört sich nicht.«

»Nein, wirklich nicht, und für mich war es besonders schlimm, denn ich …«

Warum wollte sie ihm das erzählen? Wo kam auf einmal dieses Bedürfnis her, sich alles von der Seele zu reden?

Der Ober hatte dezent ihr Glas wieder gefüllt. Sie nahm noch einmal einen kräftigen Schluck, obwohl sie schon deutlich spürte, wie der ungewohnte Alkohol ihr zu Kopf stieg.

»Warum war es für Sie besonders schlimm?«

Julian war auch betrogen worden, Hubert von Rotendall hatte es ihr erzählt. Vielleicht deshalb. Weil Julian die Situation kannte. Vielleicht fühlte sie deswegen unvermittelt den Wunsch, mit ihm darüber zu reden.

»Wissen Sie«, sagte sie. »Ich … ach, Mist!« Sie lachte verlegen.

»Was ist denn los?«, fragte Julian. Sein Gesicht zeigte so viel Mitgefühl, Anteilnahme, Verständnis. Also sprach Antonia weiter:

»Sie kennen mich ja jetzt ein bisschen«, begann sie und hielt erneut inne.

Julian senkte kurz den Kopf und zeigte ihr, dass er weiter aufmerksam zuhörte.

»Es ist eben so …«, sie suchte nach Worten. »Ich bin ja … ich tue mich schwer … ach Mensch!«

Sie griff erneut nach ihrem Glas. »Eigentlich geht Sie das alles auch gar nichts an!«

»So schüchtern kenne ich Sie ja gar nicht«, sagte Julian.

»Also, es ist so …«, begann Antonia von Neuem und beschloss, jetzt einfach weiterzureden: »Sie kennen mich doch nun ein bisschen, und Sie haben sicher schon bemerkt, dass ich normalerweise gern die Kontrolle über alles behalte.«

Julian nickte und grinste ein wenig.

»Ist mir schon aufgefallen.«

Antonia nahm dankbar das Grinsen auf. »Wie soll ich es sagen? Zum Sex gehört nun mal Hingabe – irgendwie –, und das ist einfach nicht so meine Sache.« Sie trank noch einen Schluck.

»Der Punkt ist doch der …«, versuchte sie ihre Gedanken in Worte zu fassen. »Der Punkt ist doch der: Lust macht schwach. Und ich bin nicht gern schwach.«

Sie griff nach ihrem Glas. Aber sie hatte genug, mehr als genug. Sie spürte es deutlich.

»Und ich mag es nicht, wenn jemand diese Schwäche sieht …«

»Ich verstehe Sie.« Julian dachte an seine Schwierigkeiten, einen Orgasmus zu erleben, solange die Frau sein Gesicht sehen konnte. Und bekam plötzlich eine Ahnung, woran das lag. »Ich verstehe Sie sogar sehr gut.«

Es war etwas in seiner Stimme … Antonia spürte, dass er die Wahrheit sprach.

»Also Fazit: Zuzulassen, dass mich jemand schwach macht, dafür brauche ich Vertrauen – und wenn das enttäuscht wird, wenn man mich belügt, dann war es das! Dann brauche ich auch sehr, sehr lange, um wieder zu jemandem ein solches Vertrauen aufzubauen«, erklärte Antonia.

Bis heute, hätte sie noch hinzufügen können. Vielleicht sogar für den Rest meines Lebens.

Sie schob mit einer entschlossenen Handbewegung ihr schon wieder gefülltes Glas an die Seite.

»Aber jetzt sind Sie dran!«, überraschte sie Julian. »Wie ist das bei Ihnen? Wie sieht Ihr Sexleben aus?«

Überrascht hob Julian den Kopf.

Das ist unbefriedigend, hätte er sagen wollen. Und ich fange gerade an zu ahnen, warum.

»Das ist reichlich«, sagte er und grinste dabei auf eine Art, die er in dem Moment schon selbst ausgesprochen blöd, um nicht zu sagen: saublöd fand.

»Na, dann ist ja alles gut«, meinte Antonia trocken. Dieser Stich im Bauch – der musste vom Wein kommen, offenbar vertrug sie den nicht gut.

Beide waren erleichtert, dass gerade jetzt das Dessert serviert wurde. Julian sah sich jede der fünf Erdbeeren, die das Passionsfrüchtemus dekorierten, so genau an, als würden sie ihm gleich das größte Geheimnis der Welt verraten; und Antonia nahm ein Minzblatt nach dem anderen von ihrem Teller und schien zu versuchen, einzelne Moleküle zu isolieren, so zart und gleichzeitig hoch konzentriert nagte sie an den Blättchen herum.

Sie hoben gleichzeitig den Kopf, um nach dem anderen zu sehen, und blickten dann wie ertappt schnell wieder auf ihre Teller.

»Ich bin müde«, sagte Antonia unvermutet. »Wegen morgen … Fahren Sie mich gegen neun Uhr hinüber nach Monte Carlo? Und holen mich gegen fünfzehn Uhr wieder dort ab?«

»Natürlich«, antwortete Julian. »Kennen Sie die Strecke? Wie lange brauchen wir wohl?«

Das war neutraler Boden: sachliche Erfordernisse, Fakten, die besprochen werden mussten: tiefes innerliches Aufatmen.

Antonia diskutierte den Streckenverlauf in einer nicht zu übertreffenden Ausführlichkeit mit Julian, und er stellte eine Zwischenfrage nach der anderen, so war nicht zu befürchten, dass man sich womöglich noch einmal auf gefährliches Terrain begab.

Als das Dessert endlich verzehrt war, sagte Antonia: »Das waren drei aufregende Tage für mich, und morgen muss ich fit sein. Ich denke, ich gehe ins Bett.«

Julian erhob sich, zögernd, er wollte weg und zugleich bleiben, er fühlte sich schlimmer als mit sechzehn, als er – vorübergehend – das erste Mal für die blonde, extrem gut entwickelte Tochter des Metzgers um die Ecke geschwärmt hatte.

»Ja, ich bin auch müde. Die Fahrerei …«

Antonia ging voran, Julian folgte ihr. Im langen Hotelflur liefen sie nebeneinander her, ihre Schritte waren gleich lang, und sie gingen im selben Takt.

Als Antonia das bemerkte, hielt sie an und langte in ihre

Handtasche. »Habe ich eigentlich meinen Schlüssel eingesteckt? Ah ja, da ist er ja.«

Ihre Zimmer lagen nebeneinander.

»Dann gute Nacht, und schlafen Sie gut«, sagte Antonia und steckte ihren Zimmerschlüssel in das Türschloss.

»Danke, Ihnen auch eine gute Nacht, bis morgen dann«, erwiderte Julian und machte sich an seiner Zimmertür zu schaffen, so lange, bis Antonia mit einem energischen, viel zu lauten Geräusch ihre Zimmertür von innen geschlossen hatte.

Am nächsten Morgen waren beide wortkarg, sie frühstückten gemeinsam, Antonia aß allerdings kaum etwas, und auch Julian nahm lediglich ein Croissant. Dann brachte er sie nach Monte Carlo in das Forum Grimaldi, wo Antonia heute beim Aufbau helfen wollte.

Sie hatte recht behalten, es war kaum Verkehr auf der Straße, die am Meer entlangführte, und sie brauchten nur etwas mehr als zwanzig Minuten für die Strecke.

»Ich fahre, wenn Sie nichts dagegen haben, heute Vormittag etwas in der Gegend spazieren. Ich bin aber rechtzeitig wieder zurück.«

Antonia nickte. »Sollte es später werden, schicken Sie mir eine SMS. Dann organisierte ich mich anders. Das ist auch kein Problem.«

»Wenn ich nichts von Ihnen höre, bin ich um fünfzehn Uhr wieder hier«, entgegnete Julian und fügte noch »Viel Erfolg heute!« hinzu, aber Antonia hatte sich so schnell abgewendet, dass er sich nicht sicher war, ob sie es gehört hatte.

Als er sich durch das immer überfüllte Zentrum Monte Carlos gequält hatte und sich allmählich der Autobahnauffahrt näherte, erkannte er erst, wie recht Antonia mit ihrer Einschätzung, den Verkehr betreffend, gehabt hatte.

Der Verkehr in den Ort hinein staute sich auf einer Länge von mehreren Kilometern. Julian konnte die Zeit nicht abschätzen, die die armen Fahrer auf der Gegenspur noch brauchen würden, jedenfalls weit mehr als eine halbe Stunde. Er bekam Bedenken, ob er pünktlich zurück sein würde, und wendete kurz entschlossen bei der nächsten Möglichkeit. So verbrachte er zwar auch zwanzig Minuten im Stau, aber dann hatte er sich durchgekämpft und fuhr spontan nach Èze-Village, dem mittelalterlichen Örtchen hoch oben an der Steilküste, von dem er schon so viel gehört hatte. Dort bummelte er durch die engen, autofreien Gassen, betrachtete die mittelalterlichen Häuser, bewunderte atemlos den spektakulären Blick auf die Berge und das Mittelmeer und erfuhr zu seinem Erstaunen, dass Friedrich Nietzsche hier länger gelebt hatte und nach ihm sogar ein Weg benannt war.

Um ein Uhr machte er sich auf den Rückweg, die heitere Stimmung mit sich nehmend. Er war viel zu früh wieder in Monaco, fand aber erstaunlicherweise nicht weit vom Kongresszentrum einen Parkplatz, wo er voll ungeduldiger Sehnsucht auf Antonia wartete. Fünf vor drei kam die SMS, dass sie in fünf Minuten vor dem Eingang stehen könne, ob er denn in der Nähe sei? Er bestätigte kurz, fuhr los und erreichte den Eingang genau in dem Moment, als Antonia die Treppenstufen herunterkam.

»Hallo«, sagte sie, ließ sich auf den Beifahrersitz fallen und warf ihre Kostümjacke nach hinten. Ihr Gesicht spiegelte die Erregung des Tages wider, die Haut strahlte leicht erhitzt, eine Strähne hatte sich aus dem Knoten, den sie jetzt immer tief im Nacken trug, gelöst und lag auf ihrer bloßen Schulter.

»Wie war Ihr Tag?«, fragte Julian.

»Wunderbar!« Antonias Stimme vibrierte geradezu vor

Energie. »Wir haben den Stand aufgebaut, es hat alles reibungslos funktioniert.«

»Prima. Herzlichen Glückwunsch«, gratulierte Julian. »Wohin fahren wir jetzt?«

»Sollen wir nicht schnell die Badesachen aus dem Hotel holen? Wir könnten noch eine Stunde an den Strand. Es ist doch so traumhaftes Wetter, fast wie im Sommer!«

Fünfzig Minuten später stellten sie ihre Badetaschen auf die Strandliegen direkt am Meer. Julian hatte festgestellt, dass Antonia auch hier gut bekannt war und von dem Patron der Strandbar mit Umarmung und Küsschen begrüßt wurde. Sie hatten wegen der schon fortgeschrittenen Stunde nichts mehr für die Liegen bezahlen müssen. »Wenn die Sonne untergeht, wird es frisch«, meinte Antonia. Aber noch zeigte das Thermometer fünfundzwanzig Grad, der Himmel war wolkenlos, die Liegestühle waren komplett belegt und die Plätze auf der offenen Terrasse des Strandlokals mit dem verwitterten Holzboden fast alle besetzt.

»Ich gehe mich mal umziehen«, sagte Antonia und verschwand Richtung Lokal.

Als sie wiederkam, lag Julian auf seiner Liege, die Augen bis auf einen schmalen Schlitz geschlossen.

Antonia legte sich wortlos auf ihre Liege daneben und tat, als würde sie die verstohlenen Blicke von Julian, mit denen er ihre Figur musterte, nicht bemerken.

Unglaublich, wie sie sich absichtlich entstellt hat, dachte er.

Antonia setzte sich auf. Sie musste sich ja schließlich eincremen.

Dann fiel ihr auf, dass sie jemanden brauchte, der ihr die Sonnencreme auf dem Rücken verteilte.

Sollte sie Julian fragen? Er würde sie berühren … nein, lieber nicht.

Als sie sich auf den Bauch drehte, zog sie ein T-Shirt über.

Etwas später sagte sie: »Das ist so unglaublich warm hier«, und blickte sehnsüchtig aufs Meer.

»Da schwimmen sogar noch Leute«, sagte sie überrascht.

Julian hob den Kopf.

»Tatsächlich. Die haben wahrscheinlich einen Neopren-Anzug an.«

Antonia kniff die Augen zusammen, um besser sehen zu können.

»Nein«, sagte sie. »Die Frau definitiv nicht.«

Sie hatte recht. Zwei Männer und eine Frau schwammen jetzt wieder auf das Ufer zu, und als sie am flachen Ufer angekommen waren und sich aufrichteten, konnte man sehen, dass alle drei normale Badekleidung trugen.

Julian setzte sich ebenfalls aufrecht und schaute mit einem Blick, aus dem ungläubige Bewunderung sprach, auf die drei, die jetzt laut lachend und sich schüttelnd zu ihren Liegen gingen.

»Wie warm ist das Wasser eigentlich?«, fragte er.

»Vorn an der Anzeigetafel ist die Wassertemperatur mit achtzehn Grad angegeben.«

»Puh!« Julian schüttelte sich.

»Ach, das ist doch nicht so kalt«, sagte Antonia nachdenklich. »An der Nordsee sind die Leute froh, wenn das Wasser so eine Temperatur hat!«

Unvermittelt sprang sie auf, zog sich das Shirt über den Kopf, nahm ihre Brille ab und warf beides auf das Handtuch.

»Was die können, können wir auch! Kommen Sie!«

Und bevor Julian widersprechen konnte, war sie zum Ufer gelaufen, schrie laut gegen das kalte Wasser an, als sie sich hineinwarf – und schon schwamm sie.

»Los!«, rief sie Julian zu.

Es blieb ihm nichts anderes übrig. Schritt für Schritt näherte er sich der sanften Brandung und stöhnte leise auf, als die ersten kleinen Wellen seine Zehen überspülten.

»Mein Gott, ist das kalt!«

Antonia, die inzwischen mit langen, kräftigen Zügen vor ihm hin und her schwamm, lachte laut auf. »Es ist toll, kommen Sie!«

Julian entschied, die Qual nicht unnötig in die Länge zu ziehen, und rannte ins tiefere Wasser, wild um sich spritzend, um sich nach fünf oder sechs Schritten in die Brandung zu werfen«

»Wow!«, schrie er. Und noch einmal: »Wow!«

Antonia hatte recht. Sobald man den ersten Kälteschock überwunden hatte, war das Wasser traumhaft, wenn auch kühl, aber sie schwammen beide kräftig und zügig, das wärmte. Wenigstens vorübergehend. Wind kam auf, und die Wellen hoben sie und ließen sie wieder ins Wellental hinabgleiten.

Sie schwammen bis zum etwa zwanzig Meter entfernten Anleger.

»Ich glaube, es reicht«, sagte Antonia und drehte Richtung Ufer.

»Mir auch«, stöhnte Julian leise und beeilte sich, ihr zu folgen. Als seine Knie leicht über den Sand schleiften, richtete er sich auf. Antonia neben ihm tat es ihm gleich.

Aus den Augenwinkeln sah Julian die hohe Brandungswelle anrollen und konnte sich ihr gerade noch entgegenstemmen; Antonia allerdings schlug das Wasser mit voller Kraft in den Rücken. Es hätte sie umgeworfen, wenn Julian sie nicht geistesgegenwärtig um die Taille gepackt hätte.

Beide standen im knietiefen Wasser, Julian umfasste ihre Taille, spürte ihre Zartheit. Zwei Möwen kreischten in der Luft.

Antonia fragte sich, warum diese Vögel nicht vom Himmel fielen. Wo die Zeit doch gerade stillstand!

Es dauerte viel zu lange, bis Julian seine Hände von der straffen, glatten Haut löste. Oder war es viel zu schnell?

»Huch«, räusperte sich Antonia. »Da hätte es mich beinahe umgeworfen.«

Wortlos gingen sie zurück zu ihren Liegen.

Antonia räusperte sich erneut.

»Ich gehe mich schnell abduschen. Und dann sollten wir zurück ins Hotel. Wir müssen uns ja für die Veranstaltung heute Abend fertig machen.«

Julian nickte und legte sein Handtuch zusammen.

Das Schweigen im Auto war schwer, es schmerzte Antonia auf der Brust.

Sie hätte so gern etwas gesagt. Aber was? Ein solches Begehren, ein so starkes körperliches Verlangen hatte sie noch nie erlebt. Sie wusste nicht, wie sie damit umgehen sollte.

Sie blickte starr geradeaus und klammerte ihren Blick an den schwarzen Peugeot, der vor ihnen fuhr. Es gab nichts Wichtigeres auf dieser Welt als die Stoßstange dieses Autos. Nur so konnte sie verhindern, dass sie auf seine Hände sah, die das Lenkrad hielten. Diese schmalen, sensiblen Hände, die sie eben festgehalten hatten, mit einem Griff, der sie derart hilflos gemacht hatte, sie mit einer schmerzlich-süßen Schwäche erfüllt hatte …

Wenn sie nämlich auf seine Hände gesehen hätte, hätte sie ihre nicht mehr daran hindern können, ihn zu berühren, ihn anzufassen, über seine Haut zu streichen.

Sie verschränkte also ihre Finger so fest ineinander, dass die Knöchel weiß wurden.

Endete diese Fahrt denn nie?

Auch Julian kämpfte mit seinen Emotionen. Es gab keine

Ratio mehr, keine Gedanken, keine Überlegungen, es gab nur noch ein pochendes Verlangen: *Ich will sie, ich will sie, ich will sie.* Nichts anderes existierte mehr auf dieser Welt.

Als sie endlich vor dem Hotel angekommen waren und der Portier herbeigeeilt kam und die Autotür öffnete, hatte Antonia das Gefühl, jeder könne sehen, wie ihre Knie zitterten.

Und Julians Kiefer waren so angespannt, dass die Wangenmuskeln scharf hervortraten.

Er ließ Antonia den Vortritt ins Hotel und in den Aufzug; im Flur gingen sie nebeneinander her, immer langsamer werdend, je näher sie an ihre Zimmertüren kamen.

Antonia schluckte. Sie musste dreimal ansetzen, bevor sie ein Wort herausbekam.

»Ich brauche genau eine Stunde. Schaffen Sie das auch?«

Julian nickte.

Beide schlossen gleichzeitig ihre Zimmertüren auf, öffneten sie synchron, fast wie eingeübt, und dann schloss jeder seine Tür von innen.

In ihrem Zimmer wartete eine Überraschung auf Antonia. Ein flacher, großer weißer Geschenkkarton lag auf dem Bett. Wer schickte ihr denn etwas hierher? Neugierig und aufgeregt griff sie nach der Karte.

Julian klopfte pünktlich eine Stunde später an ihre Zimmertür. Als Antonia öffnete und zwei Schritte zurück ins Zimmer ging, betrat Julian den Raum und schloss die Tür hinter sich.

Antonia wollte gleichmütig bleiben, als sie die Freude in seinen Augen sah; die Freude darüber, dass sie das Kleid trug, das er ihr heute geschenkt hatte, das grüne Kleid aus der Boutique. Aber ihr Mund wollte nicht so wie sie, ihr Mund erwiderte sein vorsichtiges Lächeln.

Und wie an jenem Samstag trat er ganz nah an sie heran, und fast rechnete Antonia damit, dass er ihr wieder die Brille vom Gesicht nehmen würde.

Und wartete.

Und wartete.

Aber er machte keine Anstalten. Während ihre Blicke sich ineinander verfingen – und dieses Mal gab es keine Möglichkeit, sich daraus zu befreien –, während ihre Blicke endlich die Antworten auf die Fragen gaben, die sie sich schon so lange stellten … während sie sich also in die Augen sahen und offenbar nicht genug davon bekommen konnten, hob Antonia langsam beide Hände, hielt sie noch eine Weile zögernd in der Luft, um sie dann an die dicken Bügel der schweren schwarzen Brille zu führen. Sie griff danach, zögerte erneut … Und dann, mit einer Bewegung, die gleichzeitig Entschlossenheit und Resignation ausdrückte, nahm sie die Brille ab und warf sie auf die Kommode.

Es war eine Geste der Kapitulation. Vor Julian, vor sich selbst, am meisten vor ihren Gefühlen.

Jetzt stand sie schutzlos vor ihm, und er wusste es – er sah es in ihren Augen, er las es in ihrem Blick. Und endlich, endlich vereinten sich ihre Lippen in einem endlosen Kuss.

Ihre Hände drängten an den Körper des anderen, beide stöhnten heiser auf, beide schoben und zogen den anderen zum Bett.

Das schöne Kleid hatte wieder keine Gelegenheit, Antonia länger zu schmücken, es flog in hohem Bogen durch die Luft und landete auf dem Boden, neben Julians Hemd und Hose.

Irgendwann, als Julian gerade ihre Brust mit seinen Lippen liebkoste, hob er den Kopf und fragte: »Müssen wir nicht nach Monte Carlo?«

Antonia lachte leise, heiser vor Erregung, heiser vor Lust, ein Laut, der Julians Leidenschaft noch weiter entfachte: »Ich glaube, ich schwänze heute!«

Julian sah auf ihren Körper, auf die zarte, weiche Haut. Er wollte sie streicheln, er wollte seine Handlungen kontrollieren, er wollte Antonia kontrollieren, er wollte ihre Lust kontrollieren. Aber es ging nicht. Je schwächer sie sich machte, desto leidenschaftlicher wurde er; je mehr er spürte, wie sie sich ihm hingab, desto tobender wurde sein Verlangen.

»Nimm mich«, stöhnte sie irgendwann und wiederholte es noch einmal: »Nimm mich. Bitte!«

Sie ließ Schwäche zu – für ihn. Sie gab sich hin – ihm. Ihm wurde die Kehle eng vor Rührung, vor Dankbarkeit, vor Erregung, vor Glück, vor … Von allem war etwas dabei. Aber es gab auch noch ein anderes Gefühl, ein Fundament für all diese Emotionen, eine Basis, der all diese Empfindungen entsprangen:

»Ich liebe dich«, hörte er sich sagen, und er wunderte sich kaum. Vielleicht ein ganz kleines bisschen. Aber eigentlich war es eine Überzeugung, ein Wissen, das schon immer da gewesen war – und er wiederholte es, lauter diesmal, bestimmter, sicherer, nicht mehr überrascht, nicht mehr fragend. Mit einer Gewissheit, so wie die Erde sich um die Sonne drehte; mit einer Sicherheit, so wie der Tag der Nacht folgte. So sicher, wie nur etwas sicher sein konnte:

»Ich liebe dich!«

Ihre Augen schlossen sich, sie bäumte sich auf unter ihm und stöhnte laut, er fühlte, wie der Strudel sie beide davonriss. Aber sie sollte ihn sehen, er wollte *sie* sehen. »Schau mich an«, flüsterte er heiser, und dann schrie er es fast: »Schau mich an!«, und sie öffnete die Augen. Sie hielten sich mit ihren Blicken fest, und sie klammerten sich aneinander, während sie sich immer schneller drehten in dem wilden Kreisel.

Und sie sind doch grün, dachte er noch …

Dann versank auch er endgültig im Wirbel der Lust.

Anschließend lagen sie Arm in Arm, erschöpft, verschwitzt, eng ineinander verschlungen, auf dem Bett und versuchten, sich darüber klar zu werden, was soeben passiert war.

Antonia sah in Julians Augen und strich ihm die Haarsträhne, die schon wieder in die Stirn fiel, aus dem Gesicht.

»Endlich«, sagte sie.

Er schaute sie verständnislos an.

»Das wollte ich schon tun, als ich dich auf dem Foto in dem Zeitungsartikel gesehen habe«, erklärte Antonia.

Julian fasste nach ihrer Hand und küsste ihre Fingerspitzen.

»Hättest du es nur mal gemacht, dann hätten wir uns vielleicht manches erspart.«

Antonia dachte nach. »Warum? Du hast mich damals klipp und klar wissen lassen, dass ich meine Stichprobe erhöhen muss, um eine statistisch relevante Aussage machen zu können. Da bin ich gerade dabei.«

Julian lachte schallend auf. »Ach, so ist das.«

Zärtlich küsste er sie auf die Schulter. Antonia rekelte sich wohlig.

»Ich liebe dich«, sagte Julian.

Antonia zeichnete mit einem Finger die Konturen seiner Lippen nach. »Du musst nicht solche Sachen sagen. Ich bin trotzdem …«

»Es ist wahr, ich liebe dich! Ich wusste nicht, was Liebe ist. Erst seit heute, erst seit eben weiß ich es.«

»Und was ist mit der Frau, wegen der du die Skulptur zerstört hast?«

»Woher weißt du … ach so. Hubert hat geplaudert.«

Die Dämmerung hier im Süden war kurz. Draußen zog die Nacht auf.

»Ich habe geglaubt, dass ich sie liebe.«

Julian knipste eine Nachtischlampe an.

»Aber immerhin hat sie dir so viel bedeutet, dass du die Skulptur nicht hergeben magst.«

Der Schein der Nachttischlampe reichte nicht bis an Julians Gesicht.

»Das hat Hubert gesagt, nehme ich an.«

»Was?«

»Dass ich die Figur nicht weggebe, weil sie mich an Veronika erinnert. Oder irgend so was in der Art.«

Antonia gab einen zustimmenden Laut von sich und rekelte sich wohlig unter Julians liebkosender Hand.

Aber Julian ließ von ihr ab, dreht sich auf den Rücken und schaute an die Decke.

»Ja, das glaubt er, aber so ist es nicht.«

Antonia drehte sich zu Julian, stützte sich auf den Ellenbogen und streichelte sanft über seine Brust.

»Hubert hat keine Ahnung!«, stieß Julian hervor.

Antonia spürte unter ihrer Hand, wie sich seine Muskeln verkrampften.

Sie kraulte ihn zärtlich im Nacken. »Es ist doch auch völlig egal. Es tut mir leid, dass ich die Statue überhaupt erwähnt habe – vergiss es.«

Julian richtete sich auf und schüttelte Antonias Hand ab.

»Nein, es ist gut, dass du sie erwähnst. Und ich will dir auch erklären …«

Antonia hörte die Anspannung in Julians Stimme. Was

war nur los mit ihm? Sie versuchte, die glückliche Stimmung von zuvor wiederherzustellen.

»Julian, du bist mir keine Rechenschaft schuldig! Du musst mir nichts erklären wegen der Skulptur. Ich will sie doch auch gar nicht mehr! Was soll ich mit einer toten Skulptur, wenn ich einen lebendigen Julian haben kann?«

Aber Julian reagierte nicht auf den kleinen Scherz.

»Bitte hör mir zu. Ich habe noch nie darüber gesprochen, aber dir will, nein, ich *muss* es erzählen.«

»Ich höre zu«, sagte Antonia und legte einen beruhigenden Klang in ihre Stimme.

»Also, was hat Hubert dir erzählt?«

Antonia zögerte. »Das sie dich betrogen hat und du noch nicht darüber hinweg bist.«

»Ja, ich weiß, dass er das denkt. Aber so ist es nicht.«

»Julian, du musst mir nichts erzählen von irgendwelchen früheren Beziehungen. Das geht mich überhaupt nichts an.«

»Doch, das hier geht dich etwas an, glaub mir.«

Julian schwang sich jetzt aus dem Bett, ging zum Fenster und schaute in die Dunkelheit. Leise hörte man die Brandung rauschen.

Julian sprach zum Fenster hinaus, mit abgewandtem Kopf.

»Veronika war zwei Jahre älter, ich war zwanzig. Ich hatte gerade mit dem Jurastudium begonnen und war unglücklich, ich wollte Kunst studieren. Aber mein Vater zwang mich zur Juristerei …

»Wieso konnte er das? Du warst doch volljährig. Ging es um Geld?«

»Nein, das wäre kein Problem gewesen. Ich hätte arbeiten können. Ich habe auch gearbeitet. Nein, ich wusste, dass meine Mutter es würde ausbaden müssen, wenn ich nicht tat, was er wollte.«

»Wie gemein«, sagte Antonia.

»So war er eben. Er … ach, das ist ja jetzt auch egal.«

Julian wischte mit der rechten Hand irgendwelche nicht vorhandenen Flecken vom Fensterrahmen.

»Jedenfalls war da Veronika. Sie gab mir das Gefühl, jemand zu sein, erwachsen zu sein, und vor allem malte sie mir meine Zukunft aus. In ihren Fantasien war ich ein arrivierter Anwalt, der nebenbei – erfolgreich natürlich – die Kunst als Hobby betrieb. Blödsinn, ich weiß. Aber sie hat es geschafft, so davon zu erzählen, dass ich daran glauben konnte. Ich konnte es sogar erstrebenswert finden. Plötzlich fand ich mein zukünftiges Leben schön.«

Julian drehte sich zurück zu Antonia, die sich im Bett aufgerichtet hatte und, auf den rechten Ellenbogen gestützt, aufmerksam zuhörte.

»Deswegen dachte, ich würde sie lieben. Verstehst du? Weil sie mir eine Zukunft zeigte, die ich lieben konnte!«

Antonia nickte.

»Dann habe ich Hubert kennengelernt. Er hasste das Studium, genau wie ich. Und liebte die Kunst, so wie ich. Bei ihm zu Hause konnte ich mir heimlich ein Atelier einrichten. Mein Vater durfte das natürlich nicht wissen. Dort habe ich dann die *Vereinigung* gemacht. Das war meine erste richtige Arbeit.«

Julian kam zurück zu Antonia und setzte sich auf den Bettrand.

»Ich weiß nicht, wie ich es dir erzählen soll.«

Antonia griff nach seiner Hand.

»Du musst es doch nicht.«

»Doch, du musst es wissen – du musst wissen, wozu ich fähig bin.«

Antonia sah, wie sich sein Gesicht verfinsterte. Plötzlich war da auch wieder diese Wut. Antonia erkannte plötzlich, dass sich diese Wut gegen ihn selbst richtete.

»Es geht um meinen Vater. Die Statue erinnert mich an meinen Vater.«

Antonia runzelte die Stirn. »Das verstehe ich nicht.«

Julian lachte. Ein hässliches Lachen, ein böses Lachen; es schauderte Antonia, als sie ihn so hörte.

Sie schmiegte sich an seinen Rücken und legte die Arme um ihn. »Es quält dich«, sagte sie unvermittelt. »Erzähle es mir.«

Julian umfasste mit seinen Händen ihre Unterarme.

»Dann machen wir es schnell und schmerzhaft«, sagte er. »Mal sehen, ob du mich anschließend noch magst.«

Er holte tief Luft. »Ich habe meinen Vater gehasst.« Er spürte unter seinen Händen, wie Antonia zusammenzuckte.

»Du kennst es nur so, dass du von liebevollen Menschen umgeben bist wie deinem Onkel und seinem Partner. Und deine Eltern waren, so wie ich es mitbekommen habe, wohl auch liebevolle Menschen.«

»Ja«, sagte Antonia. »Sehr sogar. Sie haben immer …«

Aber Julian ließ sie nicht ausreden.

»So etwas kenne ich nicht. Meine Mutter ist … sie hat … sie hat keinen Boden, auf dem sie stehen kann, sie braucht … ach, ich kann es nicht beschreiben.«

Der traurige Ton in Julians Stimme schnitt Antonia ins Herz. Sie umfasste ihn fester.

»Ich weiß nicht, ob meine Mutter schon immer so war oder ob erst mein Vater sie so zerstört hat. Jedenfalls …«

Er befreite sich aus Antonias Armen. »Möchtest du auch etwas trinken? Ich brauche einen Schluck Wasser.«

»Ja, gern«, sagte Antonia.

Julian ging zu dem mit Schnitzereien verzierten provenzalischen Schrank, in dem die Minibar verborgen war.

»Was magst du denn? Es gibt Champagner, Weißwein, Rotwein …«

»Am liebsten auch nur ein Glas Wasser, bitte«, sagte Antonia und sah Julian zu, wie er mit eckigen, verkrampften Bewegungen umständlich zwei kleine Flaschen aus dem Schrank nahm, sie öffnete und die Gläser füllte.

»Bitte sehr.« Er sah sie nicht an, als er ihr das Glas entgegenhielt.

Er setzte sich wieder auf den Bettrand, aber so weit ans Fußende, dass Antonia ihn nicht mehr umarmen konnte.

»Machen wir es kurz«, sagte er dann. »Mein Vater war gewalttätig, er hat meine Mutter verprügelt und mich auch, als ich noch klein war.«

»Wie furchtbar!«

Julian hob die Hand und unterbrach sie. »Lass mich bitte ausreden. Es fällt mir schon schwer genug.«

Antonia nickte.

»Mein Vater hat immer wieder mal zugeschlagen, nie so, dass es großartige Spuren gab, denn mein Großvater durfte davon nichts merken. Aber hart genug, dass Mutter in Angst lebte – und auch hart genug, um mich kirre zu machen, denn ich wusste, wenn ich nicht mache, was er will, muss sie darunter leiden. Ich hatte sowieso öfter das Gefühl, dass er sie schlägt, um mich zu treffen.«

Antonias entsetztes Aufstöhnen ignorierte Julian.

»Ach, was soll ich dir erzählen? Ich habe so oft versucht, meine Mutter dazu zu bringen, dass sie sich von ihm trennt, aber …«

Julian hob sein Glas zum Mund und trank einen Schluck.

»Jedenfalls, die Skulptur erinnert mich daran, dass ich wie mein Vater bin – ich schlage nämlich auch.«

»Nein!«, sagte Antonia entsetzt.

»Doch! Frag Veronika.«

Antonia hörte den Selbsthass in seiner Stimme.

»So, jetzt weißt du, warum ich die Skulptur nicht verkaufen kann. Ich muss sie jeden Tag sehen, damit ich nicht vergesse, dass ich mich zusammenreißen muss. Denn sonst werde ich gewalttätig.«

Julian erhob sich so heftig, dass etwas Wasser aus seinem Glas auf das weiße Betttuch und über Antonias nacktes Bein schwappte.

»Entschuldige. Moment, ich hole ein Handtuch.«

Der Augenblick, den Julian brauchte, bis er aus dem Badezimmer zurück war, gab Antonia Zeit, über das Gehörte nachzudenken.

Während Julian ihr die Wassertropfen vom Schienbein wischte, fragte sie: »Hast du denn außer deiner Freundin noch andere Frauen geschlagen?«

Julian drückte das Handtuch auf den nassen Fleck auf der Bettdecke.

»Ich habe Veronika nicht geschlagen«, sagte er.

»Aber du hast doch gerade gesagt …?«, wunderte sich Antonia.

Julian schüttelte den Kopf.

»Ich habe sie nicht geschlagen, nein. Ich wollte … Mir fiel erst auf, was ich da tue, als sie den Arm vors Gesicht gehoben hat; genauso, wie meine Mutter es immer getan hat. Da habe ich gemerkt, dass ich …« Julian sah die Szene wieder vor sich: Veronika, an der Wand stehend, die Augen entsetzt aufgerissen, mit dem rechten Arm das Gesicht schützend – und in ihren Augen diesen Ausdruck von hilfloser Angst, der ihn an seine Mutter erinnert hatte, wo er plötzlich meinte, in dem Haus in Bogenhausen zu stehen, seine Mutter an der Wand lehnen zu sehen – und er war sein Vater.

Er war in die Küche gegangen, hatte das zwischen den anderen Küchenutensilien an der Wand hängende Küchenbeil genommen und war damit zurück ins Schlafzimmer gegangen. Veronika hatte zu schreien begonnen, als er mit dem Beil in der Hand durch die Tür kam – und er hatte voller blinder Wut das Beil in die *Vereinigung* gedonnert; seine allererste Arbeit, angefertigt als Symbol für sie beide, als Symbol für ihre Liebe.

»Ich habe sie nicht geschlagen«, wiederholte er jetzt. »Ich habe noch nie eine Frau geschlagen. Aber ich bin wie mein Vater, ich bin dazu in der Lage, ich muss aufpassen! Und deswegen brauche ich die Figur. Dass sie mich täglich daran erinnert. Deshalb kann ich sie nicht verkaufen! Verstehst du mich jetzt?«

Er stand neben dem Bett und lächelte traurig auf Antonia herunter.

»Setz dich doch wieder zu mir«, bat Antonia.

Zögernd ließ Julian sich am Bettrand nieder.

Antonia lehnte sich wieder an seinen Rücken.

»Weißt du«, sagte sie nach einer kleinen Weile. »Ich habe jetzt darüber nachgedacht.«

Sie spürte unter ihren Armen, wie verkrampft sein Körper war, wie steif er auf dem Bettrand saß.

»Du redest einen ziemlichen Unsinn daher«, sagte sie. »Du bist nicht wie dein Vater.«

Julian wollte sich aufbrausend nach ihr umdrehen, aber sie hielt ihn fest.

»Woher willst du das wissen? Du hast ihn doch gar nicht gekannt!«

Antonia lachte. »Aber ich kenne doch dich!«

Sie wollte ihn zart auf die Schulter küssen, aber sein Körper drückte eine derartige Abwehr aus, dass sie es unterließ.

»Schau«, sagte sie. »Du machst dir Gedanken und Vorwürfe darüber, dass du beinahe – ich betone beinahe! – eine Frau geschlagen hättest. In einer Situation, in der man es, wenn auch nicht gutheißen, so trotzdem bis zu einem gewissen Grad hätte nachvollziehen können. Gab es solche Situationen bei deinem Vater, wenn er geschlagen hat?«

Julian zögerte.

»Ich warte auf ein Antwort!«, sagte Antonia.

»Nein, natürlich nicht«, begann Julian. »Aber …«

»Hattest du jemals das Gefühl, dass dein Vater seine Gewalt bedauert? Dass er darüber nachdenkt?«

Julian zögerte wieder mit einer Antwort, aber Antonia drückte ihn auffordernd.

»Nein, natürlich nicht, aber …«

»Mochte dein Vater Haustiere? Hätte er sich jemals in eine dreibeinige Katze verliebt?«

»Das ganz sicher nicht«, diesmal kam die Antwort schnell. »Er mochte überhaupt keine Tiere.«

Julian konnte Antonias mitfühlendes Lächeln nicht sehen.

»Und nicht zuletzt: Hätte dein Vater sich in eine Frau wie mich verliebt?«

»Niemals!« Der Anflug eines Schmunzelns zog bei diesem Gedanken über Julians Gesicht.

»Du bist sehr verletzt worden – und du hast natürlich zunächst mit dem Verhalten reagiert, das du zu Hause erlebt hast. Du kanntest ja kein anderes. Aber dass du nicht zugeschlagen hast, das beweist doch, dass du eben genau nicht bist wie dein Vater. Wärst du wie dein Vater, hättest du erstens zugeschlagen, würdest dich zweitens im Recht fühlen, und drittens wäre es nicht bei einem Mal geblieben. Also: Du bist definitiv und absolut nicht wie dein Vater!«

Antonia strich sanft mit ihrer Hand über Julians Rücken, dann streckte sie sich wieder im Bett aus, ihre Hand nicht von seinem Rücken lassend.

Julian drehte sich um. Lange musterte er ihr Gesicht.

»Was bist du? Wo kommst du her? Direkt vom Himmel? Bist du ein Engel? Oder eine Fee?«

Seine Stimme zitterte.

»Kann ich dir glauben? Ich …«

Ein dicker Nachtfalter flog durch das offene Fenster herein.

»Iiih! Kannst du das Fenster bitte wieder schließen?«, bat Antonia.

»Ich fange ihn«, sagte Julian.

Nach einigen missglückten Versuchen gelang es ihm tatsächlich, ein leeres Wasserglas über den auf dem Schirm der Nachttischlampe sitzenden Falter zu stülpen, mithilfe eines Hotelprospekts vom Schreibtisch das Tier im Glas einzufangen und so bis zum Fenster zu transportieren, wo er ihn in die Nacht entließ und so schnell das Fenster hinter dem flatternden Nachtschwärmer schloss, dass dieser keine Chance zu einem weiteren Besuch hatte.

Julian setzte sich wieder auf den Rand des Bettes und griff nach Antonias Hand.

»Weißt du eigentlich, was du gerade machst? Ich quäle mich seit Jahren mit dem Gedanken, dass ich wie mein verhasster Vater bin, und da kommst du daher und beweist mir in fünf kleinen Sätzen, dass dem nicht so ist?«

Seine Stimme brach, aber er sprach weiter,

»Hast du eine Vorstellung davon, wie mich dieser Gedanke belastet?

»Belastet *hat!*«, betonte Antonia. »Du bist doch Jurist – denk doch mal logisch: Hätte dein Vater nur einen Tag lang Gedanken daran verschwendet, Bedauern gespürt …«

»Nein«, sagte Julian, »aber er …«

»Hätte er diesen Falter gefangen?«

Julian lachte verächtlich. »Er hätte ihn kaputt geschlagen –

und meine Mutter zusammengebrüllt, wenn sie die Schweinerei nicht spurenlos hätte beseitigen können.«

»Also bist du anders als dein Vater – noch Fragen?«

Antonia griff nach seiner Schulter und zog Julian zu sich herab. Sie nahm seinen Kopf und bettete ihn an ihre Brust, strich ihm über die Wange – überrascht spürte sie die Feuchtigkeit.

»Julian …«

»Bitte lass mich einen Moment.« Sie hörte, wie er mit Macht ein Schluchzen unterdrückte.

Sie schwieg.

Ab und zu bebte sein Körper, doch sie hielt ihn in ihren Armen.

Irgendwann räusperte er sich und hob den Kopf.

»Hast du eine Ahnung, was das für mich bedeutet? Weißt du, dass du innerhalb von Minuten eine jahrelange Qual beendet hast?«

Sie fuhr ihm durch die Haare und strich die Strähne vor dem rechten Auge zurück.

»Ich bin gleich wieder da«, sagte er, erhob sich und verschwand im Badezimmer. Sie hörte, wie er sich mehrfach räusperte, irgendwann die Nase putzte. Wasser lief – offenbar wusch er sich das Gesicht.

Es dauerte einige Minuten, bis sich die Badezimmertür wieder öffnete und Julian in der offenen Tür erschien.

Er verharrte im Durchgang.

»Wie stehst du eigentlich zu Liebhabern, die nach dem ersten Sex mit dir in Weinkrämpfe ausbrechen?«

Er sagte es grinsend, aber sie spürte seine Verunsicherung. Plötzlich wurde ihr klar, dass jetzt viel von ihrer Antwort abhing: ihre Beziehung, ihre Liebe, ihrer beider Zukunft. Einen Moment lang zögerte sie, aber dann wusste sie, was sie zu tun hatte.

Demonstrativ musterte sie ihn, wie er da so nackt im Türrahmen stand – dann rekelte sie sich genüsslich auf dem breiten Bett, lächelte betont verführerisch und sagte: »Mich würde brennend interessieren, ob das nach dem zweiten Sex bei diesem Typen auch noch der Fall ist …«

Es war die richtige Antwort gewesen. Julian lachte laut auf, als er auf sie zukam …

Dieses Mal nahmen sie sich etwas mehr Zeit. Aber wenn Julian gehofft hatte, beim zweiten Mal mehr Kontrolle über sich zu haben, so erwies sich das als Irrtum.

»Gib es zu, du bist eine Fee«, flüsterte er in ihr Ohr, als sie später in seinen Armen lag. »Du kannst heimliche Wünsche erfüllen.«

Antonia kuschelte sich an ihn. »Also wenn schon, dann bin ich ein Zauberdrache …«

Julian lachte auf. »Stimmt, Feuer spucken kannst du gut.«

Später sagte Antonia, die Stimme schon schwer vor Schläfrigkeit: »Machst du bitte die Nachttischlampe aus?«

»Ja, gleich. Ich lasse aber im Badezimmer das Licht an und die Tür etwas auf.« Er gab ihr einen kleinen Kuss auf die Schläfe. »Ich bin nachts sehr schlaftrunken. Wenn ich rausmuss und es ist so dunkel, renne ich überall dagegen.«

»Wie du willst … Warum zitterst du so?«

»Gerade kam von der Klimaanlage ein kalter Luftzug …«

»Stell sie aus …«

»Mach ich. Schlaf gut, Antonia.«

Am Freitag fuhr Julian sie wieder zur Messe.

»Magst du mit hineingehen?«, fragte sie ihn. »Möchtest du dir das auch einmal ansehen?«

»Gern«, sagte er überrascht. Glücklicherweise waren in der großen Tiefgarage noch einige Plätze frei. Antonia, die er bereits am Forum hatte aussteigen lassen, wartete auf den Stufen auf ihn.

In der Messehalle blieb Julian überwältigt stehen. »Hilfe!«, sagte er theatralisch.

»Ja«, lachte Antonia. »Das hättest du wohl nicht gedacht, dass es so viele verschiedene Käseschachteln gibt.«

Julian grinste entschuldigend.

»Komm, ich zeige dir unseren Stand«, sagte sie und zog ihn am Arm durch die schon gut gefüllten Gänge; vorbei an dem Glashersteller, der seine Parfümflakons präsentierte, vorbei an dem Stand mit den Zigarrenhülsen aus Aluminium, vorbei am Stand einer Firma, die darauf spezialisiert war, das Zubehör zu Kaffeemaschinen zu verpacken.

Julian sah auch einen Konkurrenten von Antonia. Der stellte fantasievolle Kartons zum Verpacken von Schokolade her: in Herzform zum Valentinstag und für Verliebte, für Kinder in Form eines Flugzeugs, einer Rakete, eines Rennwagens. An einem anderen Stand wurden Bänder und Kordeln angeboten – natürlich, dachte Julian, das muss ja auch produziert, angeboten, verkauft werden! –, ein weiterer Stand offerierte Karaffen für Alkoholika, daneben bot einer kreative Flaschenverschlüsse aus Glas an, dann präsentierte ein großes Poster den dazugehörigen Aussteller als *den* Spezialisten für Befüllungen.

Der Stand der Arnoux GmbH lag ziemlich zentral, und die zwei Angestellten von Antonia waren beide bereits intensiv im Gespräch mit Interessenten.

»Da muss ich mich kümmern«, sagte Antonia. »Siehst du dich allein weiter um?«

Julian nickte.

Auf seinem Streifzug durch die Gänge lernte er Begriffe und Tätigkeiten kennen, über die er sich noch nie Gedanken gemacht hatte: zum Beispiel gab es einen Stand, an dem ein Verkäufer damit warb, dass sein Unternehmen eine neuartige innere Beschichtung entwickelt hätte, die eine *vollständige Entleerung der Flaschen* ermöglichte.

»Ich komme mir so dumm vor«, sagte er, als er zwei Stunden später an Antonias Stand zurückkehrte. »Man packt von morgens bis abends irgendetwas aus – aber man macht sich nie Gedanken. Allerhöchstens schimpft man auf die Verpackungsindustrie, weil die so viel Müll produziert.«

»Besser als nichts«, sagte Antonia. »Es war auch dringend notwendig, dass da eine Sensibilisierung stattfindet.«

Julian sah Antonias leicht gerötete Wangen, ihren glücklichen Gesichtsausdruck. »Apropos Sensibilisierung – kann ich dich vielleicht auch mal sensibilisieren?« Sein Blick verriet Antonia, worauf er anspielte.

Und er sah, wie sich ihre Augen verdunkelten.

»Du kannst doch nicht schon wieder daran denken«, sagte sie tadelnd. Aber ihre Augen hatten sie schon verraten: Die Brauntöne verblassten, und der Grünschimmer gewann die Überhand. Es war Erregung. So gut kannte er sie nun schon.

»Entschuldigen Sie, Frau Arnoux, ich brauche …« Die junge Mitarbeiterin von Antonia hatte Hemmungen, zu stören; zu offensichtlich war es, dass hier zwei frisch Verliebte miteinander turtelten.

»Schon gut, ich komme«, sagte Antonia und, an Julian gewandt: »Kannst du mich um halb sechs hier abholen, bitte? Ich muss jetzt …«

Julian wusste nicht, ob es Antonia recht wäre, wenn er sie vor ihren Angestellten und vor den potenziellen Kunden küsste. Also griff er nur schnell nach ihrer Hand und zog sie kurz an seine Lippen.

Ralf Tradler und Elisabeth Mallering arbeiteten seit zehn Jahren im Unternehmen, reisten, seit Antonia das Unternehmen leitete, auch immer mit ihr zu den Messen und kannten sowohl die strenge als auch die großzügige Seite ihrer Chefin.

Wenn der ausgelegte Teppich am Ausstellungsstand nur die winzigste Falte aufwies, konnte die Chefin fuchsteufelswild werden. Das gab dann richtig Ärger, und sie mussten sich eine Standpauke vom Feinsten anhören.

Aber ansonsten war Antonia immer großzügig, war sich auch – wenn sie bereits beim Aufbau dabei war – für keine körperliche Arbeit zu schade, war oft die Erste, die kam, und die Letzte, die ging, sie lud sie abends meist zum Essen ein und machte überhaupt diese Messetage immer zu etwas ganz Besonderem.

Beide freuten sich jetzt, ihre Chefin so strahlend zu erleben.

Antonia war glücklich. Sie war noch nie in ihrem Leben so glücklich gewesen. Julian liebte sie, und sie liebte ihn.

Ihr Glück sprang auf ihre Gesprächspartner über und schuf eine ausgesprochen positive Verhandlungsatmosphäre; so konnte Antonia im Lauf des Tages ganze fünf lukrative Verträge abschließen. Sie musste zweimal mit dem Produktionsleiter telefonieren, um die Machbarkeit zu gewährleisten, denn am späten Nachmittag dieses Tages war die Produktionskapazität des Unternehmens für mehr als ein Jahr völlig ausgeschöpft.

»Du siehst umwerfend aus«, sagte Julian, als er um halb sechs wieder an Antonias Stand kam. Wieder lockten sich einzelne Haarsträhnen um ihr leicht gerötetes Gesicht.

»Gab es eigentlich schon mal Sex hier mitten in den Messehallen?«

»Bist du ruhig! Wenn das jemand hört!« Aber die beiden Mitarbeiter waren beschäftigt, sie übertrugen Daten von handschriftlich ausgefüllten Bestellformularen in den PC, und niemand sah den erheiterten Blick, den die beiden sich kurz zuwarfen.

Die nächsten Tage vergingen für Antonia und Julian wie in einem Rausch.

Mit dem vollen Auftragsbuch in der Tasche und dem gelösten Problem der österreichischen Schokoverpackungen fühlte Antonia sich frei genug, sich zwei zusätzliche Urlaubstage zu gönnen. Julian erfuhr bei seinem täglichen Anruf in der Klinik, dass es Tete gut ging und er sie in etwa zwei Wochen nach Hause holen durfte.

Also informierte Antonia Frau Straub und Frau Wegner, dass sie voraussichtlich erst am kommenden Wochenende wieder nach München zurückkäme, und dann schwangen Antonia und Julian sich in das Auto mit dem Vorsatz, sich drei Tage lang kreuz und quer durch die Provence treiben zu lassen.

Ihr erstes Ziel war allerdings die Fondation Maeght in Saint-Paul-de-Vence; Julian wollte Antonia unbedingt diesen für ihn so prägenden Ort zeigen.

»Irgendwie hatte ich damals kein Auge dafür«, sagte Antonia verwundert, als sie beide vor dem hellen Gebäude aus Beton und Glas mit dem spektakulären Dach standen.

Denn natürlich hatten auch Walter und Paul mit ihr diese Sammlung besucht, da war Antonia acht oder neun Jahre alt gewesen.

»Wie perfekt der Architekt das Haus mit der Natur verbunden hat!«, staunte sie.

»Er hieß Josep Lluís Sert und war ein enger Freund von Miró«, erklärte Julian. »Komm, wir gehen hinein, ich muss dir die Miró-Figuren zeigen.«

Hand in Hand schlenderten sie durch die Gartenanlagen und bewunderten die Wandmosaike von Chagall und Tal Coat, das Mosaik von Braque, die Bronzefiguren von Giacometti. Aber fast eine Stunde lang verbrachten sie mit den Skulpturen von Miró, diesen schwellenden, opulenten Figuren, in die Julian sich als Kind verliebt hatte und die in ihm den bleibenden Wunsch geweckt hatten, Künstler zu werden.

»Wenn deine Mutter dich damals nicht hierhin gebracht hätte, wärst du vielleicht gar nicht Künstler geworden.«

»Vielleicht nicht. Keine Ahnung.«

Julian zog Antonias Hand an seine Wange.

»Stell dir mal vor, wie fürchterlich das gewesen wäre. Denn dann hätte ich dich nicht kennengelernt!«

Sie besuchten auch die aktuelle Ausstellung eines ihnen bis dahin unbekannten Künstlers (der übrigens beiden nicht besonders gefiel: zu sehr Mainstream, meinte Antonia, zu wenig eigener Stil, meinte Julian) und bummelten später Hand in Hand durch das Örtchen. Die Zahl der Touristen hielt sich in Grenzen – im Gegensatz zum Sommer, wo man oft im Pulk durch die Gassen geschoben wurde.

Sie betrachteten die Präsentationen in den Schaufenstern der zahlreichen Galerien und waren sich einig, dass das meiste Schund war.

»So ein Betrug!«, sagte Julian, als er in einer Galerie mitbekam, wie ein Tourist für zweihundert Euro einen Druck eines bekannten Künstlers kaufte.

»Das ist doch eine unlimitierte Serie, warum kauft der das?«

»Die Leute kennen den Namen; dann denken sie, sie könnten nichts falsch machen.«

»Aber das ist nichts anderes als ein Poster, das es für zehn Euro in jedem Kaufhaus gibt!«

»Sag es dem Mann bloß nicht!«, lachte Antonia und zog Julian sicherheitshalber aus dem Geschäft.

Der Nachmittag neigte sich dem Ende zu.

Sie bummelten durch die Gassen wieder in Richtung Ortsausgang, dahin, wo die großen Parkplätze waren und wo auch ihr Auto stand.

»Sollen wir uns mal um ein Hotelzimmer kümmern?«, fragte Julian.

»Und um einen Tisch fürs Abendessen!«, fügte Antonia hinzu.

»Oh, du hast Hunger! Dann versuchen wir es doch gleich hier.«

Und mit dem Glück, das so oft die frisch Verliebten begleitet, ergatterten sie nicht nur einen Tisch für das Abendessen, sondern auch ein Doppelzimmer für eine Nacht in dem berühmten, normalerweise auf Wochen und Monate ausgebuchten Hotel *Colombe d'Or,* dem Restaurant, in dem die Wände vollhängen mit Zeichnungen und Gemälden von Picasso und Matisse, von Renoir und Chagall, wo sich im Garten der fast zwei Meter große Daumen von César Baldaccini dem Besucher entgegenreckt und wo man auf der Terrasse die eingelegten Paprika und den Trüffelsalat vor der Steinwand mit dem großformatigen bunten Mosaik von Fernand Léger genießen kann.

»Hier wollte ich immer schon mal her«, sagte Antonia mit glänzenden Augen.

Sie aßen zu Abend vor einer Zeichnung von Picasso, die sie als zwei Liebende in einer erotischen Umarmung interpretierten – und stellten kichernd diese Stellung etwas später im Bett nach.

»Ich liebe dich«, sagte Julian, als er, noch etwas später, neben Antonia lag, sich über sie beugte und mit den Lippen die Konturen ihres Körpers nachzeichnete.

Statt einer Antwort strich sie ihm durch die Haare – und bäumte sich auf, als seine Lippen über ihre Brust wanderten und dort verharrten.

Aber er hielt inne – und sie ahnte genau, warum.

Sie hatte noch nicht geantwortet; noch kein einziges Mal hatte sie gesagt: »Ich liebe dich.«

Aber zu groß war die abergläubische Scheu, dass man den Neid der Götter weckte, zu stark die Angst, dass das ganze Glück von einem Moment auf den anderen vorbei sein könnte.

Julian wartete, aber es kam keine Antwort. Er hob den Kopf und sah sie fragend an.

»Ich dich auch«, sagte sie endlich, mit belegter Stimme, ließ sich zurücksinken und schloss die Augen.

Direkt vor ihrem Zimmerfenster stand eine Laterne, die den Garten beleuchtete und hell in das Zimmer strahlte. Antonia wollte die Läden schließen.

»Lass doch«, bat Julian. »Ich mag es, wenn es etwas heller hier drin ist.«

Antonia zuckte mit den Schultern. »Wie du willst.«

»Wohin sollen wir heute fahren?«, fragte Julian und hielt ein paar Prospekte hoch, die er gestern Abend noch schnell aus dem üppig bestückten Ständer am Hoteleingang gezogen hatte. Die provenzalische Sonne wärmte die Nische auf dem zurückgesetzten Balkon, sodass sie draußen frühstücken konnten.

Antonia saß, in den flauschigen Hotelbademantel gewickelt, in dem kleinen Sessel mit den dunkelblauen Kissen, tunkte ihr Croissant in den Kaffee und biss dann ein ordentliches Stück ab.

»Hm – ist das gut«, stöhnte sie voll Wonne.

Julian lachte leise.

»Was denkst du, woran ich denke, wenn du so wollüstige Töne von dir gibst!«

Er beugte sich zu Antonia, fuhr mit seiner Hand unter ihr Haar, hob es an und küsste sie in den Nacken. Seine Zähne knabberten an der zarten Haut.

»Oh«, machte sie. Julian streifte mit der Hand den Bademantel leicht zur Seite und ließ seine Lippen zu ihrer Schulter wandern.

»Das ist ja so schön«, stöhnte Antonia wieder, aber der scherzhafte Ton, den sie eigentlich anschlagen wollte, misslang, denn Julians Hand hatte sich unter ihren Bademantel geschoben.

»Möchtest du weiter dein Croissant essen?«, flüsterte er fragend in ihr Ohr, während seine Hand fest ihre Brust umfasste und sein Daumen mit der empfindlichen Spitze spielte. Antonia keuchte auf. Julian erhob sich und zog sie mit sich ins Zimmer.

»Ich bestelle uns frischen Kaffee«, sagte Julian zwanzig Minuten später, als die beiden dann wieder auf dem Balkon saßen, mit erhitzten Gesichtern und selig strahlend.

Antonia nickte und schob das angebissene Croissant auf ihrem Teller an die Seite.

»Bestellst du mir auch noch ein Rührei mit Schinken dazu? Ich brauche jetzt etwas Kräftiges.«

Julian grinste. »Ich nehme auch eins. Hoffentlich schmeckt es dir so gut wie das Croissant.«

»Und wenn, werde ich dich das auf keinen Fall wissen lassen«, lachte Antonia.

Wie ausgehungert machten sich beide über ihr Rührei her, aber auf Julians Frage: »Wie schmeckt es dir?«, antwortete Antonia mit einem demonstrativ gedehnten »Jaaa, geht so«.

Beide lachten sich an.

Julian griff wieder nach den Prospekten, die immer noch zwischen den Marmeladegläschen und dem Brotkorb auf dem Tisch lagen.

»Was ist das?«, fragte Antonia und zeigte auf ein Foto, das ein graues, fensterloses, wie ein Fels geformtes Gebäude zeigte.

Julian überflog den Text. »Davon habe ich schon gehört«, sagte er. »Das ist der Nachbau dieser Steinzeithöhle, die sie erst vor wenigen Jahren entdeckt haben. Mit diesen dreißigtausend Jahre alten Tierzeichnungen. Da hat man doch, um die Originale nicht zu gefährden, eine Nachbildung der Höhle geschaffen und die Steinzeitzeichnungen hineinkopiert …«

»Stimmt«, sagte Antonia und schaute auf die Abbildungen. »Ich habe auch davon gelesen. Da würde ich vielleicht ganz gern hinfahren.«

»Schönes Kontrastprogramm«, meinte Julian. »Erst zeitgenössische Kunst – dann Höhlenmalereien.«

Er blätterte im Prospekt. »Und eigentlich sieht es ziemlich ähnlich aus«, meinte er dann grinsend.

Also fuhren sie tatsächlich zuerst zur Grotte Ornée du Pont d'Arc und bestaunten die meisterhaften Wandmalereien, »obwohl irgendwie die Faszination leidet, wenn man weiß, dass es eine Kopie ist«, meinte Julian. Auf dem Rückweg verfuhren sie sich, lachten darüber, fuhren weiter und übernachteten irgendwo in einem winzigen französischen Dorf, in einem gemütlichen Landgasthof, wo man als Vorspeise noch fünf verschiedenen Patés auf den Tisch gestellt bekam und sich so viel davon nehmen konnte, wie man wollte.

Am nächsten Tag stellten sie fest, dass sie nur noch knapp dreihundert Kilometer von Lyon entfernt waren (»Ich war da noch nie« –»Ich auch nicht«), und bummelten nachmittags Hand in Hand durch die Lyoner Altstadt. Von da aus war der Besuch von Beaune quasi unumgänglich, diesem alten Sitz der Herzöge von Burgund. Sie fanden erneut ein anheimelndes Hotel und ließen sich am nächsten Tag bis ins Elsass treiben.

Die Tage waren geprägt von der Freude aneinander, von der Freude an den gemeinsamen Entdeckungen, von der Freude am gemeinsamen Genuss – und ebenso waren die Nächte erfüllt von der Freude aneinander, von der Freude an den gemeinsamen Entdeckungen, von der Freude am gemeinsamen Genuss …

»Heute müssen wir wieder zurück«, sagte Antonia, als sie bei Straßburg in einer Familienpension am Frühstückstisch saßen. »Ich kann es noch gar nicht glauben. München, die Firma, das ist alles so unglaublich weit weg.«

Julian schaute sie an. Wie sie sich verändert hatte! Die langen braunen Haare trug sie jetzt meist als Pferdeschwanz locker im Nacken zusammengefasst. Ihre schwarze Brille hatte sie seit jenem Abend noch nicht wieder aufgesetzt. Längst hatte sie ihm auch gebeichtet, dass sie überhaupt keine Brille brauchte. Ihr Gesicht war von der Sonne gebräunt, das Glück verlieh ihrer Haut einen besonderen Schimmer, ihre Augen strahlten.

Er konnte nicht begreifen, dass er sie jemals für hässlich gehalten hatte.

»Ich habe schlecht geschlafen heute Nacht«, sagte er plötzlich. »Würde es dir etwas ausmachen, wenn du das erste Stück fährst? Dann döse ich im Auto noch mal ein Stündchen.«

»Natürlich kann ich das. Warum hast du denn schlecht geschlafen?«

Weil es im Zimmer dunkel war und ich meine Panikattacken nicht kontrollieren konnte, hätte Julian antworten können. Aber würde sie ihn dann noch ernst nehmen? Einen Mann, der Angst vor der Dunkelheit hatte?

Er liebte sie. Er hatte noch nie so empfunden. Und er konnte sich auch nicht vorstellen, dieses Gefühl für eine andere Frau zu entwickeln. Aber liebte sie ihn auch? Direkt gesagt hatte sie es jedenfalls noch nie …

Sie konnte doch jeden haben: Sie war intelligent, erfolgreich, humorvoll, hatte Geld und sah auch noch sensationell aus. Warum sollte sie ausgerechnet ihn auswählen? Einen mäßig erfolgreichen Künstler mit nichts als der Hoffnung auf einen späteren Erfolg? Und: einen Neurotiker! Einer, der im Dunkeln Panikattacken hatte, dem die Form bestimmter Wasserflaschen den Schweiß auf die Stirn trieb und der in keinen Keller gehen konnte … Sicher spürte sie es irgendwie. Dass mit ihm etwas nicht stimmte. Deshalb liebte sie ihn nicht.

Und wenn er ihr alles erzählte? Sie würde ihn verachten. Er verachtete sich ja selbst.

Statt einer Antwort beugte er sich zu Antonia und küsste sie auf die Schläfe. »Einfach so, aus keinem bestimmten Grund.«

»Wobei du doch allen Grund gehabt hättest, müde zu sein.« Antonias verschmitztes Lachen weckte Julians Erinnerung an den Beginn der Nacht, und schon wieder flackerte die Erregung in ihm auf.

Er zog Antonia an sich. »Du machst mich wahnsinnig«, flüsterte er in ihr Haar. Er spürte, wie sie reagierte und sich an ihn schmiegte. »Sollen wir noch mal ins Zimmer gehen, bevor wir fahren?«

Antonia gluckste leise. »Ich fürchte, dann kommen wir nie mehr nach München.«

Das ältere Paar am Nebentisch steckte die Köpfe zusammen und tuschelte.

»Die reden über uns«, sagte Antonia, löste sich aus seiner Umarmung und griff nach einem Croissant.

»Ich glaube auch«, grinste Julian.

Aber es war auch kein Wunder, so wie die beiden um die Wette strahlten.

Denn trotz allem waren sie glücklich.

Als die beiden knapp sechs Stunden später in München die Eingangstür in der Osterwaldstraße aufstießen, konnte Frau Straub ihre Verwunderung über Antonias veränderte Erscheinung kaum verbergen. Und mit offenem Mund folgte ihr Blick Julian, als der Antonias Koffer hoch ins Schlafzimmer trug und ohne zu zögern diesen privaten Raum betrat.

Als sie am nächsten Morgen Antonias Bett machen wollte und das zerwühlte Bettzeug sah, waren ihre letzten Zweifel beseitigt. Schließlich schlief Antonia normalerweise derart diszipliniert, dass das Bettzeug kaum Falten davontrug.

In dieser Nacht hatte Julian sich von Antonia irgendwann zärtlich verabschiedet: »Ich habe Ideen, die ich aufskizzieren möchte, ich gehe hoch zum Arbeiten, schlaf weiter, mein Liebes.«

Schlaftrunken hatte Antonia genickt.

Am nächsten Tag besuchte Julian als Erstes seine Katze in der Tierklinik. Er strahlte, als Tete, nachdem die Pflegerin sie in den Besuchsraum gebracht und auf den Boden gesetzt hatte, maunzend auf ihn zuhumpelte. Zwar schwankte sie noch stark, und es sah bemitleidenswert aus, mit welcher Mühe sie sich auf ihrem Hinterbein ausbalancierte, aber die Ärztin, die hereinschaute, machte ihm Mut. »Ihre Katze wird sich perfekt erholen; geben Sie uns noch eine Woche, um sie etwas zu stabilisieren, dann kann sie nach Hause.«

Antonia fuhr am Nachmittag aus dem Büro direkt zu Walter und Paul. Sie hatte sich telefonisch angekündigt. »Ich bringe Kuchen mit und habe einiges zu erzählen.«

Sie erschrak, als sie sah, wie sehr Paul seit ihrem letzten Besuch verfallen war. Aber seine Augen blickten wach und strahlten auf, als er sie anschaute.

Sie setzte sich an den liebevoll gedeckten Kaffeetisch mit dem bunten Rosenstrauß in der Mitte und den Meißner Tellern von Walters und Pauls Lieblingsservice – Pauls ganzer Stolz. Sie hatten es extra mit ins Heim genommen. Die Schnabeltasse allerdings war ein Fremdkörper, obwohl Walter sie auf eine Untertasse aus dem Meißner Service gestellt hatte.

Walter rangierte Pauls Rollstuhl an den Tisch, nahm die Kaffeekanne und goss ihnen Kaffee ein.

»Ich habe natürlich ganz viele Genesungswünsche für dich im Gepäck«, sagte Antonia zu Paul gewandt, »und überhaupt ganz liebe Grüße an euch beide, besonders von Raymond und Pierre und Henri und François. Sie hoffen alle sehr, euch bald wiederzusehen.«

Pauls Nicken war zufrieden, Walters war wehmütig.

»Ach ja, wir haben uns da immer wohlgefühlt.« Er griff nach Pauls Hand.

»Aber wir sind auch hier glücklich!«

Er drehte den Kopf zur Seite und wischte schnell mit der Hand übers Gesicht.

»Hab gerade ’ne Fliege ins Auge bekommen«, sagte Walter. »Aber jetzt erzähl mal von der Messe. Wie war es? War viel los?«

Antonia ging nicht weiter auf die geröteten Augen ihres Onkels ein. Sie berichtete von den neuen Aufträgen, die sie an Land gezogen hatte.

»Das sind ja super Neuigkeiten! Glückwunsch, liebe

Toni!«, sagte Walter, und auch Paul strahlte über das ganze Gesicht.

Dann war alles Geschäftliche berichtet. Walter hielt Paul die Kaffeetasse an den Mund, und Paul trank einen Schluck.

Schweigen machte sich breit.

Antonia griff nach ihrer Serviette und rieb damit am Tellerrand entlang, hin und her und her und hin.

»Der Teller ist sauber«, sagte Walter nach einer Weile.

Antonia sah auf und erkannte, dass die lächelnden Augen ihrer beiden Onkel erwartungsvoll auf sie gerichtet waren.

»Was grinst ihr so?«, fragte sie und konnte nicht verhindern, dass auch über ihr Gesicht ein strahlendes Lächeln zog.

»Wir freuen uns auf das, was du uns gleich erzählen wirst«, sagte Walter.

»Ist es so offensichtlich?«, fragte Antonia.

Paul lachte laut auf.

»So habe ich dich aber schon lange nicht mehr lachen hören!«, sagte Antonia, erfreut und überrascht zugleich.

»Selbst wenn wir dir deine Verliebtheit nicht aus fünf Kilometern ansehen würden, so würden wir uns doch fragen, wer es endlich geschafft hat, dir deine Brille von der Nase zu ziehen. Von deinem neuen Kleidungsstil ganz zu schweigen«, sagte Walter.

Antonia holte tief Luft.

»Ja, na gut«, sie zögerte. »Irgendwie weiß ich gar nicht, wie ich es sagen soll … also …«, sie räusperte sich noch einmal kräftig. »Ach, wenn ihr es doch sowieso schon wisst! Ich habe mich verliebt!«

Paul klatschte in die Hände und gab einen Freudenlaut von sich.

»Das ist ja wunderbar«, sagte Walter, beugte sich vor und küsste Antonia auf die Wange. Auch Paul hob seinen Arm, um nach ihrer Hand zu tasten. Antonia kam ihm mit der Hand entgegen.

»Und wenn ich das Strahlen, das aus all deinen Knopflöchern platzt, richtig interpretiere, liebt er dich auch«, sagte Walter.

Antonia nickte.

Paul sagte etwas. Antonia konnte es nicht verstehen.

»Paul sagt, darauf sollten wir anstoßen«, übersetzte Walter und erhob sich.

»Wollt ihr gar nicht wissen, um wen es sich handelt?«, wunderte sich Antonia.

»Ist es nicht Herr Markward?«, fragte Walter zurück.

»Woher …« Antonias Stimme war ganz hell vor Überraschung.

»Du weißt doch, dass Paul alles mitbekommt. Ich glaube, er wusste es noch vor dir …«, lachte Walter und nahm eine Champagnerflasche aus dem Kühlschrank.

»Aber wieso …?« Antonia suchte Pauls Blick. Er lächelte ihr zu und zuckte entschuldigend mit den Schultern.

»Er weiß es auch nicht, woher er plötzlich die Idee hatte, dass ihr zwei ein Paar werdet. Ich habe ihn schon gefragt«, sagte Walter, während er drei Champagnergläser füllte.

»Du bist einfach unglaublich«, sagte Antonia und lehnte ihren Kopf an Pauls Schulter.

»Darfst du überhaupt Alkohol trinken?« Sie richtete sich unvermittelt wieder auf.

»Paul findet, dass er heute einmal eine Ausnahme machen darf«, sagte Walter und reichte Antonia ihr Glas. Er stieß mit dem zweiten Glas an ihres und an das dritte, noch auf dem Tisch stehende. »Auf eure glückliche Zukunft«, sagte er und hielt Paul sein Glas an die Lippen.

Auch Antonia trank einen Schluck, und Walter, nachdem er Pauls Glas abgesetzt hatte, ebenfalls.

»Es ist schön, dich so glücklich zu sehen, liebe Toni!«, sagte Walter.

Antonia seufzte unwillkürlich.

»Was ist los?«

»Irgendwie macht es mir auch Angst«, sagte Antonia. »Es ist einfach zu schön, um wahr zu sein. Irgendwann ist es zu Ende – und dann?« Plötzlich stand Verzweiflung in ihrem Blick.

»Dann bist du traurig, dass es vorbei ist«, sagte Walter. »Aber gleichzeitig bist du dankbar, dass du ein solches Glück erleben durftest.«

Der Blick, den er Paul zuwarf, zeigte, dass er nicht nur an Antonia dachte.

Paul nickte, aber dann konnte er ein Gähnen nicht unterdrücken.

»Ich habe dich ermüdet! Es tut mir leid«, sagte Antonia.

»Es liegt nicht an dir«, wehrte Walter ab. »Um diese Zeit schläft Paul immer ein Stündchen. Dann ist er zum Abendessen wieder fit.«

Antonia schaute auf die Uhr. Sie war »nach dem Mittagsschlaf«, also etwa gegen halb vier gekommen, und jetzt war es kurz nach fünf.

»Ja«, sagte sie und bemühte sich, die Traurigkeit aus ihrer Stimme zu nehmen. »Für mich wird es auch allmählich Zeit. Julian wartet wahrscheinlich schon auf mich.«

»Warum hast du ihn eigentlich nicht mitgebracht?«

»Ich wollte euch das allein sagen. Ich wusste ja nicht, wie ihr auf die Nachricht reagiert«, sagte Antonia verlegen lachend.

»Es ist eine ganz wunderbare Nachricht, meine geliebte Toni«, sagte Walter. »Und wir beide …«, er sah zu Paul, der ihm zunickte«, »… wir beide sind der Überzeugung, dass ihr perfekt zusammenpasst. Ihr werdet ein glückliches Paar sein!«

»Ich danke euch!« Antonia drückte ihren Onkel Paul besonders lang, sie barg ihren Kopf an seiner Schulter und spürte seine Hand tröstend auf ihrem Rücken.

»Komm, mein Kind«, sagte Walter dann. »Er braucht jetzt seinen Schlaf.«

Er brachte Antonia zum Aufzug.

Julian fuhr in der Galerie.

»Du scheinst es überlebt zu haben«, empfing ihn Hubert. »Aber sie hat dich länger als geplant festgehalten, oder?«

»Das trifft es nicht ganz«, sagte Julian etwas verlegen. »Wir haben beschlossen, noch ein paar Tage Urlaub dranzuhängen.«

»Wir?«, stutzte Hubert.

»Antonia und ich sind …« Julian räusperte sich. »Wir sind jetzt …«

»Ach!«, sagte Hubert. »Wer hätte das gedacht! Na dann: herzlichen Glückwunsch.«

»Danke. Du scheinst nicht sonderlich überrascht.«

»Nach deinem eifersüchtigen Getobe neulich habe ich schon mit so etwas gerechnet«, sagte Hubert.

»Ich habe doch nicht …«, sagte Julian, aber als er sah, wie Hubert Luft für eine empörte Erwiderung holte: »Okay, vielleicht habe ich doch …« Er runzelte die Stirn. »Du hattest ja nichts mit ihr, das ist doch richtig, oder?«

Hubert legte den Kopf in den Nacken und lachte schallend. »Mein lieber Mann, dich hat es aber erwischt!«

Julian grinste verlegen. »Sie ist …« Er schüttelte den Kopf. »Nein, mich hat es nicht *erwischt,* wie du es formulierst. Ich liebe sie. Nicht mehr und nicht weniger.« Wie zur Bekräftigung nickte er nachdrücklich.

Mein lieber Mann, dachte Hubert. Dich hat es aber wirklich erwischt.

»Was wird denn jetzt aus der Skulptur?«

»Keine Ahnung.« Julian machte eine wegwerfende Handbewegung. »Die *Vereinigung* schenke ich ihr vielleicht zu Weihnachten.« Julians Augen leuchteten auf. »Genau, das ist eine gute Idee. Da habe ich schon ein fantastisches Weihnachtsgeschenk.«

Hubert verzog schmerzlich das Gesicht. »Ich sehe gerade meine Provision davonschwimmen …«

Julian wanderte derweil in der Galerie zwischen den ausgestellten Exponaten hin und her.

»Aber dafür ist ja hier überall ein roter Punkt«, sagte er überrascht. »Hast du wirklich alles verkauft?«

»Ja.« Hubert nickte zufrieden. »Es ist alles weg. Ich gratuliere dir! Ich gratuliere *uns!*«

In den nächsten Wochen genossen Antonia und Julian ihr Glück. Tagsüber arbeitete Antonia hart; die vielen neuen Aufträge, die sie von der Messe mitgebracht hatte, mussten vertraglich fixiert werden, und während ihrer Abwesenheit war auch einiges liegen geblieben.

Julian verbrachte viele Stunden im Atelier, hatte jede Menge neue Ideen und zeichnete eine Entwurfsskizze nach der anderen.

An den Abenden saßen die beiden im Esszimmer und waren sich selbst genug. Sie aßen die von Frau Straub vorbereiteten Mahlzeiten, gingen früh zu Bett, liebten sich ausgiebig – und sobald Antonia eingeschlafen war, verließ Julian leise ihr Schlafzimmer, ging hoch in sein eigenes, knipste die helle Stehlampe an, legte sich ins Bett und schlief innerhalb von Sekunden ein.

Die erste kleine Störung dieser Harmonie gab es, als Frau Straub plötzlich ein anderes Mineralwasser kaufte.

Antonia wärmte in der Küche gerade das von Frau

Straub vorbereitete Gulasch auf und pfiff dann einmal kurz in den Hausflur hoch, denn Julian war in seiner Wohnung oben, er telefonierte mit einem Galeristen in Berlin, der ihn ausstellen wollte. Aber auf Antonias Pfiff eilte er sofort die Treppe herunter.

Als er die Küche betrat, nahm er Antonia in die Arme und küsste sie lange und ausgiebig.

»Ich habe dich vermisst«, sagte er.

»Du bist doch erst vor zehn Minuten hoch!«, lachte sie.

»Zehn Minuten – eine Ewigkeit.«

Julian ließ sich auf einen Stuhl am Küchentisch fallen, blickte auf den Tisch und erstarrte.

»Nimm das weg!«, keuchte er.

Antonia, die wieder am Herd stand und im Topf rührte, konnte die Worte kaum verstehen, sie hörte nur das Keuchen hinter sich und wirbelte herum.

Zuerst dachte sie, Julian mache einen Scherz, aber dann sah sie, wie er zu zittern begann.

»Was ist denn los?«, fragte sie erschrocken.

»Nimm das weg!«, stöhnte er wieder und deutete mit dem Finger auf die Eineinhalbliter-Plastikflasche, die mitten auf dem Tisch stand.

Antonia brauchte einige Zeit, bis sie verstand, was er meinte.

»Sprichst du von der Wasserflasche? Was soll das?«

Julian sprang plötzlich auf und rannte in die kleine Gästetoilette, Antonia hörte, dass er würgte.

Sie eilte zur Tür und klopfte.

»Was ist los? Brauchst du Hilfe?«

»Nein, geh weg … lass mich …«

Antonia ging zurück in die Küche und drehte das Gas unter dem Gulaschtopf ab. Dann griff sie nach der Wasserflasche auf dem Tisch, öffnete die Tür zur Kellertreppe und stellte die Flasche auf den kleinen Absatz dahinter. Nachdem sie die Tür wieder geschlossen hatte, setzte sich an den Küchentisch und wartete.

Es dauerte sicher noch fünf Minuten, bis sie hörte, wie die Tür aufging.

Die Schritte im Flur näherten sich zögernd und verharrten vor dem Eingang zur Küche.

»Antonia«, flüsterte Julian heiser. »Antonia, bitte stell diese Wasserflasche weg. Sodass ich sie nicht sehe ...«

»Hab ich schon«, antwortete sie.

Julian trat nun durch die Tür, zögernd, unsicher lächelnd. Als sie ihn sah, sprang sie auf. Er war leichenblass.

»Komm und setz dich!«, sagte sie und schob ihm den Stuhl zurecht.

Julian schwieg und starrte vor sich hin.

Sie ließ ihm einige Minuten, bevor sie fragte: »Was ist eigentlich los?«

Er hob hilflos die Hände, in einer Geste der Resignation. »Mir wird übel, wenn ich diese Wasserflaschen sehe.«

»Aber wieso?«

Sie bemerkte, wie er mit Gewalt einen weiteren Würgereiz unterdrückte.

»Ich glaube, du kannst es mir im Moment noch nicht einmal erklären, ohne dass dir schlecht wird, oder?«

Er nickte.

»Dann erklärst du es mir ein anderes Mal. Es ist nicht wichtig. Magst du jetzt etwas essen?«

Julian schüttelte den Kopf.

»Magst du dich hinlegen?«

Julian nickte.

»Bei mir oder bei dir?«

»Es tut mir leid ...«, sagte Julian. »Ich ...«

»Lass es jetzt«, sagte Antonia. »Ich sehe, dass es dich anstrengt. Wir können irgendwann darüber reden, es ist jetzt wirklich nicht wichtig. Also: Möchtest du dich etwas ausruhen? Bei dir oben?«

Julian nickte erneut.

»Soll ich dich hochbringen?«

Antonia registrierte mit Erleichterung, dass Julian auffuhr. »Ich bin durchaus noch in der Lage, allein die Treppe hochzugehen.«

Er erhob sich, langsam und mit einem resignierten Lächeln, das Antonia ins Herz schnitt.

»Wir reden morgen weiter, okay?« Sie nickte nur.

Während sie das Gulasch in eine Aufbewahrungsdose füllte und neben den Kühlschrank stellte, lauschte sie nachdenklich dem Geräusch seiner Schritte, als er langsam und müde die Holztreppe hinaufging.

Antonia aß ein Butterbrot und ging früh zu Bett.

Um kurz vor elf klopfte es leise an ihre Schlafzimmertür.

»Komm doch rein!« Sie setzte sich auf und knipste das Licht an.

»Geht es dir wieder besser?«, fragte sie, als Julian sich auf die Bettkante setzte.

»Ja, es ist alles wieder gut. Ich kann …« Er schüttelte unwillig den Kopf. »Es ist zu blöd, aber mir ist als Kind mal furchtbar schlecht geworden, und da hatte ich auch dieses Wasser in diesen großen Flaschen. Seither kann ich es nicht mehr sehen, ohne …« Julian zögerte. Es war nicht die Wahrheit, aber es war auch nicht direkt gelogen; irgendwie stimmte es ja, fast.

Antonia hatte das Gefühl, als kämpfte er schon wieder mit einer Übelkeit.

»Ja, das gibt es«, sagte sie. »Ich weiß, das nennt man das Sauce-béarnaise-Phänomen.«

»Dafür gibt es einen Namen?«, fragte Julian ehrlich überrascht.

Antonia nickte. »Ja, irgendein Wissenschaftler hat das so genannt. Er musste sich übergeben, nachdem er eine Sauce béarnaise gegessen hatte, und obwohl er wusste, dass ein Magen-Darm-Infekt an seiner Übelkeit schuld war und nicht die Sauce, behielt er einen dauerhaften Ekel vor Sauce béarnaise zurück.«

»Was du alles weißt!«

»Ich habe einen Psychologiekurs belegt, da wurde das im Zusammenhang mit dem Thema Klassische Konditionierung besprochen.«

»Ah, der pawlowsche Hund – ich erinnere mich dunkel an meine Schulzeit …«

Julian beugte sich zu ihr und küsste sie zart auf den Hals. »Es tut mir leid, wenn ich dich erschreckt habe. Lass es mich wiedergutmachen …«

Am nächsten Morgen wies Antonia Frau Straub an, in Zukunft Wasser in Glasflaschen zu kaufen, und damit war das Thema für sie erledigt.

Und die nächsten Tage vergingen wieder in Glück und Harmonie.

Nur manchmal fühlte Antonia eine Irritation. Julian sah sie merkwürdig an. Öfter schon. Sie hatte das Gefühl, als ob er ihr etwas sagen wollte. Aber wenn sie nachfragte, winkte er ab. Sie täusche sich, hatte er einmal gesagt. Und ein anderes Mal: Es gibt viele Dinge, die ich dir noch erzählen will. Aber nicht heute. Mit Küssen hatte er weitere Fragen erstickt.

Aber das Gefühl, dass er etwas vor ihr verheimlichte, wuchs mit jedem Tag.

Und Antonia fühlte es immer stärker: Dieses Glück war nicht von Dauer.

An einem Abend, als sie und Julian eng umschlungen und erschöpft von der Liebe in Antonias Bett lagen, fiel ihr plötzlich ein, was Walter bei ihrem letzten Besuch zu ihr gesagt hatte.

»Denk daran, meine liebe Toni, ich komme nicht zurück ins Haus. Plant es für euch beide! Unseren Segen habt ihr.«

»So hat er sich am Aufzug von mir verabschiedet«, erzählte sie Julian.

»Hm«, sagte Julian.

»Wie willst du das denn jetzt eigentlich machen? Willst du in ein paar Wochen tatsächlich ausziehen? In diese Wohnung da? Oder sollen wir mal ein wenig planen? Willst du vielleicht hier wohnen bleiben?« Die beiden Nachttischlampen erhellten den Raum, und Antonia konnte deutlich das Zögern auf Julians Gesicht erkennen.

»Entschuldige«, sagte sie. »Ich sehe schon, du fühlst dich unter Druck gesetzt von meiner Zukunftsplanung. Ich bin von mir ausgegangen. Aber ich weiß natürlich, dass für dich so eine Beziehung nicht so etwas Besonderes ist, du bist …«

»Was redest du da?«, unterbrach Julian sie. »Glaubst du allen Ernstes, ich habe zu jeder Frau, mit der ich ins Bett gegangen bin, *Ich liebe dich* gesagt?«

Antonia richtete sich auf. »Vielleicht nicht zu jeder, aber du hast doch …«

»Nein, ich habe *nicht!*« Julian setzte sich ebenfalls auf und legte seine Hand an Antonias Wange.

»Ich kann verstehen, wenn du es mir nicht glaubst. Mir ist schon klar, dass ich in dieser Beziehung keinen allzu guten Ruf habe. Aber ich habe in meinem Leben genau drei Mal zu einer Frau gesagt: *Ich liebe dich.* Und erst bei dir habe ich gemerkt, dass es die anderen beiden Male nicht gestimmt hat.«

Antonia dachte nach, und dann kam die Frage, die Julian

unbeabsichtigt provoziert und mit der er schon gerechnet hatte.

»Und wer waren die anderen beiden?«

»Die eine war Veronika, die Geschichte kennst du. Die andere Sache liegt schon sehr lange zurück, das war die Frau, mit der ich das erste Mal Sex hatte. Da habe ich als Junge von achtzehn Jahren Sex mit Liebe verwechselt. Was Liebe bedeutet, wie man sich fühlt, wenn man liebt, das weiß ich erst durch dich!«

Hoffentlich fragte sie jetzt nicht weiter nach. Er wollte sie nicht anlügen. Aber die Geschichte mit Helen und ihm, die sollte ihr Geheimnis bleiben. Das wollte er noch nicht einmal mit Antonia teilen. Vielleicht später einmal, wenn ihr gemeinsamer Sohn achtzehn würde … O Gott! Er dachte schon an die gemeinsamen Kinder! Fast hätte Julian den Kopf geschüttelt.

Antonia schmiegte ihre Wange in seine Hand.

»So wie du das sagst, könnte ich es fast glauben.«

»Es ist die Wahrheit und nichts als die Wahrheit«, sagte Julian und beugte sich über sie.

»Wie theatralisch«, lachte Antonia.

»Da sprach der Jurist«, lachte nun auch Julian und küsste sie hinters Ohr.

»Ah ja«, sagte Antonia. »Apropos Jurist: Hast du eigentlich in unseren Verträgen etwas vorgesehen für den Fall, dass wir uns ineinander verlieben?«

»Nein«, sagte Julian überrascht.

»So was aber auch! Da hast du an so viele Sachen gedacht, sogar mein Ableben ist eingeplant, aber an etwas so Naheliegendes … Wie gehen wir denn jetzt mit den Verträgen vor?«

Julian fuhr mit seinen Lippen ihre Taille entlang. »Geht es dir um die Skulptur? Mir ist sie nicht mehr wichtig.«

»Mir doch auch nicht!«, sagte Antonia und kicherte, als er sie kitzelte. »Jetzt hör doch mal auf. Ich kann mich ja gar nicht konzentrieren.«

»Das hoffe ich doch sehr«, sagte Julian und ließ seine Lippen tiefer wandern.

»Mir geht es um die Wohnung. Willst du denn noch in das Apartment ziehen, das du ab Februar gemietet hast? Oder möchtest du lieber hierbleiben? Und wenn ja, willst du dann weiterhin oben wohnen? Oder sollen wir das Schlafzimmer so umbauen, dass es für uns beide passt? Dann musst du nachts nicht mehr hoch.«

Abrupt stoppte Julian die Wanderung seiner Lippen über Antonias Körper.

»Was sagst du da?«

»Ich habe dich gefragt, ob wir – sozusagen – zusammenziehen sollen.«

Julian setzte sich abrupt im Bett auf. Seine Miene verfinsterte sich. Antonia konnte es sehen.

»Entschuldige, ich wollte nicht … Natürlich kannst du in deine neue Wohnung ziehen, ich dachte nur …« Sie stotterte.

Julian schwang sich aus dem Bett, ging zum Fenster und schaute hinaus.

Antonia setzte sich auf und zog die Bettdecke über ihren Körper. Sie war wütend auf sich.

»Es tut mir leid, wenn ich dich missverstanden habe«, sagte sie. »Ich möchte nicht, dass du den Eindruck gewinnst, ich klammere mich irgendwie an dich.«

»Darum geht es nicht«, unterbrach sie Julian. Er drehte sich zu ihr um. Über seine Stirn rann ein Schweißtropfen.

»Julian, versteh mich bitte nicht falsch. Wenn du gern in deine Wohnung ziehen möchtest, ist das vollkommen in Ordnung für mich.«

Julian war so bleich, dass Antonia erschrak.

»Was ist los? Mein Gott, ich wollte doch nicht …«

Julian hob abwehrend die Hand, ging zu dem kleinen Sessel und ließ sich hineinfallen. War er getaumelt?

»Das warst nicht du – es ist etwas anderes«, stieß er dann hervor.

Antonia strampelte sich die Decke von den Beinen.

»Ich hole dir ein Glas Wasser«, sagte sie.

Als Julian einen Schluck getrunken hatte, bekam er wieder etwas Farbe im Gesicht.

Antonia setzte sich ihm gegenüber auf den Bettrand und wartete.

Aber er schwieg.

»Was war das denn gerade?«, fragte Antonia.

Julian schüttelte den Kopf.

»Dir wurde übel bei dem Gedanken, mit mir zusammenzuziehen?«

»Nein!«, fuhr Julian auf. »Es ist … es hat früher ….«

Antonia ging ins Bad, holte ihren Bademantel und legte ihn Julian über die Schultern.

»Du zitterst«, sagte sie. Dann setzte sie sich wieder auf den Bettrand.

Julian hob den Kopf, und in seinem Blick lag so viel Verzweiflung, dass es ihr ins Herz schnitt.

»Julian«, sagte sie leise, und in ihrer Stimme schwang all ihre Liebe. »Julian, kannst du mir nicht erzählen, was für ein Problem du hast?«

Julian trank noch einen Schluck Wasser.

»Ich würde ja so gern«, sagte er. »Aber ich habe Angst, dass du mich verachtest.«

Antonia schüttelte den Kopf. »Das kann ich mir nicht vorstellen.«

»Doch, das wirst du!«

Er warf den Bademantel ab und sprang auf.

»Ich bin nämlich ein Psycho, musst du wissen: Ich habe nicht mehr alle Tassen im Schrank, habe einen Sprung in der Schüssel, bin nicht mehr ganz klar in der Birne! Verstehst du?« Seine Stimme war laut geworden.

Ein unvermittelter Wutanfall bei einem Gegenüber, damit konnte Antonia umgehen. Das Kinderheim …

»Okay«, sagte sie ruhig. »Ich verstehe, dass dich das nervt. Aber da ich davon noch nichts mitbekommen habe, kann es eigentlich so gravierend nicht sein.«

»Du hast nichts mitbekommen, weil du geschlafen hast! Aber ich nicht! Ich habe kein Auge zugetan! Ich kann nämlich im Dunkeln nicht schlafen. Ich habe Angst vor der Dunkelheit. So eine Memme bin ich!« Julian stand vor Antonia, die Ader an seiner Stirn pochte.

»Ach so«, sagte Antonia, scheinbar ungerührt. »Ich würde so jemanden nicht als Memme bezeichnen. Es gibt viele, die mit der Dunkelheit ihre Schwierigkeiten haben. Das Problem scheint mir leicht lösbar: Dann lassen wir das Licht an.«

»Ach, das ist doch nicht alles!« Jetzt war Julians Stimme wieder leise, resigniert, verzweifelt. Er ging zurück zu dem Sessel. »Das ist noch lange nicht alles.«

Er ließ sich in den Sessel fallen und schlug die Hände vors Gesicht.

Antonia holte tief Luft. Hier gab es ein Problem. Probleme löste man, indem man sich ihnen stellte. Und das so rational wie möglich. Gefühle trübten das Urteilsvermögen.

»Julian«, sagte sie, »ich habe keine Ahnung, worum es geht. Aber offensichtlich gibt es ein größeres Problem. Ich sehe nur zwei Möglichkeiten: Entweder unsere Liebe ist groß genug, dass wir damit fertigwerden – oder sie ist es nicht. Wenn sie es ist, ist es meines Erachtens umso leichter, je früher wir das Problem angehen. Dann musst du dich nicht unnötig lange quälen. Und wenn das Problem zu groß ist, wenn wir es nicht schaffen, dann ist es meiner Ansicht nach ebenfalls besser, wenn wir das so früh wie möglich feststellen. Bevor wir lange irgendwelchen Illusionen nachhängen.«

Julian nahm die Hände von den Augen und starrte sie an. Was redete sie da? Sie wollte keinen Illusionen nachhängen?

Antonia sah die Enttäuschung in seinem Blick.

»Bevor du jetzt denkst, ich gäbe unsere Beziehung so schnell auf: Das tue ich nicht. Ganz im Gegenteil: Ich kann mir einfach nicht vorstellen, dass es ein Problem gibt, mit dem wir nicht fertigwerden würden. Natürlich kann ich nicht mit einhundert Prozent Gewissheit sagen, wir schaffen das, solange ich nicht weiß, worum es geht. Wobei ich das Chance-Risiko-Verhältnis da höchstens bei null Komma null eins Prozent sehe ...«

Sie lächelte ihn an.

Aber Julian erwiderte das Lächeln nicht. Er hörte etwas von Chance-Risiko-Verhältnis. Was wollte sie damit? Er schüttelte den Kopf. Wenn sie ihn jetzt in den Arm nehmen, ihm Trost spenden, ihn ihrer Liebe versichern würde, dann könnte er es vielleicht erzählen. Aber so? Dieser Geschäftsfrau? Die noch nie von sich aus gesagt hatte: Ich liebe dich? Die ihre Beziehung unter einem Chance-Risiko-Verhältnis beurteilte?

Er erhob sich. Seine Bewegungen wirkten müde und kraftlos.

»Antonia«, sagte er. »Ich möchte heute Abend lieber bei mir oben schlafen. Vielleicht können wir morgen weiter über alles reden.«

Antonia hatte das Gefühl, als stieße ihr jemand eine Nadel ins Herz. Eine lange, spitze Nadel. Sie konnte vor Schmerz kaum atmen.

»Vielleicht ist das am vernünftigsten«, sagte sie.

Julian sah sie noch kurz an – sie saß auf der Bettkante, kerzengerade, beherrscht, emotionslos.

»Ja«, sagte er. »Wir sehen uns dann beim Frühstück.«

»Das weiß ich noch nicht, vielleicht fahre ich direkt in die Firma«, entgegnete Antonia. Sie wusste nicht, ob sie das aushalten könnte: ihm am Frühstückstisch gegenübersitzen, Frau Straub um sie herumwieselnd, mit neugierigen Blicken die Verstimmung registrierend. Nein, das war zu viel.

Julian nickte. »Natürlich.« Er verließ den Raum.

»Ich lasse das Licht an«, wollte Antonia ihm hinterherrufen. Aber sie biss sich stattdessen auf die Unterlippe.

Lange lag sie wach und lauschte auf die Geräusche im Treppenhaus. Hatte nicht oben die Tür geklappt? Kam er wieder herunter? Öffnete lachend die Tür und sagte: Ach, was war das für ein dummer Streit!

Julian lag oben in seinem Bett und lauschte auf die Geräusche im Treppenhaus. Kam sie nicht hoch zu ihm? Öffnete lächelnd die Tür und sagte: Ich liebe dich! Das wollte ich dir schon die ganze Zeit sagen. Und wir schaffen das.

Aber beide warteten vergebens.

Und Frau Straub wartete am nächsten Morgen ebenfalls vergebens. Antonias Auto stand bereits nicht mehr auf der Kiesfläche, als sie kam, deshalb deckte sie den Tisch nur für Julian. Aber der kam auch nicht. Und etwas später, als sie gerade in der Küche die Überschriften der Tageszeitung überflog, hörte sie den Motor des Bullis und erhaschte aus dem Küchenfenster gerade noch einen letzten kurzen Blick auf das wegfahrende Auto. Ihre Kontrolle im Frühstückszimmer zeigte ihr eine unangetastete Salamiplatte, Julians sauberen Teller und die noch volle Teekanne auf dem Stövchen.

Julians Mutter wunderte sich. Wer besuchte sie so früh? Und klingelte auch noch Sturm?

»Julian, das ist aber eine Überraschung! Komm rein, mein Junge.«

Julian küsste seine Mutter auf beide Wangen. »Hallo, Mamachen. Ja, ich weiß. Ich störe dich doch nicht, oder?«

»Aber natürlich nicht, mein Junge. Überhaupt nicht.«

Julian folgte seiner Mutter ins Wohnzimmer, wo im Fernsehapparat ein Verkäufer ein Schüsselset anpries.

Die Bücher über Kakteen waren verschwunden. Aber auf dem Tisch lagen zwei dicke Hefte über Kreuzstickerei.

Julian achtete nicht darauf.

»Möchtest du etwas trinken? Ich mache dir einen Kaffee.«

»Mama, ich trinke keinen Kaffee. Nie!«

»Ach ja, ich bin aber auch ein Dummchen; ich mache dir einen Tee, ich habe wohl sogar noch einen da …«

Julian eilte seiner Mutter in die Küche nach und hielt ihre Hände fest.

»Mama, nein. Ich brauche keinen Tee! Ich brauche gar nichts. Ich bin hier, weil ich in den Keller gehen will.«

Seine Mutter wurde blass und ließ sich auf den Küchenstuhl sinken.

»*Was* willst du?«, fragte sie, und ihre Stimme klang plötzlich ruhig und klar; nicht so hell wie sonst, und die Silben folgten nicht so schnell aufeinander.

»Ich gehe in den Keller.«

Seine Mutter rieb mit der Hand über einen nicht vorhandenen Fleck auf dem Küchentisch.

»Junge, lass doch die alten Sachen ruhen.«

Julian setzte sich neben seine Mutter auf die Kücheneckbank, fing ihre Hand ein und hielt sie fest.

»Genau deswegen gehe ich jetzt da hinunter. Damit die alten Sachen ruhen können.«

Seine Mutter sah ihn an, dann zog sie ihre rechte Hand unter der seinen hervor und strich ihm damit über die Wange.

Julian drückte ihr einen Kuss auf die Stirn und erhob sich.

Schon als er sich zum Flur und in Richtung Keller drehte, verkrampfte sich sein Magen. Er würde keine Rücksicht darauf nehmen. Julian öffnete die Kellertür, starrte hinunter und stieg dann langsam, Stufe für Stufe, die Treppe hinab. Die ersten Schweißtropfen liefen über seinen Rücken.

Seine Mutter saß in der Küche, legte die Hände in ihren Schoß und saß ganz still.

Als Julian unten angekommen war, drehte er sich nach rechts. Er machte kein Licht an. Wozu auch? Das hatte er auch als Kind nicht gedurft.

Am Ende des Kellergangs gab eine offene Tür den Blick frei in einen fensterlosen Raum. Eine Armeepritsche in der einen Ecke, eine Chemietoilette in der anderen.

Julian fühlte Atemnot. Er konzentrierte sich. *Ein – aus – ein – aus.* Trotzdem waren die Atemzüge kurz und flach. *Ein – aus – ein – aus.* Julian betrat den fensterlosen Raum. Aus den Haaren lief ihm Schweiß in den Nacken.

Als er in dem Raum stand, schloss er die Tür hinter sich. Die aufsteigende Panik drückte ihm die Atmung ab. *Ein – aus – ein – aus.*

Er legte sich auf die Pritsche. Sein Hemd war klatschnass. Er schloss die Augen. *Ein – aus – ein …*

Und dann war er wieder Kind. Sah wieder seinen Vater. Sah, wie dieser in der Küche im Getränkekorb nach der Eineinhalbliter-Wasserflasche aus Plastik griff. Er hatte gewusst, was das bedeutete.

»Papa, nein! Bitte, nicht! Ich will es nie wieder tun!«

»Mir scheint, du brauchst mal wieder eine Nacht Ruhe zum Nachdenken. Komm!«

»Bitte Papa, bitte!« An die Beine der Mutter hatte er sich geklammert. Der Vater hatte ihm die Arme gelöst. Dann hatte das Kind sich an die Beine des Vaters gekrallt.

»Bitte Papa, bitte, ich hab dich auch lieb. Bitte …«

»Im Keller hast du Zeit. Da kannst du nachdenken, was du falsch gemacht hast.«

Der Vater hatte den Jungen am Arm gepackt und hinter sich hergeschleift. An der Kellertreppe hatte er ihn hochgehoben und hinuntergetragen. Es sollte keine blauen Flecke geben.

»Papa, ich hab solche Angst im Keller! Bitte, bitte nicht!«

Aber alles Weinen und Flehen hatte dem Kleinen nichts genutzt. Verfehlungen wurden mit einer Nacht im Keller bestraft. Im dunklen Keller. Allein. Ohne Essen. Nur eine volle Eineinhalbliter-Wasserflasche neben sich …

Beim ersten Mal war er noch keine sieben gewesen. Hatte die halbe Nacht im Dunkeln schluchzend auf der Pritsche gekauert. Gerufen, geschrien, gezittert. Die zahlreich vorhandenen Spinnen waren über ihn hinweggelaufen. Merkwürdigerweise hatte er keine Angst vor den Spinnen gehabt, hatte sie als Leidensgenossen empfunden, hier unten in der Dunkelheit.

Kalt war es immer gewesen, kalt und feucht.

Am Morgen war der Vater dann gekommen. »Und? Tut es dir leid?«

Julian konnte sich überhaupt nicht mehr erinnern, worum es eigentlich gegangen war. Aber dass er sich tränenreich entschuldigt hatte, um Vergebung gefleht hatte, Besserung geschworen, immer lieb zu sein, den Vater zu ehren, daran erinnerte er sich.

Und wie ihm der Vater beim ersten Mal gezeigt hatte,

wie er die Campingtoilette, die er während der Nacht zweimal hatte benutzen müssen, zu reinigen hatte.

»Das erledigst du dann immer, bevor du zur Schule gehst. Verstanden?«

Wie oft war er in den Keller gesperrt worden? Er wusste es nicht. Ein- oder zweimal pro Monat? Mindestens.

Einmal hatte er versucht, den Großvater um Hilfe zu bitten. Der Großvater war einmal Zeuge einer Züchtigung von Julian geworden und hatte dem Vater kategorisch untersagt, dies noch ein einziges Mal zu tun. Und der Vater hatte sich nicht getraut, sich darüber hinwegzusetzen. Deswegen hatte der Vater sich als Bestrafung für den Kleinen diese Nächte im Keller ausgedacht. Und dabei hatte der Großvater nicht geholfen.

»Angst im Dunkeln hast du? Blödsinn! Mein Enkelsohn ist doch keine Memme!«

Dabei hätte Julian die Prügel bei Weitem vorgezogen.

Und einmal hatte die Mutter ihn am späten Abend da unten besucht. Der Vater hatte es mitbekommen. Der Großvater war gerade zur Kur gewesen. Grün und blau hatte der Vater die Mutter geschlagen. Das Kind hatte die nicht enden wollenden Schreie bis in den Keller gehört. Sich die Ohren zugehalten. Die raue Militärdecke über den Kopf gezogen.

Es war kurz nach seinem vierzehnten Geburtstag gewesen, als sein Vater wieder einmal nach einer dieser Wasserflaschen gegriffen hatte, weil Julian sich seiner Ansicht nach »herumgetrieben« hatte.

»Ich gehe nicht mit!«, hatte Julian gesagt. Und gedacht: Bevor ich mich noch einmal da unten einsperren lasse, bring entweder ich dich um oder du mich.

Sein Vater hatte ihn angesehen, den großen, kräftigen

Vierzehnjährigen mit den breiten Schultern, der ihn inzwischen um zwei Zentimeter überragte; der ein Einserschüler war; der im Judoverein schon Furore gemacht hatte – und hatte die Flasche wieder hingestellt.

»Bist sowieso zu alt, als dass man dich noch erziehen könnte«, hatte er gemurmelt, war ins Wohnzimmer geschlurft und hatte sich vor den Fernseher gesetzt.

Julian lag auf der Pritsche, der Schweiß tropfte bis auf den Boden. *Ein – aus – ein – aus.*

Ja, er hatte Angst im Dunkeln. Er bekam Panikattacken: Herzrasen, Schweißausbrüche. Ja, er konnte in keinen Keller gehen, ohne das Gefühl, ersticken zu müssen. Ja, er konnte diese Eineinhalbliter-Wasserflaschen nicht sehen, ohne dass sein Magen sich verkrampfte und er befürchten musste, sich zu übergeben.

Aber jetzt konnte er erklären, warum. Heute hatte er sich der Erinnerung gestellt. Er war das erste Mal seit über fünfzehn Jahren wieder in diesen Keller gegangen.

Er erhob sich, vorsichtig und behutsam. Jetzt würde er darüber sprechen können. Es gab Ärzte für genau solche Probleme. Ärzte, die Menschen helfen konnten, schlimme Erfahrungen zu verarbeiten, Ärzte, die *ihm* helfen konnten. Jetzt war er in der Lage, zu einem solchen Arzt zu gehen. Er würde reden können, erzählen können. Und so würde er seine Ängste besiegen. Für sich, für Antonia, für sie beide, für ihre Zukunft.

Seine Mutter saß noch bewegungslos in der Küche, als er die Tür zur Kellertreppe leise hinter sich schloss. Der Verkäufer im Fernsehen bot lauthals eine Metallplatte an, die das Silberpolieren überflüssig machte.

Seine Mutter hob den Kopf.

»Ich mache mir solche Vorwürfe, dass ich dir damals

nicht mehr geholfen habe«, sagte sie mit ganz leiser Stimme.

»Du hast mehr als genug für mich getan, Mama!«

»Ach, mein Junge!« Eine Träne lief seiner Mutter übers Gesicht, und Julian wischte sie sanft fort.

»Mama, weine nicht. Es wird alles gut. Und weißt du was?«

Seine Mutter verzog das Gesicht zu einem kläglichen Lächeln. »Was denn, mein Junge?«

Julian hob sie hoch, fasste sie um die Taille – wie schmal und leicht sie immer noch war – und schwenkte sie einmal um sich herum.

»Mama, weißt du was? Ich werde heiraten!«

»Nein!«, schrie sie freudig überrascht auf.

»Doch, mein liebes Mamachen, das werde ich!«

Er setzte seine Mutter wieder ab.

»Aber wen denn? Und wann? Und wie hast du …?«

»Ich stelle sie dir bald vor, Mama. Ganz bald! Und dann erzähle ich dir alles. Jetzt muss ich los, ich habe noch etwas Wichtiges zu erledigen.«

Und den ängstlichen Gesichtsausdruck seiner Mutter richtig interpretierend, fügte er noch schnell hinzu: »Du wirst sie mögen! Glaub mir, ich weiß es. Und sie dich auch!«

Als er in den Bulli stieg, verstummte auf einmal der Fernseher im Haus.

»Was will der denn von uns?«, sagte Walter überrascht zu Paul, nachdem die Rezeptionistin angerufen und einen Besucher namens Markward angekündigt hatte.

Dann hörte er Julian drei Minuten lang zu, der vor ihm auf dem Stuhl saß, sich die Hände knetete und ein ziemliches Durcheinander erzählte, von einer Katze und der Reise und der Skulptur und …

»Hören Sie doch mal auf, so wild mit den Händen herumzufuchteln. Sie machen mich ja ganz nervös!«, rief Walter.

»Ich habe hier die Papiere mitgebracht …«, begann Julian erneut.

»Was denn für Papiere? Was wollen Sie denn nur von uns?«, fragte Walter hilflos. Er hörte ein leises vergnügtes Kichern aus dem Rollstuhl hinter ihm.

Julian räusperte sich einmal, zweimal, dann erhob er sich.

»Ich möchte Sie, da Sie beide ja an Antonia die Elternstelle vertreten haben, ganz offiziell um die Hand ihrer Nichte bitten.«

Julian setzte sich. Und atmete hörbar aus.

Mit einem »Klack« landete Walters Lesebrille, die er die ganze Zeit in der Hand gehalten hatte, auf dem Boden.

Pauls Glucksen wurde immer vergnügter.

»Sie haben sie ja nicht mehr alle!«, sagte Walter spontan, bevor er sich nach seiner Brille bückte.

Julian war nicht willens, aufzugeben. »Ich verstehe ja, dass Sie mich als mittellosen Künstler nicht akzeptieren können, aber deswegen habe ich ja die Papiere mitgebracht. Ich kann Ihnen zeigen, dass auch ich über etwas Vermögen verfügen werde und …«

»Nein, nein, um Gottes willen!« Walter wehrte lachend ab.

»Sie haben mich missverstanden.«

Er drehte sich zu dem übers ganze Gesicht strahlenden Paul um. »Gibt es so was? Einen Mann, der heutzutage noch beim ehemaligen Vormund um die Hand anhält? Bei einer über dreißig Jahre alten Frau? Also, wir Achtundsechziger haben wirklich versagt!« Und wieder an Julian gewandt: »Das mit Antonias Alter war jetzt uncharmant von mir. Vergessen Sie das bitte. Aber das kam von der Überraschung, dass Sie ausgerechnet *uns* fragen. Sie müssen doch Antonia fragen!«

Julian hielt die Papiere hoch, die er in der Hand hatte.

»Ich dachte, dass ich in Anbetracht der finanziellen Situation von Antonia erst einmal klarstellen sollte, dass auch ich …«

»Junger Mann!«, sagte Walter, erhob sich, ging zu Julian und legte ihm die Hand auf die Schulter. »Gegen mich sind Sie noch jung, ich darf das sagen: junger Mann! Sie sind uns als Mann, als Partner für Antonia mehr als willkommen.« Er sah Julians erleichterten Gesichtsausdruck. »Und Ihre finanzielle Situation ist uns dabei so was von egal, das können Sie sich überhaupt nicht vorstellen! Wie können Sie nur denken, dass wir …« Er schüttelte den Kopf. »Nein, wir würden uns wirklich freuen, falls Antonia und Sie ein Paar werden. Ohne dass ich dafür in irgendein Papier schauen muss. Aber …« Walter lachte erneut laut auf und warf dem grinsenden Paul im Rollstuhl einen Kussmund zu. »… wir haben da leider – oder besser gesagt: Gott sei Dank – überhaupt nicht mitzureden. Sie kommen nicht drum herum: Sie müssen Antonia fragen!«

Julian nickte. »Das werde ich. Das werde ich! Im Moment haben wir zwar eine leichte Missstimmung«, er grinste, »aber ich werde ihr heute Abend ganz richtig und ganz offiziell einen Antrag machen.«

Walter sah das Leuchten in seinen Augen.

Julian wandte sich zu Paul in seinem Rollstuhl. »Sind Sie denn auch einverstanden?«

Walter antwortete für Paul.

»Paul hat heute etwas Schwierigkeiten mit der Artikulation. Aber ich kann Ihnen versichern …«, Walter suchte Pauls Blick, und der nickte ihm lächelnd zu, »… dass auch mein Mann Paul mit Ihnen als Partner für Antonia mehr als einverstanden ist.«

Paul gab einen Laut von sich und hob leicht den rechten Arm.

»Er möchte Ihnen gern die Hand geben«, erklärte Walter, eilte zu Paul und griff unterstützend nach seinem Arm.

Julian war überrascht – Pauls Händedruck war erstaunlich fest. Der alte Herr sah ihm lange in die Augen und nickte dann zustimmend. Es dauerte ein bisschen, bis Paul Julians Hand wieder freigab.

Erst später sollte Julian klar werden, dass Paul ihn nicht nur begrüßt, sondern sich gleichzeitig auch von ihm verabschiedet hatte.

»Frau Wegner, ich fahre heute etwas früher nach Hause.«

Genervt beendete Antonia das Gespräch. Sie konnte sich einfach nicht konzentrieren. Immer wieder liefen ihre Gedanken zurück zu dem gestrigen Abend, und sie versuchte zu ergründen, worüber sie sich eigentlich gestritten hatten. Wie war es bloß dazu gekommen? Ein dummes Missverständnis war es gewesen, mehr nicht. Sie wollte mit ihm reden, den Streit ausräumen, wieder glücklich sein.

Sie sah auf ihr Handy. Immer noch keine Nachricht von ihm. Hätte er denn nicht mal eine SMS schicken können? Sie würde zu Hause auf ihn warten. Irgendwann musste er ja kommen. Dann würden sie in Ruhe reden können. Und sich wieder vertragen.

Als sie in der Osterwaldstraße vorfuhr, war der Bulli noch nicht da. Aber Susannes Mini stand vor der Tür. Auch schön, dachte Antonia.

Susanne stand im Flur und wollte gerade das Haus verlassen.

»Willst du schon wieder weg?«, fragte Antonia enttäuscht. »Ich habe gedacht, wir könnten gemütlich eine Tasse Kaffee zusammen trinken. Ich habe dir viel zu erzählen, von unserer Reise und von der Messe …«

»Ach, schade«, sagte Susanne. »Aber ich konnte ja nicht wissen, dass du heute so früh kommst. Jetzt bin ich gleich verabredet. Ich habe nur schnell die Wäsche vorbeigebracht.«

Dann stutzte sie. »Du trägst deine Brille ja gar nicht heute! Sieht gut aus. Frisur ist auch gut!« Sie nickte anerkennend und griff nach ihrem Mantel am Garderobenhaken.

Antonia sagte: »Aber ich müsste wirklich mal mit dir reden, Susanne, ich möchte dir etwas erzählen.«

Susanne hielt kurz inne. »Was gibt es denn?«

»Ich weiß nicht so genau, wo ich anfangen soll«, Antonia lachte verlegen.

Susanne schlüpfte in den linken Mantelärmel.

»Am besten am Anfang?«, schlug sie vor.

»In diesem Fall scheint es mir besser, ich fange am Ende an«, erwiderte Antonia zögernd.

»Du machst mich neugierig! Was ist denn los? Ist etwas passiert?«

»Nein, nein, keine schlimmen Nachrichten. Eher was Schönes. Also, ich hoffe, dass auch du es schön findest.«

»Du machst es aber wirklich spannend! Jetzt rück doch endlich raus damit! Was ist los?«

Antonia holte noch einmal tief Luft, dann sagte sie: »Ich habe mich verliebt.«

Susanne stutzte einen Moment, dann strahlte sie. »Das ist ja toll!« Sie nickte. »Deshalb auch die anderen Klamotten, du siehst viel besser aus als sonst.«

Sie grinste ihre Schwester an. »Das wurde ja auch langsam Zeit. Hab mich sowieso schon gefragt, wie du das aushältst, so ohne Mann.«

Sie zog den Mantel wieder aus, warf ihn über den kleinen Garderobentisch und ließ sich in den Sessel daneben sinken.

»Zehn Minuten habe ich noch. Das musst du mir schnell noch alles haarklein erzählen! Wer ist es, wo hast du ihn kennengelernt, wann habt ihr bemerkt, dass ihr euch liebt? Wie weit seid ihr miteinander?« Sie kicherte. »Wart ihr schon im Bett? Wie ist er? Kenne ich ihn?«

»So viele Fragen auf einmal …«, lachte Antonia etwas verlegen.

»Ja, du kennst ihn. Es ist Julian …«

Das breite Lächeln auf dem Gesicht ihrer Schwester veränderte sich, es wurde starr, fror ein, brach an manchen Stellen, wurde zu einer Grimasse.

»Nicht Julian, nein«, hauchte sie.

Antonia beugte sich zu ihrer Schwester und wollte nach deren Hand greifen, aber Susanne zog sie beim ersten Kontakt so schnell weg, als hätte sie jemand mit der Nadel gestochen.

Dann sprang sie auf.

»Du willst ihn nur, weil du gemerkt hast, dass ich ihn liebe! Nur deshalb. Weil du ihn mir wegnehmen willst. Wie du mir immer alles weggenommen hast!«, schrie sie.

Antonia zuckte erschrocken zurück, als Susanne so plötzlich auf sie zusprang.

»Susanne, das ist doch nicht wahr! Was redest du da …«

»Natürlich ist es wahr! Und du kriegst auch immer alles! Alles immer nur für dich!«

Antonia sah, wie Frau Straub neugierig den Kopf aus der Wohnzimmertür steckte.

»Wir haben ein privates Gespräch, Frau Straub!«, sagte sie.

Der Kopf zog sich gleich wieder zurück, und kurz darauf klappte die Küchentür.

»Susanne, lass uns ins Wohnzimmer gehen und in Ruhe reden.«

Über Susannes Gesicht liefen die Tränen.

»Du durftest bei Onkel Walter und Onkel Paul bleiben, du hast unsere Familie gehabt. Du hast die Firma gekriegt und das Haus – und jetzt auch noch Julian!«

Susanne schniefte und suchte in der Tasche ihrer Jeans nach einem Zellstofftuch.

»Aber Susanne, du weißt doch, dass das mit der Pflegefamilie …«, begann Antonia.

»Ja, ja, ihr habt es immer nur gut gemeint! Haha – dass ich nicht lache!«

Susanne wischte sich die Tränen von der Wange, mit zu Fäusten geballten Händen. Wie ein wütendes Baby, dachte Antonia.

»Und ich habe Julian zuerst gekannt!«, stieß sie hervor. »Aber das erträgst du nicht, dass ich auch einmal glücklich bin! Das musst du auch kaputt machen.«

Antonia versuchte, ihre Schwester in den Arm zu nehmen. Aber Susanne entwand sich ihr.

Sie weinte jetzt nicht mehr.

»Lass mich. Ich bin mit jemandem verabredet. Den stelle ich dir aber nicht vor. Sonst schmeißt du dich auch an den noch ran.«

»Susanne, ich wollte doch nicht … Aber wir haben uns einfach ineinander verliebt. Was soll ich denn machen?«, sagte Antonia hilflos.

Susanne schnappte sich ihren Mantel und ihre Handtasche und riss die Haustür auf. »Ach, du meinst, er liebt dich? Hat er dich so ins Bett gekriegt?« Ihre wutverzerrten Gesichtszüge wirkten fremd auf Antonia. »Also, bilde dir nur keine Schwachheiten ein: Mit mir war er auch schon in der Kiste! Und das ist noch keine vier Wochen her.«

Susanne knallte die Haustür hinter sich zu.

Antonias Mund formte ein *Aber,* doch es war kein Laut zu hören.

Aber er hat doch gesagt …

In ihrer Erinnerung saß sie wieder oben an Julians Küchentisch und hörte ihn sagen: *Hilft es Ihrem Appetit auf die Sprünge, wenn ich Ihnen sage, dass ich nicht mit Ihrer Schwester geschlafen habe?*

Die Knie wurden ihr weich. Sie verlor den Halt. Antonia sank in den Sessel, aus dem Susanne eben so wütend aufgesprungen war.

… und es auch nicht tun werde.

Sie hatte es gewusst. Sie hatte gespürt, dass er ihr etwas verheimlichte. Sie hatte es die ganze Zeit gespürt. Jetzt wusste sie, was es war.

Hinter ihren Augen brannte es wie Feuer, sie wollten wohl nichts mehr sehen von einer Welt, in der ein solcher Betrug möglich war. Ein Schmerz, dass sie hätte schreien mögen.

Atmete sie eigentlich noch? Ja, tatsächlich. Erstaunlich, dachte sie, dass die Lungen noch ihren Dienst tun konnten, bei dieser Kälte in ihrem Innern. So kalt. Nicht einfach kalt, eisig war es; Raureif hatte sich auf ihr Herz gelegt.

Nur hinter den Augen, da loderte es so heiß; es würde ihr gleich die Augäpfel versengen. Warum konnte man diese Temperaturen eigentlich nicht mischen? So ein Körper war schon eine merkwürdige Sache, dachte Antonia.

Die Bewegungen, mit denen sie sich jetzt aus dem Sessel erhob, waren die einer Maschine; ohne Geschmeidigkeit, ohne Anmut, eckig, als müsste jeder Muskel separat angespannt werden, eine Kraftanstrengung für jeden einzelnen von ihnen und nur die wichtigsten benutzend. Nur die paar Muskeln, die zur Bewegung unbedingt notwendig waren; aber ohne weitere Koordination, ohne jede Harmonie. Sie schwankte ins Wohnzimmer.

Es dauerte weniger als eine Stunde, bis Julian schwungvoll die Haustür öffnete.

»Warum machst du dir kein Licht? Es dämmert doch schon«, sagte er, als er Antonias Schatten in dem großen Ohrensessel im Wohnzimmer erkannte.

»Kein Licht!«, sagte Antonia. »Ich muss mit Ihnen sprechen. Kommen Sie herein.«

Julian war so verblüfft, dass ihm keine vernünftige Antwort einfiel.

»Was ist denn los? Machst du ein Spiel? Warum siezt du mich?«

»Würden Sie mir bitte zuhören?« Antonias Stimme war so eisig, wie er sie noch nie gehört hatte.

»Lassen Sie das Licht aus!«, sagte sie, als seine Hand automatisch nach dem Schalter greifen wollte.

»Antonia, was soll das?«, fragte er.

»Machen wir es kurz«, sagte sie. »Ich habe festgestellt, dass unsere Beziehung auf einem Irrtum beruht. Einem Missverständnis. Ich hatte mir ein Bild von Ihnen gemacht und musste jetzt leider feststellen, dass dieses Bild in wesentlichen Punkten falsch war. Deshalb ist unsere Beziehung beendet.«

»Aber …« Julian dachte: Das ist also gemeint, wenn man sagt, jemand steht da wie vom Donner gerührt.

»Unsere Verträge gelten natürlich, wie abgeschlossen.«

Ganz langsam, zeitverzögert sickerten die Worte in Julians Bewusstsein. Soeben kam an: … dieses Bild in wesentlichen Punkten falsch war …

Was meinte sie damit? Dass er im Dunkeln nicht schlafen konnte? Seine Schwächen? Er hatte Angst gehabt, es ihr zu erzählen, er hatte Angst gehabt, sie würde ihn nicht mehr ernst nehmen. Es lächerlich finden. Aber dass sie deswegen die ganze Beziehung infrage stellte? Weil er Angst im Dunkeln hatte? So war sie doch nicht, oder?

»Du machst Schluss, weil ich …«

»Ich halte es im Übrigen für richtig, dass wir wieder zu dem förmlichen Sie zurückkehren.«

Antonia rückte die Brille auf ihrer Nase zurecht.

»Du machst Schluss, weil ich nicht fehlerfrei bin? Weil ich Schwächen habe?« Jetzt kam die Wut in Julian hoch. Er wurde lauter. »Was bist du nur für ein eiskaltes Weib!«

»Von meiner Seite aus ist alles gesagt.« Mit Geschrei konnte man Antonia nicht beeindrucken. »Ich möchte nur noch darauf hinweisen, dass ich nicht mehr mit Ihnen zu frühstücken wünsche. Organisieren Sie Ihren Tag also bitte so, dass Sie nach mir am Frühstückstisch erscheinen.«

Antonia erhob sich, die Dunkelheit verbarg die Steifheit ihrer Bewegungen, sie ging ohne sichtbares Zögern an Julian vorbei, er hörte ihre Schritte auf der Treppe: langsam, gleichmäßig, ausgeglichen, mit sich im Reinen, so hörte es sich an.

Er konnte nicht sehen, wie Antonia das Geländer umklammerte und sich mit höchster Kraftanstrengung hochzog. Stufe für Stufe. Schritt – Schritt – Schritt. Denn die Beine allein waren zu schwach, sie gaben ihr keinen Halt mehr.

Julian stand im Wohnzimmer. Was sollte er tun? Seine Fäuste ballten sich und öffneten sich, nur um sich gleich darauf erneut zu ballen.

Er wollte den Sessel nehmen und zum Fenster hinauswerfen … ein Messer holen und Polster aufschlitzen … hoch zu Antonia und sie schütteln und schütteln und schütteln … er wollte …

Stattdessen tat er nichts. Er stand einfach da, reglos wie

ein ausgestopftes Exponat in einem Museum; nur die Fäuste führten ein Eigenleben, sie ballten sich – öffneten sich – ballten sich.

* * *

Am nächsten Abend, nach einer unruhigen Nacht und einem uneffektiven Tag im Büro, beschloss Antonia, noch einmal Walter und Paul zu besuchen. Sie hatte Sehnsucht nach Zuspruch und Trost, nach Familie und dem Gefühl der Geborgenheit. Sie rief Walter auf seinem Handy an.

»Ja, komm vorbei. Wir freuen uns«, sagte er.

Antonia erschrak, als sie das Apartment der beiden betrat. Der Rollstuhl stand zusammengeklappt neben der Eingangstür, Paul lag im Schlafraum im Bett und döste.

Auf ihren fragenden Blick hin sagte Walter: »Das Sitzen fällt ihm schwer.« Antonia sah seine geröteten Augen. »Und die Medikamente machen ihn so müde.«

»Es tut mir so leid, Onkel Walter«, flüsterte sie ihm ins Ohr, als sie ihn umarmte. Er drückte sie fest. »Ich weiß, mein Kind.«

Dann hielt er sie von sich und musterte sie prüfend.

»Eigentlich hatte ich erwartet, eine strahlende Braut zu sehen«, sagte er. »Stattdessen bist du weiß wie eine Wand.« Die tiefen dunklen Ringe unter den Augen erwähnte er lieber erst gar nicht.

»Wieso strahlende Braut?«, fragte Antonia. »Ach, du meinst wegen diesem Herrn Markward? Das war ein Irrtum von mir.«

»Aber …« Walter zögerte. Da war aber etwas ordentlich schiefgelaufen. Sollte er ihr sagen, dass Julian bei ihnen gewesen war? Sollte er ihr von dem beabsichtigten Heiratsantrag erzählen?

Oder war es besser, sich herauszuhalten?

Im Nebenraum stöhnte Paul laut auf.

»Wir kommen«, rief Walter und nahm auf dem Weg ins Schlafzimmer noch einen Stuhl für Antonia mit, den er neben Pauls Bett stellte.

Dann saßen Walter und Antonia links und rechts neben dem unruhig dösenden Paul, der immer wieder hochschreckte, beide verwirrt ansah, dann erkannte und anlächelte, um fast im selben Moment wieder wegzudämmern.

Beide hielten eine Hand von Paul.

Aus Pauls Mundwinkel lief ein wenig Speichel. Walter nahm ein Tuch vom Nachttisch und wischte ihn sanft ab. Dann beugte er sich vor und küsste Paul zart auf den Mund.

Das ist Liebe, dachte Antonia. So eine Liebe wünsche ich mir auch – aber dazu gehört Vertrauen. Und ohne Vertrauen kann die Liebe nicht existieren.

»Wie habt ihr euch eigentlich kennengelernt?«, fragte Antonia. »Das habt ihr mir nie erzählt.«

»Ach, Toni …« Über Walters Gesicht huschte ein verschmitztes Lächeln bei der Erinnerung.

»Das haben wir, glaube ich, mit Absicht nicht erzählt.«

»Warum?«

»Na ja, wie soll ich sagen?« Walter errötete tatsächlich leicht.

»Heute ist das schwer nachvollziehbar. Es war ja damals eine ganz andere Zeit. Und es ging dich ja auch nichts an. Und außerdem mussten wir immer aufpassen, dass du nicht irgendwo etwas erzählst, das uns in Schwierigkeiten bringt.«

»Ich verstehe nicht, was du meinst«, sagte Antonia verwundert.

»Erinnerst du dich nicht mehr an die Nackte-Mann-Geschichte?«

»Ach ja, das hatte ich total vergessen.« Jetzt fiel es ihr wieder ein.

Walter und Paul hatten keine Scheu vor Antonia gehabt. Es war durchaus vorgekommen, dass einer der beiden nackt aus dem Badezimmer kam, während Antonia mit dem anderen Onkel im großen Bett saß und mit diesem in einem Kinderbuch las. In dem katholischen Kinderheim hatte es dann allerdings zu großem Entsetzen bei den Nonnen geführt, als die aus irgendeiner unbedachten Bemerkung Antonias hatten schließen können, dass die gerade mal Siebenjährige einen Mann schon einmal *nackt* gesehen hatte.

Walter wurde ins Heim bestellt. Die Frau vom Jugendamt informiert. Es gab inquisitorisch anmutende Verhöre von Amts wegen. Antonia hatte glücklicherweise instinktiv gespürt, dass sie ihre beiden Onkel in Schutz nehmen musste, und hatte rundheraus gelogen; sie hatte behauptet: Nein, sie habe die beiden noch niemals nackt gesehen; hatte sich glücklicherweise an die Reise mit den Eltern zwei Jahre zuvor nach Florenz und an das schöne Foto, das der Vater von Michelangelos *David* gemacht hatte, erinnert, hatte damit ihre Kenntnisse der männlichen Anatomie erklären und so diesen »Sturm im Wasserglas« beruhigen können.

Aber Walter und Paul hatten von da an darauf geachtet – es war Antonia erst später aufgefallen –, dass sie nicht mehr vor dem Kind nackt im Haus herumliefen, dass das Kind sie nicht mehr unbekleidet im Schlafzimmer oder Badezimmer antreffen konnte.

»Wir waren so erleichtert, als die Frau vom Jugendamt anrief und uns sagte, dass die Sache sich geklärt hätte.«

Antonia sah, wie die Erinnerung heute noch tiefe Sorgenfalten auf Walters Stirn zeichnete.

»Das ist dir aber wirklich nahegegangen«, sagte sie überrascht.

»Ach, meine süße Toni«, sagte Walter, und sein Lächeln verunglückte etwas.

»Du hast das damals nicht verstanden. Aber sie wollten uns einen Kindesmissbrauch anhängen.«

»Nein!«, rief Antonia entsetzt aus. »Die spinnen doch!«

»Ach ja«, sagte Walter. »Damals waren wir sehr empört. Das ging doch beim Jugendamt nach dem Motto: Zwei Schwule? Denen ist alles zuzutrauen! So war das damals. So haben viele gedacht. Heute sehe ich das Verhalten des Jugendamtes allerdings mit etwas anderen Augen. Heute denke ich, man muss solchen Hinweisen nachgehen. Lieber einmal zu viel als einmal zu wenig. Allerdings sollte man auch im Auge behalten, was man den Menschen, die man vielleicht zu Unrecht verdächtigt, damit antut. Nun ja, wie auch immer. Dadurch, dass du so unheimlich clever reagiert hast, war das Thema glücklicherweise relativ schnell vom Tisch.«

Antonia nickte. »Die Frau war ekelhaft und hat dauernd so fies über euch geredet. Da dachte ich, das geht die überhaupt nichts an, wie ihr nackt ausseht.«

Die Erinnerung ließ sie kurz kichern. »Onkel Paul hatte doch schon so ein kleines Bäuchlein, und ich hatte ja mitbekommen, wie sehr ihn das ärgerte. Ich weiß noch, wie ich gedacht habe, er will bestimmt nicht, dass diese fiese Frau weiß, dass er einen Bauch hat! Deshalb habe ich gelogen.«

Walter starrte sie einen Moment fassungslos an. Dann fing er schallend an zu lachen.

»Pauls Bauch hat uns gerettet?«

Paul, durch das laute Lachen aus seinem Dämmerschlaf geweckt, öffnete die Augen.

»Paul, hast du das gehört? Dein Bauch hat uns gerettet!«

Paul murmelte irgendetwas, Antonia bezweifelte, dass er

verstanden hatte, worum es ging, aber er verzog das Gesicht zu einer Art Grimasse, die erfreut wirkte. Dann döste er wieder weg. Walter strich ihm zärtlich über die Stirn.

»Du hast schon immer so sensibel reagiert«, sagte er zu Antonia. »Weißt du noch, als die letzten Schulstunden ausfielen und du früher als normal nach Hause kamst?«

Antonia hatte eine Ahnung, wovon er sprach; eine Befürchtung. Aber das konnte er doch gar nicht wissen!

»Nein, das weiß ich nicht mehr.«

»Oh Toni, du wolltest Paul die Scham ersparen. Und willst es jetzt noch bei mir. Aber er war so glücklich über dein Verhalten. Er war so stolz auf dich. Was für ein Zartgefühl unsere Kleine hat! Die wird es im Leben noch ganz weit bringen, hat er am Abend zu mir gesagt. Und ich bin auch geplatzt vor Stolz. Und tue es jetzt noch.«

Antonia spürte, wie ihr die Tränen in die Augen traten. »Ich ahnte nicht, dass ihr es wusstet«, sagte sie.

Sie hatte nie mit jemandem darüber gesprochen.

Ja, sie war zwei Stunden früher als erwartet von der Schule gekommen. Walter war da, nicht auf Auslandsreise, also lebte sie bei ihm und Paul. Ungefähr neun war sie damals gewesen. Schon bevor sie in die Osterwaldstraße eingebogen war, hatte sie Kinder johlen hören; es hatte hässlich geklungen.

Als sie um die Ecke gebogen war, hatte sie die Horde gesehen. Und Onkel Paul, wie er gegangen war, stolz aufgerichtet, in seinem eng taillierten, schwingenden hellen Tuchmantel, auf dem Kopf den dazu passenden Hut mit den drei Federn, in der Rechten eine vom Tageseinkauf prall gefüllte Jutetasche (die er benutzte, weil sie so gut zu dem Mantel passten, das wusste sie). Und jetzt hatte sie auch die Worte verstehen können, die die Kinder hinter ihm herriefen: »Schwule Sau! Schwule Sau!«

Sie hatte sich versteckt; Paul hatte nicht sehen sollen, dass sie diese demütigende Szene miterlebt hatte. Sie war dann erst eine halbe Stunde später heimgegangen. Und hatte den am Küchentisch sitzenden, Kartoffeln schälenden Paul lang umarmt. »Ich hab dich ganz furchtbar lieb, Onkel Paul.«

»Er hat es mir am Abend erzählt«, riss Walter sie aus ihren Erinnerungen. »Und dabei geweint vor Rührung und vor Glück. Ich bin dankbar für diese fiesen Kinder, denn es hat mir mal wieder die Gelegenheit gegeben, zu sehen, was für ein wunderbarer, feiner Mensch unsere Antonia ist, hat er gesagt.«

»Ich wusste bis heute nicht, dass er mich gesehen hat«, wunderte sich Antonia.

Plötzlich spürte die den Druck von Pauls Hand an der ihren. Sie blickte auf. Seine Augen waren offen und klar. Er war wach. Sie beugte sich nach vorn und umarmte ihn.

»Ich hab dich ganz furchtbar lieb, Onkel Paul«, flüsterte sie ihm ins Ohr. Sie spürte die Nässe an seiner Wange. Waren es ihre Tränen oder seine? Sie konnte es nicht unterscheiden.

Paul drückte noch einmal ihre Hand, tröstend, wie ihr schien.

Sie hörte, wie Walter schniefte und sich dann kräftig schnäuzte.

»So, jetzt hören wir aber auf, in der Vergangenheit zu wühlen. Lass uns lieber nach vorne blicken. Was ist denn nun eigentlich mit dir und deinem Julian los?«, fragte Walter.

Auch Paul gab einen fragenden Laut von sich.

Antonia richtete sich auf und presste die Lippen zusammen.

»Es ist vorbei«, sagte sie nur.

»Aber warum denn bloß? Du warst doch so glücklich am Sonntag!«

»Es war ein Irrtum. Ich möchte nicht darüber sprechen«, sagte Antonia, und ihr Gesicht wurde hart.

Pauls Finger klopften auffordernd auf ihren Arm.

»Nein, ich will nicht!«, sagte sie, aber sie konnte nicht verhindern, dass ihre Stimme zu zittern begann.

Walter schwieg, Pauls Hand in ihrer schwieg ebenfalls. Antonia saß nur da – und endlich kamen die Tränen.

»Ach je«, sagte Walter. »So schlimm?« Aber er lächelte Paul zu, als er aufstand, auf die andere Seite ging und Antonia in den Arm nahm.

Antonia weinte mindestens zehn Minuten lang, immer wieder versuchte sie, etwas zu sagen, wurde aber von ihrem eigenen Schluchzen unterbrochen, und Walter griff, während er sie mit einem Arm an seiner Schulter festhielt, mit der anderen Hand in die Nachttischschublade und fischte ein Päckchen Papiertaschentücher heraus.

Antonia verbrauchte sie alle.

»So«, sagte Walter. »Da bin ich ja froh, dass wir dieses Stadium schon mal erreicht haben. Und jetzt sagst du uns, worüber ihr euch gestritten habt.«

»Er hat mich …« Antonia schluchzte schon wieder, und Walter griff nach einer weiteren Packung Taschentücher.

Antonia holte tief Luft, wischte sich mit den Zeigefingern unter den Augen entlang, musterte dann die Fingerspitzen, murmelte: »Die wurde mir als wasserfest verkauft, diese Wimperntusche«, hob dann den Kopf, sah ihre beiden Onkel an und sagte: »Er hat mich angelogen.«

»Das ist schlimm«, sagte Walter. »Was hat er denn behauptet?«

»Darüber möchte ich jetzt wirklich nicht sprechen! Das geht niemanden etwas an, auch euch nicht.«

»Gut, da hast du vielleicht recht. Was sagt er zu seiner Verteidigung?«

Antonia zögerte. »Ich habe ihn nicht gefragt.«

»Oh«, sagte Walter, und auch Pauls Hand drückte auf einmal wieder kräftiger zu. »Du hast ihm nicht die Möglichkeit gegeben, sich zu verteidigen? Oder es aufzuklären? Vielleicht handelt es sich ja um ein Missverständnis?«

»Das ist es nicht, ganz sicher nicht!«, brauste Antonia auf.

Walter überlegte. Hatte denn Julian seinen Antrag schon gemacht? Oder nicht? Sollte er nachfragen? Aber nach etwas Überlegen entschied er sich dagegen. Er wusste nicht, welchen Fehler Julian in Antonias Augen begangen hatte, aber sie war noch derart erregt, dass es vielleicht klüger war, einen Tag abzuwarten. Vor allem aber wollte er Julian nicht vorgreifen – wie würde das auf den jungen Mann wirken, wenn der seinen Antrag machte und Antonia antwortete: Jaja, hat mir mein Onkel schon erzählt.

Aber irgendwas musste er doch tun!

»Toni, meine Kleine, pass auf. Wir hatten das Thema vorhin in einem anderen Zusammenhang …«

»Aber hier sind es keine ungerechtfertigten Verdächtigungen! Ich weiß mit einhundertprozentiger Sicherheit, dass er etwas wirklich Schändliches getan und mich fürchterlich angelogen hat.« Antonias Wut war nur für den zu spüren, der sie gut kannte; an der kalten, emotionslosen Stimme, an dem starren, unbewegten Gesicht.

»Toni, liebe Toni, hör zu. Trotzdem musst du ihm Gelegenheit zur Verteidigung geben! Alles andere ist einfach nicht fair«, sagte Walter.

»Nach allem, was du erzählt hast, sind wir davon überzeugt, dass er dich liebt …« Antonia wollte etwas sagen, aber Walter ließ sie nicht zu Wort kommen. »Doch, er liebt dich! Frag Paul.« Antonia sah zu Paul, seine Hand drückte ihre mit aller Kraft, und sein Mund versuchte, ein Wort zu formen.

»Das heißt ja«, übersetzte Walter diesen Laut.

»Noch einmal: Unserer Überzeugung nach liebt er dich, wie man einen Menschen nur lieben kann. Also wenn er wirklich etwas falsch gemacht hat, gib ihm die Gelegenheit, sich zu rechtfertigen. Redet darüber! Wenn du danach immer noch wütend bist, wenn du es nicht verstehen und vor allem nicht verzeihen kannst, dann ist es eben so. Dann kannst du deine Konsequenzen ziehen. Aber nicht vorher, nicht bevor du seine Version der Geschichte kennst.«

Antonia wich Walters Blick aus, auch Pauls.

Aber die beiden warteten geduldig. Sie musste etwas sagen.

»Susie liebt ihn auch«, stieß sie unvermittelt hervor.

»Ach«, sagte Walter.

Und ein paar Sekunden später: »Ach so?« Was hatte Susanne nur damit zu tun?

Lag hier der Grund für Antonias Verhalten? Wollte Antonia vielleicht wegen Susanne zurückstehen?

Immer schon hatte sie sich um Susanne Gedanken gemacht. Sich später auch schuldig gefühlt, wenn Susie nach Besuchen bei ihnen fürchterlich geweint hatte, weil sie zurück zu den Pflegeeltern musste.

Susie, die Arme. Hin- und hergerissen seit ihrem sechsten Lebensmonat. Nie hatte sie richtig irgendwo dazugehört.

»Ich weiß nicht, was Susanne damit zu tun hat. Ihre Lieben zeichnen sich allerdings, soweit ich das beurteilen kann, durch eine ziemlich kurze Halbwertszeit aus, wenn ich das mal so sagen darf. Und eines weiß ich ganz sicher – auch wenn ich dir im Moment nicht sagen kann, woher: Julian Markward liebt dich! Nur dich! Und nicht Susie.«

Antonia stutzte.

»Was heißt das denn? Was kannst du mir nicht sagen? Was läuft hier hinter meinem Rücken ab?«

Paul stöhnte laut auf. Walter warf einen Blick zu Paul, sah sein vor Qual verzogenes Gesicht und sagte: »Antonia, sei uns nicht böse, aber Paul kann nicht mehr. Lass uns bitte ein anderes Mal weiterreden, gern schon morgen, wenn du willst. Wir können dir jedenfalls nur den dringenden Rat geben: Sprich mit deinem Herrn Markward. Ganz egal, was er gemacht hat, gib ihm die Chance, dazu Stellung zu nehmen. Alles andere ist höchst unfair.«

Er erhob sich, und Antonia stand notgedrungen ebenfalls auf. Sie beugte sich zu Paul, umarmte ihn und küsste ihn auf beide Wangen.

»Erhol dich bitte, ich besuche dich morgen wieder«, sagte sie.

Walter stand schon zur Abschiedsumarmung bereit.

»Schön, dann reden wir morgen weiter.« Er schob sie fast zur Tür hinaus.

Der Aufzug kam sofort, und Antonia stieg ein, um ins Erdgeschoss zu fahren. Sie konnte nicht mehr hören, wie Walter grinsend zu Paul sagte: »*Du!* Also, das Stöhnen hat sich ja sehr echt angehört, aber mit der Mimik hast du es stark übertrieben. Ich dachte schon, sie merkt was.« Paul antwortete, und Walter erwiderte: »Ach, bis morgen ist es noch lang hin. Sonst muss ich mir eben etwas einfallen lassen, woher wir so sicher wissen, dass er sie liebt.«

Er liebt dich. Nur dich! Eine Stimme im Hinterkopf, die diesen Text als Endlosschleife flüsterte. *Er liebt dich, nur dich!* Antonia schüttelte entnervt den Kopf. *Das ist mir egal!*, erklärte sie der Stimme. *Er lügt, verstehst du das nicht?*

Das Licht der Ampel vor ihr sprang auf Rot. Sie bremste. *Er liebt dich. Nur dich! Und du weißt es auch. Gib's zu!*

Erschöpft schloss sie die Augen. Sie wäre unfair, hatte Onkel Walter gesagt. Vielleicht hatte er recht. Unfair wollte sie nicht sein. Sie würde mit Julian reden. Aber was würde er zu seiner Entschuldigung vorbringen können? Ihr fiel kein, aber auch gar kein Beweggrund ein, der sein Verhalten rechtfertigen könnte. Wenn doch nur diese Stimme endlich schwiege. *Er liebt dich. Nur dich!*

Hinter ihr hupte jemand laut und ungeduldig. Die Ampel zeigte Grün.

Sie fuhr an. Sie würde mit ihm reden. Sie würde ihm Gelegenheit geben, sich zu erklären.

Aber als sie in der Osterwaldstraße ankam, war das Haus leer. Julian war nicht da. Und kam auch nicht im Lauf des Abends.

Antonia wartete, immer ungeduldiger werdend, zuerst in ihrem Arbeitszimmer, am Schreibtisch sitzend, vor sich irgendwelche Papiere, immer wieder starrte sie darauf, aber sie erfasste den Text nicht. Sie schob die Blätter an die Seite, erhob sich und schlurfte kraftlos ins Wohnzimmer, wo sie sich in den dunkelblauen Ohrensessel fallen ließ. Sie legte die Füße auf den davorstehenden Hocker, nahm sie Sekunden später wieder herunter. Sie stand auf, ging in die Küche und kochte sich einen Tee. Mit der Teetasse in der Hand wanderte sie durch die Räume, immer wieder durch das Küchenfenster nach draußen blickend – war der Bulli vielleicht doch in der Zwischenzeit gekommen, und sie hatte ihn nur nicht gehört? Tete schlief im Wohnzimmer auf dem Sofa – seit Antonia und Julian ein Paar waren, stand oben die Tür immer offen, und Tete hatte das gesamte Haus in Besitz genommen. Heute wurde sie aber von Antonias Unruhe angesteckt, sprang irgendwann auf und stieg die Treppe hinauf, um sich oben, in »Julians Flur«, auf dem dort für sie bereitliegenden Kissen weiter auszuruhen; Antonia sah ihr hinterher.

Um halb elf kam ihr ein fürchterlicher Verdacht. Ob Julian mit ihrer Schwester zusammen war? Sie hatte Susanne nicht mehr gesprochen seit jenem schrecklichen Nachmittag vor zwei Tagen. Sie hatte auch bewusst nicht angerufen, obwohl sie schon mehrfach das Handy in der Hand gehabt hatte.

Sie wollte Susanne Zeit geben, sich etwas zu beruhigen.

Aber jetzt tippte sie die Nummer ein. Eine Ewigkeit, bis der Anruf durchging. Und dann läutete es einmal, zweimal, dreimal, viermal … Nach dem sechsten Klingeln sprang die Mailbox an.

»Hallo, ihr lieben Anrufer. Bitte verratet mir, wer ihr seid, dann rufe ich so schnell es geht zurück!«

Antonia legte auf. Susanne würde über den verpassten Anruf ihrer Schwester ja sowieso informiert werden, was sollte sie also sagen? Ruf mich zurück, ich will wissen, ob der Mann, der mich angeblich liebt und den ich liebe, auch wenn ich mich deswegen gerade verfluche, bei dir ist?

Zehn Minuten nach elf ging Antonia zu Bett. Noch länger als eine Stunde lag sie wach und horchte nach draußen; kam nicht bald ein Auto? Knirschte nicht endlich der Kies?

Um eins wurde wieder einmal die Nachttischschublade aufgezogen, das Röhrchen mit den Schlaftabletten leerte sich zusehends.

Am nächsten Morgen erwachte Antonia eine Dreiviertelstunde, bevor der Wecker klingelte. Einen kurzen Moment überlegte sie, was sie geweckt haben könnte, dann drang das Geräusch von knirschendem Kies in ihr Bewusstsein. Sie sprang aus dem Bett, schaute aus dem Fenster – und riss sofort den Flügel auf. Aber hinterherzurufen war natürlich völlig sinnlos; die Rücklichter wurden kleiner und kleiner, schon bog der Bulli an der nächsten Einmündung um die Kurve.

Antonia wurde das Herz schwer. Warum hatte sie nicht gehört, wie er nach Hause gekommen war? Wegen der Schlaftablette wahrscheinlich. Sie fluchte leise vor sich hin. Und sie war ja selbst schuld: Schließlich hatte sie ihm gesagt, dass sie ihn beim Frühstück nicht sehen wolle – sie schwankte zwischen Ärger und Traurigkeit.

Appetitlos kaute sie ihr Müsli.

Ihr Spiegelbild sah ihr vorwurfsvoll aus den Scheiben des Wintergartens entgegen. Draußen war es um diese Zeit noch dunkel.

Es war kalt hier im Frühstücksraum. Die Schwärze draußen weckte Zweifel, ob es tatsächlich noch einmal hell werden würde. Sie fröstelte.

»Frau Straub, funktioniert eigentlich die Fußbodenheizung?«

Frau Straub kam aus der Küche, schlüpfte aus ihrem rechten Schuh und stellte den dünn bestrumpften Fuß auf den Boden.

»Der Fußboden ist warm, die Heizung läuft einwandfrei«, sagte sie.

»Ich glaube, jetzt wird es tatsächlich Winter«, sagte Antonia. »Ab morgen frühstücke ich im Esszimmer.«

Frau Straub nickte überrascht.

Antonia erhob sich. »Ich fahre ins Büro. Sie können bitte abräumen, Herr Markward ist schon weggefahren.«

Frau Straub nickte wieder.

Ich werde heute Abend mit ihm sprechen, dachte Antonia.

Aber Julian erschien auch am Abend nicht, und auch nicht am nächsten Morgen, und auch nicht am nächsten Tag, und auch nicht am übernächsten. Am Abend wartete Antonia noch ungeduldig, am nächsten Morgen, nach einer schlaflosen Nacht – sie hatte keine Tablette genommen, sie hatte Angst, das Geräusch des ankommenden Autos zu verpassen –, kam die Wut; am dritten Abend überwog die Traurigkeit, und Antonia rief ihn an. Sie landete jedoch nur auf seiner Mailbox.

Sie hinterließ keine Nachricht. Er würde ja sehen, dass sie angerufen hatte. Aber sie wartete vergebens auf den Rückruf.

Am nächsten Morgen wählte sie erneut Julians Handynummer. Wieder die Mailbox.

»Bitte melden Sie sich, ich muss mit Ihnen sprechen!«, sagte Antonia.

Im Büro legte sie das Handy neben sich auf den Schreibtisch. Sie kontrollierte mehrmals die Lautstärke: War alles richtig eingestellt? Hatte es Empfang?

»Frau Wegner, rufen Sie mich doch bitte mal auf meinem Handy an«, bat sie ihr Vorzimmer.

Das Handy funktionierte, alles funktionierte, Julian hätte sie erreicht – wenn er es versucht hätte. Aber offensichtlich versuchte er es nicht.

Es war der dritte Abend allein in der Osterwaldstraße, als ihr etwas auffiel. Wo war eigentlich Tete? Wann hatte sie Tete das letzte Mal gesehen? An dem Abend, als sie von Walter und Paul gekommen war – da hatte Tete auf dem Wohnzimmersofa gelegen.

»Tete?«, rief sie. Aber keine Antwort, kein Maunzen wie sonst gelegentlich, auch kein kleiner grauer Katzenkörper, der wie zufällig um die Ecke kam, mit einem Gesichtchen, das Blasiertheit und Gnädigkeit gleichermaßen ausdrückte.

Antonia versuchte es noch einmal. »Tete?«

Sie zögerte noch. Aber wie sagte Paul oft? »Es ist besser, seinem Schicksal entgegenzugehen, als ihm hinterherzuhecheln …«

Sie ging die Treppe nach oben. Bis ganz nach oben – bis zu Julians Etage. Wo die Wohnungstür weit offen stand. Dann hielt sie sich mit zwei Händen am Geländer aufrecht, so fest krampfte sie die Fäuste um das Holz, dass der Schweiß, der ihr plötzlich ausbrach, irgendeine alte Beize aus dem Holz löste; später hatte sie an beiden Handflächen braune Streifen.

Tetes Schlafkissen im Flur war weg. Durch die offene Küchentür sah sie die leere Fensterbank, nur ein paar welke Blätter lagen noch da, wo die Kräutertöpfe gestanden hatten.

Sie wusste schon, was sie erwartete, bevor sie die Tür zu Julians Schlafzimmer öffnete.

Er hatte wohl noch gefegt, der Boden sah sauber aus. Die offenen Schranktüren gaben den Blick frei auf die leeren Regale und die vier dicken Holzbügel, die einsam an der kahlen Kleiderstange hingen.

Er war fort. Er war gegangen. Er hatte sie verlassen.

Erst jetzt wurde Antonia klar, wie sehr sie im Innersten noch auf ein Wunder gehofft hatte. Wie sehr sie darauf gewartet hatte, dass etwas seinen Betrug erklärte, entschuldigte, der Lüge den Stachel nahm. Etwas, was es ihr ermöglicht hätte, ihm zu verzeihen.

Diese Hoffnung starb gerade. Und tötete etwas in Antonia.

Er war fort. Ohne ein Wort des Abschieds. Von einem Moment auf den anderen. Wie ihre Eltern damals.

Man durfte sich nicht an Menschen binden. Man durfte nicht lieben. Damit machte man sich einfach zu verletzlich. Zu schwach - zu weich …

Antonia ging in ihr Schlafzimmer, zog sich aus, duschte, cremte sich das Gesicht ein, putzte die Zähne. Dann legte sie sich ins Bett und starrte mit heißen, trockenen Augen in die Dunkelheit

Am nächsten Vormittag versuchte sie, ihre Schwester zu erreichen. Aber auch hier antwortete wieder einmal nur eine elektronische Stimme.

»Ich wollte dir nur sagen, dass Herr Markward und ich uns getrennt haben«, sprach Antonia auf die Mailbox. Und nach einem kurzen Moment: »Ich würde mich freuen, wenn du mich mal zurückrufst.«

Die nächsten Wochen waren die fürchterlichsten in Antonias Leben. Sie arbeitete, ging in ihren Fitnessclub, aß, trank, diktierte Briefe, telefonierte mit Kunden, bestellte eine neue Produktionsmaschine; sie hielt ihren Körper und ihr Unternehmen am Laufen – mehr aber auch nicht.

Jeden Mittwochabend und jeden Sonntagnachmittag besuchte sie Walter und Paul. Paul wurde schwächer und schwächer, verlor aber nicht seine gefasste Gelassenheit.

Walter hatte einmal gefragt, wie die Aussprache zwischen Julian und ihr verlaufen sei.

»Es gab keine. Er will offensichtlich keine. Und darin sind wir uns hundertprozentig einig«, hatte die barsche Antwort Antonias gelautet.

Walter hatte – auch auf Pauls Blick hin – beschlossen, erst einmal nicht weiter nachzuhaken.

»Lass beiden noch etwas Zeit«, hatte ihm Paul abends, nuschelnd und murmelnd, aber trotzdem verständlich, erklärt. »Antonia muss erst akzeptieren, dass Liebe schwach und verletzlich macht. Ich weiß nicht, worin das Problem zwischen den beiden besteht, aber alles zusammen war auf jeden Fall zu viel für sie.«

Abends vorm Einschlafen sagte er noch zu Walter: »Aber in zwei oder drei Wochen musst du dich darum kümmern, dass die beiden wieder zusammenkommen. Das ist das zweite Versprechen, das ich von dir erbitte.«

Walter küsste ihn. »Ich verspreche es. Und ich halte es. Wie das andere auch.«

Paul drückte dankbar Walters Hand, legte seinen Kopf an Walters Schulter und schlief ein.

Am folgenden Sonntag saß Walter das erste Mal allein im Foyer des Krankenhauses. Antonia blickte sich suchend um. »Wo ist denn Paul?«

»Er liegt seit gestern auf der Pflegestation«, sagte Walter leise.

»O mein Gott! Was ist passiert?«

Walter schüttelte hilflos den Kopf.

»Ich weiß es nicht. Ich konnte ihn nicht dazu bewegen, aufzustehen – weißt du, ich gehe sonst morgens immer mit ihm zur Toilette, aber er hat sich gewehrt und geschrien …« Walters Stimme brach. »Toni, er hat mich nicht erkannt!« Er schluchzte jetzt ungeniert, ohne auf die neugierigen Blicke ringsum zu achten.

»Wie furchtbar!«, sagte Antonia und nahm ihren Onkel in den Arm.

»Kann ich zu ihm?«, fragte sie ein paar Minuten später.

Walter zog ein Taschentuch aus der Jacke und wischte sich über das Gesicht.

»Ich weiß nicht, ob ich dir das zumuten kann.«

»Hör auf«, sagte Antonia empört. »Er ist mein Onkel, so wie du!«

Walter nickte. »Dann komm.«

Die Pflegestation des Heims war voll belegt; hier lagen die Bewohner, die so schwer erkrankt waren, dass sie nicht mehr in ihren Zimmern versorgt werden konnten.

Paul lag in einem kleinen Einzelzimmer; er war nicht bei Bewusstsein.

Ein Infusionsständer am Kopfende; ein großer Monitor

neben dem Bett und die Linie darauf, die den Herzschlag anzeigte; die aufeinandergetürmten Apparate, die Antonia an den Physikunterricht in der Schule erinnerten.

Unwillkürlich atmete Antonia prüfend durch die Nase ein und verzog das Gesicht. Es stank. Paul stank.

»Das hätte ich dir gern erspart«, murmelte Walter.

»Es macht mir nichts aus«, erwiderte Antonia, setzte sich neben das Bett und griff nach Pauls Hand.

Walter setzte sich ans Fußende.

»Ich habe ihn heute schon zweimal gewaschen. Aber er hat drei Stellen, die aufgegangen sind, und …«

»Wieso denn das?«, fragte Antonia überrascht.

»Die Haut ist einfach inzwischen zu strapaziert. Obwohl ich ihn eincreme, so oft es nur geht … «

Antonia streichelte Pauls Hand, und er öffnete kurz die Augen, sah sie und Walter an und murmelte etwas.

»Was hat er gesagt?«, fragte sie Walter.

»Ich habe es nicht verstanden«, antwortete ihr Onkel.

»Es war aber doch ziemlich deutlich, fand ich. Ich habe *Versprechen* verstanden«, beharrte Antonia nachdenklich.

Paul drückte fest ihre Hand.

»Er sagt ja!« Antonia schaute mit einem kleinen stolzen Lächeln zu Walter.

Aber der erwiderte ihren Blick nicht.

»Du bist Ja ganz blass geworden«, meinte sie erschrocken. »Geht es dir nicht gut?«

»Doch, doch«, sagte Walter. »Es ist alles okay. Und du hattest recht. Es hieß tatsächlich *Versprechen*. Ich bin mir inzwischen auch sicher.« Seine Stimme klang belegt.

Verwundert schüttelte Antonia den Kopf.

Paul schlief sofort wieder ein und wachte nicht mehr auf, auch dann nicht, als Antonia sich verabschiedete und ihn ein paar Mal mit Namen rief. Sie umarmte ihn fest, küsste ihn und flüsterte ihm noch einmal »Ich habe dich so lieb, Onkel Paul« ins Ohr.

»Das hat er nicht verdient, dass er da so liegen muss«, sagte Antonia zu Walter, als er sie zum Aufzug brachte. »Was sagen denn die Ärzte? Wann geht es ihm denn endlich wieder besser?«

Walter legte seine Hand an Antonias Wange. »Toni, es wird ihm nicht mehr besser gehen.«

Antonia schüttelte wütend den Kopf.

»Aber er kann doch nicht ewig so liegen! Wie soll das denn weitergehen?«

Walter schwieg.

Ein helles *Pling* kündigte den Aufzug an.

»Und was hat er mit *Versprechen* gemeint?«, fragte Antonia.

Walter schwieg immer noch.

Ein Pfleger schob ein leeres Bett durch den Flur, Walter und Antonia mussten zur Seite treten. Das Bettzeug darauf war zu einem Haufen zusammengeknüllt, eine durchsichtige Plastikfolie deckte es ab; Antonia hatte den Verdacht, dass der Benutzer oder die Benutzerin des Bettes verstorben war.

»Onkel Walter, was meint er damit?«

Walter nahm sie am Arm und zog sie mit sich zur Treppe.

»Lass uns etwas an die frische Luft gehen«, sagte er.

Im Garten im Innenhof setzte Walter sich auf eine der grünen Kunststoffbänke, die die schmalen Kieswege säumten.

»Toni, meine Kleine, komm mal zu mir«, sagte er.

Antonia ließ sich neben ihm nieder.

Walter saß kerzengerade, den Blick irgendwohin gerichtet, wo Antonia nicht hinsehen konnte.

»Es war vor zwei Jahren«, begann er, »wir wussten ja

schon länger, dass Paul an Parkinson erkrankt war. Aber vor zwei Jahren hatte er wieder einen heftigen Schub, und es ging ihm sehr schlecht. Ich hatte einen Zahnarzttermin. Aber dem Arzt war unmittelbar zuvor übel geworden, der musste den Termin streichen, und die haben mich, als ich in die Praxis kam, sofort wieder nach Hause geschickt. Paul hatte allerdings noch nicht mit mir gerechnet.«

Er schwieg und blickte nachdenklich auf die dunklen Wolken, die über den Himmel zogen und die aufziehende Dämmerung vorwegnahmen. Die Lichter aus den Fenstern des Heims zeichneten ein Muster aus hellen und dunklen Flecken auf die Kieswege und die Blumenbeete.

»Ich habe den Brief auf dem Küchentisch sofort gesehen …«, er schluckte kurz und fuhr dann fort, »keine Ahnung, warum, aber ich habe irgendwie geahnt, was das bedeutet. Ich habe den Umschlag aufgerissen, die Worte *Abschied* und *… so nicht mehr leben* sind mir sofort ins Auge gesprungen, dann habe ich oben das Wasser in die Badewanne laufen hören. Ich bin die Stufen hochgerast …«

Walter strich sich mit beiden Händen über das Gesicht, bevor er sie mit einer resignierten Bewegung auf die Oberschenkel legte.

»Er wollte sich die Pulsadern aufschneiden.« Antonias erschrockenes Aufkeuchen ignorierte Walter und fuhr fort.

»In der Badewanne. Ich kam zu früh, das Wasser war noch nicht vollständig eingelaufen.«

Antonia legte ihre Hand über die ihres Onkels.

»Wenn mein Zahnarzt sich nicht den Magen verdorben hätte …«

Walter suchte Antonias Blick.

»Er wollte so krank nicht weiterleben, verstehst du? Nicht mit dieser Perspektive.« Walters Stimme war jetzt ganz klar, ganz ungerührt, als würde er über die Wettervorhersage für morgen sprechen.

»Ich war natürlich entsetzt und habe ihm schwere Vorwürfe gemacht. Dass er mich verlassen will. Und überhaupt. Aber irgendwann habe ich es eingesehen.«

Drei Männer kamen lachend aus dem Haus und stellten sich um den Standaschenbecher neben der Eingangstür des Heims.

»Ich habe zu ihm gesagt: Aber doch noch nicht jetzt! Noch geht es dir doch gar nicht so schlecht.« Walters Stimme klang jetzt fest. »Er hat mir erklärt, dass er Angst davor hat, zu lange zu warten. Dass er Angst davor hat, irgendwann zu schwach zu sein, um seinem Leben noch selbst ein Ende setzen zu können. Und dann habe ich ihm eben versprochen, ihm zu helfen, wenn es so weit ist.«

»Onkel Walter!«

Walter fasste mit seiner rechten Hand nach Antonias, streichelte noch einmal zärtlich darüber, dann erhob er sich.

Antonia wollte ihn festhalten und klammerte sich an seinen Arm, aber sie erwischte nur den Stoff. »Onkel Walter«, sagte sie noch einmal, lauter diesmal und auch empörter. »Du planst doch nicht etwa …«

Walter packte sie fest beim Handgelenk.

»So war seine Bedingung! Sonst wäre er damals nicht mehr geblieben.«

Walter hob den Kopf und blickte zu einem der erleuchteten Fenster an der in der einsetzenden Dämmerung grau schimmernden Fassade. Mit Gewalt löste er nun ihre Hand von seinem Jackenärmel.

Er holte tief Luft.

»Verstehst du denn nicht? Ich hatte doch keine Wahl …«

Er drehte sich um und ging mit festen Schritten davon,

hoch aufgerichtet wie jemand, der mit sich im Reinen ist, wie ein Mann, der weiß, was er zu tun hat.

Antonia wollte aufspringen, hinterherrennen, ihn anschreien – aber ihre Muskeln reagierten nicht auf die Befehle, die das Gehirn sendete … Sie verharrte auf der Bank, starr und stumm.

Walter verschwand im Haus.

Irgendwann begann Antonia zu zittern. Ihre Zähne schlugen aufeinander. Es ist zu kalt hier draußen. Ich werde krank. Ich muss nach Hause …

Die drei Raucher vor der Eingangstür grinsten sich vielsagend an. Diese Frau, die da auf der Bank gesessen hatte, die hatte ganz offensichtlich viel zu tief ins Glas geschaut, so wie die schwankte.

Hubert sorgte sich.

Seit über einer Woche hatte er nichts von Julian gehört. Das war ungewöhnlich. Vor drei Tagen hatte er zum ersten Mal versucht, Julian telefonisch zu erreichen, war aber nur auf der Mailbox gelandet.

Inzwischen waren auf der Mailbox vier Bitten um Rückruf platziert, jede dringender als die vorhergehende, aber Julian hatte nicht reagiert.

Die Nummer des Hauses in der Osterwaldstraße, die musste er doch eingespeichert haben.

Er griff nach seinem Handy und suchte in den Kontakten. Da war sie. Frau Arnoux, Festnetzanschluss, Osterwaldstraße.

»Bei Arnoux«, meldete sich eine ihm unbekannte Stimme.

»Guten Morgen, mein Name ist von Rotendall. Kann ich bitte Herrn Markward sprechen?«

»Herr Markward wohnt nicht mehr hier im Haus.«

Hubert bedankte sich, wünschte noch einen schönen Tag und drückte auf die rote Taste.

Daher wehte also der Wind. Die Beziehung war in die Brüche gegangen.

Kurz entschlossen schwang sich Hubert auf und fuhr zu Julians Atelier.

Der grün-weiße Bulli vor der Tür zeigte ihm, dass er richtig vermutet hatte.

Er klopfte nicht an.

Julian saß am Holztisch und schmolz Silber. Er hob nicht einmal den Kopf, als Hubert eintrat.

»Mensch, Julian«, sagte Hubert. »Kannst du nicht wenigstens mal zurückrufen?«

»Mach die Tür zu«, knurrte Julian und goss das flüssige Silber in die vorbereitete Form.

Hubert schloss die Tür.

»Von außen, habe ich gemeint!«

Hubert wollte zu einer beschwichtigenden Antwort ansetzen, aber sein Blick fiel auf die Wand, die über und über mit Skizzen behängt war.

Er trat näher. Julian beachtete ihn nicht weiter, sondern warf erneut kleine Silberstücke in den Grafitbecher.

Hubert fiel nicht auf, dass er mit offenem Mund vor den Skizzen stand: Ideen für Skulpturen und Formen, ästhetische Harmonien, eigentlich dem Auge schmeichelnd, wenn nicht … ja, wenn nicht diese aggressiven, brutalen Zerstörungen gewesen wären: Entweder fraß sich das Silber an einer Stelle durch das Holz und spritzte aus der Figur heraus, oder das Holz zersplitterte unter der Macht der silbernen Kugel; das umarmende Silber schnitt unvermutet scharf in das Holz hinein, oder eine weiche Holzummantelung des Silbers mutierte an einer Stelle zu einem Pfahl, der tief in die Figur drang …

Es waren sicher fünfzehn oder mehr Skizzen. Figuren von berührender Harmonie oder von friedlicher Sanftheit, und immer wurde die Ästhetik durch Aggression zerstört, durch Brutalität vernichtet.

Es verschlug Hubert die Sprache.

»Hör mal …«, begann er und wandte sich zu Julian.

»Ich arbeite. Verschwinde!« Julian drehte sich zu Hubert um, die Hand mit dem kleinen Schneidbrenner drehte sich mit, die blauweiße Flamme fauchte in Huberts Richtung.

Hubert schaute auf die Flamme und schüttelte den Kopf. Mit dem war im Moment nicht zu reden.

»Ruf mich an, wenn du wieder ganz bei dir bist«, sagte er und knallte die Eingangstür beim Rausgehen derart wuchtig zu, dass sich einzelne Skizzen von der Wand losten und zu Boden fielen.

Antonia träumte.

Onkel Walter stand neben Pauls Bett und verrührte mit einem Löffel die vier Tabletten, die in dem Glas Wasser schwammen. Das Kopfteil des Bettes war hochgefahren, Paul beobachtete ihn und wandte seine Augen keine Sekunde ab. Walter setzte sich auf den Bettrand, schob seinen Arm unter Pauls Oberkörper, hielt ihn fest und setzte ihm das Glas an die Lippen. Antonia sah, wie Paul in kleinen Schlucken trank, wie Walter ab und zu das Glas absetzte und Pauls Mund trocken wischte. Sie sah, wie Walter Paul küsste: auf den Mund, auf die Wangen, die Stirn, wie er ihn umarmte und ihm immer wieder das Glas an den Mund hielt. »Trink«, flüsterte Walter, »trink nur.«

Dann lag Paul flach im Bett und schlief ein. Onkel Walter saß daneben und hielt seine Hand. Murmelte zärtliche Worte, die Antonia nicht verstand.

Antonia träumte, wie Walter sich erhob und nach dem

Kopfkissen griff. Sie sah, wie er es nahm und es Paul über das Gesicht legte, auf das Gesicht seiner großen Liebe – sie sah, wie Tropfen fielen und kleine, dunkle, runde Flecken auf dem Kissen hinterließen, auf dem Kissen, das Walter unnachgiebig auf Pauls Mund und Nase drückte. Sie träumte, wie Paul leicht den Arm hob. Eine Geste der Gegenwehr? Ein Gruß zum Abschied? Sie konnte es nicht unterscheiden. Sie träumte das kurze Aufbäumen des Körpers darunter – und wie er erschlaffte. Und wie die kleinen nassen Flecken auf dem Stoff des Kopfkissens immer mehr wurden …

Antonia erwachte schweißgebadet. Sie sah auf die Uhr: halb vier. Sie erhob sich, ging ins Bad, drehte den Hahn auf und warf sich eine Handvoll kaltes Wasser ins Gesicht.

Zurück im Schlafzimmer, zog sie sich einen frischen Pyjama an.

Sie öffnete weit das Fenster und schauderte bei der kalten Böe, die hereinkam. Die Luft roch nach Schnee.

Später schlief sie unruhig, immer wieder hochschreckend.

War sie überrascht, als kurz nach sechs das Telefon klingelte?

»Ich weiß, dass du gleich aufstehst. Sonst hätte ich dich nicht so früh angerufen.«

Sie kannte die Nachricht schon, sie ahnte, was Walter ihr sagen wollte.

»Du hast mich nicht geweckt«, sagte sie. Wie konnte sie Walter daran hindern, das auszusprechen, was sie nicht hören wollte? Aber ihr fiel nichts ein. Und Walter ließ ihr auch keine Wahl.

»Paul ist heute Nacht gestorben«, sagte er.

Jetzt schnürte es Antonia die Kehle zu. Sie wollte fragen – ihre Lippen formten die Worte, aber es fehlte der

Luftstrom, der die Stimmbänder zum Schwingen brachte. So bewegte sich der Mund, der ganze Kiefer, aber ohne Atem kein Ton

»Antonia, hast du gehört, was ich gesagt habe?« Die ruhige Stimme am anderen Ende der Leitung, gefasst nannte man das wohl, fast emotionslos, die Zeitansage im Telefon früher hatte ähnlich geklungen.

In Antonias Kopf klang unvermittelt der Satz: Beim nächsten Ton ist es …

»Ja«, sie schluckte, »ja, ich habe es gehört. Mein Gott, Onkel Walter, wie geht es dir? Soll ich …«

»Er ist hier aufgebahrt. Ich weiß nicht, ob du ihn noch einmal sehen möchtest, dann müsstest du …«

»Ich bin gleich da!«, sagte Antonia. »Weiß Susie es schon?«

»Ich habe ihr auf die Mailbox gesprochen«, sagte ihr Onkel. »Wenn sie wach wird, wird sie es hören.«

Eine halbe Stunde später stand Antonia am Sterbebett ihres Onkels Paul. Sein Gesichtsausdruck war friedlich, entspannt, in den gefalteten Händen hielt er eine weiße Lilie, seine Lieblingsblume.

»Von mir«, bestätigte Walter auf ihren fragenden Blick hin.

Walter schien Antonia sehr gefasst, die geröteten Augen verrieten, dass er geweint hatte, aber seine Stimme klang fest.

Antonia strich mit der flachen Hand sanft über das Gesicht des Toten.

»Wo mag er jetzt sein?«, fragte sie leise.

»Wenn es halbwegs gerecht zugeht, dann ist er irgendwo, wo es ihm gut geht. Wenn einer das Paradies verdient hat, dann er«, antwortete Walter. Nun zitterte seine Stimme doch.

Eine Krankenschwester öffnete die Tür und steckte den Kopf herein.

»Ach, Sie nehmen noch Abschied. Entschuldigung. Lassen Sie sich ruhig Zeit.« Sie drückte die Tür leise wieder ins Schloss.

»Die Leute vom Beerdigungsinstitut wollen ihn, glaube ich, bald holen«, sagte Walter.

Antonia nickte. Dann fasste sie sich ein Herz.

»Woran ist er denn gestorben?«, fragte sie und sah dabei ihren Onkel nicht an.

»Der Arzt, der den Totenschein ausgestellt hat, meint, es sei Herzversagen gewesen. Das … das ist nicht ungewöhnlich bei dem Krankheitsverlauf.« Auch Walter blickte irgendwohin, jedenfalls nicht zu Antonia.

Antonia merkte gar nicht, wie sie erleichtert ausatmete. Bevor sie aber noch weiter etwas dazu sagen konnte, flog die Tür auf, und Susanne stürzte herein.

»Oh nein«, schluchzte sie und warf sich in Walters Arme. »Wie konnte das nur geschehen?«

Walter strich ihr tröstend übers Haar.

»Er war ja nun mal schwer krank …«

Susanne wandte sich zu Antonia. Sie war tränenüberströmt.

»Jetzt ist Paul auch weg«, schluchzte sie. »Alle verlassen mich!«

Antonia nahm ihre Schwester tröstend in die Arme. »Ich verlasse dich schon nicht«, sagte sie.

»Sei mir bitte nicht mehr böse«, schluchzte Susanne. »Ich ertrage es nicht, wenn wir Streit haben …«

»Ich doch noch viel weniger!«, sagte Antonia und streichelte ihr über die bebenden Schultern. »Wieso sollte ich dir böse sein? Du hast doch nichts getan.«

Susanne versteifte sich kurz in Antonias Armen.

»Doch …«, flüsterte sie, aber so leise, dass Antonia es nicht hören konnte.

»Lasst uns Adieu sagen«, bat Walter. »Die Bestatter wollen sicher nicht so lange warten – und das Zimmer muss ja auch wieder für jemand anderen …«

Jetzt versagte ihm die Stimme, und er stieß einen Klagelaut aus, der Antonia ins Herz schnitt.

»Komm«, sagte sie zu ihrer Schwester. »Wir gehen schon mal.« Und sie schob Susanne zur Tür. Beide warfen einen letzten Blick auf Paul, bevor sie die Tür von außen schlossen und Walter noch einmal mit Paul allein ließen.

Antonia seufzte. »Fährst du mit zu mir?«, fragte sie ihre Schwester. »Ich würde gern mal mit dir in Ruhe zusammensitzen.«

Ihre Schwester verzog entschuldigend das Gesicht. »Eigentlich schreibe ich gleich eine Klausur … aber wenn du …«

»Natürlich gehst du zu deiner Klausur! Wir können ja auch noch morgen oder übermorgen … Kannst du dich denn unter diesen Umständen konzentrieren?«

Susanne schniefte noch einmal. »Ja, wird schon gehen«, sagte sie und wischte sich über die Augen. »Ich habe wirklich viel gelernt dieses Mal, ich krieg das hin.«

Antonia hörte plötzlich einen Enthusiasmus, ein Interesse heraus, das sie bisher bei Susanne vermisst hatte.

»Worüber geht denn die Klausur?«

»Über Webdesign – wie man Webseiten richtig aufbaut, wesentliche Bestandteile, die häufigsten Fehler, solche Sachen eben …«

»Und das macht dir Spaß?«, fragte Antonia.

»Ja, sehr! Ich bin auch richtig gut darin. Meine Entwürfe wurden schon zweimal als beispielhaft im Seminar vorgestellt.«

»Das ist ja prima!«, sagte Antonia. »Dann wünsche ich dir viel Glück für die Klausur, hoffentlich …«

Walter kam heraus. Auf seinen Wangen glitzerte es feucht, und sofort umarmten ihn Antonia und Susie gleichzeitig.

»Ist schon gut, ihr beiden«, sagte er. »Es ist schon gut.«

Er versuchte zu lächeln.

»Du schreibst heute eine Klausur, habe ich gerade noch gehört?«, fragte er Susie. »Ich drücke dir ganz fest die Daumen. Lass dich durch Pauls Tod nicht herunterziehen, im Gegenteil. Vielleicht ist er bei dir, stell dir vor, er schwebt über dir und schaut dir über die Schulter. Ich bin mir sicher, wenn er irgendwie kann, kommt er und hilft dir.«

Susanne nickte. »Was machst du denn jetzt?«, fragte sie plötzlich und sah ihren Onkel mit großen Augen an. »Wo gehst du denn jetzt hin? Wie verbringst du denn den Tag? Sollen wir später zusammen …?«

»Ach Susie, meine liebe Kleine«, sagte Walter. »Es ist lieb von dir, dass du dir Gedanken um mich machst. Aber ich bin vorbereitet. Ich …« Walters Blick fiel auf einen Mann, der in einiger Entfernung stand, abwartend zwar, aber unverkennbar auch mit leichter Ungeduld.

»Sie sind sicher vom Bestattungsinstitut und möchten meinen Mann abholen?«

Der Mann nickte.

Walter legte Antonia und Susanne eine Hand auf die Schulter.

»Macht euch keine Gedanken um mich. Ich komme zurecht.«

»Ich rufe dich heute Abend an und erzähle dir, wie die Arbeit gelaufen ist«, sagte Susie eifrig.

»Darüber würde ich mich sehr freuen! So, ihr zwei. Jetzt kümmert euch um eure Sachen. Wir telefonieren heute Abend.«

Er ließ die beiden los und wandte sich dem dunkel gekleideten Mann zu.

Antonia sagte: »Ich bleibe hier und helfe dir. Du musst doch die Beerdigung organisieren, das ist viel …«

Walter lachte traurig auf. »Es ist alles geregelt. Das haben Paul und ich schon vor Langem gemeinsam organisiert.«

Antonia hob überrascht den Kopf.

»Du kennst doch Paul! Er wollte nicht, dass ich damit belastet bin. Es war ihm wichtig, dass …« Er schüttelte den Kopf und schaute auf die Uhr.

»Halb neun«, sagte er verwundert. »Ich bin schon seit fünf Stunden allein.«

Der Mann trat noch einen Schritt näher.

Walter nickte. »Ja, kommen Sie. Ich bringe Sie zu meinem Mann.«

Die Beerdigung fand drei Tage später, am Freitag, statt.

Antonia, die mit Walter und Susanne in der ersten Reihe vor dem mit roten Rosen und weißen Lilien geschmückten Sarg saß, drehte sich um und sah, dass die Aussegnungshalle total überfüllt war. Und dass die Farbe Rot dominierte.

Paul hatte sich gewünscht, dass zu seiner Beerdigung etwas Rotes getragen würde; so hatte es auch in der Anzeige gestanden. »Rot ist die Farbe der Liebe. Ich möchte, dass Ihr an die Liebe denkt, wenn Ihr mich zu Grabe tragt.«

Viele Trauergäste trugen einen roten Schal oder rote Handschuhe, aber Antonia sah auch dunkelrote Mäntel, eine knallrote Lederjacke, mehrere rote Wollmützen, sogar zwei rote Hosen konnte sie von ihrem Platz aus erkennen.

Auch Walter, Antonia und Susanne hatten Pauls Wunsch entsprochen: Walter mit einem roten Seidenschal, Susanne mit einem roten Samtblazer und Antonia mit einem dicken roten Wollschal über einem dunkelroten Wollmantel.

Paul hatte entschieden, konfessionslos beerdigt zu werden, und Walter hatte auch das Angebot des Beerdigungsinstituts abgelehnt, einen professionellen Bestattungsredner zu stellen.

Stattdessen waren alle, die wollten, aufgerufen, ein paar Abschiedsworte zu sprechen.

Ein älterer Mann, dessen an AIDS erkrankter Lebensgefährte von Paul bis zu dessen Tod betreut worden war, nutzte die Gelegenheit, um sich bei Paul zu bedanken und den Zuhörern davon zu berichten, was für ein aufopferungsvoller Mensch Paul gewesen war.

Noch mehrere Bekannte und Freunde traten nacheinander an das kleine Pult und bedankten sich bei Paul, erzählten der Trauergemeinde von Pauls Geduld, seiner menschlichen Wärme, seiner sanften Art, sagten, wie viel sie ihm zu verdanken hatten und wie sehr sie ihn vermissen würden.

Eine ältere Frau – mit einem großen roten Dreieckstuch mit Fransen um die Schultern – ging ebenfalls zum Rednerpult. Sie nickte Walter aufmunternd zu, bevor sie das Wort ergriff.

»I bin die Nachbarin, die Resi«, begann sie, und man konnte deutlich hören, wie sehr sie sich bemühte, hochdeutsch zu sprechen.

»Und i hab da scho g'wohnt, als die zwei eingezogen sind. I hab da eing'heiratet, mein Mann is' bald drauf leider g'storben, und meine Schwiegereltern auch, aber i bin immer noch da.«

Sie lächelte Walter zu.

»I bin in Niederbayern groß g'worden, und als damals, also vor mehr als dreißig Jahren, zwei Männer in des Haus nebenan gezogen sind, also … wie soll i sagen? Für mich, für das Madl vom Land – i hab ja gedacht, des is der Leibhaftige höchstpersönlich …«

Jemand lachte laut auf. Aber die Mehrzahl der Trauergäste lauschte mit ernster Miene.

»Hinter der Gardine hob i mi versteckt und g'schaut, was des für Leut' sind. Irgendwann hab ich dann mal die zwei sehen können – das war natürlich eine riesige Enttäuschung, die haben ja ganz normal ausg'schaut! Aber wie soll ich euch meinen Schreck beschreiben, als es an einem Abend plötzlich geklingelt hat, und ich mach auf, und da steht da der eine von den beiden vor der Tür!«

Sie schniefte kurz.

»Jedenfalls hält dieser Mann in der einen Hand einen rotbrauen Hut, in der anderen Hand ein ebensolches Hutband und sagt mit dem charmantesten Lächeln der Welt: Grüß Gott, ich bin Ihr neuer Nachbar. Entschuldigen Sie vielmals die Störung, aber haben Sie zufälligerweise ein farblich passendes Nähgarn? Ich möcht so gern das Band am Hut festnähen. I hab dann mein Nähkastl g'holt, und da drin hat er auch tatsächlich ein Garn g'funden, was ihm gefallen hat, dann hat er sich verabschiedet, drei Mal ganz lieb gedankt und is' gegangen. Was soll ich euch sagen? Am nächsten Abend klingelt es wieder. Ich mach auf: Da steht schon wieder dieser Mann, hält mir mit dem ausgestrecktem linken Arm das rostbraune Garnröllchen entgegen, mit dem ausgestreckten rechten Arm die langstieligste Rose, die ich jemals gesehn habe, in genau dem gleichen Farbton daneben und sagt mit dem charmantesten Lächeln der Welt: Passender habe ich es leider nicht gefunden …«

Ihr versagte jetzt die Stimme, und sie weinte hemmungslos.

Walter sprang auf, eilte zu Resi und nahm sie in den Arm. Ein paar Minuten standen die beiden da umschlungen, bis Resi sich etwas gefangen hatte. »Ich möchte noch was erzählen«, sagte sie zu Walter. Der nickte und ging wieder zu seinem Platz.

»Keine Angst, ich habe nur noch eine Sache, die ich euch über den Paul erzählen möchte, und ich hab lang überlegt, ob ich euch und vor allem dir, lieber Walter, das überhaupt erzählen soll. Denn obwohl es dich sehr betrifft, weißt du es bis heute nicht.«

Walter richtete sich gespannt in seinem Stuhl auf.

»Und ich möchte auch, dass ihr, Susanne und Antonia, es erfahrt.«

In dem Raum war es jetzt mucksmäuschenstill.

»Also, als eure Eltern damals verunglückt waren, kam Paul eines Abends zu mir, ich war ja schon lange Witwe, und – ach …«, Resi lachte kurz auf, »Walter, bitte erschreck dich jetzt nicht! Aber Paul hat mich g'fragt, ob ich mir vorstellen könnt', dich zu heiraten!«

Ein überraschtes Raunen ging durch den Saal. Auch Walter zog hörbar die Luft ein.

Resi lachte noch einmal auf. »Ich hab, glaub ich, genauso g'schaut wie du jetzt. Paul hat mir dann erklärt, dass es dein größter Wunsch wär, deine beiden Nichten zu adoptieren, dass du, lieber Walter, den Gedanken nicht erträgst, dass eure Familie auseinandergerissen wird und Susanne zu fremden Menschen kommt; dass das einzig Vernünftige wär, wenn du eine Frau finden und heiraten würdest. Und dann hat er dich, mein lieber Walter, in den allerhöchsten Tönen gelobt und mir erklärt, wie sehr mich der Himmel auf Erden erwarten würde, wenn ich dich doch bloß zum Mann nehmen würd' …«

Walter stand der Mund offen vor Verblüffung, auch Antonia und Susanne saßen mit weit aufgerissenen Augen auf ihren Plätzen. »Mein Argument, dass du doch ihn liebst, hat er abgewehrt: dass das Glück, das du empfinden würdest, wenn du die Mädels bei dir hättest, für dich das Allerwichtigste wär. Als ich dann gesagt hab, dass aber er, der Paul, dich doch liebt, und was denn aus ihm werden soll, hat er gemeint, dass er gern verzichten würd', weil er wüsst', wie glücklich du wärst, wenn du deinen Nichten eine Familie bieten könntest.«

Walter schüttelte immer wieder stumm den Kopf, schaute abwechselnd zu Resi und dem Porträt von Paul und schien sprachlos.

»Ich hoffe, du nimmst es nicht allzu tragisch, dass ich erklärt hab, dich nicht heiraten zu wollen.«

Sie zwinkerte Walter unter Tränen zu.

»Erst als der Paul gemerkt hat, dass die Großmutter nie die Mädchen zu dir lässt, weil sie einfach … ach, ich will nicht richten … aber erst da hat er es aufgegeben, dich mir als tollen Ehemann anzupreisen.«

Sie holte noch einmal tief Luft. »Er hat dich über alles geliebt, Walter, aber er hätt' auf diese Liebe verzichtet, auf dich verzichtet, um dich glücklich zu sehen. Ich hab gedacht, das solltest du beziehungsweise das solltet ihr zwei Mädchen noch wissen, wenn ihr euch gleich von ihm verabschiedet!«

Resi griff nach ihren Notizen, auf die sie kaum gesehen hatte, und verließ das kleine Pult. Sowohl Walter als auch Antonia und Susanne hatten sich erhoben und umarmten nacheinander die vertraute Nachbarin.

»Das hat er mir nie gesagt!«, klagte Walter.

»Ich weiß, deshalb hab ich das heut' getan.«

»Ich danke dir! Ich danke dir für alles …«

Resi nickte nur stumm.

Als sie wieder Platz genommen hatte, blickte Walter sich noch einmal fragend im Raum um. Niemand machte mehr Anstalten, nach vorn zu kommen. Walter gab den Sargträgern ein Zeichen.

»Wolltest du denn nichts sagen?«, fragte Antonia ihn, während sie als Erste hinter dem Sarg, den die Männer jetzt aus der Halle trugen, hergingen.

»Ich werde am Grab ein paar Worte sprechen.«

Als der Sarg dann auf einem Holzgestell über dem offenen Grab ruhte, ergriff Walter das Wort.

»Mein geliebter Paul, Liebe meines Lebens, ihr lieben Freunde, die ihr gekommen seid, um mit mir gemeinsam von Paul Abschied zu nehmen: Für mich enden jetzt und hier über vierzig gemeinsame Jahre. Gestattet mir, zurückzublicken, und seid so lieb und teilt mit mir ein paar Erinnerungen.

Meine Gedanken gehen zurück zu dem Tag, an dem ich Paul kennengelernt habe. Es war eine verrückte Zeit. Die Älteren von euch werden sich noch an die wilden Partys der Siebziger erinnern. Für die Jüngeren gebe ich ein paar Stichworte: Rainer Werner Fassbinder, *Deutsche Eiche,* wenige Jahre später Freddy Mercury in München, im Fernsehbericht über sein Geburtstagsfest im *Mrs. Henderson* wird übrigens bis heute vieles mit schwarzen Balken verdeckt …« Jemand murmelte zustimmend. »Auf so einer Party im Fasching, am ehesten vergleichbar mit den späteren ›Schabernacktbällen‹, wenn ihr versteht, was ich meine …«, vereinzeltes Kichern war zu hören, »… auf so einer Faschingsparty habe ich Paul kennengelernt. Paul trug ein hinreißendes Kostüm, wie soll ich es beschreiben …«, Walter zögerte und fuhr mit einem kleinen Grinsen fort: »… also um ehrlich zu sein: Es war nicht sein Gesicht, was mir als Erstes an ihm auffiel.« Jetzt kicherten viele, auch einzelne laute Lacher waren zu hören. Walter lächelte bei der Erinnerung. »So kamen Paul und ich zusammen. Und ganz schnell habe ich bemerkt, was für einen sanftmütigen und liebevollen Menschen ich da getroffen habe.« Walter seufzte.

»Eigentlich weiß ich bis heute nicht, was er an mir gefunden hat. Er fand mich mutig, weil ich in diese Kriegsgebiete gereist bin. Aber ich fand und finde ihn viel mutiger: Wie er sich jeden Tag den Ängsten seiner Patienten gestellt hat – damals hat er auf einer Palliativstation gearbeitet, wo er auch jeden Tag mit dem Tod von Menschen konfrontiert war. So viele Menschen ziehen sich zurück, wenn ein Freund erkrankt oder einen persönlichen Schicksalsschlag erleidet, und lassen ihre Liebsten genau dann, wenn diese sie am nötigsten brauchen, im Stich. Paul hatte niemals Angst vor dem Leid anderer, bei seinen Freunden nicht und bei völlig Fremden auch nicht. Er hat sich mit einem Mitgefühl und mit so viel Wärme dem Leid und der Verzweiflung seiner Patienten und auch ihrer Angehörigen gestellt, hat es mit ihnen getragen, war für sie da …«

Umständlich holte Walter ein Taschentuch aus seiner Manteltasche und putzte sich die Nase.

»Ich habe viel gesehen auf meinen Reisen, viele schreckliche Dinge, vieles, was grausamer ist, als man es sich in seiner Fantasie überhaupt ausmalen könnte.

Paul hat mir geholfen, damit fertigzuwerden. Paul hat mir meine Albträume genommen. So gern hätte ich ihm etwas zurückgegeben von dem, was er mir gegeben hat.«

Walter putzte sich noch einmal die Nase.

»Natürlich hatte er auch Fehler, das will ich nicht verschweigen. Paul war mit Abstand, mit *großem* Abstand der eitelste Mensch, den ich in meinem Leben kennengelernt habe. Es wundert mich nicht, dass er für ein passendes Garn in die neue, noch fremde Nachbarschaft ausgeschwärmt ist.« Walter suchte Resis Blick und lächelte ihr zu. »Ein Paar farblich nicht passende Socken – das konnte schon zu einer echten Krise führen. Wie oft wir irgendwohin gestartet sind, um dann noch mal zurückzufahren – weil Paul doch lieber einen anderen Schal anziehen wollte oder andere Schuhe oder doch nicht die passende Nachtwäsche eingepackt hatte … ja, auch das kam vor, und zwar so oft, dass ich es gar nicht zählen kann.

Ich danke dem Schicksal und den höheren Mächten, ob ihr sie nun Gott oder sonst wie nennen wollt, dass ich eine solche Liebe erleben durfte, dass ich einen solchen Menschen an meiner Seite haben durfte. Ich bin sehr traurig, dass er mich nun verlässt, aber mir bleibt seine Liebe und die Erinnerung an seine Sanftheit, an sein Güte. Ja, das war seine wohl herausragendste Eigenschaft: Güte.«

Walter drehte sich jetzt zum Sarg.

»Paul, mein geliebter Paul, wie kann ich dir nur danken für das, was du mir geschenkt hast? Du hast mich in Ekstase versetzt und mich durch den Alltag begleitet. Du hast mich schwerelos gemacht und mich am Boden verankert. Du hast mir das Leben gezeigt – und jetzt den Tod.«

Walter schluckte und wandte sich wieder an die Trauergemeinde. Unter Tränen sagte er: »In manchen Ländern ist es Sitte, dem Verstorbenen zu applaudieren. Paul fand das wunderbar. Ich würde mich sehr freuen, wenn auch ihr eure Liebe und eure Anerkennung für Paul mit einem lauten Applaus zum Ausdruck brächtet.«

Walter drehte sich zum Grab und klatschte, Antonia und Susanne taten es ihm gleich, und die Trauergäste stimmten nach der ersten Verblüffung in den Applaus mit ein. Walter nickte den Totengräbern zu, und dann wurde Pauls Sarg unter donnerndem Applaus, der die anderen Friedhofsbesucher verblüfft und zwei ältere Damen schockiert aufblicken ließ, in das Grab hinuntergelassen.

Anschließend standen Walter, Antonia und Susanne nebeneinander, und die schier endlose Reihe der Kondolierenden zog an ihnen vorbei.

Antonia schüttelte gerade die Hand eines ehemaligen Patienten von Paul, der ihr sein aufrichtiges Mitgefühl aussprach, als sie aus dem Augenwinkel Julian neben sich erkannte.

Ihr Herz blieb stehen.

Sie hörte die Worte, die er zu Walter sprach: »Ich bin dankbar, dass ich Herrn Kugler noch kennenlernen durfte«, aber sie erfasste den Sinn nicht wirklich. Sie musste sich darauf konzentrieren, zu atmen.

Jetzt stand er vor ihr.

Er sah schlecht aus. Er hatte tiefe Ringe unter den Augen und schien auch abgenommen zu haben; die Falten um den Mund hoben sich scharf auf der blassen Gesichtshaut ab.

»Es tut mir auch für dich sehr leid«, sagte er. »Auch wenn ich dich noch nicht so lange kenne, habe ich trotzdem gemerkt, wie wichtig dieser Mensch für dich war.«

Antonia wusste nicht, was sie antworten sollte. Die Wärme und der sanfte Druck seiner Hand – wie gern hätte sie sich in seine Arme geworfen und den Tränen freien Lauf gelassen.

Stattdessen versteifte sie sich, presste die Lippen zusammen, zog ihre Hand aus seiner, murmelte »Danke« und wandte den Kopf mit einem Ruck nach links, zum nächsten Kondolierenden.

Sie bemerkte noch, wie Julian ihrer Schwester kondolierte und die beiden sich umarmten.

Nachher würde sie noch einmal versuchen, Susanne vor diesem Lügner zu warnen.

Später, im großen Saal des Restaurants, der mit fünfzehn langen Tische und über zweihundert Plätzen fast überfüllt war – Walter hatte fast alle Trauergäste zum anschließenden Beisammensein bei Kaffee und Imbiss eingeladen –, ertappte sich Antonia immer wieder dabei, wie sie mit Blicken die einzelnen Tische absuchte. Aber Julian war nicht zu sehen.

Sie ging zu Walter.

»Es waren sehr schöne Worte, die du für Paul gewählt hast«, sagte sie.

»Danke.«

»Hoffentlich hat er sie gehört, wo immer er ist.«

»Er hat sie schon vorher gehört«, sagte Walter.

»Wieso? Ich verstehe nicht …«

Walter lächelte wehmütig. »Paul wollte ganz genau wissen, was ich auf seiner Beerdigung sagen werde; ich habe ihm meine Rede mindestens zehnmal vortragen müssen.«

Antonia starrte ihren Onkel aus großen Augen an.

»Das glaube ich jetzt nicht.«

»Doch, kannst du ruhig. Paul kannte die Rede auswendig.«

Antonia stutzte. »Aber das mit seinem … also mit seinen körperlichen Attributen, hast du ihm das auch schon vorher gesagt?«

Walter grinste. »Das war sein Beitrag zu dieser Rede.«

Und als Walter Antonias verständnislose Miene sah. »*Er* wollte das so! *Er* hat das formuliert. Damit alle noch einmal erfahren, wie fabelhaft er gebaut war.« Sein Grinsen wurde breiter. »Du weißt doch, wie eitel er war.«

»Ich fasse es nicht!« Antonia konnte es nicht verhindern, sie musste einfach kichern; lachend fielen Walter und sie sich in die Arme – und bemerkten nicht, wann das Lachen in Weinen überging.

Irgendwann lösten sie sich wieder voneinander und wischten sich die Tränen vom Gesicht.

»Ach, Paul!«, sagte Antonia und schniefte.

Walter nickte. »Ja …« Er strich ihr über den Rücken und ging dann zu einem der Tische, wo er die Gäste aufforderte, unbedingt bei den Platten mit den Schnittchen zuzugreifen.

Antonia sah sich nach Susanne um, die zwei Tische weiter bei Resi Haberer saß und sich mit der früheren Nachbarin unterhielt. Ihre Stirn war nachdenklich gerunzelt, jetzt legte ihr Frau Haberer den Arm um die Schultern, und Susanne fuhr sich schon wieder mit der Hand über die Augen. Antonia hätte Julian bei Susanne vermutet, aber er war nicht zu sehen. Was ja auch gut war, so konnte sie vielleicht gleich mit Susanne über ihn sprechen.

Antonia setzte sich auf einen freien Platz zu den Trauergästen an dem Tisch direkt vor ihr.

»Möchten Sie noch ein Stück Streuselkuchen?«, fragte sie den ganz rechts sitzenden älteren Herrn, der sich ihr ebenfalls als langjähriger Patient von Paul vorgestellt hatte. Wie hatte noch schnell der Name gelautet?

Röhre hatte sie assoziiert, weil der Mann so lang und dünn war, und Dickicht wegen des ungepflegten, ausufernden Vollbarts. »Oder lieber ein Schnittchen mit Käse, Herr Röhricht?«

»Danke nein«, antwortete Herr Röhricht mit einem überaus erfreuten Lächeln, das Antonia ganz richtig auf diese persönliche Ansprache zurückführte.

»Aber Ihnen darf ich doch noch etwas anbieten, Frau Koller, Herr Koller?«, fragte Antonia und hob die Platte mit den Kuchenstücken dem Ehepaar gegenüber entgegen. Diesen Namen hatte sie gekannt, denn Frau Koller war jahrzehntelang Pauls Kosmetikerin gewesen, die er mindestens im Vierwochenrhythmus aufgesucht hatte. Und in den letzten Monaten, als Paul nicht mehr über die nötige Mobilität verfügt hatte, war Frau Koller sogar zu Paul in die Klinik gekommen. Allerdings hatte Antonia die Frau erst heute persönlich kennengelernt und hatte die Assoziation *je oller – je doller* wegen der auffälligen Aufmachung der beiden – rote Hüte, rote Handschuhe, rote Schals und bei Frau Koller auch noch ein knallroter Lippenstift – nicht unterdrücken können.

Wieder schweifte Antonias Blick durchs Lokal. Susanne saß jetzt bei Walter, er hielt sie in den Armen, und sie weinte an seiner Schulter. Weinte über Paul, über ihre verunglückten Eltern, über ihre früh verstorbene Pflegemutter, über all die traurigen Ereignisse ihres Lebens. Aber es waren heilsame, befreiende Tränen.

Susanne hatte mit Walter über die Geschichte von Resi Haberer sprechen wollen. »Paul wollte tatsächlich meinetwegen auf dich verzichten?«, hatte sie Walter fassungslos gefragt. »Und er dachte, du heiratest? Wegen mir? Das konnte er doch nicht ernsthaft glauben!«

Walter hatte sie in den Arm genommen. »Ach, meine kleine Susie! Doch, ich verstehe ihn schon. Ich war sehr deprimiert, dass ich nicht die Vormundschaft für dich bekommen habe. Und ich habe – das hat Paul mitbekommen, und darunter hat er eine Zeit lang sehr gelitten – mein Schwulsein damals verflucht.«

»Wieso das denn?«, fragte Susanne mit weit aufgerissenen Augen.

»Weil ich dachte, es hindert mich daran, dich zu uns zu nehmen!«

Susanne traten die Tränen in die Augen.

»Aber so was darfst du nicht sagen. Ihr habt euch doch so geliebt, Paul und du!«

»Ach ja, mein Kind.« Walter strich ihr gedankenversunken übers Haar.

»Und ihr hattet Antonia. Ihr wart ja eigentlich schon eine schöne Familie, ihr brauchtet mich doch gar nicht«, sagte Susanne, und es klang noch etwas von der trotzigen Wut durch, die sie seit dem Tod ihrer Pflegemutter empfand.

»Aber wir wollten doch auch dich!«, sagte Walter. »Verstehst du denn nicht, dass du uns gefehlt hast? Dass wir dich vermisst haben?« Und als Susanne nicht antwortete, fuhr er fort: »Weißt du eigentlich, was Antonia gesagt hat, als ich damals versucht habe, ihr zu erklären, dass eure Eltern verunglückt sind, tot sind, und nicht wiederkommen?«

Susanne schüttelte den Kopf.

»Sie hat nicht geweint. Sie ist nur blass geworden, und das Erste, was sie dann gesagt hat, war: Was wird jetzt aus Susie? Wer kümmert sich um Susie? Sie hat ihre Puppe so fest gedrückt, dass die eine Delle davongetragen hat, die nie mehr herausgegangen ist …«

Susanne schluchzte auf.

Frau Haberers Eröffnung, dass Paul sich von Walter hatte trennen wollen, hatte bei ihr etwas in Gang gesetzt. Sie hatte nachgedacht. Und ihr war zum ersten Mal richtig bewusst geworden, dass auch die anderen gelitten hatten, nicht nur sie. Der heutige Tag hatte ihr vor Augen geführt, wie sehr Walter, Paul und Antonia gelitten hatten unter der Trennung von ihr.

Eigentlich hatte sie immer den anderen die Schuld für ihr unglückliches Leben gegeben. Vor allem natürlich Walter, weil er Paul liebte. Weil er Paul mehr liebte als sie. Zumindest hatte sie das gedacht. Und es ihm vorgeworfen. Und ihn für alles verantwortlich gemacht. Aber er konnte nichts dafür. Nichts dafür, dass ihre Pflegemutter gestorben war; nichts dafür, dass der Pflegevater sich wieder verliebt hatte; nichts dafür, dass sie genau zu der Zeit in die Pubertät gekommen war und niemanden gehabt hatte, mit dem sie reden konnte – er konnte nichts dafür!

Wenn sie ehrlich zu sich war, musste sie zugeben, dass sie die ersten vierzehn Jahre ihres Lebens eigentlich trotzdem eine sehr glückliche Kindheit gehabt hatte.

Als ihre Pflegemutter erkrankt und dann gestorben war, war ihre Trauer in Wut umgeschlagen.

Sie war ja »nur« ein Pflegekind gewesen. Wenn sie wenigstens adoptiert worden wäre. Aber das hatte die Großmutter nicht gewollt und aktiv zu verhindern gewusst. Die Großmutter, die schon so lange verwitwet war und dann auch noch den einzigen Sohn verloren hatte und die weder den Gedanken ertrug, dass Susie bei Walter aufwuchs – schlimm genug, dass das Gericht ihm Antonia zugesprochen hatte –, noch zulassen wollte, dass ihr Enkelkind von einer fremden Familie adoptiert wurde. Die Großmutter, die ebenfalls Walter die Schuld für alles gab, ihn für alles verantwortlich machte, den Bruder der Frau, die ihr Sohn geheiratet hatte.

Wenn tatsächlich jemand *Schuld* hatte, dann vielleicht diese Großmutter. Aber auch die hatte nichts dafür gekonnt, dass die geliebte, warmherzige und liebevolle Pflegemutter so schlimm erkrankt und so schnell gestorben war.

Und dann hatte Susanne sich in ihrer Trauer den anderen verweigert, niemanden an sich herangelassen, nur Wut und Trotz empfunden.

»Es tut mir so leid«, schluchzte sie an Walters Schulter und meinte damit alles: Pauls Tod, aber auch ihr schroffes und störrisches Verhalten in den letzten Jahren.

Walter tröstete sie. »Ist schon gut, mein Kind, ist schon gut.«

»Ich war oft so fies zu Paul«, weinte Susanne. »Ich habe … ich wollte … es tut mir so leid!«

Walter hielt sie und verstand.

»Er hat es dir nicht übel genommen, ganz im Gegenteil. Er hat mit dir mitgefühlt …«

Die Bedienung stellte eine frische Platte mit Streuselkuchen auf den Tisch.

Susanne wischte sich die Augen. »Ich kann es ihm nicht mehr sagen, ich kann es nicht mehr gutmachen.«

»Du hast nichts gutzumachen, mein Kind. Jetzt glaub mir doch!«

Susanne schniefte. »Wenn du meinst …«, sagte sie und versuchte ein Lächeln.

Walter tätschelte ihr die Hand. »Ganz bestimmt. Nur …«

»Was denn?«, fragte Susanne und richtete sich auf.

»Wenn du mir einen Rat erlaubst: Merk es dir für die Zukunft. So oft kränkt man Menschen, manchmal ohne Absicht, manchmal vorsätzlich, und manchmal möchte man es gern zurücknehmen, schiebt es aber trotzdem immer weiter hinaus. Und auf einmal geht es nicht mehr … Erinnere dich an diese Erfahrung, und versäume es in Zukunft nicht, rechtzeitig um Verzeihung zu bitten – solange es noch geht …«

Susanne nickte unter Tränen. »Du hast recht.« Sie hob den Kopf, und ihr Blick fiel über Walters Schulter auf Antonia.

»Ja, du hast recht, Onkel Walter. Und ich fange gleich damit an …«

Schon war Susanne aufgestanden und auf dem Weg zu Antonias Tisch. Sie würde ihrer Schwester jetzt sagen, dass sie das mit Julian ganz falsch dargestellt hatte, dass er nicht mit ihr geschlafen hatte und dass sie auch nicht in ihn verliebt war. Sie würde ihr sagen, dass sie gelogen hatte, um Antonia zu verletzen. Sie würde ihr einfach die Wahrheit sagen.

»Hast du einen Moment Zeit für mich?«

»Aber natürlich«, sagte Antonia überrascht und erfreut zugleich, nickte ihren Tischnachbarn kurz zu und erhob sich.

Susanne zog sie am Ellenbogen zur Seite, in eine kleine Nische vor den zwei Türen mit der Aufschrift »Privat« und »Nur für Personal«.

»Ich möchte auch etwas mit dir besprechen«, sagte Antonia. »Ich bin froh, dass du mich geholt hast.«

»Dann fang du an«, bat Susanne. Es bedeutete einen Aufschub, und die Erleichterung war ihr anzuhören.

»Hm«, machte Antonia und griff nach Susannes Hand.

»Susie, meine Kleine, ach, du bist ja gar nicht mehr klein, trotzdem bleibst du für mich immer die Kleine, ich kann es nicht ändern, ich will dich doch auch nicht bevormunden, nur beschützen, ich …«

Sie suchte nach Worten.

Susanne sah sie mit großen Augen an. »Wovon sprichst du?«, fragte sie verständnislos.

Antonia holte noch einmal tief Luft.

»Es ist so schwer, ich weiß einfach nicht, wie ich anfangen soll. Ich habe Angst, dass du dann wieder wütend auf mich bist.«

Ihre Schwester schüttelte den Kopf.

»Ich verspreche dir, dass ich ganz bestimmt nicht sauer werde«, sagte sie und umarmte ihre Schwester. »Aber du darfst es dann auch nicht.«

»Ich? Ganz bestimmt nicht!«, erwiderte Antonia.

»Also, leg los«, bat Susanne.

Antonia gab sich einen Ruck.

»Aber du darfst wirklich nicht böse auf mich sein! Es geht um Julian Markward. Ich verstehe ja, wenn du ihn liebst, aber ich will dich vor ihm warnen. Sieh doch mal, allein die Tatsache, dass er mit uns beiden mehr oder weniger gleichzeitig geschlafen hat, muss dir doch zeigen, dass …«

»Äh, weißt du«, unterbrach ihre Schwester sie, »genau darüber wollte ich auch mit dir reden. Ich muss dir das erklären, das war nämlich …«

»Entschuldigen Sie, wenn wir stören. Wir wollten uns nur schnell verabschieden.«

Zwei Freunde von Paul und Walter standen vor den Schwestern. Die beiden waren oft zu Besuch in der Osterwaldstraße gewesen, früher, als Paul noch gesund war. Hans und Hans-Heinrich, erinnerte sich Antonia, aber wie lauteten noch gleich die Nachnamen? Paul und Walter hatten immer nur von Hans und Hans-Heinrich gesprochen, sie konnte sie noch nicht einmal auseinanderhalten.

Antonia griff nach der ersten ausgestreckten Hand.

»Das war eine wirklich schöne Beerdigung«, sagte der, der ihr soeben die Hand schüttelte. Hans? »So bewegend und so würdevoll …«

»Ich danke Ihnen.« Antonia zermarterte sich den Kopf auf der Suche nach dem Nachnamen.

»Es war genauso, wie Paul es gewünscht hätte«, sagte der Zweite und hielt ebenfalls seine Hand Antonia entgegen.

»Auch Ihnen mein herzliches Beileid«, sagte der vermutliche Hans zu Susanne und schüttelte auch deren Hand ausgiebig, bevor er sie wieder losließ, allerdings nur, um sie Hans-Heinrich zu überlassen.

»Danke, dass Sie Paul das letzte Geleit gegeben haben«, sagte Antonia. Schon stand der nächste Gast vor ihr, um sich zu verabschieden, und wie auf ein geheimes Signal erhoben sich immer mehr Trauergäste und kamen, um Auf Wiedersehen zu sagen, und umringten Antonia bereits wie ein kleiner Pulk. So löste sich innerhalb von zwanzig Minuten die Gesellschaft auf, und Antonia und Susanne fanden sich unvermittelt mit Onkel Walter allein und etwas verloren in dem großen Saal wieder.

»Ich würde jetzt gern noch einmal ans Grab gehen«, sagte Walter. »Kommt ihr mit?«

»Ja, natürlich«, stimmten beide zu. »Wir reden dann später«, sagte Antonia noch zu Susanne, die erleichtert nickte. Ihrer Schwester zu beichten, wie es tatsächlich gewesen war mit Julian und ihr, war schwerer als gedacht, sie brauchte noch ein bisschen Anlauf. Sie würde Antonia morgen anrufen und es ihr erzählen. Oder vielleicht übermorgen. Oder … Jedenfalls bald.

Zwei Tage später stand ein Paket auf dem Flurtisch, als Antonia am Abend aus dem Büro nach Hause kam. Ohne Absender.

Eine Haftnotiz von Frau Straub hing daran: *Dies wurde heute Nachmittag für Sie abgegeben.* Sie wusste schon, was es enthielt, bevor sie es aufmachte.

Einige Minuten lang wog sie die schwere Skulptur in ihren Händen und betrachtete sie nachdenklich. Ein schönes Stück, aber so unwichtig. Was sollte sie damit?

Ein handgeschriebener Brief lag unten in dem kleinen Karton, einige Sätze, schnell aufs Papier geworfen.

»Antonia, meine über alles geliebte Antonia –

Du bist perfekt und erwartest dies auch von anderen. Deshalb kommt ein kaputter Mensch wie ich natürlich als Partner für Dich nicht infrage. Obwohl ich Dich doch etwas anders eingeschätzt hatte. Mit etwas mehr Mitgefühl …

Aber ich habe Dir so viel zu verdanken. Durch Dich kann ich meine Ängste erkennen und benennen. Durch Dich habe ich gemerkt, dass ich sie nicht mehr ertragen will.

Auch wenn es für uns beide zu spät ist.

Bald ist Weihnachten. Nimm die Skulptur als mein Geschenk. Ich verspüre Glück bei dem Gedanken, dass Du sie ansehen und Dich vielleicht an unsere gemeinsamen glücklichen Tage erinnern wirst.

Antonia, mein Herz, mein Atem, mein Leben –«

Antonia las den Brief und las ihn erneut, schüttelte den Kopf und las ihn ein drittes Mal. Wovon sprach Julian? Wofür hatte er ihr Mitgefühl erwartet? Von welchen Ängsten sprach er? Und vor allem: Was hieß … *nicht mehr ertragen will?*

Ihr Herz schlug schneller.

Sie griff nach ihrem Handy und wählte Julians Nummer. Es klingelte: einmal, zweimal, dreimal, viermal …

In der Sekunde, als sie auf die rote Austaste tippte, hörte sie noch, wie er sich meldete: »Markward?«

»O nein!« Sie tippte auf die Wiederwahltaste.

Es klingelte erneut. Einmal – zweimal – dreimal – viermal – fünfmal … Nach dem siebten Klingelton sprang die Mailbox an.

Die Angst nahm ihr fast den Atem.

»Julian, bitte!«, keuchte sie. »Bitte tu das nicht! Lass uns reden, ich flehe dich an … ich …« Was sollte sie sagen? Er hatte sie belogen, betrogen, manipuliert. Und dennoch …

Ich liebe ihn. Ja, ich liebe ihn!

»Ich lie-«

Ein Knacken: Die maximale Aufnahmezeit war erreicht. Der Anrufbeantworter hatte sich ausgeschaltet.

Sie wählte seine Nummer, wieder und wieder, aber er hob nicht mehr ab.

Ruhig bleiben, befahl sie sich. Wo kann er sein? Wer könnte es wissen?

Hubert von Rotendall! Sie suchte die Nummer der Galerie. Ein kurzer Blick auf die Uhr – es war schon fast neun. Von Rotendall würde nicht mehr in der Galerie sein, aber vielleicht hatte er eine Anrufweiterleitung eingerichtet? Tatsächlich meldete sich Hubert von Rotendall nach dem mehrmaligen Klingeln.

»Arnoux hier«, sagte sie und schnitt Hubert brutal das Wort ab. »Ich glaube, Herr Markward will sich umbringen. Wir müssen ihn finden!«

»Was?«, fragte Hubert überrascht »Nein, das glaube ich nicht. Das tut er nicht.«

»Er hat es mir geschrieben!«, rief Antonia.

»O nein!« Jetzt geriet auch Hubert in Panik.

»Ich wollte ihn anrufen, ich habe noch kurz seine Stimme gehört, als er abgenommen hat, aber jetzt geht er nicht mehr ans Handy. Wo kann er nur sein?«

»Also …« Eigentlich hatte Julian seinem Freund Hubert strengstens untersagt, die Atelieradresse weiterzugeben, aber dies war ja wohl eine Ausnahmesituation.

»Er wohnt zurzeit im Atelier. Das ist in der …«

Antonia hatte Stift und Zettel griffbereit. »Ich halte Sie auf dem Laufenden. Wenn Ihnen noch etwas einfällt, bitte anrufen!«

»Bitte, ja, unbedingt!«

Anschließend wählte sie die Eins-Eins-Zwei.

»Mein Name ist Arnoux. Ich habe Kenntnis über einen geplanten Selbstmord in der Heringerstraße 616, Erdgeschoss, der Name ist Julian Markward. Bitte beeilen Sie sich.«

Sie wartete keine Antwort ab. Sie wollte los. Doch dann überlegte sie: Ob die wohl schnell genug waren? Und brauchte man bei einem geplanten Selbstmord nicht die Feuerwehr? Vielleicht wollte Julian ja vom Dach springen?

Sie wählte erneut die Eins-Eins-Zwei.

»Noch mal Arnoux. In der Heringerstraße 616 will der Selbstmörder vielleicht vom Dach springen. Sie brauchen unbedingt ein Sprungtuch!«

Auch jetzt wartete sie die Antwort nicht ab. Sie schob ihr Handy in die Jackentasche, schnappte sich ihre Autoschlüssel, rannte nach draußen und raste los.

Ich muss ihm doch sagen, dass ich ihn liebe!, dachte sie. Wenn ich ihm das wenigstens noch sagen kann!

Sie überholte waghalsig, mehrfach schnitt sie andere Fahrzeuge, zweimal überfuhr sie – allerdings darauf achtend, dass kein anderes Fahrzeug kam – eine rote Ampel. Trotzdem und obwohl nicht mehr viel Verkehr war, brauchte sie fast zwanzig Minuten bis zu Julians Atelier.

Bei der von Hubert angegebenen Adresse handelte es sich um eine ehemalige Produktionshalle. Antonia wusste es nicht, aber die Immobilie gehörte der Stadt, und die hatte sie einer Künstlerkooperative zur Verfügung gestellt, die in der Halle einzelne Räume abgeteilt und sie an Künstler vermietet hatte.

Als Antonia vor dem Gebäude vorfuhr, stieg ihre Panik ins Uferlose. Vor dem Gebäude parkten ein Notarztwagen, ein Streifenwagen und ein rotes Feuerwehrfahrzeug mit Drehleiter.

»O mein Gott!«, schrie Antonia auf, ließ ihr Auto einfach quer auf dem Parkplatz stehen und rannte auf die offen stehende Haustür zu. Zwei Männer kamen ihr entgegen, sie trugen eine leere Bahre. Ihr Lachen verstummte, als sie Antonia sahen.

»Ist er …?«, fragte Antonia, dann versagte die Stimme.

Einer der Männer verzog das Gesicht, als er sie sah, und schüttelte nur den Kopf.

»O nein!«, schrie sie und rannte ins Haus.

Ein langer Gang mit vielen Türen, die hinterste auf der rechten Seite stand offen, helles Licht fiel heraus, lautes Stimmengewirr schallte ihr entgegen.

Antonia fühlte sich wie in einem Albtraum. Sie rannte

und rannte, aber es dauerte eine Ewigkeit, bis sie endlich den Raum erreichte.

Sie stürzte in das Zimmer. Und stoppte abrupt. In dem kleinen Raum standen etwa zehn Personen, alles Männer: Polizisten, Feuerwehrleute, zwei junge Männer in Bademantel und Schlafanzug, einige hatten ein Schnapsglas in der Hand, und gerade im Moment hob Julian inmitten dieser Gruppe sein Glas und rief durch das Stimmengewirr: »Auf die Frauen, die wir lieben!«

»Du lebst!«, schrie Antonia.

Die Köpfe aller Anwesenden fuhren zu ihr herum, in den Gesichtern spiegelten sich die unterschiedlichsten Emotionen: Erstaunen, Fassungslosigkeit, Ärger, Belustigung.

Julian erstarrte. Dann grinste er. »Diesen Überfall hier habe ich wohl dir zu verdanken …«

»Ich denke, wir können jetzt beruhigt gehen«, sagte ein älterer Mann in Polizeiuniform und nickte grinsend seinem Kollegen zu, und auch die anderen Männer verabschiedeten sich mit hastig hingeworfenen Worten, stellten ihre Gläser ab und drängten sich an Antonia vorbei durch die Tür; einer der beiden Bademantelträger klopfte Julian aufmunternd auf die Schulter, bevor auch die beiden den Raum verließen und kurz darauf in einem Raum zwei Türen weiter verschwanden.

Antonia und Julian waren nun allein, Antonia stand immer noch wie erstarrt in der Türöffnung.

»Willst du nicht hereinkommen? Dann könnten wir die Tür zumachen«, schlug Julian vor.

Antonia rührte sich nicht.

»Abschließen kann ich allerdings nicht mehr, die haben beim Aufbrechen der Tür das Schloss demoliert.«

Antonia sah die kleinen Holzsplitter am Boden und das halb herausgebrochene Türschloss.

»Jetzt komm endlich rein und setz dich.« Julian schob mit einer Hand das zerwühlte Bettzeug auf dem Sofa an die Seite. »Hier«, deutete er, und nachdem er noch einmal kurz ihr Gesicht gemustert hatte, sagte er: »Du bist blass. Jetzt setz dich schon.«

Antonia spürte plötzlich, wie ihre Knie zitterten, und nahm Platz.

Julian holte ein kleines Glas von dem Regal über dem langen, chaotischen Arbeitstisch und goss noch einen Schnaps ein. Seine Miene war unergründlich.

»Hier. Trink das!«

Antonia wollte widersprechen, aber Julian drückte ihr das Glas fast gewaltsam in die Hand.

Sie kippte den scharfen Obstbrand in einem Zug hinunter und schüttelte sich.

»Was ist das denn für ein fürchterliches Zeug?«

Julian grinste kurz.

»Das ist der Schnaps, den mittellose Künstler trinken … Aber wenigstens kriegst du jetzt wieder Farbe ins Gesicht.«

Er nahm ihr das Glas ab.

»Ich will keinen mehr!«, protestierte Antonia.

»Du kriegst auch keinen mehr«, entgegnete Julian.

Antonia wollte schon aufbrausen. Was sollte das denn nun wieder heißen? Hatte er das etwa zu bestimmen?

Aber sie hielt sich zurück.

Ein verlegenes Schweigen entstand.

»Die Polizisten haben auch Schnaps getrunken«, sagte Antonia, nur um dieses Schweigen zu brechen. »Das dürfen die im Dienst doch gar nicht!«

Julian lachte kurz auf. »Die überkorrekte Antonia! Aber ich kann dich beruhigen: Zwei von ihnen haben nach einem Blick auf die Uhr festgestellt, dass sie seit einer Viertelstunde Feierabend haben, die anderen haben um Wasser gebeten und erklärt, heute Abend nachträglich noch auf mein Leben anstoßen zu wollen, die zwei Feuerwehrleute haben nur ganz kurz genippt – es hat also alles seine Ordnung.«

Dann schwiegen sie wieder. Julian lehnte lässig an dem langen Arbeitstisch an der Wand, die Arme locker vor der Brust verschränkt, den Blick unverwandt auf Antonia gerichtet.

Antonia sah sich um, sie musterte alles ganz genau, nur seinen Blick, den mied sie angestrengt.

»Hier wohnst du also jetzt«, versuchte sie das quälende Schweigen zu brechen. »Die Skizzen an der Wand, die sind übrigens …«

»Antonia, ich habe keine Lust, mich jetzt mit dir über meine neuen Arbeiten zu unterhalten.« Julians Stimme klang hart. »Ich möchte endlich wissen, was das gerade sollte!«

Dieses Wechselbad der Gefühle: die Angst um Julian, die Erkenntnis, dass sie ihn liebte, die Erleichterung, dass er am Leben war, und die Wut, dass er da bestens gelaunt mit den Rettungskräften lachte und trank, während sie vor Angst um ihn fast starb – all diese Emotionen mussten erst verarbeitet werden.

Aber allmählich erholte sie sich.

»Ich weiß nicht, wovon du redest«, sagte sie und machte Anstalten, sich aufzurichten. Leider funktionierte das jedoch nicht, denn die Federn dieses kleinen Sofas waren extrem ausgeleiert, und sie hing förmlich in dieser Kuhle in dem durchgesessenen Sofa fest. Sie sank also wieder in sich zusammen. Sie hatte nicht mehr die Kraft, sich gegen diese Sprungfedern zu stemmen.

»Wovon ich rede?« Julians Stimme wurde leise. Sie musste sich konzentrieren, um seine Worte zu verstehen.

»Ich rede davon, dass ich hier in aller Seelenruhe in meinem Bett …«, er sah Antonias zweifelnden Seitenblick auf die Couch, der ihn ganz kurz aus dem Konzept brachte, »… also auf meinem Sofa liege und kurz vorm Einschlafen bin, als es an die Tür hämmert, jemand *Aufmachen!* und noch irgendwas brüllt, und bevor ich mich auch nur halb aus meinem Bettzeug geschält habe, fliegt die Tür auf, zehn fremde Männer stürmen ins Zimmer, schreien herum, stürzen sich auf mich, zwei Weißbekittelte schlagen mir links und rechts ins Gesicht und fragen mich, welche Tabletten ich geschluckt habe!«

»Es tut mir leid«, sagte Antonia. »Ich dachte nur …«

»Ich weiß, was du dachtest. Das konnte ich aus den Erklärungen der Polizisten, der Feuerwehrleute und des Notarztes aus dem Krankenwagen durchaus schließen. Irgend so ein hysterisches Weib – O-Ton des Krankenwagenfahrers! – dachte wohl, ich will mich umbringen, und hat …«

Sein schallendess Lachen erreichte nicht seine Augen. »Also, effektiv bist du. Das muss man dir lassen. Du hast ja wirklich alles in Bewegung gesetzt!«

Kurz wurde sein Gesicht weich. »Und ich bin ja auch froh, dass ich dir, obwohl mein Charakter dir so gar nicht zusagt, immerhin so viel bedeute, dass du mich am Leben erhalten willst.«

Plötzlich schlug er wütend mit der flachen Hand auf den Tisch und schrie sie an.

»Aber kannst du mir um Himmels willen verraten, wie du auf diese hirnverbrannte Idee gekommen bist?«

Antonia verkniff sich eine Bemerkung zu diesem Aggressionsausbruch, die ihr auf der Zunge lag. Seine Wut war nachvollziehbar. Aber es war nicht ihre Schuld!

»Du hast es geschrieben«, sagte sie fast trotzig und versuchte erneut, sich selbstbewusst aufzurichten, was aber wieder nur äußerst unvollkommen gelang.

»*Was* habe ich?«, fragte Julian verblüfft.

»In deinem Brief. Bei der Skulptur. Du hast geschrieben, du hast festgestellt, dass du mit deinen Fehlern nicht mehr leben willst! Und dass es zu spät wäre …«

Julian blieb vor Überraschung der Mund offen stehen.

»Wie bitte?«

Antonia zog den Brief, den sie bei ihrem hastigen Aufbruch von daheim in ihre Jackentasche gestopft hatte, heraus und faltete ihn auseinander.

»Hier«, las sie vor. »… dass ich sie nicht mehr ertragen will. Auch wenn es für uns beide zu spät ist …«

Julian schüttelte fassungslos den Kopf.

»Meine Ängste! Ich habe von meinen Ängsten geredet! Und davon, dass ich eine Therapie begonnen habe …«

»Eine Therapie?«, fragte sie. »Was denn für eine Therapie?

Sie blickte auf das Blatt Papier in ihrer Hand und las sich noch einmal halblaut den Satz vor.

»Ach so!« Sie zögerte. »Das habe ich dann wohl falsch verstanden.«

»So kann man es sehen«, sagte Julian.

Antonia richtete den Oberkörper auf.

»Fehler … Ängste … Gut, wenn du deine Lügerei jetzt als *Ängste* definierst, das hört sich natürlich viel schöner an. Aber wie auch immer, ich will dir sagen, dass ich festgestellt habe …«

Sie stoppte, weil Julian anfing zu grinsen.

»Was ist los?«, fragte sie.

»Ich sehe mit Freude, dass es dir wieder gut geht«, sagte er.

Sein Lächeln brachte Antonia aus dem Konzept.

»Überhaupt, was ist denn das für eine Therapie?«, fragte

sie spitz. »Wie kann man sich gegen Lügen therapieren lassen? Oder ist es bei dir chronisch? Bist du pathologischer Lügner? Zeigst du dieses Krankheitsbild?«

»Antonia …« Jetzt war Julians Stimme weich und sanft. »Antonia, ich weiß ja, dass ich es dir hätte viel früher sagen müssen. Ich weiß, dass alles mein Fehler ist. Aber ich liebe dich trotzdem. Und ich will versuchen, mit meinen Problemen fertigzuwerden. Ich habe die Hoffnung noch nicht aufgegeben … Ich will versuchen, meine Fehler, wie du sie nennst, oder meine Ängste, wie ich sie bezeichne … also, ich versuche auf jeden Fall dahin zu kommen, dass ich dem Bild, das du dir von mir gemacht hast, vielleicht etwas mehr entspreche.«

Antonia kämpfte die Tränen zurück, die ihr in die Augen steigen wollten.

Sie räusperte sich. »Hör zu, Julian!«, sagte sie, und Julian wunderte sich, denn ihre Stimme hatte nicht die gewohnte Festigkeit.

»Hör zu …«, versuchte sie es wieder. So eine Liebeserklärung war gar nicht so einfach. »Ich habe festgestellt …«

Julian runzelte misstrauisch die Stirn. »Wenn du so anfängst, wird es furchtbar.«

Antonia schüttelte den Kopf. »Nein, nein, ich will etwas anderes sagen. Ich habe festgestellt, dass ich dich … dass du mir mehr bedeutest, als es mir recht ist. Aber …« Sie stoppte Julian mit einer Handbewegung, der bereits Anstalten machte, auf sie zuzurennen und sie in seine Arme zu reißen.

»Aber zuerst müssen wir über alles reden. Ich will Antworten von dir. Ehrliche Antworten. Ich hoffe, deine Therapie hat schon so weit Früchte getragen, dass du …«

»Dir geht es offenbar wirklich wieder gut«, unterbrach sie Julian.

Sie machte eine wegwerfende Handbewegung. »Also: ehrliche Antworten. Und dann … ja, dann vielleicht …« Sie mied seinen Blick.

Sie spürte in sich die Hoffnung, diese aberwitzige, schwachsinnige Hoffnung, dass er irgendwie alles würde erklären können, sodass sie es ihm verzeihen konnte. Die Lügen verzeihen, den Betrug verzeihen.

Von draußen hörte man ein Martinshorn. Misstrauisch warf Julian einen Blick zur Tür. Aber es galt nicht ihm.

»Das Wesentliche weiß ich ja schon«, sagte Antonia.

Über diesen Satz wunderte sich Julian zwar, aber dann fiel ihm Hubert ein. Hubert war der einzige Mensch, der wusste, dass er, Julian, Angst hatte, in Kellerräume zu gehen, und nachts im Dunkeln Panikattacken bekam. Offenbar hatte Hubert geplaudert.

»Aber ich will es genauer wissen«, sagte Antonia.

»Dann frag«, sagte er.

»Wie oft hast du …«, *mit meiner Schwester geschlafen,* sie konnte es einfach nicht aussprechen, »wie oft hat es – stattgefunden?«

Julians Gesicht zeigte Verblüffung.

»Wie oft, willst du wissen?«

»Ja!«

»Was meinst du genau damit? Wie oft es passiert ist, oder wie oft ich dir gegenüber nicht ehrlich war?«

»Beides natürlich. Fangen wir mit dem Zweiten an. Wie oft hast du mich angelogen?«

»Angelogen habe ich dich ja nicht direkt. Ich bin eben gegangen, damit du nicht merkst, was mit mir los ist.«

Also diese Bemerkung »Würde es Ihrem Appetit auf die Sprünge helfen …« hatte er offenbar vergessen. So wenig zählten bei ihm die Lügen. Und wann hätte sie merken sollen, dass *was* mit ihm los war? Hatte er an Susanne gedacht? Abends im Bett – neben ihr? Abends im Bett – mit ihr?

Sie würde jetzt gehen. Er hatte mit ihr geschlafen und dabei an ihre Schwester gedacht! Sie versuchte, aufzuspringen, aber dieses verflixte durchgesessene Sofa …

Sie holte tief Luft. »Aha. Interessant. Und die Antwort auf die erste Frage? Wie oft?«

Er zuckte mit den Schultern. »Das kann ich beim besten Willen nicht sagen. Keine Ahnung.«

Wie furchtbar. Er wusste noch nicht einmal, wie oft! Wie sollte sie ihm das je verzeihen können.

»Auch das eine wunderbare Antwort«, sagte sie.

»Soll ich eine Zahl erfinden oder was?«, fragte Julian.

Antonia schaute auf die Zeichnungen an der Wand. Genauso fühlte sie sich gerade, bis ins Innerste zerstört.

»Wann hat es angefangen?«, fragte sie.

»Hm«, sagte Julian. »Willst du die Jahreszahl?«

»Ach lass, ist schon gut.« Antonia winkte ab. Es hatte ja doch keinen Sinn. Die beiden hatten schon ewig ein Verhältnis, es war kein einmaliger Ausrutscher gewesen.

Irgendwie musste man doch aus diesem Sofa wieder aufstehen können! Sie stützte sich mit der Hand an der Rückenlehne ab.

»Ich war ungefähr sechs«, sagte Julian unvermittelt.

Antonia fiel in die Kuhle zurück.

»Wie bitte?«, fragte sie und spürte, wie ihr Puls beschleunigte.

»So ganz genau weiß ich das natürlich nicht mehr, vielleicht war ich auch schon fast sieben.«

»Moment«, sagte Antonia und schüttelte den Kopf. »Irgendwas läuft hier falsch.«

»Was gefällt dir denn jetzt schon wieder nicht an meiner Antwort?«, fragte Julian.

Antonia versuchte, einen Sinn in all dem zu finden, aber es gelang ihr einfach nicht.

»Mir scheint, wir reden irgendwie über verschiedene Dinge«, sagte sie dann etwas hilflos. Und fügte mit einem leicht verlegenen Lächeln an: »Ich traue dir ja viel zu, aber dass du erst sechs Jahre alt warst, als du das erste Mal mit meiner Schwester geschlafen hast, das …«

»Wie bitte?« Julians Augen weiteten sich fassungslos.

»Ich weiß nicht, wovon *du* redest. Aber *ich* will wissen, wie oft du mit meiner Schwester geschlafen hast und wann es angefangen hat.«

Julian öffnete den Mund, um etwas zu sagen, aber es kam kein Wort heraus.

»Und wie oft du mich in diesem Zusammenhang angelogen hast. Offensichtlich bedeuten dir Lügen nicht so viel. Sonst würdest du sie nicht so schnell vergessen. Denn dass diese erste Lüge von dir ganz entscheidend für mich war, sollte dir eigentlich bewusst sein. Ohne die hätte ich niemals …«

»Welche erste Lüge?«, fragte Julian immer noch konsterniert.

»Ich zitiere: Hilft es Ihrem Appetit auf die Sprünge, wenn ich Ihnen sage, dass ich nicht mit Ihrer Schwester geschlafen habe? Und es auch nicht …«

»Das habe ich nicht vergessen!«, fiel Julian ihr ins Wort, der seine Fassung nun wiedergefunden hatte. »Ich erinnere mich sehr genau an alles von diesem Abend. Weil es mir sehr viel bedeutet, *by the way*. Und was ich gesagt habe, war damals keine Lüge und ist es auch heute auch nicht. Ich habe nie mit deiner Schwester geschlafen, und ich habe auch nicht vor, es je zu tun.«

Antonia spürte, wie ein Frösteln sie überlief. Log er noch immer? Susanne hatte doch gesagt … Susanne würde sie ja nicht anlügen. Nein, das würde sie nicht. Niemals! Oder?

»Aber sie hat doch gesagt …«, flüsterte sie.

»Was hat sie gesagt?« Julian schrie es fast.

Das Frösteln wuchs sich zu einem regelrechten Schüttelfrost aus.

»Antonia«, sagte Julian erschrocken, setzte sich neben sie und griff nach seiner Bettdecke. »Komm, ich halte dich warm.«

Antonias Zähne schlugen aufeinander, und Julian wickelte sie in seine Bettdecke.

»Ich koche dir einen Tee«, sagte er. »Bitte glaube mir: Ich habe nicht mit deiner Schwester geschlafen. Wenn sie das behauptet, dann lügt sie. Ich wollte es mal, ja, ich war mal ganz kurz davor – aber ich habe nicht …«

»Ich rufe sie an«, sagte Antonia. Jetzt würde er sie sicher davon abhalten wollen.

»Tu das, bitte tu das!«, sagte Julian und schaltete den kleinen Wasserkocher auf der Arbeitsplatte an.

Antonia griff nach ihrem Handy und tippte mit zitternden Fingern auf die Tasten.

»Arnoux«, meldete sich die fröhliche Stimme ihrer Schwester.

»Hör mal, Susanne …« Antonia fühlte Wut in sich aufsteigen. Sie würde das jetzt klären – so oder so. »Ich bin gerade bei Julian Markward …«

Das kleine »Oh …« am Telefon verriet eigentlich schon alles.

»Er sagt, er hätte nicht mit dir geschlafen.«

Hörbares tiefes Luftholen am anderen Ende der Leitung.

»Ich wollte dir das schon bei der Beerdigung erklären …«, kam es kleinlaut aus dem Hörer.

»Was wolltest du mir erklären?« Antonias Stimme war hart.

»Dass du das wohl falsch verstanden hast … ach, sei doch nicht böse, bitte – ich war eben so wütend!«

»Was habe ich falsch verstanden?«

Julian goss den Tee auf.

»Ich habe nur gesagt, mit mir war er auch schon in der Kiste. Und das stimmt ja auch!« Susanne wollte eigentlich noch hinzufügen, dass sie ja wohl nichts dafür könne, wenn ihre Schwester falsche Schlüsse zog – aber sie zögerte. Es war wirklich sehr gemein von ihr gewesen.

»Ihr wart zusammen im Bett?«, wiederholte Antonia laut und schaute dabei fragend zu Julian. Der nickte. Stimmt, formte er mit den Lippen.

»Aber ihr habt nicht miteinander geschlafen?«, fragte Antonia nun leise. Sie hatte verstanden.

»Nein.« Ihre Schwester zögerte. Aber sie war Antonia wohl einiges schuldig. »Und ich glaube, es war wegen dir«, fügte sie hinzu. »Ich hatte ihn schon ganz schön scharfgemacht, und dann hat er plötzlich an dich gedacht. Er hat sich unter einem Vorwand von einem Freund anrufen lassen und dachte, ich hätte es nicht durchschaut.« Sie lachte auf, und Antonia hörte eine große Traurigkeit hinter diesem Lachen.

»Toni, es tut mir unendlich leid. Ich weiß, es ist unentschuldbar. Aber ich war so gekränkt, du musst das doch verstehen: Man liegt da mit einem im Bett, und der ist schon – na ja, du weißt, was ich meine, man hat ihn schon richtig aufgegeilt, um es beim Wort zu nennen – und dann steht der Typ plötzlich auf und erzählt einem eine Story vom Pferd. Es war so demütigend, wie er mich weggeschickt hat …«

Hörte Antonia da ein unterdrücktes Schluchzen?

»Toni, bitte verzeih mir! Es war nichts zwischen uns. Er hat mich nicht gewollt! Ich habe es dir schon bei der Beerdigung sagen wollen, aber ich war zu feige …«

»Es ist gut, meine Kleine. Du hast es mir ja jetzt gesagt.«

Nun weinte Susanne eindeutig. »Bitte, bitte sei nicht böse auf mich!«

»Ich bin nicht böse. Es hat sich ja geklärt. Wir reden morgen weiter, okay?«

Susanne schniefte kurz. »Sagst du Julian, er soll bitte auch nicht böse sein?«

»Ich sage es ihm«, sagte Antonia, und eine unglaubliche Freude stieg in ihr auf und erfüllte sie. Er hatte nicht gelogen!

»Ich rufe dich morgen an, dann reden wir noch mal in Ruhe, okay? Aber es ist alles gut, schlaf schön – und reg dich nicht mehr auf, ja?«

»Ist gut«, sagte ihre Schwester, schniefte noch einmal kurz und erleichtert – endlich war das heraus und vom Tisch! – und beendete das Gespräch.

Er hatte sie nicht betrogen! Antonia strahlte, und ihre Wangen röteten sich. Julian hielt ihr die Teetasse entgegen.

»Danke«, sagte sie. »Ich muss mich bei dir entschuldigen. Ich habe falsche Schlüsse gezogen.«

Julian hatte finster die Brauen zusammengezogen.

»Verstehe ich das richtig: Du hast mir unterstellt, dass ich dich in Bezug auf deine Schwester belogen hätte?«

»Ja, ich dachte eben …«

»Und mit ihr geschlafen hätte?«

»Ja, ich habe doch …«

»*Das* traust du mir zu?«

»Ja, ich glaubte doch …«

»So wenig hältst du von mir?« Er wurde laut.

Aber das konnte Antonia auch.

»Warum hast du dich denn nicht verteidigt? Warum hast du denn nichts gesagt?«

»Wozu bitte hätte ich denn etwas sagen sollen? Du hast mir nicht viel Gelegenheit gegeben, etwas zu meiner Verteidigung zu sagen.«

Da hatte er recht.

»Da hast du recht!«, sagte Antonia. Kurz fühlte Julian wieder diese Bewunderung: Wie unverschnörkelt sie zugab, im Unrecht gewesen zu sein. Aber schon kochte der Zorn in ihm wieder hoch: Sie hatte ihn für einen Lügner gehalten! Sie hatte geglaubt, er hätte mit Susanne geschlafen. Wo er doch ganz bewusst nicht …

»Aber hast du dich denn nicht gefragt, warum ich unsere Beziehung beenden will?«, fragte Antonia.

»Du hast es mir doch gesagt! Die Realität stimmt nicht mit dem Bild überein, das du dir von mir gemacht hast«, wütete Julian.

»Aber du musst dich doch gefragt haben, in welchem Punkt!«

Julians Gesicht verzog sich schmerzlich. »Das war doch klar. Ich hatte dir doch am Abend vorher erzählt, dass ich Angst im Dunkeln habe.«

»Deswegen, dachtest du, wollte ich die Beziehung beenden?«

»Ja, was sollte ich denn sonst denken?«

»*Das* traust du mir zu? *So* schätzt du mich also ein?« Die Empörung raubte ihr fast die Stimme. Wofür hielt er sie eigentlich?

»Es tut mir leid«, sagte sie, und endlich verlieh ihr der Zorn die Kraft, sich aus diesem Sofa hochzustemmen. »Aber wenn das deine Meinung über mich ist – dann war wirklich alles ein großer Irrtum!«

Mit drei langen Schritten war sie an der Tür. Julian versuchte nicht, sie zurückzuhalten.

Der nächste Tag war ein Samstag. Um zehn Uhr morgens klingelte das Telefon neben Antonias Bett.

»Arnoux«, meldete sie sich.

»Habe ich dich etwa geweckt?« Walter klang überrascht.

»Ich habe schlecht geschlafen, deswegen …«

Die Wut hatte Antonia die halbe Nacht nicht schlafen lassen, und heute morgen um sechs, als sie wach geworden war, hatte ihr die Motivation zum Aufstehen gefehlt. Wozu?, hatte sie gedacht. Auf mich wartet doch sowieso niemand.

»Also, ich kann mich nicht erinnern, wann du jemals um zehn Uhr noch …«, sagte Walter. »Aber na ja, dann hattest du es sicher nötig. Ich wollte dich fragen, ob du mit Susie und mir gemeinsam zu Mittag isst.«

Antonia suchte nach einem Vorwand. Sie wollte Susanne nicht sehen, nicht heute. Aber ihr fiel nichts ein.

»Ich möchte mit euch Verschiedenes besprechen«, fuhr Walter fort, und nach einer kurzen Pause: »Ich hätte dich gern dabei.« Antonia spürte seine Verwunderung wegen ihres Zögerns.

»Natürlich komme ich. Klar. Es ist eine schöne Idee …«, log sie. »Wo sollen wir uns treffen? Und wann?«

Da Walter den Tisch bereits für zwölf Uhr bestellt hatte, kam Antonia, obwohl sie sich beeilt hatte, tatsächlich einige Minuten zu spät. Walter und Susanne saßen bereits an dem gemütlichen kleinen Tisch in der Nische.

Susie sprang sofort auf, als Antonia an den Tisch trat, und fiel ihr um den Hals. »Es tut mir ja so leid!«, rief sie aufschluchzend.

»Ist doch schon gut, alles ist gut«, tröstete Antonia und umarmte ihre Schwester.

Walter schüttelte den Kopf.

Als Susanne Antonia endlich freigab und sich wieder auf ihren Platz fallen ließ, konnte Antonia endlich ihren Onkel begrüßen.

»Eigentlich wollte ich mit euch über meine Zukunftspläne sprechen, aber jetzt interessiert mich natürlich brennend, was bei euch los ist«, sagte er und drückte Antonia liebevoll.

»Ach ja …«, sagte Antonia.

Walter warf einen prüfenden Blick auf ihr Gesicht.

»Aber zuerst sollten wir uns etwas zu essen besorgen, glaube ich.«

Das Lokal, das Walter ausgesucht hatte, war stadtbekannt für seinen Brunch. Heute, am Samstag, war allerdings um diese Uhrzeit noch nicht so viel los, obwohl die drei langen Buffettische sich förmlich bogen unter all den Spezialitäten, die angeboten wurden.

Als Antonia sich gleich wieder erheben wollte, drückte Walter sie sanft auf den Stuhl zurück. »Ich besorge uns eine erste kleine Auswahl«, sagte er. »Und einen Aperitif bestelle ich uns heute auch.«

Während er an dem Buffet einen großen Teller mit verschiedenen Häppchen füllte, warf er immer wieder einen Blick auf seine Nichten. Und sah, wie Susanne redete und redete und redete, wie Antonia irgendwann Susannes Hände nahm und sie tröstend hielt, wie die beiden sich wieder umarmten und wie ein kleines Lächeln dann über Antonias Gesicht huschte.

Er ging mit dem Teller zum Tisch zurück. Der von ihm in der Zwischenzeit georderte Champagner stand auch schon bereit.

Aber er schob den Kühler noch zur Seite.

»Mögt ihr mir vielleicht erzählen, worum es ging?«, fragte er.

Susanne sah Hilfe suchend zu Antonia, aber Antonia machte keine Anstalten, etwas zu sagen.

Es war wohl an ihr, erkannte sie. »Ich habe Antonia angelogen …«, begann sie, und als Antonia widersprechen wollte, hob sie abwehrend die Hand.

»Doch, Toni, eigentlich schon. Auch wenn es keine direkte Lüge war. Dennoch …«

Susanne beichtete ihrem Onkel nun die ganze Geschichte, ohne sich dabei selbst zu schonen.

»Ich wollte einfach fies sein zu ihr. Es tut mir …«

Antonia legte ihr beschwichtigend die Hand auf den Unterarm.

»Es ist jetzt gut. Wir brauchen wirklich nicht mehr darüber zu reden.«

»Das war allerdings nicht schön von dir«, sagte Walter und dachte, wie richtig doch sein Entschluss war, den er den beiden gleich mitteilen wollte.

»Mich hätte aber schon noch interessiert, wie du damit umgegangen bist«, fragte Walter, an Antonia gewandt, und sie fand keine Möglichkeit, seinem forschenden Blick auszuweichen. Widerstrebend, mit leiser Stimme und immer wieder stockend, erzählte nun auch sie, wie sie die Beziehung beendet hatte, erzählte auch vom gestrigen Abend. Wobei sie Julians Angst vor der Dunkelheit allerdings verschwieg; Julian würde sicher nicht wollen, dass andere davon erfuhren. Sie erklärte nur, dass Julian ihr unterstellt hatte, sie würde die Beziehung beenden, weil er ihr einen kleinen Fehler offenbart hatte: »… eine wirklich ganz unwichtige Sache, und da denkt er, ich hätte deshalb Schluss gemacht! Das wäre ja so was von herzlos von mir, wie kann er glauben, dass ich so gemein sein könnte!« Sie schluckte.

Walter nickte. »Aber du hast ihn doch auch für einen Lügner gehalten. Sofort und ohne nachzufragen? Einfach so?«

Es dauerte, bis Antonia nickte.

»In meinen Augen habt ihr beide den gleichen Fehler gemacht: Ihr habt eure Vermutungen oder Ängste für bare Münze genommen und dem anderen keine Chance gegeben, dazu Stellung zu nehmen. Wobei mir scheint, dass du, meine Antonia, die ich liebe wie mein eigenes Kind …«, Walter lächelte sie verständnisvoll an, »… also dass du an dieser Sprachlosigkeit womöglich einen etwas größeren Anteil trägst.«

Er wartete auf ein kleines Lächeln von Antonia, aber sie zuckte nur unwillig mit den Schultern.

Walter beschloss, das Thema Julian eine Weile ruhen zu lassen.

»Dann möchte ich jetzt erst mal mit euch besprechen, warum ich euch hergebeten habe.«

»Ach ja, bitte«, antworteten beide wie aus einem Mund.

»Ich mache es kurz: Ich werde aus dem Heim wieder ausziehen, ich fühle mich wirklich noch zu jung, um dort auf Dauer zu wohnen. Ich habe früher auf meinen Auslandsreisen so viele gute Freunde gewonnen, und die konnte ich die letzten Jahre wegen Pauls Krankheit alle nicht mehr besuchen. Das möchte ich gern nachholen. Ich werde also viel reisen und oft unterwegs sein. Aber natürlich brauche ich eine Wohnung in München, eine Basis, ein Zuhause.«

»Du kommst zurück ins Haus?«, fragte Antonia erfreut.

»Nein, das nicht. Das Haus – das bedeutet viel zu viele Erinnerungen an Paul und mich. Das geht nicht. Und die Wohnung in der Residenz möchte ich nicht blockieren, es gibt eine so lange Warteliste von Menschen, die eine solche Wohnung wirklich brauchen. Aber ich dachte …« Sein Blick suchte den von Susanne. »Du hast doch erzählt, dass deine beiden Mitbewohner in der WG demnächst heiraten wollen und dein Zimmer schon als Kinderzimmer verplanen, also habe ich mich gefragt, ob du vielleicht Lust hättest, stattdessen mit mir zusammen eine Art Wohngemeinschaft zu gründen?«

»Du willst mit mir zusammenziehen?« Susannes Stimme kippte fast.

»Wenn du dazu Lust hast. Wie gesagt, die Hälfte der Zeit bin ich weg, aber …«

»Onkel Walter!« Susanne sprang jubelnd auf und fiel ihm um den Hals. Während er sie umarmte, suchte sein Blick den von Antonia. Sie nickte. Sie verstand, was er beabsichtigte: Susanne noch einmal das Gefühl von Familie geben, für sie da sein, ihr etwas Halt geben, wenn sie ihn brauchte. Es war eine gute Idee.

»Deswegen habe ich auch den Champagner bestellt, sagte Walter, als Susanne ihn endlich losließ. »Darauf wollte ich mit euch anstoßen.«

Er verteilte die Gläser und drückte Antonia die Flasche in die Hand.

»Kannst du bitte eingießen? Ich müsste mal rasch … Zu viel Kaffee heute Morgen.«

Antonia nickte verständnisvoll, als Walter Richtung Toilette verschwand.

Später hoben sie alle drei ihre Gläser und prosteten sich zu.

»Lasst uns Danke sagen für die Vergangenheit.« Walters Stimme klang ein wenig zittrig, er konnte es nicht ganz kaschieren. »Und lasst uns auf unsere Zukunft anstoßen. Auf euer Wohl!«

Antonia lächelte etwas mühsam und nippte nur kurz.

»Was deine Zukunft betrifft, meine liebe Toni – du musst jetzt die Entscheidung treffen, ob du das Risiko einer Liebe eingehen willst. Ich glaube nämlich, dass du deshalb sofort die Version von Susie geglaubt hast, weil du Angst hast, Angst vor dem Verlust, Angst vor dem Ende der Liebe, aber …«

Walter hielt inne, als er sah, dass Antonias Unterlippe zitterte. Er griff ihr unters Kinn und hob ihr Gesicht an, sodass sie ihm in die Augen sehen musste.

»Aber glaub mir, mein Kind, das Risiko lohnt sich. Ich hätte all die Trauer, die ich jetzt fühle, all das Leid, das mich so schmerzt, ich hätte all das auch ertragen für nur einen einzigen Tag mit Paul.«

Antonia schluckte.

»Er könnte ja auch den ersten Schritt machen«, sagte sie bockig.

Walter lachte leise.

»Aber du hast ihn weggeschickt! Und du bist gestern gegangen! Wer geht, muss auch wiederkommen …«

Antonia holte tief Luft. Doch Walter sah, wie das Leben in ihre Augen zurückkehrte, wie ihr Blick wieder strahlte, wie ihre Züge sich strafften.

»Willst du noch etwas essen oder gleich zu ihm fahren?«, fragte er.

Antonia erhob sich. »Du bist mir nicht böse?«

»Ganz im Gegenteil, meine Kleine, ganz im Gegenteil!«

Als Antonia das Lokal verlassen hatte, zwinkerte er vergnügt Susanne zu. »Wir beide müssen jetzt für Antonia mitessen – lass uns mal sehen, was das Buffet noch alles zu bieten hat.«

»Au ja, ich habe jetzt richtigen Hunger!«

Und schon stand Susanne vor der jungen Köchin, die

auf Bestellung frische Crêpes backte. Sie konnte deshalb nicht sehen, dass Walter, wie vorhin bei dem Telefonat mit Julian besprochen, auf seinem Handy die bereits vorbereitete SMS losschickte. *»Sie kommt!«*

Die Hauseingangstür stand offen. Antonia brauchte nicht zu klingeln. Langsam setzte sie einen Fuß vor den anderen. Da war schon seine Tür. Gestern war der Gang viel länger gewesen.

Das Schloss war noch defekt, natürlich. Die Tür war geschlossen.

Antonia klopfte. Keine Reaktion. Sie straffte sich und klopfte erneut.

»Herein«, rief Julian.

Er saß auf dem Sofa, die Hände locker gefaltet. In seinen Augen sah sie ein leises Lächeln.

»Hallo«, sagte er.

»Ich … ich habe einen Fehler gemacht. Ich wollte mich entschuldigen.«

Er löste seine Hände, um sie gleich darauf hinter dem Kopf zu verschränken.

»Ich nehme deine Entschuldigung an«, sagte er. Und dann: »Ich entschuldige mich ebenfalls.«

»Wofür?«, fragte sie verwirrt.

»Dass ich angenommen habe, du würdest mich wegen meiner Ängste fortschicken.«

»Ja«, sagte Antonia. Sie stand immer noch in der Tür.

»Möchtest du hereinkommen?«, fragte Julian.

Sie nickte.

»Nimmst du meine Entschuldigung auch an?«, fragte er.

»Wie bitte?«

»Ob du meine Entschuldigung auch annimmst, habe ich gefragt.«

»Ja, natürlich«, sagte Antonia, trat endlich einen Schritt in das Zimmer und schloss die Tür hinter sich. »Wir haben beide Fehler gemacht.«

»Und beide den gleichen. Wir waren offenbar beide nur zu bereit, von dem anderen das Schlechteste anzunehmen«, sagte Julian.

»Nein, so war es nicht!«, sagte Antonia in plötzlicher Einsicht. »Das war der Anlass, aber nicht die Ursache.«

Sie lächelte ungewohnt zaghaft.

»Weißt du«, sagte sie, »es war einfach zu schön. Es war zu schön, um wahr zu sein. Deshalb habe ich irgendwie darauf gewartet, dass etwas passiert, ich konnte mir nicht vorstellen, dass ich so ein Glück haben sollte.«

Julian nickte. »Und ich konnte mir nicht vorstellen, dass du mich liebst. Es *konnte* nicht wahr sein. Doch nicht eine solche Memme wie mich.«

»Julian!«

»Du hast es nie gesagt.«

Sie sah in seine Augen und las in seinem Blick so viel Liebe – aber sie sah auch den Zweifel. Er hatte recht. Sie hatte – aus Angst – nicht zu ihrer Liebe, zu ihrer beider Liebe gestanden. Das hatte er gespürt. Und nun musste sie sich entscheiden, Onkel Walter hatte recht. Wollte sie das Risiko eingehen? Wollte sie die Trauer, die das Ende einer Liebe bedeutete, riskieren? Das Leid beim Verlust des Liebsten?

»Magst du dich neben mich setzen?«, fragte Julian.

Antonia nickte.

Er rutschte etwas zur Seite, damit sie Platz fand.

»Nun gut«, sagte sie, »bitte bedenke jetzt, dass das für mich das erste Mal ist. Ich übe also noch.«

Sein Blick war abwartend. Er wollte ihr nicht zu Hilfe kommen.

»Ich hoffe mal, dass du mir noch Gelegenheit zum Üben und zum Perfektionieren geben wirst«, fuhr sie fort und wartete auf ein Lächeln, auf eine Reaktion auf diese kleine flapsige Bemerkung, aber auch die gönnte er ihr nicht. Sie verstand. Es musste von ihr kommen. Von ihr allein.

»Also, was ich sagen wollte«, jetzt brach ihr beinahe die Stimme vor Glück, »also, was ich meine …« Sie spürte, wie ihr die Augen feucht wurden. »Ach Mensch! Das ist aber auch schwer!« Sie schüttelte unwillig den Kopf. »Julian, ich liebe dich!«

Julian griff nach ihren Händen.

»Antonia, mein Herz, mein Leben …«

Sein Kuss erzählte ihr von seiner Liebe und von der Geborgenheit, die er ihr geben wollte. Sein Kuss sprach von Kraft und von Stärke, von Hilfe in schweren Zeiten und von Unterstützung bei Herausforderungen. Sein Kuss zeigte ihr das Leben, wie es vor ihnen lag, mit Höhen und mit Tiefen, mit Glück und mit Leid, und wie sie beide gemeinsam dieses Leben, diese Zukunft bewältigen und mit ihrer Liebe krönen würden.

Irgendwann ließ er sie los. Sie strahlten sich an.

Und plötzlich blitzte in seinen Augen auch wieder dieses kleine, schon so vertraute Funkeln.

»Aber doch nicht auf diesem Sofa!«, sagte sie noch.

»Genau da – du wirst dich wundern …«

Epilog

Antonia wurde plötzlich wach. Irgendetwas war anders. Sie schob sich die Schlafmaske von den Augen.

Im Zimmer war es dunkel.

»Julian?«, fragte sie und tastete auf die rechte Seite.

»Ja, mein Herz, ich bin da.«

»Bist du wach?«

»Wenn ich jetzt Nein sagen würde, würdest du mir das glauben?«, lachte Julian leise. »Schlaf weiter, meine Liebste.«

»Ich bin wach geworden, weil es so dunkel ist. Ist der Strom ausgefallen?«

»Nein, ich habe vor fünfzehn Minuten den Stecker gezogen.«

»Aber warum?«, fragte Antonia erschrocken.

Nach der Hochzeit hatten sie allmählich, Woche für Woche, das Licht im Schlafzimmer etwas weiter heruntergedimmt und so eine Dämmrigkeit gefunden, bei der sie beide – Antonia mit einer Schlafmaske – gut schlafen konnten. Da der Dimmer allerdings leise summte und sich beide von dem Geräusch gestört fühlten, hatten sie schließlich vor einigen Wochen vier sogenannte Nachtlichte gekauft, diese kleinen Leuchten, die für Kinderzimmer gedacht waren. Sie steckten in einer Steckdosenleiste neben Julians Bett.

Aber jetzt waren auch diese ausgeschaltet.

Antonia richtete sich halb auf und versuchte, Julians Gesicht zu erkennen.

»Warum das denn? Geht es dir nicht gut?«

»Ich wollte sehen, was passiert.«

Julian war vor einer halben Stunde erwacht, hatte Antonias regelmäßigen Atemzügen gelauscht, seinen Kopf zu ihr gedreht und ihren Duft eingeatmet.

Nachdenklich hatte er sich dann zu den kleinen Lämpchen umgedreht. Und irgendwann hatte er sich aufgerichtet und mit einer entschlossenen, energischen Bewegung – ganz schnell, damit er es sich nicht anders überlegen konnte – den Stecker der Leiste aus der Dose in der Wand gezogen. Er hatte die Augen fest zusammengekniffen, er wollte die Dunkelheit gar nicht sehen. Dann hatte er sich aufs Bett zurückfallen lassen und auf die Panikattacke gewartet.

Aber sie war nicht gekommen.

Ungläubig hatte er die Sekunden gezählt und irgendwann langsam und zögernd die Augen geöffnet. Ja, es war wirklich dunkel, sehr sogar, denn der Rollladen war geschlossen, um die Nachtkälte auszuschließen. Er hatte den Kopf hin- und hergedreht und gewartet. Wo blieb der Schweißausbruch? Wo das Herzrasen?

Dann war Antonia erwacht – vom inzwischen ungewohnten Dunkel.

»Und?«, fragte Antonia.

Er lächelte in sich hinein.

»Ich habe doch gesagt, du bist eine Zauberin. Ich glaube, ich brauche jetzt nachts kein Licht mehr.«

»Ehrlich? Das ist ja wunderbar!«

Antonia ließ sich wieder auf ihr Kissen zurückfallen und schloss die Augen, bereit, sofort weiterzuschlafen.

»Gerade jetzt, wo wir diese tollen Kinderzimmerlampen gekauft haben«, murmelte sie schlaftrunken.

Seine Hand suchte sie unter der Bettdecke.

»Was hast du vor?«, fragte sie mit einem kleinen genüsslichen Keuchen.

»Ich habe mir überlegt«, sagte Julian, »nachdem wir nun so viel Geld für die Nachtbeleuchtung eines Kinderzimmers ausgegeben haben, meinst du nicht, wir sollten dafür sorgen, dass diese Investition nicht umsonst war?«

Er ließ ihr Lachen ausklingen, ehe seine Hand die Reise über ihren Körper begann.

Voller Liebe und wissend zugleich …

((VAKAT))

Danksagung

Ich bedanke mich herzlich bei allen, die mich während der Entstehung dieses Romans unterstützt haben. Besonders mein Mann hat eine unglaubliche Geduld an den Tag gelegt und sich nicht nur die fünfundzwanzigste Version einer Szene von mir bereitwillig vorlesen lassen, sondern mich auch dann ein fünfundzwanzigstes Mal überschwänglich gelobt. Meine Tochter hat mir mit ihrer Kompetenz aus mancher Sackgasse geholfen, und in den Gesprächen mit ihr habe ich viel gelernt. Auch meine Freunde haben ihren Anteil; ganz besonders habe ich Dir, liebe Christel, für die detaillierten Informationen zum Themenbereich Verpackungen und Verpackungsproduktion und Dir, liebe Katja, für Deine veterinärmedizinischen Auskünfte zu danken.

Meine beiden Lektorinnen Christine Steffen-Reimann und Silvia Kuttny-Walser haben meinem Manuskript erst den richtigen Schliff gegeben und mich auf viele große und kleine Fehler und Unstimmigkeiten aufmerksam gemacht.

Die Handlung dieses Romans und auch die Personen sind natürlich frei erfunden. Aber es gibt eine Ausnahme: Die beiden Künstler, deren Arbeiten Antonia sammelt, Paul Renner und Paul Wallach, diese beiden gibt es wirklich. Es sind gute Freunde von mir, und sie haben mir erlaubt, ihre Namen für diesen Roman zu nutzen und mich aus ihren künstlerischen Lebensläufen zu bedienen. Auch Euch ein herzliches Dankeschön.

Mein letzter und aber auch wichtigster Dank geht an meine Leserinnen (und Leser; ja, die gab es auch ☺), deren begeisterte Reaktionen auf meinen ersten Roman mich unglaublich motiviert haben und mich so über viele Hürden hinweggetragen haben.

Ich wünsche Ihnen viel Freude mit Antonia und Julian, Walter und Paul und ihrer Geschichte.

Ihre

Monika Maifeld
monika-maifeld@outlook.de

»Eine moderne Romanze, die mit sympathischen Charakteren und ihrer zauberhaften Stimmung berührt.«
Petra

MONIKA MAIFELD

Morgen ist es Liebe

ROMAN

Es ist eine eiskalte Nacht kurz vor Weihnachten, in der die junge Ärztin Alexandra auf dem Heimweg mit dem Auto verunglückt. Sie wird bewusstlos und wäre dem Tode geweiht, würde ein Unbekannter sie nicht aus dem Wagen ziehen. Doch als Polizei und Sanitäter am Unglücksort eintreffen, ist der Retter nicht mehr da.

Martin Hallberg ist an jenem Abend in den winterlichen Weinberg gekommen, um sein Leben zu beenden. Diese Nacht sollte seine letzte sein – doch da ereignete sich genau vor seinen Augen der Unfall. Die Erinnerung an die junge Frau, die er aus dem Autowrack gezogen hat, lässt ihn einfach nicht mehr los – und die Sorge um den Abschiedsbrief in seinem Mantel, der zusammen mit der jungen Frau im Rettungswagen verschwunden ist ....

Ein geheimnisvoller Fremder, eine große Liebe, eine sturmumtoste schottische Insel

ISABEL MORLAND

Die Rückkehr der Wale

ROMAN

Magisches Licht, die unendliche Weite des Meeres und schroffe Küsten – hier auf der kleinen, abgeschiedenen Hebriden-Insel wollte Kayla einst an der Seite ihres Mannes Dalziel ihr Glück finden. Doch immer öfter geraten die beiden in Streit, und Dalziel wird so wütend, dass sie Angst vor ihm bekommt.
Da taucht eines Tages ein Fremder auf, über den bald einiges geredet wird, was Kayla bei ihrer ersten Begegnung mit ihm bestätigt findet: Er ist nicht nur sehr attraktiv und teilt mit ihr die Liebe zur Musik, er scheint auch eine besondere Gabe für alles zu haben, was mit dem Meer zu tun hat. Ihre eigenen, immer stärker werdenden Gefühle für ihn, aber auch das Gerede der Inselbewohner treiben Kayla mehr und mehr in einen inneren Zwiespalt, aus dem es kaum einen Ausweg zu geben scheint …

KNAUR

Spiegel-Bestseller-Autorin Dani Atkins mit einem neuen, schicksalhaften Liebesroman: emotional, dramatisch, mitreißend!

DANI ATKINS

Das Leuchten unserer Träume

ROMAN

Sophie ist 15 Jahre alt, als ihr geliebter großer Bruder bei einem Motorradunfall ums Leben kommt. Alles hat sich seither geändert: Aus dem fröhlichen Mädchen ist eine einsame junge Frau geworden, die ihr Herz fest verschlossen hält. Als eines Nachts in ihrer Wohnung ein Feuer ausbricht, wird Sophie in letzter Sekunde von einem Passanten gerettet. Danach weicht Ben ihr praktisch nicht mehr von der Seite. Sophie ist dankbar, gerührt – und macht mit Bens Hilfe erste, langsame Schritte zurück ins Leben. Sie kann nicht ahnen, dass ihr Retter mehr als eine erschütternde Wahrheit vor ihr verbirgt.

KNAUR